Tucholsky Wagner Zola Scott Sydow Fonatne Schlegel Freud
Turgenev Wallace
Twain Walther von der Vogelweide Fouqué Friedrich II. von Preußen
Weber Freiligrath
Kant Ernst Frey
Fechner Fichte Weiße Rose von Fallersleben Richthofen Frommel
Hölderlin
Engels Fielding Eichendorff Tacitus Dumas
Fehrs Faber Flaubert
Eliasberg Ebner Eschenbach
Feuerbach Maximilian I. von Habsburg Fock Eliot Zweig
Ewald Vergil
Goethe London
Elisabeth von Österreich
Mendelssohn Balzac Shakespeare Dostojewski Ganghofer
Lichtenberg Rathenau
Trackl Stevenson Doyle Gjellerup
Tolstoi Hambruch
Mommsen Lenz Droste-Hülshoff
Thoma Hanrieder
von Arnim
Dach Verne Hägele Hauff Humboldt
Reuter
Karrillon Rousseau Hagen Hauptmann
Garschin Gautier
Defoe Baudelaire
Damaschke Hebbel
Descartes
Hegel Kussmaul Herder
Wolfram von Eschenbach Schopenhauer
Dickens
Darwin Rilke George
Bronner Melville Grimm Jerome
Bebel
Campe Horváth Aristoteles Proust
Voltaire Federer
Bismarck Vigny Barlach Herodot
Gengenbach Heine
Storm Casanova Tersteegen Grillparzer Georgy
Lessing Gilm
Chamberlain Langbein
Gryphius
Brentano
Lafontaine
Strachwitz Claudius Schiller Kralik Iffland Sokrates
Schilling
Bellamy
Katharina II. von Rußland
Gerstäcker Raabe Gibbon Tschechow
Löns Hesse Hoffmann Gogol Wilde Vulpius
Gleim
Luther Heym Hofmannsthal Morgenstern
Klee Hölty
Roth Goedicke
Heyse Klopstock Kleist
Luxemburg Puschkin Homer
Mörike
La Roche Horaz Musil
Machiavelli
Kraft Kraus
Kierkegaard
Navarra Aurel Musset
Lamprecht Kind Hugo Moltke
Kirchhoff
Nestroy Marie de France
Laotse Ipsen Liebknecht
Nietzsche Nansen
Marx Ringelnatz
Lassalle Go
von Ossietzky
May
vom Stein
Petalozzi
Platon
Pückler Michelange
Sachs Poe
de Sade Praetorius Mistral

Der Verlag tredition aus Hamburg veröffentlicht in der Reihe **TREDITION CLASSICS** Werke aus mehr als zwei Jahrtausenden. Diese waren zu einem Großteil vergriffen oder nur noch antiquarisch erhältlich.

Symbolfigur für **TREDITION CLASSICS** ist Johannes Gutenberg (1400 — 1468), der Erfinder des Buchdrucks mit Metalllettern und der Druckerpresse.

Mit der Buchreihe **TREDITION CLASSICS** verfolgt tredition das Ziel, tausende Klassiker der Weltliteratur verschiedener Sprachen wieder als gedruckte Bücher aufzulegen – und das weltweit!

Die Buchreihe dient zur Bewahrung der Literatur und Förderung der Kultur. Sie trägt so dazu bei, dass viele tausend Werke nicht in Vergessenheit geraten.

Im Lande des Mahdi 1

Karl May

Impressum

Autor: Karl May
Umschlagkonzept: toepferschumann, Berlin

Verlag: tredition GmbH, Hamburg
ISBN: 978-3-8424-6983-9
Printed in Germany

Ziel der TREDITION CLASSICS ist es, tausende deutsch- und fremdsprachige Klassiker wieder in Buchform verfügbar zu machen. Die Werke wurden eingescannt und digitalisiert. Dadurch können etwaige Fehler nicht komplett ausgeschlossen werden. Unsere Kooperationspartner und wir von tredition versuchen, die Werke bestmöglich zu bearbeiten. Sollten Sie trotzdem einen Fehler finden, bitten wir diesen zu entschuldigen. Die Rechtschreibung der Originalausgabe wurde unverändert übernommen. Daher können sich hinsichtlich der Schreibweise Widersprüche zu der heutigen Rechtschreibung ergeben.

Text der Originalausgabe

Karl May

Im Lande des Mahdi I

ERSTES KAPITEL
Ein Chajjal

Die Siegreiche,»El Kähira«und»Bauwaabe el bilad esch schark«, das Thor des Orientes, so nennt der Ägypter die Hauptstadt seines Landes. Wenn die erstere Bezeichnung längst nicht mehr am Platze ist, so besteht die zweite doch zu vollem Recht. Kairo ist wirklich die Pforte des Ostens. Als solche ist diese Stadt dem Andrange occidentaler Einflüsse am meisten ausgesetzt, und die einst»Siegreiche«ist so altersschwach geworden, daß sie demselben kaum mehr zu widerstehen vermag. Sie wird von Jahr zu Jahr fränkischer, und da, wo ein hochgestellter Europäer einfach niedergestochen wurde, nur weil er behauptete, daß der Sultan die Aja Sofia in Stiefeln betrete, da kann heutzutage jeder Giaur die fünfhundertdreiundzwanzig Moscheen Kairos besuchen, ohne gezwungen zu sein, seine Füße zu entblößen.

Shepheards Hotel, das»Neue Hotel«, das Hotel d'Orient, das Hotel du Nil, das Hotel des Ambassadeurs und zahlreiche öffentliche Kosthäuser, Cafés und Restaurants bieten dem Fremden vollständige Befriedigung aller Bedürfnisse, welche die Heimat ihm anerzogen hat; aber viel, sehr viel muß er dafür bezahlen, und wer, wie ich, nicht gerade über die Einkünfte eines englischen Lords verfügt, dem ist anzuraten, sich von diesen Versammlungsorten europäischer Krösusse möglichst fern zu halten.

Freilich ist dieser Rat viel leichter gegeben, als er befolgt werden kann, denn wer als Fremder die angegebenen Häuser meiden und doch in Kairo leben will, der ist gezwungen, sich bei Eingebornen einzumieten und muß, wenn er sich nicht täglich und stündlich betrügen lassen will, die Verhältnisse des Landes genau kennen und wenigstens leidlich gut arabisch sprechen. Auf die Ehrlichkeit der Dolmetscher und Diener darf niemand sich verlassen. Ja, man kann einem Diener ein Vermögen anvertrauen und wohl darauf rechnen, daß er nichts entwendet; dafür aber wird er bei jedem kleinen Einkaufe, den er zu besorgen hat, seinen Herrn um einige Para oder gar Piaster betrügen, und solche Verluste, so unbedeutend sie im einzelnen sind, ergeben mit der Zeit eine ansehnliche Summe.

Mit den Dolmetschern ist es noch schlimmer. Geht einer, der die Sprache nicht kennt, mit seinem Dragoman auf den Bazar, so kann er annehmen, daß der letztere mit jedem Verkäufer gemeinschaftliche Sache machen und seinen Gewinnanteil sich später holen werde. Wird doch selbst der Landeskundige höchstens die Hälfte oder gar den dritten Teil der Summe, welche man von ihm fordert, bieten. Um dies zu erproben, nahm ein Franzose, welcher sehr gut arabisch sprach, dies aber verheimlichte, einen Dragoman mit in einen Waffenladen. Er war kaum eingetreten und hatte die gebräuchliche Tasse Kaffee noch nicht erhalten, so hörte er den Händler zu dem Dolmetscher sagen: »Bruder, aber wollen wir dieses christliche Schwein betrügen! Er soll schlechte Sheffielder Ware bekommen und dennoch die Preise von Damaskus zahlen. Den Gewinn teilen wir.« Wie erstaunten beide, als der Franzose ihnen nun im schönsten Arabisch erklärte, daß er weder ein Schwein sei, noch überhaupt die Absicht gehabt habe, hier etwas zu kaufen!

Zwar schreibt ein berühmter Reisender:

»Früher mußte man selbst für alle Bedürfnisse sorgen und wie eine Köchin Reis und Erbsen, Rauchfleisch, Hühner und tausenderlei andere Viktualien, welche in schaudererregender Weise von den Reisehandbüchern aufgezählt werden, einkaufen. Seit Jahren übernimmt der Dragoman alles das und noch weit mehr. Man macht mit ihm einen Kontrakt, nach welchem er sich verpflichtet, so und so viel Gänge für Frühstück und Mittagsmahl und außerdem Licht und Wäsche, Bedienung und Beförderungsmittel zu liefern. Die Verträge werden auf dem Konsulate der Nation, welcher man angehört, geschlossen, und das ist nicht nur für die Sicherheit beider Teile, sondern auch deswegen vortrefflich, weil der gewinnsüchtige Führer sehr wohl weiß, daß er infolge schlechter Erfüllung seiner Obliegenheiten durch den Konsul, bei dem man sich stets, bevor man sich ihm anvertraut, nach seinem Rufe erkundigt, in seiner fernern Thätigkeit gefährdet, ja selbst ruiniert werden kann. Offener Betrug kommt fast niemals vor, während die verschmitzten Araber bei der Schließung des Kontraktes Vorteile zu erringen und Verpflichtungen von ihren eigenen auf die Schultern der Reisenden mit einer Klugheit zu übertragen verstehen, die eben nur ihrer Rasse eigen ist.«

Aber er giebt mit den letzten Worten die Pfiffigkeit dieser Leute zu, und es ist meines Erachtens ganz gleichgültig, ob ich gleich beim Eingehen des Kontraktes oder später über das Ohr gehauen werde. Übrigens ist derjenige, welcher einen solchen Vertrag abschließen kann, wohl zu beneiden, denn es müssen ihm Mittel zur Verfügung stehen, die nicht jeder andere Reisende besitzt. So und so viele Gänge für Frühstück und Mittagsmahl, Hühner und tausenderlei andere Viktualien, Wäsche und Licht! Wohl dem, der in dieser Weise reisen kann! – –

Ich war bei meiner Ankunft im Hotel d'Orient abgestiegen und hatte mir das billigste Zimmer geben lassen; es sollte mir nur für heute als Wohnung dienen. Dann ging ich aus, um mich nach einem Privatlogis umzusehen. Das Hotel liegt an der Esbekijeh, dem schönsten freien Platze der Stadt. Dieser bildete früher zur Zeit der Nilüberschwemmung eine weite Wasserfläche. Mehemed Ali ließ ihn, um das Wasser von der Mitte fern zu halten, mit einem Kanale einfassen, an dessen Ufern man Bäume pflanzte. Ismail Pascha befahl, den ganzen Raum mit Erde zu bedecken, so daß er nun ebenso hoch liegt wie die übrige Stadt. Ein Teil wurde mit Gebäuden besetzt und der andere in einen Garten mit Kaffeehäusern, Theatern und Grotten umgewandelt. Nachmittags finden hier oft Konzerte statt. Auf der Ostseite liegen die Paläste der Ministerien des Äußern, des Innern und der Finanzen; auf der Südseite erblickt man das Theater und das Opernhaus. Dieser Garten hat eine Fläche von 32000 Quadratmetern, und wer auf diesem weiten Raume die Unzahl der vorhandenen Restaurants, Bierhallen, Liqueur- und Eisbuden, Musikhäuser, Kaskaden und Gaskandelaber erblickt, der würde nicht glauben, sich an der »Pforte des Orients«zu befinden, wenn er nicht durch die überall grünenden und blühenden kostbaren Pflanzen der südlichen Zone daran erinnert würde.

Ich wendete mich südöstlich nach der Muski. Dies ist das alte Frankenviertel, wo, und zwar unter Saladin, die Christen zuerst die Erlaubnis zum Wohnen erhielten. Hier sind die meisten und größten europäischen Läden; hier ist der Verkehr am regsten und infolge dessen das Gedränge am dichtesten. Die Straße ist freilich ziemlich eng und dumpfig, aber ehe die drei »fashionablen« Stadtteile, die nordwestliche Esbekijeh, das westliche Ismailia und das südliche Abdin entstanden, war sie die einzige erträglich breite Straße in ganz Kairo. Hier hat noch alles einen europäischen Anstrich; nur einige alte, arabische, flache Dächer, der echt ägyptische Schmutz und der überall wahrnehmbare Trümmer- und Wüstengeruch erinnern einen, wo man sich befindet.

Will man den unverfälschten Orient sehen, so muß man sich in eines der arabischen Viertel begeben, und dazu bedarf es keines weiten Weges. Ich erinnerte mich meines frühern Aufenthaltes in Kairo und bog in eine enge Seitengasse ein. Sie mündete in eine andere Gasse, und als ich diese erreichte, winkten mir von der alten Lehmmauer eines niedrigen Hauses die vier Inschriften entgegen:

Beer-house
Cabaret à bière
Birreria
Bira, ingliziji we nimsawiji,

also englisch, französisch, italienisch und arabisch. Die vierte Zeile war natürlich in arabischer Schrift geschrieben. Ich blieb stehen und betrachtete das Lokal. Das Aussehen desselben stieß mich ab, aber das Wort Bier zog mich an. Das Haus hatte weder Thüre noch Fenster. Die vordere Seite desselben bestand aus zehn hölzernen, vielfach zersprungenen Säulen, welche den obern Teil der Wand trugen. Hinter diesen Säulen lag das also nach der Straße offene Bierlokal. Man sah die wenigen Gäste rauchend auf Stroh- und Bastmatten sitzen oder auf hölzernen Marterfallen hocken, welche höchst wahrscheinlich Stühle sein sollten. Ein unendlich dicker Kerl, welcher auf einem solchen Sitze schwitzte, sah, daß ich mich bedachte; er winkte mit beiden Händen, grinste mir höchst freundlich zu und rief:

»*Gel tschelebi, gel tschelebi! Arpa suju pek eji, pek eji* – kommen Sie, Herr, kommen Sie! Das Bier ist sehr gut, sehr gut.« – Das war türkisch; der Mann war also ein Osmanli. Als ich seiner Aufforderung nicht sofort folgte, hielt er mir mit der linken Hand die Flasche entgegen und winkte mit der rechten so angelegentlich, daß sein schwerer, faßförmiger Leib in schütternde Bewegung kam; das konnte der Stuhl, welcher ohne Lehne war und schusterschemelartig nur aus drei dünnen Beinen und einem dünnen Sitze bestand, nicht aushalten; er knackte zusammen, und der Dicke fuhr mit einem lauten Krach zur Erde nieder. »*O jarik, o göküm, o babaiarim, o tenim, o azalarim, o bukalim* – o wehe, o mein Himmel, o meine Väter, o mein Leib, o meine Glieder, o meine Flasche!« zeterte er, indem er die Linke hoch empor hielt, aber keinen Versuch zum Aufstehen machte.

Ich sprang hinzu und konnte mich zunächst nur davon überzeugen, daß sein letzter Ausruf »o meine Flasche!« sehr begründet war. Er hatte sie an einer der erwähnten Säulen zerschlagen und hielt nur noch den leeren Hals in der Hand. Der Inhalt hatte sich über sein Gesicht und seinen ganzen Anzug ergossen. Die andern Gäste blickten lächelnd herüber, aber keiner von ihnen machte Miene, herzukommen, um ihm beim Aufstehen behilflich zu sein.

»*Zarar onlarinwar* – sind Sie verletzt?« fragte ich ihn, indem ich ihm den Flaschenrest aus der Hand nahm und ihn mit meinem Taschentuche abtrocknete.

»*Azalarim dschümle kyrmysch* - alle meine Glieder sind zerbrochen!« antwortete er, indem er, auf dem Rücken liegend, beide Arme und beide Beine emporhielt.

»Das glaube ich nicht,« tröstete ich ihn; »wären Sie an den Gliedern verletzt, so könnten Sie nicht diese für Sie so schwierige Stellung einnehmen. Versuchen Sie doch, einmal aufzustehen!«

Ich nahm ihn bei den Händen und zog - zog - zog mir fast das Leben heraus, vergeblich! Da kam ein junger, schwarzer Mensch herbei, jedenfalls der Sufratschil; er hatte ein Kohlenbecken in der Hand, mit dessen glühendem Inhalte er die Tschibuks der Gäste in Brand zu setzen pflegte. Der junge besaß ein Gesicht wie einer, der zu jedem tollen Streiche geneigt ist. Er faßte mit der Zange eine brennende Kohle und hielt sie dem Dicken so nahe unter die Nase, daß der Schnurrbart hörbar zu sengen begann. Im Nu war der Türke auf und langte dem Knaben ein solches Bakschisch hinter die Ohren, daß dieser das Becken fallen ließ und schreiend im Hintergrunde verschwand.

»*Sakalim, Byjykym güzel* - mein Bart, mein schöner Schnurrbart!« schrie der Dicke ingrimmig, indem er die maltraitierte Zierde mit beiden Händen liebkoste. »Wie kann dieser Neger sich an dem Schmucke meiner Männlichkeit vergreifen! Allah brate ihn dafür im tiefsten Winkel der Hölle!«

Jetzt, da er aufgerichtet vor mir stand, konnte ich ihn genau betrachten. Er war nicht zu hoch, aber, wie bereits gesagt, von desto größerem Körperumfang. Sein Gesicht zeigte eine tiefere Röte als nur diejenige der Gesundheit; es hatte den Ausdruck der Ehrlichkeit, und wenn seine Augen jetzt auch zornig funkelten, so schienen sie doch geeignet zu sein, bei anderer Stimmung freundlicher blicken zu können. Sein Alter schätzte ich auf höchstens fünfunddreißig Jahre. Sein Anzug glich genau dem meinigen, weite türkische Schalwar, eine Weste und kurze Kubaran mit Stehkragen, Fez, ein Halstuch unter dem Hemdenkragen und ein Gürteltuch, an den Füßen leichte Stiefeletten, nur daß meine Kleidung von mittelgrauer Farbe, die seinige aber dunkelblau und mit vielen goldenen Tressen und Schnüren verziert war. Er hatte das Aussehen eines Mannes, der mit dem Inhalte seines Beutels nicht zu geizen braucht.

Jetzt betastete er seinen Körper hinten und vorn, von oben bis unten, und als er erkannte, daß er mit heiler Haut und einigen versengten Schnurrbarthaaren davongekommen sei, erheiterte sich sein Gesicht. Er streckte mir die Hand entgegen und sagte, indem er mir die meinige herzlich schüttelte:

»*Allaha schücke, szagh im! Bu wakyt n'asl idiniz* – Gott sei Dank, ich bin gesund! Wie ging es Ihnen diese Zeit?«

»Diese Zeit?« fragte ich erstaunt. »Sie kennen mich, wie es scheint?«

»Und Sie mich nicht?«

»Ich kann mich wirklich nicht erinnern.«

»Ich glaube es, denn Sie haben damals nicht mit mir gesprochen. Setzen wir uns! Sie sind ein Deutscher und werden gern ein Glas Bier trinken. Ich habe Sie gerufen, und Sie müssen die Güte haben, mein Gast zu sein.«

Er setzte sich auf einen festern Stuhl, und ich nahm ihm gegenüber Platz. Welch ein Zufall! Kaum hatte ich in Kairo den Staub des Dschebel Abu Tartur von mir geschüttelt, so traf ich einen Türken, welcher mich kannte und gar nicht übel von mir zu denken schien! Ich war äußerst neugierig, zu erfahren, wer er war und wo er mich gesehen hatte.

»*Ja walad, dschib schischaten* – he, Junge, bringe zwei Wasserpfeifen!« rief er nach hinten.

Der Negerknabe kam zaudernd herbei und stellte die Pfeifen mit möglichst langen Armen auf den Tisch; er hatte Angst vor einer Wiederholung der Ohrfeige, welche er erhalten hatte. Als er sah, daß der Türke keine zornige Notiz von ihm nahm, faßte er Mut, uns Kohlen zu reichen. Die Köpfe waren mit Tembek gefüllt, einem schweren persischen Tabake, welcher nur aus dem Nargileh geraucht wird.

»*A'tina kizazaten bira nimsawijii* – gieb uns zwei Flaschen österreichisches Bier!« lautete nun der weitere Befehl. Das war eine Höflichkeit gegen mich; ich als Deutscher sollte österreichisches und kein englisches Bier trinken. Desto unhöflicher verhielt er sich gegen den jungen, denn kaum hatte dieser die Flaschen und die beiden Gläser vor uns hingestellt, so bekam er eine so kräftig verbesserte Auflage der ersten Kaffl, daß er wie eine Forelle blitzschnell quer durch den Raum und hinten zur Thüre hinausflog.

»Bu-war partschasi – der hat seinen Teil!« sagte der Türke lachend, indem er die Flaschen öffnete, um sich und mir einzugießen. Der Mann trank jedenfalls nicht zum ersten Male mit einem Abendländer, denn er stieß ganz regelrecht mit mir an. Es war Pilsener Bier, ja wirklich Pilsener, und wenn ich mich nicht irre, aus der bürgerlichen Brauerei! Liebster Orient, es wird mir langsam angst um dich! Aber trinke nur weiter, trinke immer Bier; das ist besser als der scharfe Araki, der dir das Blut vergiftet und die Nerven tötet, obgleich Muhammed ihn nicht so wie den Wein verboten hat!

Als wir getrunken hatten und die Pfeifen sich in Gang befanden, musterte der Türke mich mit einem Blicke, welcher von freundlicher Hochachtung zeugte, und sagte dann:

»Sie kennen mich nicht; darum muß ich Ihnen meinen Namen sagen. Ich heiße Murad Nassyr und wohne in Nif bei Ismir'. Ich bin Bazirgijan und habe mehrere Schiffe gehen. Mein Mekteb befindet sich in Ismir; meine Niederlagen aber sind in Nif. O, Effendi, ich habe da schöne, sehr schöne und wertvolle Sachen, an denen sich mancher Pascha erfreut!«

Bei diesen Worten legte er die Spitzen des Daumens und des Zeigefingers an den Mund, küßte sie, schloß die Augen und schnalzte mit der Zunge, als ob er an etwas außerordentlich Schönes denke. Dann fuhr er fort:

»Aber ich bin nicht nur Bazirgijan, sondern auch Krieger. Ich habe auf meinen Reisen oft die Waffen zu führen, und es giebt keinen Menschen, der sich rühmen könnte, mich jemals besiegt zu haben. Mein Name wird Ihnen das schon sagen.«

Er hatte das mit großem Stolze gesprochen und sah mich nun erwartungsvoll an, was ich dazu sagen würde.

»Ihr Name?« fragte ich. »Meinen Sie Murad oder Nassyr?«

»Nassyr natürlich.«

»Nun, dieses Wort hat ja gar nichts mit Tapferkeit zu thun, denn es bedeutet eine Verhornung der Zehenhaut, eine Krankheit der Zehen, welche oft so schmerzhaft ist, daß man Gesichter schneidet, die gar nicht heldenhaft sind.«

Das türkische Wort bedeutet nämlich das liebliche deutsche Hühnerauge.

»Allah, Allah!« rief er aus. »In was für einem Irrtume befinden Sie sich! Das Wort bedeutet ja Sieger!«

»Das arabische Nassyr ist Sieger, nicht aber das türkische Nassyr. Sie müßten Ghalib, Fatih oder Genidschi heißen.«

»Effendi, wollen Sie mich beleidigen oder meine Wangen schamrot machen? Wie können Sie als Deutscher den Namen eines Mannes, dessen Ahnen unter den berühmtesten Sultanen ruhmvoll gekämpft haben, besser beurteilen können, als er selbst.«

»Nun gut, so irre ich mich,« lenkte ich höflich ein. »Verzeihen Sie meine Unwissenheit!«

»Ich verzeihe,« antwortete er befriedigt. »Und nun will ich Ihnen auch sagen, wo ich Sie gesehen habe. Es war in Dschezaïr, wo mein

Schiff vor Anker lag. Kennen Sie dort einen französischen Kaufmann Namens Latréaumont?«

»Allerdings.«

»Sie saßen in einem Kaffeehause der Straße Bab-Azoun. Auch ich kam hin und bemerkte, daß Sie von den Anwesenden unausgesetzt betrachtet wurden. Man sprach leise von Ihnen, und als Sie fort waren, erkundigte ich mich. Ich erfuhr, daß Sie der Deutsche seien, der den Sohn Latréaumonts, welcher überfallen und tief in die Sahara geschleppt worden war, mitten aus der Schar der Henker herausgeholt hatte. Ich habe mir Ihr Gesicht genau gemerkt und Sie, als ich Sie vorhin erblickte, sofort erkannt.«

»Ich kann nicht leugnen, daß ich allerdings dieser Deutsche bin; doch hat man das, was ich that, durch das Churdebin, betrachtet.«

»Nein, denn ich weiß, daß Sie die ganze große Gum vernichtet haben; es ist Ihnen nicht ein einziger der Imoscharh oder Tuareg entkommen.«

»Ich war ja nicht allein!«

»Ein Engländer und zwei Diener waren mit Ihnen; das ist alles. Ich mußte später in Geschäften zu Latréaumont, und er hat mir die Geschichte ausführlich erzählt. Effendi, wo kommen Sie jetzt her?«

Vom Bir Haldeh im Gebiete der Uelad Ali.«

»Und wo wollen Sie hin?«

»Nach Hause.«

»Nach Deutschland? Werden Sie dort erwartet, oder haben Sie dort notwendige Geschäfte? Ein Effendi wie Sie kann aber doch keine Geschäfte haben!«

Er erwartete meine Antwort mit dem Ausdrucke großer, offen gezeigter Spannung im Gesicht.

»Nun, Geschäfte habe ich freilich nicht, und gerade mit Ungeduld erwartet mich auch niemand.«

»So bleiben Sie hier; bleiben Sie, und reisen Sie mit mir!«

»Wohin?«

»Nach dem Sudan, nach Chartum.«

Welches Anerbieten! Eine Reise da hinauf wäre die Erfüllung meines sehnlichsten Wunsches gewesen, aber leider konnte ich keinen andern Bescheid geben als:

»Ich kann nicht; es ist mir unmöglich, zu bleiben; ich muß heim.«

»Warum aber, da weder ein Geschäft noch ein Mensch Sie ruft?«

»Dieser hier treibt mich fort,« antwortete ich, indem ich auf die Tasche schlug und den Lederbeutel zog, um ihm denselben vor der Nase zu schütteln. »Soll ich Ihnen die Krankheit, an welcher diese Börse leidet, türkisch oder arabisch nennen? Es ist die Sill, die Zajyflanmal, ein Übel, welches nur in der Heimat geheilt werden kann. Das heißt mit anderen Worten, daß mein Geld nur noch zu einem kurzen Kamelritt nach Suez und dann zur schleunigen Heimkehr reicht.«

Ich erwartete natürlich ganz bestimmt, daß er nun die Angelegenheit auf sich beruhen lassen werde, hatte mich aber geirrt, denn er meinte:

»O, Ihnen kann es nicht am Gelde fehlen. Wenn Sie zur Bank von Ägypten in der Muski, zu Oppenheim und Compagnie in der Esbekijeh oder zu Tod, Rathbone und Compagnie am Rosette-Garten gehen, so bekommen Sie sofort, was Sie verlangen. Ich kenne diese Leute.«

»Aber sie kennen mich nicht!«

»So gebe ich Ihnen ein Kiaghat mit!«

»Ich danke! Ich borge nicht. Ich bin nicht so reich wie Sie und kann nicht weiter reisen, als meine Kasse reicht.«

»Sie wollen also wirklich nicht?«

»Nein.«

»Schade, jammerschade!« meinte er, indem sein Gesicht den Ausdruck des aufrichtigsten Bedauerns zeigte. »Sie wären der Mann gewesen, den ich brauchen könnte. Ich freute mich als ich Sie sah, und nahm mir sofort vor, wenn Sie nichts anderes vorhätten, um Ihre Begleitung zu bitten.«

»Sie hätten mich brauchen können?«

»Ja.«

»wozu?«

»Allahl Das fragen Sie noch? Ich will nach Chartum, um meine Schwester ihrem Nischanly zuzuführen. Sie hat einige Dienerinnen bei sich, und ich muß mir Leute mieten, auf welche ich mich verlassen kann. Denken Sie, die lange und gefährliche Fahrt auf dem Nile und die halbwilden Araberstämme, durch deren Gebiet wir kommen! Ein Mann wie Sie, der es mit der Gum, mit einer ganzen Schar blutgieriger Tuareg aufgenommen hat, der fürchtet sich nicht. Haben Sie die Gewehre mit, welche Sie damals bei sich hatten?«

»Ja.«

»Nun, so überlegen Sie es sich! Die Reise soll Ihnen keinen Para kosten; ich werde für alles sorgen. Bezahlung, wie einen Diener, darf ich Ihnen freilich nicht bieten; aber ich werde da oben Geschäfte machen, gute Geschäfte, welche viel Geld einbringen, und wir wollen beraten, welchen Teil des Gewinnes Sie erhalten sollen.«

Das war ein Wort! Ich gestehe aufrichtig, daß ich am liebsten gleich ja gesagt hätte, doch erkundigte ich mich:

»Welche Geschäfte sind es, die Sie im Sinne haben?«

Er zwinkerte mit den Augen, und sein Gesicht nahm einen so listigen Ausdruck an, wie ich ihm gar nicht zugetraut hätte.

»Können Sie sich das nicht denken?«

»Nein.«

»Etwa Reqiq machen?«

Er blickte mir mit gespannter Erwartung in das Gesicht. Reqiq heißt Sklaven. Ich antwortete schnell:

»Dazu würde ich meine Hand niemals bieten; ich bin ein Christ! Übrigens sind die Sklavenjagden vom Khedive jetzt verboten.«

Sein Gesicht nahm den früheren unbefangenen Ausdruck an, als er antwortete:

»Ein professionierter Sklavenjäger fragt nicht nach dem Verbote des Khedive; aber ich bin keiner und kann auch gar nicht die Absicht haben, Neger zu fangen. Ich habe vielmehr mein Augenmerk auf Straußfedern, Gummi, Weihrauch, Sennesblätter, Büffelhörner und Elfenbein gerichtet. Von dem allen giebt es in Chartum große Vorräte, und ich habe die Absicht, bedeutende Einkäufe zu machen. Halten Sie das für eine Sünde, für gegen Ihre Religion?«

»Ganz und gar nicht.«

»So reisen Sie mit. Schlagen Sie ein!«

Er hielt mir seine Hand entgegen.

»Die Zeit ist zu kurz, und wir kennen uns nicht,« bemerkte ich.

»Ich kenne Sie und wiederhole: Sie sind der Mann, den ich brauche. Ich gebe Ihnen mein Wort, daß Sie keinen Schaden davon haben werden. Sie werden ganz im Gegenteile bei Ihrer Rückkehr in die Heimat dann einen stark gefüllten anstatt einen leeren Beutel mitbringen.«

Dieses Argument war, wenn nicht gerade maßgebend, so doch aufmunternd. Wenn nur nicht der gar so pfiffige Blick gewesen wäre, mit welchem er vorhin meiner Antwort entgegengesehen hatte! Dieser hatte mich trotz des ehrlichen Gesichtes des Türken mißtrauisch gegen ihn gemacht. Es war mir ganz so, als ob es ihm sehr recht gewesen wäre, wenn ich mich nicht als Gegner des Sklavenhandels zu erkennen gegeben hätte. Darum gab ich ihm jetzt den Bescheid:

»Die Sache eilt nicht so sehr. Geben Sie mir Bedenkzeit!«

»Ganz gern, Effendi. Aber ich denke, Sie wollen nach Suez, falls wir nicht einig werden. Wann würden Sie dahin gehen?«

»Uebermorgen oder den Tag darauf.«

»Nun, so haben wir ja Zeit. Darf ich fragen, wo Sie wohnen?«

»Eigentlich wohne ich noch gar nicht. Ich habe meine wenigen Effekten im Hotel liegen und ging jetzt aus, mir ein Privatlogis zu suchen.«

»Und Sie haben noch keins gefunden?«

»Weder gefunden noch überhaupt gesehen, da Sie gleich bei Beginn meiner Entdeckungsreise die Güte hatten, mich hierher zu winken.«

»Das ist sehr gut; das ist vortrefflich, denn ich habe eine Wohnung für Sie; es fragt sich nur, welche Ansprüche Sie machen.«

»Wenig oder gar keine. Ich brauche eine einfache Stube, mit einem Teppich oder auch nur mit ganz gewöhnlichen Decken belegt. Nur reinlich muß sie sein. Und wenn es einen kleinen, freien Hofraum, in welchem man einen Mund voll frische Luft nehmen kann, dabei giebt, so bin ich mehr als zufriedengestellt.«

»Das sind freilich sehr geringe Ansprüche!«

»Wer gewöhnt ist, auf seinen Reisen unter freiem Himmel zu schlafen, der kann hier in der Stadt seine Bedürfnisse leicht mäßigen.«

»Das ist gar nicht notwendig. Sie können wohnen wie ein Pascha. Das Logis, welches ich Ihnen empfehlen will, ist ein sehr feines. Sie können drei Zimmer haben, mit denen ein Minister höchst zufrieden sein würde.«

»Danke sehr! Ich bin kein Minister und lebe auch nicht auf dem Fuße eines solchen. Gerade weil die Wohnung, weiche Sie mir empfehlen, eine so feine ist, paßt sie nicht für mich und – – für meinen Beutel.«

»O, sie paßt ganz gut, denn Sie haben nicht einen Piaster zu bezahlen.«

»Pah! Wer vermietet drei Zimmer, ohne Bezahlung zu verlangen?«

»Wer? Ich, Effendi, ich!«

»Sie selbst? Besitzen Sie denn ein Haus in Kairo?«

»Nein; aber ich habe mir eins gemietet. Aus Geschäftsrücksichten und wegen der Vorbereitungen zur Reise war ich gezwungen, wenigstens drei Wochen in Kairo zu bleiben. Und weil ich den Harem meiner Schwester bei mir habe, konnte ich weder in einem Hotel noch in einem Privathause sein, welches noch von andern Leuten bewohnt wird; ich mußte mir also ein ganzes Haus mieten, was eine sehr schwere Aufgabe war. Endlich fand ich ein passendes Gebäude, zwei Straßen von hier. Der Besitzer ist ein sehr reicher Mann gewesen und hat seine ganze, prächtige Einrichtung zurückgelassen.«

»Und da haben Sie drei Zimmer übrig?«

»Noch mehr, wenn Sie wollen. Das Haus ist groß und weit, und ich bewohne es ganz allein; da giebt es Stuben, welche wir nie betreten. Es ist ein eigentümliches Gefühl, ein so weitläufiges Gebäude allein zu bewohnen; darum würden Sie mir einen wahren Gefallen erweisen, wenn Sie zu mir ziehen und auch an meinen einsamen Mahlzeiten teilnehmen wollten.«

»Hm! Dieser Vorschlag kommt mir nicht unannehmbar vor. Darf ich mir die betreffenden Zimmer einmal ansehen?«

»Ganz gern! Wenn es Ihnen recht ist, werden wir sofort aufbrechen. Junge, ich will bezahlen!«

Er rief diese letzten Worte nach hinten. Der Negerknabe steckte den Kopf zu der dort befindlichen Thüre herein und zog ihn wieder zurück. Er befürchtete eine nochmalige Wiederholung der Züchtigung und kam nicht, sondern schickte den Wirt. Der Dicke hatte für die Flasche Bier sieben Piaster, also über zwölf Groschen zu bezahlen; er murrte aber nicht über diesen Preis, sondern ließ dem Knaben noch einen Piaster Bakschisch einhändigen. Er schien ein Liebhaber des deutschen Gerstensaftes zu sein und meinte, daß wir dann, wenn ich die Wohnung angesehen hätte, wieder nach hier zurückkehren könnten.

Unterwegs erfuhr ich, daß er seine ganze freie Zeit in diesem Bierhause zuzubringen pflege, weil das Getränk ein ausgezeichnetes und der Verkehr vor dem Hause ein sehr unterhaltender sei. Die Straße verbreiterte sich nämlich dort auf eine kurze Strecke, was zur Folge hatte, daß der echt orientalisch laute Handel und Wandel sich besser entwickeln konnte. Man hatte von dem Bierhause aus einen sehr interessanten Blick auf das Treiben der bunten Masse; das mochte Murad Nassyr angezogen haben.

Wir kamen in die Gasse, in welcher er wohnte. Es war eine Sackgasse, wie es deren viele in Kairo giebt. Die Häuser derselben sahen gar nicht sehr einladend aus, was aber keineswegs auf das Innere schließen ließ. Es giebt Gebäude, welche auf der Straßenseite fast Ruinen gleichen und im Innern wahre Paläste sind. Der Orientale verheimlicht, ganz im Gegensatze zu dem Abendländer, alles, was sich auf seine Häuslichkeit und sein Familienleben bezieht. Das mag seine guten Seiten haben, läßt aber keine soziale Entwicklung, keinen bürgerlichen Zusammenhalt, kein gesellschaftliches Vorwärtsstreben aufkommen.

Viele Häuser waren ganz fensterlos. Wo es aber Fenster gab, da waren sie ganz unregelmäßig und scheinbar gedankenlos angebracht und dazu mit dicken Holzgittern versehen. Lange Fensterreihen mit blinkenden Glasscheiben, welche dem Außenlichte freien Zutritt gewähren, darf man im Oriente nicht suchen. Eine solche Fülle des Lichtes würde höchst störend wirken.

Das Gebäude, welches die Gasse abschloß, also querüber stand, war dasjenige, in welchem der Türke sich eingemietet hatte. Die Thüre war zwar sehr hoch, aber schmal. Ein Reiter konnte hindurch, mußte aber die Füße eng an den Leib des Pferdes legen, um nicht rechts und links anzustreifen. Sie war verschlossen; neben derselben hing an einer Schnur ein hölzerner Hammer, mit welchem Nassyr klopfte.

Erst nach längerer Zeit wurde geöffnet, und zwar von einem Menschen, über dessen Gestalt ich beinahe in Schreck geraten wäre. Indem er so vor mir unter der Thüre stand und mich mit neugierigen Augen musterte, war er um mehr als einen Kopf länger als ich; aber um so schmaler war sein Körper. Seine Brust war nur anderthalb Spannen breit; aber aus jedem Arme hätte ich, die Länge derselben gerechnet, zwei für mich machen können. In diesem Verhältnisse war sein Leib, war jedes Glied und auch das Gesicht gestaltet, lang, ewig lang, aber erschreckend schmal. Seine Nase war wenigstens sechs Zoll lang und dabei so scharf, daß man sie als Schnitzmesser hätte gebrauchen können. Das Gesicht war glatt rasiert. Auf dem Kopfe saß ein Turban von einer solchen Breite, wie ich sie selbst bei den Kurden, welche doch bekanntlich die breitesten Turbans tragen, nicht gesehen hatte. Vom Halse bis nach ganz unten, so daß man die Füße nicht sehen konnte, hing ein hemdartiger Talar von weißer Farbe herab; aber was für ein Weiß!

»Dieser Mann ist Selim, mein Haushofmeister,« sagte der Türke, indem er den langen, gespensterähnlichen Kerl zurück- und mich demselben nachschob. Wir traten ein, und der geisterhafte Selim verriegelte die Thüre hinter uns. Wir befanden uns in einem engen Hausgange, aber nicht in der Mitte, sondern auf der rechten Seite des Parterres, da die Thüre auf derselben angebracht war. Sämtliche Räume lagen also links von uns. Zunächst führte Nassyr mich hinaus in den Hof, dessen Einrichtung eine wirklich kostbare gewesen, jetzt aber sehr verfallen war. Wir gingen auf Marmor. In der Mitte des Hofes befand sich ein Bassin aus demselben Stoffe, aber ohne Wasser. Die vier Seiten wurden von dem Gebäude gebildet, welches den Hof rundum einschloß. Da standen ringsum Säulen, welche das obere Geschoß trugen und zwischen oder hinter denen ich die Thüren sah, welche in die Gemächer führten. Der Türke machte eine kreisförmige Bewegung mit der ausgestreckten Hand und sagte:

»Da liegt rings die ganze frühere Herrlichkeit. Hier hat es einen köstlichen Springbrunnen gegeben, welcher Kühle spendete, sich aber längst nicht mehr in Thätigkeit befindet. Denken Sie, wie viele Zimmer es hier giebt, oben und unten! Wer soll sie alle in Gebrauch nehmen!«

Er hatte türkisch gesprochen. Der Haushofmeister, welcher seitwärts von uns stand, verbeugte sich zustimmend und sagte arabisch: »Richtig, sehr richtig!«

Aber was für eine Verbeugung war das! Ich hatte noch nie eine solche gesehen und werde auch niemals wieder eine zu sehen bekommen, denn ein Haushofmeister Selim existiert nur einmal auf dieser Erde. Als er den Oberleib senkte, geschah das so plötzlich und mit solcher Gewalt, daß es schien, als ob derselbe von der Stellage der langen Beine ab- und zu Boden geschleudert werden solle. Dabei wackelte jedes Glied an dem Menschen. Er glich einer Espe oder Zitterpappel, durch deren Zweige und Blätter ein plötzlicher, starker Windstoß fährt. Dabei wurde der lange Kaftan in einer ganz eigenartigen, unbeschreiblichen Weise bewegt, ungefähr wie im Theater auf der Bühne das Tuch, mit dessen Hilfe die Wellenbewegung des Meeres dargestellt wird. Es war, als habe jede Rippe, jeder einzelne Knochen dieses Mannes sich aus dem Körperverbande gelöst und schieße nun auf eigene Rechnung allerlei Sprünge und Purzelbäume, welcher ausgelassenen Bewegung die betreffenden Stellen des Kaftans zu folgen hatten.

»Jetzt werde ich Ihnen auch den Garten zeigen,« fuhr der Türke fort. »Kommen Sie!«

Wir schritten über den Hof hinüber. Hinter mir hörte ich abermals ein »Richtig, sehr richtig!« und als ich mich umblickte, sah ich Selim in einer zweiten Verbeugung begriffen, welche so tief war, daß sein Leib mit den Beinen einen spitzen Winkel von sechzig Graden bildete.

Auf der anderen Seite des Hofes führte eine mit keiner Thüre versehene Maueröffnung in den Garten, der sehr groß war, natürlich im Verhältnisse zu dem Umstande, daß er mitten in der Stadt lag. Die drei anderen Seiten waren von einer doppelt manneshohen Mauer umgeben, welche an einigen Stellen altersschwache Breschen zeigten. Aber Grasplätze oder gar Blumen gab es nicht, sondern nur eine einzige

Wildnis von allerlei Unkraut und Giftpflanzen, ein Bild des Orientes, wie es treffender gar nicht sein konnte.

»Das zeige ich Ihnen, damit Sie sich orientieren,« meinte Nassyr. »Nun sollen Sie Ihre Zimmer sehen.«

Wir kehrten in den Hof zurück. Dort stand Selim, auf uns wartend, noch immer an derselben Stelle und führte, als wir an ihm vorüberschritten, eine so waghalsige Verbeugung aus, daß mich die ernstliche Besorgnis überlief, seine überschlanke Taille werde sich aus der Hüfte drehen. Dann folgte er uns mit würdevollen Schritten, um uns die erste Thüre des Parterres zu öffnen, wobei er sich wieder so tief verneigte, daß die Spitze seiner Nase fast den Boden berührte.

Wir betraten eine Art Vorzimmer, welches mit einem großen Palmenfaserteppich belegt war. Die Wände waren, wie auch die Decke, weiß getüncht. Von hier aus kamen wir in einen zweiten größeren Raum, welcher jedenfalls als Empfangszimmer benutzt worden war. Rundum waren rotsamtne Kissen gelegt; ein Smyrnateppich bedeckte den Boden, und an den Wänden sah ich Kuransprüche, in Gold auf blauen Grund gemalt. Das nächste Zimmer war zum Schlafen bestimmt. Von der Mitte der Decke hing eine farbige Glasampel herab. In der einen Ecke lag ein kostbarer Gebetsteppich; in der anderen stand der Waschapparat, welcher, wie ich später sah, aus echt chinesischen Porzellangefäßen bestand, und gegenüber befand sich das Bett, ein niedriges Gestell, mit mehreren hohen, weichen Kissen belegt, auf welchen einige mit Seide überzogene Decken ausgebreitet waren.

Dann gelangten wir in ein kleines Gemach, welches als Herrenzimmer eingerichtet war. An der einen Wand hing eine ganze Pfeifensammlung; in einer Nische standen Nargilehs und kupferne Tabaksgefäße, und eine zweite Nische war als Bücherschrank eingerichtet. Die Bücher lagen noch auf den Brettern. Ich sah zwei geschriebene Kurans und noch eine Anzahl anderer frommer Werke. Der Besitzer mußte ein sehr unterrichteter und zugleich gläubiger Moslem gewesen sein.

Eine Thüre führte weiter; wir öffneten dieselbe aber nicht, sondern Nassyr erklärte:

»Nun kommen die Räume, welche ich bewohne; diejenigen, welche Sie bis jetzt gesehen haben, sind für Sie bestimmt. Wollen Sie hier wohnen?«

»Ich bin bereit dazu, doch nur unter einer Bedingung.«

»Welche könnte das sein?«

»Mein Einzug in diese Räume darf mich nicht etwa verpflichten, Ihr Reisebegleiter zu werden.«

»Zugestanden, Effendi! Sie ziehen hier ein und sind in jeder Beziehung mein Gast; in allem übrigen können Sie ganz nach Ihrem Gutdünken handeln. Doch hoffe ich, daß Sie mir die Freude machen werden, Teil an meiner Fahrt nach Chartum zu nehmen. Aber ehe Ihr Entschluß, hier zu wohnen, Gültigkeit erlangt, will ich Ihnen eine Mitteilung machen, die ich für notwendig halte. Selim, bring' Pfeifen!«

Der Haushofmeister stand noch unter der letzten Thüre, welche er uns geöffnet hatte. Er verbeugte sich in der bereits beschriebenen Weise, wobei alle seine Glieder schlotterten und die Arme bis zum Fußboden niederhingen, und antwortete:

»Richtig, sehr richtig! Aber das ist nicht meine, sondern Sache des Negers. Ich werde ihn senden.«

Der sonderbare Schlingelschlangel hielt sich für zu hochgestellt, als daß er sich zu dem von ihm geforderten Dienst hätte herbeilassen mögen. Er verschwand, und bald darauf erschien ein alter Neger, welcher zwei Pfeifen von der Wand nahm, sie stopfte, indem er sich des in den Kupfergefäßen befindlichen Tabaks bediente, dieselben in Brand steckte und sie uns dann knieend darreichte. Dann entfernte er sich, um draußen vor der Thüre auf weitere Befehle zu warten. Indessen hatten wir uns nebeneinander auf das Polster gesetzt und uns unterhalten. Ihn nach seiner Schwester zu fragen, verbot mir der Gebrauch des Orientes, obgleich ich, da ich aufgefordert worden war, mit ihr zu reisen, ein lebhaftes Interesse für sie hegen mußte. Eine Dame, welche von Smyrna nach Chartum gebracht wird, um dort vermählt zu werden, das ist gewiß ein Fall, welcher ebenso selten ist, wie er seine ganz besonderen Gründe haben muß. Ich erfuhr nur so nebenbei, daß sie vier Dienerinnen bei sich habe, zwei weiße und zwei schwarze.

Auf die Mitteilung, welche Nassyr mir zu machen hatte, war ich sehr gespannt. Wie ich aus seinen Reden hatte entnehmen können, mußte dieselbe sich auf die Wohnung beziehen und es hatte geklungen, als ob er sie mir aus ehrlicher Gesinnung machen müsse. Handelte es sich irgend etwa um einen Grund, welcher mich veranlassen konnte, auf die Wohnung zu verzichten, trotzdem ich weder für das Logis noch für das Essen zu zahlen brauchte? Ich sollte nicht sehr lange im Zweifel sein, obgleich der Türke in orientalischer Weise seine Mitteilung nicht ganz direkt machte, sondern sie durch eine Reihe von Vorfragen einleitete.

»Sie sind ein Christ,« begann er, »und ich kenne Ihre Religion zu wenig, um zu wissen, was dieselbe lehrt. Glauben Sie an die Seligkeit und an die Verdammnis und daß die Seele nach dem Tode fortbesteht?«

»Natürlich.«

»Wissen Sie, wohin die Seele kommt, welches der Ort ist, an welchen sie sofort nach dem Tode gelangt?«

»Nein. Nur Gott allein kann das wissen.«

»Kann eine abgeschiedene Seele auf Erden als Gespenst erscheinen? Antworten Sie auf Ihr Gewissen!«

»Als Geist wohl, aber als das, was ich unter dem Worte Gespenst verstehe, gewiß nicht.«

»So irren Sie sich. Es giebt Gespenster.«

»Wenn Sie das glauben, so will ich nicht mit Ihnen streiten, obgleich ich Ihre Ansicht nicht teile.«

»Sie werden meiner Ansicht werden. Sie werden schon morgen glauben, daß es Gespenster giebt, denn wir haben einen Chajjal hier im Hause.«

Er blickte mich dabei scharf an, wohl in der Erwartung, daß ich erschrecken werde. Gegen seine Voraussicht aber blieb ich ruhig und antwortete lächelnd:

»Da es überhaupt das nicht giebt, was das Volk Gespenster nennt, so kann sich auch hier kein solches befinden.«

»Ich versichere Ihnen aber, daß ich die Wahrheit sage!«

»So beruht das auf einem Irrtume. Sie haben irgend etwas ganz Natürliches, vielleicht einen Schatten, für ein Gespenst gehalten.«

»O nein. Ein Schatten ist dunkel. Das Gespenst aber ist hell.«

»Wie ist es gestaltet?«

»Es nimmt alle möglichen Gestalten an, bald die eines Menschen, dann die eines Hundes, eines Kameles, eines Esels –«

»Dann trifft es,« fiel ich ein, »seine Auswahl auf keine geistreiche Weise. ich möchte nicht für ein Kamel oder einen Esel gehalten werden.«

»Scherzen Sie nicht, Effendi! Ich spreche in vollstem Ernste. Eigentlich ist es mir nicht leicht geworden, Ihnen diese Mitteilung zu machen, denn ich befürchtete, daß Sie dann auf diese Wohnung verzichten würden.«

»Das haben Sie ganz und gar nicht zu befürchten; im Gegenteile wird gerade Ihre Mitteilung mich bestimmen, das Logis von Ihnen anzunehmen. Ich habe so oft von Gespenstern gehört, aber leider noch kein einziges zu sehen bekommen. Da sich jetzt mir die Gelegenheit dazu bietet, werde ich sie mit Freuden benutzen. Ich bleibe also nun erst recht hier in diesem Hause.«

»Effendi, Sie lästern die Geisterwelt!«

»Fällt mir gar nicht ein! Ich bin nur wißbegierig und hoffe, von dem Gespenst gute Auskunft über die Geisterwelt zu erhalten, glaube aber leider nicht, daß es derselben angehört.«

»Es gehört ihr an, denn es kommt und verschwindet ganz nach Belieben.«

»Treibt es etwa Allotria? Oder verhält es sich wie eine ruhige Person in gesetztem Alter?«

»Sie spotten immer, werden aber anders denken lernen. Das Gespenst geht durch alle Thüren.«

»Sind sie verschlossen?«

»Nein.«

»Nun, das kann ich auch, ohne ein Gespenst zu sein.«

»Es klirrt wie mit Ketten; es heult, saust und braust wie ein Sturm; es bellt wie ein Hund, wie ein Schakal; es schreit wie ein Esel, wie ein Kamel.«

»Das alles kann ich auch nachmachen.«

»Auch das plötzliche Verschwinden?«

»Ganz gewiß, nachdem ich beobachtet habe, wie das Gespenst selbst es anstellt, um nicht mehr gesehen zu werden. Also Sie haben es gesehen und gehört?«

»Ja.«

»Wer noch?«

»Alle, alle; meine Schwester, ihre Dienerinnen, der Haushofmeister, meine beiden Neger. Es ist in ihre Stube gekommen und hat an ihrem Bett gestanden, auch an dem meinigen.«

»Auch an demjenigen Ihrer Schwester?«

»Nein, denn diese hat durch ihre Dienerinnen die Thüren des Harems verbarrikadieren lassen.«

»So haben wir es also mit einem Gespenst zu thun, welches nicht durch verrammelte, sondern nur durch offene Thüren gehen kann. Das bringe ich auch fertig.«

»O bitte, unsere Thüren sind zwar nicht verschlossen, aber doch verriegelt. Es giebt in diesem Hause keine Schlösser, sondern nur Riegel.«

»Hm! Hat das Gespenst eine gewisse Stunde, in welcher es erscheint?«

»Allerdings. Sie wissen vielleicht, daß die Geisterstunde um Mitternacht beginnt.«

»Kommt es täglich?«

»Ja, und es bleibt eine volle Stunde hier.«

»Das will ich ihm nicht verdenken, denn wenn den Gespenstern eine volle Stunde gegeben ist, so läßt es sich denken, daß ein richtiges Gespenst sein Recht ausnutzt. Hat jemand mit ihm gesprochen und was hat das Gespenst geantwortet?«

»Nichts.«

»Dieses Gespenst ist also kein gesprächiges, sondern ein stillvergnügtes Wesen. Das erwirbt ihm meine Achtung, da ich Schwatzhaftigkeit nicht liebe. Seit wann hat es sich denn an dieses Haus gewöhnt?«

»Seit langer Zeit, Es ist schon vor uns jedem Bewohner dieses Gebäudes erschienen.«

»Auch dem Besitzer desselben?«

»Nein, denn das Gespenst ist eben der Geist des letzten Besitzers.«

»Ah! Hat es das durch irgend eine gültige Legitimation bewiesen?«

»Bitte, Effendi, lassen Sie den Scherz! Es ist genau so, wie ich sage. Seit dem Tode des Besitzers, welcher im Heere des Vizekönigs Major gewesen ist, hat es keinen Bewohner dieses Hauses gegeben, welcher länger als eine Woche hier geblieben ist. Das Gespenst hat sie alle vertrieben.«

»Und wie lange wohnen Sie schon hier?«

»Eine Woche. Und ich will Ihnen aufrichtig gestehen, daß ich in einigen Tagen ausziehen würde, wenn ich Sie nicht gefunden hätte, denn ich denke, daß Sie das Gespenst vertreiben werden!«

»Das ist ein sehr offenherziges Geständnis, und ich bin Ihnen sehr dankbar für dasselbe. Meine Dankbarkeit werde ich Ihnen dadurch beweisen, daß ich Ihren Erwartungen entspreche. Ich hoffe, ein so eindringliches Wort mit diesem Geiste sprechen zu können, daß er nicht wiederkommen wird.«

»Allah, Wallah, Tallah!« rief er erschrocken aus. »Nehmen Sie sich das nicht vor! Er wird fortbleiben, ohne daß Sie mit ihm sprechen.«

»Meinen Sie?«

»Ja. Ihre einfache Anwesenheit wird ihn bestimmen, nicht wiederzukommen.«

»Sie meinen, daß er sich so sehr vor mir fürchte?«

»Das nicht, aber – – Effendi, werden Sie es mir übelnehmen, wenn ich aufrichtig spreche?«

»Nein. Reden Sie getrost.«

»Sie haben dort aus den Büchern ersehen, daß der Major in der letzten Zeit seines Lebens ein sehr frommer Mann gewesen ist, und daraus ist mit Sicherheit zu schließen, daß auch sein Geist fromm ist. Ein rechtgläubiges Gespenst aber, das Allah und den Propheten fürchtet, wird sicher ein Haus meiden, in welchem ein Christ, ein Ungläubiger, wohnt.«

»Ah,« lachte ich, »was Sie für ein Schlaukopf sind! Also darum haben Sie mir die Freiwohnung angeboten?«

»Nicht darum allein, sondern auch weil ich viel von Ihnen gehört habe und darum wünsche, daß Sie mich begleiten. Denken Sie sich in meine Lage! Dieses Haus ist die einzig passende Wohnung für mich und für meine Schwester; muß ich es wegen des Gespenstes verlassen, so finde ich keine zweite, welche unseren Ansprüchen in dieser Weise entspricht. Darum sind Sie mir so willkommen, denn ich weiß, daß der tote Major sein Haus nicht betreten wird, so lange Sie sich in demselben befinden. Meine Schwester fürchtet sich fast bis auf den Tod; sie will fort. Meine Diener haben mir gesagt, daß sie mich verlassen werden, wenn ich hier bleibe. Sie alle werden sich beruhigt fühlen, wenn ich ihnen sage, daß Sie unser Hausgenosse geworden sind.«

»So machen Sie ihnen diese Mitteilung schleunigst! Es freut mich herzlich, zu erfahren, daß die muhammedanischen Gespenster solche Angst vor uns Christen haben, und wenn der tote Major ein kluges Gespenst ist, so unterläßt er gleich von heute an seine Besuche. Wie viel zahlen Sie denn für dieses verrufene Haus?«

»Wöchentlich fünfzig Piaster. Denken Sie, wie billig!«

»Doch wegen des Gespenstes!«

»Ja. Ganz Kairo weiß, daß es hier umgeht, und niemand zieht herein. Es kann nur noch an Fremde vermietet werden, und auch diese bleiben nur einige Tage, höchstens eine Woche da.«

»Und wer ist der jetzige Besitzer?«

»Die Witwe des Verstorbenen; aber auch sie hat es nicht aushalten können und ist zu ihrem Bruder gezogen, welcher Teppichhändler in der Muski ist.«

»Hm! Ich halte es sehr unrecht von dem Geiste, so schlecht an seinem Weibe zu handeln. Wenn er ihr das Haus hinterlassen, sie also zu seiner Erbin eingesetzt hat, so ist es ihm gar nicht zu verzeihen, daß er sie nun in dieser Weise aus dem Erbe treibt.«

»O, er hat es ihr ja nicht vermacht, sondern der Kadirine, der frommen Bruderschaft des Seyd Abd el Kader el Djelani. Die Witwe hat das

Recht, es bis zu ihrem Tode zu bewohnen; dann fällt es der Bruderschaft anheim.«

»Ah so! Diese fromme Kadirine darf das Haus bis zum Tode der Witwe nicht benutzen, und da geht der tote Major als Gespenst um! Gehen Sie zu Ihrer Schwester, und sagen Sie derselben, daß der Geist sie höchstens noch einmal belästigen wird!«

»Sie sind also meiner Meinung geworden? Sie geben mir recht? Das freut mich außerordentlich. Ja, ich werde jetzt gleich zu ihr gehen, um ihr diese frohe Botschaft zu verkündigen. Aber nicht das allein wird sie entzücken. Ich habe ihr damals von Ihnen erzählt, und wenn ich ihr sage, daß ich Sie wiedergesehen habe, daß Sie sich hier befinden, und daß Sie vielleicht mit uns nach Chartum gehen werden, so wird ihre Besorgnis wegen der gefährlichen Reise sofort verschwinden. Überhaupt habe ich ihr auf alle Fälle Ihre Anwesenheit zu melden, weil Sie bei uns essen werden.«

Er stand auf und ging. So war ich denn gleich in den ersten Stunden meiner Anwesenheit in Kairo mitten ins schönste Abenteuer geplatzt. Hoffnung auf freie Reise nach Chartum, und außerdem die beste Aussicht, den Geist eines ägyptischen Majors beim Schopfe nehmen zu können. Herz, was willst du mehr!

Was das Gespenst betrifft, so war mir, als ich die näheren Umstände vernahm, ein ähnlicher Gespensterfall in den Sinn gekommen, ein Fall, welcher sich in einem Dorfe nahe meiner Heimat und zuletzt gar vor dem Strafrichter abgespielt hatte. Ein reicher Bauer war gestorben und hatte im Testamente bestimmt, daß eine alte Verwandte das kleine Hinterhaus bis zu ihrem Tode zur Verfügung haben solle. Bald nach dem Begräbnisse begann der Verstorbene zu spuken, und zwar sonderbarer Weise im Hinterhause. Die alte Frau glaubte aber nicht an Gespenster, sie war klüger als die Majorswitwe in Kairo und ließ heimlich einige handfeste Männer kommen, welche sich versteckten und den Geist erwarteten. Er wurde ergriffen und des Betttuches, welches er umhängen hatte, entledigt; es war der Erbe, der Sohn des Verstorbenen, welcher der alten Frau das Hinterhaus nicht gegönnt hatte.

Sollte, wenn nicht der gleiche, doch ein ähnlicher Fall in Ägypten vorkommen können? Ich war jetzt allein und trat zur Thüre, um sie zu untersuchen. Alles war leicht zu erklären, nur das eine nicht, daß der Geist verriegelte Thüren hatte passieren können. Meine Stube hatte drei Thüren; durch die eine waren wir gekommen; die zweite führte nach den Gemächern des Türken, und die dritte ging hinaus auf die

Säulenhalle, welche den Hof umschloß. Die erste wollte ich nicht öffnen, weil der Neger draußen wartete; der Riegel befand sich bei mir auf der Zimmerseite. Bei der zweiten gab es bei mir keinen Riegel, sondern dieser war jedenfalls an der andern Seite der Thüre angebracht; aber ich bemerkte drei nebeneinander gebohrte Löcher. Die dritte, nach der Säulenhalle führende Thüre hatte den Riegel innen auf der Stubenseite; als ich sie öffnete und draußen untersuchte, sah ich ähnliche drei Löcher, und zwar genau an der Stelle, an welcher innen der Riegel befestigt war. Diese Riegel waren nicht von Eisen, sondern von Holz. Zu bemerken ist noch, daß alle rund um den Hof gehende Stuben durch Thüren miteinander verbunden waren, so daß man aus einer in die andere gelangen konnte; jede hatte aber auch noch eine nach der Halle führende Thüre. Es war klar, daß das Gespenst mit Hilfe eines dünnen spitzen Nagels oder Drahtes von außen jede Thüre öffnen konnte; der Nagel brauchte nur in eines der Löcher gesteckt zu werden; dann griff er in den weichen Holzriegel und schob ihn zur Seite. Diese Entdeckung wollte ich Nassyr nicht mitteilen, sondern sie lieber für mich behalten.

Nach einiger Zeit kehrte er zurück, um mir zu sagen, daß ich der Dame außerordentlich willkommen sei; sie hege großes Verlangen, mich zu sehen; da es sich aber nicht schicke, daß sie mich besuche, und ein Mann auch nicht den Harem betreten dürfe, so müsse sie sich leider gedulden, bis die Reise Gelegenheit zur Begegnung gebe; aber da ich erst heute hier angekommen sei und mich im Hotel nur kurze Zeit aufgehalten habe, so sei ich jedenfalls hungrig und solle erlauben, daß man diesem Ungemach abhelfe.

Dem Dicken war es nicht beigekommen, daran zu denken, daß ich Hunger haben könne. Was das betrifft, so sind die Frauen der ganzen Welt, auch diejenigen des Orientes, umsichtiger als die Männer. Nassyr schien noch etwas auf dem Herzen zu haben; ich sah es ihm an und forderte ihn auf, es mir mitzuteilen.

»O,« meinte er, »ich mag Sie nicht belästigen; es betrifft nur die eine Negerin.«

»Was ist es?«

»Sie hat wütende Zahnschmerzen, und Sie sind Arzt, wie ich ganz sicher annehme.«

Wenn ein Deutscher im Oriente reist, so hält man ihn entweder für einen Arzt oder für einen Gartenkünstler.

»Darf ich sie denn sehen?« fragte ich.

»Eine schwarze Dienerin? Gewiß!« »So schicken Sie nach ihr!«

Er klatschte in die Hände, worauf der Neger eintrat, welcher den Befehl erhielt, die Schwarze zu holen. Sie war noch sehr jung und hatte nicht die eingedrückte Nase und die wulstigen Lippen der eigentlichen Neger. Ihre rechte Wange war dick angeschwollen; sie öffnete den Mund und zeigte mir mit dem Finger nach einander vier Zähne, von denen sie jeden für den schmerzenden hielt. Es war klar, daß ich es mit einem neuralgischen Zahnschmerz zu thun hatte, denn die Zähne waren alle kerngesund. Ich versprach ihr, sofort zu helfen, nahm eine geheimnisvolle Miene an, strich ihr, indem ich die Lippen bewegte, als ob ich leise Worte sagte, mit zwei Fingern einigemale über die Wange und schickte sie dann mit der Weisung fort, heute die Stube nicht zu verlassen.

Das war keine Charlatanerie, Der Zahnschmerz war nur symptomatisch; mit der eigentlichen Krankheit hatte ich nichts zu thun, und ich kannte den Einfluß, welchen der bloße Glaube, das Vertrauen äußert. Die Berührung eines weißen Arztes war bei dieser Negerin jedenfalls von größerer Wirkung als Bergmannsche Zahnseife oder Odontine. Daß ich, oder vielmehr, daß das Vertrauen dieser Negerin sie von ihren Schmerzen befreite, rettete mir später das Leben. Bald darauf kam der alte Neger herein und brachte auf einer Platte ein kaltes Huhn, welches von großen, dicken Rinderbratenstücken umgeben war. Dazu gab es dünne Fladenschnitte, welche die Stelle des Brotes vertraten. Gabeln waren nicht dabei. Ich zog mein Messer, der Dicke das seinige auch. Als ich ein Stück Braten gegessen hatte, waren hinter den glänzenden Zähnen Nassyrs die andern acht Stücke verschwunden. Ich nahm mir ein Bein vom Huhn; aber mein Mund vergaß die Arbeit, als ich sah, mit welcher Virtuosität mein Gastfreund die knusperige Henne von ihrem Skelette befreite und sich das Fleisch in großen Stücken zwischen die Kinnladen schob. Dieser Türke schien gar nicht zu kauen. Er schlang und schluckte und schluckte und schlang, bis es nichts mehr zu schlingen gab. Eben als er die Platte von sich schob, war ich auch mit meinem Beine fertig, dessen Knochen ich zu dem übrigen Skelette legte.

»So, das wäre gethan,« meinte er befriedigt, und in für mich tröstlicher Weise fügte er hinzu: »Heute giebt es mehr. Jetzt aber wollen wir wieder nach dem Bierhause gehen. Wir haben da eine bessere Unterhaltung als hier in dem einsamen Hause.«

Ich wäre lieber da geblieben, um einen längern Blick in die Bücher des verstorbenen Majors zu thun. Als ich eins derselben in die Hand nahm, meinte Murad Nassyr:

»Lassen Sie doch! Was können, da Sie Christ sind, diese Bücher Ihnen nützen; sie haben nicht einmal der Seele des Majors über die Brücke des Todes geholfen. Er soll auf dem Zuge nach Sennar große Grausamkeiten begangen haben, welche später sein Gewissen beschwerten. Darum ist er in seinen letzten Jahren fromm geworden und hat sein Vermögen der Bruderschaft vermacht. Lassen Sie aber die unnützen Bücher hier, und kommen Sie mit mir. Eine Flasche *Bira nimsawiji* ist besser als alle Weisheit der Gelehrten.«

Ich war gezwungen, mich vor dieser Philosophie zu beugen, und that dies, der Pilsener Brauerei zuliebe, nicht ungern. Draußen stand Selim, der Haushofmeister. Er eilte uns voran, um die Thüre zu öffnen.

»Dieser Effendi ist mein Gast,« erklärte ihm sein Herr. »Er wird bei uns wohnen und den Geist vertreiben.«

Selim öffnete den Mund, schob den Riesenturban in den Nacken und starrte mich wie abwesend an; dann schien er sich seiner Pflicht zu erinnern, riß die Thüre auf, warf den Oberkörper in tieferer als wagerechte Stellung nieder und antwortete:

»Richtig, sehr richtig! Aber wie will er das fertig bringen?«

Er behielt seine Körperlage bei, indem er die Antwort erwartete.

»Dadurch, daß er es klüger anfängt als du,« antwortete Nassyr.

Da richtete sich der Dürre so rasch auf, als ob sein Leib durch Federkraft emporgeschnellt worden sei, und sagte im Tone beleidigter Würde:

»Habe ich nicht abends und auch während der ganzen Nacht alle meine Waffen bei mir getragen?«

»Ja, das hast du.«

»Habe ich nicht unaufhörlich die heilige Fathha und auch die Sure des Kampfes gebetet?«

»Ich will es glauben, daß du das gethan hast.«

»So habe ich alles gethan, was ein gläubiger und frommer Moslem gegen diesen bösen Geist thun kann, und es darf mich kein Vorwurf treffen. Ich bin klug und tapfer. Man zählt mich zu den Helden meines Stammes, und ich habe bereits so viel Blut vergossen, wie Wasser sich im Nile befindet. Ich bin bereit, es mit allen Feinden des Weltalls aufzunehmen, aber soll ich etwa mit einem Geiste kämpfen, durch dessen Leib die Kugeln gehen, ohne ihn zu verletzen, und dessen Gestalt weder mein Säbel noch mein Messer treffen kann, während es von ihm nur eines kleinen Willens bedarf, um mir das Gesicht in den Nacken zu drehen?«

»Nein, das sollst du nicht, denn ein Gespenst kann man weder erschießen noch erstechen. Ich bin zufrieden mit dir.«

»Richtig, sehr richtig!« rief der Held seines Stammes, indem er zu seiner tiefsten Verbeugung zusammenknickte, um dann die Thüre zu schließen.

»Ein seltsamer Mensch, dieser Selim!« meinte ich, indem wir weiter schritten. »Ist er schon lange bei Ihnen?«

»Nein. Ich habe ihn erst hier gemietet.«

»Was und wo war er vorher?«

»Er war längere Zeit Führer nach den Pyramiden, ist aber dabei mit einem Engländer in Streit geraten und hat sich darüber so geärgert, daß er beschloß, sich auf andere Weise zu ernähren. Er versieht sein Amt bei mir mit großem Fleiße und ich habe nicht über ihn zu klagen.«

»Soll er Sie nach Chartum begleiten?«

»Ja; ich habe ihn zu dieser Reise gemietet, da er behauptet, die Gegend bis da hinauf genau zu kennen.«

»So gratuliere ich Ihnen. Wenn er wirklich ein so großer Held ist, wie er sagt, so wird er Sie gegen alle Angriffe und Fährlichkeiten beschirmen, und es ist ganz unnötig, daß Sie mich mitnehmen.«

»Ja,« nickte der Türke, »er hat seine Tapferkeit und Unüberwindlichkeit während des ganzen Tages auf den Lippen. Sie werden ihn noch kennen lernen. Sein Mund läuft von Ehrerbietung über, und die Verbeugungen, welche er mir tagüber macht, sind nicht zu zählen; aber an seinem Mute darf man nicht zweifeln, sonst kann er sogar grob werden. Ich bin auch überzeugt, daß es im gegebenen Falle bei ihm nicht bloß bei Worten bleibt.«

»Hm! Leute, welche so gern von ihrer Tapferkeit sprechen, sind gewöhnlich feig; ich habe diese Erfahrung schon oft zu machen gehabt.«

»Bei Selim ist es gewiß anders. Er hat mir einige seiner Erlebnisse erzählt, aus denen hervorgeht, daß er nicht nur ein furchtloser Streiter ist, sondern auch eine große Übung im Gebrauche der Waffen besitzt. Den Engländer, den ich soeben erwähnte, hat er so geohrfeigt, daß er für tot liegen geblieben ist.«

»Haben Sie das gesehen?«

»Nein; ich weiß es nur aus seinem Berichte.«

»So nehme ich das Gegenteil an. Der Engländer wird ihn geohrfeigt haben, so daß ihm die Lust, länger Fremdenführer zu sein, vergangen ist. Wäre es wirklich so, wie Selim sagt, so hätte es nur eines Wortes des englischen Konsuls bedurft, ihn in schwere Strafe zu bringen.«

Wir hatten jetzt das Bierhaus erreicht und nahmen wieder an einem Tische Platz. Um aber nicht wieder parterre zu geraten, hielt Murad Nassyr es für angezeigt, seinen Sitz, ehe er sich auf denselben niederließ, sehr eingehend auf dessen Festigkeit zu prüfen. Nachdem er sich befriedigt hatte, bestellte er zwei Flaschen Bier. Der Junge brachte sie und dazu zwei Wasserpfeifen. Dabei blinzelte er, ohne dieses Mal Furcht zu zeigen, den Dicken von der Seite so vertraulich an, daß es mir heimlich Spaß machte. Der Negerbube war ein höchst aufgewecktes Kerlchen. Er trug das Haar ganz glatt geschoren und war trotz seiner Jugend schon tätowiert. Er hatte einen tiefen Einschnitt zwischen den Augenbrauen, von welchem, als dem Centralpunkte, kreisförmige, punktierte Linien sich nach dem Scheitel und den beiden Seiten der Stirne hinzogen, eine Art der Tätowierung, die bei allen Stämmen der Dinkaneger, und zwar sowohl bei den Männern als auch bei den Frauen gebräuchlich ist. Wie ich sehr bald erfuhr, befand sich der kleine Kellner in einem immerwährenden Kriege mit dem Dicken. Der letzte Angriff von seiner Seite war gegen den Schnurrbart des Feindes erfolgt und hatte ihm die erwähnten »Katzenköpfe«, aber auch einen Piaster Bakschisch eingetragen.

Es war ein wunderbar eigenartiges Treiben, welches sich davor dem Hause auf der breiten Gasse entwickelte. Von unserm Sitze aus konnten wir es in aller Bequemlichkeit beobachten, zumal es uns möglich war, die Straße eine ziemlich große Strecke auf- und abwärts zu überblicken.

An der Ecke der Seitengasse, durch welche ich vorher gekommen war, hielten einige Hammars, Eseljungen, welche den Beruf in sich fühlen, hier die oft undankbare Rolle der Berliner Schusterjungen zu spielen. Der Esel ist im Süden ein ganz anderes Tier als im Norden, wo er als ein struppiges, verdrossenes Sinnbild der Borniertheit betrachtet wird. Ein ägyptischer Esel ist ein unermüdlicher, stets munterer Diener seines Herrn, der ihn mit wenig Futter und vielen Schlägen oder gar Fußtritten belohnt. Selbst mit dem schwersten Reiter auf dem Rücken trabt er Stunden weit, ohne zu ermüden und verfällt trotz dieser Last von Zeit zu Zeit in die mutwilligsten Capriolen. Hinterher rennt schwitzend und pustend der Hammar, schlägt ihn, stößt ihn, versetzt ihm Fußtritte, oder wirft ihn mit Steinen, um seinen Lauf noch mehr zu beschleunigen. Diese Hammars sind wahre Menschenkenner; sie wissen auf den ersten Blick, ob sie einen Engländer, Franzosen, Italiener oder Deutschen vor sich haben. Von den Sprachen aller dieser Völker verstehen sie einige Worte und Redensarten; sie scheinen sogar einige Kenntnisse von der Geographie und Geschichte der betreffenden Länder zu besitzen, wie die Art und Weise, in welcher sie zum Gebrauche ihrer Langohren auffordern, beweist. »Hier ist ein schöner Bismarck!« schreit der eine, der einen Fremden kommen sieht, den er für einen Deutschen hält. Mit dem Bismarck ist natürlich sein Esel gemeint. »*Here is a fine general Grant!*« ruft ein zweiter einem Yankee zu, und ein Engländer hört sich angeschrieen: »*Here is a good beefsteak, a celebrated Palmerston,*« während ein gut republikanisch gesinnter Franzose hören muß: »Monsieur, voilà le plus grand Napoléon; j'ai l'animal, le plus préférable de la France!«

Soeben setzten sich gerade vor uns zwei arabische Gaukler mitten auf der Straße nieder, um ihre Kunststücke zu zeigen. Einige Schritte von ihnen entfernt hatte ein Muhad'dit, einen Kreis Neugieriger um sich versammelt, um für zwei oder drei der kleinsten Münzen einige schon tausendmal gehörte Märchen vorzutragen. In der Nähe tanzte ein Negerjunge auf Stelzen und blies dazu auf einem flötenartigen Instrumente. Zwischendurch drängt sich ein langer Zug tief verhüllter Frauen, die auf Eseln reiten. Dann kommen hohe, schwerbeladene Kamele die Straße herauf, jedes mit einem Strohseile an den Schwanz des voranschreitenden gebunden. Dahinter keuchen Hammals, Lastträger, mit schweren Päkken und Kisten auf den Köpfen; sie singen dabei, um nicht aus dem Takte zu kommen, mit dumpfer Stimme einige immer wiederkehrende Worte. Jetzt kommt ein Pfeifenreiniger mit einigen Bündeln langer, mit Werg umwickelter Drähte in den schmutzigen, nach Tabaksaft duftenden Händen; dann ein Sakkah hemali, ein Wasserhändler, welcher ein großes irdenes Gefäß mit sich schleppt, um für eine geringe Entschädigung die Durstigen zu erquicken. Auf der anderen Seite der Straße wird der Beweis geliefert, daß hier selbst die intimsten Geschäfte öffentlich und mit möglichst großem Lärm abgemacht werden. Die Vorderfronten der Häuser sind offen, so daß man in jeden Laden, in jede Wohnung blicken kann. Da sitzt ein ehrwürdiger Bürger auf der Matte, hält einen zappelnden Buben zwischen den Beinen und befreit den Haarwald desselben höchst eifrig von jenem Wilde, an welchem Ägypten schon zur Zeit der Pharaonen reich gewesen sein soll. Von einer daneben wohnenden Alten wird etwas auf die Straße geworfen; es ist eine Katze, welche soeben die Augen für immer geschlossen hat, vielleicht vor Hunger. Der Leichnam wird auf der Straße verwesen, ohne daß ein Mensch sich um den dadurch entstehenden Gestank bekümmert; reitet doch der Pascha, welcher soeben erscheint, über den Kadaver weg, ohne in der Anwesenheit desselben etwas Ordnungswidriges zu finden; auch sein Gefolge würdigt denselben nicht der mindesten Aufmerksamkeit, und der voranschreitende Läufer hält es nicht der Mühe wert, ihn durch eine Bewegung des Fußes hinwegzuräumen. Gerade da, wo der erwähnte Alte den Kopf seines Enkels »entvölkert«, sitzt ein weißbärtiger, ehrwürdiger Greis, mit dem Rücken an die hölzerne Tragsäule gelehnt. Still, wie in Verzückung und mit geschlossenen Augen, läßt er die Perlen seiner Gebetkette durch die dürren, zitternden Finger gleiten. Seine Lippen bewegen sich im Gebete. Er sieht und hört nicht, was vor ihm und um ihn geschieht; er ist der Erde entrückt und wandelt im Geiste in den Gefilden des Paradieses, welches Mohammed den Gläubigen verheißen hat.

Da ertönt der laute Ruf: »Unser Morgen sei weiß!« Es ist ein Milchverkäufer, welcher in dieser Weise auf seine Ware aufmerksam macht. »Tröster der Schmachtenden, fließend vor Saft!« ruft ein anderer, welcher Melonen feilbietet. »Sie entsproß aus dem Schweiße des Propheten,- o Duft aller Düfte!« ertönt die Stimme eines Rosenhändlers, und der Scharbetti oder Rosinenwasserverkäufer verkündet: »Länge des Lebens, fliehender Tod; es reinigt das Blut!« Dem Bierhause gegenüber steht ein kleines, vielleicht achtjähriges Negermädchen, welches ein Körbchen an einer Schnur um den Hals hängen hat und zuweilen in verzagtem Tone ruft: »Feigen, Feigen, süßer als meine Augen!«

Wer hat dieses arme Kind hierhergestellt und demselben diesen Ruf vorgeschrieben? Gewiß ein berechnender Geschäftsmann, denn die dunklen Augen der Kleinen mit dem traumverlorenen Blicke sind allerdings süß. Es ist ein schönes Kind, wenngleich von schwarzer Farbe. Die ängstlich bittende Stimme und die flehend ausgestreckten Händchen müßten eigentlich jeden Vorübergehenden veranlassen, einige Para gegen Feigen umzutauschen. Ich konnte den Blick kaum von der Kleinen wenden. Ihre feine Stimme hatte einen so ängstlichen Ton, und das »Feigen, Feigen« klang wie ein Hilferuf an mein Ohr. ich nahm mir vor, ihr beim Fortgehen ein gutes Bakschisch zu geben. Ich hatte bemerkt, daß ich nicht der einzige war, welcher sich von dem Kinde angezogen fühlte. Der Kellnerjunge war in der Zeit von einer Stunde dreimal zu ihr hinübergegangen, um sich eine Feige zu kaufen. War er ein Leckermaul oder that er das aus kindlicher Sympathie? Wenn er sich ihr näherte, so leuchteten ihre Augen auf, und ihr Gesichtchen nahm den Ausdruck hervorbrechender Liebe an. Dies geschah auch allemal, wenn sie hinüberblickte und ihr Auge dem seinigen begegnete.

Jetzt eben hatte er nichts zu thun; er hockte, halb abgewendet von uns in einer Ecke und – – ja wahrhaftig, er weinte; ich sah, daß er mit der äußern Handfläche immer und immer wieder die hervorquellenden Thränen trocknete. Konnte der naseweise Junge auch traurig sein? Dann war es kein gewöhnliches, kindisches Herzeleid, welches ihn bewegte und ihm hier in dieser Umgebung, in dieser Öffentlichkeit das Wasser in die Augen trieb.

Der Blick der Kleinen entdeckte ihn in seinem Winkel; sie sah ihn weinen, und sofort fuhr auch sie mit den beiden Händen nach den Augen. Es mußte irgend ein zärtliches Verhältnis zwischen den beiden schönen Kindern bestehen. Wie es eigentlich kam, und warum ich es that, das vermag ich nicht zu sagen, aber ich war aufgestanden und ging in die Ecke. Als der Junge mich vor sich sah, stand er auf und wollte, ein leises Schluchzen unterdrückend, sich entfernen. Ich hielt ihn am Arme fest und fragte in vertrauenerweckendem Tone:

»Warum weinst du? Magst du mir das sagen?«

Er sah mir ins Gesicht, wischte sich die Augen thränenleer und antwortete:

»Weil niemand von Djangeh kauft.‹,

»Meinst du die kleine Feigenverkäuferin da drüben?«

»Ja.«

»Nun, du kaufst ihr doch ab; ich sah es schon einige Male.«

Er schien zu meinen, daß ich ihn damit der Leckerhaftigkeit anklagen wolle, denn er antwortete lebhaft und wie entrüstet:

»Ich habe die Feigen nicht gegessen; ich gebe sie ihr wieder, wenn der Gebieter vorüber ist. Ich habe nur gekauft, damit sie Geld bekommt, denn wenn sie am Abend nicht fünf Piaster bringt, so bekommt sie Schläge und nichts zu essen und wird mit den Händen und Füßen krumm an den Pfahl gebunden. Ich muß acht Piaster bringen. Heute habe ich schon vier als Bakschisch bekommen; der Herr des Bierhauses giebt mir täglich drei, so brauche ich für heute nur noch einen. Den wird mir schon noch jemand schenken, und so habe ich Djangeh zwanzig Para für Feigen gegeben.«

»An wen mußt du denn die acht Piaster entrichten?«

»An unsern Gebieter.«

»Der auch derjenige von Djangeh ist?«

»Ja; sie ist doch meine Schwester.«

»Und wer ist euer Gebieter?«

»Er ist ein böser Mann und heißt Abd el Barak.«

»Hat er euch denn von eurem Vater gemietet?«

»Nein, unser Vater und unsre Mutter wohnen weit von hier. Er hat uns gekauft von dem Manne, welcher unser Dorf überfiel, unsere Hütten niederbrannte und uns dann mit vielen anderen gefangen nahm, um uns zu verkaufen.

»So seid ihr Sklaven, ihr Armen! Wie heißt das Land, in welchem ihr gewohnt habt?«

»Das weiß ich nicht, es hat keinen Namen. Der Fluß heißt Bahr el Abiad.«

»Aber wie dein Volk heißt, das kannst du mir sagen?«

»Ja; unsere Männer nennen sich Dongiol.»

»Weine nicht wegen heute; es soll euch nichts geschehen. Hier hast du zehn Piaster, welche du mit Djangeh teilen magst; sie soll zu essen haben und nicht krumm angebunden werden.«

Als ich ihm das Geld in die Hand legte, schossen ihm die Freudenthränen in die Augen; er wollte sprechen, sich bedanken; seine Lippen bebten, aber er brachte die Worte nicht heraus. Eine Bewegung, welche er gegen die Straße machte, verriet mir, daß er gleich hinüber zu seiner Schwester wolle, um ihr das Geld zu geben; aber er besann sich und murmelte:

»Nein, jetzt nicht, sondern erst dann, wenn der Gebieter vorüber ist.«

»Warum?«

»Weil er sehen würde, daß sie nicht für so viel verkauft, sondern das Geld als Bakschisch bekommen hat. Geschenke aber müssen wir abgeben, ohne daß er sie uns anrechnet.«

»So kommt er wohl oft hierher, um zu sehen, welche Geschäfte Djangeh macht?«

»Ja. Er kommt einmal am Vor- und einmal am Nachmittag, um das Geld zu holen. Ich verstecke es vor ihm und gebe ihm nur die acht Piaster; auch gebe ich zuweilen Djangeh etwas, wenn sie zu wenig hat. Das übrige vergrabe ich. Wenn ich genug habe, so kaufe ich mich und Djangeh frei und gehe dann mit ihr nach dem Bahr el Abiad zu den Dongiol.«

Das war eine sehr vertrauliche Mitteilung; er hielt mich für einen Menschen, dem er dieses Geheimnis anvertrauen könne, ohne von ihm verraten zu werden.

»Wie viel hast du denn schon gespart?« erkundigte ich mich.

»Schon fast vierzig Piaster.«

»Und wie lange bist du bei Abd, el Barak?«

»Viele, viele Wochen, und noch viel mehr Tage!«

»Ist's ein Jahr?«

»Das weiß ich nicht.«

Der Knabe verstand es nicht, die Zeit zu bestimmen; darum fragte ich ihn:

»Wie oft hast du schon den Aufbruch der Pilgerkarawane von hier nach Mekka gesehen?«

»Zweimal.«

»So bist du schon zwei Jahre bei ihm; merke dir das! Du siehst mich nicht zum letzten Male! Ich werde noch oft hier Bier trinken, und vielleicht kann ich dir einen guten Rat geben oder euern Gebieter bitten, euch freizulassen.«

Ich kehrte, gefolgt von seinem dankbaren Blicke, an meinen Platz zurück. Hätte ich ihm die Wahrheit sagen sollen, daß er eigentlich frei sei, weil der Vizekönig den Sklavenfang verboten habe? Nein, denn er hätte diese Mitteilung doch nicht ausnützen können. Also Geschwister waren sie! Ich war bewegt. Welche Liebe und Anhänglichkeit! Er unterstützte sie, um sie nicht leiden sehen zu müssen! Er hatte sein Land, sein Volk und seine Eltern nicht vergessen. Er wollte zu ihnen zurück; nur darum sparte er. Und wie beschreibt man diese Schwarzen? Auf welche Stufe stellt man sie? Hätte ein weißer Knabe im Alter dieses Negerjungen besser fühlen, denken und handeln können? Gewiß nicht! Wer den Neger nicht für erziehungsfähig hält, wer ihm die besseren Regungen des Herzens abspricht, der begeht eine große Sünde nicht nur gegen die schwarze Rasse, sondern gegen das ganze Menschengeschlecht.

Und dieser Abd el Barak, zu deutsch Diener des Segens! Wie wenig harmonierte sein Name mit seinen Thaten! Ich hatte mich eigentlich näher nach ihm erkundigen wollen, aber das wäre hier aufgefallen. Wenn ich ihm seine Unbefangenheit ließ, war es eher möglich, etwas für die Kinder zu thun. Denn daß ich mich der Geschwister in irgend einer Weise annehmen würde, das stand fest. Ich, der Fremde, der kaum das nötige Reisegeld besaß, um in seine Heimat zu gelangen? Warum nicht! Abd el Barak hatte kein Recht, die Kinder als sein Eigentum zu behandeln und sie für seinen Beutel arbeiten zu lassen. Das stand fest. Er mußte sie hergeben, und wenn ich bis zum Gouverneur oder gar ins Ministerium gehen sollte.

Welchem Volke die Kinder angehörten, darüber konnte es keinen Zweifel geben; sie waren Dongiols, und dieser Stamm gehört zur Dinkanation, welche sich auch Djangeh nennt. Diese letztere Bezeichnung war hier in Kairo der Name des Mädchens geworden. Die Dinka sind unbedingt der schönste Menschenschlag am weißen Nil; sie sind schlank und von hoher Statur, und ihr Gesichtsausdruck zeigt mehr Milde und Intelligenz, als derjenige anderer Völker. Da war es kein Wunder, daß der Knabe nicht das stumpfsinnige, teilnahmlose Wesen anderer Negerkinder besaß. Hätte er in einer deutschen Volksschule sitzen können, er wäre gewiß gegen keinen der andern Schüler zurückgeblieben.

Solchen stillen Betrachtungen gab ich mich hin, bis dem Türken mein Nachsinnen unbequem wurde. Er erkundigte sich nach der Ursache dieser Wortlosigkeit, und ich erzählte ihm, was ich von dem kleinen Gegner seines Schnurrbartes gehört hatte. Er blickte lange, ohne eine Meinung zu äußern, vor sich nieder, so daß ich ihn endlich fragte:

»Nun, was sagen Sie dazu?«

»Daß ich Ihnen nicht rate, sich in diese Angelegenheit zu mischen. Sie würden nicht nur Mühe und Ärger, sondern noch Schlimmeres davon haben.«

»Pah! Die Sklaverei ist abgeschafft.«

»In den Büchern und Verträgen; in der Wirklichkeit besteht sie aber noch, in der Türkei und in Ägypten, und es fragt hier keine Behörde darnach, ob mein Neger mein Diener oder mein Sklave ist.«

»Aber wenn ich einen bestimmten Fall zur Anzeige und dazu die Beweise bringe, so ist diese Behörde gezwungen, einzuschreiten.«

»Ja; aber wie wird sie einschreiten! Nehmen wir den Haushalt des höchsten Mannes in Ägypten als Beispiel an. Hat der Khedive nur Diener und Dienerinnen und keine Sklaven und Sklavinnen mehr? Antworten Sie mir nicht mit Umschreibungen, sondern kurz mit ja oder Nein!«

Ich schwieg. Was hätte ich sagen können?

»Ich höre keine Antwort, und das ist deutlich genug. Denken Sie, der Sudan liefere seit dem Verbote keine Sklaven mehr? Oder denken Sie, es sei nicht allgemein bekannt, auch der Behörde, daß jährlich noch Tausende von Schwarzen auf dem Nile bis herunter ins Delta schwimmen? Man drückt die Augen zu, weil man selbst Neger braucht. Man hat Diener, Haremswächter und Dienerinnen für die Frauen nötig, und weil man sie auf keine andre Weise bekommen kann, so kauft man sie. Ich rate Ihnen, die Hand davon zu lassen.«

Leider konnte ich ihm nicht so ganz unrecht geben, aber dennoch fühlte ich mich gegen ihn verstimmt. Freilich war er kein Christ, sondern ein Muhammedaner und als solcher gewiß kein Gegner der Sklaverei. Er hatte dieselbe von Jugend auf als eine längst zu Recht bestehende und notwendige Institution gekannt und verdiente also Entschuldigung. Fast wäre ich wieder in mein vorheriges Grübeln verfallen, wenn nicht eine neue, interessante Erscheinung mein Auge auf sich gelenkt hätte. Es erschien nämlich am Ausgange der Seitengasse ein Mann, welcher unmöglich unbemerkt bleiben konnte. Im kräftigsten Mannesalter stehend, war er von hoher, breiter Figur. Man sah auf den ersten Blick, daß er große Körperkraft besitzen müsse. Das bezeugte auch die Bildung seines Gesichtes, die stark entwickelten Kiefer, die wulstigen Lippen, die hervortretenden Backenknochen und die breite, scharfkantige Stirn. Das Gesicht besaß einen dunkelbronzenen Glanz, ein sicheres Zeichen, daß er Negerblut in den Adern hatte. Trotz dieses Beweises sudanischer Abstammung trug er grüne Pantoffel und einen Turban von derselben Farbe. Das wollte sagen, daß er ein Abkömmling des Propheten sei. Seine Gestalt war in einen feinen, glänzend weißen Kaftan gehüllt; in jeder Hand hielt er eine Gebetskette, und an einer um den Hals gelegten goldenen Schnur hing ein Futteral mit dem Hamaïl; das ist ein Kuran, welcher in Mekka geschrieben und dort während der Pilgerfahrt gekauft worden ist. Hoch aufgerichtet, trat er mit stolzen langsamen Schritten aus der Nebengasse hervor und kam auf das Bierhaus zu. Seine Haltung, seine Miene, sein ganzes Wesen sagte mit größter Deutlichkeit-. Hier bin ich; wer kommt mir gleich? In den Staub mit euch vor mir!

Dieser Mensch war mir augenblicklich im höchsten Grade widerwärtig. Er hatte das, was der Deutsche ein Ohrfeigengesicht nennt, das heißt ein Gesicht, bei dessen Anblick es einem in den Händen zuckt, obgleich man den Mann zum erstenmale sieht und also von ihm noch gar nicht beleidigt worden sein kann. Ich ahnte in diesem Augenblicke nicht, wie gerechtfertigt dieser mein instinktiver Widerwille war, und konnte noch viel weniger wissen, daß es ihm und mir beschieden war, wiederholt und höchst ernstlich aneinander zu geraten.

Als er herzugetreten war, erhoben sich, mit nur einigen Ausnahmen, die Anwesenden von ihren Sitzen, um sich tief zu verneigen und dabei die Hände auf Herz, Mund und Stirne zu legen. Er antwortete nur mit einem kaum wahrnehmbaren Neigen seines Kopfes, ging zwischen ihnen hindurch und verschwand durch die mehr erwähnte hintere Thüre, nachdem er vorher dem kleinen schwarzen Kellner einen Wink gegeben hatte. Ich sah, daß das Gesicht des Knaben einen angstvollen Ausdruck angenommen hatte; er blickte hinüber zu seiner Schwester, welche darauf zögernd zu ihm kam. Ich sah Thränen in ihren Augen;

ich bemerkte sogar, daß sie zitterte. Er nahm sie bei der Hand und ging mit ihr zu derselben Thür hinaus.

Sollte dieser Mann vielleicht Abd, el Barak sein? Gewiß! Er kam, um die Einnahmen der Kinder zu revidieren. Ich horchte gespannt nach hinten; es war, als sagte mir eine Ahnung, daß ich jetzt gebraucht werde. Ich fragte mich nicht, ob ich ein Recht oder gar eine Pflicht besäße, mich gegebenen Falls einzumischen; es war wie ein Naturgesetz in mir, dem ich mich zu überlassen hatte.

Da drang etwas wie ein ängstliches Wimmern an mein Ohr. Ich sprang auf und stand im nächsten Augenblicke unter der Thüre. Hinter derselben lag ein winzig kleiner Hof. Da stand dieser Mensch; er hatte Djangeh mit beiden Händen bei den Haaren gepackt und hielt sie in die Höhe; sie wagte nicht, ihren Schmerz lauter als durch ein nur mit Mühe unterdrücktes Wimmern zu äußern. Vor ihm kniete der Knabe und rief flehend.

»Laß sie los; laß sie los; ich will für sie bezahlen!«

Der Kerl schwang dennoch das Mädchen an den Haaren hin und her und fragte dabei ihren Bruder, indem ein höhnisches Grinsen sein Gesicht verzog:

»So hast du also doch mehr Geld, als du sagtest? Ich dachte es mir. Her damit! Und wenn du – –«

Er hielt inne, denn er sah mich, weil ich schnell herbeigetreten war. Indem er das arme Kind noch immer nicht sinken ließ, fuhr er mich an- »Wer bist du? Was willst du hier?«

»Gieb das Kind los, und zwar augenblicklich!« antwortete ich.

Er fletschte die Zähne wie ein Raubtier, doch ich beachtete das gar nicht, sondern versetzte ihm, da er meiner Forderung nicht schnell nachkam, einen Fausthieb gegen die Brust, daß seine Finger sich öffneten und das Mädchen zu Boden fiel, wo sie liegen blieb, weil sie vor Angst sich nicht zu bewegen wagte. Er trat zwei Schritte zurück, duckte sich nieder, ballte die Fäuste und wollte sich auf mich werfen.

»Halt!« rief ich ihm zu. »Darf ein Nachkomme des Propheten sich bei einer Balgerei betreten lassen?«

Das wirkte im Moment. Er fuhr aus seiner zusammengezogenen Stellung empor; aber was für ein Gesicht sah ich da vor mir! Es spottete der Beschreibung. Das Blut war aus demselben gewichen, und darum hatte sich seine ursprüngliche Färbung in eine schmutzig graue verwandelt. Seine Lippen waren geöffnet und ließen zwei Reihen langer, gelber Zähne sehen; seine Augen funkelten, und sein Atem drang fast röchelnd aus der Kehle.

»Hund!« zischte er mich an. »Du hast dich an einem Scherif vergriffen. Kennst du mich?«

»Nein,« antwortete ich ruhig, aber vorsichtiger Weise das Auge nicht von ihm lassend.

»Ich bin der Scherif Hadschi Abd el Barak, Mokkadem der heiligen Kadirine des Seyid Abd el Kader el Djelani!«

Ah, das war mir hochinteressant! Er war also das Oberhaupt der hiesigen Mitglieder derjenigen frommen Verbrüderung, welche Erbin des jetzt nächtlich als Gespenst spukenden Majors geworden war. Wenn ein solches Oberhaupt von dem Gründer der Verbrüderung abstammt, wird es Scheik oder Schech, sonst aber Mokkadem (Wächter) genannt. Dieser vor mir stehende Mokkadem hatte erwartet, daß die Nennung seines Namens mich niederschmettern würde; aber das war keineswegs der Fall. Als Christ war ich gefühllos gegen die höchsten islamitischen Würden, und überdies war dieser Abd el Barak auch in moralischer Beziehung nicht der richtige Mann, mir zu imponieren. Darum antwortete ich gelassen:

»Ich glaube es; aber warum handelst du nicht wie ein Sohn des Propheten und wie das würdige Oberhaupt einer so frommen und berühmten Bruderschaft?«

»Was weißt du von meinem Wandel und von meinen Handlungen! Hast du nicht gesehen, daß da draußen alle ihre Häupter vor mir erniedrigten? Nieder also auch mit dir! Du hast mich geschlagen, und ich werde dir sagen, durch welche Bußen du Vergebung erlangen kannst!«

»Ich kniee vor keinem Menschen; ich bin kein Moslem, sondern ein Christ.«

Da war es, als ob er noch einmal so hoch und breit werden wolle.

»Ein Christ, ein Giaur, ein räudiger Hund?« brüllte er mich an. »Und doch hast du dich unterstanden, den Scherif Abd el Barak zu berühren! Dir wäre besser, deine Mutter hätte dich bei der Geburt erstickt, denn ich werde dich in Ketten schlagen und ---«

»Still, prahle nicht!« unterbrach ich ihn. »Jede Drohung aus deinem Munde ist mir lächerlich. Bilde dir nichts ein! Du bist nicht mehr, als ich auch bin, und hast nicht die geringste Macht über mich. Mein Konsul ist's, der mich zu richten hat, wenn ich mich eines Vergehens schuldig gemacht habe, was aber gar nicht der Fall ist. Mein Konsul fragt nicht danach, ob du ein Scherif, ein Hadschi oder ein Mokkadem bist. Vor seinem Gesetze stehst du nicht höher als jeder Lastträger oder Pfeifenputzer!«

»Hund! Sohn eines Hundes und Enkel eines Hundesohnes! Das wagst du mir zu sagen!«

Da trat ich hart an ihn heran, so daß nur einige Zoll Raum zwischen uns verblieb, und warnte:

»Laß diese Beleidigungen! Wiederholst du noch einmal dieses Wort, so schlage ich dich nieder und mache es dann vor Gericht anhängig, daß du Sklaven kaufst, um sie als Kellner zu verleihen oder als Verkäuferinnen an die Straßenecken zu stellen. Dann wird man erfahren, ob der Wandel eines Mannes, welcher arme Kinder peitscht und hungern läßt und krumm bindet, wenn sie ihm nicht genug Geld bringen, Allah wohlgefällig sein kann!«

Diese Worte schüchterten ihn ein; er fuhr zurück und fragte:

»Wer, wer hat dir das gesagt, wer hat es verraten? Dieser Knabe, dieser Schakal war's; kein anderer kann es gewesen sein. Wehe ihm, wenn er heute abend nach Hause kommt!«

»Du wirst ihm nichts thun; dafür werde ich sorgen!«

»Du willst dafür sorgen? Willst du mir Gesetze vorschreiben, du, ein Christenhund, den Allah verderben wird in ---«

Er kam nicht weiter; er hatte das beleidigende Wort wiederholt, und ich war es mir und allen Christen schuldig, ihm zu geben, was ich ihm für diesen Fall angedroht hatte. Ich holte aus und schlug ihm die Faust gegen den Kopf, daß er hintenüber zu Boden stürzte und da liegen blieb. Der Wirt hatte an der Thüre gestanden und den letzten Teil unseres Streites angehört; er kam im höchsten Schreck herbei und rief, die Hände zusammenschlagend:

»O Allah, Allah, Allah! Du hast ihn ermordet!«

»Nein; er ist nur betäubt und wird bald erwachen. Schaff' ihn an einen Ort, wo es keine Zeugen seiner Demütigung giebt!«

»Ich werde es thun; aber fliehe, fliehe augenblicklich, Herr, sonst wirst du unter den Füßen der erzürnten Gläubigen zertreten!«

»Ich fürchte mich nicht; aber wenn bekannt wird, was geschehen ist, wird der gute Ruf deines Hauses verloren sein. Darum will ich mich aus Rücksicht für dich entfernen.«

»Ja, thue es, schnell, schnell! Gehe nicht zurück, wo dich die Gäste sehen, sondern hier über den Hof und durch die kleine Pforte; da kommst du in den Garten eines eingefallenen Hauses und über die Trümmer desselben in eine andere Gasse. Aber beeile dich, beeile dich!«

Er faßte den Besinnungslosen unter den Armen und schleppte ihn fort, ohne weiter auf mich zu achten. Ich nahm den Knaben an die rechte, das Mädchen an die linke Hand und sagte.

»Kommt, geht mit mir! Euer Gebieter soll euch nicht mehr peinigen.«

Da riß sich der Knabe los, eilte in die Ecke zu einem Erd-und Scherbenhaufen, wühlte in demselben, nahm sein dort verstecktes Geld zu sich und war nun bereit, mit mir zu gehen. Ich schlug den mir vom Wirte gezeigten Weg ein. Lieber wäre ich zu meinem türkischen Gastfreunde zurückgekehrt, aber es war auf jeden Fall besser, es nicht zu thun. Was wäre aus mir geworden, wenn dieses Ereignis vor zwanzig, ja noch vor zehn Jahren stattgefunden hätte! Der Wirt hätte alle Gäste herbeigerufen und ich wäre an Ort und Stelle gelyncht worden. Jetzt aber war er schon so einsichtsvoll, zu erkennen, daß es auch in seinem eigenen Interesse liege, eine solche Scene zu vermeiden.

Was nun geschehen sollte, das fragte ich mich nicht; ich hatte gehandelt, wie der Augenblick es erforderte, und wie ich es für richtig und meiner würdig hielt; die Folgen mußte ich natürlich auf mich nehmen, doch war mir vor ihnen nicht allzu bange.

Ich kam in den bezeichneten Garten und sah die Schutthaufen und Mauerreste des eingestürzten Hauses vor mir. Nachdem wir über dieselben weggeklettert waren, lag eine schmale, wenig belebte Gasse vor uns; sie lief parallel mit derjenigen, zu welcher das Bierhaus gehörte, und es war also nicht schwer, die Wohnung meines Türken zu finden. An der Thüre derselben angelangt, klopfte ich. Der Haushofmeister öffnete. Ich sah es ihm an, daß er erstaunt war, mich nicht mit seinem Herrn, sondern in Begleitung der Negerkinder zurückkehren zu sehen, machte aber seiner Neugierde ein schnelles Ende, indem ich fragte:

»Selim, kennst du das Bierhaus, in welchem Murad Nassyr zu trinken pflegt?«

»Sehr genau, Effendi,« antwortete er.

»Er sitzt wahrscheinlich noch dort und weiß nicht, wo ich mich befinde. Suche ihn schnell auf und sag' ihm, daß ich hier bin. Aber thue das so, daß niemand es bemerkt. Am besten ist's, du bleibst von fern und winkst ihn heimlich fort.«

»Richtig, sehr richtig!« antwortete er, indem er mir eine so halsbrecherische Verbeugung machte, wie man sie eigentlich nur einem Kautschukmanne zumuten darf. Dann begab ich mich in die mir angewiesenen Zimmer, Djangeh und ihren Bruder mit mir nehmend.

Die Kinder waren mir schweigend gefolgt; jetzt aber wurden sie sprachselig und legten mir hundert und mehr Fragen vor. Es war mir nicht möglich, ihnen dieselben nach Wunsch zu beantworten; aber ich erkannte aus diesen Erkundigungen, welch ein gutes Herz und welch ein gesundes Begriffsvermögen die kleinen Schwarzen besaßen. Es war nicht viel über eine halbe Stunde vergangen, so ging die Thüre auf und Murad Nassyr trat herein. Als er die unerwartete Einquartierung erblickte, fragte er verwundert:

»Was hat das zu bedeuten? Diese Neger befinden sich hier? Sie sind mit Ihnen gekommen? Warum sind Sie ohne mich heimgegangen? Sie liefen so plötzlich davon, zur Thüre hinaus, und sind nicht wieder zurückgekehrt. Warum das?«

»So wissen Sie nicht, was hinter jener Thüre geschehen ist?«

»Nichts, gar nichts weiß ich. Man hörte da draußen Stimmen sprechen, wohl etwas lauter als gewöhnlich. Ich wollte Ihnen nach; aber da der Wirt dann unter der Thüre stand, so glaubte ich, er werde dafür sorgen, daß Ihnen nichts geschehe. Ich wartete also, bis jetzt Selim kam und mich von weitem zu sich winkte. Nun aber werde ich wohl erfahren, was sich zugetragen hat?«

»Das werden Sie. Setzen Sie sich zu mir, und hören Sie mir ruhig zu.«

Ich erzählte ihm den Vorgang mit der Ausführlichkeit, die ich für nötig hielt. Er war so entsetzt darüber, daß er in eine vollständige Lautlosigkeit verfiel und meinen Bericht zu Ende hörte, ohne ein Wort zu sagen. Aber als ich fertig war, brach er in desto wortreichere Klagen aus. Da er sich dabei der türkischen Sprache bediente, verstanden die Kinder glücklicherweise nicht, was er sagte. Ich hörte ihn ruhig an, ließ den ganzen angstvollen Wortschwall über mich ergehen und fragte ihn am Schlusse desselben:

»Aber fürchten Sie sich denn gar so gewaltig vor diesem Abd el Barak? Nach meiner Ansicht vermag er Ihnen nicht den mindesten Schaden zu thun.«

»Nicht?« antwortete er erstaunt. »Der Vorsteher einer solchen Verbrüderung, eines so mächtigen Bundes!«

»Was geht dieser Bund Sie an? Sind Sie Mitglied desselben?«

»Nein; aber haben Sie denn nicht bemerkt, mit welcher Hochachtung er behandelt wurde? Er besitzt einen Einfluß, der uns sehr gefährlich werden kann.«

»Die Komplimente, welche ihm von andern gemacht wurden, gehen mich nichts an. Mir ist die Hauptsache die Behandlung, welche er von mir erfahren hat, und da wird niemand sagen können, daß sie sehr hochachtungsvoll gewesen ist. Sie haben ihm nichts gethan und brauchen ihn also nicht zu fürchten. Nur ich allein bin es, welcher Veranlassung hätte, ihn zu scheuen, und da ich trotzdem nicht die mindeste Sorge hege, so haben Sie noch viel weniger, also gar keinen Grund, sich zu ängstigen.«

»Aber Sie sind mein Gast; Sie wohnen bei mir, und darum bin ich für alles, was Sie thun, verantwortlich!«

»Dem ist sehr leicht abzuhelfen, indem ich mir ein anderes Logis suche, und das werde ich sofort thun.«

Ich stand von meinem Sitze auf und gab mir den Anschein, als ob ich mich entfernen wolle. Das war gegen seine Pläne. Er erhob sich auch schnell, ergriff mich beim Arme und fragte: »Sie wollen doch nicht etwa fort? Bleiben Sie, bleiben Sie!«

»Das kann ich nicht, weil Sie behaupten, daß ich Ihnen Unannehmlichkeiten bereiten werde.«

»Nein, nein, sondern Sie können mir ganz im Gegenteile von großem Nutzen sein. Vielleicht können wir bezüglich dieser Negerkinder ein Abkommen treffen, daß ich keinen Schaden habe.«

»Das können wir. Ich verspreche Ihnen hiermit, alles, aber auch alles auf mich zu nehmen. Ich erkläre Ihnen hiermit, daß ich nicht nur das Recht, sondern sogar die Verpflichtung habe, mich ihrer anzunehmen. Auf diese Erklärung hin können Sie mich und sie getrost hier behalten. Sollten Sie dadurch mit der Behörde in Berührung kommen, so werden Sie sich auf diese meine Erklärung berufen und damit jede Art von Verantwortlichkeit von sich ab- und auf mich wälzen.«

»Aber ich werde dennoch viel Störung und auch Ärger haben. Wenn man entdeckt, daß Sie die Kinder mit zu mir genommen haben, wird man sich zunächst nicht an Sie, sondern an mich halten. Es ist möglich, daß meine Abreise dadurch verschoben wird, und das macht mir Schaden, da ich an einem ganz bestimmten Tage in Chartum erwartet werde.«

»Ich bin bereit, Sie zu entschädigen.«

»Wodurch, womit?«

»Wenn Sie die Kinder hier behalten, verspreche ich Ihnen, mit nach Chartum zu gehen. Eine Liebe ist der andern wert.«

Da verklärte sich sein Gesicht, und er erkundigte sich:

»Ist dieses Versprechen im Ernst gemeint?«

»Im vollsten Ernste.«

»So gehe ich darauf ein. Hier ist meine Hand. Schlagen Sie ein! Die Kinder bleiben da; aber Sie übernehmen die Verantwortung für alles, was daraus entstehen kann, und begleiten mich dann auf meiner Reise.«

»Gut, abgemacht; hier meine Hand. Und nun mag Ihr Selim nach meinem Hotel gehen, um meine Effekten zu holen. Ich werde ihm zu seiner Legitimation einen Zettel mit einigen Zeilen mitgeben.«

»Ich will ihm den Befehl dazu erteilen und dann für das Abendessen sorgen, für welches es nun Zeit geworden ist.«

Die in Ägypten nur kurze Dämmerung war indessen eingebrochen, und nachdem Nassyr das Zimmer verlassen hatte, kam Selim, um unter einer tiefen Verbeugung um den Zettel zu bitten. Hinter ihm erschien der Schwarze, um die Lampe anzubrennen. Als beide sich entfernt hatten, kam Nassyr wieder. Er war wegen des Abendessens im Harem gewesen und hatte da den Auftrag erhalten, mir folgende Botschaft mitzuteilen:

»Herr, du bist ein großer Arzt. Dein Mittel hat geholfen; die Zahnschmerzen sind vollständig verschwunden und nicht wiedergekehrt. Kannst du auch andere Krankheiten heilen?«

»Ja. Hast du noch einen Patienten im Hause?« antwortete ich.

»Leider! Meine Schwester ist es.«

»Woran leidet sie?«

»An einer Krankheit, von welcher eine Frau oder ein Mädchen nicht gern spricht. Aber du hast ihr Vertrauen errungen, und so hat sie mich beauftragt, aufrichtig mit dir zu sein. Sie verliert nämlich seit einiger Zeit die Zierde ihres Hauptes.«

»Das Haar? Dann mußt du mir freilich einige Fragen beantworten, die man sonst nicht ausspricht, zu denen aber der Arzt sehr wohl berechtigt ist.«

»Frage getrost! Ich werde dir Auskunft erteilen.«

»Wie alt ist deine Schwester?«

Er zögerte doch, mir Auskunft zu geben, da diese Frage im Oriente eigentlich die größte Rücksichtslosigkeit enthält; vielmehr erkundigte er sich:

»Ist es denn unumgänglich notwendig, das zu wissen?«

»Allerdings.«

»Nun, so will ich dir sagen, daß Letafa, im zweimal zehnten Jahre steht.«

Im Oriente ist ein Mädchen mit zwanzig Jahren schon alt, dennoch war der Name geeignet, den Schluß zu ziehen, daß diese Dame sich im

Besitze anziehender Eigenschaften befinde, denn Letafa bedeutet die Liebenswürdige. Um so nüchterner mußte meine Frage klingen:

»Ist's wirkliche Kahlköpfigkeit, an welcher sie leidet?«

Aufrichtig gestanden, sprach ich diese Worte nur aus, um zu sehen, welchen Eindruck sie auf ihn machen würden. Er schlug die Hände zusammen, machte ein Gesicht, als ob er eine Ohrfeige erhalten habe, und rief aus:

»O Allah, Allah, welch eine Frage! Wie unglücklich müssen sich die Frauen der Franken fühlen, da sie von ihren Ärzten gezwungen werden, solche Auskünfte zu erteilen!«

»Wer Heilung finden will, muß aufrichtig sein.«

»So kannst du nicht helfen, ohne zu wissen, wie viel Haare meine Schwester verloren hat?«

»Nein, ganz gewiß nicht.«

»So muß ich dir sagen, daß sich gerade mitten auf ihrem Haupte eine runde, haarlose Stelle befindet, welche fast die Größe eines Maria-Theresien-Thalers hat.«

»Und ist die Patientin einmal von einer schweren, langwierigen Krankheit befallen gewesen?«

»Nie.«

»Dann kann ich vielleicht helfen, aber ich muß die kahle Stelle des Kopfes sehen.«

»Bist du toll!« rief er aus. »Kein Anhänger des Propheten darf ein Mädchen sehen, und du bist gar ein Christ!«

»Ich will nicht das Mädchen, nicht das Gesicht sehen, sondern nur die kleine Stelle des Kopfes.«

»Das ist noch schlimmer. Ein Weib wird einem Manne lieber ihr ganzes Gesicht, als eine kahle Stelle ihres Kopfes zeigen.«

»Hier bin ich nicht Mann, sondern Arzt. Wer Hilfe finden will, darf sich nicht vor meinen Augen scheuen.«

»Nun gut! Die Hände zu zeigen, das ist allenfalls erlaubt. Die sollst du zu sehen bekommen.«

»Das führt zu nichts. Nicht die Hände sind krank, sondern der Kopf ist es; ich muß unbedingt die betreffende Stelle sehen. Da dies aber nicht geschehen kann, so ist es mir unmöglich, der Patientin die Zierde ihres Hauptes wiederzugeben.«

»Herr, das ist grausam und ganz gegen unsere Gebräuche!«

»Ich gebe das zu, muß aber auf meinem Verlangen bestehen. Entweder geht deine Schwester auf dasselbe ein, oder sie behält den kahlen Fleck, der sich immer mehr vergrößern wird, bis er den ganzen Kopf einnimmt.«

»O Unglück, o Herzeleid! Was ist da zu thun? Wenn der Bräutigam diesen Mangel erblickt, wird er mir die Schwester zurückschicken. Das darf nicht sein; sie wird sich vielleicht fügen. Ich werde hinauf zu ihr gehen und sie fragen.«

Er wendete sich zur Thüre. Schon hatte er dieselbe geöffnet, da drehte er sich um und fragte:

Muß es wirklich und auf alle Fälle sein?«

»Unbedingt!«

»So muß ich diesen bösen Auftrag auf mich nehmen.«

Er ging. Ich war schon überzeugt, daß es sich um eine sogenannte kreisförmige Kahlheit handle; aber ich wollte mit voller Absicht mein Verlangen erfüllt haben. Nassyr sollte erfahren, daß es schwer sei, mir etwas abzudingen. Nach einiger Zeit kehrte er zurück und meldete.

»Herr, es ist mir gelungen. Letafa geht auf deinen Wunsch ein. Zwar darf sie dich nicht oben bei sich empfangen, und es ist ihr auch verboten, einen Raum zu betreten, welcher von einem Manne bewohnt wird; aber ihr werdet euch in einem Zimmer treffen, welches neutral ist, weil niemand es bewohnt. Wenn sie ihre Vorbereitungen getroffen hat, wird sie es uns wissen lassen.«

Jetzt kehrte Selim mit meinen Sachen aus dem Hotel zurück. Er trat mit großer Hast herein, vergaß ganz, seine Verbeugung zu machen, und meldete mir:

»Effendi, es ist ein großes Unglück in der Nähe! Zwei Polizeisoldaten suchen dich.«

»Mich? Suchen sie mich denn hier?«

»Ja. Sie langten zu gleicher Zeit mit mir draußen vor dem Hause an.«

»Wie könnte die Polizei mich kennen! Haben sie dir einen Namen genannt?«

»Nein. Sie fragten nach dem Manne, welcher mit zwei schwarzen Kindern hier eingetreten ist.«

»Damit bin freilich ich gemeint. Hast du ihnen gesagt, daß ich hier bin?«

»Ja.«

»Dummkopf!« schrie ihn sein Herr an. »Das solltest du nicht sagen. Das ist im höchsten Grade albern von dir!«

Selim bog den Rücken, daß er mit den Beinen einen rechten Winkel bildete, und antwortete im Tone der Zerknirschung-

»Richtig, sehr richtig!«

»Zanken Sie nicht!« beschwichtigte ich den Türken. »Man hat mich jedenfalls gesehen; die Polizisten wissen, daß ich hier bin, und das Leugnen hätte also nur die Folge, daß die Angelegenheit sich für mich verschlimmerte. Die beiden Beamten wollen also wohl mit mir sprechen?«

»Ja, sogleich!« antwortete der Haushofmeister.

»So bringe sie herein!«

Selim ging, und Murad Nassyr meinte in ängstlichem Tone:

»Ich entferne mich! Man muß denken, daß ich von dieser Sache nichts weiß, daß ich mit derselben gar nichts zu schaffen habe.«

»Nein; es ist besser, Sie bleiben hier.«

»Warum?«

»Damit Sie hören, wie ich mich und Sie aus der Schlinge ziehe. Man soll weder mir noch Ihnen nachsagen, daß wir uns vor der Polizei fürchten. Ich habe ganz nach Recht und Gesetz gehandelt, und Sie dürfen mich nicht verleugnen, sondern Sie müssen durch Ihre Anwesenheit erklären, daß Sie mit mir einverstanden sind.«

»Meinen Sie? Nun gut; es ist möglich, daß Sie recht haben, und ich will also bleiben. Aber die Kinder wollen wir verbergen.«

»Wozu? Ich habe doch nicht die Absicht, zu verheimlichen, daß sie sich hier befinden, also kann ich sie auch sehen lassen. Setzen Sie sich ruhig zu mir nieder! Ich bin begierig, zu erfahren, in welcher Weise diese Polizisten die Angelegenheit zum Vortrag bringen.«

Im Laufe des Gespräches waren uns die Pfeifen ausgegangen. Da der Neger nicht sofort bei der Hand war, steckten wir sie uns selbst wieder an und sahen nun in möglichst würdevoller Haltung dem Eintritte der Beamten entgegen. War ich der Ansicht gewesen, daß sie nicht sehr vertrauenerweckend aussehen würden, so hatte ich mich nicht geirrt. Es waren Arnauten, bis an die Zähne bewaffnet. Es fiel ihnen gar nicht ein, ein Wort des Grußes zu sagen oder gar sich zu einer Verbeugung zu erniedrigen. Sie ließen ihre Blicke durch das Zimmer schweifen, und dann fragte der eine, indem er den Schnurrbart wirbelte und einige Schritte auf mich zutrat:

»Sind das die Neger?«

Natürlich antwortete ich nicht; ich that ganz so, als ob ich ihn gar nicht gesehen und gehört hätte.

»Ob das die Neger sind!« fuhr er mich an, indem er auf die Kinder deutete.

Ich verharrte auch jetzt noch in meinem Schweigen; da trat er nahe zu mir her, stieß mich mit dem Fuße an und fragte in zornigem Tone:

»Bist du taub und blind, daß du weder siehst noch hörst, wer sich bei dir befindet?«

Da fuhr ich empor und gebot ihm:

»Zurück, Unverschämter! Wie darfst du es wagen, einen fremden Effendi mit deinem schmutzigen Fuße zu berühren?«

Mein Gesicht war jedenfalls kein allzu freundliches, denn der Mann wich schnell bis zu seinem noch an der Thüre stehenden Kollegen zurück, hielt es aber der Würde seines Amtes für angemessen, mich zu warnen:

»Hüte deine Zunge! Du hast mich unverschämt genannt! Weißt du, was ich bin?«

»Ein Sabtieh, das heißt, ein niedriger Beamter der Polizei, mit dem ich als Fremder nichts zu thun habe. Wünscht man von mir etwas, so mag man sich an meinen Konsul wenden, der mir einen seiner Khawassen senden wird!«

»Das wird man thun. Vorher aber müssen wir die Sache untersuchen.«

»Dagegen habe ich nichts, wenn es in der richtigen Weise geschieht. Ihr seid hier eingetreten, wie man in einen Stall tritt. Wißt ihr nicht, was ein Gruß ist?«

»So meinst du, daß wir einen Verbrecher auch noch höflich grüßen müssen?« fragte er höhnisch.

»Verbrecher! Wen meinst du mit diesem Worte? Etwa einen von uns beiden?«

»Dich!«

»Mich? Bin ich eines Vergehens oder gar Verbrechens überwiesen? Ich werde mich durch meinen Konsul bei euerm Vorsteher über euch beschweren. Kein Kadi, kein Richter darf, bevor das Urteil gefällt ist, einen Menschen einen Verbrecher nennen, und ihr seid nur niedrige Polizisten, während ich ein hochbeschützter Effendi bin. Sogar den einfachen Gruß habt ihr uns verweigert. Ich werde euch Höflichkeit lehren lassen, und wenn ich mich direkt an den Khedive wenden soll. Bis ihr ehrerbietiger geworden seid, haben wir nichts mit euch zu schaffen. Verlaßt also diese Wohnung, und kommt erst dann wieder, wenn ihr eingesehen habt, was es zu bedeuten hat, einen Europäer mit Füßen zu treten!«

Ich öffnete die Thüre. Sie sahen einander an, ohne meiner Weisung Folge zu leisten.

»Hinaus!«

Dieses Wort rief ich ihnen in einer Weise zu, daß Murad Nassyr erschrocken von seinem Sitze auffuhr. Die Polizisten erschraken nicht weniger; sie schoben sich zur Thüre hinaus, welche ich hinter ihnen zumachte.

»Um Allahs willen, was ist Ihnen eingefallen!« meinte der Türke. »Es wird Ihnen schlecht ergehen!«

»Mein Verhalten wird im Gegenteile die besten Folgen haben,« antwortete ich ihm.

»Irren Sie nicht! So etwas darf nicht einmal ich wagen, der ich doch ein Unterthan des Großherrn bin!«

»Da haben Sie sehr recht. Aber was kein Unterthan des Großherrn wagen darf, das kann ein Franke sich erlauben, für den nicht eure Gesetze, sondern diejenigen seines Landes gelten. Wer zu mir kommt, muß grüßen, sonst jage ich ihn hinaus, und wer mich mit dem Fuße stößt, dem schlage ich eigentlich die Hand ins Gesicht, was ich aber aus Rücksicht für Sie unterlassen habe. Setzen wir uns ruhig nieder!«

»Ruhig!« lamentierte er. »Ich meine, daß es bald sehr unruhig bei uns werden wird. Sie sind zu kühn gewesen und werden es zu bereuen haben!«

»Schwerlich! Es ist nicht zum ersten Male, daß ich solchen Leuten Höflichkeit empfehle. Ich kenne sie. Je mehr man sich von ihnen gefallen läßt, desto protziger werden sie, während sie, wenn sie den richtigen Mann finden, den Mut verlieren. Ich bin überzeugt, daß –«

Ich wurde unterbrochen, um zu erfahren, daß ich die Sabtiehs ganz richtig beurteilt hatte, denn es geschah gerade das, was ich hatte sagen wollen. Die Thüre wurde langsam geöffnet; die Polizisten kamen wieder herein, verneigten sich und grüßten mit einem Sallam. Meine Drohung, nötigenfalls mich sogar an den Khedive zu wenden, hatte die erwartete Wirkung hervorgebracht. Übrigens hatte ich diesen Erfolg mehr meinem Glücke als meinem Scharfsinn zu verdanken, wie sich bald herausstellen sollte.

»Sallam!« antwortete ich, und Murad Nassyr erwiderte den Gruß mit demselben Worte.

»Effendi,« begann derjenige, welcher bisher den Sprecher gemacht hatte, »wir sind beauftragt, uns zu erkundigen, wo sich die beiden jungen Neger befinden, welche du aus dem Bierhause mitgenommen hast.«

»Wie ihr seht, befinden sie sich hier bei mir.«

»Das sind sie also?« fragte er, indem er auf Djangeh und ihren Bruder deutete.

»Ja, sie sind es.«

»So werden wir sie mit uns nehmen, zu ihrem Herrn, Abd el Barak, dem berühmten Vorsteher der Verbrüderung des heiligen Abd el Kader el Djelani.«

»Und der hat euch geboten, sie ihm zu bringen? Ist er euer Vorgesetzter?,‹

»Nein.«

»So habt ihr keine Befehle von ihm zu empfangen.«

»Wir warnen dich, Effendi! Du bist fremd und kennst die Gesetze dieses Landes nicht.«

»Ich scheine sie besser zu kennen als ihr.«

»Du hast dich an Abd el Barak vergriffen!«

»Gerade so, wie du dich an mir, nur mit dem Unterschiede, daß du mich mit dem Fuße tratest, obgleich ich dir nichts gethan hatte, während ich den Vorsteher niederschlug, weil er mich trotz meiner Warnung wiederholt beleidigte.«

»Aber welches Recht hast du an diesen beiden Negerkindern?«

»Dasselbe Recht, welches Abd el Barak an ihnen hat: Ich habe sie engagiert, um mir zu dienen.«

»Sie sind aber doch seine Diener!«

»Nein, nicht mehr, da sie entschlossen sind, von jetzt an bei mir zu bleiben.«

»Das ist nicht möglich, weil er sie nicht entlassen hat. Er bedarf dazu einer Aufsagefrist.«

»Ah, so klug fängt er es an! Es kann ihm das aber keinen Nutzen bringen. Haben diese Kinder sich ihm vermietet?«

»Wir wissen es nicht.«

»Oder sind sie ihm von ihrem Vater übergeben worden?«

»Auch das können wir nicht sagen.«

»So mag er beweisen, daß er ein Recht besitzt, sie von mir zurückzuverlangen. Als Dienstherr muß er beweisen können, daß er sie gemietet hat. Vielleicht besitzt er einen Kontrakt, oder hat er Zeugen, welche ihm den Beweis ermöglichen?«

»Dessen bedarf es nicht; sie haben bei ihm gewohnt und ihm gedient; darum gehören sie ihm.«

»Und jetzt wohnen und dienen sie bei mir; darum gehören sie zu mir.«

»Wir haben aber den Befehl, sie nötigenfalls mit Gewalt von hier zu ihrem Herrn fortzuschaffen!«

»Habt ihr diesen Befehl von eurem Vorsteher erhalten?«

»Nein. Wir handeln im Auftrage Abd el Baraks.«

»Es ist keine Anzeige über mich gemacht worden?«

»Noch nicht; Abd. el Barak will sie aber unbedingt erheben, falls du ihm die Kinder nicht auslieferst!«

»Schön! Warten wir also, bis er das thut. Dann mag der Richter entscheiden, wem die Kinder gehören. Woher wißt ihr denn, daß ich mich hier befinde?«

»Ich sah dich mit den Kindern in diese Gasse einbiegen und in dieses Haus treten. Du führtest sie an den Händen, was hier so auffällig ist, daß es meine Aufmerksamkeit auf sich zog. Dann kam ich an dem Bierhause vorüber, gerade als Abd0 el Barak aus demselben trat. Er nahm mich mit zu sich, um mir den Auftrag zu erteilen, zu dessen Ausführung ich noch einen Kameraden mitgenommen habe.«

»Jetzt ist mir alles klar, und nun will ich dir eine sehr wichtige Frage vorlegen. Kennst du die Gesetze dieses Landes?«

»Natürlich kenne ich sie.«

»Ist die Sklaverei erlaubt?«

»Nein.«

»Weißt du, aus welcher Gegend diese Kinder stammen?«

»Abd el Barak teilte mir mit, daß sie Abkömmlinge der Dongiol seien.«

»Das ist richtig. Aber sie sind nicht etwa hier in Ägypten, sondern in der Heimat dieses Stammes geboren. Sie wurden vor ungefähr zwei Jahren, als die Sklaveniagd längst verboten war, geraubt, und Abd el Barak hat sie gekauft. Sie sind nicht seine Diener, sondern er hat sie zu Sklaven gemacht und an andere Leute vermietet. Den Lohn steckte er in seine Tasche; sie aber bekamen statt des Essens Schläge, wenn sie nicht genug Geld zu ihm brachten. So steht die Sache. Will Abd el Barak die Kinder haben, gut, so mag er einen Prozeß mit mir beginnen und sich an die Behörde wenden. Ich werde beweisen, daß er sie gekauft hat, und ihn bestrafen lassen. Es wird kein besonderer Ruhm für den Vorsteher einer so frommen Verbrüderung sein, wenn ihm nachgewiesen wird, daß er Sklaven hält und sie des Nachts krumm schließt, wenn sie ihm nicht genug verdienen. Ihr aber seid Wächter des Gesetzes und solltet euch hüten, eure Hände dadurch zu besudeln, daß ihr sie einem Sklavenhalter zur Verfügung stellt. Ich will vergessen, wie grob ihr gegen mich gewesen seid, will auch annehmen, daß ihr euch nicht länger mit dieser Angelegenheit entehren werdet. Darum lasse ich meine frühere Absicht, mich über euch zu beschweren, fallen und will euch sogar einen Bakschisch geben, damit eure Mühe nicht ganz umsonst gewesen ist.«

Ich holte einige Silberstücke hervor, welche sie sofort in ihren Taschen verschwinden ließen, wobei der eine meinte-.

»Herr, du hast Worte des Verstandes und der Weisheit gesprochen, und ich werde Abd el Barak mitteilen, daß es klug von ihm gehandelt sein wird, wenn er es aufgiebt, dir die Kinder wiederzunehmen. Allah gebe dir fröhliche Tage und ein langes Leben!«

Er kreuzte die Arme über die Brust und verbeugte sich höflich; sein Gefährte folgte diesem Beispiele, und dann verschwanden sie.

Mein dicker Türke hatte vor Erstaunen über diese Wendung der Angelegenheit seine Pfeife ausgehen lassen. Er blickte mich mit großen Augen an, schüttelte sehr nachdrücklich den Kopf und meinte:

»Ist das möglich? Sie scheinen trotz Ihrer Grobheit gewonnen zu haben, Effendi!«

»Nicht trotz, sondern wegen meiner Grobheit. Man muß diese Leute zu behandeln wissen. Der Bakschisch hat dann dem Ganzen die Krone aufgesetzt. Ich sage Ihnen, die hiesigen Beamten haben vor einem europäischen Konsul viel mehr Angst als vor dem Großsultan. Unsere Herrscher verstehen ihre Unterthanen zu schützen, während der Wille des Padischah hier fast gar keine Geltung hat.«

»Aber ob die Sache wirklich zu Ende ist, das fragt sich noch!«

»Nein, sie ist noch nicht zu Ende. Abd ei Barak wird es nicht wagen, sich vor Gericht über mich zu beschweren; aber dafür wird er heimlich Rache nehmen. Ich muß von jetzt an sehr vorsichtig sein.«

»So weiß ich nicht, ob ich Ihnen hier in dieser Wohnung Schutz bieten kann!«

»Sie vermögen es nicht. Ich muß mir einen andern Ort suchen.«

»Aber wo? Im Hotel oder vielleicht bei Ihrem Konsul?«

»Im Hotel bin ich nicht sicher, und den Konsul will ich nicht belästigen. Ich werde morgen die Stadt verlassen.«

»Die Stadt, also mich verlassen? Also auch mich? Das kann ich nicht zugeben. Wir würden uns nicht wiedertreffen.«

»O doch. Ich benutze ein Nilboot oder ein kleines Segelboot, um mit den Kindern eine Strecke nilaufwärts zu fahren, und erwarte Sie dort, um, wenn Sie kommen, zu Ihnen an Bord zu steigen.«

»Kann ich mich darauf verlassen?«

»Gewiß; ich halte mein Wort. Ihr langer Selim mag noch heute hinab nach dem Hafen gehen, um sich zu erkundigen, wann ein Boot abgeht. Ich selbst mag mich heute nicht sehen lassen.«

»Und die Kinder wollen Sie mitnehmen?«

»Ja, denn ich hoffe, in Chartum Gelegenheit zu erhalten, sie zu den Dongiol schicken zu können. Ich habe mich ihrer einmal angenommen und will nicht bei dem Anfang stehen bleiben. Einen Schaden werden wir davon nicht haben; ich bin vielmehr überzeugt, daß wir an ihnen während der Fahrt sehr treue und aufmerksame Diener besitzen werden.«

»Das gebe ich zu und werde dafür sorgen, daß es ihnen unterwegs an nichts gebricht. Eigentlich aber bin ich auch noch jetzt der Ansicht, daß es besser gewesen wäre, wenn Sie sich gar nicht mit ihnen eingelassen hätten.«

Er sagte das in einer Weise, welcher ich entnahm, wie ernst gemeint es war. Er war einmal nicht Gegner der Sklaverei; ich konnte das nicht ändern.

Bald darauf kam der Neger, um uns mitzuteilen, daß die Herrin uns erwarte. Draußen stand die schwarze Dienerin, welche ich vom Zahnschmerz befreit hatte. Sie leuchtete uns die schmale Treppe empor und führte uns in ein Zimmer, welches vollständig leer und unmöbliert war. Nur ein kleiner Teppich war in der Mitte ausgebreitet. Nachdem die Dienerin dem Dicken die Lampe übergeben und sich entfernt hatte, trat eine tief verhüllte, weibliche Gestalt ein, Letafa, die Schwester meines Türken. Ihre Erscheinung harmonierte nicht im mindesten mit dem lieblichen Namen, den sie trug. Ich sah einen weißen Kleiderballen, aus welchem unten zwei kleine Pantoffel hervorschauten. Der Knäuel bewegte sich langsam nach der Mitte des Zimmers und ließ Sich, ohne einen Laut von sich zu geben, dort auf den Teppich nieder. Dann fuhr unter der dichten Hülle eine Hand nach oben, und da, wo ich der Notwendigkeit nach den Kopf vermutete, wurde der Zipfel eines Tuches ein klein wenig zurückgezogen.

»Jetzt!« nickte mir Murad Nassyr zu. »Wollen Sie es sich ansehen?«

Er näherte sich der Gestalt, um zu leuchten, wendete aber das Gesicht seitwärts, damit sein Auge nicht auf den Flecken in der Zierde des Hauptes seiner Schwester fallen könne. Ich aber sah mir denselben genau an. Ja, es gab da mitten im starken, dichten Haar eine runde, ganz kahle Stelle, welche durch mikroskopische Pilze entstanden war.

»Werden Sie es heilen können?« fragte Nassyr.

»Ich hoffe es. Wahrscheinlich wird die Zierde dieses Hauptes schon in einigen Wochen wieder erschienen sein.«

»Allah gebe es! Und ich werde es Ihnen danken. Wie heißt das Mittel, welches man anzuwenden hat?‹,

»Sie finden es hier in Kairo in jeder Apotheke. Man nennt es da El Milh el hamid, und für einen halben Piaster wird für die ganze Kur ausreichen. Man löst es in einer Flasche voll Wasser auf und betupft damit täglich einmal die kahle Stelle. Das Mittel hat schon vielen geholfen, ist aber bei einem vollständigen Kahlkopfe freilich ohne Wirkung.«

Diese Worte erregten die Freude der Dame in der Weise, daß sie jetzt ihre Stimme vernehmen ließ.

»Meinen Dank; ich danke Ihnen!« hörte ich sie leise sagen; dann erhob sie sich und verließ mit Bewegungen, welche die Bezeichnung elegant freilich nicht verdienten, das Zimmer.

Der verbeugungssüchtige Haushofmeister erhielt, als wir wieder nach unten kamen, den Befehl, da er nach dem Hafen mußte, das Mittel gleich mitzubringen, und einige Zeit später wurde uns das Abendessen aufgetragen. Es bestand aus einer großen Platte mit einem ellenhohen Berg von fettem Pillaw und aus einer zweiten Platte mit Kebab, an Hölzern gebratenen Fleischstückchen. Ich schätzte diese Bratenstücke auf gewiß sechs Pfund und dachte dabei der orientalischen Sitte, daß die Diener bekommen, was die Herren übrig lassen. Das Ganze sah höchst appetitlich aus und war jedenfalls von den weißen Händchen Letafas, der »Liebenswürdigen«, zubereitet worden. Das erhöhte meinen Appetit; ja, ich hatte beinahe Hunger, da mir vorher nur ein Hühnerbein zu teil geworden war. Man kann sich also denken, daß ich mich gar nicht nötigen ließ. Gabeln gab es nicht und Löffeln noch viel weniger. Wir aßen also orientalisch; das heißt, wir langten mit den Händen in den Haufen, ballten den Reis zu Kugeln und führten diese in den Mund. »Führten«, das kann ich allerdings nur auf mich beziehen, denn der Dicke führte nicht, sondern er warf. So oft er eine Kugel geformt hatte, öffnete er den Mund, warf sie hinein, klappte ihn zu, ein Druck, ein Schluck, und sie war hinunter. Ich war neugierig, zu sehen, daß er das Ziel einmal verfehlen werde, mußte aber einsehen, daß seine Geschicklichkeit eine viel zu große sei; er traf die Öffnung stets auf das genaueste. Zum öfteren Reinigen der Hände waren an Stelle der Servietten halb aus einander geschnittene Citronen vorhanden. Ich beeilte mich so sehr wie möglich, konnte es aber meinem Partner nicht gleichthun. Wenn ich eine Reiskugel überwältigt hatte, waren bei ihm vier oder fünf verschwunden. Glücklicherweise bin ich kein starker Esser und hatte also bei der Größe des Reisberges die gerechteste Hoffnung, satt zu werden. Eben nahm ich wieder eine halbvolle Hand davon, fühlte aber, daß ich Widerstand fand. Ich zog und zog - - ein, zwei, drei, vier lange, dunkle Frauenhaare aus dem Pillaw. Dabei mochte sich mein Gesicht auch etwas in die Länge ziehen, denn Nassyr wurde aufmerksam und fragte:

»Was ist's? Haben Sie sich die Lippen verbrannt?«

»Nein. Ich habe eine wichtige Entdeckung gemacht.«

Ich zeigte ihm die Haare hin. Er zog sie mir aus der Hand, betrachtete sie mit freundlicher Hingebung und meinte:

»Was ist's weiter? Allah läßt beides wachsen, den Reis und auch die Haare. Aus seiner Hand kommt alles.«

»Aber er läßt den Reis zum Essen und das Haar zum Schmucke wachsen! Gedenken Sie der kahlen Stellen vieler Köpfe! Bedeuten dieselben ein Wunder, wenn man das, was auf den Kopf gehört, im Pillaw findet? Soll ich die Haare essen, gegen deren Verschwinden ich El Milh el hamid verordnet habe?«

»Wallah, Tallah! Ich hoffe nicht, daß Sie die Absicht haben, das Haupt meiner Schwester zu beleidigen! Diese Haare waren nicht von ihr, sondern von Fatma, der vorzüglichsten Köchin des ganzen großen Sultanreiches.«

»Wer ist diese Fatma?«

»Die Lieblingsdienerin meiner Schwester. Sie ist Meisterin in allen feinen Speisen, und der Wohlgeschmack ihrer Limonaden kommt demjenigen der Paradiesesquelle gleich. Sie werden während der Reise täglich von ihren Speisen essen und also reichlich Gelegenheit finden, ihre Kunst zu preisen.«

O weh! Von dieser Fatma essen, deren erster Pillaw mich so vollständig um meinen schönen Hunger gebracht hatte. Das war eine Aussicht, für welche ich mich nicht zu begeistern vermochte. Natürlich brachte ich meine Zunge nicht wieder mit diesem Reise in Berührung; ich hielt mich an den Kebab und mußte da aber sehr behend sein, da der Dicke es für eine Ehrenpflicht zu halten schien, mich nicht an einer Magenüberfüllung ersticken zu lassen. War er in anderer Beziehung ebenso auf seinen Vorteil bedacht, so hatte ich es später sicher zu bereuen, ihm meine Zusage zur Mitreise gegeben zu haben. Damit es meinen kleinen Negern nicht ebenso wie mir ergehen möge, warf ich ihnen einige Fleischstücke zu und formte fleißig Reisklöße, welche sie mit großer Geschicklichkeit auffingen und ebenso geschickt sich einverleibten. Wahrhaftig, die Platten wurden leer! Was der Dicke nicht zu bemächtigen vermochte, das verzehrten die Kinder, welche sich seit langer Zeit nicht ordentlich satt gegessen hatten und deren Augen mir aus Dankbarkeit für meine Fürsorge freudig entgegenstrahlten. Ich sah es ihnen an, daß ich ihre vollste Liebe gewonnen hatte. Sie waren des Arabischen zwar noch nicht sehr mächtig, hatten aber von meinem Gespräch mit dem Polizisten genug verstanden, um zu wissen, wie sehr ich mich geweigert hatte, sie ihrem grausamen Herrn zurückbringen zu lassen.

Nach dem Essen hob Nassyr den Zeigefinger, machte zu dieser Pantomime ein sehr geheimnisvolles Gesicht und sagte:

»Jetzt kommt das Allerbeste. So lange ich mich noch in Kahira befinde, werde ich mir diesen Wohlgeschmack so oft wie möglich gönnen, da ich später auf denselben verzichten muß.«

Er klatschte in die Hände, und der Schwarze brachte vier Flaschen Bier, welche der Dicke ohne mein Wissen hatte holen lassen. Nun, wenigstens dieser heimatliche Trank sollte mir nicht zu Wasser werden. Ich goß mir also fleißig in die Schale und war infolgedessen ebenso schnell mit zwei Flaschen fertig wie mein Türke.

Dieser begann jetzt, an das heutige Erscheinen des Gespenstes zu denken, oder vielmehr an dessen Nichterscheinen; denn er war wirklich überzeugt, daß es sich durch die Anwesenheit eines Ungläubigen abschrecken lassen werde. Von ihm um eine Meinung befragt, erklärte ich:

»Auch ich glaube nicht, daß der Geist kommen wird, denn er fürchtet sich vor mir.«

»Fürchten? O nein! Ein Geist kennt keine Furcht. Er wird nicht kommen, weil Sie als Christ ihm für unrein gelten.«

»Dann rate ich ihm freilich, sich nicht an mir zu besudeln, denn ich würde ihn und sein Andenken so verunreinigen, daß sein Name für alle Moslemirn zum Gelächter würde. Es könnte ihm niemals einfallen, wiederzukommen.«

»Sie scheinen wirklich keine Angst zu haben?«

»Nein. Ich habe mich schon, als ich ihn zum erstenmale sah, nicht vor ihm gefürchtet.«

»Wie? Sie haben ihn bereits gesehen?«

»Ja. Wenigstens vermute ich es. Entweder er oder sein Obergespenst ist mir schon einmal hier in Kahira erschienen.«

»Allah! Und wann denn?«

»Davon später. Sie würden es mir doch nicht glauben.«

»Ich glaube es sofort. Er ist ja mir auch erschienen. Warum sollten ihn andere nicht ebenso gesehen haben?«

»Andere, ja, aber nicht ich, der ich ein Ungläubiger bin. Sie sind ja der Ansicht, daß er sich von mir fernhalten werde. Ein Ungläubiger bin ich nicht; kein Christ ist ein Giaur, denn unser Gott ist derselbe Gott, welchen Sie Allah nennen. Wir glauben sogar mehr als Sie, denn wir beten in Isa Ben Marryam, den Sie nur als Propheten verehren, den Sohn Gottes an. Aber in Beziehung auf Gespenster bin ich der ungläubigste Mensch, den es geben kann. Pflegen Sie des Nachts im Finstern zu schlafen?«

»Nein, sondern gerade des Gespenstes wegen brennen wir alle Licht.«

»Und es kommt dennoch?«

»Es kommt dennoch; es kommt durch die verriegelten Thüren und wandelt durch die erleuchteten Zimmer, an uns vorüber. Es ist grauenhaft! Daß ich noch nicht entflohen bin, mag Ihnen beweisen, daß ich meinen Namen Nassyr, welcher Sieg bedeutet, mit vollem Rechte trage.«

»Auch die Hausthüre ist verriegelt?«

»Natürlich, und zwar mit zwei großen, schweren Riegeln, welche man gar nicht so leicht bewegen kann.«

»Und wo schläft Selim, der tapfere Haushofmeister, welcher es mit allen Helden des Weltalls aufnimmt?«

»Hinter der Hausthüre, wo er sich täglich ein Lager bereitet.«

»Und auch er hat den Geist gesehen?«

»Täglich, alle Abende hat er ihn erblickt. Sie mögen daraus erkennen, daß er wirklich kein furchtsamer Mensch ist. Heute werden wir zum erstenmale der Ruhe pflegen können, welche uns bisher versagt gewesen ist. Ich bin müde und bedarf des Schlafes. Gute Nacht!«

Er gab mir die Hand und ging in seine Wohnung. Ich hörte, daß er die Thüre hinter sich verriegelte. Natürlich glaubte ich ihm sehr gern, daß er der Ruhe bedürfe. Starke Esser pflegen nach der Mahlzeit ermüdet zu sein. Aber daß ihn das Gespenst heute nicht stören werde, darüber war ich anderer Überzeugung. Ich hätte darauf schwören mögen, daß gerade heute der Geist kommen werde, wenn auch nicht mir zuliebe, aber doch gerade meinetwegen.

Es mochte nach unserer Zeit gegen elf Uhr sein, und ich hielt es für geraten, meine Vorbereitungen zu treffen, welche höchst einfach waren. Zunächst hatte ich die Kinder in Schlaf zu bringen. Sie mußten sich in eine Ecke auf das Polster legen, und ich deckte sie mit meinem

Mantel, den Selim aus dem Hotel mitgebracht hatte, so zu, daß ihre Gesichter unter demselben steckten; sie sollten das Gespenst nicht sehen. Dann trat ich leise hinaus in den Säulengang, um nach der nächtlichen Beleuchtung zu sehen. Es gab keinen Mondschein; aber die Sterne schimmerten so hell hernieder, daß man wenigstens zehn Schritte weit zu sehen vermochte.

Zur Hausthüre kam das Gespenst nicht herein; das war gewiß, weil dieselbe mit Riegeln verschlossen war, und weil Selim dort lag. Ich war überzeugt, daß dieser Schlingel sich gerade denjenigen Ort, an welchem sich die Erscheinung nicht sehen ließ, zur Ruhestätte erwählt hatte. Der Geist stieg unbedingt über die Gartenmauer, in welcher es die schon erwähnten Breschen gab. Dort konnte man ihn kommen sehen. Trotzdem zog ich es vor, mich nicht in dem Garten zu postieren, denn vielleicht befand der Geist sich schon draußen, hätte mich bemerkt und auf seinen heutigen Rundgang verzichtet. Nun ging ich nach dem Hausflur, um nach Selim zu sehen. Er war noch nicht da, kam aber soeben die Treppe herab, mit einer kleinen Lampe in der Hand, welche ihn und die Umgebung matt beleuchtete. Alle Wetter, hatte dieser Held sich für die Geistererscheinung vorgesehen! Von jeder Schulter hing ihm eine Flinte herab; an der linken Seite schleppte ein mächtiger Sarras neben ihm her; sein langes, weißes Gewand war mit einem Tuche umgürtet, aus welchem die Griffe von einigen Messern und Pistolen blickten; in der Linken trug er die Lampe und in der Rechten ein starkes Holz, welches jedenfalls die Stelle einer Keule vertreten sollte. Als er mich erblickte, fuhr er vor Schreck so zusammen, daß ihm die Lampe entfallen wäre, wenn ich sie nicht ergriffen und festgehalten hätte.

»Laß mich in Ruh', laß mich in Ruh', o böser Geist, o Teufel!« rief er, indem die Keule seiner Hand entglitt.

»Schrei' nicht so, Selim!« antwortete ich. »Ich glaube gar, du hältst mich für den Geist!«

Dabei hob ich die Lampe zu meinem Gesichte empor. Als er dasselbe erkannte, meinte er im Tone größter Erleichterung und indem er tief Atem holte:

»Preis sei Allah, daß du es bist, o Effendi! Denn wenn es der Geist gewesen wäre, so hätte ich ihn auf der Stelle erschlagen!«

»Wohl mit der Keule, welche du hier weggeworfen hast?«

»Ja, mit ihr. Sie entfiel mir, als ich eben ausholen wollte. Ist der Herr schon schlafen gegangen?«

»Ja.«

»Die andern auch, und ebenso wollte ich hier mein Lager aufsuchen.«

Er nahm mir die Lampe aus der Hand und leuchtete nach der Thüre, -wo er eine alte Strohmatte ausgebreitet und darauf eine große Decke gelegt hatte, in welche er sich so einhüllen konnte, daß ganz gewiß weder er den Geist noch dieser ihn zu sehen vermochte.

»Und wo befindet sich der Neger?« fragte ich.

»Droben im Vorzimmer der Frauen, wo er sich mit ihnen verrammelt hat. Warum wandelst du hier herum, wo doch jeden Augenblick der Geist erscheinen kann?«

»Ich suchte dich. Ich wollte dich fragen, ob du nicht einige starke Schnüre oder Stricke hast.«

»Ich habe welche und werde sie gleich holen.«

Er brachte mir das Verlangte und riet mir dann, mich schlafen zu legen. Ich kehrte in meine Wohnung zurück, zunächst in das hintere Zimmer, welches erleuchtet war, und wollte nach den Kindern sehen. Sie schliefen fest. Dann ging ich in die nebenanliegende, dunkle Stube und öffnete die Thüre, welche auf die Säulenhalle des Hofes führte. Da setzte ich mich auf den Boden nieder und wartete mit großer Spannung, ob es dem Gespenst belieben werde, heute zu erscheinen.

Offen gestanden, wünschte ich, daß es kommen möge, denn ich wollte gern wissen, ob ich mit meiner Ahnung, daß es ein Mitglied, vielleicht gar der Vorsteher der Verbrüderung sei, das Richtige getroffen hätte. War es Abd el Barak, den ich, wie schon gesagt, für einen starken Menschen hielt, so galt es, vorsichtig und dabei sehr schnell zu sein. Er mußte überrascht werden. Ich wollte ihn im erleuchteten Zimmer erwarten, um zu erfahren, was er, wenn er mich erkannt hatte, machen werde. So saß ich lange Zeit; die Minuten wurden mir zu Viertelstunden. Ich hielt die Augen nach dem in den Garten führenden Durchgang gerichtet. Da hörte ich ein leises Geräusch aus jener Richtung, und von dem Dunkel der mir gegenüber liegenden Säulenhalle hob sich eine schmale, lichtere Stelle ab, welche sich bewegte. Es war eine jetzt in der Nacht grau erscheinende, also wohl weiß gekleidete Gestalt. Sie trat aus der Halle hervor und auf den offenen Hof. Aber sie war nicht allein; eine zweite und eine dritte Gestalt folgten ihr. Gab es etwa drei Gespenster? Dann war mein Verfahren nicht ganz ungefährlich. Die erste Gestalt wendete sich nach links von mir, wo die Zimmer des Türken lagen. Sie hob einen Arm empor, ein Zeichen für die beiden andern, welche sofort einen Lärm begannen, welcher dem Heulen und Pfeifen eines starken Sturmes glich. Dazu reichte der Mund nicht aus; sie mußten Instrumente haben. Ihr Treiben war für mich jetzt Nebensache; ich mußte mein Augenmerk auf den ersten richten. Dieser befand sich hinten bei der letzten Thüre. Jedenfalls schob er jetzt in der von mir vermuteten Weise den Riegel derselben zurück, um in das Zimmer zu treten. Von diesem aus wollte er die anderen Räume des Türken durchschreiten und mußte dann auch in meine Wohnung kommen. Er sollte mich dort auf dem Lager finden. Darum stand ich auf und kehrte schnell, die Thüren hinter mir verriegelnd, in mein erleuchtetes Zimmer zurück, wo ich mich auf das Kissen legte und die Decke so über mich breitete, daß mein Gesicht frei blieb. Die Negerkinder schliefen noch fest. Die Stricke hatte ich mit unter die Decke genommen.

Ich brauchte nicht lange zu warten; der entscheidende Augenblick war da. Ich hörte ein Geräusch an der zu Murad Nassyr führenden Thüre; sie wurde geöffnet, und der Geist trat ein. Er drehte sich zunächst zurück, und beim hellen Schein des Lichtes sah ich in seiner Hand einen dünnen, spitzen Gegenstand, welchen er in die schon erwähnten Löcher steckte, um den jenseitigen Riegel zuzuschieben. Der Kerl mußte seiner Sache sehr sicher sein, daß er es nicht einmal für nötig hielt, sich erst bei mir umzusehen. Ich hielt die Lider so, daß die Augen geschlossen zu sein schienen, ich aber dennoch alles deutlich sehen konnte. Dabei atmete ich ruhig wie ein Schlafender, dafür sorgend, daß meine Brust sich leicht, aber sichtbar hob und senkte.

Ich hätte mich in die Seele Murad Nassyrs hinein ärgern oder schämen mögen! Dieser Geist hatte ganz und gar nicht das landläufig angenommene Aussehen eines Gespenstes. Er war in einen langen, bis auf den Boden reichenden Burnus von weißer Farbe gehüllt, hatte die Kapuze desselben über den Kopf gezogen, und außerdem hing ihm über das Gesicht ein helles Tuch herab, in welches für die Augen zwei Löcher geschnitten waren. Das war doch kein Geist, kein Gespenst, sondern ein Mensch, welcher ganz genau die Gestalt des Abd el Barak hatte.

Draußen hatte sich das Geräusch des Sturmes in das Nachäffen von allerlei Tierstimmen verwandelt, eine wirklich kindische Art und Weise, Gespensterfurcht zu erwekken. Das konnte ich jetzt nicht beachten, denn mein Gespenst hatte sich von der Thüre weg in das Zimmer gewendet, sah sich in demselben um und kam langsam auf mich zu. Es blieb eine kleine Weile vor mir stehen, wahrscheinlich, um mich zu betrachten. Ich hätte sein Gesicht sehen mögen! Aber das war nicht möglich, weil es verhüllt war und weil ich die Augenlider nicht so weit öffnen durfte. Ich konnte durch die Wimpern nur bis dahin schauen, wo sich seine Hände unter dem Burnus befanden. Hielt er mich wirklich für schlafend? Das wäre kein gutes Zeichen für seine Intelligenz gewesen, denn der Lärm, den seine Mitgespenster draußen vollführten, hätte jeden Schläfer aufwecken müssen. Jetzt verließ er mich und ging leise zu den Kindern. Er bückte sich nieder und hob den Zipfel meines Haïk empor. Er sah die beiden Schwarzen, und ich bemerkte eine Bewegung der Überraschung, welche er nicht zu unterdrükken vermochte. Dies gab mir die Überzeugung, daß ich Abd el Barak vor mir hatte.

Er ließ den Zipfel sinken und kehrte völlig geräuschlos zu mir zurück. Er beugte sich über mich, so daß das sein Gesicht verhüllende Tuch senkrecht niederhing und ich nun sein Kinn und auch seinen Mund sehen konnte. Seine rechte Hand kam aus dem Burnus hervor; die Klinge eines Messers blitzte in derselben. Das war gefährlich, und es galt, keinen halben Augenblick zu zögern. Sorge brauchte ich nicht zu haben, denn selbst wenn er stärker als ich war, mußte mir der Schreck zu Hilfe kommen. Ich sprang nicht etwa auf, nein, denn das wäre ein Fehler gewesen, der mich gerade an sein Messer gebracht hätte; vielmehr wälzte ich mich blitzschnell vom Polster herab vor seine Füße und hob dieselben aus, so daß er nach vorn niederstürzte. Das Messer flog aus seiner Hand; er kam mit Kopf und Brust quer auf das Polster zu liegen. Im nächsten Augenblicke war ich über ihm, legte ihm die linke Hand an die Kehle, drückte dieselbe fest zusammen und gab ihm mit der rechten Faust einige Hiebe auf den Hinterkopf. Er machte eine schwache, krampfhafte Bewegung, die ihn nicht befreien konnte, und blieb dann einige Sekunden, die mir aber erlaubten, ihm den einen Strick um den Oberkörper und die Arme zu winden, still liegen. Nun schlug er mit den Beinen aus; ich band sie mit dem anderen Stricke zusammen, so daß er nun vollständig gefesselt und in meine Hand gegeben war. Danach riß ich das Tuch weg und blickte, ganz wie ich erwartet hatte, in das Gesicht Abd el Baraks.

Seine Augen glühten mir förmlich entgegen, doch sagte er kein Wort, was mir sehr lieb war, da ich wünschte, daß die Kinder jetzt noch weiter schlafen möchten. Ich mußte hinaus, und er sollte sie nicht etwa durch Drohungen bewegen können, ihn von den Stricken zu befreien. Aus demselben Grunde mußte ich ihm einen Knebel geben; darum preßte ich ihm mit der einen Hand abermals die Kehle zusammen; er machte, um Luft zu bekommen, den Mund weit auf, und ich schob ihm den zusammengeballten Zipfel des Tuches hinein.

Nachdem ich ihn noch weiter von den Kindern weggezogen hatte, damit er sich nicht leicht zu ihnen hinrollen könne, begab ich mich hinaus in den Säulengang, aber nicht durch die Thüre des erleuchteten Zimmers, weil ich da von den Gespenstern gesehen worden wäre, sondern durch die dunkle Nebenstube. Ich nahm meine schwere Büchse mit, um zuschlagen zu können.

Die beiden sauberen Patrone verführten noch denselben Lärm wie vorher. Ich sah, daß sie, um für Tiere gehalten zu werden, sich auf Hände und Füße gestellt hatten. Mich so tief wie möglich niederduckend, schlich ich mich näher. Mein Anzug war dunkel genug, um nicht leicht vom Boden unterschieden werden zu können. Als ich dem Nächsten auf sechs oder sieben Schritte nahe gekommen war, sprang ich auf ihn zu und schlug ihn mit einem Kolbenhiebe nieder. Er stieß einen heulenden Schrei aus, blieb aber liegen. Der andere wurde durch diesen Schrei gewarnt und richtete sich auf. Er sah mich und wendete sich zur Flucht. Ich eilte ihm nach, an dem leeren Wasserbassin vorüber. Aus der Umfassung desselben war ein Stein gefallen; ich sah denselben nicht und stolperte über ihn hinweg, wobei mir mein Gewehr so zwischen die Beine kam, daß es mir aus der Hand geprellt wurde. Ich ließ es natürlich liegen und rannte weiter, hinter dem flüchtigen Chajjal her. Er war leider mit der Örtlichkeit vertrauter als ich und hatte, als ich den Garten erreichte, einen Vorsprung gewonnen, welcher mich zur verdoppelten Eile antrieb. Es ging quer durch den Garten, über Schutthaufen und durch Unkrautgestrüpp der Mauer zu. Er wollte hinauf; ich kam zur rechten Zeit, erwischte ihn am Beine und riß ihn herab. Das geschah mit solcher Gewalt, daß ich das Gleichgewicht verlor, niederstürzte und unter ihn zu liegen kam. Er hatte sein Messer gezogen und holte zum Stoße aus. Durch eine schnelle Wendung erreichte ich, daß der Stoß fehlging; die Klinge fuhr mir zwischen Brust und Oberarm hindurch. Ich stieß ihm die Faust von unten gegen die Nase und versuchte, seinen bewaffneten Arm festzuhalten. Der Schmerz, den ihm der Nasenstöber verursachte, verdoppelte seine Kräfte; er riß sich los. Ich warf mich, um einem abermaligen Stiche zu entgehen, einige Schritte fort und sprang dann auf; er hatte aber auf einen weiteren Gebrauch seines Messers verzichtet; das Entkommen schien ihm wichtiger zu sein, als mich zu verwunden; er schnellte, ehe ich die entstandene Distanz wieder einzuholen vermochte, sich auf die Mauer und sprang drüben herab; dann hörte ich ihn im Galopp davonrennen.

Mochte er entkommen! Ich war froh, seinem Messer entgangen zu sein, und kehrte in den Hof zurück. Dort lag das Gespenst Nummer Zwei noch so, wie mein Kolbenhieb es niedergestreckt hatte. Ich untersuchte den Gürtel des Menschen; es steckte ein Messer darin, welches ich zu mir nahm; dann begab ich mich in den Hausgang, wo der tapfere Selim lag. Als er mich kommen hörte, brach er vor Entsetzen in das bekannte Gebet der Mekkapilger aus.

»O Allah, behüte mich vor dem dreimal gesteinigten Teufel; bewahre mich vor allen bösen Geistern, und verschließe die Tiefen der Hölle vor meinen Augen!«

»Wimmere nicht, sondern stehe auf!« gebot ich ihm. »Ich bin es ja!«

»Du bist es? Wer denn?« klang es unter der Decke hervor, in welche er sich gewickelt hatte. »Ich weiß, wer du bist. Gehe an mir vorüber, denn ich bin ein Liebling des Propheten, und du hast keine Gewalt über mich.«

»Unsinn! Erkennst du mich nicht an der Stimme? Ich bin der fremde Effendi, welcher als Gast bei euch wohnt.«

»Nein, der bist du nicht. Du hast seine Stimme angenommen, um mich zu täuschen. Aber die Hände der heiligen Khalifen sind ausgebreitet zu meinem Schutze, und im Paradiese bewegen sich Millionen Lippen zum Gebete für meine Rettung. O Allah, Allah, Allah, laß meine Sünden so klein werden, daß du sie nicht sehen kannst, und hilf mir, den bösen Geist überwinden, der seine Krallen um meinen Nacken schlägt!«

Der Mann, der sich vermessen hatte, es mit allen Helden des Weltalls aufzunehmen, war eine Memme allerersten Sorte. Zureden half da nichts. Ohne alle Sorge, daß er Gebrauch von seinem Waffenarsenale machen werde, wickelte ich ihn auf und zerrte ihn hinaus in den Hof, wohin er mir wimmernd folgte. Aber als er da beim Sternenscheine mich erkannte, richtete er sich stolz auf und sagte:

»Effendi, was hast du gewagt!«

»Nichts, gar nichts!«

»Sehr viel, o sehr viel! Preise Allah, daß du noch am Leben bist! Ich habe dich sofort an der Stimme erkannt. Hätte ich dich aber für den Geist gehalten, so wäre deine Seele wie Rauch aus deinem Leibe gefahren, denn ich bin fürchterlich in meinem Zorne und entsetzlich in meinem Grimme!«

»So fürchtest du dich also nicht vor einem Gespenste?«

»Ich mich fürchten? Das kannst du fragen! Ich nehme es mit allen Geistern und Drachen der Hölle auf.«

»Das ist mir außerordentlich lieb, denn du sollst mir den Geist in meine Stube tragen helfen.«

»Den Geist?« fragte er, indem er plötzlich um eine Viertelelle kleiner wurde. »Du scherzest! Wer kann einen Geist tragen?«

»Ich kann es, und du kannst es auch. Dort liegt er; schau hin! Wir wollen ihn in das Zimmer bringen.«

Er folgte mit seinem Blicke meiner ausgestreckten Hand und sah die hell gekleidete Gestalt liegen.

»Hilf uns, O Herr, begnadige uns mit deinem Segen!« rief er aus, indem er beide Hände abwehrend von sich streckte. »Kein Befehl des Padischah, kein Gebot und kein Gesetz kann mich dorthin zu der Stelle bringen, an welcher dieser oberste der bösen Geister liegt.«

»Es ist ja gar kein Geist, sondern ein Mensch!«

»Aber du nanntest ihn ein Gespenst!«

»Er hat Gespenst gespielt, um euch in Furcht zu jagen.«

»So sage mir vorher, wie er heißt, wo sein Stamm wohnt und welchen Namen sein Vater und der Vater seines Vatersvaters trägt! Eher kann ich ihn nicht für einen Menschen halten.«

»Das ist alles Unsinn! Er ist ein Mensch. Ich habe ihn besiegt und mit dem Gewehre niedergeschlagen. Und drin in meiner Stube liegt ein zweiter, dem es ebenso ergangen ist.«

»So bist du verloren. Sie haben sich nur zum Schein besiegen lassen und werden über dich und deine Seele herfallen, um sie in Stücke zu zerreißen und in alle Winde zu zerstreuen!«

»So gehe wieder zu deinem Lager und stecke dich unter deine Decke! Sage mir aber niemals wieder, daß du der berühmteste Held deines Stammes seiest!«

Ich ließ ihn stehen, ging zu dem Geiste Nummer Zwei, nahm ihn auf die Achsel und trug ihn fort, nach meinem Zimmer, wo ich ihn niederlegte. Meine letzten Worte waren doch nicht ohne alle Wirkung auf Selim geblieben. Er kam mir, wenn auch zögernd, nach und blickte vorsichtig durch die halb offen gelassene Thür. In der Nähe derselben lag Abd el Barak. Selim erkannte dessen Gesicht. Sehr bedächtig, einstweilen nur den einen Fuß in die Stube setzend, fragte er erstaunt:

»Ist das nicht Abd el Barak, der Vorsteher der heiligen Kadirine? Wie kommt er hierher, und wer hat ihn in Banden geschlagen?«

»Ich, weil er der Geist ist, welcher in diesem Hause spukte. Er kam zu mir herein und wollte mich erstechen. Da habe ich ihn unschädlich gemacht. Er hatte noch zwei Geister mit, diesen hier, den ich niedergeschlagen habe, und einen andern, der mir über die Gartenmauer entkommen ist.«

Jetzt schien dem »größten Helden seines Stammes« ein Licht aufzugehen. Er kam vollends herein, stellte sich vor mich hin und sagte:

»Effendi, du bist zwar kein rechtgläubiger Moslem, aber Allah scheint dich doch in seinen ganz besonderen Schutz genommen zu haben, sonst wärst du jetzt eine Leiche und lägest draußen, starr wie ein Klotz, niedergestreckt von meiner tapfern Hand, welche unüberwindlich ist.«

Und als ich lächelnd die Achsel zuckte, fuhr er fort:

»Bezweifelst du das etwa? Du bist draußen im Hofe gewesen. Wehe dir, wenn ich dich gesehen und für den Geist gehalten hätte! Deine Gebeine wären zertrümmert unter meinen gewaltigen Streichen, und deine zermalmte Seele wäre von hinnen gegangen wie ein zusammengeknilltes Stück Papier. Kein Schöpfer hätte dich in dieser Gestalt wieder erkannt, und es wäre dir keine Stätte geworden im Lande des jenseitigen Lebens. Allah hat dich behütet, und darum solltest du das Christentum verlassen und den wahren Glauben annehmen, welcher seine Bekenner zu Helden macht, die jeden Gegner überwinden.«

»Um ein Held wie du zu werden, braucht niemand einen anderen Glauben anzunehmen. Gehe jetzt, um deinen Herrn herbeizuholen! Ich will ihm zeigen, welcher Art die Gespenster sind, die ihn aus diesem Hause vertreiben wollten.«

»Ich werde ihn rufen. Vorher aber muß ich selbst mit diesem Manne sprechen, welcher uns weismachen wollte, daß er in das Reich der abgeschiedenen Seelen gehöre.«

Er dachte jetzt nicht daran, daß Abd el Barak als Vorsteher der Kadirine eine bedeutende Macht besaß; das Renommieren war ihm zur zweiten Natur geworden, und da sich ihm jetzt eine Gelegenheit dazu bot, fiel es ihm nicht ein, dieselbe ungenützt vorübergehen zu lassen. Er streckte die geballte Hand gegen Abd el Barak aus und sagte:

»In diese Hand warst du schon längst gegeben. Ich durchschaute dich und hätte, wenn es mein Wille gewesen wäre, dich zerdrücken können, wie man einen Schwamm zusammendrückt. Aber ich war zu stolz dazu. Du warst nicht würdig, von meiner Hand berührt zu werden. Darum hob ich dich für diesen Effendi auf, der dich überwunden hat, wenn auch nicht so leicht und schnell, wie ich mit dir fertig geworden wäre. Du bist für mich wie eine tote Kröte, wie ein abgestandener Fisch, den man nicht riechen mag. Du wirst keine Nachkommen haben, und deiner Vorfahren wird kein Mensch gedenken. Aber wenn du gestorben bist, wird deine Seele als Geist spuken müssen in alle Ewigkeit. Das wird der Lohn deiner Thaten sein, während man die meinigen verzeichnen wird in das Buch der Helden und in die Gedichte der Sieger und Eroberer!«

Kein Theaterheld hätte mit größerem Aplomb hinter den Coulissen verschwinden können, als Selim jetzt durch die Thüre verschwand, um Murad Nassyr zu rufen. Abd el Barak sah ihm mit einem Blicke nach, welcher nichts Gutes weissagte. Ich konnte mich jetzt nicht mit ihm, sondern ich mußte mich mit seinem Nebengespenste beschäftigen, denn der Mann regte sich noch immer nicht. Hatte ich ihn vielleicht totgeschlagen? Es wurde mir doch ein wenig angst. Ich untersuchte seinen Schädel; er war geschwollen, aber nicht zerbrochen. Das Herz schlug fühlbar und regelmäßig. Ah! sollte der Mann sich verstellen, um, wenigstens einstweilen, der Demütigung zu entgehen? Ich nahm ihn beim Halse und drückte. Sofort riß er voller Angst, daß ich ihn erwürgen wolle, die Augen auf und gurgelte:

»Zu Hilfe, zu Hilfe, o Gott, zu Hilfe! Ich ersticke; ich sterbe!«

Ich zog die Hand von seinem Halse und drohte:

»Wer sich tot stellt, der mag sterben. Behalte die Augen offen, wenn du nicht willst, daß ich sie dir für immer schließe! Gespenster finden bei mir keine Gnade.«

Es versteht sich ganz von selbst, daß die schwarzen Geschwister jetzt aufgewacht waren. Sie saßen in ihrer Ecke und betrachteten mit ängstlich aufgerissenen Augen die für sie furchterweckende Scene; aber einige Worte von mir genügten, sie zu beruhigen.

Jetzt nun konnte ich Abd. el Barak den Knebel aus dem Munde nehmen. Hätte ich bisher noch besorgt, daß er mir wegen der im Bierhause stattgefundenen Scene gefährlich werden könne, so war nun jede Veranlassung zu dieser Befürchtung verschwunden; ich hatte den Mann in meiner Hand und durfte annehmen, daß er sich hüten werde, etwas gegen mich zu unternehmen, nämlich offen; seine heimliche Gegnerschaft stand mir noch immer und nun erst recht bevor. Selim war nach der Säulenhalle gegangen, um von da aus durch Klopfen Einlaß bei Murad Nassyr zu begehren. jetzt erschien er unter meiner Verbindungsthüre, um mir zu sagen, daß sein Herr mich erst zu sprechen begehre, bevor er die gefangenen Gespenster sehen wolle.

»So mußt du einstweilen hier bleiben,« beschied ich ihn.

»Richtig, sehr richtig,« antwortete er, indem er mir seit vorigem Tage die erste Verbeugung machte. Er hatte bei der Aufregung der letzten Stunde die altgewohnte Höflichkeit ganz außer acht gelassen.

»Ich hoffe, daß ich dir diese Gefangenen anvertrauen darf?«

»Mit vollstem Rechte, Effendi. Ich werde sie erwürgen, sobald sie nur ein Wort sagen oder eine falsche Bewegung machen. Du darfst versichert sein, daß ich zum Hüter solcher Missethäter wie geschaffen bin. Ein einziger Blick aus meinem Adlerauge genügt, sie in die größte Angst und Bangigkeit zu versetzen. Erlaube mir aber, vorher meine Waffen zu holen!«

»Das ist ja gar nicht nötig; sie sind doch gefesselt!«

Der andere Geist war nämlich auch gebunden worden.

»Das weiß ich sehr wohl, Effendi; aber die Waffen verdoppeln die Würde des Mannes und geben seinen Geboten den Nachdruck, den sie haben müssen.«

Es war klar, er fürchtete sich, mit diesen beiden hilflosen Männern allein zu sein; er brachte also sein ganzes Arsenal geschleppt, und dann ging ich zu Murad Nassyr, dessen Wohnung ich jetzt zum erstenmale betrat. Sie war ebenso fein und bequem eingerichtet wie die meinige. Er stand erwartungsvoll in seiner Schlafstube und begann mit den Worten:

»Was ist geschehen, Effendi? Ich kann nicht glauben, was ich gehört habe. Selim hat mir von seinen Heldenthaten berichtet, aber in einer Weise, daß ich über das meiste im unklaren geblieben bin.«

»Nun, was hat er denn erzählt?«

»Acht Gespenster sind dagewesen; zwei haben Sie gefangen; eins ist Ihnen entkommen, und mit den fünf übrigen hat er gekämpft.«

»Und sie natürlich besiegt?«

»Leider nicht, denn er hat sie entfliehen lassen müssen, woran Sie schuld sind.«

»Ich? Warum?«

»Gerade als er dem Siege nahe gewesen ist und sie ihn um Gnade gebeten haben, sind Sie gekommen, um ihn zu Ihrer Unterstützung in den Hof zu holen.«

»Das ist ein Roman, den er sich ausgesonnen hat. Seine fünf Gespenster leben nur in seiner Einbildung oder vielmehr in seiner Lügenhaftigkeit; es hat nur drei gegeben, und mit diesen habe ich es allein zu thun gehabt.«

»Und Abd el Barak befindet sich wirklich unter ihnen?«

»Ja.«

»Unglaublich! Wer hätte so etwas denken können?«

»Ich habe es gedacht, wie Sie sich erinnern werden.«

»Mir ist nichts erinnerlich.«

»Habe ich Ihnen nicht gesagt, daß der Geist sich vor mir fürchten werde, daß ich ihn schon gesehen habe? Ich meinte damit Abd el Barak. Ich vermutete, daß er es sei, der dieses Haus unsicher mache, um die Wirtin und dann auch die Mieter zu vertreiben, damit es desto eher der Bruderschaft anheimfalle.«

»Das haben Sie vermutet? Ich hätte es mir nie denken können. Es ist schrecklich! Aber nun erzählen Sie mir, wie es zugegangen ist, denn Selims Worten darf ich doch wohl keinen Glauben schenken.«

»Allerdings nicht, da seine Phantasie den größten Beitrag leistet.«

Ich berichtete ihm das Geschehene so kurz und einfach wie möglich; dennoch hatte ich Mühe, ihn zu bewegen, mir Glauben zu schenken. Daß ein Mann wie Abd el Barak sich zu einer solchen Rolle verstehen könne, war ihm fast undenkbar. Ich forderte ihn auf, sich doch durch den Augenschein zu überzeugen; da antwortete er:

»Ehe ich mich zu diesem Manne begebe, muß ich erst wissen, was wir mit ihm und seinem Gehilfen thun werden. Meinen Sie, daß wir sie laufen lassen?«

»Hm! Eigentlich müßten wir die Sache zur Anzeige bringen.«

»Davor möge Allah uns behüten! Die Behörde von diesem Gespensterspiele zu benachrichtigen, würde nichts anderes heißen, als uns die ganze Kadirine zum Feinde zu machen, und das muß ich auf alle Fälle vermeiden, weil ich den größten Schaden davon haben würde. Meine Geschäftsverbindungen mit Ägypten würden in kurzer Zeit wie abgebrochen sein, und nicht nur mit Ägypten, da die Kadirine sich über ganz Nordafrika und sogar bis tief in den Sudan erstreckt. Und auch Sie dürfen eine so mächtige Verbindung sich nicht zur Feindin machen. Ich bin überzeugt, daß Sie ihr Vaterland nicht wiedersehen würden.«

»Ich muß Ihnen leider beistimmen. Also bestrafen dürfen wir die Thäter nicht lassen. Es ist nicht einmal rätlich, die Sache in anderer Weise an die Öffentlichkeit zu bringen. Aber die Kerle einfach freigeben, geht doch auch nicht, denn sie würden sich auch in diesem Falle an uns zu rächen suchen. Wir müssen irgend eine Sicherheit vor dieser Rache in die Hand bekommen.«

»Das könnte doch nur in Form einer Unterschrift sein?«

»Allerdings, ein schriftliches Bekenntnis, von Abd, el Barak unterschrieben. Wir würden von demselben Gebrauch machen, falls er sich direkt feindlich gegen uns verhält oder uns Veranlassung giebt, zu glauben, daß er uns die Kadirine auf den Hals gehetzt habe.«

»Richtig! Ich überlasse es Ihnen, dieses Schriftstück zu entwerfen. Papier und alles dazu Nötige ist da.«

Nachdem noch einige nähere Bemerkungen über diesen Gegenstand ausgetauscht worden waren, begaben wir uns in meine Schlafstube, wo Selim mit geschultertem Gewehre und drohendem Gesicht vor den Gefangenen stand. Eben als wir eintraten, hörte ich ihn sagen:

»Also dürft ihr ja nicht denken, daß ihr euch hier an ihm rächen könnt. Er ist viel zu klug dazu, indem er den guten Rat befolgt, den ich ihm gegeben habe.«

»Von wem redest du?« fragte ich ihn, da mir diese großsprecherischen Worte auffielen. Sie schienen sich auf mich zu beziehen, auf irgend einen Beschluß von mir, welchen mir angeraten zu haben er sich fälschlicherweise rühmte. Er machte ein ziemlich verlegenes Gesicht und zögerte mit der Antwort.

»Heraus damit!« gebot ich ihm. »Hast du etwa von mir gesprochen?«

Ich fühlte mich zu dieser Frage besonders dadurch veranlaßt, daß ich die Augen Abd el Baraks mit einem höhnischen Blick auf mich gerichtet sah.

»Nein, nicht von dir,« antwortete er endlich. »Von Murad Nassyr, meinem Herrn. Er geht unter meinem Schutze nach Chartum und hat also die Rache dieser Leute nicht zu befürchten.«

»Du bist ein Faselhans und solltest dich im Schweigen üben, anstatt jedermann Geschichten zu erzählen, welche doch ganz anders verlaufen, als du die Meinung hast. Gehe hinauf an die Thüre des Harems, und melde dem Neger, was geschehen ist, damit die Bewohner wissen, woran sie sind, wenn sie bemerken, daß wir nicht schlafen!«

Ich schickte ihn fort, damit er nicht Zeuge unserer Verhandlung mit Abd el Barak sei. Wenn dieser Mensch sich von seiner Plauderhaftigkeit hatte hinreißen lassen, zu erzählen, daß ich morgen mit den Negern Kairo verlassen wolle, konnte ich mich auf alle möglichen Hindernisse oder gar Fährlichkeiten gefaßt machen. Er war am Hafen gewesen, um ein Schiff für mich zu suchen; ich hatte aber keine Gelegenheit gefunden oder vielmehr es im steten Denken an den Geist außer acht gelassen, ihn nach dem Ergebnisse seiner Nachforschung zu fragen. Als er fort war, band ich Abd el Barak los, so daß er seine Glieder wieder bewegen und sich aufsetzen konnte. Dann zeigte ich ihm den Revolver und drohte:

»Zunächst bist du noch ein Gespenst, auf welches ich schießen werde, wenn es eine Bewegung macht, zu welcher ich meine Erlaubnis nicht gegeben habe. Ich erwarte also, daß du genau in deiner jetzigen Stellung verbleibst.«

Er sah mich mit einem Blicke an, in welchem nichts als tierische Wut zu finden war; dann zuckte ein überlegenes Grinsen um seinen aufgeworfenen Mund, und er antwortete:

»Wenn du für den mächtigen Mokkadem der heiligen Kadirine irgendwelche Befehle hast, so sprich!«

»Ich habe dir ebensowenig etwas zu befehlen wie du mir, doch stehe ich im Begriffe, dir einige Vorschläge zu machen.«

»Ich höre!«

Er schlug die Arme stolz übereinander und nahm die Haltung und Miene eines Regenten an, welcher einem tief stehenden Unterthan in Gnaden Audienz erteilt. Am liebsten hätte ich ihm einen Faustschlag versetzt, um ihm in Erinnerung zu bringen, daß er hier nicht der Gebietende sei, mußte aber leider in Anbetracht der vorliegenden Umstände meine Empörung beherrschen. Hier gab es einen frappanten Anlaß, den Einfluß des Islam mit demjenigen des Christentumes zu vergleichen. Welche Liebe, Sanftmut, Demut und milde Freundlichkeit beobachtet man bei den Angehörigen christlicher Kongregationen, und wie hochmütig, verstockt und frech trat dieser Mitleiter einer moslemitischen Verbrüderung auf! Und so sind sie alle, diese unwissenden Moslemim, deren Frömmigkeit sich meist nur im gedankenlosen Herleiern einiger Gebete bethätigt, verbissene und verständnislose Menschen, welche mit Verachtung selbst auf ihre Glaubensgenossen herabsehen, falls diese nicht Mitglieder einer Verbrüderung sind.

»Ich höre!« Das klang so oberherrlich, als ob dieser Gespensterspieler der zur Erde niedergestiegene Geist des Propheten selber sei. Es verursachte mir nicht geringe Überwindung, ihm ruhig zu antworten:.

»Kennst du die Kutub el Kadirine, welche in vielen geschriebenen Heften durch alle Länder gehen, in denen es Anhänger eurer Verbrüderung giebt?«

»Ich kenne sie,« nickte er.

»Wer schreibt dieselben?«

»Jeder, der ein Schriftsteller ist, kann so ein Heft verfassen.«

»Nun wohl, ich bin ein Muallif und möchte ein solches Heft schreiben.«

»Du?« lachte er. »Du bist ja ein Giaur!«

»Sprich dieses Wort nicht wieder aus! Du hast erfahren, wie ich solch eine Beleidigung bestrafe. Wenn ich es schreibe, wird es gelesen werden; dafür laß mich sorgen! Der Titel wird lauten: Abd, el Barak, el

Dschinni, Abd el Barak, das Gespenst, und jeder Leser wird erfahren, welch eine jämmerliche Rolle der berühmte Mokkadem der frommen Kadirine heute abend hier gespielt hat.«

»Wage es!« fuhr er mich zornig an.

Ich erkannte daraus, daß meine Berechnung richtig war. Aus einer Drohung mit der Obrigkeit machte er sich voraussichtlich weniger, als aus einer solchen Beschämung vor den Genossen seiner Verbrüderung. Nur auf diesem Wege ließen sich Zugeständnisse von ihm erlangen.

»Ich wage dabei gar nichts,« erklärte ich kaltblütigen Tones. »Ich mache dich vor allen deinen Genossen zu schanden und du wirst nicht die mindeste Macht besitzen, dich an mir zu rächen. Aber aus Rücksicht für die braven Mitglieder eurer Verbrüderung möchte ich es unterlassen, die Kadirine durch dich zu beschimpfen. Ich bin vielleicht bereit, auf mein Vorhaben zu verzichten, wenn du mir beweisest, daß du das Geschehene bereust und auf alle Rache gegen uns verzichtest.«

Bei der Erwähnung der Reue zuckte es grimmig über sein Gesicht; er überwand aber seinen Zorn und fragte in verhältnismäßig ruhigem Tone:

»Worin soll dieser Beweis bestehen?«

»Erstens darin, daß du allen Rechten auf diese Negerkinder entsagest.«

»Ich entsage,« antwortete er sofort mit einer wegwerfenden Bewegung seiner Hand. Meine Drohung hatte also einen solchen Eindruck gemacht, daß ihm diese Bedingung als etwas sehr geringes erschien.

»Damit ich ganz sicher bin, wirst du mir eine schriftliche Quittung darüber geben, daß ich dir das Geschwisterpaar abgekauft habe!«

»Du sollst sie haben.«

»Ferner fertigst du mir einen Empfehlungsbrief aus, des Inhalts, daß alle Mitglieder der Kadirine mir Schutz und Unterstützung zu erweisen haben.«

»Ich werde ihn schreiben.«

Das sagte er ebenso schnell wie seine vorherigen Antworten. Ich glaubte, viel verlangt zu haben. Durfte ich seiner so raschen Zusage Vertrauen schenken? Er sah mich in einer Weise, welche mich bedenklich machte, von der Seite an. Dieser versteckte Blick schien einen Hinterhalt zu bedeuten. Doch hatte ich keine Zeit zum Überlegen, was jetzt auch zu nichts führen konnte, und fuhr also fort: »Und endlich setzen wir eine kurze Schrift auf, welche die Erzählung dessen enthält, was heute hier geschehen ist. Diese Schrift hast du zu unterzeichnen.«

Da fuhr er ergrimmt auf:
»Beim Leben des Propheten, das thue ich nicht!«
»Schwöre nicht bei Muhammed, denn du wirst und kannst diesen Schwur nicht halten!«
»Ich halte ihn, Warum soll ich mich unterschreiben? Was willst du mit dieser Schrift machen?«
»Wenn du dich nicht feindlich zu uns verhältst, wird kein Mensch sie zu sehen bekommen; aber wenn du uns zu schaden trachtest, werden wir Gebrauch von derselben machen.«
»Was werdet ihr machen, wenn ich es nicht thue?«
»Es giebt hier in Kahira noch andere Verbrüderungen, deren Mokkadems ich sofort kommen lassen werde. Diese Männer sollen dich hier sehen und von uns erfahren, auf welche Weise du zu uns gekommen bist. Dann wird man bald allüberall erfahren, daß deine Frömmigkeit im Nachahmen der Gespenster besteht.«
Das war der letzte aber auch der höchste Trumpf, den ich auszugeben hatte, und die erwartete Wirkung blieb nicht aus. Er starrte eine Weile vor sich nieder, dann rief er aus:
»Ich muß mich erheben; ich kann jetzt nicht sitzen bleiben!«
Er sprang auf und schritt in großer Erregung im Zimmer hin und her. Dann blieb er vor mir stehen und fragte:
»Und wenn ich das alles thue, was ihr von mir fordert, werdet ihr uns beide dann ungehindert gehen lassen?«
»Ja.«
»Und die letzte Schrift erst dann vorzeigen, wenn ihr die Bemerkung gemacht habt, daß ich euch zu schaden trachte?«
»Ja.«
»Bei meiner Seele und bei den Seelen meiner Ahnen, du bist ein Mensch, vor dem man sich zu hüten hat.«
»Du zählst deine Ahnen bis hinauf zum Propheten, denn du trägst den grünen Turban, außer wenn du Gespenster machst. Du würdest, falls du dich weigertest, auf meine Forderungen einzugehen, den Gesandten Allahs beschimpfen. Hüte dich!«
»Der Tag deiner Geburt ist ein Unglückstag für mich. Ich werde mich fügen und deinen Wünschen nachkommen. Schreibe also, was du zu schreiben hast! Ich werde meinen Namen dazu setzen.«
Mit diesem Entschlusse ging seine Aufregung zu Ende; er setzte sich wieder nieder. Ich that dasselbe, und Murad Nassyr brachte mir Papier, Tinte und eine Rohrfeder. Es dauerte einige Zeit, bis ich Abd el Barak die drei Schriftstücke vorlegen konnte. Er unterschrieb sie, ohne

sie durchzulesen, gab sie mir zurück und rief tief aufatmend, indem er sich von seinem Sitze erhob:

»So, jetzt sind wir fertig. Nun bindet diesen Mann hier los, und laßt uns fort!«

Wir befreiten das Gespenst Nummer Zwei von den Stricken und begleiteten die beiden bis hinaus an die Hausthüre, deren Riegel Selim zurückschob. Als Abd el Barak den Fuß auf die Gasse gesetzt hatte, drehte er sich zu uns um, machte mir eine Verbeugung und sagte in spottendem Tone:

»Gott behüte dich, Gott bewahre dich; hoffentlich sehe ich dich in kurzer Zeit wieder!«

Dann schritt er mit dem anderen »Gespenste« von dannen. Ich kehrte in mein Zimmer zurück, und Nassyr begab sich hinauf zu seiner Schwester, welche jedenfalls außerordentlich gespannt auf seine Erzählung war. Die Papiere steckte ich zu mir, denn es fiel mir gar nicht ein, sie dem Türken in Verwahrung zu geben. Ich traute ihm nicht die nötige Umsicht zu, und aus dem Verhalten Abd el Baraks, ganz besonders aber aus der Art seines ironischen Abschiedes war zu schließen, daß er allerlei Hintergedanken hegte, welche uns zur Vorsicht mahnten. Dann kam Selim, um sich zu erkundigen, ob ich ihn noch brauche oder er sich wieder niederlegen dürfe.

»Einige Fragen sollst du mir beantworten,« entgegnete ich ihm. »Hast du ein Schiff für mich gefunden, welches heute von Bulak nilaufwärts geht?«

»Ja; ich habe das beste und schnellste ausgesucht, Effendi, und für dich und die Neger Platz bestellt.«

»Das hast du gar nicht klug gemacht. Man braucht nicht schon jetzt zu wissen, ob ich allein komme oder nicht. Hast du gesagt, wer ich bin?«

»Ich mußte es sagen, da der Kapitän mich danach fragte.«

»Was ist's für ein Schiff?«

»Eine Dahabijeh, welche sehr schnell zu segeln scheint, da man ihr den Namen ›Semek‹ gegeben hat.«

»Und nun noch eins, die Hauptsache! Während du die Gefangenen bewachtest, hast du mit Abd el Barak gesprochen. Da hast du ihm erzählt, daß ich heute mit diesem ›Semek‹ die Stadt verlassen werde?«

»Nein, ich habe kein Wort gesagt.«

»Sei aufrichtig! Es hängt vielleicht sehr viel davon ab, daß du mir die Wahrheit sagst. Ich werde dir nicht zürnen, falls du geplaudert hast.«

Er legte beide Hände auf das Herz und versicherte im Tone der größten Aufrichtigkeit:

»Effendi, beleidige nicht meine fromme Seele, indem du glaubst, daß ich dich belüge! Du bist der Freund meines Herrn, und darum diene ich dir ebenso treu wie ihm. Warum hätte ich plaudern sollen? Ich bin als Sohn der Verschwiegenheit geboren, und aus meinem Munde gehen nur solche Reden, welche Allah und den heiligen Kalifen wohlgefällig sind. Ich schwöre dir zu, daß ich kein Wort gesagt habe!«

»Gut!« meinte ich, obgleich ich seine Wahrheitsliebe sehr bezweifelte. »Wann wird die Dahabijeh den Ankerplatz verlassen?«

»Um drei Uhr. Du weißt wohl, daß dies die Aufbruchszeit jedes gläubigen Moslem ist.«

»Und wo liegt sie? Giebt es ein Kaffeehaus in der Nähe, von welchem aus man sie sehen kann?«

»Gar nicht weit von der Stelle, an welcher sie angehängt ist, befindet sich ein Kaffeehaus, vor welchem man sitzen und ihr Deck leicht überblicken kann. Willst du vielleicht dorthin gehen? Ich werde es dir zeigen.«

»Nein, ich habe diese Absicht nicht. Ich bedarf deiner nicht mehr. Ich hoffe, daß du die Wahrheit gesagt hast, und gebe dir zu bedenken, daß man einem Lügner nur schwer wieder Vertrauen schenkt!«

»Richtig, sehr richtig!« stimmte er mir bei, indem er den Kopf so tief verneigte, daß der Außenrand seines Riesenturbans fast den Boden berührte; dann ließ er mich allein.

Nach einiger Zeit suchte mich Nassyr noch einmal auf. Er hatte das Bedürfnis, das Geschehene von neuem durchzusprechen, und dabei zeigte es sich, daß er geneigt war, Abd el Barak jetzt für unschädlich zu halten.

»Er hat gesehen, wie ernst es uns ist,« sagte er; »er hat sich unterschrieben und wird sich hüten, uns zu zwingen, von den Waffen, welche wir gegen ihn in den Händen haben, Gebrauch zu machen.«

»Das denke ich nicht. Zunächst wird er sich Mühe geben, sie uns wieder zu entwinden. Er ist zu allem fähig. Haben Sie nicht den Ton beachtet, in welchem er von uns Abschied nahm?«

»Das war Ärger.«

»Nein, sondern Hohn. Auch fällt mir die Leichtigkeit und Schnelligkeit auf, mit welcher er sich zur Unterschrift des Empfehlungsbriefes bereit erklärte. Jedenfalls hat er sich dabei in einen Hinterhalt gelegt, welchen wir vielleicht noch kennen lernen werden. Zudem bin ich überzeugt, daß Selim ihm mitgeteilt hat, daß ich heute Kahira verlassen werde. Es gilt die Dahabijeh zu beobachten, ob Abd el Barak sie vielleicht besucht.«

»Wer soll das übernehmen?«

»Ich nicht, da es sich ja um mich handelt. Selim ist nicht zuverlässig, und Ihren Neger können wir auch nicht damit betrauen.«

»So muß ich selbst gehen; das wird das beste sein.«

»Allerdings. Das Schiff heißt ›Semek‹ und kann von einem nahe liegenden Kaffeehause leicht überblickt werden. Die Aufgabe erfordert Wachsamkeit, und darum möchte ich Ihnen raten, jetzt wieder zur Ruhe zu gehen. Es giebt keine Gespenster mehr, und unser Schlaf wird nun wohl nicht wieder unterbrochen werden.«

Nassyr verabschiedete sich, und auch ich legte mich wieder nieder, nachdem ich meine beiden Pflegebefohlenen zur Ruhe gebettet hatte. Das Licht wurde diesmal ausgelöscht. Als ich erwachte, war der Vormittag schon fast vorüber. Selim brachte uns das Frühstück und benachrichtigte mich, daß sein Herr schon zeitig ausgegangen sei und verschiedene Gegenstände für mich nach Hause geschickt habe. Er brachte mir dieselben, und ich erkannte, daß der dicke Türke doch nicht ganz so selbstsüchtig war, wie ich vorher geglaubt hatte. Er hatte nicht nur Proviant, sondern auch noch anderes, um mir die Nilfahrt zu erleichtern, für mich eingekauft. Nun handelte es sich vor allen Dingen um das Passagegeld. Hatte ich dasselbe zu entrichten, so entstand dadurch ein Loch in meiner Kasse, welches sehr bedenklich war. Nassyr kam zur Mittagszeit nicht heim; er war pflichtgetreu und blieb so lange wie möglich auf seinem Posten. Erst um zwei Uhr ließ er sich sehen, und nun war es Zeit zum Aufbruche für mich. Durch die Einkäufe des Türken hatten sich meine wenigen Sachen so vermehrt, daß ich einen Packträger holen lassen mußte. Sogar einen hübschen Tschibuk und einen gestickten Tabaksbeutel fügte er hinzu. Kurz bevor wir gingen, wurde Siut als Haltepunkt für mich bestimmt. Ich durfte mich nicht zu weit entfernen, aber wegen Abd el Barak auch nicht zu nahe bei Kairo bleiben. Nassyr konnte bereits bestimmen, daß er genau nach einer Woche mit dem Sandal Tehr, die Stadt verlassen werde. Nach dieser Angabe war leicht zu berechnen, zu welcher Zeit ich ihn in Siut erwarten konnte. Was die Beobachtung der Dahabijeh betrifft, so hatte Nassyr nichts Verdächtiges wahrgenommen. Er war sogar selbst an Bord gewesen, um die Passage für mich zu entrichten, was glücklicherweise nicht meinen Beutel, desto mehr aber mein Herz erleichterte, und hatte auch da nichts bemerkt, was ihm hätte auffallen können. Er behielt seine Ansicht bei, daß meine Vorsicht und Besorgnis ganz überflüssig sei. Ich aber hatte sehr oft erfahren, daß ein Südländer nicht leicht eine Beleidigung verzeiht, und in Beziehung auf Abd el Barak hatte es sich um weit mehr als um eine persönliche Kränkung gehandelt.

Die Sitte des Ostens verbot es mir, Letafa, der »Liebenswürdigen«, lebewohl sagen zu lassen; die haarspendende Fatma ließ ich sehr gern zurück. An der Hausthüre verabschiedete ich mich von Selim mit dem guten Rate:

»Sollte während meiner Abwesenheit der Geist wiederkommen, so wimmere nicht und schlage lieber tüchtig zu. Und halte nicht wieder drei Gespenster für acht! Zu einem ›größten Helden seines Stammes‹ gehört unbedingt, daß er nicht mehr Feinde erblickt, als wirklich vorhanden sind.«

»Richtig, sehr richtig!« antwortete er, indem er mir seine lebensgefährlichste Verbeugung machte und dabei meine Hand an seine Lippen zog. Ein arabischer Moslem, der die Hand eines Ungläubigen küßt, wie oft mag das wohl vorkommen! Der Mann schien mich trotz der kurzen Zeit doch schon ein wenig in sein Herz geschlossen zu haben, und ich nahm mir vor, in Zukunft zu seinen Eigentümlichkeiten ein Auge zuzudrücken. – –

ZWEITES KAPITEL
Der Reïs Effendina

Murad Nassyr begleitete mich und die Kinder. Der Packträger ging voran. Als wir das Schiff erreichten, war die Bemannung desselben gerade mit dem Nachmittagsgebete zu Ende und machte sich nun daran, das große Segel zu entrollen. Ich drückte Nassyr die Hand, sagte ihm Dank und sprang, gefolgt von den Schwarzen, an Bord. Der Packträger stand, nachdem er meine Sachen da niedergelegt hatte, schon wieder am Ufer. Nach kurzer Zeit legte sich der Wind ins Segel, und die Dahabijeh wendete ihren Bug der Mitte des Stromes zu. Einige Abschiedswinke von seiten meines dicken Türken, welche ich erwiderte, dann wendete ich mich dem Decke zu, um den Reïs, zu begrüßen. Er kam mir entgegen, verbeugte sich sehr höflich, hieß mich willkommen und reichte mir sogar die Hand. Dann führte er selbst mich, während der Steuermann dem Schiffe Richtung gab, in die für mich bestimmte Kabine. Sie lag im Hinterteile des Schiffes unter einem Bretterverschlage und wurde anstatt einer Thüre durch eine herabhängende Strohmatte von dem offenen Deck getrennt. Ich sah eine Art Matratze daliegen; Decken hatte Nassyr mir mitgegeben, also konnte ich es mir mit meinen kleinen, schwarzen Begleitern bequem machen. Raum dazu war genug, wenn auch nicht überflüssig vorhanden. Zu meiner Verwunderung waren längs der Bordwand zwei Dutzend Flaschen aufgestellt. Der Reïs sagte mir, daß sie von dem Türken geschickt worden seien. Es war *Bira nimsawiji*, österreichisches Bier. Meine Sympathie für den Dicken wuchs mehr und mehr.

Eben hatte der Reïs mich verlassen, und ich war an die kleine, winzige Kajütenluke getreten, um einen kurzen

Blick hinaus auf den segelbelebten Strom zu werfen, da hörte ich hinter mir eine Stimme:

»Effendi, erlaubst du mir, deine Sachen zu bringen, welche noch vorn liegen, wo der Hammal sie hingelegt hat?«

Ich drehte mich nach dem Sprecher um. Er stand unter dem Eingange meiner Koje in so höflicher, ja demütiger Haltung, daß man ihm wohl eine freundliche Antwort hätte gönnen mögen; aber ich brachte es nicht dazu. Sein Auge blickte so scharf und spitz unter den buschigen Brauen hervor; seine schmalen Lippen waren an den Mundwinkeln breit niedergezogen, als ob er im Begriffe stehe, ein Hohngelächter aufzuschlagen, und seine Nase – – ja diese Nase! Sie war dick angeschwollen und gelb, rot, grün und blau gefärbt. Was hatte der Mann nur gemacht, sich sein Gesicht in dieser Weise zu verschimpfieren! Ich mußte ganz unwillkürlich an den Geist Nummer Drei denken, mit dessen Nase meine Faust heute nacht in so kräftige Berührung gekommen war. Es stieg ein Verdacht in meiner jetzt sehr zum Mißtrauen gestimmten Seele auf. Als man vorhin das Segel löste, war dies unter dem singenden Rufe der Matrosen *»Ah ia sidi Abd el Kader«* geschehen. Dies ist der beliebte Ausruf aller zur Kadirine gehörigen Moslemin. Sollte der Reïs dieses Schiffes und mit ihm die Bemannung desselben Mitglieder dieser Verbrüderung sein? Sollte Abd el Barak, der jawohl von Selim den Namen der Dahabijeh erfahren hatte, dem Reïs den Befehl erteilt haben, meinen Geist Nummer Drei an Bord zu nehmen? Das war höchst bedenklich! Es galt, vorsichtig und klug zu sein. Ich verriet meine Gedanken durch keine Miene und überraschte den Mann durch die schnelle Frage:

»Wie ist dein Name?«

Er hatte auf seine Erkundigung von meiner Seite gewiß nichts anderes als ein zustimmendes Ja erwartet; er zögerte mit der Antwort. Warum? Hatte er Veranlassung, seinen Namen zu verschweigen?

»Nun, antworte!« drängte ich ihn in scharfem Tone.

»Ich heiße Ben Schorak,« meinte er jetzt.

Er hatte das in einer Weise gesagt, als ob er den ersten besten Namen, der ihm einfiel, über die Lippen gehen lasse. Und Ben Schorak, also Schoraks Sohn. Das genügte nicht. Dieser Mann war gegen fünfzig Jahre alt und mußte also einen eigenen Namen haben, hinter welchen dann allerdings Ben Schorak zu setzen war. Ich hielt mich aber nicht lange bei meinem Bedenken auf und erkundigte mich weiter:

»Warum meldest du dich zu dieser Arbeit?«

»Weil ich die Kajütenpassagiere zu bedienen habe.«

»Ah so! Bist du ein Araber?«

»Ja, vom Stamme der Maazeh.«

»Wie lange dienst du schon auf diesem Schiffe?«

»Seit über einem Jahre.«

»Gut! Hole die Sachen! Bin ich mit dir zufrieden, so wird dich mein Bakschisch erfreuen.«

Jjetzt galt es, diesem Manne keine Zeit zu lassen, die mir gegebenen Antworten draußen mitzuteilen. Ich ging also hinaus. Der Reïs stand hinten beim Steuermann; ich trat zu ihnen und zog einige unverfängliche Erkundigungen ein, welche sich auf meine Rechte und Pflichten als Passagier bezogen. Dann fragte ich, ob mir nicht ein Mann zu kleinen Dienstleistungen angewiesen werden könne. Der Reïs antwortete ahnungslos:

»Dieser Mann ist bereits bestimmt. Er hat schon deine Sachen in die Kajüte getragen und befindet sich noch in derselben.«

»Wie heißt er?«

»Barik.«

»Ein Beduine?«

»Nein. Er stammt aus Minieh.«

»Ist er treu und zuverlässig? Wie lange befindet er sich auf dieser Dahabijeh?«

»Schon seit vier Monaten.«

Ich wußte genug; ich war von diesem Gespenst Nummer Drei belogen worden. Er hatte noch nicht die Vorsicht gehabt, mit der Bemannung des Schiffes die notwendigen Personalien zu verabreden. Er befand sich meinetwegen hier. Mir fiel es auf, daß er sich noch immer in meiner Kajüte aufhielt. Was hatte er in derselben zu suchen? Ich näherte mich in einer Weise, daß er mich nicht bemerken konnte, und trat dann schnell ein. Da saßen die beiden Kinder und knabberten an einigen Datteln, mit denen er ihre Aufmerksamkeit gefangen genommen hatte; er aber hatte seine Hand in der Innentasche meines Haïks, natürlich um den Inhalt derselben zu untersuchen. Ich that, als ob ich das nicht bemerkte, und erteilte ihm irgend einen kleinen Auftrag, infolgedessen er sich zu entfernen hatte.

Wie wohlbegründet waren meine Befürchtungen gewesen! Nun fragte es sich, welchen Auftrag dieser Mann von Abd el Barak empfangen hatte. Mich zu ermorden? Wohl möglich, aber ganz so Schlimmes wollte ich doch nicht vermuten. Wahrscheinlicher war es, daß seine Aufgabe darin bestand, mir die Unterschriften zu entwenden. Vielleicht hatte er soeben in der Haïktasche nach ihnen gesucht. Aber sei dem, wie ihm wolle, ich befand mich in keiner angenehmen Lage und hätte lieber, wenn dies möglich gewesen wäre, die Dahabijeh sofort verlassen. Dies konnte später leicht geschehen, denn diese Schiffe legen des Abends fast regelmäßig am Ufer an, und es stand wohl nicht zu befürchten, daß es mir schon heute an den Kragen gehen solle. Ich gab zunächst alles Grübeln auf und machte mich an die Einrichtung meiner kleinen, schwimmenden Häuslichkeit. Man reist mit dem Nilboote sehr langsam, und ich hatte mich also auf eine Reihe von Tagen einzurichten. Da galt es vor allen Dingen, mein Eigentum, besonders die mitgenommenen Lebensmittel, vor den Ratten zu schützen, welche eine wahre Plage auf diesen Booten sind. Dabei kam mir auch ein Paket Rauchtabak in die Hände. Ich öffnete dasselbe und fand ein zusammengelegtes Papier obenauf liegen, auf welchem geschrieben stand: Ihr Reisegeld bis Siut. Das Papier war schwer; als ich es auseinandergeschlagen hatte, blinkten mir zwanzig Sovereigns entgegen. Das waren nach türkischer Ausdrucksweise zwanzig *Inglis liraszy*, über vierhundert Mark nach deutschem Gelde. Mein dicker Murad Nassyr war gar kein übler Türke. Leider hatten wir in Beziehung auf den Glauben sehr verschiedene Meinung; aber in Hinsicht auf Geldangelegenheiten schien zwischen uns die erfreulichste Harmonie zu bestehen. Nur fragte es sich, zu welcher Art von Diensten er mich dadurch verpflichten wollte. Es bestand noch immer eine leise Ahnung in mir, daß seine Geschäfte doch nicht ganz von derjenigen Gattung seien, zu welcher ich mich bedenkenlos verstehen durfte. Über sein sonst so ehrliches Gesicht war zuweilen ein Zug gegangen, wie man ihn nur bei Personen bemerkt, denen jeder Weg recht ist, falls er sie nur zum Ziele führt. Sein Verhalten zu mir war ganz gewiß auch mit die Folge eines gewissen Wohlwollens; das gab ich gerne zu; der eigentliche Grund desselben lag aber sicher in einer selbstsüchtigen Berechnung, die ich ihm freilich nicht übelnehmen konnte, da wir Menschen ja alle mehr oder weniger Egoisten sind, wie jeder Aufrichtige gestehen wird.

Ich baute, um die Ratten abzuhalten, von den Flaschen eine Unterlage, auf welche sämtliche Effekten und Vorräte zu liegen kamen. Dabei halfen mir meine beiden Neger, und es stellte sich bei dieser Gelegenheit heraus, daß sie recht geschickt waren und ein gutes Fassungsvermögen besaßen. Freilich hätte ich mir diese Arbeit ersparen können, aber ich ahnte nicht, daß mein Aufenthalt auf der Dahabijeh nicht einmal einen Tag währen werde.

Wie in dieser Jahreszeit fast immer, herrschte Nordwind, und das Segelboot machte eine ziemlich schnelle Fahrt, bis die Sonne im Westen verschwand und das Moghreb, gebetet wurde. Dann aber ließ der Reïs halbe Luft nehmen; die Dahabijeh ging langsamer, und ich sah, daß das Steuer nach dem linken Ufer des Stromes gelegt wurde. Ich ging infolgedessen zum Reïs und fragte ihn nach der Ursache dieses Manövers.

»Wir legen in Giseh an,« antwortete er mir.

»Aber warum das? Unsere Fahrt hat ja eben erst begonnen. Aus welchem Grunde soll sie schon unterbrochen werden? Es ist ja noch nicht finster, und bald werden die Sterne erscheinen, bei deren Licht wir recht gut noch bis Atar en Nebi und Der et Tin oder gar bis Menil Schiba und Der Ibn Sufgan segeln können!«

»Woher kennst du diese Orte?« fragte er verwundert. »Wer hat dir von ihnen erzählt?«

Es lag in meinem Interesse, ihn wissen zu lassen, daß ich nicht so unerfahren sei, wie er vielleicht denken mochte; darum antwortete ich ihm:

»Hast du mich für einen Neuling gehalten? Ich bin nicht zum erstenmale hier und habe schon die Katarakte befahren.«

»Dann wirst du wissen, daß jedes Schiff bei hereinbrechender Dunkelheit ans Ufer gelegt wird.«

»Bei wirklicher Dunkelheit, ja. Aber es ist noch nicht Nacht und wird heute überhaupt nicht dunkel werden, da wir den schönsten Sternenschein zu erwarten haben. Auch das Wasser leuchtet. Wir können recht wohl die ganze Nacht durch segeln.«

»Das thut kein erfahrener und vorsichtiger Reïs.«

»O doch! Ich habe es selbst erlebt. Wir sind sehr oft im Mondschein oder wenn die Sterne am Himmel standen, während der Nacht unter Segel gewesen. Wenn du schon in Giseh anlegen willst, war es ganz überflüssig, die Fahrt heute überhaupt zu beginnen. Ich möchte nicht, daß du anlegst, und du weißt, daß jeder verständige Reïs sich nach den Wünschen der Passagiere richtet.«

»Es giebt darüber keine Vorschrift. Ich bin der Gebieter dieser Dahabijeh und handle ganz nach meinem Wohlgefallen.«

»So mußt du gewärtig sein, daß ich deine Ungefälligkeit bekannt gebe und dann von den Franken, welche die besten Passagiere und Zahler sind, kein einziger wieder mit dir fährt.«

»Sie mögen es bleiben lassen. Ich brauche sie nicht!«

Er drehte sich um und ging fort. Damit war die Sache abgemacht. Das zeitige Anlegen in Giseh mußte einen besonderen Grund haben, die Folge einer ganz bestimmten Absicht sein, welche jedenfalls mit der Anwesenheit meines Gespenstes Nummer Drei zusammenhing. Es sollte etwas vor sich gehen, was man nicht aufschieben, sondern noch in der Nähe von Kairo geschehen lassen wollte. Was aber konnte das sein? Rache an mir nehmen? Die beiden Neger entführen? Mir die Unterschriften Abd el Baraks entreißen? Wahrscheinlich waren die drei Vermutungen sämtlich richtig, da diese Punkte in innigem Zusammenhange miteinander standen.

Was Giseh betrifft, so ist es der Landungsplatz aller Reisenden, welche von Kairo aus die Pyramiden besuchen, welche in einer Entfernung von acht Kilometern liegen. Zur Zeit der Überschwemmung, während welcher man auf den sich aus dem Wasser erhebenden Dämmen einen bedeutenden Umweg zu machen hat, beträgt diese Entfernung fast das Doppelte. Der Ort ist wegen seiner künstlichen Brutöfen bekannt, und es führt da eine eiserne Drehbrücke über den Nil. Gegenüber der Insel Roda liegt der Haremsgarten und der Park des Selamlik. Sonst giebt es nur verfallene Bazars und Ruinen alter Landhäuser der Mameluken, auch einige Cafés, welche aber der Fuß des Europäers nur ungern betritt. Giseh konnte mir also gar nichts bieten, und darum nahm ich mir vor, nicht am Lande zu übernachten, sondern an Bord zu bleiben. Aber ich hatte Grund, mich zu verstellen und so zu thun, als ob ich das Segelboot verlassen wollte. Darum warf ich, als die Dahabijeh ans Ufer befestigt worden war, meinen Haïk. über, nahm die beiden Neger bei den Händen und gab mir den Anschein, als ob ich aufzubrechen beabsichtige. Da kam der Reïs schnell herbei und fragte:

»Was hast du vor? Willst du etwa aussteigen, Effendi, um während der Nacht in Giseh zu schlafen?«

»Ja.«

»Du wirst kein Nachtlager finden!«

»Warum nicht? Man wird mich, da ich gut bezahle, gern in jedem Hause aufnehmen.«

»Aber wir werden sehr zeitig absegeln, und wenn du das verschläfst, so bleibst du hier sitzen!«

»Das ist unmöglich, denn ich werde dich benachrichtigen lassen, wo ich mich befinde, so daß du mich holen lassen kannst.«

»Holen lassen kann ich dich nicht. Ich muß mich nach dem Morgenwinde richten und sofort absegeln, wenn er zu wehen beginnt.«

»Mir vorher einen Boten zu senden, das würde doch nur eine Versäumnis von wenigen Minuten nach sich ziehen!«

»Selbst diese wenigen darf ich nicht versäumen.«

»Warum bist du plötzlich so eilig, während du hier angelegt hast, obgleich du weitersegeln konntest?«

»Ich bin Reïs und brauche dir meine Gründe nicht mitzuteilen. Wenn du gehen willst, so gehe; aber ich werde dich nicht rufen lassen. Wenn ich sehe, daß die Sterne hell genug scheinen, werde ich sogar noch vor Mitternacht abfahren. Dann magst du zusehen, ob du uns einzuholen vermagst.«

»So muß ich mich in deinen Willen fügen und hier bleiben. Allah vergelte dir die Freundlichkeit, mit welcher du deine Passagiere behandelst!,

Ich sagte das in unwilligem Tone und zeigte dabei absichtlich ein mißvergnügtes Gesicht. Über das seinige aber glitt eine sichtbare Genugthuung, welche zu bemerken ich mir jedoch nicht den Anschein gab. ich hatte meinen Zweck erreicht und wußte nun, woran ich war. Ich sollte nicht von Bord gehen; man beabsichtigte also das, was man gegen mich vorhatte, in dieser Nacht auszuführen. Das war mir lieb. Wenn gleich hier der Handel zu Ende ging, hatte ich nicht für längere Zeit in Ungewißheit zu schweben.

Die Matrosen bekamen die Freiheit gewährt, welche mir versagt wurde; sie durften an das Land gehen. Ich beobachtete ihre Entfernung; sie gingen alle, und nur drei Personen blieben zurück, nämlich der Reïs, der Steuermann und der famose Kajütendiener mit der Karfunkelnase. Ich konnte mir sehr wohl denken, weshalb es den Leuten erlaubt worden war, von Bord zu gehen. Man wollte sich aller unnötigen Zeugen entledigen.

Bald kam der Diener zu mir in die Kajüte, um mich zu fragen, ob ich irgend einen Wunsch habe. Ich verlangte Wasser und eine Lampe, um immer Feuer für die Pfeife zu haben. Er brachte mir beides, und bei dieser Gelegenheit bemerkte ich ihm so nebenbei, daß ich mich unwohl fühle und infolgedessen die Kajüte nicht verlassen werde. Dabei zog ich meine Brieftasche aus der Jacke, öffnete sie so beiläufig und ließ sehen, daß sie Papiere enthielt. Das that ich, um die Sache abzukürzen und die guten Leute auf den Leim gehen zu lassen. Daß ich das Richtige gedacht und getroffen hatte, erfuhr ich sofort, denn der Mann antwortete mir in freundlich besorgtem Tone:

»Das machest du recht, Effendi. Bleibe in der Kajüte. Die Nachtluft ist für den Fremden äußerst schädlich, und schon mancher hat sich eine unheilbare Augenentzündung geholt, weil er abends im Freien geblieben ist. Schone also das Licht deiner Augen! Wirst du heute meiner noch einmal bedürfen?«

»Nein. Ich speise jetzt einige Datteln, rauche noch zwei Pfeifen und lege mich dann zur Ruhe.«

»So will ich gehen, um dich nicht zu stören. Deine Nacht sei glücklich!«

Er machte mir eine Verbeugung, wenn auch keinen so halsbrecherischen Katzenbuckel wie der lange Haushofmeister meines dicken Türken, und entfernte sich, wobei er die Strohmatte herabließ, um meine Koje gegen das Deck hin zu verschließen. Kaum hatte er das gethan, so blies ich die Thonlampe aus, um den Raum zu verdunkeln, damit ich nicht gesehen werden könne, hob die Matte ein wenig empor und blickte ihm nach. Ich ahnte nämlich, daß er die anderen Biedermänner sofort von dem, was ich gesagt hatte, benachrichtigen werde.

Es brannte auf dem ganzen Deck kein Licht. Das Heer der Sterne war noch nicht erschienen; nur einzelne Vorboten desselben standen am Himmel und vermochten nicht, das gegenwärtige Dunkel zu lichten. Meine geübten Augen waren wohl schärfer als diejenigen der Araber. Ich sah den Diener nach der Mitte des Schiffes gehen, kroch unter der Matte hinaus und folgte ihm nach. Zwar konnte ich nicht so weit sehen, aber ich hatte bemerkt, daß dort mehrere große, in Bastmatten gehüllte Tabaksballen standen, welche wohl nach dem Süden bestimmt waren. Dorthin kroch ich auf den Händen und Knieen so rasch wie möglich. Meine Voraussetzung bewährte sich, denn als ich in die Nähe kam, hörte ich sprechen. Rechts an die Ballen gelehnt, saß ein Mann; ein anderer stand neben ihm. Ich schob mich also nach links hinüber und legte mich lang und eng an die andere Seite der Tabakskolli. Dabei hörte ich, daß der eine zu dem andern sagte:

»Warte noch! Man soll eine Sache nicht zweimal erwähnen, wenn man sie nur einmal zu sagen braucht. Der Reïs wird gleich zurückkommen.

»Wo ist er?«

»Am Ufer, um dort die Laterne zu befestigen, damit der Muza'bir, sich zurechtfinden kann, wenn er kommt.«

Diese beiden Männer waren der Steuermann und mein Kajütendiener. Also es wurde am Lande eine Laterne als Zeichen angesteckt, und zwar für einen Gaukler. Wozu dieser Kerl? War er aus Giseh oder aus Kairo? Kam er meinetwegen oder um die Fahrt mitzumachen und das Schiffsvolk zu belustigen? Solchen Leuten pflegt man als Bezahlung ihrer Kunststücke das Passagiergeld zu schenken.

Da ich am Boden lag und der Rand des Deckes beinahe Brusthöhe hatte, konnte ich das Ufer und also auch die Laterne nicht sehen; dafür aber meinte der Diener, welcher aufrecht stand:

»Jetzt brennt sie. Er hat eine Stange in die Erde gesteckt und sie daran befestigt. Nun wird er zurückkehren.«

Ich lag nach der Fluß- und der Reïs mußte von der Landseite das Schiff betreten; darum durfte ich hoffen, von ihm nicht bemerkt zu werden. Ich befand mich ungefähr in der Lage eines Indianer beschleichenden Prairiejägers. Nun, darin hatte ich leidliche Übung, und so war ich überzeugt, irgend etwas Wichtiges zu erfahren.

Jetzt kam der Reïs an Bord und quer über das Deck gegangen. Er wurde mit einem »Pst!« herbeigerufen, sah die beiden und fragte, indem er bei ihnen stehen blieb:

»Nun, was thut dieser Giaur, den Allah ewig brennen lassen wird?«

Das war freilich etwas ganz anderes als die Höflichkeit, mit welcher er mich bei meiner Ankunft empfangen hatte!

»Er sitzt in seiner Kammer und raucht,« antwortete der Geist Nummer Drei.

»Wird er nicht herauskommen?«

»Nein. Er fühlt sich unwohl, will zwei Pfeifen rauchen und dann schlafen. Außerdem habe ich ihm gesagt, daß er die Augenentzündung bekommen werde, wenn er herausgeht.«

»Das ist sehr klug von dir gewesen. Möge dieser Hund an seinem Tabake ersticken! Wie kann so ein stinkender Kadaver es wagen, sich an unserm frommen Mokkadem zu vergreifen und ihm seine Sklaven zu stehlen! Die Hand, mit welcher er das gethan hat, soll verdorren und nie wieder gesund werden! Warum hat der Mokkadem, den Allah beschirmen möge, dir den Tod dieses Ungläubigen nicht anbefohlen?«

»Nur aus dem Grunde, dich nicht in Gefahr zu bringen, denn man weiß, daß er auf deine Dahabijeh gestiegen ist, und würde, wenn er verschwände, dich zur Rechenschaft ziehen.«

»Das ist wahr. Aber ich könnte sagen, daß er unterwegs ausgestiegen sei, und alle meine Leute würden es, wie ich hoffe, mir bezeugen.«

»Du hast einige dabei, denen nicht zu trauen ist, weil sie noch nicht lange bei dir sind. Darum habe ich dir geraten, sie jetzt vom Schiffe zu entfernen. Sie brauchen nicht zu wissen, daß der Muza'bir an Bord kommt.«

»Es war gar nicht nötig, mir ihn zu schicken. Ich habe seinetwegen hier anlegen müssen, was dem Christen aufgefallen ist. Glücklicherweise scheint er nichts zu ahnen. Ein gläubiger Diener des Propheten hätte sofort bemerkt, daß er sich in Gefahr befinde. Müßten wir nicht auf den Muza'bir warten, so hätten wir weiter fahren können, und du hättest an seiner Stelle die Papiere stehlen können, um sie dem Mokkadem zu bringen.«

»Allah, Wallah! Was traust du mir zu! Der Giaur ist ein starker Kerl; ich habe es fühlen müssen. Er hat den Mokkadem, der doch die Kraft eines Löwen besitzt, besiegt, seinen Diener niedergeschlagen und hätte auch bald noch mich ergriffen. Ich werde die Spuren seiner Faust noch einen Monat lang im Gesichte tragen. Daß er mir den Glanz meines Daseins in dieser Weise geschändet hat, dafür mag der Teufel seinen Leib in tausend Stücke zerreißen und seine Seele durch das stärkste Feuer verzehren lassen! Ich fürchte mich nicht, und mein Herz ist voller Kühnheit wie dasjenige des Panthers, aber des Nachts Papiere unbemerkt aus der Tasche eines solchen Totschlägers zu holen, das kann ich nicht, das habe ich nicht geübt; das kann nur der Muza'bir, welcher tausend Kunststücke kennt und zugleich der berühmteste Taschendieb ist. Darum ist er uns von dem Mokkadem nachgeschickt worden. Er wird kommen, die Papiere nehmen und dann verschwinden. Der Giaur mag, wenn er sie vermißt, thun, was ihm beliebt; auf der Dahabijeh sind sie nicht zu finden.«

»Weißt du denn, ob er sie auch wirklich bei sich hat?«

»Er hat sie ganz gewiß!«

»Du kannst dich irren. Ebenso gut kann Murad Nassyr, der Türke, sie in Aufbewahrung genommen haben.«

»Nein. Ich bin ganz der Ansicht, welche unser frommer Mokkadem ausgesprochen hat. Der Giaur ist klüger, vorsichtiger und stärker als der Türke und wird ihm also nicht so wichtige Dinge anvertrauen, sondern sie auf alle Fälle selbst behalten. Außerdem sah ich, als ich jetzt bei ihm war, eine Brieftasche in seiner Hand, in welcher sich Briefe und viele andere Papiere befinden. Die drei Unterschriften werden gewiß dabei sein.«

»Ich hoffe es! Aber es ist keine leichte Sache, sie ihm abzunehmen. Wenn er dabei erwacht, wird es mißlingen.«

»Der Muza'bir hat eine leichte Hand und noch weit Schwereres vollbracht. Du kannst dir doch denken, daß der Mokkadem nicht einen ungeschickten Mann senden wird, sondern einen, der den Streich gewiß vollbringt.«

»Mag sein; aber dennoch wäre es besser gewesen, den Ungläubigen zu töten! Da hätte auch nicht der leiseste Zweifel über das Gelingen vorhanden sein können.«

»Ein Zweifel ist ja auch jetzt nicht da.Der Mokkadem muß seine Papiere auf alle Fälle haben und hat dem Muza'bir jedenfalls die genaueste Unterweisung gegeben. Dieser ist natürlich mit einem Messer versehen. Erwacht der Christ nicht, nun gut, so bleibt er einstweilen noch am Leben, damit dir nichts geschehen kann; wacht er dabei auf, so stößt ihm der Muza'bir das Messer in das Herz.«

»Einstweilen noch am Leben? Also sterben soll er später doch?«

»Ja, aus Strafe für das, was er gegen den Mokkadem gesündigt hat.«

»Wann und wo?«

»Das ist noch unbestimmt. Wie ich dir schon sagte, wird er jetzt nur um deinetwillen geschont, weil du ein treues Mitglied der Kadirine und ein Schützling Abd el Baraks bist; aber auf Thaten, wie die seinigen sind, muß der Tod erfolgen. Für heute behält er sein Leben, aber es hängt an einem dünnen Haare, welches bei der nächsten Gelegenheit zerrissen wird.«

»Wohl in Siut, wo er aussteigen und auf den Türken warten will?«

»Das kann ich nicht sagen, denn man muß sich nach den Umständen richten, und wir wissen nicht, ob sie dort günstig für uns sein werden.«

»Dann entgeht er euch, da er euch dort aus den Augen ist.«

»O nein. Du weißt doch, daß es noch unbestimmt ist, wie weit du mich mitzunehmen hast. Ich will offen sein und dir sagen, daß ich den Befehl habe, bei dem Giaur zu bleiben.«

»Du sollst ihn beobachten?«

»Ja. Ich darf ihn nicht aus den Augen lassen. Ich muß so höflich und aufmerksam gegen ihn sein, daß ich sein Vertrauen erwerbe; dann wird es mir nicht schwer fallen, ihn so weit zu bringen, daß er mich als Diener bei sich behält.«

»Der Plan ist gut, und ich werde dich ihm sehr empfehlen. Aber sollst auch du es sein, der ihn dann tötet?«

»Nein. Der Mokkadem hat den Wunsch, ihn sterben zu sehen, um ihm in seinem letzten Augenblicke den Fluch eines gläubigen Moslem nachschleudern zu können.«

»Aber der Mokkadem befindet sich doch hier in Kahira!«

»Heute, ja; aber er wird auch nach dem Süden gehen, nach Chartum und noch weiter.«

»Wohl im Interesse der heiligen Kadirine?«

»Ja. Er hat einen Brief erhalten, welcher diese Reise zur Notwendigkeit macht. Es giebt dort einen außerordentlich frommen und gelehrten Fakih (muhammedanischer Mönch), welcher in die Kadirine getreten ist und einen großen Plan ausgedacht hat, den heiligen Islam über die ganze Welt zu verbreiten. Er heißt Schech Mohammed Achmed oder Achmed Suleimani; ich weiß es nicht mehr genau, und sein Plan soll von so großer Wichtigkeit sein und, wenn er zur Ausführung kommt, unsere Kadirine zu solchem Glanze bringen, daß der Mokkadem sich entschlossen hat, dem Ruf dieses Mannes zu folgen und ihn zu besuchen, um alles weitere mit ihm zu besprechen. Du siehst also, daß Abd el Barak nicht in Kahira bleiben, sondern auch nach Chartum gehen und dort diesen Christenhund treffen wird. Vielleicht begegnet er ihm schon früher. Ich werde dafür sorgen, daß es geschieht, denn ich weiß, mit welchem Schiffe der Mokkadem fahren wird.«

»Was ich da höre, ist von großer Wichtigkeit. ja, nun begreife ich, daß es nicht nötig ist, diesen Giaur hier auf meiner Dahabijeh umzubringen. Da oben im Süden haben die fremden Konsuls nicht die Macht wie hier, und es bekümmert sich kein Mensch um das Verschwinden eines ungläubigen Hundes. Der Mokkadem wird sicherlich in Siut anlegen und aussteigen. Wenn du den Giaur so lange festhalten kannst, so wird es dir leicht sein, ihn in die Hände Abd el Baraks zu liefern, und ich hoffe, daß es ihm nicht gelingen wird, der Rache desselben zu entkommen. Aber sage, darfst du davon sprechen? Die drei Schriften, welche ihm abgenommen werden sollen, müssen von großer Wichtigkeit sein. Kennst du ihren Inhalt?«

»Nein. Der Muza'bir wird ihn kennen, da er die Papiere zu lesen und zu prüfen hat, ob es die richtigen sind. Mir aber hat der Mokkadem nichts anvertraut, denn ---«

Er wurde unterbrochen. Es kam ein Mann, welcher eine Laterne in der Hand hielt, an Bord, jedenfalls der eben erwähnte Muza'bir, der erwartete Gaukler und Taschendieb. Er hatte die Laterne unten weg- und mit an Bord genommen. Mit derselben umherleuchtend, erblickte er die drei, kam auf sie zu und grüßte:

»Massik bilchair!«

»Ahla wa sahla wa marhaba!«, antwortete der Reïs.

»*Marhaba!*« fielen die beiden andern ein.

Man pflegt gewöhnlich nur das Wort Marhaba zu sagen, welches dann »Willkommen« bedeutet. Daß der Kapitän sich der ausführlichen Formel bediente, ließ erraten, welchen Respekt er vor diesem »größten Taschendieb« Ägyptens hatte. Ich mußte mir den Gaukler und Gauner betrachten und schob den Kopf ein wenig vor. Er setzte die Laterne auf den nächsten Tabakballen, und das Licht derselben fiel hell auf sein Gesicht und seine Gestalt. Er stand in dem Alter des Mokkadem, hatte dieselbe Farbe und denselben negerartigen Typus des Gesichts und war nicht ganz so hoch, aber weit breitschulteriger als er. Dieser Mensch war wenigstens ebenso stark, gewiß aber viel gewandter als Abd el Barak, sein ehrenwerter Auftraggeber. Gekleidet war er in ein langes, dunkles Hemde, um welches ein Strick geschlungen war, in dem ein Messer steckte. An den Füßen trug er Strohsandalen. Das war der Anzug eines armen Mannes; aber in den Ohren hingen schwere, dicke Goldringe, und an den dunklen Fingern glänzten wenigstens zehn wertvolle Reife mit funkelnden Steinen. Seine Stimme klang stolz und selbstbewußt, als er sich erkundigte:

»Meine Ankunft ist euch gemeldet?«

»Ja, Herr, wir erwarteten dich,« antwortete der Reïs.

»Befindet sich der Hund hier oder ist er ausgestiegen?«

»Er liegt in der Kajüte.«

»Mit Licht?«

»Ja; aber vielleicht löscht er es vor dein Einschlafen aus. Die Negerkinder sind bei ihm.«

»Mag er es auslöschen oder brennen lassen, mir ist es gleich. Mein Werk wird vollbracht, selbst wenn er sich in die Finsternis des Grabes hüllen öder hundert Flammen brennen sollte. Ich habe nicht Lust, lange zu warten, und werde bald beginnen. Da ich aber die Örtlichkeit nicht kenne, werdet Ihr sie mir beschreiben und mir auch die Lage jedes Gegenstandes, welcher sich bei ihm befindet, sagen.«

Da der Geist Nummer Drei bei mir gewesen war, so übernahm er die geforderte Beschreibung. Ich hielt es für geboten, diese nicht mit anzuhören, sondern mich zu entfernen. Der Taschendieb hatte es eilig, und auch mir lag daran, die Spannung, in welcher ich mich ganz natürlich befand, möglichst abzukürzen. Darum kroch ich fort, der Kajüte zu.

Der erste Teil dieses wenn auch kurzen Weges, war nicht leicht zurückzulegen, da die Laterne brannte. Glücklicherweise standen der Reïs und der Muza'bir so, daß ihre Schatten zusammenfielen und einen langen, dunklen Strich auf das Deck warfen. Es gelang mir, denselben zu erreichen, und indem ich mich in diesem Dunkel hielt und nicht vor-, sondern rückwärts kroch, um die vier Männer fest im Auge zu behalten, gelangte ich glücklich an die Strohmatte und unter derselben durch in meine Koje.

Noch mit dem letzten Blicke, den ich nach vorn warf, sah ich, daß der Gaukler die Laterne auslöschte. Wäre er so vorsichtig gewesen, dies eher zu thun, so hätte ich mir sein Äußeres nicht einprägen können, was, wie ich später erfuhr, von den schlimmsten Folgen für mich geworden wäre. Man sieht, selbst der berühmteste Taschendieb Ägyptens macht Fehler. Zunächst brannte ich meine Lampe wieder an, was nicht schwer war, da ich mit einem guten Vorrat von Schwefelhölzern, welche im Süden selten und teuer sind, versehen war. Ich wollte mich nämlich nicht im Dunkeln, was für mich gefährlicher war, sondern bei Licht bestehlen lassen.

Sodann nahm ich die drei Unterschriften und einige mir wichtige andere Papiere aus der Brieftasche und versteckte sie, während ich das Portefeuille wieder in die Brusttasche meiner Jacke steckte. Der Diener hatte vorhin gesehen, daß ich es dort aufhob, und es war als sicher anzunehmen, daß er dies dem Gauner sagen werde. Warum wollte ich die Spitzbüberei zur Ausführung kommen lassen? Nur des Beweises halber? Wenn ich aufrichtig sein will, so geschah es wohl auch ein wenig mit, um diesen Menschen zu beweisen, daß sich in dem Kopfe eines Christenhundes auch Gehirn befindet, und daß ich weder blind noch taub war. Mein Vorhaben war gar nicht so ungefährlich für mich. Es konnte dem Muza'bir doch aus irgend einem Grunde belieben, mir das Messer zu geben; aber ich glaubte, mich auf meine Augen und meine Schnelligkeit verlassen zu können.

Die Kinder hatten schon vorher zu essen bekommen. Sie lagen bei einander, schliefen aber noch nicht. Ich teilte ihnen mit, daß ein Mann kommen und mir in die Tasche greifen werde, bat sie aber, keine Angst zu haben und sich nicht zu bewegen, sondern so zu thun, als ob sie schliefen. Sie versprachen es mir, und ich war überzeugt, daß sie das Versprechen halten würden. Dann legte ich beide so, daß sie dem Eingange den Rücken zukehrten.

Ich selbst legte mich auf die rechte Seite, so, daß die Lampe mein Gesicht beschien. Eigentlich hätte ich dasselbe im Dunkel lassen sollen; aber der Spitzbube sollte gleich im ersten Augenblicke überzeugt sein, daß ich schlafe. Die Jacke öffnete ich, so daß er, da ich mit der linken Seite nach oben lag, auf das leichteste mit der Hand in meine Brusttasche greifen konnte. Je weniger schwer ich ihm die Sache machte, desto mehr verringerte ich die Gefahr, in welcher ich mich dabei befand. Um aber auf alles vorbereitet zu sein, schob ich mir einen meiner beiden Revolver so unter den Nacken, daß ich ihn mit der rechten Hand, auf welcher ich den Kopf liegen hatte, schnell ergreifen und spannen konnte. Nun war ich bereit und wünschte sonst nichts, als daß ich nicht allzu lange zu warten haben möge.

Dieser Wunsch ging in Erfüllung. Ich hielt die Augen so weit geschlossen, daß ich durch die Wimpern die Strohmatte sehen konnte. Sie wurde bewegt, ganz unten in der einen Ecke, leise, ganz leise, einen Zoll hoch, zwei, drei, vier, sechs Zoll hoch. Der Kerl sah herein. Nach einiger Zeit räusperte er sich. Ich atmete ruhig wie ein tief Schlafender fort. Nun hustete er, nicht laut, aber doch so, daß ich es hören und davon erwachen Mußte, falls mein Schlaf ein leichter war. Ich regte mich auch jetzt nicht. Es wurde mir doch angst, nicht um mich, sondern um die Kinder, denn wenn eins derselben im kritischen Augenblicke die Mahnung vergaß, so konnte es um mich und dann natürlich auch um sie, wenigstens um ihre Freiheit geschehen sein. Ich begann einzusehen, daß ich die Sache denn doch ein wenig zu leicht genommen hatte.

Wie ich später erfuhr, hatten die Kinder das Räuspern und Husten zwar gehört, aber geglaubt, daß es von mir ausgehe. Sehen konnten sie den Muza'bir nicht, und was er that, geschah vollständig geräuschlos, daß sie es nicht hörten und, als er sich entfernt hatte, gar nicht wußten, daß der betreffende Mann schon dagewesen sei.

Er hatte jetzt die Überzeugung gewonnen, daß ich in festem Schlafe liege, und kam herein, indem er erst den Kopf, die Schulter, dann den Leib unter der Matte vorschob und endlich die Beine nachzog. In der Rechten hielt er das Messer. Seine Augen wichen nicht von meinem Gesichte; sie glichen den Augen eines wilden Tieres vor dem tödlichen Sprunge auf die Beute. Als er den ganzen Körper diesseits der Matte hatte, richtete er sich knieend auf und räusperte sich noch einmal. Ich rührte mich nicht. Der Kerl ging sehr sicher. Wie vorsichtig und gefährlich er war, ging daraus hervor, daß er sein Gewand vollständig abgelegt und den dunklen Körper mit Öl eingerieben hatte. Die Hände des stärksten und gewandtesten Gegners hätten ihn nicht zu ergreifen vermocht, da sie von ihm abgeglitten wären.

Jetzt rutschte er heran zu mir, setzte mir die Spitze des Messers auf die Brust und legte zugleich die Finger seiner linken Hand auf die Stelle, an welcher er die Brieftasche vermutete. Er fühlte sie, hob die Jacke empor und zog den begehrten Gegenstand aus der Brusttasche, nicht schnell, sondern langsam, so langsam, daß es mir schien, er brauche Viertelstunden dazu. Endlich befand er sich in dem Besitze des Portefeuilles. Er nahm das Messer von meiner Brust und befühlte mit beiden Händen seine Beute. Es war noch genug Papier darin, und über sein Gesicht zuckte es wie Befriedigung.

Nun sah er sich im Raume um, jedenfalls, um noch etwas mitgehen zu heißen. Er schien aber doch zu glauben, daß dies nicht ohne Geräusch abgehen werde, und begnügte sich mit der bisherigen Beute. Sein Rückzug ging ebenso langsam und vorsichtig von statten, wie seine Annäherung gewesen war; ja, als er sich schon draußen befand, hob er die Matte nochmals auf, um herein zu blicken und sich zu überzeugen, daß ich wirklich geschlafen habe.

Ich wartete höchstens eine Minute, länger nicht; dann blies ich die Lampe aus, nahm den Revolver in die Linke und sprang auf. Die Matte ein wenig zurückschlagend, sah ich drei von den vier Halunken dort bei den Tabaksballen stehen, nämlich den Reïs, mein liebes Gespenst Nummer Drei und den Muza'bir. Letzterer hatte sein langes Hemd schon wieder angelegt, drehte mir den Rücken zu, so daß ich sein Gesicht nicht sehen konnte, und schien mit der Untersuchung meiner Brieftasche eben fertig zu sein, denn er schwenkte dieselbe vor den Gesichtern der beiden andern hin und her und teilte ihnen, wie ich aus diesen ärgerlichen Bewegungen erriet, mit, daß sie die gesuchten Papiere nicht enthielt.

Wo war der vierte, der Steuermann? Sein jetziger Aufenthaltsort schien mir, freilich irrtümlicherweise, wie ich sofort erkennen sollte, gleichgültig sein zu können, denn ich hatte es mit dem Muza'bir zu thun. Ich schob also die Matte vollends zurück und trat auf das Deck, um mich den drei Männern zu nähern. Da aber ertönte neben mir der laute Warnungsruf.

»Der Effendi, der Effendi!«

Es war der Steuermann, welcher diese Worte rief. Er war oben am Steuer gewesen, aus irgend einem Grunde, den ich nicht kannte, kam eben die schmalen Stufen herab, welche neben meiner Kajüte hinaufführten, und hatte mich gesehen. Jetzt hatte ich Gelegenheit, die bewundernswerte Geistesgegenwart des Taschendiebes zu beobachten. Der Ruf des Steuermannes sagte ihm, daß ich auf dem Deck sei. Ich mußte also erwacht sein und vielleicht gar meinen Verlust schon bemerkt haben. Jetzt gab es für ihn nur zweierlei, entweder mich zu ermorden und die Papiere dann doch noch zu finden, oder zu fliehen. Es schien ihm geraten, auf das erstere zu verzichten. Jedenfalls hatte er von dem Mokkadem genug über mich gehört, um anzunehmen, daß ein Angriff auf mich nicht ungefährlich sei. Also gab es nur das zweite, die Flucht; aber wegen etwaiger späterer Vorkommnisse mußte er vermeiden, mir hierbei sein Gesicht zu zeigen, damit ich ihn gegebenen Falls nicht wieder erkenne. Das mußten die Gedanken sein, welche in einem einzigen Augenblicke durch seinen Kopf gingen. Jeder andere hätte sich infolge des Warnungsrufes nach mir umgesehen; auch der Reïs und der Diener blickten erschrocken nach hinten; der Gaukler aber drehte sich nicht um; ich hörte seine schnelle, halb unterdrückte, mir aber dennoch vernehmliche Frage:

»Ist's der Hund wirklich?«

»Jedenfalls!« antwortete der Reïs.

»So war's für dieses Mal umsonst!«

Er warf meine Brieftasche weg, so daß die Papiere zerstreut umherflogen, schnellte sich wie eine Schlange nach dem Landungsbrette und verschwand im Dunkel des Abends, dessen Sterne jetzt allerdings schon zu leuchten begannen, doch nicht so sehr, daß ich dem Flüchtigen mit dem Auge zu folgen vermocht hätte.

Da er sich meiner Brieftasche entledigt hatte und ich dieselbe also wieder in meinen Besitz bringen konnte, so war mir sein Entkommen gar nicht unlieb. Was hätte ich, falls ich ihn ergriffen hätte, wie es in meiner Absicht lag, mit ihm thun sollen? Ihn dem Mudir von Gisehl der hiesigen Polizei ausliefern? Welche Scherereien wären für mich dadurch entstanden! Oder ihn laufen lassen, nachdem ich ihm meine Meinung gesagt hatte? Nun, er war selber gegangen, und so war ich der Mühe, ihm meine Ansicht über ihn mitzuteilen, enthoben. Ich fragte also den Steuermann gar nicht etwa zornig, sondern im ruhigsten Tone:

»Warum schreiest du so? Soll man es in Kahira hören, daß ich hier bin!«

»Verzeihe, Effendi!« antwortete er. »Ich war so über dich erschrocken.«

»Habe ich ein so entsetzliches Aussehen?«

»Nein, nein; aber - aber - ich glaubte, ich dachte - -« stotterte er.

»Nun, was denn? Was dachtest du?«

»Ich glaubte dich schlafend, und da - erschrak ich so!«

»Gerade als ob ich ein Gespenst sei, welches unerwartet erscheint?«

»Ja, gerade so!« meinte er, froh, eine Ausrede, wenn auch eine noch so schlechte, souffliert erhalten zu haben.

»Das thut mir leid,« tröstete ich. »Ich hoffe aber, daß der Schreck, welchen ich dir verursacht habe, dir nicht schaden wird. Komm nach vorn zum Reïs!«

Er ging mit. Während dieses kurzen Gespräches hatte ich die beiden andern nicht aus dem Auge gelassen. Sie hatten sich gebückt, schnell meine Papiere zusammengelesen, dieselben in die Brieftasche gelegt, und dann war die letztere unter dem Gewande des Reïs verschwunden. Auch ich hatte etwas eingesteckt, nämlich den Revolver, der mir nun nicht mehr nötig zu sein schien, wenigstens in diesen ersten Augenblicken. Es war recht gut möglich, daß dem Taschendieb der Gedanke kam, unbemerkt, was gar nicht schwer war, zurückzukehren und dann über mich herzufallen. Er hatte vielleicht nur in der ersten Überraschung das Spiel für heute aufgegeben. Er sollte die Papiere bringen; ich mußte sie bei mir haben, wenn nicht in der Brief- dann jedenfalls in einer anderen Tasche. Hatte er mich erstechen wollen, falls ich mich während des Diebstahles bewegte, nun, so schreckte er jedenfalls auch nicht davor zurück, mich, um zu seinem Ziele zu gelangen, nachträglich noch kalt zu machen. Es galt also, aufzupassen, ob er wiederkomme. Das war aber nur bei guter Beleuchtung möglich, und diese mußte sofort geschafft werden, ohne langes Gerede, ohne Zeitversäumnis. Darum fragte ich den Reïs in ganz freundlichem Tone.

»Hast du Fackeln an Bord?«

»Nein. Wozu diese Frage?« antwortete er in erstauntem Tone.

»Weil ich meine, daß du so etwas haben mußt, für den Fall, daß es einmal nötig ist, des Nachts das Schiff und das Wasser sehr hell zu erleuchten.«

»Dann stellen wir vorn und hinten eine Pechpfanne auf.«

»Wo befinden sich diese Schüsseln?«

»Da vorn in dem Verschlage.«

Er deutete nach dem Schnabel des Schiffes, an dessen Innenseite aus Brettern ein schrankartiges Behältnis angebracht worden war. Ich nahm ohne weiteres die Laterne, ging hin, öffnete und sah zwei eiserne Gefäße und einen Vorrat von Pech, Ich füllte das eine und hatte mit Hilfe der Laterne schnell ein Pechstück angebrannt, welches seine Flamme den anderen Stücken mitteilte.

»Was ist das? Was fällt dir ein?« fragte der Reïs, welcher mir mit den beiden andern gefolgt war.

»Frage lieber, was diesem dort einfällt!« antwortete ich, indem ich nach dem Landebrette zeigte, auf welchem soeben eine Gestalt schnell nach dem Ufer huschte. Der Gaukler hatte sich also doch besonnen und zurückkehren wollen. Er stand schon auf dem Brette, welches den Schiffsbord mit dem Ufer verband, und floh nun vor der Helle, welche die Pechflamme verbreitete.

»Wer ist es? Wen meinst du? Ich sehe ja nichts!« meinte der Reïs, obgleich er die Gestalt ebenso gut wie ich gesehen haben mußte.

»Wenn du es wirklich nicht weißt, werde ich es dir sagen,« versprach ich ihm, indem ich auch die zweite Schüssel anbrannte und dann hinauf an das Steuer trug. Auf diese Weise hatte ich die gewünschte Beleuchtung innerhalb zweier Minuten hergestellt, während dies, wenn ich mit dem Reïs hätte darüber verhandeln wollen, kaum binnen einer Stunde oder auch wohl gar nicht zu erreichen gewesen wäre. Dann stieg ich die schmalen Stufen hinab und zog das Landungsbrett an Bord, eine Arbeit, zu welcher eigentlich zwei Männer gehörten.

»Aber, Effendi, welcher Geist ist in dich gefahren!« rief der Reïs. »Allah schütze uns! Wir wissen nicht, was wir aus dir machen und von dir denken sollen!«

Er stand mit den beiden andern am Maste. Ich ging zu ihnen und antwortete: »Welcher Geist in mich gefahren ist? Ja, es scheint freilich hier Geister zu geben. Soeben wollte einer auf das Schiff, aber das Pechfeuer hat ihn vertrieben. Glaubte doch vorhin dieser gute Diener der Kajüte, ich selbst sei ein Gespenst! Welch eine Verwechslung, da er das eigentliche, leibhafte Gespenst ist!«

»Ich?« fragte der Genannte.

»Ja, du! Ich hoffe, daß du das nicht bestreiten wirst.«

»O Allah! Ich ein Gespenst! Effendi, deine Seele ist abwesend. Komm zu dir!«

Ich hatte mich an den Mast gelehnt. Die beiden Feuer beleuchteten das Ufer und die ganze Umgebung des Fahrzeuges, auch die Gesichter der drei Biedermänner, welche nicht wußten, ob sie höflich oder grob mit mir sein sollten. Am liebsten wären sie wohl das letztere gewesen; aber das böse Gewissen veranlaßte sie, sich noch zuwartend zu verhalten.

»Ja, ein Gespenst bist du!« nickte ich dem Kerl in gemütlicher Weise zu. »Ich bin bei mir und brauche also nicht zu mir zu kommen; aber du scheinst dich selbst verloren, du scheinst vergessen zu haben, wer und was du bist, nämlich das Gespenst Nummer Drei.«

Es war ergötzlich, das Gesicht zu sehen, welches er machte, als er, zwei Schritte zurücktretend, mich ganz betroffen und stockend fragte:

»Gespenst – – Nummer – – Drei? Ich verstehe dich nicht.«

»So will ich dir den Gefallen thun, deinem Gedächtnisse zu Hilfe zu kommen. Den Geist Nummer Eins band ich in meinem Zimmer fest; Nummer Zwei schlug ich im Hofe mit der Flinte nieder, und Nummer Drei verfolgte ich bis in den Garten, wo er mir entkam, weil er mit dem Messer nach mir stach. Begreifst du mich nun?«

»Noch – immer nicht!« stotterte er.

»Nicht? Und doch hast du vorhin den beiden Männern, welche da neben dir stehen, gesagt, ich hätte dir den Glanz deines Daseins geschändet und du würdest die Spuren meiner Faust noch einen Monat lang im Gesichte tragen!«

Er antwortete nicht und sah die beiden anderen an, welche auf ihn, auf mich, dann wieder auf ihn blickten und schwiegen.

»Dafür,« fuhr ich fort, »hast du gewünscht, daß der Scheitan meinen Leib in tausend Stücke zerreißen und meine Seele durch das stärkste Feuer der Hölle verzehren lassen möge.«

Der Mann starrte mich wie abwesend an, und brachte kein Wort hervor. Der alte Reïs aber war ein noch härter gesottener Sünder und frech genug, mir zu sagen:

»Effendi, ich weiß nicht, was dich veranlassen kann, diesem frommen und treuen Manne so harte Worte zu sagen. Ich will –«

»Ihn mir empfehlen, nicht wahr ?« fiel ich ihm in die Rede. »Das wolltest du doch. Du hast es ihm versprochen. Er soll mein Diener werden und mich dem Mokkadem in die Hände liefern.«

Der Steuermann war kein so starker Kopf; es wurde ihm himmelangst, als er die Worte hörte, welche vorhin gesprochen worden waren, konnte es nicht länger aushalten und rief, indem er beide Arme erhob und die Hände über dem Kopfe zusammenschlug:

»Ia Allah, ia faza, ia hijarahn – o Gott, o Schreck, o Entsetzen! Er ist allwissend; er weiß jedes Wort! Ich gehe; ich laufe; ich verschwinde!«

Er wollte fort; ich hielt ihn am Arme zurück und gebot:

»Bleib'! Hast du gehört, was diese beiden vorhin miteinander gesprochen haben, so magst du auch vernehmen, was ich ihnen sagen werde.«

Er ergab sich in sein Schicksal und blieb stehen. Der Reïs hielt es für geraten, nichts zu wissen, denn er fuhr mich nun in zornigem Tone an:

»Effendi, du bist mein Passagier, und ich bin gewohnt, höflich mit diesen Leuten zu sein; aber wenn du – –«

»Höflich?« schnitt ich ihm die Rede ab. »Ist es höflich,wenn du mich einen Christenhund nennst, wenn du sagst, ich habe einen Kopf aber keinen Verstand, ich besitze wohl Augen und Ohren, sei aber trotzdem blind und taub? Ist es höflich, daß du es für geraten hieltest, mich lieber hier ermorden – –«

»Ermorden?« unterbrach er mich im Tone beleidigter Unschuld.

»Als mir nur die Brieftasche abnehmen zu lassen?« fuhr ich fort.

»Brieftasche?« wiederholte er erstaunt. »Was geht mich denn deine Brieftasche an!«

»Nichts, gar nichts; das ist wahr. Und dennoch hast du sie bei dir! Gieb sie heraus!«

Da richtete sich seine Gestalt möglichst hoch auf, und er fuhr mich an:

»Effendi, ich bin ein Moslem, und du bist ein Christ. Weißt du, was das hier in diesem Lande zu bedeuten hat? Ferner, ich bin der Reïs, und du bist mein Passagier. Weißt du, was auch das zu bedeuten hat, hier an Bord?«

»Und endlich,« ergänzte ich seine Rede, »bin ich ein ehrlicher Mann; du aber bist ein Schurke. Weißt du, was daraus folgt? Wir befinden uns nicht im Sudan, sondern hier in Giseh, wo es einen Mudir giebt und wo nach deinen eigenen Worten unsere Konsuls eine Macht besitzen, welche du zu fürchten hast. Der Muza'bir ist entkommen und – –«

»Der Muza'bir!« schrie der Steuermann auf. »Er weiß alles, alles, sogar das!«

»Ja, ich weiß freilich alles. Dieser Reïs hat sich über mich lustig gemacht, indem er meinte, ich sei zu dumm, um etwas zu merken. Er sagte, ein wahrer Gläubiger hätte sofort geahnt, daß eine Gefahr für ihn im Anzuge sei. Nun, ihr wahren Moslemin, wer ist denn klüger gewesen, ihr oder ich? Hundert Kerle von eurer Sorte bringen zwar genug Verschlagenheit und Bosheit, aber nicht so viel Weisheit und wahre Klugheit zusammen, wie ein einziger guter Christ besitzt. Ihr frommen Anhänger der heiligen Kadirine wollt mich bestehlen, verderben, töten. Ich aber verlache euch. Ich habe gewußt, daß der Muza'bir kommen werde; ich habe mir die Brieftasche nehmen lassen, aber die drei Unterschriften vorher versteckt. Hier sind sie!«

Ich zog die Papiere hervor, hielt sie ihnen hin, steckte sie wieder ein und fuhr dann fort:

»Dort bei den Tabaksballen stand der Dieb; er fand die Papiere nicht und warf die Brieftasche fort, um zu entfliehen, als ich kam. Du, Reïs, hast sie eingesteckt; ich habe es gesehen. Gieb sie heraus!«

»Ich habe sie nicht!« knirschte der Mann.

»Nicht? Siehe dir einmal die Nase dieses Gespenstes Nummer Drei an! Willst du auch eine solche haben? Willst du meine Hand kennen lernen? Heraus, oder ich nehme sie dir!«

Ich trat drohend auf ihn zu. Er wich zurück, griff unter sein Gewand und rief höhnisch:

»Ich habe eine Brieftasche, ja; aber sie gehört nicht dir, sondern dem Nile. Da, schau!«

Er zog die Brieftasche hervor und wollte sie in das Wasser schleudern. Ich war darauf gefaßt gewesen – ein rascher Sprung auf den Kerl zu, ein Griff, und ich hatte sie in meiner Hand. Er stand einen Augenblick wie starr; dann ballte er die Fäuste und fuhr auf mich los. Ich hob den Fuß und stieß ihm denselben gegen den Unterleib, so daß er seitwärts taumelte und hinstürzte.

»O Allah, o Reïs, o Jammer, o Unglückseligkeit, o Niederlage!« wehklagte der Steuermann, indem er zu seinem Vorgesetzten eilte, um demselben beim Aufstehen behilflich zu sein, während der liebenswürdige Kajütendiener wie ein Schulknabe dastand und sich nicht rührte.

»Wie konntest du es wagen, die Hände gegen mich zu erheben!« zürnte ich dem Kapitän. »Du, ein bejahrter, elender Schiffer gegen einen jungen Franken! Du hast es nur deinem Alter zu verdanken, daß ich dich nicht anders strafte, und deiner Bosheit, daß ich dich nicht der Berührung meiner Hand für wert hielt, sondern dich mit dem Fuße empfing. Führt ihn hin zu dem Tabak! Er mag sich auf einen Ballen setzen und dort vernehmen, was ich von ihm fordere.«

Dieses Gebot war an die beiden anderen gerichtet, welche demselben gleich gehorchten. Der Reïs war übel angekommen, und mein Fußtritt hatte ihn zur Erkenntnis seiner Schwäche gebracht. Rechts und links geführt und beide Hände an den Leib haltend, hinkte er ächzend und nach Luft schnappend nach dem nächsten Ballen, auf welchen er sich wie halb tot niederließ. Ich ging ihm nach. Der Greis dauerte mich doch. Man soll den Menschen nicht nach dem beurteilen, was er ist, sondern darnach, wie er es geworden ist, dann wird manche Härte sich in Milde verwandeln, aber auch leider ebenso oft die Hochachtung sich in ihr Gegenteil verkehren. Er war wie gebrochen. Was keins meiner Worte, was alle meine vorgebrachten Beweise nicht vermocht hatten, das war meinem Stiefel gelungen. Der Mann saß jetzt in sich zusammengesunken da und wagte nicht, mich anzusehen. Darum klang es unwillkürlich fast teilnehmend, als ich ihm nun sagte:

»Du wirst einsehen, daß ich jetzt nichts mehr mit dir zu thun haben mag. Ich fahre nicht weiter mit dir.«

»Fahr' mit dem Teufel und zur Hölle!« fauchte er mich katzenartig an.

»Wie viel hat Murad Nassyr Passage für mich bezahlt?«

»Nur hundert Piaster,« antwortete er, das Folgende ahnend.

»Lüge nicht! Zweihundert für mich und hundert für die beiden Schwarzen. Er hat es mif gesagt, bevor ich an Bord ging, und ihm glaube ich mehr als dir.«

»Hundert!« behauptete er starr.

»Dreihundert! Die wirst du mir wiedergeben, denn ich verlasse deine Dahabijeh.«

»Er hat nur hundert gegeben. Es soll mir eine Wonne sein, dich nicht mehr zu sehen. Mache dich also fort! Aber du bist mit mir von Bulak nach Giseh gefahren; das macht fünfzig Piaster; also werde ich dir nur die übrigen fünfzig zahlen.«

»Für diese kurze Strecke fünfzig Piaster ? Nun, meinetwegen; rechne, wie du willst; ich habe nichts dagegen. Ich werde also nicht gehen, sondern bleiben, bis die hiesige Polizei über den Fall entschieden hat.«

»Das kann mehrere Wochen dauern!«

»Ich weiß es; aber ich habe Zeit.«

»Ich auch!«

»Und dabei wird natürlich auch zur Sprache kommen, warum ich nicht weiter mit dir fahre. Ich werde den Bescheid in der Freiheit erwarten, während ihr indessen im Gefängnis darüber nachdenken könnt, ob es geraten ist, einen Christen nicht nur für einen Giaur, sondern auch noch für einen Dummkopf zu halten.«

Ich trat von der unglückseligen Gruppe weg und schritt an dem nach dem Ufer zu gelegenen Borde auf und ab. Nach demselben hinüberblickend, sah ich drei Männer stehen, deren Gestalten von dem Scheine unserer Pechfeuer hell beleuchtet wurden. Der Muza'bir war nicht bei ihnen. Um uns her lag die Stille des Abends, und wir hatten laut gesprochen; ja, es war sogar geschrieen worden. Man hatte uns also vom nahen Ufer aus hören können. Die Stelle, an welcher wir lagen, schien freilich eine einsame zu sein.

Als ich stehen blieb, um die drei Personen zu betrachten, trat die eine näher heran und fragte:

»Ist das nicht die Dahabijeh es Semek?«

»Ja,« antwortete ich.

»Und du bist Passagier?«

»So ist es.«

»Woher?«

»Ich bin ein Franke aus Almanja.«

»Aus Almanja!« rief der Mann in einem Tone, welchem man es anhörte, daß es ihn freute, einen Deutschen vor sich zu haben. »Nimm es mir nicht übel, wenn ich dich frage, wohin du willst!«

»Nach Siut.«

»Mit diesem Schiffe? Nimm dich in acht!«

»Vor wem?«

»Vor allen, mit denen du an Bord bist. Als wir hier vorüber wollten, sahen wir einen Menschen schleichen, den ich sehr wohl kenne. Er schien hören zu wollen, was bei euch gesprochen wurde. Es war ein Muza'bir.«

»Der war an Bord, um mich zu bestehlen; es ist ihm aber nicht gelungen.«

»Danke Allah, daß es so gekommen ist! Es hätte leicht schlimmer, viel schlimmer werden können.«

»Habt ihr Zeit?«

»Ja.«

»Ich bitte euch, einen Augenblick an Bord zu kommen!«

Ich gab dem Landungsbrette einen Schwung, daß es drüben aufzuliegen kam, fühlte mich aber hinten gepackt und zurückgezogen. Der Reïs war es. Er raunte mir, als ob es am Ufer nicht gehört werden solle, in unterdrücktem Tone zu:

»Was fällt dir ein! Wer hat hier Leute einzuladen, du oder ich?«

»Wir beide.«

»Nein, nur ich. Und gerade diesen Menschen, den ich an der Stimme erkenne ---«

Er hielt inne und wagte nicht, weiter zu sprechen, denn das Brett hatte feste Lage erhalten und die drei kamen nun eben an Bord. Als der Steuermann sie erblickte, sah ich, daß er schleunigst in einer Luke verschwand; der famose Kajütendiener folgte ihm ebenso schnell. Dem Reïs wäre es vielleicht auch lieber gewesen, wenn er sich in der Ferne befunden hätte; jedenfalls kamen ihm diese Leute höchst ungelegen; aber er konnte weder verschwinden noch sie fortweisen, und so blieb er stehen, legte beide Hände auf der Brust übereinander, berührte mit der Rechten Stirn, Mund und Herz und verneigte sich fast so tief, wie ich es von dem Haushofmeister meines Türken gesehen hatte. Aus dieser Begrüßung war mit Sicherheit zu schließen, daß die drei Ankömmlinge, wenigstens der vorderste von ihnen, keine gewöhnlichen Leute waren.

Dieser war ein Mann in den besten Jahren, kräftig gebaut und, so viel ich sehen konnte, fein gekleidet. Er trug weite, weiße Hosen mit dunklen Halbstiefeln und eine goldverbrämte blaue Jacke, um die Hüften einen rotseidenen Shawl, an welchem ein krummer Säbel hing, während die mit Gold und Elfenbein ausgelegten Griffe zweier Pistolen vorn hervorblickten. Darüber hing ein weißseidener Mantel. Der Turban auf seinem Haupte war von demselben Stoffe und derselben Farbe. Sein Gesicht, dessen dunkle Augen mit forschendem Wohlwollen auf mir ruhten, wurde von einem schwarzen Vollbarte eingerahmt, wie ich gleich schön noch selten einen gesehen hatte. Ohne auf den Reïs einen Blick zu werfen, grüßte er mich:

»Allah schenke dir einen glücklichen Abend!«

»Heil sei dir!« antwortete ich ebenso kurz wie höflich.

Seine Begleiter verneigten sich stumm gegen mich, was mich veranlaßte, ihnen eine ebensolche Verbeugung zu machen. Jetzt wendete er sich zu dem Reïs und fragte in strengem Tone:

»Du kennst mich?«

»Das Glück, dein Angesicht zu sehen, ist mir wiederholt zu teil geworden,« antwortete der Gefragte in orientalischer Weise.

»Es ist kein Glück für dich gewesen. Waren nicht noch zwei Männer hier?«

»Mein Steuermann und der Fremdendiener.«

»Weiter niemand?«

»Nein, Sijadetak; meine Matrosen sind nach dem Kaffeehause gegangen.«

»Nun, warum sind die beiden verschwunden? Wo sind sie hin? Etwa hinunter in den Raum zu den Ratten?«

Der Reïs wagte nicht, zu antworten; er ließ den Kopf sinken.

»Also doch! Ich weiß gar wohl, was sie wollen. Rufe sie sofort, wenn du nicht die Kurbatsche haben willst!«

Er deutete bei diesen Worten auf den einen seiner Begleiter, an dessen Gürtel eine sehr verheißungsvolle Peitsche hing. Der Mann verstand es, gebietend aufzutreten! Der Reïs hatte ihn Sijadetak genannt, ein Wort, welches »Deine Herrlichkeit« bedeutet und in dieser Form nur Respektspersonen gegenüber angewendet wird. Der Alte eilte zur Luke und rief hinab. Nach einiger Zeit erschienen die Verschwundenen und ließen sich in gedrückter Haltung und wohl ebenso gedrückter Stimmung am Maste nieder. Unterdessen hatte der Fremde mir gewinkt, ihm zu folgen. Er stieg hinauf zum Steuer, wo ein Teppich lag, winkte gegen denselben und sagte:

»Setze dich zu mir, denn mir ahnt, daß wir eine Beratung halten werden müssen! Und nimm eine europäische Cigarre von mir an!«

Ich mußte mich an seine rechte Seite setzen, während sein erster Begleiter an seiner Linken Platz nahm. Derselbe war ähnlich, nur aus einfacherem Stoffe gekleidet und trug auch einen Degen. Der Träger der Peitsche blieb seitwärts stehen. Auf einen Wink des Herrn zog er ein Etui aus dem Gürtel und reichte es ihm, nachdem er es geöffnet hatte. Der Gebieter zog zwei Cigarren heraus und reichte mir eine, um die andere für sich zu behalten. Der erste Begleiter bekam keine, und der zweite mußte Feuer geben. Ich kann sagen, daß es ungefähr eine Hundertmarkcigarre, also das Stück zu zehn Pfennigen war. Wie viel aber mochte dieser Ägypter dafür bezahlt haben! Da er mein Gesicht beobachtete, so gab ich demselben den befriedigtsten Ausdruck und ließ mit möglichster Behaglichkeit den Rauch sich mit dem Qualme der Pechpfanne, welche in unserer Nähe stand, vereinigen. Das schien ihn zu erfreuen, denn er fragte im Tone eines Knaben, der einem andern ein Stück Lakritzen oder eine Zuckermandel geschenkt hat.

»Nicht wahr, sie schmeckt?«

»Ausgezeichnet!« erklärte ich.

»Man sagt, der Kuran verbiete die Cigarren. Was sagst du dazu?«

»Er kann sie nicht verboten haben, weil es zur Zeit des Kuran noch keine gegeben hat.«

Er sah mir wunderlich betroffen in das Gesicht und meinte dann:

»Allah! Das ist ja ganz richtig! Nun soll mir wieder einmal einer kommen! Aber der Tabak ist verboten, wie einige Ausleger des Kuran sagen?«

Da er sich in dieser Weise gab, so antwortete ich ganz gemütlich:

»Laß dir nichts weiß machen! Als man drüben in Amerika die Menschen zum erstenmale rauchen sah, waren seit der Hedschra achthundertsiebzig Jahre vergangen.«

»Was du sagst! Du weißt das so genau aufs Jahr! Auch die Hedschra kennst du? Ja, ihr Deutschen wißt alles. Ich habe Deutsche gesehen und gesprochen, welche den Kuran und alle Erklärungen besser, viel besser kannten, als ich selbst. Allah ist groß, und ihr Deutschen seid klug. Hast du den Kaiser von Deutschland gesehen?«

»Oft.«

»Und seinen großen Wessir?«

»Bismarck? Auch.«

»Vielleicht auch seinen berühmten Obergeneral, welcher alle Schlachten gewinnt?«

»Mit diesem habe ich an einem Tische gespeist.«

»Allah! Welch ein glücklich Mensch bist du! So bist du wohl auch ein deutscher Offizier?«

»Nein. Ich schlage keine Schlachten, sondern ich verbrauche möglichst viel Tinte und verderbe jährlich einige hundert Stahlfedern.«

»Ich errate! Du bist ein Gelehrter, vielleicht gar ein Musannif, welcher sich hier befindet, um über uns ein Buch zu schreiben?«

»Erraten!« nickte ich.

»Das ist schön! Das ist gut! Das freut mich ungemein! Ich habe auch ein Buch schreiben wollen.«

»Worüber?«

»Über die Sklaverei.«

»Das ist ein hochinteressantes Thema. Hoffentlich wirst du diesen guten Vorsatz zur Ausführung bringen?«

»Ganz gewiß! Es fehlt mir eins, nur eins. Der Titel! Denn schau, der Titel ist der Kopf eines Buches, und wenn der Kopf nichts taugt, so ist der ganze Körper dumm. Aber wo nehme ich einen klugen Titel her! Du bist Fachmann. Vielleicht kannst du mir einen guten Rat erteilen.«

»Nun, es giebt Schriftsteller, welche sehr gute Bücher schreiben, ohne dazu gute Titel zu finden, und umgekehrt giebt es andere, deren Kopf voller vortrefflicher Titel steckt, ohne daß sie eine gescheite Seite fertig bringen.«

»Das mag sein. Wie ist's denn bei dir?«

»Wir haben in Deutschland eine Redensart, welche lautet: Rede, wie dir der Schnabel gewachsen ist! Verstehst du das?«

»Ja. Man soll offen und natürlich sprechen.«

»Gerade so schreibe ich.«

»Welchen Titel würdest du mir da raten?«

»Nun zum Beispiel: ›Die Sklavenpest des Sudan‹ oder ›Sklavenmarkt und Menschlichkeit‹.«

Ein anderer wäre über diese Ausdrucksweise wohl stutzig geworden; er aber schlug sich mit der Hand aufs Knie und rief ganz entzückt:

»Ich hab's, ich hab's! Zwei Titel auf einmal! Und gerade die beiden, die ich auch hatte, die mir nur nicht einfallen wollten. Nun fehlt mir aber noch die Vorrede.«

»Sollte dir nicht auch die Einleitung noch fehlen?«

»Allerdings, denn man kann doch nicht sofort nach der Vorrede beginnen. Und dann die Sklaverei selbst. Was und wie soll ich über sie schreiben?«

»Und dann der Schluß!« bemerkte ich mit großem Ernste.

»Ja. der Schluß ist die Hauptsache, denn wenn der nicht gut ist, so sieht das Buch aus wie ein Pferd ohne Schwanz. Und endlich, wenn ich fertig bin, wer wird es drucken? Weißt du das?«

»Jetzt noch nicht. Wenn wir öfters darüber sprechen könnten, so wäre es möglich, daß mir das Richtige einfiele.«

Wie sonderbar! Vor kurzem noch in Lebensgefahr, saß ich jetzt an derselben Stelle in einer Unterhaltung, welche gar nicht komischer sein konnte. Als dieser Mann bei seiner Ankunft an Bord den Reïs förmlich niederschmetterte, erschien er mir wie ein Pascha mit der höchsten Zahl von Roßschweifen, und nun hörte ich, daß er ein Buch schreiben wolle, zu welchem ihm nicht weniger und nicht mehr als alles fehlte. Sein Auftreten gegen den Reïs hatte mich eine Katastrophe erwarten lassen, und jetzt plauderte er mit mir, als ob es gar keinen Kapitän hier gäbe. Und wie kam dieser Moslem dazu, sich mit der Sklavenfrage beschäftigen zu wollen? Ich hatte nur Scherz getrieben und meine letzten Worte auch nicht im Ernst gemeint; er aber ging sofort auf dieselben ein, indem er ausrief:

»Wer sagt dir denn, daß wir nicht darüber sprechen werden? Du willst nach Siut, und ich muß auch dorthin.«

»Ja, das ist etwas anderes!« meinte ich.

»Wir werden zusammen fahren. Du bleibst nicht auf dieser Dahabijeh.«

»Ich will auch nicht, aber der Reïs weigert sich, mir mein Geld herauszugeben. Ich habe nämlich schon bis Siut bezahlt.«

»Du hast es zurückverlangt? Weshalb? Hast du einen Grund gehabt, dieses Schiff zu verlassen?«

»Hm! Die Rücksicht auf mich verbietet mir, davon zu sprechen!,«

»Warum?«

»Weil ich sonst gezwungen sein würde, hier in Giseh lange zu bleiben, und dazu habe ich keine Zeit.«

»Aber die Rücksicht auf mich gebietet dir, es mir mitzuteilen. Ich habe dich vor dieser Dahabijeh gewarnt, ohne noch zu wissen, daß du schon entschlossen warst, von Bord zu gehen. Ich bin so unhöflich gewesen, dich auszufragen, ohne dir zu sagen, wer und was ich bin. Das muß ich jetzt nachholen. Oder hast du es vielleicht schon selbst erraten?«

Er sah mich von der Seite so gutmütig pfiffig an, daß ich fühlte, ich müsse ihn rasch lieb haben können. Er war kein bigotter Moslem; er besaß Lebhaftigkeit, Energie und Wohlwollen, wie ich beobachtet hatte. Das war kein träger, stumpfsinniger Orientale, der sein Nichts für etwas hält und nichts von Etwas wissen will. Ich wünschte wohl, die Reise mit ihm machen zu können.

»Du bist ein Offizier,« antwortete ich.

»Hm!« brummte er lächelnd. »Nicht eigentlich, und doch hast du nicht übel geraten. Mein Name ist Achmed Abd el Insaf.«

Das heißt: Achmed, Diener der Gerechtigkeit. Hatte er diesen Namen stets getragen oder ihn infolge seines jetzigen Berufes erhalten? Ich nannte ihm den meinigen, und darauf erklärte er mir:

»Ich bin nämlich auch Reïs, und du sollst zu mir auf mein Schiff kommen.«

Ich konnte nicht anders, ich mußte ihn ungläubig anblikken. Dieser Mann, der Kapitän einer Dahabijeh, welche Sennesblätter und Gummi vom obern Nile holt? Nein!

»Du bezweifelst es?« fragte er. »So will ich dir sagen, das ich den Titel Reïs Effendina führe und der einzige bin, dem es gestattet ist, denselben zu tragen.«

»Der Kapitän des Vizekönigs? Das muß eine ganz besondere Bewandtnis haben!«

»Allerdings. Und diese Bewandtnis hängt sehr eng mit dem Buche, welches ich schreiben will, zusammen. Ich will es dir erklären. Ich liebe die Deutschen, und du gefällst mir ganz besonders. Der Sklavenhandel ist verboten, wird aber noch immer betrieben. Du hast gar keine Ahnung, wie viel Menschen jährlich an demselben zu Grunde gehen!«

»Ob ich es weiß, das sollst du sogleich erfahren. Sprechen wir nur von Ägypten, wo doch der Sklavenhandel aufgehoben ist. Vom obern Nil werden jährlich 40 000 Sklaven über das rote Meer geführt. Davon gehen 16 000 in andere Gegenden, 24 000 aber nach Ägypten. Dazu kommen 46 000, welche auf dem Nile und auf Landwegen nach Nubien und Ägypten geführt werden. Dieses Land erhält also über 4 Hafenplätze und auf 14 Landrouten jährlich 70 000 Sklaven. Nun muß man rechnen, daß auf einen verkauften Sklaven vier andere kommen, welche während der Sklavenjagd getötet werden oder während des Transportes umkommen. Das ergiebt den fürchterlichen Schluß, daß die Sudanländer allein für Ägypten jährlich 350 000 Menschen einbüßen. Soll ich weiter sprechen, nicht bloß von Ägypten allein?«

Er sah mich mit weit geöffneten Augen an und antwortete nicht.

»Soll ich dir sagen, daß die Harems von Konstantinopel von zehn- bis vierzehnjährigen tscherkessischen Sklavinnen wimmeln, für welche man pro Stück zwanzig Thaler zahlt, während sie noch vor kurzem achtmal teurer waren? Wie viele Neger und Negerinnen wird es da erst geben? Und dabei versichern uns die Gesandtschaften der hohen Pforte, daß der Sklavenhandel nicht mehr existiere!«

»Effendi, du weißt es, du weißt es sogar noch viel, viel besser und genauer als ich!« gestand er. »Ihr Deutschen wißt wirklich alles!«

»Nun, wenigstens wissen wir, daß es noch viel zu niedrig gegriffen ist, wenn man annimmt, daß in den Sudanländern jährlich über eine Million Menschen an den Sklavenjagden zu Grunde gehen. Solche Zahlen mußt du in deinem Buche bringen!«

»Ich bringe sie; bei Allah, ich bringe sie! Vergiß diese Ziffern nicht, denn du sollst sie mir bei Gelegenheit diktieren. Aber ich habe mich vorhin selbst unterbrochen, als ich sagte, daß der Sklavenhandel noch fortbestehe. Es kommen viele Schiffe mit Sklaven den Nil herab. Wir haben Polizeischiffe, welche aufpassen sollen; aber die Kapitäne sind nicht ehrlich; die Hunde machen mit den Sklavenjägern gemeinschaftliche Sache. Nun muß es also einen gerechten und ehrlichen Mann geben, der da Achtung giebt, und der bin ich. Abd, el Insaf, Diener der Gerechtigkeit, heiße ich, verstanden? Und Reïs Effendina bin ich, der Kapitän unsers Herrn, des Khedive. Ich bin es noch nicht lange; aber alle Schurken kennen mich bereits, weil ich keinen durchlasse, keinen einzigen, und wenn er mir noch so viel Gold bietet. Mein Schiff heißt Esch Schahin; es ist so schnell wie ein Falke und stößt auch wie ein Falke. Es fliegt wirklich wie ein Falke, und keine Dahabijeh, kein Sandal, kein Noqer kann ihm entgehen. Willst du es sehen?«

»Ich bin sogar sehr begierig darauf.«

»Es liegt gar nicht weit von hier am Ufer. Ich mußte heute in Giseh anlegen, weil ich mit dem Mudir zu sprechen hatte. Als es Abend war, suchte ich das Ufer ab, weil solche Gänge oft zu einem guten Fange führen. Und ich habe ihn gemacht, diesen Fang.«

»Wo?«

»Hier, diese Dahabijeh.«

»Ist's möglich? Sie ist doch heute erst in Bulak ausgelaufen!«

»Ja, Sklaven hat sie nicht an Bord; aber ich bin schon seit langer Zeit hinter ihr und ihrem Reïs her. Ihr Inneres ist zur Aufnahme von Sklaven eingerichtet. Ich habe es gesehen.«

»Du warst ja noch nicht unten im Raume!«

»Das nicht. Aber warum erschrak der Reïs so, als ich kam? Warum verschwand der Steuermann sofort durch die Luke? Doch nur, um unten irgend etwas zu verändern oder zu verbergen. Du wirst bald sehen, daß ich mich nicht irre. Aber das Pech wird alle. Der Reïs soll die Schüsseln wieder füllen, und wenn er sich nicht beeilt, giebst du ihm die Peitsche.«

Dieser Befehl war an seinen zweiten Begleiter gerichtet, welcher sich entfernte, um ihn auszuführen.

Welch ein Zusammentreffen! Mein neuer Bekannter war also, so zu sagen, Marineoffizier; er jagte Sklavenjäger. Das versprach etwas; ja, das versprach sogar viel, sehr viel!

Der alte Reïs brachte Pech geschleppt; er wagte nicht, aufzublicken. Als er wieder fort war, knüpfte der Reïs Effendina die unterbrochene Unterhaltung wieder an:

»Nun weißt du, wer ich bin und welchen Beruf ich habe. Meinst du noch immer, daß es geraten ist, mir zu verschweigen, warum du diese Dahabijeh verlassen willst?«

»Nun vielleicht erst recht. Ich würde hier festgehalten werden und muß doch nach Siut, um dort meinen Freund zu erwarten.«

»So verspreche ich dir hiermit, daß deine Reise keine Verzögerung erleiden wird. Ich gehe nach dem oberen Nil, nach Chartum und noch weiter hinauf, und lege in Siut an. Übermorgen segle ich ab, und da kommst du zu mir an Bord, natürlich als mein Gast, denn zahlende Passagiere giebt es bei mir nicht. Willst du?«

Als ich nur einige Augenblicke mit der Zusage zögerte, hielt er mir die Hand hin und rief.

»Schlag' ein; ich bitte dich! Nicht ich thue dir einen Gefallen, sondern du sollst ihn mir thun.«

»Dann gut; hier meine Hand. Ich fahre mit dir nach Siut.«

»Wie gern würde ich dich weiter mitnehmen; aber wenn du jemanden erwartest, so mußt du dein Wort halten. Und nun erzähle, was hier geschehen ist!«

»Das reicht nicht aus; ich muß noch mehr erzählen, auch das, was vorher geschehen ist. Und du wirst keine Zeit haben, mich anzuhören.«

»Ich habe genug Zeit, denn ich muß warten, bis die Matrosen kommen. Ich möchte wissen, warum dieser Kerl alle seine Leute von Bord geschickt hat.«

»Nur meinetwegen.«

»So? Wirklich? Das macht mich doppelt neugierig. Also, zum Beginn! Du brauchst dich nicht zu genieren. Mein Nachbar hier ist mein Steuermann, und der Mann da mit der Peitsche mein Liebling, meine rechte Hand, welche alles thut, was ich befehle. Schon mancher Sklavenhändler und Sklavenbesitzer hat es auf seinem Rücken gefühlt, daß diese meine Hand schnell, willig und stark genug ist, meinen Wahlspruch auszuführen: Wehe dem, der wehe thut!«

Nun konnte ich nicht anders; ich mußte erzählen, und ich begann meinen Bericht von dem Augenblicke an, in welchem der Türke mich in das Kaffeehaus gewinkt hatte. Es war interessant, zu beobachten, wie das Gesicht des Reïs Effendina zeigte, daß seine Aufmerksamkeit von Minute zu Minute immer gespannter wurde. Er unterbrach mich mit keinem Worte, mit keinem noch so kurzen Ausrufe; aber als ich bis dahin gekommen war, daß ich den Reïs, den Steuermann und den Kajütendiener belauschte und nun berichtete, was sie gesprochen und beschlossen hatten, da legte er mir die Hand auf den Arm und bat:

»Entschuldige einen Augenblick!« Und sich zu seiner »rechten Hand« wendend, gebot er: »Eile rasch auf unsern Falken, und hole zehn Mann herbei, um die Dahabijeh zu besetzen! Ich werde die Bande zwingen, an Allah und alle seine neunundneunzig erhabenen Eigenschaften zu denken. – Und nun, Effendi, fahre fort!«

»So bist du nicht auch Mitglied der frommen Kadirine?« fragte ich ihn.

»Nein. Ich bin überhaupt nicht Mitglied einer Bruderschaft. Muhammed war ein Prophet, und Johannes war ein Prophet. Allah ist die Liebe und die Gerechtigkeit, und dein Gott ist Allah. Wir Menschen sind alle Gottes Kinder; wir sollen einander lieben und gerecht gegen einander sein. Ich preise meinen Glauben nicht und schände keinen andern; ich mag nicht bekehren und lasse mich nicht bekehren. Meine Augen können nur das Irdische sehen und werden erst, wenn ich gestorben bin, das Himmlische erblicken. Warum soll ich darüber streiten, wer Gott in der rechten Weise anbetet? Wir sind eine einzige große Familie und haben einen einzigen Vater. Jedes Kind hat seine besonderen Gaben und Eigenschaften und spricht in seiner besonderen Art und Weise mit dem Vater. Gieb mir die Hand, Effendi! Du bist ein Christ, und ich bin ein Moslem; aber wir sind Brüder und gehorchen unserm Vater, weil wir ihn lieben!«

Er reichte mir seine Hand, und ich legte die meinige in dieselbe. Hätte ich das nicht thun, hätte ich ihm sagen sollen, daß ich ihm als Christ nicht beistimmen könne? Nein; ein solches Wort sagt man nicht in solchem Augenblicke. Indem ich schwieg, wurde ich nicht Muhammedaner; aber indem ich ihn reden ließ, gab ich ihm Gelegenheit, fast wie ein Christ zu sprechen. Indem er sich von der Aggressivität des Islam lossagte, hörte er auf, ein Muhammedaner zu sein. Er that einen großen Schritt zum Christentume herüber, und durch eine Gegenrede hätte ich ihn nur veranlaßt, diesen Schritt zurück zu thun. Man ist nicht Lehrer, nicht Missionar durch Worte allein; man lehrt auch durch die That; ja die That wirkt oft mächtiger als das Wort, und zuweilen ist auch das Schweigen eine That, wenn auch nur eine That, welche Ärgernis verhindert.

Ich erzählte weiter. Gerade als ich geendet hatte, kehrte die »rechte Hand«, der »Liebling« zurück. Er postierte seine zehn bewaffneten

Männer auf verschiedene Stellen des Deckes, wo sie, um vom Ufer aus nicht bemerkt zu werden, sich hinter den hohen Bord niedersetzten. Dann kam er zu uns herauf und meldete:

»Emir, das Schiff ist besetzt; aber als wir jetzt kamen, stand da drüben unter dem Baume ein Mensch, welcher scharf nach der Dahabijeh blickte. Das kam mir verdächtig vor; ich befahl, ihn zu ergreifen, doch er floh noch zur rechten Zeit. Wenn Allah mir gute Augen verliehen hat, so kann ich darauf schwören, daß es derselbe Mensch war, welchen wir schon vorhin sahen, bevor wir das Schiff betraten.«

»Also der Taschendieb? Wie schade, daß er euch entgangen ist! Er weiß nun, in welcher Hand sich die Dahabijeh befindet, und wird sich aus dem Staube machen. Aber morgen bin ich in Kahira und werde ihn festnehmen lassen.«

»Wenn du ihn findest!« warf ich ein.

»O, ich finde ihn. Ich bringe die ganze Polizei in Alarm, und wo dieser Kerl sich herumzutreiben pflegt, das weiß man ziemlich genau. Also, Effendi, du bist nun fertig. Ich weiß, was geschehen ist; aber ich weiß auch noch etwas, nämlich, daß du ein Mann bist, den ich auf meinem ›Falken‹ haben möchte. Willst du mein Lieutenant sein?«

»Leider ist mir das unmöglich.«

»Ich weiß, warum. Lieutenant, das ist nichts. Aber ich kann doch unmöglich sagen, daß du meinen ›Falken‹ kommandieren sollst, und daß ich dein Untergebener sein will!«

»Es ist wohl beides unnötig, denn ich denke, daß du bereits einen Lieutenant haben wirst.«

»Den habe ich allerdings. Aber so will ich dich wenigstens fragen, ob du nicht Lust hast, meine jetzige Fahrt nach dem Obernil mitzumachen.«

»Lust wohl, aber ich darf nicht.«

»Wegen dieses Türken? Weil du ihm dein Wort gegeben hast? ja, du mußt es halten, da er die Neger bei sich aufgenommen hat. Wie war doch sein Name?«

»Murad Nassyr.«

»Und woher ist er?«

»Aus Nif bei Ismir.«

Er blickte schweigend vor sich nieder. Das Gesicht, welches er mir jetzt zeigte, gefiel mir nicht. Darum fragte ich:

»Kennst du ihn vielleicht?«

»Es ist mir, als ob ich diesen Namen schon einmal gehört hätte.«

»Auf gute Weise oder nicht?«

»Nicht! Ich kann das nicht genau sagen, aber es liegt so in mir. Wenn ich länger nachdenke, werde ich wohl auf das Richtige kommen. Wir haben Zeit dazu, da wir ja mit einander fahren. Lassen wir das jetzt also fallen, und beschäftigen wir uns mit der Gegenwart. Wenn deine Angelegenheit den vorgeschriebenen Gang einschlagen sollte, so müßtest du trotz deines Konsuls mehrere Wochen hier bleiben. Da ich dir aber versprochen habe, daß dies vermieden werden soll, so werde ich der Sache diejenige Wendung geben, welche ich für die allerbeste halte. Wir brauchen dich gar nicht; wir bedürfen nur das Geständnis dieser Schurken und einige Zeugen, welche es hören und später wiedergeben. Zeugen habe ich da, nämlich meine Leute.«

»Also werden die Thäter bestraft werden?« »Natürlich! Wehe dem, der wehe thut!« »Auch Barak, der Mokkadem?«

»Hm! Gerade weil dieser Abd el Barak Mokkadem der Kadirine ist, wird ihm schwer beizukommen sein, da niemand, selbst der Höchste nicht, sich mit einer so mächtigen Bruderschaft verfeinden mag; aber ich werde dennoch Mittel und Wege finden, mit meiner ›rechten Hand‹ an ihn zu kommen. Jetzt folgt mir hinab auf das Deck! Ich werde die drei Kerle vornehmen.«

Wir stiegen die mehrmals erwähnten schmalen Stufen hinab, wobei die »rechte Hand«, der »Liebling«, die Karbatsche von seinem Gürtel löste. Dieser brave Diener seines energischen Herrn schien die inquisitorischen Schwächen oder Stärken des letzteren sehr gut zu kennen. Als wir uns dem Maste näherten, an welchem die drei saßen, standen sie auf. Ihre Haltung war gar nicht selbstbewußt, und ihre Gesichter sahen schon jetzt erbärmlich aus. Der Emir – denn so will ich den Reïs Effendina nennen, weil sein »Liebling« ihm vorhin diesen Titel gegeben hatte, erhob die Hand, und augenblicklich kamen die zehn Männer herbei, um einen Kreis um uns zu bilden. Der Untersuchungsrichter wendete sich zunächst an den Kajütendiener:

»Wie heißest du?«

»Barik,« antwortete der Gefragte.

»Also fast wie dein lieber Mokkadem! Woher bist du?«

»Aus Minieh.«

»Und doch hast du zu diesem Effendi gesagt, du seiest ein Beni Maazeh namens Ben Schorak! Wie darfst du wagen, einen Mann belügen zu wollen, der in jeder einzelnen Spitze seines Haares mehr Klugheit besitzt als du mit all deinen Vorfahren und Nachkommen gehabt hast und noch haben wirst! Ich rate dir, die Wahrheit zu sagen, da ich nicht so langmütig wie dieser Effendi bin. Hast du gestern den Geist gemacht?«

»Nein.«

»Gut! Besinne dich! Den Takt wollen wir dir dazu angeben.«

Ein Wink von ihm, vier Leute legten den Leugnenden auf den Boden, hielten ihn dort fest, und der »Liebling« schlug den Takt in einer solchen Weise, daß der gefühlvolle Mann schon beim fünften Hiebe schrie:

»Halt! Ich will gestehen!«

»Dachte es mir! Also warst du eines der Gespenster?«

»Ja,« antwortete der Gefragte, welcher noch liegend festgehalten wurde.

»Wer waren die beiden andern?«

»Der Mokkadem und sein Diener, welcher zugleich sein Schreiber ist.«

»Wie oft habt ihr schon gespukt?«

»Von kurz nach dem Tode des Hausbesitzers an.«

»So sind wir jetzt mit dir fertig. Stehe auf, und stelle dich hier an den Mast.«

Die vier ließen ihn los, und der »Liebling« zog ihm noch einen solchen Hieb über den Rücken, daß er so schnell wie wohl noch nie in seinem Leben emporflog. Der Emir richtete nun den Blick auf den Reïs und sagte:

»Du kennst mich und weißt genau, wie lieb ich dich habe und welche Macht mir über dich gegeben ist. Du wirst mir genaue und wahre Antwort geben, sonst bekommst du auch die Peitsche!«

Das war dem Alten wohl noch nicht geboten worden; er fuhr daher zornig auf:

»Emir, ich bin ein gläubiger Moslem und kein Sklave oder Diener, sondern der Kommandant dieser Dahabijeh!«

Der »Liebling« wußte schon, was er in einem solchen Falle zu thun hatte; er fragte nicht, nicht einmal durch einen Blick, sondern strich ihm im Gefühle seiner Majestät, oder kürzer deutsch gesagt, seiner Peitschenoberlehensherrlichkeit die Karbatsche zweimal in solcher Weise über den Rücken, daß der Alte gewiß nicht wieder aufzubegehren wagte.

»So!« nickte der Emir, sehr befriedigt über den Amtseifer seines Untergebenen. »Ob einer Sklave, Diener, Kommandant, Moslem oder Heide ist, das bleibt sich vor Allah, mir und meiner Peitsche vollständig gleich. Wer widerspricht oder lügt, hat es auf seinen Rücken zu nehmen. Jetzt rede, du berühmter Kommandant: Seit wann dient dieser Barik aus Minieh auf deinem Schiffe?«

»Seit heute,« erklang es in unterdrücktem Grimme.

»Wer brachte ihn?«

»Der Mokkadem.«

»Welche Aufgabe war ihm hier geworden?«

»Er sollte den fremden Effendi bedienen.«

»Sich bei demselben einschmeicheln, um in seine Dienste zu treten und ihn später dem Mokkadem, das heißt, dem Tode zu überliefern?«

»Davon weiß ich nichts.«

»So hast du es vergessen, und wir werden dir den Dienst erweisen, dein Gedächtnis zu stärken.«

Der Reïs wurde niedergezogen und empfing die Peitsche, aber nur dreimal, dann gestand er das Gefragte ein.

»Sieh, wie schnell die Peitsche die Vergeßlichkeit beseitigt!« meinte der Emir. »Ja, die Haut des Nilpferdes öffnet gleich beim ersten Hiebe das Fleisch des Leibes und die Verstocktheit des Herzens. Du wirst so liegen bleiben und ferner antworten. Hast du gewußt, daß die Brieftasche gestohlen werden sollte?«

»Ja – ja,« gestand der Alte zögernd.

»Und die Hand dazu geboten?«

»Nein – – ja, o ja!« schrie er überlaut, als er sofort wieder die Peitsche fühlte.

»Hast du gewußt, daß der Effendi später getötet werden sollte?«

Das Eingeständnis erfolgte erst nach dem zweiten Hiebe.

»Hast du den Rat gegeben, daß er besser gleich heute ermordet werden sollte?«

Der Reïs schwieg. Ja wollte er nicht sagen, und doch fürchtete er sich vor dem Zwangsmittel, welches von dem echten Türken Kyr-, von dem Araber aber Karbatsch genannt wird. Die Thätigkeit des »Lieblings« aber brachte ihn schnell zum Geständnisse.

»Ich könnte noch weiter fragen,« fuhr der Emir fort; »aber du ekelst mich an. Du bist ein feiger Hund, der wohl den Mut zur Sünde, aber nicht auch zum Geständnisse hat. Du wirst in deinem eigenen Schlamm ersticken. Lehnt ihn an den Mast! Und nun zum Steuermann!«

Dieser hatte schon vom Zusehen allein gezittert. Als er hörte, daß die peinliche Frage jetzt an ihn gerichtet werden Solle, fiel er gleich in die Kniee und zeterte:

»Ö Allah, o Himmel, o ihr Mächte! Nicht schlagen! Ich bekenne alles, alles!«

»Emir,« bat ich den Reïs Effendina, »habe Nachsicht mit ihm! Er scheint nicht so schlimm zu sein. Er mußte dem Reïs gehorchen, hat, während ich lauschte, kein einziges Wort gesagt und dann, als ich ihnen ihre Schlechtigkeit vorwarf, die Wahrheit meiner Anklage durch seine Angst, sein Entsetzen über meine vermeintliche Allwissenheit zugegeben. Er ist in schlechte Gesellschaft geraten; das ist sein Vergehen.«

»Er hat recht, der Effendi; er hat recht. Allah wird ihn für diese Worte segnen!« jammerte der Furchtsame.

»Gut, ich will es glauben,« entschied der Emir, »und dir nur eine einzige Frage vorlegen. Giebst du zu, daß alles, was der Effendi uns erzählt hat, wahr ist?«

»Ja, es ist wahr, alles, alles!«

»So steh' auf! Man wird Erbarmen mit dir haben. Aber ich setze da voraus, daß du nachher auf eine andere Frage ebenso aufrichtig antworten wirst!«

»Welche Frage? Ich sage alles!«

»Du wirst es erfahren. Du sollst nicht bei diesen beiden verstockten Bösewichtern bleiben. Setze dich hin an die Kajüte; aber rühre dich nicht!«

Ich verstand die Absicht des Emirs. Der Steuermann sollte fern von dem Reïs gehalten werden, damit dieser ihn nicht durch Drohungen oder Versprechungen bewegen könne, das von ihm noch erwartete Geständnis zu verweigern. Jetzt ließ der Reïs Effendina nach drei Lampen suchen, und als diese gebracht und angebrannt worden waren, stieg er mit seinem »Liebling« und dem Muhamel, jeder eine Lampe tragend, in die schon erwähnte Luke hinab.

Ich sah, daß der Reïs die Lippen zusammenpreßte, wohl nicht allein infolge des Schmerzes, welchen die aufgesprungenen Peitschenschwielen ihm verursachten; es war auch die Angst vor der Entdeckung, welche jetzt zu erwarten stand. Ich mochte diesen Menschen nicht mehr ansehen. Ein jugendlicher Verbrecher erweckt sicher unser Mitleid; aber ist ein alter Mann, welcher aus wirklicher Freude am Bösen sündigt, obgleich er mit einem Fuße bereits im Grabe steht, dieser Teilnahme auch noch wert? Der Christ mag auch hier mild urteilen, der Bürger aber kann das nicht und der Psycholog wohl auch nicht. Ich ging nach hinten zu dem Steuermanne. Er streckte mir die Hand entgegen und sagte:

»Effendi, ich danke dir, daß du für mich gesprochen hast! Ich bin ein Verwandter des Reïs und kann nicht von ihm fort. Ich habe dir nichts Böses thun wollen und darum zu allem geschwiegen.«

»Aber du mußt doch einsehen, daß dein Schweigen eine Sünde, ein Verbrechen war!«

»Ich hätte nichts ändern können. Sollte ich den Reïs gegen dich verraten?«

»Ja, und dann wäre es nicht so schlimm für euch geworden, denn der Emir hätte die Dahabijeh nicht bestiegen, da wir ihn erst durch unsere lauten Reden herbeigezogen haben, und würde nun auch nicht entdecken, daß dieses Segelboot eine Sklavenschiff ist.«

»Ein - Skla - ven - schiff!« stammelte er entsetzt. »Wer -wer - behauptet - das?«

»Der Emir, und der ist ein Kenner.«

»O Unheil, o Verwirrung meiner Gedanken! Allah, Allah, Allah! Mein Körper wankt, meine Gebeine beben, und meine Seele zittert. Ich tauche unter im Meere der Trübsal, und die Wirbel des Entsetzens mahlen mich hinab in die Tiefe der Verzweiflung! Welche Seele erbarmt sich meiner, und welche Hand streckt sich aus, mich zu retten?«

»Schweige! Schrei nicht so! Man soll uns nicht beachten. Giebst du zu, daß diese Dahabijeh zum Sklavenraube bestimmt ist?«

»Zum Raube nicht, aber zum Transport.«

»Du bist schon fast sechzig Jahre alt. Hast du Familie?«

»Einen Sohn und mehrere Enkel und Enkelinnen, droben in Gubatar, bei denen sich auch mein Weib befindet.«

»Das ist in der Nähe der freien Uled-Ali-Beduinen, die ich kenne. Fliehe zu ihnen, und bleibe dort, bis diese Sache vergessen ist. Hast du Geld?«

»Nur wenige Piaster, und die hat der Reïs.«

Ich suchte zusammen, was ich entbehren konnte, gab es ihm und sagte:

»Ich habe bemerkt, daß das kleine Boot hinten am Steuer befestigt ist. Laß dich an dem Tau, an welchem es hängt, hinab, und mach' dich schnell davon!«

»Recht gern, o wie gern! In einem Jahre wird alles vergessen sein, und dann darf ich mich wieder sehen lassen. Aber wie komme ich hinauf zum Steuer? Man wird mich sehen!«

»Nein, denn ich gehe jetzt vor und werde die Leute so beschäftigen, daß sie ihre Aufmerksamkeit nur auf mich richten. Also paß auf! Sobald du bemerkst, daß niemand hersieht, springst du die Stufen hinauf.«

»Ja, ja, Effendi! O, welchen Dank bin ich – –«

»Rede nicht, und handle lieber! Allah beschirme deine Flucht und lasse dich nicht wieder auf solche Abwege geraten!«

»Nie wieder werde ich Böses thun! Effendi, kein Moslem hätte sich meiner erbarmt; du aber, der du ein Christ bist, hast mich – –«

Mehr hörte ich nicht, denn ich war schon von ihm fort, um zum Mast zu gehen, wo ich die Leute des Emir nach ihrem »Falken« fragte. Sie waren so voller Bewunderung über die Vorzüge dieses ihres Fahrzeuges, daß sie alle zugleich auf mich einsprachen. Und als ich ihnen mitteilte, daß ich mit ihnen fahren würde, drängten sie sich so um mich, daß dem Steuermanne die beabsichtigte Gelegenheit geboten wurde. Ich sah ihn die Stufen emporeilen und hinter dem Qualme der Pechpfanne verschwinden. Wer mir jetzt gesagt hätte, daß ich ihn bald wiedertreffen werde, nicht bei den Uled-Ali-Beduinen, sondern droben im Sudan, dem hätte ich es wohl kaum geglaubt.

Jetzt kehrte der Emir mit seinen beiden Begleitern zurück. Schon befürchtete ich, daß er zunächst den Steuermann aufsuchen und also dessen Flucht vorzeitig entdecken werde; aber glücklicherweise kam er direkt zu uns an den Mast und wendete sich an den Reïs:

»Zunächst will ich noch eine Nebensache beenden. Wie viel hat dieser Emir für Passage bezahlt?«

»Hundert Piaster,« behauptete der alte, freche Sünder selbst noch jetzt.

»Der Effendi aber spricht von dreihundert. Du giebst also zweihundert weniger an. Einer von euch will mich täuschen. Dir glaube ich nicht. Lieber nehme ich an, daß der Effendi sich um zweihundert geirrt hat. Das sind also fünfhundert, welche du ihm sofort auszahlen wirst.«

»Das ist Betrug, der offenbarste Betrug!« schrie der Alte, fühlte aber sofort die Peitsche des »Lieblings« auf seinem Rücken, wodurch er zu der Erklärung bewegt wurde, daß er mit der Zahlung einverstanden sei.

»Gut! Wo hast du dein Geld?« fragte der Emir.

Der Reïs zögerte mit der Antwort, wurde aber durch die drohend erhobene Peitsche gezwungen, zu sagen, daß er seine Kassa unten im Raume verborgen habe.

»So wirst du uns hinab begleiten,« meinte der unerbittliche Inquisitor. »Wohin ist denn deine Dahabijeh bestimmt?«

»Nur bis Chartum.«

»Nicht weiter? Das ist Lüge. Du giebst mir diese Antwort, damit ich nicht erraten möge, welche Art von Handel du da oben treiben willst. Welche Waren hast du geladen?«

»Solche, welche dort gesucht werden, Zeugstoffe, Werkzeuge, billige Schmucksachen für die Neger und ähnliche Dinge; dafür will ich die Produkte des Landes eintauschen.«

»Das klingt recht unverfänglich, doch glaube ich dir nicht. Die Kisten und Ballen, welche ich unten liegen sah, haben eine Gestalt, welche erraten läßt, daß sie ganz andere Dinge enthalten. Ich werde sie also öffnen lassen, und wehe dir, wenn ich dich auf verbotenen Wegen ertappe!«

»Emir, ich wandle auf den Wegen des Gesetzes,« versicherte der Alte, »und du kannst dir die Mühe des Öffnens getrost ersparen.«

»Wirklich? Ich habe glauben müssen, daß du mit Brettern, Pfosten und anderen Hölzern handelst, denn ich habe eine Menge derselben unten liegen sehen. Wozu sind dieselben denn bestimmt?«

»Auch zum Verkaufe. Im Süden giebt es keine zugeschnittenen Hölzer, weshalb sie von wohlhabenden Leuten, welche sie zum Baue ihrer Wohnungen brauchen, sehr gut bezahlt werden.«

»Einem andern dürftest du das sagen, mir aber nicht. Wie kommt es dann, daß diese Stützen, Balken und Latten so zugeschnitten und abgepaßt sind, daß du mit ihnen zwei oder gar drei Unterböden herzustellen vermagst?«

»Das ist Zufall, Emir!«

»Wenn du ein gläubiger Sohn des Propheten wärst, würdest du wissen, daß es keinen Zufall giebt. Handelst du etwa auch mit eisernen Ketten? Ich habe einen ganzen Haufen im Raume liegen sehen. Die Bretter und Ketten verraten dein eigentliches Gewerbe, und dein Leugnen ist erfolglos. Ich brauche dein Geständnis nicht und werde dir den Beweis, daß du ein Sklavenhändler bist, durch die Aussage deines eigenen Steuermannes liefern. Man hole ihn her! Er fürchtet sich vor der Peitsche und wird uns sofort die Wahrheit sagen.«

Infolge dieser Worte richteten sich aller Augen nach der Stelle, an welcher sich der Steuermann befunden hatte. Er war nicht mehr dort; man suchte, doch ohne ihn zu finden. Der Reïs Effendina nahm die Sache weit leichter, als ich vermutet hatte. Er gebot schon nach kurzer Zeit seinen eifrig forschenden Leuten:

»Gebt euch keine Mühe! Ich sehe, daß er fort ist. Ihr habt nicht aufgepaßt, und es ist ihm gelungen, sich unbemerkt über das Landungsbrett nach dem Ufer zu schleichen. Ich sollte euch eigentlich bestrafen;

da er aber kein so verstockter Halunke wie hier dieser sein Reïs war, so mag er immerhin entkommen sein, und ich will euch verzeihen. Jetzt wollen wir wieder hinab, um uns das Fahrgeld zurückzahlen zu lassen.«

Er lud mich ein, ihm zu folgen. Zwei seiner Leute ergriffen den Reïs, um ihn zur Luke zu führen. Die anderen blieben oben. Unten angekommen, war es mit Hilfe der Laternen leicht, sich zurecht zu finden. Das Innere der Dahabijeh bildete einen großen Raum, von welchem hinten und vorn ein kleiner Verschlag abgeschnitten war. In diesem Raume sah ich nur etwa zwanzig Kisten und Ballen liegen. Das war allerdings auffällig, da diese Schiffe gewöhnlich Kairo nicht eher verlassen, als bis sie volle Ladung haben. In dem hinteren, unverschlossenen Verschlage stand ein Werkzeugkasten; dort lagen auch die erwähnten Ketten, die von verschiedener Länge, Stärke und Konstruktion, aber ohne Ausnahme zur Fesselung der Sklaven bestimmt waren. In dem großen Raume waren zu beiden Seiten desselben hohe Lagen von Brettern und Balken aufgeschichtet. Dazu bemerkte ich drei übereinander liegende, horizontale Reihen von Pfosten, welche an die Schiffsrippen festgeschraubt waren. Diese sollten offenbar die Seitenstützen der drei Unterdecks bilden, welche man aus den vorhandenen Brettern herzustellen beabsichtigte. Diese Unterdecks oder Böden waren natürlich zur Aufnahme von Negern bestimmt. Die Entfernung der Rippenpfosten ließ erkennen, daß jedes dieser Decks nur eine Höhe von noch nicht einmal vier Fuß besaß und die armen Schwarzen also während des langen Transportes nicht stehen, ja, kaum sitzen konnten. Übrigens gestand der Reïs später, daß es ihnen nur ausnahmsweise erlaubt werde, sich zu setzen, sie vielmehr gewöhnlich in liegender Stellung festgekettet seien. Da ich mich lebhaft dafür interessierte, forschte ich ihn aus und erfuhr näheres über die Einteilung dieser Räume und die Unterbringung der Schwarzen. Infolge der beiden Bretterverschläge am Vorder- und Hinterteile des Schiffes, welche die Rundung wegnahmen, hatte jeder zwischen ihnen liegende Sklavenraurn die Gestalt eines regelmäßigen Rechteckes, in welchem die Schwarzen in folgender Weise unterzubringen waren:

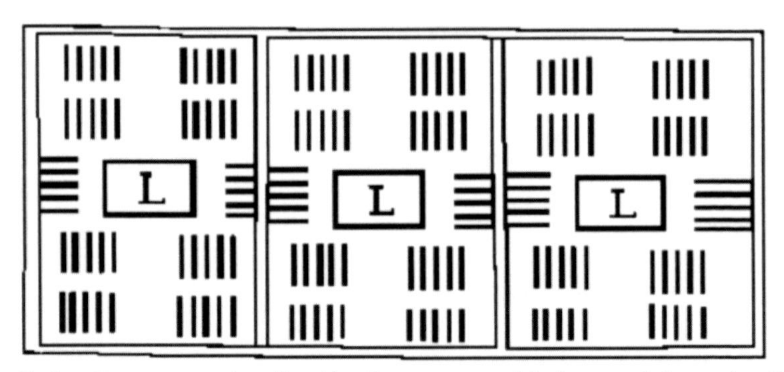

Jeder Raum war in die Abteilungen geschieden, welche, wie die Striche andeuten sollen, je fünfzig Schwarze enthielten, die so plaziert wurden, daß sie mit den Füßen gegen einander lagen. In der Mitte dieser Abteilungen, da, wo auf dem Risse das L steht, befand sich eine Luke, durch welche die übereinander liegenden Räume mittels einer Treppe miteinander verbunden waren. Denkt man sich die geringe Höhe dieser Zwischendecks, welche nicht die Spur einer Ventilation besaßen, die Hitze Ägyptens, die jedenfalls armselige Verpflegung und die schlechte, ja grausame Behandlung, so ist es nicht schwer, sich die schreckliche Lage dieser 450 in der Dahabijeh untergebrachten Schwarzen auszumalen.

Der Reïs wurde nach dem vorderen Verschlage geführt, welcher verschlossen war. Er mußte öffnen, und nun sahen wir ein kleines Gelaß, dessen Bretterwände mit Negerpeitschen behangen waren. Eine bedeutende Anzahl von Raki-Flaschen, wohl nur für den Kapitän bestimmt, war aufgestapelt, und in einer Ecke stand ein Blechkasten, an welchem zwei Vorlegeschlösser hingen. Der Reïs hatte die dazu gehörigen Schlüssel bei sich. Als er geöffnet hatte, zeigte es sich, daß dieser Kasten einige tausend Maria-Theresien-Thaler enthielt. Der Emir griff ohne Umstände zu und zählte eine Anzahl davon ab, welche er mir mit den Worten hinhielt:

»Da, nimm, Effendi! Es sind deine fünfhundert Piaster.«

»Es ist ja viel mehr!« antwortete ich, ohne zuzulangen. »Der Thaler gilt hier ja – –«

»Schweig!« unterbrach er mich. »Das verstehe ich besser als du. Dieser sklavenhandelnde Reïs hat das Geld für den Sudan bestimmt, wo der Thaler zehn Piaster gilt. Darum rechne ich nach dem dortigen Werte und gebe dir fünfzig Thaler, was genau fünfhundert Piaster beträgt.«

»Aber mein Passagegeld betrug nicht fünfhundert Piaster, sondern – –«

»Still!« unterbrach er mich abermals. »Ich weiß sehr wohl, was ich thue. Wehe dem, der wehe thut! Das ist der Grundsatz, nach welchem ich zu handeln pflege.«

Ich mußte schweigen, konnte mir aber seine Art der Berechnung nicht gefallen lassen. Seine Behauptung in Beziehung auf den Wert des Maria-Theresienthalers sagte das gerade Gegenteil der Wahrheit, denn diese Münze hat im Sudan einen weit höheren Wert als in Kairo. Ich hätte also viel weniger erhalten sollen, selbst wenn von Murad Nassyr fünfhundert Piaster für mich bezahlt worden wären, Als ich die fünfzig harten Thaler in meine Tasche gleiten ließ, faltete der alte Reïs die Hände, hob das Auge nach oben und seufzte:

»O Allah! Die Geschicke, welche du deinen Gläubigen sendest, sind zuweilen hart, sehr hart; aber du wirst mir diese Grausamkeit dereinst mit den ewigen Wonnen des Paradieses vergelten.«

»Die Karbatsche wirst du dort erhalten, so wie du sie hier bekommen hast und jedenfalls noch öfter fühlen wirst!« fuhr ihn der Emir an. »Du wirst Qualen leiden wie ein umgestülpter Igel, dessen Stacheln ihm in das eigene Fleisch fahren. Wer Menschen raubt und mit Sklaven handelt, der hat nach dem Tode nur die Hölle zu erwarten.«

»Ich begreife nicht, was du sagest, Emir! Es kann mir nicht einfallen, etwas zu treiben, was verboten ist. Ich gehe den Weg der Gerechten, und meine Pfade sind die Pfade der Tugendhaften, welche Allah lieb hat.«

»Schweig', Hund!« donnerte ihn der Reïs Effendina an, »Wenn du nichts begreifst, so werde ich dafür sorgen, daß du wenigstens etwas fühlst, nämlich meine Peitsche. Deine Bosheit ist groß; aber deine Frechheit geht noch über dieselbe hinaus. Meinst du, ich sei blind? Ich, der Reïs Effendina, werde wohl aus der Einrichtung eines Schiffes erraten können, wozu es gebraucht werden soll! Komm her, ich will dir beweisen, daß ich alles errate und verstehe!«

Er zog ihn hinaus in die Hauptabteilung und gab dort eine so genaue Erklärung des Zweckes und der Konstruktion der später herzustellenden Einrichtung, als ob er selbst die Zeichnung dazu entworfen hätte. Die wiederholte Drohung mit der Peitsche that das übrige; der Reïs sah sich gezwungen, ein umfassendes Geständnis abzulegen, worauf Achmed Abd el Insaf das Schiff und dessen Inhalt, also auch das Geld für beschlagnahmt erklärte. Infolgedessen wurde der Kasten aus dem Verschlage genommen und der Reïs in dem letzteren eingesperrt. Der Verlust der schönen Maria-Theresien-Thaler schien ihm mehr zu Herzen zu gehen als das Schicksal, welches ihn außerdem erwartete.

Wir stiegen wieder an Deck, wobei die zwei Leute, welche uns begleitet hatten, den Geldkasten tragen mußten. Oben angekommen, gab der Emir den Befehl, auch den Geist Nummer Drei einzusperren. Während dies geschah, kamen die Matrosen an Bord. Sie ahnten nichts von dem, was hier vorgegangen war, und zeigten sich nicht wenig erstaunt, die Dahabijeh in andern und und zwar in solchen Besitz übergegangen zu sehen. Der Emir stellte ein Verhör mit ihnen an, wobei sich herausstellte, daß sie zwar nicht mit Sicherheit gewußt, aber doch geahnt hatten, wozu das Schiff bestimmt gewesen war. Der Reïs Effendina stellte ihnen mehrmalige Bastonnade in Aussicht und ließ sie in den Raum bringen, dessen Zugänge verschlossen und dann unter Bewachung gestellt wurden.

Nun forderte er mich auf, ihm mit meinen beiden Pflegbefohlenen nach dem »Falken«, seinem Schiffe, zu folgen. Meine Effekten sollten später geholt werden. »Esch Schahin«, der Falke, lag eine Strecke aufwärts am Ufer. Da es dunkel war, so konnte ich seine Gestalt, seine äußeren Umrisse, nicht genau erkennen, doch sah ich beim Scheine der Decklaterne, daß er sehr lang und schmal gebaut war und zwei Masten mit ganz eigenartiger Takelung trug. Hinten befand sich eine doppelte Kajüte. Die eine lag an Deck und die andere eine Treppe tiefer. Diese letztere wurde mir und den Kindern angewiesen. Sie war mit Fenstern versehen und mehr als geräumig genug für uns drei Personen. Die Einrichtung war zwar eine orientalische, aber es gab doch verschiedene Vorrichtungen und Gegenstände, welche auch einem Abendländer erlaubten, es sich nach seiner Art und Weise bequem zu machen.

Der Emir sandte noch fünf Männer zur Bewachung der Dahabijeh ab; mit diesen gingen zwei andere, welche meine Sachen holen sollten. Als ich ihn fragte, wie hoch sich die Besatzung des »Falken« belaufe, erfuhr ich, daß sie aus vierzig kriegstüchtigen Männern bestand, deren Vorleben ein solches war, daß sie sich für das Leben im Sudan und die Jagd auf Sklavenjäger ganz vorzüglich eigneten.

Da es für mich nichts zu thun gab, so legte ich mich nieder. Die Polster waren eines Pascha würdig, und ich schlief, ohne einmal aufzuwachen, weit in den lichten Morgen hinein. Als ich dann auf das Deck kam, wurde ich von dem Oberlieutenant sehr höflich begrüßt und nach meinen Befehlen gefragt. Er teilte mir mit, daß man meinen

Wünschen ebenso nachzukommen habe, als ob sie diejenigen des Befehlshabers selbst seien. Ich bestellte Kaffee für mich und die Kinder und fragte nach dem Reïs Effendina. Er war nicht da, sondern befand sich mit der Dahabijeh bereits nach Kairo unterwegs, um dieselbe und den Reïs mit seinen Leuten der Behörde zu übergeben; zugleich hatte er die Absicht, nach dem Gaukler zu fahnden. Es war nur aus Höflichkeit geschehen, daß er mich vor seinem Abgange nicht geweckt hatte.

Es wurden für mich und die Kinder Kissen auf das Hinterdeck gebracht, von welchem aus wir die ganze Breite des Stromes überblicken konnten. Zunächst beschäftigte mich nur das Schiff, auf welchem ich mich befand. Seine Linien waren scharf aber doch graziös, und ein Blick auf die Masten, das Takelwerk und die jetzt allerdings beschlagenen Segel sagte mir, daß es ein ausgezeichneter Segler sein müsse.

Noch saßen wir beim Kaffee und dem noch warmen Gebäck, welches der Schiffskoch für uns zubereitet hatte, als wir einen Sandal erblickten, welcher drüben auf der Mitte des Stromes langsam herangeglitten kam. Er wollte vorüber. Ich konnte seinen Namen »Abu 'l adschal«, lesen und schickte meinen schwarzen Knaben nach der Kajüte, um mir mein Fernrohr zu bringen. Dies that ich ohne alle Ahnung; doch sollte ich sehen, daß dieser Gedanke sehr am Platze gewesen war, denn als ich das Rohr auf den Sandal richtete, welcher sich jetzt in gleicher Höhe mit uns befand, sah ich auf dem Decke desselben bei anderen Leuten einen Mann stehen, welcher scharf nach uns herüberblickte. Ich erkannte sofort den Muza'bir, den Gaukler, den der Emir fangen wollte. Der Kerl hatte sich wohlweislich mit dem ersten aufwärtsgehenden Schiffe aus dem Staube gemacht.

Natürlich teilte ich dem Jüz baschi meine Entdeckung mit und fragte ihn, ob er diesen Menschen nicht vom Sandal holen könne; leider aber sagte er mir, daß er ohne den besonderen Befehl des Emirs weder selbst den »Falken« verlassen, noch Leute von Bord schicken dürfe. Wir mußten also den Gaukler einstweilen laufen oder vielmehr fahren lassen. – – –

DRITTES KAPITEL
In Siut

Eine Segelfahrt auf dem Nile, welche inhaltsreichen Worte! Man hat el Kahira, die Pforte des Orientes hinter sich und strebt dem Süden zu. Dem Süden! Man glaube nicht, daß das Wort Sudan gleichbedeutend mit unserm deutschen »Süden« ist. Sudan (gesprochen Sudahn) ist der gebrochene Plural von aswad, schwarz; Beled heißt Land, und Beled es Sudan bedeutet also das Land der Schwarzen. Der Süden heißt sowohl im Türkischen als auch im Arabischen Kyble oder Dschenub.

Nach dem Süden! Das ist so viel wie eine Fahrt ins Unbekannte, ins Geheimnisvolle. Und wer diese Fahrt schon zehn- oder zwanzigmal gemacht hat, dem bleibt der Süden doch immer noch die Gegend des Dunkels, in welcher täglich neue Entdeckungen zu machen sind.

Jetzt kann man mit der Bahn von Kairo nach Siut fahren; aber eine pfeifende Lokomotive am Nil, eine dunkle, häßliche Rauchwolke in der herrlichen Luft des heiligen Stromes, das will wie eine Entweihung erscheinen. Und wie fährt man auf der ägyptischen Bahn! Es ist vor einigen Jahren in Ungarn vorgekommen, daß der Zug an einer kleinen Station zwei Minuten zu halten hatte; die Beamten stiegen aus, um Wein zu trinken; der Maschinist that natürlich dasselbe. Da kam den Passagieren der Gedanke, auf einer nahen Kegelbahn ein Spielchen zu machen. Als die erste Partie zu Ende war, wurde noch eine zweite geschoben; dann stieg man gemächlich ein, und der Zug trollte sich mit Beamten und Passagieren von dannen. Wenn das an der schönen, blauen Donau geschieht, was kann man dann am Nile erwarten?

Ich ziehe das Deck eines Schiffes dem engen Bahncoupée vor. Da sitzt man auf seiner Matte oder auf seinem Polster, die Pfeife in der Hand und den duftenden Kaffee vor sich. Der über zweitausend Fuß breite Strom dehnt sich wie ein See vor dem Blicke aus, scheinbar grenzenlos. Das erregt die Phantasie, welche vorauseilt, dem Süden entgegen, um sich denselben mit riesigen Pflanzen und Tierbildern zu bevölkern. Der Nordwind liegt in den Segeln; die Matrosen hocken allerorts und vertreiben sich die Zeit, indem sie schlafen, gedankenlos vor sich hinstarren oder sich mit kindlichen Spielen beschäftigen. Die Augen des Reisenden werden müde; sie schließen sich nicht, und doch beginnt er zu träumen, und er träumt, bis der Ruf erschallt: »Auf zum Gebete, ihr Gläubigen!« Dann knieen alle nieder, verneigen sich nach der Kibblah und rufen: »Ich bezeuge, daß es keinen Gott giebt außer Gott; ich bezeuge, daß Muhammed der Gesandte Gottes ist!« Dann schläft oder spielt man wieder, bis der Reïs ein Kommando erschallen läßt oder ein begegnendes Schiff oder Floß die Aufmerksamkeit auf sich zieht. Die Flöße sind dem Fremden deshalb interessant, weil sie nicht aus Bäumen, Stämmen oder sonstigen Hölzern, sonder aus – – Wasserkrügen bestehen. Der Ägypter trinkt nur das Wasser des Niles. Die Krüge, in denen man es schöpft, sind porös. – Die Unreinigkeit schlägt sich nieder; durch die Poren dringt die Feuchtigkeit, und indem dieselbe verdunstet, wird das im Gefäße befindliche Wasser kühler, als es im Flusse ist. Es hat einen äußerst angenehmen Geschmack, und wer sich einmal daran gewöhnt hat, der zieht es selbst dem Quellwasser der Oasen vor. Diese Wasserkrüge werden in Ballas, einem Orte am linken Nilufer, fabriziert und darum Ballasi genannt. Man flicht aus Stricken lange, rechteckige Netze, deren Zwischenräume vom Durchmesser der Krüge sind, welche in die Maschen dieses Netzes gehängt werden. Da die Gefäße leer sind, so schwimmen sie auf dem Wasser. Man stellt eine zweite Schicht darauf; dann ist das Floß fertig und kann stromabwärts gehen.

Die Fruchtbarkeit des Landes beruht nur auf den Überschwemmungen des Niles, welcher zu gewissen Zeiten steigt und ebenso regelmäßig wieder fällt. Je höher die Überschwemmung, auf eine desto reichere Ernte ist zu rechnen. Um das Wasser so weit wie möglich zu leiten, sind Kanäle gezogen. Auf den Dämmen dieser Kanäle wie auf den hohen Flußufern sind Sakkias angebracht, Schöpfwerke, mit deren Hilfe die Besitzer das Wasser heben, um es auf ihre Felder zu leiten. Sie bestehen meist aus Rädern, an denen Gefäße hängen, welche das Wasser unten fassen und oben in einen Graben gießen, welcher es weiter leitet. Sie werden durch Kamele, Esel, selbst auch durch Rinder oder gar von Menschenhand bewegt, und ihr monotones Knarren ist weithin zu hören. Oft auch sieht man einen Armen am Kanale stehen, welcher das Wasser für sein winziges Feld mit eigenen Händen schöpft. Er besitzt nicht so viel, um sich eine Sakkia anzuschaffen und sie zu versteuern. Denn in Ägypten muß alles versteuert werden, selbst der Baum, wenn er nur einige Früchte trägt. Es ist vorgekommen, daß ganze Ortschaften ihre Palmwälder vernichteten, um der Steuer zu entgehen. Wer wohlhabend ist, der hütet sich sehr, dies zu zeigen, und der Arme braucht sich nicht zu verstellen. Darum macht die menschliche Staffage der Nillandschaft den Eindruck einer Dürftigkeit, welche zwar nicht zu den sozialen Verhältnissen des Landes, aber desto mehr zu seiner Fruchtbarkeit in grassem Widerspruche steht. –

Wir näherten uns Siut, meinem einstweiligen Ziele. Zwei volle Tage hatte »Esch Schahin« noch am Ufer von Giseh gelegen, bevor wir die Anker lichten konnten. So lange war der Emir durch seine Pflichten dort aufgehalten worden. Seine Nachforschungen nach dem Muza'bir waren in Kairo natürlich vergeblich gewesen, und als er bei seiner Rückkehr von mir erfuhr, daß derselbe auf dem Sandal »Abu'l adschal« flußaufwärts entkommen sei, wurde sein Ärger darüber nur durch die Hoffnung gemildert, daß wir bei der Schnelligkeit unseres »Falken« dieses Fahrzeug bald einholen würden.

Wir hatten in allen Häfen angelegt oder wenigstens das Boot entsendet, um uns nach dem Sandal zu erkundigen, vergebens; er hatte die Ufer vermieden. Nun hofften wir, ihn in Siut zu sehen und dann Näheres über den Muza'bir zu erfahren. Lange, bevor wir den Hafen erreichten, sahen wir die Stadt vor uns liegen. Sie heißt koptisch Saûd und ist das

Lykonpolis (Wolfsstadt) der Alten. Sie steht wenig entfernt vom Ufer in einer sehr fruchtbaren und ungemein reizenden Gegend. Bei einer Einwohnerzahl von über dreißigtausend Köpfen ist sie der Sitz eines Paschas und eines koptischen Bischofes; in neuerer Zeit giebt es einen deutschen Konsularagenten hier. Ihr Handel erstreckt sich bis in das Innere von Afrika, denn sie ist die Hauptstation der nubischen und ostsudanesischen Karawanen. Die Stadt war schon im Altertume von Bedeutung, doch besitzt sie keine Monumente, wenn man nicht die alte Nekropole und die in den westlichen libyschen Bergen gelegenen Mumiengräber des früher hier verehrten Wolfes dazu rechnen will. Unweit des nicht sehr entfernten Dorfes Maabdah befindet sich eine leider wenig besuchte Höhle mit Krokodilsmumien.

Wir ließen am Dorfe El Hamra, welches den Hafen von Siut bildet, den Anker fallen. Der Emir hatte als Reïs Effendina keine hafenpolizeilichen Obliegenheiten zu erfüllen und konnte also mit mir sofort ans Land gehen. Wir suchten nach dem Sandal; er war nicht da. Von dem Hafenkapitän erfuhren wir, daß dieses Schiff zwar gesehen worden, aber ohne anzulegen vorübergesegelt sei. Wir mußten also annehmen, daß der Muza'bir sich nicht in Siut befinde. Achmed Abd el Insaf, der darauf brannte, den Menschen in seine Hand zu bekommen, beschloß, sofort wieder abzusegeln, um den Sandal einzuholen. Er hätte ohnedies nicht lange vor Siut liegen bleiben können, da seine Pflicht ihn nach Chartum rief. Er hatte noch am letzten Tage in Kairo durch einen seiner Agenten, deren er in jeder Nilstadt einen besaß, erfahren, daß sich da oben etwas vorbereite, wobei ein guter Fang zu machen sei.

Was das war, konnte ich trotz seiner sonstigen Offenheit und des Vertrauens, welches er mir schenkte, nicht erfahren. Ich hatte bemerkt, daß er meine Eigenheiten studierte, und mich besonders über seine Wißbegierde gefreut. Tausend und noch mehr Fragen mußte ich ihm beantworten; er war ein sowohl körperlich wie auch geistig reich begabter Mensch und begriff sehr leicht. Am leichtesten aber hatte er eingesehen, daß seine Kenntnisse sehr mangelhaft seien, natürlich dem Wissen eines Europäers gegenüber. Bei dieser Armut an realem Wissen war es freilich kein Wunder, daß ich jede seiner Fragen zu beantworten vermochte, und so kam es, daß er mich, was ich leider nicht verdiente, für einen Ausbund von Klugheit und Gelehrsamkeit hielt. Bei all dieser Hochachtung und den freundschaftlichen Gefühlen, welche er sichtlich für mich hegte, bewahrte er jene Zurückhaltung, welche dem Orientalen eigen ist, und die er seinem Range schuldig zu sein glaubte. Ich erkannte, daß es seine Ansicht sei, er stehe als Reïs Effendina über mir, der ich keinen militärischen oder sonstigen Rang bekleidete. Er hatte auch gar nicht unrecht, und ich bemerkte mit Vergnügen die Genugthuung, mit welcher er die höfliche Bescheidenheit, deren ich mich befleißigte, beobachtete. Er vergalt dieselbe mit einer Zu- und Vertraulichkeit, welche nur dann sich in das Gegenteil verwandelte, wenn ich auf Chartum und seine dort zu verfolgenden Pläne zu sprechen kam. Doch konnte ich, da es sich hierbei um Amts- oder Dienstgeheimnisse handelte, ihm das nicht übel nehmen. Dennoch schien es mir, als ob diese seine Verschwiegenheit ihm weniger durch seine Pflicht als vielmehr aus persönlichen Gründen geboten erscheine, und das war es, was mich zu verstimmen vermochte, wenn ich es mir auch nicht merken ließ.

Da ich Murad Nassyr, meinem dicken Türken, das ihm gegebene Wort, ihn in Siut zu erwarten, halten wollte, so mußte ich mich hier von dem Emir trennen. Die Dinkakinder behielt er auf dem »Falken« in seiner Obhut, da es ihm leichter war als mir, sie in ihre Heimat zurückzubringen. Für mich wäre das vielleicht, ja sehr wahrscheinlich, unmöglich gewesen. Als ich mich von ihnen verabschiedete, hingen sie sich an mich und wollten nicht an Bord bleiben. Ich konnte ihre Thränen nur mit dem Versprechen stillen, daß ich ihnen bald nachkommen wolle. Dann mußten zwei Matrosen meine wenigen Effekten nehmen, und der Emir führte mich nach der Stadt. Als ich ihn fragte, wo er mich da unterbringen wollte, antwortete er mir:

»Wo anders als beim Pascha? Ein Mann wie du darf nur beim vornehmsten Herrn wohnen.«

»Und du meinst, daß ich ihm willkommen sein werde?«

»Natürlich! Zumal wenn ich dich bringe und dich ihm empfehle. Er wird dich wie einen Freund und Bekannten aufnehmen.«

Das beruhigte mich. Dennoch hätte ich lieber in einem gewöhnlichen Hause, wo ich sie bezahlen konnte, um Unterkunft gebeten.

Der Weg führte vom Hafen auf einem Damme nach der Stadt. Zu beiden Seiten desselben breitete sich saftiges Grün aus, und goldenes Sonnenlicht flutete darüber hin. Der Damm war belebt von Menschen, welche, wie wir, vom Hafen kamen oder dorthin gingen. Wir gelangten durch eine saracenische Pforte, welche zugleich den Haupteingang der Stadt bildete, in einen Hof, welcher zu dem Palaste des Paschas gehörte. Die Wände ringsum waren weiß getüncht und die wenigen Fensteröffnungen mit dunklen Blenden versehen. An den Mauern zogen sich niedrige Bänke hin, auf denen, rauchend und kaffeeschlürfend, langbärtige Gestalten saßen, welche ich Lust hatte, für Angehörige der Schloßwache zu halten. Keiner dieser Männer bekümmerte sich um uns.

Man sah, daß der Emir sich nicht zum erstenmale hier befand. Er schritt auf eine Thüre zu, gebot den Matrosen, hier zu warten, und trat mit mir ein. Im Innern stand eine Wache, welche er nach dem Haushofmeister fragte. Der Soldat lehnte sein Gewehr an die Wand und entfernte sich. Nach einiger Zeit kehrte er zurück, hielt dem Emir die hohle Hand hin und sagte:

»Ich soll euch führen, wenn du mir ein Bakschisch giebst.«

Der Reïs Effendina verabreichte ihm eine derbe Ohrfeige und antwortete:

»Hier dein Bakschisch, und nun beeile dich, wenn du nicht die Bastonnade haben willst!«

Der Gezüchtigte betrachtete nun erst den Emir genauer. Er sah ein, daß er es mit keinem gewöhnlichen Manne zu thun hatte; die Ohrfeige war ja der beste Beweis dafür, und schritt, sich eifrig die Wange reibend, uns voran.

Wir gelangten in einen Innenhof, in welchem es rundum Thüren gab. Unter einer derselben stand ein in seidene Gewänder gehüllter dicker, unförmlicher Schwarzer, welcher uns mit finsteren Blicken entgegensah. Sobald aber sein Auge auf den Emir fiel, veränderte sich der Ausdruck seines Gesichtes; er krümmte den breiten Rücken, kreuzte die Arme auf der Brust und rief:

»Verzeihe, daß du mich hier stehen siehst! Hätte ich deine hohe Gegenwart vermutet, so wäre ich dir entgegen gekommen.«

Grobheit erregt Respekt; das schien der Reïs Effendina zu wissen, denn er antwortete in barschem Tone:

»Dessen bedarf es nicht. Aber wie kannst du dem Wächter befehlen, von mir ein Bakschisch zu verlangen?«

»Hat er das gethan?« fragte der Schwarze erschrocken. »Herr, ich habe es ihm nicht geheißen. Allah ist mein Zeuge!«

»Schweig'! Ich weiß, daß du diesen Leuten gebietest, Trinkgelder zu verlangen, die du dann mit ihnen teilst.«

»Man hat dich falsch berichtet. Zum Beweise, daß ich dir die Wahrheit sage, werde ich dem FrevIer die Bastonnade geben lassen!«

»Dessen bedarf es nicht, denn ich habe ihn schon selbst gezüchtigt. Und wenn du mit ihm teilen willst, so laß dir von ihm das geben, was er von mir erhalten hat. Melde mich dem Pascha, deinem Herrn!«

»Verzeihe, daß ich das nicht thun kann, da der hohe Gebieter mit viel Gefolge nach der Oase Dachel gereist ist.«

»Wann kehrt er zurück?«

»Es kann über eine Woche vergehen, ehe die Augen seiner Diener das Glück haben werden, sein Angesicht wiederzusehen.«

Ich hielt diesen unförmlichen Schwarzen für einen Diener, und zwar, weil er in Seide gekleidet war, für einen bevorzugten, vielleicht einen Haremsdiener, mußte aber meinen Irrtum erkennen, als der Ernir jetzt zu ihm sagte:

»So will ich dir die Befehle geben, welche er dir als seinem Haushofmeister erteilen würde. Dieser Herr hier ist ein sehr gelehrter und vornehmer Effendi aus Germanistan und will einige Tage in Siut bleiben. Ich hatte die Absicht, ihn dem Pascha als Gast zu empfehlen, da dieser aber nicht anwesend ist, so beauftrage ich dich, ihn so aufzunehmen und so für ihn zu sorgen, als ob er ein Verwandter deines Herrn sei.«

Der Neger bekleidete also die nicht geringe Stelle eines Haushofmeisters! Er musterte mich mit nicht eben den freundlichsten Blicken und antwortete dann dem Emir:

»Dein Wille soll geschehen, Herr! Ich werde dem Fremden ein Zimmer anweisen, welches seinem Range angemessen ist. Tretet näher, und erlaubt, daß ich euch mit Pfeifen und Kaffee erquicke!«

»Ich habe nicht Zeit, mich niederzusetzen, da ich schleunigst absegeln muß; ich werde nur solange bleiben, als nötig ist, zu sehen, daß der Effendi eine würdige Wohnung bekommt. Du wirst uns also in dieselbe führen. Beeile dich!«

Es war mir gar nicht lieb, daß der Emir den Mann in dieser Weise behandelte, denn es stand zu erwarten, daß ich später die Folgen zu tragen haben würde. Der Schwarze runzelte die Stirn, verbeugte sich aber höflich und forderte uns auf, ihm zu folgen. Er führte uns in ein großes Gemach, dessen blaue Wände mit goldenen Kuransprüchen geschmückt waren, und bedeutete uns, daß dasselbe meine Wohnung sein werde. Der Emir zeigte sich zufrieden und sagte, daß er sich genau nach meiner Zufriedenheit erkundigen werde, und daß der Haushofmeister jetzt meine Sachen bringen lassen solle. Der letztere entfernte sich. Nach kurzer Zeit kam ein anderer Schwarzer, welcher den Matrosen die Effekten abgenommen hatte. Diesem folgte ein zweiter Neger, welcher mir einen Tschibuk nebst Kaffee brachte und sich, um mich zu bedienen, vor mir niedersetzte. In jedem besseren Hause des Orientes ist heißes Wasser für den Kaffee zu jeder Zeit zu haben. Diese schnelle Bedienung schien dem Emir Bürgschaft genug zu sein, daß man seiner Empfehlung vollständig nachkommen werde. Er gab mir eine Adresse, durch welche ich in Chartum über ihn Auskunft erlangen könne, reichte mir dann die Hand und meinte:

»Und nun zum Abschiede. Du bist hier gut aufgehoben und kannst gehen und kommen, wie es dir beliebt. Sollte man aber deine Wünsche nicht erfüllen, so berufe dich auf mich und werde grob. Allah segne dich und geleite dich glücklich zu mir!«

Er ging. Ich gestehe, daß ich mich gar nicht sehr behaglich fühlte. Es war mir, als ob ich recht bald Veranlassung haben würde, die mir empfohlene Grobheit in Anwendung zu bringen; doch konnte es mir nicht einfallen, diesem Rate zu folgen. Ich mußte mich als einen unwillkommenen Eindringling betrachten. Die Art und Weise, mit welcher der Emir mich eingeführt hatte, war nicht geeignet, mir die Sympathie des schwarzen Haushofmeisters zu erwecken. Ich nahm mir vor, den Palast, falls man mich unfreundlich behandeln sollte, sofort zu verlassen und mir eine andere Wohnung zu suchen.

Wohl eine Stunde lang hatte ich rauchend auf meinem Polster gesessen. Ich glaubte, man werde kommen, um sich nach meinen Wünschen zu erkundigen. Der Emir hatte den Hafen gewiß schon verlassen. Ja, man kam, doch nicht, um auf meine Wünsche zu lauschen. Der Haushofmeister trat ein, und der Diener, welcher so lange Zeit wortlos vor mir gekauert hatte, entfernte sich mit ehrerbietiger Schnelligkeit. Der Schwarze setzte sich nicht etwa, wie die Höflichkeit es erfordert hätte, zu mir nieder, sondern er stellte sich vor mich hin, ließ einen gehässigen Blick über mich gleiten und sagte:

»Also der Reïs Effendina ist dein Freund. Wer ihn hört, sollte glauben, er sei der Vizekönig. Seit wann kennst du ihn?«

»Seit kurzem,« antwortete ich bereitwillig und der Wahrheit gemäß.

»Und da bringt er dich hierher, in den Palast des Pascha? Du stammst aus Germanistan. Bist du ein Moslem?«

»Nein. Ich bin ein Christ.«

»Allah, Allah! Ein Christ bist du, und ich habe dir das Zimmer gegeben, an dessen Wänden die goldenen Sprüche des Kuran prangen! Welch eine Sünde habe ich begangen! Du wirst diesen Raum sofort verlassen und mir nach einem andern folgen, wo deine Gegenwart nicht die Heiligkeit unsers Glaubens beleidigen kann.«

»Ja, ich werde dieses Zimmer verlassen, aber nicht, um von dir ein anderes angewiesen zu bekommen. Du selbst bist es, der den Islam schändet, denn dieser gebietet, den Gast zu ehren, und du handelst gegen diesen Befehl. Ich werde einen Diener senden, um meine Sachen hier abzuholen. Für den Kaffee und den Tabak, welchen ich bei dir genossen habe, magst du dieses Bakschisch nehmen.«

Ich legte die Pfeife weg, stand auf, gab ihm ein nach dortigen Verhältnissen sehr reichliches Trinkgeld und verließ, ohne daß er mich daran zu hindern suchte, die Stube. Als ich auf den Hof trat, hörte ich jammernde Töne. Es wurde links eine Thüre geöffnet, aus welcher zwei Diener einen jungen Mann getragen brachten, welcher aus einer Stirnwunde blutete. Einige andere Personen folgten, unter ihnen eine verschleierte Frau, welche rief, daß man schnell einen Hekim, einen Arzt, holen solle. Als die Gruppe an mir vorüber wollte, fragte ich, was mit dem Verwundeten geschehen sei. Ein vielleicht sechzig Jahre alter Mann, welcher sehr gut gekleidet war, antwortete mir:

»Das Pferd hat ihn gegen die Mauer geworfen. Nun flieht ihm das Leben aus der Stirn. Lauft, lauft, und holt einen Haggahm, herbei! Vielleicht ist noch Rettung möglich.«

Aber in der Verwirrung kam es keinem bei, diesem Gebote Folge zu leisten. Der Mann wollte den Trägern nach, welche weiter geschritten waren. Ich ergriff seinen Arm und sagte:

»Vielleicht ist es nicht nötig, einen Wundarzt zu holen. Ich will den Verwundeten untersuchen.«

Da ergriff der Alte meine beiden Hände und fragte schnell:

»So bist du selbst ein Wundarzt? Komm', komm', beeile dich! Wenn du meinen Sohn rettest, werde ich dir zehnmal mehr zahlen, als du verlangst.«

Er zog mich mit sich fort, nach rechts, wo die Träger inzwischen in einer anderen Thüre verschwunden waren. Er war der Vater des Verunglückten. Die Thüre führte in ein Gemach, welches jedenfalls als Besuchszimmer benutzt wurde. Von hier aus führte mich der Mann in eine Nebenstube, in welcher man den Verletzten auf einen Diwan gelegt hatte. Die Frau kniete jammernd vor ihm. Der Vater zog sie empor und teilte ihr mit:

»Hier ist ein Wundarzt. Sei still, Weib, und laß ihn zu unserem Sohne! Vielleicht ist Allah gnädig und giebt der Freude und Stütze unseres Alters das schon entflohene Leben zurück.«

Die Frau war also die Mutter des Verunglückten.

»Vielleicht giebt's Allah zurück,« wiederholten die Träger, indem sie die Hände zusammenschlugen.

Ich kniete zu dem jungen Manne nieder und untersuchte seine Wunde. Sie war nicht gefährlich, und wenn keine andere Verletzung vorlag, so war die Sache gar nicht des Jammerns wert. Er war besinnungslos. Ich hatte ein Fläschchen mit Salmiakgeist bei mir, das gewöhnliche Mittel gegen Insektenstiche, denen man im Süden stets ausgesetzt ist; ich öffnete es und hielt es ihm an die Nase. Die Wirkung ließ sich bald sehen und auch hören; er bewegte sich, nieste und öffnete die Augen. Sofort hatte seine Mutter ihn beim Kopfe; sie weinte laut auf vor Entzücken. Sein Vater aber faltete die Hände und rief:

»Allah sei Dank! Der Tod ist entflohen, und das Leben kehrt zurück.«

»Es kehrt zurück. Allah l' Allah!« wiederholten die andern.

Ich bat den Alten, sein Weib wegzunehmen, da sie mich hinderte, und untersuchte nun den Körper des Sohnes. Er hatte nichts gebrochen; aber der Kopf brummte ihm noch gewaltig. Ich forderte Stoff zum Verbinden, welcher schnell gebracht wurde. Die kleine Schmarre wurde gewaschen, die Stirne mit einem Tache umwunden, und dann erklärte ich, daß der Kranke nichts als der Ruhe bedürfe und morgen vollständig wohl sein werde. Die Freude der Eltern war groß; sie hatten die Verletzung für gefährlich, ja die Ohnmacht wohl gar für Tod gehalten.

»Wie soll ich es dir vergelten, Effendi!« rief der Alte. »Ohne dich hätte die Seele meines Kindes den Weg in den Körper nicht wieder zurückgefunden.«

»Du irrst. Dein Sohn wäre fünf Minuten später erwacht; das ist alles.«

»Nein, nein! Ich kenne dich nicht; ich habe dich noch nie gesehen. Du kannst noch nicht lange hier wohnen. Sage mir das Haus, in welchem wir dich zu suchen haben, wenn der Zustand meines Sohnes sich vielleicht verschlimmern sollte!«

»Ich bin erst heute hier angekommen und weiß noch nicht, wo ich wohnen werde. Auch beabsichtige ich, nur wenige Tage hier zu bleiben.«

»So bleibe bei uns, Effendi! Sei unser Gast! Wir haben Raum genug für dich.«

»Dieses Anerbieten darf ich nicht annehmen. Ihr wißt nicht, wer und was ich bin. Ich bin nämlich ein Christ.«

»Ein Christ, ein Christ!« meinte der Alte, indem er mich mit ehrfuchtsvoller Neugierde betrachtete.

»Ein Christ!« wiederholten die andern.

»Ja, ein Christ,« bekräftigte ich. »Nun wird es dir wohl nicht einfallen, deine Einladung zu wiederholen.«

»Warum nicht ? Bist du nicht der Retter meines Sohnes!«

»Nein, der bin ich nicht. Er hätte sich auch ohne mich schnell wieder erholt.«

»Gewißlich nicht! Ich habe gehört, daß die Ärzte der Christen große Zauberer sind, vor denen der Tod oft fliehen muß.«

»Sie sind nicht Zauberer, sondern nur gelehrter und klüger als die eurigen.«

»Das sagst du nur, um es nicht eingestehen zu müssen. Das Fläschchen des Lebens in deiner Hand hat meinen Sohn gerettet. Du verstehst es, das Leben in ein Glas zu bannen, aus welchem du es den Toten mitzuteilen vermagst. Nein, nein, sage nichts dagegen! Ich weiß doch, woran ich bin. Aber meine Einladung werde ich allerdings nicht wiederholen.«

»Das wußte ich. Ein Christ würde dir nicht willkommen sein.«

»Effendi, denke das nicht. Ich verachte den Christen nicht, denn er glaubt auch an Gott und ist also kein Heide; ich würde ihn jederzeit bei mir aufnehmen. Und du bist gar noch der Retter meines Sohnes. Aber wir sind zu gering, als daß ich meine Bitte wiederholen dürfte. Wenn du noch keine Wohnung hast, so erlaube, daß ich dir eine empfehle. Ich werde mit dem Haushofmeister sprechen, welcher dir, da der Pascha nicht da ist, das schönste Zimmer des Palastes anweisen wird. Er ist auch krank, und wenn du ihn heilst, wird er dir unendlich dankbar sein.«

»An welcher Krankheit leidet er?«

»An verdorbenem Magen. Er ißt so viel wie fünf oder sechs andere Menschen; darum ist sein Magen immer krank.«

»So bedarf er meines Rates und meiner Hilfe nicht. Er braucht, um gesund zu werden, nur mäßiger als bisher zu sein. Übrigens liegt ihm gar nichts daran, mich zu sehen und durch mich gesund zu werden. Er hat mich soeben aus dem Hause geworfen.«

»Dich? Unmöglich!«

»Es ist nicht nur möglich, sondern sogar wirklich. Er hat mir die mir gebührende Gastfreundschaft verweigert, obgleich ich ihm von dem Reïs Effendina Achmed Abd el Insaf empfohlen worden bin.«

»Von diesem! O, den haßt der Haushofmeister, weil er von ihm stets grob behandelt wird. Käme die Empfehlung von einem anderen, so hätte der Haushofmeister sich nicht so schlimm an dir vergangen. Nun, da er dich so sehr beleidigt hat, darf ich freilich nicht zu ihm gehen. Ich bin dir so großen Dank schuldig und möchte dich nicht weitergehen lassen. Verzeihe mir, wenn ich zu kühn bin; aber ich bitte dich, dir meine Wohnung anzusehen, und wenn sie dir gefällt, so wird es mir zur größten Freude und Ehre gereichen, dich als meinen Gast bei mir zu sehen.«

Er sagte das in einem solchen Tone, daß ich fühlte, es sei eine Beleidigung für ihn, ihn mit seiner Bitte abzuweisen. Seine Frau hob die zusammengelegten Hände bittend gegen mich empor, und sein Sohn meinte:

»Herr, bleib' da! Mein Kopf schmerzt so gar sehr, und du kannst mir dann gleich helfen, wenn es schlimmer wird.«

»Nun gut, ich bleibe,« antwortete ich. »Der Haushofmeister wird euch meine Sachen, welche noch bei ihm liegen, ausliefern. Doch erwarte ich, daß es euch nicht schwer fällt, einen Gast bei euch zu haben.«

»Schwer? O nein!« beruhigte mich der Mann. »Ich bin nicht arm; ich bin der Emir achor, des Pascha und kann dir ganz dasselbe bieten, was du von dem Haushofmeister erhalten hättest. Erlaube, daß ich dir deine Wohnung zeige, und ihr eilt jetzt zum Haushofmeister und holt die Gegenstände, welche dem Effendi gehören!«

Dieser Befehl wurde den Trägern erteilt, welche sich entfernten, um denselben auszuführen. Der Stallmeister geleitete mich durch mehrere Thüren in ein großes, schönes Eckzimmer, dessen eine Thüre in den Hof führte, durch welchen ich gekommen war. Er freute sich herzlich darüber, daß mir dieser Raum gefiel, und bat mich um Verzeihung, daß er sich für einige Augenblicke entfernen müsse, um für seinen Sohn zu sorgen.

So hatte ich also doch im Palaste ein Unterkommen gefunden, und zwar bei einem Manne, welcher mir hundertmal sympathischer als der unförmliche Haushofmeister war. Hätte ich diesen letzteren nur kurze Zeit früher oder später verlassen, so wäre ich nicht dem vom Pferde Gestürzten begegnet und hätte mir in der Stadt eine Wohnung suchen müssen.

Mein Wirt kehrte sehr bald zurück. Er brachte, um mich zu ehren, mir die Pfeife und brannte sie mir auch selbst an. Dann kamen die Träger und brachten mir meine beiden Gewehre und mein anderes Eigentum. Der eine von ihnen berichtete mir:

»Effendi, wir mußten dem Haushofmeister sagen, wo du dich befindest. Als er hörte, daß du ein berühmter Arzt bist, der eine Flasche des Lebens hat, bereute er, unaufmerksam gegen dich gewesen zu sein, und läßt dich ersuchen, ihn bei dir zu empfangen. Er ist sehr krank; unsere Ärzte haben ihm gesagt, daß er zerplatzen werde, und so meinte er, Allah habe dich gesandt als den einzigen, der ihm Hilfe bringen kann.«

»Gut, sagt ihm, daß er kommen darf.«

Es fiel mir nicht ein, dem dicken Schwarzen sein Verhalten nachzutragen und ihn jetzt abzuweisen; ich sagte mir vielmehr, daß seine entsetzliche Krankheit den Stoff zu einer keineswegs tragischen Unterhaltung liefern werde. Er ließ nicht lange auf sich warten. Fast fühlte ich Mitleid, als ich die zerknirschte Miene sah, mit welcher er sich mir näherte.

»Effendi, verzeihe!« bat er. »Hätte ich geahnt, daß du ein so--«

»Sprich nicht weiter!« unterbrach ich ihn. »Ich habe dir nichts zu verzeihen. Der Reïs Effendina ließ es an der schuldigen Höflichkeit mangeln; er war es, der den Fehler begangen hat.«

»Du bist sehr gütig. Darf ich mich zu dir setzen?«

»Ich bitte dich sogar, es zu thun.«

Er nahm mir und dem Stallmeister gegenüber Platz. In dieser sitzenden Stellung sah man weit deutlicher als vorher, welch einen ungeheuern Umfang sein Körper hatte. Er war noch viel, viel beleibter als Murad Nassyr, mein dicker, türkischer Freund. Sein Atem ging beinahe röchelnd; seine Wangen glichen gefüllten Backentaschen, und sein Gesicht war - das sah man trotz der schwarzen Hautfarbe - so blutreich, daß anzunehmen war, ein Schlagfluß müsse seinem Leben ein Ende machen, wenn er nicht noch vorher an einer Verdauungsstörung sterben werde. Als er bemerkte, daß ich ihn so aufmerksam betrachtete, sagte er seufzend:

»Du irrst dich, Effendi. Ich bin nicht so gesund, wie du denkst. Man hält leider die Fetten stets für gesund.«

»Ich nicht. Die Ärzte in Germanistan wissen recht wohl, daß der Mensch dem Tode desto näher steht, je fetter er ist.«

»Allah schütze mich! Sage mir schnell, wie lange ich noch zu leben habe!«

»Wann hast du zum letztenmal gegessen?«

»Heute früh.«

»Und wann wirst du wieder essen?«

»Heute mittag, also in einer halben Stunde.«

»Und was hast du heute früh genossen?«

»Sehr wenig, nur ein Huhn und einen halben Hammelrücken.«

»Was wirst du zum Mittag essen?«

»Auch sehr wenig, nämlich die andere Hälfte des Hammelrückens, abermals ein gebratenes Huhn mit einem Häuflein Reis, nicht größer als ein Turban ist; dazu nur noch einen Fisch, vier Hände lang, und einen Teller mit Negerhirsen, in Milch gekocht.«

»So befürchte ich, daß du den heutigen Abend nicht erleben wirst!«

»O Himmel, o Erde! Ist das dein Ernst?«

»Ja, es ist mein vollständiger Ernst. Wenn ich nur den vierten Teil dessen, was du jetzt genannt hast, essen wollte, so würde ich fürchten, auseinander zu platzen.«

»Ja, du! Dein Leib und mein Leib! In den meinigen geht ja sechsmal mehr als in den deinigen!«

»O nein! Oder meinst du, daß unsere Leiber hohle Fässer sind? Du hast dich nicht nur dick, sondern auch krank gegessen. Ich höre, daß du an Magenschmerzen leidest?«

»Man hat dich recht berichtet. Diese Schmerzen sind nicht auszuhalten.«

»Kannst du sie mir beschreiben? Wo thut es weh?«

»Hier,« antwortete er, indem er die Hand auf die Magengegend legte.

»Welcher Art sind die Schmerzen? Sticht es?«

»Nein. Das ist eben der Schmerz, daß ich gar nichts fühle, daß es ist, als ob ich gar nichts im Leibe hätte.«

»Ach so, ich verstehe! Wann kommen diese Schmerzen? Regelmäßig oder unregelmäßig?«

»Sehr regelmäßig, stets ganz kurz vor der Mahlzeit, so daß ich sofort essen muß.«

Ich gab mir Mühe, das Lachen zu unterdrücken, und sagte, indem ich ein sehr ernstes Gesicht zeigte:

»Das ist freilich eine schlimme, eine sehr schlimme Krankheit!«

»Ist sie zum Tode?« fragte er ängstlich.

»Unbedingt, wenn nicht Hilfe geschafft wird.«

»So sag' schnell, kannst du helfen? Ich werde dich mit Gold belohnen!«

»Ich kuriere dich umsonst. Wenn man nur erst den Namen der Krankheit weiß und das betreffende Mittel kennt, so ist sehr leicht zu helfen.«

»Wie heißt meine Krankheit?«

»Bei den Franzosen wird sie *faim* und bei den Engländern *hunger* oder *appetite* genannt; den hiesigen Namen brauchst du nicht zu wissen.«

»Ich mag ihn gar nicht kennen, wenn du mir nur das richtige Mittel nennen kannst.«

»Ich kenne es.«

»So sage es; sage es schnell! Ich bin der Haushofmeister des Pascha und habe Geld in Hülle und Fülle. Ich wiederhole, daß ich dich mit Gold bezahlen werde!«

»Und ich wiederhole, daß ich keine Bezahlung annehmen werde. Dennoch wirst du nicht, ohne in den Beutel zu greifen, davonkommen. Was haben dir die hiesigen Ärzte geraten?«

»Ich soll hungern. Sie sagen, mein Magen sei schwach.«

»Die Thoren! Es findet gerade das Gegenteil statt. Du hast einen starken Magen. Wir Ärzte nennen diese Krankheit einen Rhinozeros- oder Nilpferdmagen. Darum darfst du nicht hungern, sondern du mußt essen, viel essen.«

Sein Gesicht glänzte vor Entzücken. Er schlug die fetten Hände auf die breiten Kniee und rief aus:

»Essen soll ich; essen darf ich; es wird mir sogar befohlen zu essen! O Muhammed, o ihr Kalifen alle! Das ist eine Medizin, gegen welche weder mein Herz noch mein Verstand etwas einzuwenden hat.«

»Es ist die einzige Medizin, welche dir zu helfen vermag, nur muß sie in der richtigen Weise genommen werden.«

»In welcher Weise?«

»Sobald du die große Leere im Magen fühlst, verbeugest du dich siebenmal in der Richtung gegen Mekka; dann setzest du dich nieder, um so viel und so lange zu essen, bis das Gefühl der Leere verschwunden ist.«

»Was denn? Was soll ich essen?«

»Alles, was dir schmeckt. Wenn du dich dann wohler fühlst, so erhebst du dich, um dich nun neunmal gegen Mekka zu verbeugen, und zwar so tief, daß dein Haupt den Boden berührt.«

»Werde ich das fertig bringen?«

»Du mußt es!«

»Aber wenn es doch nicht geht?«

»Es muß gehen, sonst hilft das Mittel nichts. Nimm die Hände zu Hilfe, Wenn du sie auf den Boden stemmst, wirst du den Kopf auch hinunter bringen. Versuche es einmal!«

Er stand gehorsam auf und machte den Versuch. Es war wunderbar anzusehen, wie er auf allen vieren stand und sich bestrebte, mit dem Kopfe den Teppich zu berühren. Noch größer aber war das Wunder des Ernstes, den zu behaupten mir gelang. Es wurde ihm schwer; er wollte es erzwingen, verlor die Balance und schlug einen Purzelbaum. Doch raffte er sich rasch auf und erneuerte den Versuch, welcher ihm nun gelang.

»Es geht, es geht!« rief er froh. »Aber ich werde es heimlich machen müssen, da es, wenn andere sich dabei befänden, um den Ruhm meiner Würde geschehen wäre. Was soll ich noch weiter thun?«

»Dankbare Wohlthat üben.«

»An wem?«

»Ich sah auf dem Wege hierher so viele, viele Augenkranke; meist waren es Kinder. Sie sind an der Entzündung erblindet, und die geschwollenen Augen sind mit Fliegen bedeckt, welche den Eiter fressen.«

»Ja,« nickte er, »es giebt hunderte von solchen Kindern; sie sitzen an den Wegen, um die Vorübergehenden um eine Gabe zu bitten.«

»Nun, du bist reich, und der Prophet gebietet, Almosen zu geben. Willst du von meinem Mittel gesunden, so laß fünfzig solche blinde Kinder kommen, um jedem derselben zwei Piaster zu schenken und zwar alle drei Monate einmal.«

»Effendi, ich werde es thun, denn ich bin überzeugt, daß dein Mittel vortrefflich ist. Du bist ein großer Arzt und in kurzer Zeit wird dein Ruhm in allen Ländern des Niles und weit darüber hinaus erschallen. Soeben fühle ich die Leere in der Magengegend. Darf ich gehen, um zu essen?«

»Ja, beeile dich! Aber vergiß die Verbeugungen und dann auch die blinden Kinder nicht!«

»Ich werde gleich nach dem Essen das Geld selbst unter sie verteilen. Hoffentlich hast du die Güte, mich zu besuchen, um dich von meinem guten Befinden zu überzeugen. Du bist ein Christ; dennoch wünsche ich, daß dir die Pforten des Paradieses offen stehen mögen, da du nicht die Grausamkeit besitzest, einen kranken Magen durch Hunger heilen zu wollen.«

Er reichte mir die Hand und entfernte sich. Der Stallmeister hatte sich sehr ernst und schweigsam verhalten. Jetzt zuckte ein leises Lächeln um , seinen Bart, und er meinte.

»Effendi, du bist nicht nur ein kluger Arzt, sondern auch ein lustiger und guter Mensch.«

»Wieso gut?«

»Weil du für die Blinden sorgst.«

»Und wieso lustig?«

»Oder wäre es wirklich dein Ernst gewesen?«

»Was?«

»Daß du ihm – – hm! Verzeihe! Wie könnte mein Blick deine Kenntnisse und Mittel durchdringen! Mekka ist die heilige Stadt, und so werden die sieben und neun Verbeugungen gewiß höchst notwendig sein; ich glaube es. Ein Arzt, welcher das Leben aus einer Flasche spendet, muß auch wissen, welche Wirkung eine Verbeugung nach Mekka hat. Ein anderer als du hätte mir den Sohn nicht retten können. Verständest du doch auch, mich von der Sorge zu befreien, welche noch auf meiner Seele lastet!«

»Hast du noch eine Sorge? Darf ich erfahren, welche? Wir Franken können viel, was euch unmöglich erscheint.«

»Das nicht. Hier könnte nur ein Beduine helfen, und zwar einer, welcher den Mut hat, sein Leben zu wagen. Die Franken besitzen zwar auch Pferde, aber sie sind keine Reiter.«

»So handelt es sich also ums Reiten, um ein Pferd?«

»Ja, um ein Pferd, welches schlimmer als der Teufel ist. Ich muß dir sagen, daß unser Pascha jenseits Mekka einen Blutsbruder hat, der ihm vor mehreren Wochen einen echten El Bakarra-Hengst, einen Grauschimmel schickte. Hast du schon einmal von den Pferden der Bakarra gehört?«

»Ja. Sie sollen die feurigsten Arabiens sein.«

»Und weißt du, daß von allen Pferden die Grauschimmel am ungehorsamsten sind?«

»Man sagt es zwar; einem guten Reiter aber muß jedes Pferd gehorchen und eine Farbe wie die andere sein.«

»Sprich nicht so, Effendi! Du bist ein vortrefflicher Arzt, aber ein Reiter kannst du unmöglich sein, erstens als Gelehrter und zweitens als Europäer überhaupt. Ich bin Stallmeister des Pascha und habe noch jedes Pferd bezwungen. Ich bin bei allen Stämmen der Nilländer gewesen, um mit ihnen um die Wette zu reiten, und noch nie besiegt worden. Dieser Grauschimmel aber hat mich abgeworfen, kaum nachdem es mir mit wahrer Lebensgefahr gelungen war, in den Sattel zu kommen. Wenn der Pascha zurückkehrt, soll das Tier wenigstens so weit gezähmt sein, daß er es besteigen kann; das hat er befohlen. Aber um es satteln zu können, muß man es fesseln, und dann, wenn man es besteigen will, schlägt und beißt es so toll um sich, daß man sich unmöglich nähern kann. Es hat mir schon mehrere Reitknechte zu schanden geschlagen, und vorhin hast du ja gesehen, wie es meinen Sohn zugerichtet hat.«

»Er ist abgeworfen worden; folglich hat er im Sattel gesessen. Wie ist er denn hinaufgekommen, da du sagst, daß es sich nicht besteigen läßt?«

»Es wurde mit Stricken gefesselt, so daß es auf der Erde lag. Dann legte man ihm den Sattel auf, und als mein Sohn aufgestiegen war, wurden die Fesseln schnell entfernt. Die Reitknechte, welche dies thaten, mußten augenblicklich fliehen, und ebenso rasch flog mein Sohn aus dem Sattel gegen die Wand.«

»Wo befindet sich das Pferd?«

»Draußen im Hofe der Ställe. Niemand hat den Mut, es jetzt zu berühren. Wir warten, bis es von selbst in den Stall zurückgekehrt ist.«

»Darf ich es einmal sehen?«

»Ja; aber du mußt mir versprechen, dich fern zu halten!«

»Ich verspreche es.«

»So komm! Du wirst ein Pferd erblicken, wie es in deinem Vaterlande noch keins gegeben hat und auch nie eins geben wird.«

Er hatte mich sehr neugierig gemacht. Ein echter El Bakarra-Hengst! Mein Rih, der mich so weit herumgetragen hatte, war von demselben edlen Blute gewesen. Der gute Stallmeister ahnte nicht, daß ich noch ganz andere Pferde als er zwischen den Schenkeln gehabt hatte. Ich war schon jetzt, noch ehe ich den Grauschimmel sah, vollständig überzeugt, daß man ihn nicht richtig zu behandeln verstand. Selbst der feurigste Araberhengst ist, wenn man ihn zu nehmen weiß, fromm wie ein Kind. Warum sollte gerade dieser hier eine Ausnahme machen!

Der Stallmeister führte mich durch das Nebengemach in einen Gang, welcher durch eine Thüre, die jetzt verriegelt war, in einen größeren Hof mündete. Als er den Riegel zurückgeschoben und die Thüre leise und vorsichtig ein wenig geöffnet hatte, konnte ich den Hof überblicken. Er war mit Sand bestreut, und zahlreiche Hufspuren bewiesen, daß hier Pferde zugeritten wurden oder sich da im Freien tummeln durften. jetzt war nur ein einziges zu sehen, der Grauschim melhengst. Er stand im Schatten der Mauer, an welcher er sich behaglich rieb. Mein Herz wollte bei seinem Anblicke höher schlagen.Ja, das war ein echter, ein vollblütiger Araber! Der kurze, feine, aber sehnige und elastische Bau, der kleine, schöne Kopf mit den großen, feurigen Augen, die zierlichen und doch kräftigen Glieder, der schlanke, in die Höhe strebende Hals, der hoch angesetzte und prächtig getragene Schweif, die weiten, rötlichen Nüstern und eine leichte Mähne mit jenen zwei Wirbeln, welche bei den Beduinen als Zeichen des Mutes und der Ausdauer gelten – es war für den Kenner ein Anblick, welcher das Verlangen erregte, sofort aufzusteigen und hinaus in die unendliche Wüste zu jagen.

Der Hengst trug den Sattel, aber er rieb sich nicht an der Mauer, um denselben abzuscheuern; er war also gewöhnt, unter dem Sattel zu gehen. Seine Haltung war so ruhig, so fromm, daß man der Erzählung des Stallmeisters keinen Glauben hätte schenken mögen.

»Nun?« fragte dieser. »Wie gefällt er dir? Du bist zwar kein Kenner, aber dennoch wirst du zugeben, daß du noch kein solches Tier gesehen hast.«

»Es ist Radschi pack,« antwortete ich kurz.

Diesen Ausdruck hatte er wohl nicht erwartet, denn er blickte mich verwundert an und meinte:

»Was kannst du vom Stammbaum wissen! Du wirst dies Wort einmal gehört und es dir gemerkt haben. Ich sage dir, daß meine Augen noch nie ein solches Pferd erblickten.«

»Ich habe schon schönere gesehen. Übrigens bin ich auch der Ansicht, daß dieser Schimmel ein sehr frommes Pferd ist.«

»Das eben ist grundfalsch. Sieh nur das Feuer seiner Augen! Er dünkt sich allein und unbeachtet. Ich will einmal hinaustreten; dann wirst du gleich sehen, wie sehr du dich irrtest.«

Er öffnete die Thüre vollends und trat in den Hof hinaus. Der Hengst erblickte ihn, stieg sofort vorn in die Höhe, kam herbeigaloppiert und drehte sich um, um mit den Hinterhufen nach ihm auszuschlagen. Der Stallmeister wäre getroffen worden, wenn er sich nicht schnell in den Gang zurückgezogen und die Thüre zugemacht hätte.

»Siehst du den Teufel!« sagte er. »Jedes andere Pferd wäre scheu im Hofe herumgerannt; dieser Sohn der Hölle aber kommt direkt auf mich zu, um mich zu schlagen.«

»Das ist ein Beweis seines echten Blutes. Er hat Verständnis und Gedächtnis. Ihr habt ihn jedenfalls wiederholt beleidigt, und nun ist er widerspenstig und halsstarrig geworden. Es kommt vor, daß ein gewöhnlicher Karrengaul seinen Herrn, der ihn fortgesetzt hart behandelt hat, mit den Hufen und Zähnen tötet. Bei einem so edlen Rosse, wie dieser Schimmel ist, bedarf es gar keines so bedeutenden Anlasses, um es unversöhnlich zu erzürnen. Ihr habt es falsch, grundfalsch behandelt.«

Der Blick, welchen der Stallmeister jetzt auf mich warf, war wirklich köstlich. So mag ein Professor seine Quartaner ansehen, wenn es diesen einfallen sollte, ihn über die Art und Weise, wie man Kometen entdeckt, zu belehren. Er brach in ein helles Gelächter aus und rief:

»Falsch behandelt? Wie meinst denn du, daß Pferde behandelt werden müssen?«

»Als Freunde, aber nicht als Sklaven ihrer Reiter. Das Roß ist das edelste Tier; es hat mehr Charakter als der Hund und der Elephant. Läßt es sich zwingen, so taugt es nichts, denn es hat auf seinen Adel verzichtet und ist eine gemeine, ehrlose Kreatur geworden. Ein edles Pferd opfert sich auf; es sieht den sichern Tod vor Augen und sprengt ihm doch entgegen, um seinen Reiter zu retten. Es hungert und dürstet mit seinem Herrn; es freut sich und grämt sich mit ihm, könnte man fast sagen, wenn das Tier menschlicher Regungen fähig wäre. Es wacht für ihn, und wenn es eine Gefahr wittert, so zeigt es ihm dieselbe an. Bete einem edlen Rosse seine Sure in das Ohr; rufe das Wort des ›Zeichens‹ aus, und es wird mit dir wie ein Wind davonfliegen und nicht innehalten, bis es tot zusammenbricht!«

»Effendi, was weißt du von einem Worte des ›Zeichens‹ und von dem allabendlichen in-das-Ohr-Beten der Sure? Das sind Geheimnisse, welche der Besitzer keinem andern, nicht einmal seinem erstgebornen Sohne verrät.«

»Das weiß ich. Ich habe einen echten Schammarhengst besessen, welcher sein Geheimnis und seine Sure hatte, welche ich ihm täglich vor dem Schlafengehen in das Ohr betete. Er war ein so kostbares Tier, daß ich ihn gegen drei Pferde, wie dieser Grauschimmel ist, nicht hingegeben hätte.«

»Wie? Du hättest einen Schammarhengst besessen?«

»Ja. Ich befand mich damals bei den Haddedihn vom Stamme der Schammar. Wollen kurz sein! Du befürchtest, dir den Zorn des Pascha zuzuziehen, und glaubtest vorhin, daß ich nicht imstande sei, dich von dieser Sorge zu befreien. Du hegest die Ansicht, ein Franke könne nicht reiten und auch kein Pferdekenner sein. Ich will dir das Gegenteil beweisen. Ich besteige das Pferd und reite es. Willst du wetten?«

»Um Allahs willen, was fällt dir ein! Du würdest den Hals brechen!«

»Fällt mir nicht ein! Es wird mir ein Vergnügen sein, dir zu beweisen, daß ihr dieses edle Pferd schlecht behandelt habt. Rufe deinen Sohn und die Reitknechte herbei, damit sie lernen, wie man es machen soll!«

Er hielt mich für einen Laien, welcher sich mutwillig in eine Gefahr begiebt, deren Größe er gar nicht zu beurteilen weiß, und gab sich alle Mühe, mich von meinem Vorhaben abzubringen. Endlich gab er nach. Ich wollte ihm beweisen, daß ein Beduine vor einem Europäer nichts voraus haben müsse. Ich ging in mein Zimmer, um - infolge einer ganz gewissen Absicht - meinen hellen Haïk zu holen, und er suchte indessen seine Leute zusammen. Sie versammelten sich in einem Raume, welcher an das niedrige Stallgebäude stieß und von dem aus man leicht auf das platte Dach desselben steigen konnte. Es fanden sich auch noch andere ein. Zuletzt kam der dicke Haushofmeister zur Thüre hereingekeucht und rief mir außer Atem zu: des leibhaftigen Teufels besteigen willst. Hüte dich vor ihm! Fiele ich von seinem Rücken, so käme ich vielleicht mit dem Leben davon, weil meine Knochen von den weichen Kissen des Fleisches umbettet sind. Wirft er aber dich ab, so fahren deine Gebeine auseinander wie ein Rattennest, in welches eine Katze springt.«

»Sorge dich nicht um mich. Hast du gegessen?«

»Ja.«

»Fühlst du noch Schmerzen?«

»Nein.«

»So steige hinaus auf das Dach des Stalles, und siehe zu, wie schnell der Grimm des Teufels sich in Freundlichkeit verwandeln wird! Er hat niemals in einem Stalle gesteckt; daß er hier eingesperrt worden ist, hat seine Wut erregt. Auch befremdet ihn die Kleidung der Leute. Er hat in seiner Heimat nur Männer getragen, welche in den Haïk gehüllt waren. Das mußtet ihr bedenken. Und anstatt diese Fehler in Liebe gut zu machen, habt ihr ihn mit Strenge behandelt. Sagt, wie heißt der Grauschimmel?«

»Er hat noch kein Geheimnis und noch keinen Namen, da er ein Geschenk werden sollte. Beides soll ihm erst noch vom Pascha gegeben werden.«

»Das ist es, was ich wissen will. Der Beduine pflegt sein Pferd beim Namen oder bei der Farbe zu rufen, und zwar mit sehr schriller Stimme. Ich bin fest überzeugt, daß der Schimmel, falls ich das bei ihm thue, mir gehorchen wird. Also steigt auf das Dach, damit ihr sicher seid! Ich werde erst so, wie ich dastehe, auf den Hof treten und dann im Haïk, und ihr sollt den Unterschied sehen.«

Die Leute folgten meiner Aufforderung. Als sie mit untergeschlagenen Beinen oben nebeneinander saßen, machte ich die Thüre auf und stellte mich vor dieselbe. Kaum hatte der Hengst mich erblickt, so kam er schnaubend herbeigeflogen, und ich mußte mich durch einen schnellen Sprungvor seinen Hufen in das Innere retten. Er blieb draußen stehen, und es dauerte eine geraume Zeit, ehe er sich beruhigte und sich entfernte. Jetzt fuhr ich in den Haïk und zog die Kapuze desselben über den Kopf; dies gab mir das Aussehen eines Beduinen. Der Raum, in welchem ich mich befand, war eine Vorkammer zum Stalle und enthielt nur Gegenstände, welche zu demselben und den Pferden in Beziehung standen. In der Ecke sah ich ein Gefäß mit jener geringsten Sorte von Datteln, welche Bla Halef genannt und mit welchen die Pferde gefüttert werden. Ich steckte einige Hände voll davon ein.

Der Hengst stand jetzt, von mir aus gerechnet, am entferntesten Punkte des Hofes, mit dem Kopfe von mir abgewendet. Ich öffnete die Thüre so leise, daß er es nicht hörte. Die Augen der oben Sitzenden waren mit größter Spannung auf mich und das Pferd gerichtet.

»Ia Hsan azrak!« rief ich so schrill wie möglich. Das Tier fuhr mit dem Kopfe herum. Jetzt mußte sich zeigen, ob ich richtig oder falsch vermutet hatte. Hatte ich mich verrechnet, so befand ich mich in keiner geringen Gefahr, welche ich aber auch zu überstehen hoffte. Das Pferd stutzte; es blieb stehen, mit hoch erhobenem Kopfe nach mir blickend. Es öffnete die Nüstern; es spielte mit den kleinen Ohren, und es wehte mit dem Schwanze; es war ein Bild der Überraschung. jetzt kam das Wagnis. Ich entfernte mich von der Thüre, nahm einige Datteln in die Hand, streckte dieselbe aus und ging auf den Schimmel zu. Vom Dache herunter erschollen Warnungs- und Schreckensrufe.

»Ia Hsan azrak!« lockte ich abermals, indem ich langsam weiterschritt, den Blick fest aber freundlich auf den Hengst gerichtet. Er wieherte leise auf, drehte sich vollends herum und kam in einem kurzen, eleganten Bogen auf mich zugetänzelt. Kurz vor mir blieb er stehen, die Vorderhufe fest eingestemmt und mich mit weit offenen Augen und Nüstern taxierend.

»Grauschimmel, mein Liebling, mein Guter, nimm, friß!« forderte ich ihn in sanftem, zutraulichem Tone auf, indem ich vollends zu ihm herantrat und ihm die Datteln an die halbgeöffneten Lippen hielt. Natürlich mußte ich mich des Arabischen bedienen, da diese Klänge ihm bekannt waren. Er beschnoberte meine Hand, dann den Arm bis herauf zur Achsel und nahm dann eine Dattel, noch eine und noch eine, bis sie alle waren. Ich hatte gesiegt.

Ich nahm noch mehr aus der Tasche, hielt sie ihm mit der Linken hin und liebkosete mit der Rechten seinen schönen Hals. Dann zog ich seinen Kopf nieder und flüsterte ihm diejenige Kuransure, welche mir gerade einfiel, in das Ohr. Das thut der Araber allabendlich mit seinem Lieblingspferde. Er hat dabei stets eine und dieselbe Sure. Ist dieselbe gebetet, so schlafen beide, Pferd und Reiter ein. Das erstere wird dieses Flüstern so gewohnt, daß es einen etwaigen Käufer oder überhaupt späteren Besitzer, welcher dies unterlassen wollte, nicht als Herrn anerkennen und ihm nur mit Widerstreben gehorchen würde.

Der Hengst stutzte. Ob ich die ihm gewohnte Sure traf, was jedenfalls nicht der Fall war, das war natürlich gleichgültig. Die Hauptsache lag in dem Vorgang überhaupt und in dem Flüstertone. Das Tier ließ einen leisen Laut, fast wie ein fröhliches, nach innen gerichtetes Wiehern hören; dann hob es den Kopf und wieherte so schmetternd, daß nicht wenig fehlte, und ich wäre erschrocken zur Seite gesprungen. Nun rieb es seinen Kopf an meiner Schulter und strich mir mit den Lippen wie küssend über das Gesicht. Ich legte ihm beide Arme um den Hals, drückte den Kopf an mich und hielt ihm den Mund an das Ohr, um leise weiter zu flüstern. Das war das Zeichen zum Ruhen, zum Schlafen, und ich erreichte meine Absicht glänzend, denn noch hatte ich nur wenige Verse gesprochen, so legte das Pferd sich nieder, und ich streckte mich zwischen seine Beine hin, indem ich seinen Leib als Kopfkissen benutzte. Vom Dache herab waren laute Rufe der Bewunderung zu hören.

So lagen wir einige Zeit; dann sprang ich plötzlich auf und rief:

»Dir balak, 'l a'adi – paß auf, die Feinde!«

Im Nu stand das Pferd neben mir, und ich stieg in den Sattel, ohne daß es auch nur die geringste Bewegung des Sträubens machte. Wohl eine halbe Stunde lang ritt ich die arabische Schule durch und fand bei dem Tiere ein solches Verständnis, ein solches Zartgefühl selbst für den leisesten Druck, daß ich hätte glauben können, es verstehe mich vollkommen und unser beiderseitiger Wille sei ein einziges Wollen. Nachdem ich abgestiegen war, belohnte ich es durch Streicheln und die noch übrigen Datteln. Dann führte ich es in die dafür bestimmte Abteilung des Stalles, welche noch offen stand, und brachte es durch sanfte Worte so weit, daß es sich dort willig niederlegte. Als ich mich entfernte, folgte es mir mit den Augen und wieherte mir leise nach.

Als ich mich wieder in dem Hofe befand, wurde ich von den Zuschauern gefragt, ob sie es wagen dürften, zu mir herabzukommen, und ich antwortete getrost bejahend. Dennoch traten sie aus Angst vor dem Pferde sehr zaghaft auf, und als ich sie ersuchte, mit mir in den Stall zu kommen, folgten sie mir nur, indem sie sich hinter meinen Rücken versteckten. Kaum war der Blick des Hengstes auf sie gefallen, so sprang er auf und begann, mit allen vieren um sich zu schlagen. Ich trat zu ihm und brachte es durch Streicheln und Zureden so weit, daß er sich beruhigte und sich sogar von ihnen berühren ließ. Er hielt mich für seinen Herrn und duldete sie, wenn auch nicht gern.

Ich riet, ihn wieder in den Hof zu lassen. Als dies geschehen war, ritt ich einige Male die Runde, stieg dann ab und forderte den Stallmeister auf, den Sattel einzunehmen. Er zögerte. Die Sache mußte ihm allerdings bedenklich vorkommen, doch auf mein wiederholtes Zureden that er es doch. Der Hengst sträubte sich ein wenig und ging einige Male in die Höhe, ließ sich aber doch durch freundliches Zureden zum Gehorsam bringen, so daß der Reiter wiederholt um den Hof galoppieren konnte. Als er abgestiegen war, wurde der Grauschimmel im Freien gelassen, und wir, nämlich der Stallmeister, der Haushofmeister und ich, begaben uns in das Speisezimmer, in welchem das Mittagsmahl eingenommen werden sollte.

Da den Frauen und Töchtern nicht gestattet ist, mit den Männern zu essen, und der einzige Sohn des Hauses, über Kopfweh klagend, sich wieder zurückgezogen hatte, so waren eigentlich nur der Stallmeister und ich diejenigen, für welche das Essen aufgetragen wurde. Der Haushofmeister hatte schon gegessen und setzte sich in einiger Entfernung von uns nieder. Da aber wurde ein wahrer Berg fetten Pillaws und Rosinen gebracht, und dazu kam eine große Platte, auf welcher ein ganzer, gebratener Hammelleib, ohne den Kopf und die Vorderbeine, lag. Das duftete so schön und einladend, daß der Haushofmeister ein leises Räuspern hören ließ. Als dies den gewünschten Erfolg nicht hatte, begann er nachdrücklich zu husten, und zwar in einer so vielsagenden Art und Weise, daß der Stallmeister ein vollständiger Barbar gewesen wäre, wenn er ihn nicht verstanden hätte. Er fragte ihn also, ob er mitessen wolle.

»Nein,« antwortete der Unförmliche, indem er sich mit der Hand den Mund wischte. »Ich habe schon gegessen.«

Damit wäre die Sache abgemacht gewesen; aber da schnitt ich mir ein Stück Keule ab und zog, als ich den ersten Bissen im Munde hatte, mit Absicht ein so verklärtes Gesicht, daß der Dicke nicht zu widerstehen vermochte. Freilich hatte er schon abgesagt; aber es gab ein Mittel, diesen Fehler ungeschehen zu machen. Er griff zu demselben, indem er sich an mich wendete:

»Effendi, mein Magen beginnt schon wieder zu schmerzen. Es ist abermals die schreckliche Leere.«

»So mußt du essen.«

»Dann erlaube, daß ich mich entferne!«

»Nein, das wird er dir nicht erlauben.« fiel der Stallmeister ein. »Dafür aber wird er dir gestatten, mit uns zu speisen.«

»Wenn das der Fall ist, so nehme ich bei euch Platz. Ich habe schon daheim gegessen und werde hier nur ein wenig nippen.«

Er bediente sich des arabischen Wortes dahk, welches so viel wie kosten, versuchen, nippen bedeutet, und ich gestehe, daß ich auf dieses Nippen neugierig war. Nachdem er sein Kissen herübergebracht und sich zu uns gesetzt hatte, riß er sich, ohne ein Messer in Gebrauch zu nehmen, die andere Keule ab und wollte sie zum Munde führen, um sie direkt mit den Zähnen zu bearbeiten; da aber hielt ich seinen Arm und sagte:

»Halt! Willst du sterben?«

»Sterben? Allah verhüte es! Warum fragst du mich so?«

»Vor dem Essen dich siebenmal gegen Mekka verneigen! Verstanden?«

»Ich will ja nicht essen, sondern bloß ein wenig nippen!«

»Es ist ganz gleich, ob du viel oder wenig genießest. Was der Arzt verordnet hat, das muß streng befolgt werden.«

»Du hast recht, Effendi. Es handelt sich um mein Leben, und so muß und werde ich gehorchen.«

Er erhob sich, nahm die Richtung gegen Mekka und machte, die tropfende Keule in der Hand, sieben tiefe Verbeugungen. Dann setzte er sich nieder und begann zu ›nippen‹. Nun, wenn das genippt oder gekostet war, so möchte ich einmal wissen, was essen ist! Es ging mir hier gerade so wie mit Murad Nassyr, meinem dicken türkischen Freunde in Kairo. Ehe ich nur die Hälfte meines kleinen Stückes verzehrt hatte, war die Keule verschwunden. Dann kam die eine Brust daran, welche mit wahrhaft virtuosem Geschicke von den Knochen losgezogen wurde. Während meine Hand nur niedliche Vertiefungen in dem Pillawberge zurückließ, riß der Haushofmeister ganze Gletscher, denen riesige Bergstürze folgten, los. Weißglänzende Reis-Firnen und großblockige Fleischmoränen verschwanden hinter seinem mächtigen Gebisse. Ich konnte nicht weiter essen, denn das Zusehen und Bewundern nahm meine ganze Thätigkeit in Anspruch. Der Stallmeister kannte seinen Mann; er beachtete ihn gar nicht und bemühte sich nur, seinem Beispiele zu folgen. So kam es, daß der Reis-Chimborasso immer niedriger und der Hammel immer magerer wurde, bis nur noch die Knochen übrig waren. Da wischte der große Esser sich die Hände an die Hose ab und sagte, indem er tief aufatmete:

»Meine Schmerzen sind verschwunden. Dem Propheten sei Lob und Dank gebracht!«

»So empfindest du die Leere des Magens nicht mehr?« fragte ich.

»Nein. Ich hatte ja zu Hause gegessen.«

»So wird es unserm guten Stallmeister erwünscht sein, daß du ein anderes Mal zu Hause nippst und hier issest. Aber, bist du wirklich fertig?«

»Ja. Oder giebt es denn noch etwas?«

»Zu essen wohl nicht, denn wir sind vollständig gesättigt. Wo aber bleiben die neun Verbeugungen?«

»Helft, ihr Kalifen! Die hätte ich fast vergessen. Doch, Effendi, warum hast du mir vor dem Essen nur sieben gewöhnliche Verneigungen befohlen, nach demselben aber neun, und diese mit dem Kopfe bis zum Boden nieder?«

»Weil dies die Vorschrift Hischams, des Kalifen ist, in dessen Palaste diese Verbeugungen vor und nach dem Essen gemacht werden mußten.«

»So stehe dieser heilige Hischam mir jetzt bei, daß der Glanz meines Ruhmes nicht das Übergewicht bekommt und auf die Nase fällt!«

Er stand schwer auf, stellte sich mit dem Gesicht gegen Osten, wo Mekka liegt, und gab sich alle mögliche Mühe, der grausamen Vorschrift Folge zu leisten. Er brachte es unter lautem Ächzen und Stöhnen nur dadurch fertig, daß er, durch die Schwere seines Leibes niedergezogen, allemal auf die Knie zu liegen kam. Das waren so unbeschreibliche Anstrengungen und Bewegungen, daß mir, obgleich ich mich hütete, laut zu lachen, die Thränen über die Wangen liefen, natürlich nicht diejenigen des Schmerzes und der Traurigkeit. Das war die Strafe dafür, daß er mir in das Gesicht gesagt hatte, ich als Christ verschimpfiere das Zimmer mit den Kuransprüchen. Aber, aufrichtig gestanden, hatte die Rachsucht weniger Teil daran als der angebotene Schabernack.

Der Dicke fühlte sich infolge der Anstrengung so ermüdet, daß er erklärte, er müsse unverweilt nach Hause gehen, um zu schlafen. Es stand zu erwarten, daß der Schlaf seinen kranken Magen wieder in den schmerzhaften, leeren Zustand versetzen werde, worauf mit Sicherheit ein reichliches Abendmahl folgen mußte. Vielleicht war dann einmal im Wad el Nil (einer arabischen Zeitung) zu lesen, daß er seinen Herrn, den Pascha, arm gegessen und bankerott geschlafen habe. Wir beiden andern blieben noch eine Weile sitzen, um uns über den vortrefflichen Grauschimmel zu unterhalten. Der Stallmeister fühlte sich ganz glücklich darüber, daß es mir gelungen war, denselben zur Raison zu bringen. Nun war ja alle Hoffnung vorhanden, daß das Pferd auch andere außer mir im Sattel dulden werde. Er gab mir zu, daß ein Christ und Europäer denn doch ein besserer Pferdekenner sein könne als ein Ägypter, und nahm mit Aufmerksamkeit die Lehren entgegen, welche ich ihm in Beziehung auf die Behandlung des Hengstes gab. Da er mich nur im engen Hofe in den Bügeln gesehen hatte und ich ihn merken ließ, daß ich ihm nicht nur im Kennen, sondern auch im Können wohl überlegen sei, was er zu bezweifeln schien, so schlug er mir vor, morgen am Vormittage einen Ritt nach der Wüste hinaus zu machen, und ich erklärte mich selbstverständlich bereit dazu. Es mußte ja ein Gaudium sein, mit einem solchen Tiere nicht durch, sondern über den Sand zu fliegen und die Geschwindigkeit eines Schnellzugs zu erreichen.

Die erste Hälfte des Nachmittages war vergangen; die zweite gedachte ich zu einem Spaziergange durch die Stadt zu verwenden, und zwar wollte ich dabei allein sein. Daher lud ich den Stallmeister, welcher wohl gern mitgegangen wäre, nicht zur Begleitung ein. Es war mir bestimmt, dabei eine wichtige Begegnung zu haben, die ich nicht im Traume für möglich gehalten hätte.

Draußen im vordern Hofe angekommen, wendete ich mich nämlich nicht dem Hafen, sondern der Stadt zu und kam an das weißgetünchte Grab eines Scheiks, bei welchem eine Brücke über den Kanal führte. Eben wollte ich dieselbe betreten, als ich voller Überraschung stehen blieb. Ich erblickte eine sehr lange und sehr schmale, weiß gekleidete Gestalt, welche einen riesigen Turban auf dem Haupte trug und in einem höchst charakteristischen schlingernden, schaukelnden Gange mir über die Brücke entgegen kam. Sah ich recht, oder irrte ich mich? Das war auch ein Haushofmeister, aber nicht der unförmliche des Pascha, sondern der spindeldürre meines türkischen Freundes Murad Nassyr in Kairo! jetzt sah auch er mich und blieb, so wie ich, stehen.

»Selim, bist du es denn wirklich?« rief ich ihm zu.

»Richtig, sehr richtig!« antwortete er mir mit seiner schnarrenden Stimme, indem er mir von weitem eine seiner halsbrecherischen Verbeugungen machte. »Und, Effendi, ist es denn auch richtig, daß du es bist? Dann sei Allah Dank, denn ich suche dich.«

»Du suchst mich? Ich glaubte dich bei Murad Nassyr in Kairo. Es müssen wichtige Gründe sein, welche euch veranlaßt haben, die Stadt eher zu verlassen, als berechnet war.«

»So meinst du, daß Murad Nassyr sich mit hier in Siut befindet?«

»Selbstverständlich!«

»Dann irrst du dich. Ich bin allein gekommen, um dich aufzusuchen.«

»Warum das? Doch warte! Hier auf der Brücke können wir uns unmöglich von solchen Sachen unterhalten. Laß uns ein Kaffeehaus aufsuchen; das wird das beste sein.«

»Das ist das allerbeste,« stimmte er bei, indem er eine Verbeugung machte und sich dann umdrehte, um mir weiter in die Stadt hinein zu folgen. Bald erblickten wir ein Kaffeehaus und traten ein. Wir fanden einen stillen Winkel und ließen uns Limonade geben. Dann erkundigte ich mich:

»Also, warum bist du allein gekommen, um hier nach mir zu suchen?«

»Weil mein Herr es mir befahl,« lautete die nicht eben geistreiche Antwort.

»Und welche Absicht hat er dabei?«

»Du sollst nicht allein hier sein.«

»Ah! Glaubt Murad Nassyr etwa, daß ich mich fürchte?«

»Das nicht; aber es ist auf jeden Fall besser, wenn ich bei dir bin. Ich war der berühmteste Krieger meines Stammes und nehme es, wie du weißt, mit allen Helden des Weltalls auf – –«

»Aber nur mit keinem Gespenste,« unterbrach ich ihn.

»Scherze nicht, Effendi! Gegen Geister kann man sich nicht mit Flinte und Messer verteidigen; da helfen nur Stoßgebete.«

»Aber es waren ja keine Geister!«

»Der reine Zufall! Es konnten auch wirkliche Seelen von wirklich Abgeschiedenen sein, und die kann man nicht erschießen, weil sie schon tot sind. Ich habe meine Pflicht gethan und an der Thüre auf der Lauer gelegen. Sende mir nur einmal leibhaftige, lebendige Feinde, etwa fünfzig oder hundert oder meinetwegen auch tausend! Du sollst sehen, wie mein Heldenarm unter ihnen aufräumt! Mein Mut ist wie der Sturm der Wüste, der alles niederreißt, und vor meiner Tapferkeit erbeben selbst die Felsen. Wenn ich im Kampfe meine Stimme und meinen Arm erhebe, so rennen selbst die Tapfersten davon, und vor dem Brüllen meines Gewehres hält kein Verwegener stand. Darum sendet mich Murad Nassyr zu dir, damit du sicher wohnen solltest unter dem Schilde meines Schutzes und dem Dache meiner Gönnerschaft.«

»Ich meine aber, es muß noch eine andere Absicht vorliegen.«

»Da irrst du dich. Ich weiß nur, daß ich dich beschützen soll, und alles andere ist mir unbekannt.«

Ich sah dem alten, feigen und doch so gutmütigen Schlagotodro an, daß er die Wahrheit sprach. Aber Murad Nassyr hatte jedenfalls einen ganz anderen Grund als den höchst lächerlichen, seinen »Richtig, sehr richtig« mir zum Schutze zu senden. Welcher Grund konnte das sein? Ich sann hin und her und fand nur einen einzigen Gedanken, welcher sich als stichhaltig erwies: Der Türke traute mir nicht. Glaubte er vielleicht, daß ich ihm, nachdem er für mich bezahlt und mir außerdem noch eine kleine Summe gegeben hatte, durchbrennen werde? Das wäre ein schändliches Mißtrauen gewesen, zu welchem ich ihm nicht die geringste Veranlassung gegeben hatte. Oder lag es wohl in den gegebenen Verhältnissen, daß ich, wenn ich mich allein in Siut befand, ihm ganz ohne alle Absicht einen Strich durch seine geschäftlichen Absichten machen könnte? Nun, dann hätte er nur aufrichtig sein und mir sagen sollen, welche Art von Plänen er im Auge hatte. War eins von beiden, oder auch beides der Fall, so schien mir Selim, so weit ich ihn kannte, nicht der Mann zu sein, mich von der Ausführung eines Entschlusses, von einer That zurückzubringen, die ich für gut und richtig und also für geboten halten würde. Mit einem Worte, ich hatte das aufrichtige Gesicht meines dicken Türken nicht mehr vor Augen; ich betrachtete ihn jetzt aus der Ferne, und da wollte mein Vertrauen wankend werden. Er erschien mir berechnender und egoistischer als vorher, und es stieg eine Ahnung in mir auf, daß es geraten sei, vorsichtiger als früher mit ihm zu verfahren. Dabei dachte ich an den Reïs Effendina. Dieser hatte sich mir in jeder Beziehung so offen gegeben. Warum hatte er sich verschlossen, sich zurückgezogen, warum war er still geworden, sobald der Name Murad Nassyrs erwähnt worden war? Das mußte doch einen Grund haben, einen Grund, welcher nicht in dem einen und nicht stichhaltigen Umstande lag, daß der Emir glaubte, den Namen des Türken schon einmal gehört zu haben. Nun, die Ankunft des letzteren war in einigen Tagen zu erwarten, und dann hoffte ich, Gelegenheit zu finden, mir über seine Verhältnisse und Absichten klar zu werden. Bis dahin mußte ich mir die Anwesenheit und den Schutz des »Helden« Selim gefallen lassen. Dieser mochte, während ich diese Gedanken in mir erwog, Langweile fühlen, denn er unterbrach das Schweigen durch die Frage:

»Warum. bist du so still geworden? Ist es dir nicht recht, daß ich gekommen bin?«

»Es ist mir gleich, ob du dich in Kahira oder hier befindest,« antwortete ich. »Nur befürchte ich, daß du dich in Siut, wo du doch keine Beschäftigung hast, langweilen wirst.«

»Keine Beschäftigung? Langweilen? Das denke ja nicht! Ich habe ja dich hier, und die Aufgabe, dein Beschützer zu sein, wird mir genug Beschäftigung bringen. Ich darf dich nicht verlassen; Murad Nassyr, mein Herr, hat es befohlen.«

»Ah! So willst du wohl auch bei mir wohnen?«

»Natürlich! Wo hast du ein Unterkommen gefunden?«

»Im Palaste des Paschas. Ich weiß nicht, ob man dich dort gern aufnehmen wird.«

»Zweifelst du etwa daran? Ja, du bist leider ein Ungläubiger und weißt also nicht, daß der Islam jedem seiner Anhänger die größte Gastfreundlichkeit gebietet. Außerdem bin ich, als der größte Held meines Stammes, ein berühmter Mann, den selbst der Vizekönig willkommen heißen würde. Ich werde meinem Wirte sagen, daß ich ihn und meinen Freund verlassen muß, um in den Palast zu ziehen.«

»Ah, einen Freund hast du bei dir?«

»Ja. Ich lernte ihn auf dem Schiffe kennen, und er stieg mit mir hier aus, um mit mir zusammen zu wohnen. Nun aber werde ich ihn verlassen.«

»Was ist er?«

»Ein Händler, welcher in Siut Einkäufe machen will. Bleibe eine kleine Weile hier sitzen! Ich werde sofort zu ihm gehen, um ihn zu benachrichtigen.«

»Warte damit noch, bis wir erfahren, ob man bereit ist, dich im Palaste aufzunehmen.«

»Das brauchen wir gar nicht erst zu erfahren und zu versuchen, denn es kann gar kein Zweifel darüber herrschen.«

»Möglich. Aber dennoch will ich sicher gehen. Ich denke, du hast nichts dagegen, daß wir uns zunächst nach dem Palaste begeben.«

»Richtig, sehr richtig! Ich folge den Stapfen deiner Füße. Laß uns aufbrechen!«

Es war mir gar nicht lieb, für ihn um Aufnahme bitten zu müssen; aber ich war gezwungen, mich darein zu finden, denn dieser »größte Held seines Stammes« wich gewiß keinen Augenblick von mir. Ich bezahlte also, und dann brachen wir nach dem Palaste auf. Dort angekommen, sah ich den dicken Haushofmeister unter derselben Thüre stehen, an welcher er mich und den Reïs Effendina bei meiner Ankunft empfangen hatte. Er machte mir eine sehr tiefe Verneigung und warf einen fragenden Blick auf meinen Begleiter. Als ich ihm dessen Namen genannt und ihm gesagt hatte, daß derselbe bei mir zu bleiben wünsche, meinte er schnell und im gefälligsten Tone:

»Effendi, laß ihn zu mir! Ich habe dich verkannt, und darum bist du zum Stallmeister gegangen. Ich erkenne, daß deine Anwesenheit die Ehre unseres Hauses ist, und bitte dich, mir zu erlauben, meinen Fehler an diesem Manne gut machen zu dürfen.«

Das Anerbieten kam mir sehr gelegen, und ich sagte also zu. Wenn Selim von dem dicken Schwarzen beherbergt wurde, so wohnte er nicht direkt bei mir und konnte mich weniger belästigen. Er war auch selbst einverstanden und machte mir dies durch die Worte bemerklich:

»Siehst du, daß ich recht hatte, Effendi! Der Vorzug meiner Eigenschaften wird überall bewundert, und wo ich erscheine, finde ich die Thüren aller Häuser und Zelte offen. Bevor ich aber in diese gesegnete Wohnung trete, muß ich mich für kurze Zeit entfernen, um mich von meinem Wirte und meinem Gefährten zu verabschieden. Bald werdet ihr mein Angesicht wieder bei euch erscheinen sehen. Allah verlängere eure Tage und lasse euch die Freude meiner Anwesenheit mit dankbarer Aufmerksamkeit genießen.«

Er ging. Was sollte ich thun? Daheim bleiben und auf ihn warten? Ich hatte einen Spaziergang durch die Stadt machen wollen und konnte dies nun doch ausführen. Eben stand ich im Begriff, den Hof zu verlassen, als mein Stallmeister erschien und, was er vorher unterlassen hatte, mich bat, mich begleiten zu dürfen. Als das der Schwarze hörte, erklärte er, daß er, falls er sich uns nicht beigeselle, den Zorn Allahs und aller Kalifen auf sich laden werde. Er ersuchte mich also, einige Augenblicke zu verziehen, bis er dafür gesorgt habe, daß Selim während unserer Abwesenheit gut empfangen werde. Auch der Stallmeister zog sich für einige Minuten zurück, um sich vorzubereiten.

Als beide wieder zum Vorscheine kamen, hatten sie sich mir zu Ehren in die besten Feierkleider geworfen. Der Haushofmeister brachte zwei Läufer und zwei Neger mit. Die ersteren sollten mit ihren weißen Stäben vor uns herschreiten, um uns nötigenfalls den Weg zu bahnen, und die letzteren hatten die Aufgabe, den Zug zu schließen und dabei kostbare Pfeifen und Tabaksbeutel zur Schau zu tragen. Wie ich später erfuhr, hatte der Haushofmeister sogar die Absicht gehabt, uns drei Reitpferde nachführen zu lassen, um zu zeigen, daß wir nicht etwa aus Armut und Mangel an Tieren durch die Stadt wanderten. Nur die Rücksicht auf mich, der ich allerdings kein Pferd besaß, hatte ihn bewogen, von diesem Vorhaben abzustehen.

So wanderten wir denn langsam und gravitätisch durch die Straßen der Stadt, deren Häuser meist aus dunklem Schlammsteine gebaut sind. Was soll ich über sie sagen! Siut ist nicht Kahira. Es ist hier ganz dasselbe wie dort, nur in verkleinertem Maßstabe und mit einigen topographischen und Terrain-Abwechslungen. Es gab hier Wasser-, Obst- und Brothändler, Eselsjungen, Lastträger, Türken, Kopten und Fellata, gerade so wie dort. Diese orientalischen Städte gleichen einander außerordentlich. In den Bazars gab es ein großes Gedränge; aber unsere Läufer schoben, stießen und schlugen mit ihren Stäben so kräftig um sich, daß wir stets freie Bahn hatten. Die Ehrfurcht, mit welcher mein schwarzer Haushofmeister gegrüßt wurde, galt mir als ein Beweis dafür, daß seine Stellung eine wichtige und einflußreiche sei. Der kurze, langsame Spaziergang griff ihn so an, daß er bei jedem Schritte stöhnte, und schließlich erklärte er, daß er vor Müdigkeit und Hunger nicht weiter könne und unbedingt in einem Sufra einkehren müsse.

Sufra heißt eigentlich Speisetisch und wurde von dem Dicken mit der Bedeutung als Speisehaus gebraucht. Das hatte ich noch nicht gehört, und darum war ich neugierig, in was für ein Lokal er uns führen werde. Er gab den voranschreitenden Läufern einen Befehl; sie bogen in eine Seitengasse ein und blieben dann wie Schildwachen zu beiden Seiten einer Hausthüre stehen. Als wir eingetreten waren, kamen wir in einen kleinen, offenen Hof, auf welchem mehrere Reihen von Polstern lagen. Da saßen die Gäste dieses Speisehauses. Jeder hatte eine thönerne Schüssel vor sich, aus welcher er mit beiden Händen zulangte. Sauberkeit schien hier nicht gefordert zu werden; das sah man bei dem ersten Blicke. Dazu gab es einen solchen Geruch nach ranzigem Öle, daß mir, selbst wenn ich Hunger gehabt hätte, der Appetit sofort vergangen wäre.

Der Haushofmeister steuerte auf eine leere Ecke zu und ließ sich dort auf ein Kissen nieder. Da der Stallmeister seinem Beispiele folgte, so that ich dasselbe. Die beiden Neger kauerten sich vor uns nieder, um unsere Pfeifen zu besorgen. Einer der schmutzigen Wärter kam herbei, um nach unsern Befehlen zu fragen; der dicke Schwarze antwortete stumm dadurch, daß er drei Finger emporhielt.

»Nein, für mich nicht!« meinte der Stallmeister. »Ich esse nicht.«

Nun wußte ich, was die drei Finger zu bedeuten hatten, nämlich drei Portionen, und beeilte mich, zu erklären, daß auch ich nichts zu genießen beabsichtige.

»Dennoch drei!« befahl der Dicke, indem er die Finger abermals emporstreckte. Nach kurzer Zeit wurde das Verlangte gebracht. Es hatte ein braungrünes, schlammiges Aussehen. Ich betrachtete es, sog den durchdringenden Duft ein -vergebens; ich konnte nicht erraten, was es war.

»Nimm das, aus Liebe zu mir!« forderte mich der Haushofmeister auf, indem er mir eine der drei Schüsseln hinschob.

»Ich danke dir! Mein Körper bedarf jetzt keiner Speise. Möge sie dem deinigen wohl bekommen!«

»Dieses Essen bekommt jedermann; es ist die Quelle der Lieblichkeit. Linsenmehl in Öl gekocht. Es erhebt die Seele zum reinsten der Gefühle und stärkt das Herz für alle Leiden dieser Welt.«

Dabei fuhr er mit seiner fetten, schwarzen Rechten in den Brei, ballte einen Teil zu einer Kugel und hielt ihn mir mit den Worten an den Mund:

»Nimm, und versuche es einmal!«

»Behalte nur!« antwortete ich, indem ich seinen Arm von mir schob. »Ich gönne dir diese Reinigung der Gefühle und diese Stärkung des Herzens sehr gern.«

Er schob nun die Kugel in seinen Mund und schmunzelte dabei:

»Ihr Christen wißt doch nie, was ihr thut. Hat doch Esau seine Erstgeburt für ein Linsengericht in Öl an den Erzvater Jakob verkauft. Davon aber weißt du natürlich nichts.«

»Oho! Diese Geschichte von dem Linsengerichte wird in unserer Bibel erzählt, und Muhammed hat sie aus derselben abgeschrieben. Aber in unserer heiligen Schrift wird nichts davon gesagt, daß die Linsen in Öl gesotten gewesen seien.«

»Steht es wirklich nicht darin? Nun, so ist der Prophet sehr klug gewesen, als er es für uns herausschrieb. Du kennst also auch den Kuran? ja, du bist ein gelehrter Mann. Du hast das Leben in der Flasche und kennst alle Heilungen des Magens, aber was gut schmeckt, das weißt du doch noch nicht.«

Er schob eine Handvoll Brei nach der andern in den Mund; er leerte den ersten, den zweiten und dann auch den dritten Teller, wie die Schüssel auch genannt werden konnte, und reinigte dann alle drei, wie es unerzogene Kinder zu machen pflegen, mit dem gebogenen Zeigefinger, welchen er ableckte. Dabei nahm er auch fleißig an der Unterhaltung teil, welche ich mit dem Stallmeister führte, der ein leidlich wißbegieriger Mann war. Da ich verstanden hatte, das Pferd zu zähmen, so traute er mir auch alle andern Geschicklichkeiten und Kenntnisse zu und legte mir eine Frage nach der andern vor, die ich ihm beantworten mußte. Als wir endlich nach Hause zurückkehrten und in den Hof traten, sahen wir die herbeigeholten blinden Kinder vor der Thüre hocken. Ihr Anblick war ebenso herzbrechend wie Ekel erregend. Die erblindeten Augen schwellen zu eiternden Halbkugeln an, auf denen Fliegen und andere kleine Insekten ihr Wesen treiben. Die schlimme Krankheit ist ansteckend; sie geht von Auge zu Auge, von Individuum zu Individuum über. Die Kinder erhielten ihr Geld und wurden dann fortgeführt. Der kleine Scherz, welchen ich mir mit dem Dicken gemacht hatte, belastete mein Gewissen nicht im geringsten. Er war in Beziehung auf sein Einkommen so gestellt, daß er die kleine Summe an die armen, bedauernswerten Blinden recht wohl entrichten konnte.

Kurze Zeit später brach die Dämmerung herein, und dann dunkelte es schnell. Ich wurde zum Abendessen gerufen, welches der Stallmeister mit mir allein einnahm. Er fragte mich zwar, ob er meinen Gefährten einladen solle, ich aber erklärte ihm, daß Selim nicht eigentlich so genannt werden könne, sondern nur der Diener eines späteren Gefährten von mir sei. Es lag mir nichts daran, den langen Menschen immer bei mir zu haben, und der Stallmeister fühlte seinerseits auch keine Lust, eine so untergeordnete Persönlichkeit bei sich sitzen zu sehen.

Nach dem Essen forderte mein Wirt mich zum Schachspiele auf. Eben hatten wir die Figuren aufgestellt, als sich draußen ein ungewöhnlicher Lärm erhob. Mehrere Stimmen riefen durcheinander, doch konnten wir die Worte nicht verstehen. Wir glaubten, es sei ein Unglück geschehen, und eilten in den Stallhof hinaus. Da standen die Reitknechte und andere Bedienstete, starrten gen Himmel und riefen:

»Eine Mondfinsternis, eine Mondfinsternis!«

Es war so; der Mond verfinsterte sich. Ich hatte gar nicht gewußt, daß eine Mondfinsternis zu erwarten sei. Wir standen im Vollmonde.

Der Erdschatten legte sich nicht kupferrot, sondern dunkelgrau nach und nach über die Scheibe unsers Trabanten; daraus war zu schließen, daß die Verfinsterung nicht eine totale sein werde; doch ging er nach und nach so weit herüber, daß nur eine sehr schmale Sichel des Mondes unbedeckt blieb. Die Himmelserscheinung war mir interessant; den andern aber flößte sie Angst ein. Der dicke Haushofmeister kam gekeucht, hinter ihm mein langer Selim.

»Effendi,« rief der erstere, als er mich erblickte, »siehst du auch, daß der Mond verschwindet? Sage mir, was das zu bedeuten hat!«

»Das hat zu bedeuten, daß die Erde zwischen der Sonne und dem Monde steht und nun ihren Schatten auf ihn wirft; dadurch wird er verdunkelt.«

»Zwischen Sonne und Mond? Ihren Schatten? Hast du ihn schon einmal gesehen?«

»Schon wiederholt, und jetzt abermals.«

»Effendi, du bist der Quell der Weisheit und der Brunnen der Wissenschaft; aber von der Sonne und dem Monde und den Sternen darfst du nicht sprechen. Von ihnen verstehest du nichts, gar nichts. Weißt du denn nicht, daß es der Teufel ist, der den Mond verhüllt?«

»Ah! Zu welchem Zwecke sollte er das thun?«

»Um uns ein Unglück anzudeuten. Dieses Zeichen ist ein Zeichen des Unheiles für alle Welt und außerdem eine ganz besondere Drohung für mich.«

»Für dich? Was hättest du mit dieser Mondfinsternis zu thun?«

»Viel, sehr viel! Siehst du dieses Amulett an meinem Halse? Ich trage es zum Schutze gegen die Mondfinsternisse.«

»Eine Mondfinsternis ist eine ganz natürliche Erscheinung. Und selbst wenn sie gefährlich wäre, könnte ein Amulett dich nicht beschützen.«

»Das sagst du, weil du ein Christ und nicht ein Moslem bist. Was kann ein Christ von dem Monde wissen! Welches ist das Zeichen des Christentumes? Ist es nicht das Kreuz?«

»Allerdings.«

»Und das Zeichen des Islam ist der Halbmond. Also müssen wir von dem Monde mehr verstehen als ihr. Das ist doch klar. Oder siehst du das nicht ein?«

Dieses Argument war von seinem Standpunkte aus gar nicht übel; ich konnte ihn nur von diesem Punkte aus schlagen; darum antwortete ich:

»Nein, das sehe ich ganz und gar nicht ein. Ist etwa der Neumond oder Vollmond euer Zeichen?«

»Nein, nur der Halbmond.«

»So sprich meinetwegen von diesem, also von dem ersten oder letzten Viertel; von dem Neumonde aber und von dem Vollmonde versteht ihr nichts. Und heute ist Vollmond! Na, was sagst du nun?«

Er sah mir betroffen und offenen Mundes in das Gesicht und antwortete dann:

»Effendi, da kann ich dir freilich nicht widersprechen. Den Neumond habe ich überhaupt noch nicht gesehen.«

»So behaupte ja nicht, daß du dich auf den Mond verstehst! Wer noch nicht einmal den Neumond gesehen hat, wie will der über eine Mondfinsternis urteilen? Übrigens ist auch nicht einmal der Halbmond das wirkliche, ursprüngliche Zeichen des Islam.«

»Was denn?«

»Der Säbel, der krumme Säbel Muhammeds. Als euer Prophet im Monate Ramadhan des zweiten Jahres der Hedschra den Mekkanern das erste große Treffen lieferte, steckte er seinen Säbel auf eine Stange und ließ dieselbe als Fahne vorantragen; sie führte zum Siege und wurde von da an als Feldzeichen benutzt. In einem späteren Kampfe wurde der Griff des Säbels abgeschlagen, und es blieb nur die krumme Klinge, welche die Gestalt eines Halbmondes darstellte. Dies veranlaßte dann den Kalifen Osman, den Halbmond zum Symbol des Osmanischen Reiches und des Islam zu machen.«

»Allah, Allah! Effendi, du kennst alle Tiefen der Geschichte und alle Geheimnisse der Religionen!« rief er aus.

»Und auch alle Breiten, Höhen und Tiefen des Mondes!« fügte ich hinzu. »Er ist 380,000 Kilometer von der Erde entfernt; sein Durchmesser beträgt 3480. Kilometer, und er ist also fünfzigmal kleiner als die Erde. Sein größter Berg ist 7200Meter hoch.«

Da verstummten alle, welche ringsum standen. Da man in Ägypten ebenso wie in der Türkei nach Metern rechnet, so begriffen die Leute die angegebenen Maße; aber daß man diese letzteren überhaupt anzugeben vermag, das glaubten sie nicht. Ihre Blicke richteten sich von dem Monde auf mich. Ein allgemeines Murmeln ließ sich hören; dann rief der Dicke aus.

»Allah lasse dich lange leben und erleuchte deinen Verstand! Beim Leben deines Vaters und bei den Bärten aller deiner Ahnen, sage mir, ob du im Ernste redest!«

»Ich scherze nicht.«

Er schüttelte den Kopf und sah mich bedenklich an, Was sollte ich machen? Meine Erklärung zu verstehen, dazu besaßen sie die erforderlichen Vorkenntnisse nicht; ich mußte also den Schwarzen und die andern bei ihrer Meinung lassen. Sie beteten, um sich vor der bösen Wirkung der Finsternis zu bewahren, eine Menge Kuransprüche und wehklagten dazwischen so lange, bis dieselbe vorüber war. Dann äußerten sie sich aber nicht etwa froh darüber, sondern sie waren der Meinung, daß die Folgen von jetzt an erst zu sehen sein würden. Der lange Selim wollte sich an mich machen, wohl in der Meinung, daß ich ihn auffordern würde, mich in das Haus zu begleiten; ich sagte ihm aber, daß ich jetzt schlafen gehen werde, und so kehrte er mit dem Dicken in dessen Wohnung zurück. –

Am andern Morgen wurden nach dem Frühstücke die Pferde vorgeführt. Der verabredete Ritt wurde in größerer Gesellschaft gemacht, als ich vermutet hatte. Der Haushofmeister ließ es sich nicht nehmen, sich uns anzuschließen, und Selim behauptete, daß auch er mitreiten müsse, da er mein Beschützer sei und mich vor einem Sturze vom Pferde zu bewahren habe. Ich versicherte ihm zwar, daß er gar keine Besorgnis zu haben brauche, doch er antwortete:

»Effendi, ich bin der größte Held und Reiter meines Stammes; du aber bist ein Franke, und ich habe dich noch nicht auf einem Pferde sitzen sehen. Wenn du den Hals brichst, so habe ich es zu verantworten; darum werde ich stets an deiner Seite bleiben und kein Auge von dir lassen.«

»Das bezweifle ich. Oder wärest du wirklich ein so ausgezeichneter Reiter?«

»Mir hat es noch niemals einer gleichgethan,« antwortete er mit einer tiefen, tiefen Verbeugung.

»So erwarte ich von dir, daß du Wort hältst. Falls du nur einen Augenblick von mir weichst, werde ich mich bei deinem Herrn beschweren und ihm sagen, daß du ein schlechter Beschützer bist, auf den man sich nicht verlassen kann.«

»Thue das; thue das! Meine Macht und Sorgfalt würde dich umschweben, selbst wenn der Sturm der Wüste dich mit deinem Pferde davonführte. Ich würde mit den bösen Geistern des Samum um die Wette reiten.«

Er sagte das in einem so zuversichtlichen Tone, als ob er schon mit allen Stürmen um die Wette geritten sei, und ich freute mich schon im voraus auf die Blamage, welche ihn erwartete.

Wir waren also sechs: der Haushofmeister, der Stallmeister, Selim, ich und zwei Reitknechte, welche uns begleiteten. Wir ritten langsam durch die Stadt und die Höhe nach den Felsengräbern hinan. Auf den Höhen angelangt, welche das Nilthal gegen die libysche Wüste hin begrenzen und beschützen, erblickten wir die weite Sandebene, die im Sonnenstrahle rötlich glänzend vor uns lag. Es ging die Höhe hinab, noch immer langsam; als wir aber unten angekommen waren, meinte der Stallmeister:

»Jetzt Galopp, Effendi! Wir haben Raum genug hier in der Wüste.«

Er gab seinem Pferde die Sporen und flog davon; wir folgten ihm. Ich muß Selim das Zeugnis erteilen, daß er bisher sein Wort gehalten hatte und nicht von meiner Seite gewichen war. In seinen Blicken und auf seinem Gesichte lag der Ausdruck stolzer Genugthuung; er glaubte, besser, viel besser reiten zu können als ich. Und das hatte seinen guten Grund. Mein Pferd hatte, sobald es die Straße betrat, mit mir davonstürmen wollen; ich aber hatte es so streng in die Zügel und so fest zwischen die Schenkel genommen, daß es seine Ungeduld bezähmen mußte. Diese meine Bemühung war von den andern nicht bemerkt worden; außerdem saß ich nach der Weise der Prairiejäger im Sattel, nämlich die Beine nach hinten, den Oberkörper zusammengesunken nach vorn gebeugt. Das ergiebt keineswegs einen schönen, ritterlichen Anblick, ist aber für den Reiter bequem und entlastet die Hinterhand, welche dann später, wenn es gilt, um so mehr zu leisten und zu tragen vermag. Die andern saßen nach arabischer Weise gerade und stolz zu Rosse, wovon nur der dicke Haushofmeister eine Ausnahme machte, und so hatte es den Anschein, als ob sie bessere Reiter seien als ich. Selim ritt nicht schlecht, auch hatte er kein übles Pferd, und darum war es ihm nicht zu verargen, daß er mich ein wenig von oben her betrachtete. Jetzt, wo wir zu galoppieren begannen, wollte mein Bakarra-Hengst seine Schnelligkeit entfalten; ich hielt ihn aber zurück, und so kam es, daß ich mit Selim, welcher nicht von mir weichen wollte, zurückblieb. Die beiden Reitknechte mußten uns eigentlich vor sich behalten; aber sie wurden schließlich ungeduldig und schossen an uns vorüber und über uns hinaus.

»Schneller, schneller, Effendi!« rief mir Selim zu. »Wir müssen sie einholen, sonst werden wir ausgelacht.«

»Es geht nicht,« antwortete ich. »Ich falle sonst herunter.«

»Allah, Allah! Wie kann man herabfallen wollen! Du blamierst mich auf das schrecklichste. Diese Männer werden denken, ich könne nicht reiten, und doch bin ich der kühnste Reiter aller Stämme der Wüste.

Leider bin ich gezwungen, bei dir zu bleiben. Aber nun siehst du doch wohl ein, daß du ohne meinen Schutz hier zu Schanden würdest?«

»Ja, leider muß ich das zugeben.«

»Richtig, sehr richtig. Sage das meinem Herrn, wenn er hier angekommen ist! Dieses dein Zeugnis wird ihm aufs neue beweisen, daß ich ein Mann bin, der durch keinen andern zu ersetzen ist. Aber reite doch schneller, schneller! Ich lasse dich nicht fallen. Ich greife sofort zu, wenn du das Gleichgewicht verlierst.«

Um ihn noch mehr in seiner Meinung zu bestärken, nahm ich die allerdümmste Haltung an, rutschte bald herüber, bald hinüber und gab mir den Anschein, als ob es meinerseits der größten Anstrengung bedürfe, mich oben zu halten. Er erging sich in allerhand Ausrufungen, welche mir im Stillen herzlichen Spaß bereiteten, und schimpfte fort und fort darüber, daß wir weiter und immer weiter zurückblieben. Die andern hatten allerdings einen bedeutenden Vorsprung, der von Sekunde zu Sekunde größer wurde. Nur der dicke Haushofmeister kam nicht mit den andern fort; er befand sich zwischen ihnen und uns. Ich hatte schon manchen unfertigen Reiter gesehen, so eine Figur aber wie die, die er bildete, noch nicht. Zunächst ritt er sehr schlecht, und sodann paßte seine unförmliche Gestalt nicht in einen Pferdesattel. Seiner Schwere wegen hatte er sich einen äußerst gewichtigen Gaul ausgesucht, dessen Bemühung, mit den andern Pferden Schritt zu halten, zum Lachen reizte. Auf dem Rücken dieses Tieres saß das schwarze Monstrum mit weitgespreizten Beinen und zusammengezogenem Oberkörper. Der Gaul »schukkerte« gewaltig, was dem Reiter eine Bewegung gab, welche der reitgewandte Gaucho Südamerikas *»el mohnillarse ä la silla«*, das Sich-Quirlen im Sattel nennt. Er machte die größte Anstrengung, fest zu sitzen, und sein Pferd gab sich alle Mühe, schnell fortzukommen, doch vergeblich. Es war wirklich zum Lachen.

Der Stallmeister war uns nun mit den Reitknechten so weit voraus, daß er sich zum Anhalten gezwungen sah, um auf uns zu warten. Der Dicke langte kurz vor uns bei ihm an. Er stöhnte, und sein Pferd keuchte, als ob sie stundenlang im Galoppe über die Wüste gerast seien.

»Was ist denn das, Effendi?« fragte der Stallmeister erstaunt. »Du bleibst zurück!«

»Er kann nicht reiten,« antwortete Selim an meiner Stelle.

»O, er kann es gar wohl. Wir haben es gesehen, als er gestern den Grauschimmel zum Gehorsam zwang.«

»Das war eine Folge der Datteln, welche er ihm gab. Ja, kirre machen kann er ein Pferd; das versteht er wohl; aber reiten, nein, das kann er nicht. Hätte ich ihn nicht in meinen Schutz genommen, so hätte er zehnmal Hals und Beine gebrochen. Es ist ein Elend, an seiner Seite bleiben zu müssen!«

»Das ist sehr richtig,« fiel ich ein. »Es ist ein Elend, bei mir aushalten zu sollen, und du bringst es darum nicht fertig.«

»Was sagst du!« rief er aus. »Habe ich etwa nicht bei dir ausgehalten? Oder bist du mir zuliebe zurückgeblieben, so thue mir nun doch auch den Gefallen, mir zuliebe schneller zu reiten!«

»Du würdest mir nicht nachkommen.«

»O Allah! Es hat noch niemals einen Reiter gegeben, den ich nicht überholt hätte. Wollen wir wetten?«

»Ja. Um was?«

»Du hast Goldstücke aus England; ich habe es gesehen. Man nennt sie Pfund, und sie sind über hundert Piaster wert. Willst du ein solches Goldstück gegen mich setzen?«

Er sah mich gespannt an. Es lag ihm daran, daß ich ja sagte, denn er zweifelte nicht im mindesten daran, daß ich die Wette verlieren würde.

»Hast du denn auch solche Goldstücke?« erkundigte ich mich.

»Nein; aber ich habe genug Piaster, um das Gleiche setzen zu können. Machst du mit?«

»Ja. Heraus mit dem Gelde! Hundert Piaster gegen ein englisches Pfund. Wir geben es dem Stallmeister, und wer dann siegt, bekommt es von ihm. ist dir das recht?«

»Recht, sehr recht!« stimmte er schmunzelnd ein. »Schon in wenigen Augenblicken wird der Glanz deines Goldes in meiner Tasche sein. Ich bin der Schnelle, der Unbesiegbare; mich holt niemand ein, und du am allerwenigsten.«

Der Stallmeister bekam das Geld, und dann begann der Ritt. Zunächst hielt ich meinen Grauschimmel so zurück, daß Selim eine Strecke weit sich mir zur Seite halten konnte.

»Siehst du, daß ich gewinnen werde?« fragte er triumphierend.

»So sollst du gleich auch das Gegenteil zu sehen bekommen. Lebe wohl, Selim! In zwei Minuten siehst du gar nichts mehr, nämlich von mir.«

Jetzt ließ ich dem Hengste die Zügel schießen. Darauf hatte dieser mit Begierde gewartet. Er wieherte laut auf, ging vor Freude mit allen vieren in die Luft und flog dann davon, so daß es einem nicht ganz guten Reiter sicher schwindelig geworden wäre. Ich hütete mich, die Sporen in Anwendung zu bringen; ein so edles Tier nimmt das übel. Ich rief dem Pferde aufmunternde Worte zu, und es verstand mich vortrefflich. Meine Gefährten kamen mir schreiend nachgesprengt; ihre Stimmen wurden schnell schwächer, denn die Wüste schien förmlich unter den Hufen meines Grauschimmels zu verschwinden. Als ich mich nach ungefähr einer Minute umschaute, sah ich die Reiter in der Größe von Kindern, welche auf Schaukelpferden sitzen, hinter mir. Nach einer zweiten Minute erblickte ich sie nur noch als kleine Punkte; dann verschwanden sie. Nun hätte ich anhalten sollen; das fiel mir aber gar nicht ein. Ich wollte die Freude, ein solches Pferd reiten zu dürfen, auskosten und jagte weiter. Das Tier freute sich ebenso sehr wie ich. Es wieherte von Zeit zu Zeit hell auf vor Lust, und wenn ich ihm dann den Hals streichelte, ließ es einen tiefen Brustton hören, den man nicht beschreiben kann, den ich aber kannte. Es ist ein Laut des Entzückens.

So ging es wohl drei Viertelstunden in gerader Richtung in die Wüste hinein, welche vor mir immer neu auftauchte und hinter mir wieder verschwand; dann schlug ich nach rechts einen weiten, weiten Bogen. Es stand zu erwarten, daß die andern meiner Fährte folgen würden, und ich wollte sie äffen. Nach einer weitern halben Stunde war aus dem Bogen ein Kreis geworden, welcher mich auf meine eigene Spur zurückbrachte. Meine Gefährten waren schon vorüber; ich sah es an den Hufspuren und ritt ihnen nach. Bald sah ich sie vor mir, während sie glaubten, sich weit, weit hinter mir zu befinden. Je mehr ich mich ihnen näherte, desto deutlicher sah ich, daß sie bemüht waren, die größte Schnelligkeit zu entwickeln. Dennoch blieben sie beisammen, denn die bessern Reiter hielten ihre Pferde zurück, um nicht den andern voraus zu kommen. Da sie ihre ganze Aufmerksamkeit nach vorn gerichtet hatten, so gewahrten sie mich auch nicht eher, als bis ich ihnen auf zwanzig Pferdelängen nahe gekommen war und nun laut rief:

»Wo wollt ihr denn hin!«

Sie hörten meine Stimme, drehten sich um und waren nicht wenig erstaunt, mich hinter sich zu sehen. Noch ehe sie ihre Pferde zum Stehen gebracht hatten, befand ich mich mitten unter ihnen. Der dicke Haushofmeister schwitzte wie eine Fensterscheibe im Winter und stöhnte wie eine Dampfmaschine.

»Wo kommst du her, Effendi?« fragte er mich, indem er ein so dummes Gesicht zeigte, daß ich lachen mußte.

»Von da her,« antwortete ich, indem ich nach rückwärts zeigte. »Ich mache es wie die Sonne: ich gehe im Westen unter und im Osten wieder auf.«

»Wer soll das begreifen! Wir wären fortgeritten, um dich einzuholen, immer weiter und weiter, bis ans Ende der Welt.«

»So weit nun wohl nicht. Ihr seid meiner Fährte gefolgt und diese würde euch in einem Kreise zurückgeführt haben. Daraus magst du ersehen, welch ein herrlicher Renner dieser echte Bakarra-Hengst ist. Der Stallmeister ist sehr unvorsichtig gewesen.«

»Das soll eine Unvorsichtigkeit sein? Im Gegenteile! Dadurch, daß du ihn zureitest, machst du ihn gutwillig, auch mich und seinen Herrn, den Pascha, zu tragen.«

»Ganz recht. Aber wie nun, wenn ich ihn gestohlen hätte?«

»Gestohlen!« rief er aus, indem er vor Schreck erbleichte. Es kam ihm erst jetzt die Erkenntnis dessen, was hätte geschehen können, wenn ich nicht ein ehrlicher Mann gewesen wäre.

»Ja, gestohlen. Nimm einmal an, ich wäre nicht wiedergekommen. Was hättest du da gethan? Hättest du mich etwa einzuholen vermocht?«

»Nein, nein. Allah, Allah! In welcher Gefahr bin ich gewesen!«

»Du warst in gar keiner Gefahr, denn ich bin kein Dieb. Aber dieser Hengst ist hunderttausend Piaster wert, und das könnte unter Umständen für einen sonst ganz ehrlichen Mann eine Versuchung sein.«

»Du hast recht, ja, du hast recht, Effendi! O Allahl o ihr heiligen Kalifen, was wäre aus mir geworden, wenn du das Pferd gestohlen hättest! Ich wäre nicht im stande gewesen, es zu ersetzen, und der Pascha, dessen Leben ewig leuchten möge, hätte mich totpeitschen lassen. Ich bleibe neben dir.«

»Das würdest du nicht fertig bringen, wenn ich mich für dein Mißtrauen rächen wollte. Aber wie steht es denn mit unserer Wette? Du hast das Geld erhalten. Wer hat es gewonnen?«

»Natürlich du.«

»So gieb es her. Dieser Selim, welcher sich den kühnsten Reiter aller Stämme der Wüste genannt hat, mag jetzt noch einmal behaupten, daß ich nicht reiten kann und ohne seinen Schutz den Hals brechen müsse.«

Der Stallmeister reichte mir das Geld, und ich steckte es ein. Der lange Selim machte ein Gesicht, als ob er von dem größten Unglücke der Erde betroffen worden sei, und meinte.

»Effendi, du bist der Ausfluß der Güte und der Bronnen der Barmherzigkeit. Du wirst mir das Zeugnis geben, daß ich dich unmöglich beschützen kann, wenn du nicht bei mir bleibst und daß ich ein armer Diener bin, ein erbarmenswerter Sklave meines Herrn Murad Nassyr!«

»Ich denke, du bist sein Beschützer und der meinige auch!«

»O nein!« beeilte er sich zu beteuern. »Ich bin sogar der ärmste Mann aller Stämme und Dörfer. Ich bin wie die Luft, welche niemand sieht, und wie das dürre Reiskorn in der Wüste. Ich bin ein reines Nichts, und wenn Allah in meine Taschen leuchtet, so ist darinnen nichts als der Inbegriff aller Armut zu finden. Ein Piaster ist für mich ein Vermögen, dessen Verlust mir das Leben verkürzt und meine Seele mit den Schauern der Trostlosigkeit umhüllt.«

Ich hatte gleich bei seinem ersten Worte gewußt, worauf es abgesehen war, that aber nicht so, als ob ich ihn begriff, sondern antwortete:

»Dann will ich dir einen guten Rat erteilen, durch dessen Befolgung du dir große Reichtümer sammeln kannst. Wette so oft und so viel wie möglich! Wette besonders mit Reitern! Da du der kühnste Reiter deines Stammes bist und sogar den Samum der Wüste einholst, so wirst du jede Wette leicht gewinnen und in kurzer Zeit ein steinreicher Mann sein.«

»Effendi, scherze nicht!« bat er mich im kläglichsten Tone. »Ich habe nicht geglaubt, daß deine Seele von solcher Bosheit zu überfließen vermag. Ich bin der beste Reiter der Wüste, das ist wahr; aber gerade im Wetten habe ich kein Glück; es ist mein Fatum, mein Kismet, daß ich stets verliere.«

»So wette nicht!«

»Ich will auch nicht; aber zuweilen wird man förmlich gezwungen. So war es auch vorhin. Nur die Höflichkeit, die Ehrerbietung und Liebe, die ich für dich empfinde, veranlaßte mich, hundert Piaster gegen dein goldenes Pfund zu setzen. Ich wollte dich nicht beleidigen; ich wollte dir meine Hingebung beweisen. Willst du nun weniger großmütig sein, als ich es gewesen bin? Willst du von dem Blute der Armut leben und das Elend des Bedürftigen verzehren? Wer den Piaster des Bettlers verschlingt, dem wird einst die Hölle doppelt geheizt! Bedenke das!«

»Nun, du kannst leicht wieder in den Besitz deiner hundert Piaster gelangen, wenn du mir der Wahrheit nach das aufrichtige Zugeständnis machst, daß du nicht im stande bist, mein Beschützer zu sein.«

Das war schlimm für ihn. Er wollte sich nicht blamieren, hatte aber auch keine Lust, auf das Geld zu verzichten, weiches ich ja überhaupt nicht behalten hätte. Darum fragte er:

»Wenn du mir keine andere Bedingung machen kannst, Effendi, so gebe ich zu, daß du meines Schutzes nicht bedarfst.«

»Halt, das ist eine Finte! Du sollst eingestehen, daß du nicht der Mann bist, mich in Schutz zu nehmen.«

»Effendi, du bist hart; aber ich will dir die Freundlichkeit erweisen, deinen Wunsch zu erfüllen. Ja, ich kann dich nicht beschützen. Bist du nun zufrieden?«

»Ja, Hier hast du die hundert Piaster zurück, und ich denke, daß es dir wohl nicht wieder beikommen wird, mich zu einer Wette aufzufordern.«

Er steckte das Geld rasch ein, zog dann ein ganz anderes Gesicht auf, eine seiner bisherigen Gönner- und Protektormienen, und antwortete:

»Im Reiten vielleicht nicht wieder, nämlich unter diesen Umständen; aber im übrigen darfst du, wenn du gerecht sein willst, getrost zugeben, daß die Eigenschaften meiner Persönlichkeit die große Macht besitzen, die Herzen aller Gläubigen und Ungläubigen zu erfreuen.«

Der Kerl war unverbesserlich; aber es war unmöglich, ihm gram zu sein. Seine Aufschneidereien schadeten niemanden; sie standen mit seinem ganzen Wesen in so inniger Verbindung, daß er ohne dieselben gar nicht genießbar gewesen wäre.

Wir kehrten nach der Stadt zurück, aber nicht in der Richtung, aus der wir gekommen waren, sondern der Stallmeister schlug eine südlichere ein, um mich nach dem Tell es sirr, zu bringen, einem Orte, von welchem er behauptete, daß sich da der Eingang zur Hölle befinde.

Die libyschen Berge zogen sich in langer, aber niedriger Reihe quer über unsere Gesichtslinie. Etwas von diesem Höhenzuge entfernt, ein wenig in die Wüste gerückt, befand sich eine kleine Kuppe, welche nichts als ein Sandhaufen zu sein schien. Das war der Hügel des Geheimnisses.

»Wie ist man denn hinter das Geheimnis, daß da die Pforte der Hölle sei, gelangt?« fragte ich den Stallmeister.

»Das weiß ich nicht. Ich habe es von andern erfahren, die es wieder von andern hörten.«

»Ist der Name Tell es sirr bekannt?«

»Nicht allgemein, denn man spricht nicht gern von diesern bösen Orte. Wer es weiß, der meidet ihn. Aber du bist ein Sohn der Wissenschaft, und da du meinen Sohn mit der Flasche des Lebens gerettet hast und gern alles Merkwürdige in Augenschein nimmst, so habe ich dich auf diese Stelle der Wüste aufmerksam gemacht.«

»Ich sage dir Dank und werde einmal nach der Kuppe des Hügels reiten.«

»Thue das nicht, Effendi! Wenn der Scheitan, sich gerade in der Nähe befindet, so streckt er die Kralle aus der Erde hervor und zieht dich in die Hölle hinab. Es ist hier schon mancher verschwunden, den kein Auge wieder erblickt hat.«

»Das ist möglich; aber dann hat nicht der Teufel es gethan, sondern es giebt Höhlungen, in welche die Betreffenden eingebrochen sind.«

»Man hat nie eine Höhlung gesehen.«

»Weil dieselben durch den Sand der Wüste verschüttet worden sind. Der Wind der Wüste weht von West nach Ost und treibt den Sand unaufhörlich in dieser Richtung fort; dadurch wird jede Vertiefung des Bodens bald ausgefüllt.«

»Du erklärst dir das nach deinem Glauben; wir aber sind Anhänger des Propheten und hüten uns vor dem Rachen der Hölle. Willst du den Hügel wirklich besteigen, so bitte ich dich, auf unsere Begleitung zu verzichten. Wir werden unten bleiben und auf dich warten.«

Jetzt stand dieser Tell es sirr vor uns, ein kleiner Sandkegel von höchstens fünfzig Ellen Höhe. Wir stiegen ab, und ich machte mich daran, ihn zu besteigen. Das hatte keine Schwierigkeit, da er nicht sehr steil war; aber der Sand, aus welchem er zu bestehen schien, war sehr fein und locker, so daß man ein Gefühl hatte, als ob man durch Mehl wate. Ich stieg, um ihn von allen Seiten in Augenschein zu nehmen, nicht in gerader Richtung, sondern in einer Schneckenlinie empor, konnte aber nichts entdecken, was auch nur den geringsten Schein einer Merkwürdigkeit hatte. Ich stand, als ich oben angekommen war, im nackten Sande. Sand, nichts als Sand unter mir und um mich her. Wer weiß, auf welche Weise das dumme Gerücht, daß sich hier der Eingang zur Hölle befinde, entstanden war. Bei Siut gab es Grabgewölbe.Vielleicht waren hier in der Nähe des Hügels auch Gräberhöhlen. Da war nun einmal einer eingebrochen, und sofort hatte man die dadurch entstandene Vertiefung mit der Hölle in Verbindung gebracht. Unter mir sah ich die Gefährten; sie befanden sich nicht weit vom Fuße des Hügels. Es schien, als ob mein langer Selim die Schlappe, welche ihm durch mich geworden war, vergessen machen wolle, denn er hatte sein Pferd wieder bestiegen und ließ es allerlei Sprünge und Wendungen machen. Dann stieg er ab, und nun kroch der dicke

Haushofmeister auf seinen schweren Gaul, um ihm dieselben Kunststücke nachzumachen. Wie ich dann hörte, war zwischen diesen beiden ein Streit entstanden, wer von ihnen der beste Reiter sei. Das vermutete ich gleich jetzt und blieb oben stehen, um zu sehen, wie der Dicke seine Sache machen werde.

Er ließ sein Pferd einige Schritte gehen und wollte es dann zwingen, sich vorn aufzurichten; der Gaul sollte sich auf den Hinterfüßen um sich selbst drehen. Aber er war zu schwerfällig dazu und hatte auch keine Lust zu einer so überflüssigen Anstrengung; darum wehrte er sich, schlug aus, stampfte mit den Hufen und – – sank plötzlich mit den Hinterfüßen ein. Noch zur rechten Zeit that er einen mächtigen Satz, arbeitete sich empor und stieg nun vor Schreck vorn in die Luft; der Dicke verlor das Gleichgewicht, fiel hinten herab und – – war verschwunden.

So viel hatte ich von meinem entfernten Standpunkte aus sehen können. Die andern vier brüllten vor Entsetzen wie die Löwen und sprangen von der gefährlichen Stelle fort. Ich rannte den Hügel hinab, dieses Mal nicht in einer Schnecken-, sondern in gerader Linie. Als ich unten angekommen war, rief mir der Stallmeister entgegen:

»Siehst du, daß ich recht hatte, Effendi! Hier ist der Eingang zur Hölle; sie hat den Haushofmeister verschlungen. Das ist die Mondfinsternis von gestern; die hat es ihm verkündet!«

»Richtig, sehr richtig!« stimmte Selim bei. »Nun ist er in die Hölle gestürzt und wird dort braten in alle Ewigkeit.«

»Unsinn!« antwortete ich. »Es hat hier eine Höhlung gegeben, deren Decke unter den Hufen des stampfenden Pferdes eingestürzt ist. Nun kommt es darauf an, welche Tiefe dieselbe hat. Ist es ein Schacht, welcher senkrecht niederfährt, dann steht es freilich schlimm; ist es aber ein wagrechter Stollen oder Gang, so holen wir den Mann gewiß heraus.«

»Es ist kein Stollen, sondern ein Schacht, ein Loch, welches gerade hinab in das Feuer der Hölle führt,« behauptete der Stallmeister. »Der Haushofmeister ist verloren. Wir werden weder seinen Leib noch seinen Geist jemals wiedersehen.«

»Sein Geist wird dir wohl überhaupt noch nicht erschienen sein. Kommt mit zu dem Loche! Wir müssen es untersuchen!«

»Allah behüte mich! Ich bin ein gläubiger Sohn des Propheten und werde mich hüten, dem Eingange zur Hölle nahe zu kommen.«

»Richtig, sehr richtig!« stimmte Selim in seinem schnarrenden Tone bei. »Allah schütze mich vor dem neunzigmal geschwänzten Teufel und der Hölle, deren Flammen die Haut keines frommen Menschen widerstehen kann!«

»Schweig'!« zürnte ich. »Ihr sprecht vom Eingange und vom Feuer der Hölle. Habt ihr jemals ein Feuer gesehen, welches keinen Rauch hat? Wenn dort unten die Hölle wäre, dann müßte das Loch rauchen. Siehst du das nicht ein?«

Dies Argument hatte die gewünschte Wirkung, welche sich noch steigerte, als ich hinzufügte:

»Du willst der größte Held aller Stämme der Wüste sein und fürchtest dich vor einem kleinen Loche im Erdboden. Schäme dich! Wenn sich hier die Hölle wirklich öffnete, so müßte es nicht nur Rauch, sondern eine fürchterliche Hitze geben; da nun weder das eine noch das andere zu bemerken ist, so ist eure Angst nicht bloß lächerlich, sondern sie kann dem Haushofmeister sogar verhängnisvoll werden. Wir können ihn wahrscheinlich heraufholen; wenn wir aber damit zögern, müssen wir befürchten, die Schuld von seinem Tode auf unser Gewissen zu laden. Seid also keine Feiglinge, und kommt mit heran!«

Während ich das sprach, näherte ich mich der Unglücksstelle. Die andern hatten Mut gewonnen und kamen langsam herbei. Ich blieb ungefähr zwei Ellen von dem Rande des Loches stehen und bog mich vor, um hinabzublicken. Die Seiten der Öffnung bestanden aus Sand. Mein Auge reichte nicht tief genug hinab. ich trat also noch einen Schritt weiter vor; da gab der Boden unter meinen Füßen nach, und ich fand kaum Zeit, mich zurückzuwerfen, so war die Stelle, an welcher ich gestanden hatte, auch in die Tiefe geglitten.

Die andern retirierten schleunigst und Selim rief mir zu:

»Zurück, zurück, Effendi! Bald hätte es dich auch gepackt. Es ist wirklich die Hölle, vielleicht diejenige Abteilung von ihr, in welcher die Seelen der Ungläubigen im ewigen Froste zittern müssen. Da giebt es keinen Rauch. Laß uns die heilige Fatha beten und dann heimkehren, um Allah zu preisen, daß wir nicht auch versunken sind!«

Sie gingen zu den Pferden; ich kam ihnen aber zuvor, zog den Revolver heraus und drohte:

»Bei eurem Propheten und allen Kalifen, ich schieße den, welcher aufsteigt, gleich wieder herunter! Laßt doch nur mit euch reden!«

Das schüchterte sie wohl ebenso sehr ein wie der Gedanke an die Hölle; sie traten zurück, und der Stallmeister antwortete:

»Effendi, du willst der Mörder deines Gastfreundes werden? Das ist nicht recht von dir! Doch wollen wir hören, was du uns noch zu sagen hast.«

Höchst wahrscheinlich mußte dieses lange Verhandeln und Zögern dem Verunglückten verhängnisvoll werden; aber ich allein konnte ihm keine Hilfe bringen; ich brauchte den Beistand der andern und mußte sie zu meinen Absichten bereden. Endlich hatte ich sie so weit.

»Nehmt den Pferden die Zügel,« sagte ich, »und alle Riemen ab. Wenn wir dieselben aneinander schnallen oder binden, werden wir das bekommen, was mir nötig ist.«

Sie machten sich sofort an die Arbeit, bei welcher keine Gefahr vorhanden war. Bald war das Riemenzeug zu einem genügend langen Streifen vereinigt, dessen eines Ende ich mir auf dem Rücken an den Gürtel schnallte; das andere sollten sie festhalten, um mich zurückzuziehen, sobald ich Gefahr lief, einzubrechen. Nun gingen wir wieder zu dem Loche. Sie blieben in der gebotenen Entfernung von demselben stehen; ich legte mich nieder und kroch weiter, ganz so, wie man es thun muß, wenn man einen auf dem Eise Verunglückten aus dem Wasser ziehen will. Je näher ich dem Loche kam, desto langsamer und vorsichtiger schob ich mich vor. Die andern ließen den Riemen so durch ihre Hände gleiten, daß er stets gespannt blieb. Noch war mein Kopf nur einen Fuß von dem Rande entfernt, da gab die entgegengesetzte Kante nach und schoß in die Vertiefung hinab; auf meiner Seite aber hielt der Boden. Es war mir, als ob aus der Tiefe, in welche ich noch nicht sehen konnte, ein Röcheln oder Grunzen ertöne. Ich schob mich also das noch fehlende Stückchen weiter vor und blickte hinab. Was ich jetzt sah, das war überraschend.

Das Loch hatte eine Tiefe von ungefähr vier Ellen. Die Wände desselben bestanden in dem unteren Teile aus schwarzen Nilziegeln und in dem oberen aus Sand. Der erstere Teil hatte ungefähr zwei Ellen ins Geviert; der Durchmesser des letzteren war bedeutender. Die unteren dunklen Ziegelwände glichen dem Innern eines großen, viereckigen Schornsteines, welcher oben durch eine Decke aus ebensolchen Ziegeln verschlossen gewesen war. Darüber hatte sich der Sand der Wüste gebreitet. Die Ziegeldecke war morsch geworden oder hatte sich gelockert; der Sand drückte auf sie, und vorhin hatte sie unter dem Stampfen des schweren Pferdes nachgegeben; sie war ein- und der auf ihr lastende Sand nachgestürzt. Aus diesem Sande ragte – – der Oberkörper des Dicken hervor. Der gute Haushofmeister war bis an den Gürtel hinab zu sehen; er hatte die Hände gefaltet und hielt die Augen geschlossen. Tot war er nicht, denn seinen wulstigen Lippen entfuhr jenes ächzende Seufzen, welches schon mehr ein Grunzen zu nennen war.Jetzt kam es vor allen Dingen darauf an, wie weit der schwarze

Ziegelschacht in die Tiefe führte. Ich lag da jedenfalls über einem altägyptischen Bauwerke, über welches sich im Laufe der Jahrhunderte oder Jahrtausende der Sand der Wüste angehäuft hatte, so daß es unter demselben vollständig verschwunden war. Jedenfalls war der Hügel, welchen ich vorhin bestiegen hatte, auch ein Teil, und vielleicht der wesentliche dieses Bauwerkes. Es war möglich, daß der Schacht eine nur geringe Höhe oder vielmehr Tiefe besaß. Es konnte aber auch sein, daß dieselbe sehr bedeutend war. In diesem letzteren Falle war er durch den niederbrechenden Sand so verstopft worden, daß der Dicke hatte stecken bleiben können. Verlor aber diese Verstopfung den Halt, so mußte der Haushofmeister mit in die Tiefe stürzen. Auf alle Fälle war die Rettung dieses Mannes eine nicht ungefährliche Aufgabe. Da er nur stöhnte, sich aber nicht bewegte, hielt ich ihn für verletzt und besinnungslos. Ich rief ihn an. Ein lautes Grunzen war die Antwort. Ich wiederholte meinen Ruf, und nun antwortete er in dumpfem, gebrochenem Tone:

»Hier bin ich, Asrael!«

Er hielt mich also für den Engel des Todes.

»Kapu kiahaja!« brüllte ich nun hinab. »Öffne doch die Augen, und siehe dich um!«

»Ich kann nicht,« antwortete er jetzt vernehmlicher. »Ich bin ja tot.«

»Auch die Toten werden, wenn sie erwachen, die Augen öffnen. Versuche es nur!«

Da schlug er die Augen auf und blickte geradeaus. Er sah die schwarze Mauer vor sich.

»Schau in die Höhe!« gebot ich ihm.

Er gehorchte und erblickte meinen Kopf, mein Gesicht.

»Du bist es, Effendi?« fragte er matt. »So bin ich also in der Hölle! O Allah, Allah, Allah!«

»Warum in der Hölle?«

»Weil ein Christ nicht in den Himmel, sondern nur in die Hölle kommen kann. Da du bei mir bist, sind wir also in der Hölle.«

Wie konnte ich den Mann von seiner Einbildung, welche seine Rettung verzögerte, befreien? Es gab ein vielleicht sicheres Mittel, nämlich seinen Heißhunger, und ich wendete dasselbe an, indem ich ihm zurief.

»Ja, wir sind in der Hölle; aber du bist nur in ein kleines Loch gestürzt. Wenn wir dich herausgeholt haben, reiten wir nach Siut heim, um das Mittagsmahl einzunehmen. Ich habe Hunger.«

»Ich auch!« antwortete er wie elektrisiert. Sein Gesicht bekam einen ganz anderen Ausdruck. Seine Augen öffneten sich weiter als vorher, und der Blick, den er jetzt nach oben sandte, war klar und forschend auf mich gerichtet.

»So wollen wir uns beeilen!« fuhr ich fort. »Du bist also nicht verwundet oder sonst irgendwie verletzt?«

»Nein – – wenn ich ja nicht gestorben bin.«

»Laß dich nicht auslachen. Du lebst. Wo hast du die Beine? Stehest oder sitzest du im Sande?«

Auf die Lage seiner Beine kam viel an. Saß er, so war der Schacht wahrscheinlich nicht tief-, hatte er sie aber in senkrechter Richtung, so steckte er im Sande über einem gähnenden Schlunde.

»Ich sitze,« antwortete er zu meiner Freude, »auf einem Fußboden von Ziegeln.«

Das erleichterte mir das Herz. Es war kein tiefer Schacht vorhanden, sondern mein Dicker saß in einem wagerechten, unterirdischen Gange, und das senkrechte, viereckige Loch, durch welches er gebrochen war, hatte diesem Gange zur Ventilation gedient.

»Stehe einmal auf!« gebot ich ihm. »Es wird dir nicht schwer fallen, da der Sand dich nicht tief bedeckt.«

Er gehorchte; aber es wurde ihm doch nicht so leicht, wie ich gedacht hatte. Die Enge des Raumes und die Schwere seines Körpers hinderten ihn. Endlich brachte er es doch fertig. Er stand, und ich konnte mit meinem hinabgestreckten Arme beinahe seinen Kopf erreichen. Dabei bemerkte ich, daß meine Sandunterlage hinreichende Festigkeit besaß; der lockere Teil derselben war hinabgestürzt. Der Dicke seufzte tief, tief auf und rief:

»O Allah, o Himmel, o Muhammed, ich bin also wirklich nicht tot; ich lebe; ich werde heimreiten und einen Hammel essen! Effendi, ich sehe nur dich allein. Wo sind die andern?«

»Sie stehen hinter mir, und du wirst sie bald zu sehen bekommen. Kannst du klettern?«

»Nein. Meinst du, daß ich eine Katze bin?«

»So komme ich hinab, um dich zu heben.«

»Dann bin ich oben, und du bist unten. Wie bringen wir dann dich hinauf?«

»Ich klettere an dem Riemen empor. Warte einen Augenblick!«

Ich stand auf und ging zu den andern. Als ich ihnen das Nötige mitgeteilt hatte, wuchs ihr Mut, und sie folgten mir an das Loch. Dort wurden die Riemen doppelt genommen und, während sie dieselben oben festhielten, hinuntergelassen. An diesem Strange kletterte ich hinab. Als ich nun neben dem Dicken stand, füllten wir den Raum, so weit derselbe die Ziegelwände hatte, vollständig aus. Wir konnten uns kaum bewegen, und darum hatte ich große Mühe, dem Dicken die Riemen um die Brust und unter den Armen hindurch auf den Rücken festzuschnallen.

Nun sollte er nach oben geschafft werden. Den schweren Mann bloß zu ziehen, das ging nicht; der Sand hätte nachgegeben und uns verschüttet; ich mußte heben. Aber wie das bewerkstelligen, da ich mich kaum zu bewegen vermochte? Es gab nur eine einzige Art der Ausführung. Ich stand hinter dem Schwarzen; er machte seine Beine so weit wie möglich auseinander, und ich ließ mich langsam niedergleiten, um mich zwischen denselben in den Sand zu setzen, so wie er vorhin gesessen hatte. Dies gelang. Dann mußte er auf meine Schultern steigen, und während die vier Männer oben zogen, erhob ich mich in dem gleichen Tempo unten, indem ich mich mit den Händen und Ellbogen an den Mauern stützte. Das war ein schweres, saures Stück Arbeit. Die oben stehenden Männer durften ihre volle Kraft nicht anwenden, da sonst der Sandboden nachgegeben hätte, und darum hatte ich den größten Teil der Last des schweren Mannes zu tragen. Aber es mußte gehen, und als ich endlich aufrecht stand, ragte sein Oberleib vollständig aus dem Loche empor, so daß sie ihn durch einen letzten, kräftigen Ruck vollends hinausbefördern konnten. Sie hatten so stark gezogen, daß er sich einige Male überkugelte und dann stöhnend liegen blieb. Dies war auf meine Weisung in ganz guter und wohlbedachter Absicht geschehen, da bei einem langsamen Hinaussteigen des unförmlichen Menschen ich der Gefahr des Verschüttens ausgesetzt gewesen wäre. Dann wurden mir die Riemen herabgelassen, und ich turnte mich an denselben ins Freie, ganz unbekümmert darum, ob die Ränder und Wände des Loches unter meinem Gewichte nun einstürzten oder nicht. Als ich oben ankam, hatte der Dicke sich eben von dem gewaltigen Rucke erholt, mit welchem man ihn aus dem Loche geschleudert hatte. Er richtete sich in sitzende Stellung auf, betastete seinen Leib und seine Beine, um zu erfahren, ob vielleicht etwas an ihnen entzwei gegangen sei, und als er sich von dem Wohlbefinden seines Körpers überzeugt hatte, richtete er sich in die Kniee auf, blickte mit dem Gesichte nach Mekka und betete die heilige Fathha, die erste Sure des Kuran. Dann erst stand er vollends auf, trat zu mir, ergriff meine Hände und sagte:

»Effendi, ich war in der Hölle und sehe den Himmel wieder; ich war tot und bin wieder lebendig geworden. Das habe ich dir zu verdanken.«

»Effendi, hast du bemerkt, wie fest ich gehalten habe, als du an den Riemen hingst?« fiel Selim plötzlich ein. »Die andern wollten loslassen, und dann wärest du in das Loch zurückgestürzt und nie wieder herausgekommen. Ich aber hielt fest, und so hast du es nur mir zu verdanken, daß du das Licht des Tages wieder zu sehen bekommst. Da bist du nun hoffentlich überzeugt, daß ich ein starker Beschützer und ein kräftiger Beschirmer bin!«

»Überzeugt bin ich allerdings,« lachte ich und wandte mich ab.

Jetzt stiegen wir auf und ritten nach der Stadt. Der Haushofmeister ersuchte uns, über das Vorgefallene zu schweigen; er befürchtete, sich an seiner Ehre gekränkt zu sehen, falls unser Abenteuer in die Öffentlichkeit dringen sollte. In Beziehung auf das Mittagsmahl waren wir zufrieden. Der Stallmeister und ich mußten als Gäste bei ihm und Selim speisen, und ich muß sagen, daß wir vier so viel vorgesetzt bekamen, daß sich dreißig Personen hätten satt essen können; aber auch nur in dieser Massenhaftigkeit allein bestand der Vorzug dieses Fest- und Freudenessens.

Es war mir ein Spaß, Selim dabei zu beobachten. Bei Murad Nassyr hätte er es nicht wagen dürfen, sich mit an den Tisch zu setzen; hier aber war er Gast, also ein Herr, welcher bedient wird. Sein Gesicht strahlte vor Wonne und Hammelfett, und er floß über von Höflichkeiten und Verheißungen. Er erzählte seine Abenteuer und rechnete uns alle seine Vorzüge an den Fingern her. Kurz und gut, er befand sich so in seinem Fahrwasser und unterhielt uns infolgedessen in einer so prächtigen Weise, daß wir sitzen blieben, bis der Abend dämmerte. Wir konnten also aufstehen, um uns sofort wieder zum Nachtmahle niederzulassen. Der. Dicke hatte während dieser Zeit so viel gegessen, daß ihm die von mir vorgeschriebenen Verbeugungen beinahe unmöglich wurden.

Ich hatte eigentlich vorgehabt, am Nachmittage die Krokodilshöhle von Maabdah zu besuchen, mußte dies aber nun auf den nächsten Morgen verschieben. Der Haushofmeister versprach mir, die dazu nötigen Vorbereitungen anzuordnen. Ich war höchst begierig, diesen Begräbnisplatz von Krokodilen, welche vor zwei- oder dreitausend Jahren einbalsamiert wurden, kennen zu lernen ------------------

VIERTES KAPITEL
Unter der Erde

Krokodile einbalsamiert? Jawohl! Die alten Ägypter balsamierten nicht nur menschliche Leichen, sondern auch diejenigen von Krokodilen, Stieren, Katzen, Wölfen, Ibissen, Sperbern, Fledermäusen und verschiedenen Fischarten ein. Sie glaubten an deren Fortdauer nach dem Tode und waren daher bestrebt, den Leib zu erhalten, damit die abgeschiedene Seele denselben bei ihrer Rückkehr vorfinden möge. Um die Leichen zu konservieren, wurde die Bauch-, Brust- und Kopfhöhle derselben mit einer Masse angefüllt, welche vorzugsweise aus einer Art Asphalt bestand, welche den Namen Mumiya führte. Aus diesem Grunde werden diese Dauerleichen Mumien genannt.

Man streckte die Leichen lang aus und legte ihnen die Hände an die Seiten oder kreuzte sie über der Schoßgegend. Jedes einzelne Glied wurde besonders in Leinwand gehüllt und dann auch der ganze Körper mit einer Menge von Binden umwunden. Dann legte man sie, je nach dem Stande, welchem sie angehört hatten, entweder in hölzerne Särge, die manchmal zwei- oder dreifach waren, oder in steinerne Sarkophage. Die Armen wurden uneingesargt begraben oder im Sande verscharrt.

Es giebt mehrere Arten von Mumien. Die ältesten hat man in Memphis gefunden; sie sind schwarz und so ausgetrocknet, daß sie sehr leicht zerbrechen. Die Mumien von Theben haben eine gelbe, matt glänzende Farbe, und die Nägel sind mit Hennah gefärbt, ein Gebrauch, welcher bei den orientalischen Frauen noch heute sehr beliebt ist. Die älteste von uns gefundene Mumie ist diejenige des Königs Merenre, welcher vor weit über viertausend Jahren lebte. Viele der Mumien tragen Ringe und anderes Geschmeide, auch findet man Proben von Früchten und Getreide bei ihnen.

Leider ist schon seit Jahrhunderten mit den altägyptischen Totenstädten in einer Weise verfahren und in ihnen gehaust worden, die man tief beklagen muß. Noch in neuerer Zeit haben die plündernden Araber in den »Familienverhältnissen« der einbalsamierten Könige und Fürsten, indem sie dieselben aus den Särgen nahmen und unter einander warfen, eine ganz heillose Verwirrung angerichtet. Man handelte bereits im Mittelalter mit Mumien. Es hatte ein jeder das Recht, die Gräber zu öffnen und die Toten davonzutragen. Erst Mehemed Ali that diesem Treiben Einhalt, indem er den Mumienhandel als Monopol erklärte; doch hat der frühere Schacher nicht ganz aufgehört; er wird heimlich betrieben und ist zum Schmuggel geworden. Die Beduinen und Fellatah erbrechen die Mumienhallen und zerschlagen die Schädel der Leichen, weiche, wie bekannt, ein Stückchen Goldblech enthalten – das Überfahrtsgeld auf dem Totenflusse.

Für unsere jetzige Zeit ist es kaum glaublich, daß sich sogar die Medizin der Mumien bernächtigte. Zunächst waren es die Alchymisten, welche den Stein der Weisen suchten, die ganze Schiffsladungen von Mumien bezogen. Diesen folgten die Elixierfabrikanten, welche sich mit der Herstellung eines Lebenssaftes beschäftigten. Man schrieb den Mumien und zerstückelten Leichenresten geheimnisvolle Kräfte zu. Gab es doch Gelehrte, welche behaupteten, daß man mit Stierblut, Menschenasche, Euphorbiensaft und Mumienstaub den Menschen auf künstliche Weise »herzustellen« vermöge!

Die deutschen und österreichischen Droguengeschäfte bezogen die Mumien über Livorno und Triest. Im Anfange der siebenziger Jahre kostete der Wiener Zentner Mumien fünfzig Gulden. Da der Schmuggel jetzt sogar mit Lebensgefahr verbunden ist, hat der Preis sich auf vier- bis fünfhundert Gulden erhöht, für Vornehme. Dieser hohe Preis ist wohl der Grund, daß es gewisse Geschäfte giebt, welche falsche Mumien aus Erde fertigen. Glücklicherweise hat man den arzneilichen Unwert des Mumienstoffes mehr und mehr eingesehen, so daß der Verbrauch sich jetzt nur noch auf einige Alpengegenden beschränkt, wo das »Mum« von den Landleuten als Heilmittel gegen Tierkrankheiten gebraucht wird.

Am nächsten Morgen war ich schon zeitig zu dem Ausfluge bereit. Der Stallmeister wollte mich begleiten, und Selim ging auch mit. Der dicke Haushofmeister hätte sich der Partie wohl angeschlossen, besaß aber infolge der unglückverheißenden Mondfinsternis kein rechtes Vertrauen in das Gelingen derselben. Er hatte es ja gestern erfahren, was es für Folgen bringt, wenn man die Warnung einer Mondverfinsterung verachtet. Daher blieb er daheim, wo er sich im Schutze seines Amulettes leidlich sicher fühlte.

Zwei Reitknechte, welche uns rudern und bedienen sollten, brachten uns an den Fluß, wo ein kleines Boot für uns vor Anker lag. Es enthielt neben mehreren Kissen und anderen Bequemlichkeiten eine hinreichende Anzahl der notwendigen Wachsfackeln. Mit Zündhölzern hatten wir uns reichlich versehen. Auch Stricke und Schnüre waren für den Bedarfsfall mitgenommen worden.

Es war ein wunderbar schöner Morgen, ein Morgen, wie er nur am Nil geboren werden kann. Der Nebel hatte sich gehoben, und auf dem

Flusse lag ein leiser Duft, den die über die arabische Wüste herüberflutenden Sonnenstrahlen in einen durchsichtigen, goldflimmernden Schleierverwandelten, welchen die Nilfee um ihre Glieder schlang.

Wir stießen vom Lande und steuerten hinüber in die Mitte des Stromes. Abwärts ging es, an Mankabat vorüber; dann lag am linken Ufer Monsalud, am rechten aber Maabdah, wo wir anlegten. Von der letzten Nilüberschwemmung her stand das Ufer noch ziemlich unter Wasser, doch gab es einen aus demselben ragenden Damm, auf welchem wir in das Dorf gelangten. Dieses liegt ungefähr eine halbe Wegsstunde von dem Dschebel Abu Fehdah entfernt, dem Gebirgszuge, in welchem sich die Höhlen befinden, die den alten Ägyptern als Begräbniskammern für ihre heiligen Krokodile dienten.

In dem Dorfe fragten wir nach einem Führer, denn ohne Führer ist es ganz unmöglich, sich in den verworrenen Höhlengängen zurecht zu finden. Ein Fremder, welcher sich da auf seine eigene Findigkeit verlassen wollte, würde Gefahr laufen, sich zu verirren und auf elende Weise zu ersticken oder zu verschmachten. Man brachte uns sehr bald einen Mann, welcher sich bereit erklärte, uns die Höhle, deren eingehende Besichtigung höchstens zwei Stunden in Anspruch nimmt, zu zeigen. Als ich ihn fragte, was er dafür verlange, antwortete er:

»Fünf Personen, für die Person vierzig Piaster, macht zweihundert Piaster.«

Für zwei Stunden! So eine Forderung war mir denn doch noch nicht vorgekommen, obgleich man hier zu Lande jede Forderung wenigstens auf die Hälfte derselben reduzieren muß.

»Schön!« antwortete ich. »Jetzt habe ich gehört, wie viel du forderst; nun sollst du vernehmen, wie viel ich geben werde. Es werden nur drei von uns in die Höhle gehen. Ich zahle für die Person zehn Piaster, zusammen also dreißig. Bin ich am Schlusse mit dir zufrieden, so bekommst du noch ein Bakschisch von zehn Piastern.«

Das waren in Summa acht Mark, für einen ägyptischen Tagedieb und die Zeit von zwei Stunden, gewiß eine hinreichende Bezahlung. Er aber that beleidigt und rief aus:

»Herr, wie kannst du mir das bieten! Die Höhle ist ungesund; ich opfere den Fremden mein Leben, und wenn ich nicht mit euch gehe, so werdet ihr das Licht des Tages nicht wieder erblicken.«

»Wir werden es wiedersehen, obgleich wir auf deine Begleitung verzichten, denn wir werden einen andern Führer bekommen.«

»Ihr bekommt keinen, denn ich bin der einzige.«

»Lüge nicht. Jeder Einwohner dieses Dorfes ist in der Höhle gewesen und kann uns als Führer dienen. Ich werde es dir gleich beweisen.«

Ich gebot den beiden Reitknechten, andere Leute zu holen, welche keine solche Ansprüche machten. Sie entfernten sich. Kaum aber waren sie eine kleine Strecke fort, so rief ihnen der Mann zu, zurückzukommen, und fragte mich, ob ich hundert und fünfzig, dann hundert, achtzig u. s. w. zahlen wollte, aber ich antwortete:

»Ich bleibe bei meinem Worte. Ich gebe dreißig und dann als Bakschisch noch zehn, aber auch nur dann, wenn wir mit dir zufrieden sind.«

»So muß ich mich fügen. Aber Allah mag es dir verzeihen, daß du die Sorge eines Armen vermehrst! Ich an deiner Stelle hätte dreihundert, also zehnmal mehr, gegeben.«

»Da du nicht an meiner Stelle bist, so wirst du mich wohl selber zahlen lassen. Doch habe ich ganz und gar nichts dagegen, wenn du die Güte haben willst, dies für mich zu thun.«

»Herr, dein Herz ist hart, und deine Rede klingt wie zwei Steine, welche man gegen einander schlägt. Kommt, ich werde euch führen!«

Er schritt voran, und wir folgten ihm. Wir gingen durch das nicht große Dorf und gelangten bald an den Fuß der steilen Höhe, jenseits welcher sich die Wüste bis zum roten Meere erstreckt. Dort lag ein Begräbnisplatz mit dem kuppelförmigen Grabmale eines Fakir. Vor demselben kniete auf dem Gebetsteppiche ein Mann. Als er bei unserer Annäherung uns das Gesicht zuwendete, erblickte ich so wahrhaft ehrwürdige Züge, wie ich sie noch selten gesehen hatte. Dieses Gesicht wurde von einem schneeweißen Barte eingerahmt, welcher bis zum Gürtel niederfiel.

Unser Führer blieb stehen, um sich vor diesem Patriarchen tief zu verneigen und, die Hände über die Brust gekreuzt, ihm zu sagen:

»Allah segne dich und sende dir Gnade und Leben, o Mukaddas. Dein Weg möge zum Paradiese führen!«

Der Alte erhob sich, trat uns langsam näher, warf einen forschenden Blick auf uns und antwortete dem Grüßenden:

»Ich danke dir, mein Sohn! Auch dein Weg führe zur ewigen Wohnung des Propheten! Du willst nach der Höhle?«

»Ja. Ich soll sie diesen Fremden zeigen.«

»Thue es, damit sie erkennen, wie nichtig alles Irdische ist. Mag man dem Leibe eine Dauer von Jahrtausenden geben, er muß doch zerfallen, damit Erde zur Erde, Staub zum Staube komme. Nur Allah allein ist ewig und hat nur dem Geiste der Sterblichen erlaubt, an der Unendlichkeit teilzunehmen.«

Er wendete sich ab, drehte sich aber, wie von einem plötzlichen Einfall getrieben, wieder um, nahm mich scharf in die Augen, trat nahe zu mir heran und sagte:

»Was ist das für ein Gesicht! Was sind das für Züge, für Augen! Welche Gedanken wohnen hinter dieser Stirne! Ich möchte sie ergründen und dann in deine Zukunft blicken, denn mir ist die Gabe der Weissagung verliehen. Oder glaubst du nicht, daß Allah einem Sterblichen gestattet, in die Ferne zu blicken?«

Diese Frage war an mich gerichtet; ich antwortete:

»Gott allein weiß, was geschehen wird.«

»Er weiß es, aber er teilt es zuweilen einem seiner Gläubigen mit. Ich werde es dir beweisen. Ich kann deinem Gesichte nicht widerstehen; es zieht mich an, wie die Sonne den Halm gen Himmel richtet. Reiche mir deine Hand! Ich will sehen, ob ich in den Linien derselben das bestätigt finde, was ich in deinen Zügen lese.«

Also Chiromantie! Wer glaubt noch an solchen Humbug! Und doch sah dieser ehrwürdige Patriarch ganz und gar nicht einem Schwindler, einem Hokuspokusmacher ähnlich. Was sollte ich machen? Ihn durch eine Zurückweisung kränken oder gar beleidigen? Er kam meinem Entschlusse zuvor, indem er meine Hand ergriff und die innere Fläche derselben seinem Auge näherte. Nachdem er die Linien eine kurze Weile studiert hatte, gab er mir die Hand frei und sagte:

»Diese Hand bestätigt alles, was dein Gesicht mir sagte. Deine Zukunft liegt eröffnet vor mir wie ein Haus, in dessen Thüre ich trete, um mich in den Gemächern umzuschauen. Zweifelst du noch immer?«

»Ja.«

»So will ich dir Vergangenes und Gegenwärtiges sagen, damit du dann nicht an dem Kommenden zweifelst. Du trägst die Kleider eines Gläubigen und sprichst die Sprache der Moslemin; aber du bist nicht ein Anhänger des Propheten, sondern ein Christ.«

Da er mich dabei fragend anblickte, so nickte ich bejahend. Er fuhr fort:

»Es giebt viele Länder der Christen; ich sehe jetzt nur zwei. Jedes derselben wird von einem mächtigen Herrscher regiert, das eine von einem Könige und das andere von einem Kaiser. Beide bekriegen sich. Ich höre tausend Kanonen brüllen und sehe mächtige Reiterscharen gegen einander rasseln. Der König siegt und führt den Kaiser gefangen mit sich fort. Dann erblicke ich auf dem Haupte des Königs eine Kaiserkrone und vernehme den Jubel seines Volkes. Auch du jubelst, denn du bist ein Sohn dieses siegreichen Volkes.«

Wieder sah er mich an, als ob er eine Antwort erwarte, und wieder nickte ich, ohne ein Wort zu sagen, mit dem Kopfe. Er sprach weiter:

»Ich sehe ein Schiff mit vielen Segeln. Der Reïs desselben ist ein Schwert der Gerechtigkeit, und du bist sein Freund. Ihr werdet viele Menschen glücklich machen und Ruhm und Ehre ernten! Ist dir ein solcher Reïs bekannt?«

»Ja,« antwortete ich, indem ich natürlicherweise an den Reïs Effendina dachte.

»Ich habe dir die Wahrheit gesagt und könnte dir nun auch die Zukunft zeigen. Aber da du gezweifelt hast, so werde ich schweigen und dir nur einiges mitteilen, weil es dich vor großem Unheile, vielleicht gar vor dem Tode bewahrt. Das Auge meiner Seele erblickt einen Sohn der Rachsucht, welcher dir nach dem Leben trachtet. Er war dir öfters nahe, aber Allah beschützte dich. Wenn du ihm entgehen willst, so reise jetzt nicht weiter. Es ist Vollmond; bleibe bis zur Zeit des nächsten Viertels da, wo du dich jetzt befindest! Das ist es, was ich dir mitteilen wollte. Glaube mir, oder glaube mir nicht; mich erfreut oder betrübt es nicht; dir aber wird es, je nachdem du handelst, Segen oder Unglück bringen. Allah geleite dich!«

Er drehte sich um, kehrte zu seinem Teppich zurück und kniete auf demselben nieder, um sich wieder ins Gebet zu versenken. Er hatte keine Belohnung gefordert; sein Verhalten ließ vielmehr erwarten, daß er jede Gabe zurückweisen werde. Darum störte ich ihn nicht und folgte mit den andern dem Führer, welcher jetzt wieder vorwärts schritt.

Eine seltsame Begegnung. Er hatte gewußt, daß ich ein Christ war; er hatte mir, wenn auch nicht in direkter Weise, erklärt, daß ich ein Deutscher sei. Seine Hindeutung auf den Emir stimmte ebenso. Und dann die Warnung vor dem »Sohne der Rachsucht«, welche Bezeichnung ich auf den Muza'bir beziehen mußte. Das stimmte alles, alles, und ich konnte auch nicht annehmen, daß ich ihm bekannt sei. Mir ist jeder Aberglaube fern und fremd, aber dieser alte Mann hatte doch einen nicht ganz gewöhnlichen Eindruck gemacht. Ich fragte im Weiterschreiten den Führer nach dem Greis; er antwortete:

»Er ist ein heiliger Fakir, welcher wirklich in die Zukunft zu blicken vermag. Er wandert von Ort zu Ort; die Predigt ist seine Arbeit und das Gebet seine Nahrung; sein Leib wohnt auf der Erde, sein Geist aber befindet sich schon jenseits dieser Grenzen.«

Das klang nicht so, als ob ich es mit einem Betrüger zu thun gehabt hätte, und der Alte hatte auch nicht den Eindruck eines solchen auf mich gemacht. Aber was sollte ich denn sonst denken? Ich beschloß, diese Angelegenheit einstweilen ad Acta zu legen und sie dann bei passender Gelegenheit oder geeigneter Stimmung wieder hervor zu suchen, denn jetzt hatte ich der Krokodilshöhle und dem Wege nach derselben meine Aufmerksamkeit zu schenken.

Dieser Weg war keineswegs ein bequemer. Er führte steil empor zum Plateau, welches weithin mit glitzernden, durchsichtigen Krystall-Rhomboiden bedeckt war, die, ähnlich dem isländischen Spate, eine mehrfache Strahlenbrechung zeigten. Dabei gab es riesige schwarze Feuersteinkugeln, neben und über einander liegend, welche der Gegend den Anschein gaben, als ob hier zwei mit riesigen Kanonen bewaffnete Gigantenheere einander eine Schlacht geliefert hätten.

Auf diesem Plateau erhob sich ein Hügel, in welchem wir eine sehr große Öffnung bemerkten. Dürre Mumienreste, Zeugfetzen, Knochen lagen da umher und ließen vermuten, daß dieses Loch der Eingang der berühmten Höhle sei. Der Führer bestätigte es; wir befanden uns an Ort und Stelle. Der Stallmeister hatte für drei Anzüge gesorgt, welche hier erforderlich waren; sie bestanden nur aus einer leinenen Hose und Jacke. Die Kleidungsstücke, welche wir jetzt trugen, konnten wir nicht anbehalten, da sie in der Höhle vollständig zerfetzt worden wären.

Nun stieg der Führer in das Loch, welches über zwei Meter senkrecht niederführte. Dann half er mir, dem Stallmeister und Selim hinab. Die Knechte, welche draußen blieben, schickten uns an einer Schnur die Leinenanzüge und alles andere Notwendige nach. Wir befanden uns in einem Dreivierteldunkel und wechselten nun die Kleider.

Selim, der »größte Held aller Stämme«, war beim Anblick des engen Einganges merklich kleinlaut geworden. Unterwegs hatte er sich laut und eifrig mit den Reitknechten unterhalten und ihnen erzählt, daß er schon weit über hundert Totenhöhlen besucht habe. Dann war seine Sprachseligkeit verstummt, und als er jetzt neben mir stand, meinte ich, ihn seufzen zu hören.

Jetzt brannten wir die Fackeln an, von denen jeder eine brennende und zwei in Reserve erhielt, und sahen nun, wo wir uns befanden. Die Höhlung war hier unten weiter als oben und zeigte ein nach Norden gelegenes, enges Loch, in welches, wie der Führer uns bedeutete, wir zu kriechen hatten. Er kroch voran; Selim forderte mich auf, zu folgen, damit er den letzten mache. Ich aber traute dem langen Urian nicht. Wie leicht konnte die Furcht ihn bewegen, zurückzubleiben! Wenn er dann den Rückweg nicht fand, konnte er in schlimme Gefahr geraten. Er mußte also vor mir in das Loch, und ich kroch hinter ihm her.

Sobald ich mich, auf den Händen und Knien kriechend, in diesem engen Gange befand, war ich von einer heißen, stinkigen Luft umgeben, welche höchst abschreckend auf die Nase und die Lungen wirkte; ich fühlte eine ängstliche Beklemmung, deren ich nur mit Anstrengung Herr werden konnte. Und je weiter wir vorrückten, desto dicker und unausstehlicher wurde diese Luft.

»Allah il Allah!« hörte ich den Stallmeister hinter mir seufzen. »Gestern haben wir das Loch im Tell es Sirr für den Eingang zur Hölle gehalten; was für ein Eingang könnte dann dieser Stollen sein? Derjenige zur tausendfachen, zur tiefuntersten Hölle der Höllen. Warum kriecht man hier herein, während man draußen den hellen Tag und eine Luft der Erquickung hat?«

Schon nach kurzer Zeit wurde der Gang noch niedriger. Wir konnten uns nicht mehr auf den Knieen und Händen fortbewegen, sondern wir mußten uns auf den Bauch legen und uns so fortschieben. Da erklang vor mir die stöhnende Stimme Selims:

»Das ist fürchterlich, das treibt mir die Haare zu Berge; ich kann es nicht mehr aushalten!«

Der Führer rief ihm etwas zu, was ich wegen der großen Enge des Ganges nicht verstehen konnte, da es zu dumpf klang; darauf antwortete Selim in zornigem Tone:

»Was hast du mir zu befehlen! Du wirst bezahlt und hast zu schweigen und zu gehorchen! Ich fürchte mich nicht; ich nehme es sogar mit dem Teufel auf; aber dieser Gestank tötet mir die sanften Gefühle meiner Nase, und wenn diese engen, schwarzen Wände vollends zusammenknicken, so werde ich zerquetscht wie ein Fisch im Rachen eines Krokodiles. Ich gehe nicht weiter mit; ich kehre um. Das Leben ist mir lieber als der Tod und der Duft eines Tschibuk köstlicher als dieser Geruch der Hölle. Ich will zurück. Laßt mich vorüber!«

Er rief das in einem Tone, als ob er schon nahe am Erstikken sei. Ich versuchte, ihn zu beruhigen, doch vergebens; er brüllte förmlich vor Wut und Angst, und es blieb uns nichts anderes übrig, als uns seinem Willen zu fügen. Da aber der Gang so eng war, daß er unmöglich an uns vorüber konnte, so war ich mit dem Stallmeister gezwungen, bis in die Vorhöhle zurückzukriechen. Dem Führer wurde bedeutet, da, wo er sich befand, auf uns zu warten. Da wir uns rückwärts bewegen mußten, wurde uns der Weg doppelt beschwerlich; als wir vorn ankamen und Selim sich aufrichten und eine bessere, wenn auch nicht ganz reine Luft atmen konnte, rief er unter einem tiefen Seufzer aus:

»Allah sei Dank! Noch einige Minuten, und ich wäre erstickt und dann später als Mumie eines Krokodiles gefunden worden. Nein, nein, keine Macht hätte mich einen Schritt weiter gebracht!«

»Ist das der Mut, von welchem du vorhin sprachst?« bemerkte ich.

»Rede nicht von Mut, Effendi!« fuhr er mich an. »Stelle mich vor einen wirklichen Feind, und ich werde Wunder der Tapferkeit thun, aber mute mir nicht zu, mich um die Obliegenheiten meines duftliebenden Geruches zu bringen. Hat der Mensch etwa die empfängliche Innigkeit der Nase erhalten, um sich hier dieselbe rauben zu lassen? Sage, was du willst, ich bleibe hier!«

»Er hat recht,« stimmte der Stallmeister bei. »Ich fühle meinen Kopf, als ob ich fünf oder sechs Köpfe hätte; meine Augen schmerzen mich von dem Qualme der Fackeln, und meine Lunge ist wie zugebunden. Was gehen mich die Krokodile der Toten an! Wenn du erlaubst, so warte ich mit Selim hier, bis du wiederkommst.«

»Also auch du willst mich verlassen?«

»Nicht verlassen; wir bleiben ja in der Höhle; aber nachdem ich diese kleine Strecke genossen habe, fühle ich mich befriedigt und habe nicht Lust, tiefer in ihre Geheimnisse einzudringen.«

»So bleibt hier! Ich werde ausführen, was ich mir vorgenommen habe.«

Ich fand den Führer an derselben Stelle, an welcher wir ihn verlassen hatten. Als er erfuhr, daß er es nun nur noch mit mir zu thun habe, nahm er das mit großer Befriedigung auf, denn einer verursachte ihm weniger Sorge und Mühe als drei, und von der ihm versprochenen Summe büßte er ja nichts ein.

Wir krochen weiter. Der Gang wurde noch enger und war am Boden mit scharfen Quarzkrystallen bedeckt, welche in die Hände und Kleidung schnitten. Dann ging es durch eine Spalte, welche so schmal war, daß wir uns kaum hindurchzwängen konnten. Hinter derselben lag ein weiter, gewölbter Raum, welcher mit Felsblöcken angefüllt war, zwischen denen es Risse und Spalten gab, die senkrecht in die Tiefe fielen. Wer hier einen Fehltritt that, der war verloren. An der Decke und den Felsen hingen Fledermäuse, eine dicht neben der andern. Durch unsere Fackeln erschreckt, flogen sie auf und mit bewundernswerter Geschicklichkeit und ohne uns zu berühren, um unsere

Köpfe. Es waren ihrer so viele, daß ihr Flug wie das Brausen eines strömenden Wassers klang, welches das Ohr förmlich betäubte.

Nun ging es über die gähnenden Spalten hinweg, wieder in einen engen Gang, welcher leider auch voller Fledermäuse hing. Die Exkremente derselben bedeckten den Boden, über welchen wir mit den Händen krochen, und der Gestank wurde hier so abscheulich, so durchdringend, daß ich nahe daran war, dem Führer zu sagen, daß auch ich umkehren wolle. Die Massen dieser Tiere wurden immer dichter, und der Gang verengte sich mehr und mehr. Die Flughäuter hatten nicht Platz, um auszuweichen; sie flogen uns an die Köpfe, in die Gesichter, in die Flammen der Fackeln, so daß diese verlöschten. Da galt es, wieder anzuzünden; aber kaum sprühte ein Zündhölzchen auf, so wurde es durch eine dagegenfliegende Fledermaus wieder ausgelöscht. Dennoch drangen wir weiter und weiter vor, bis wir in eine Art Gemach gelangten, welches so hoch war, daß wir uns aufrichten und etwas freier atmen konnten. Aber auch hier gab es tiefe Risse, Sprünge und Höhlenlöcher, welche nach verschiedenen Seiten von hier aus abzweigten. In diesem Raume sah ich, während wir bisher nur den Staub und kleinere Bruchstücke von Mumien bemerkt hatten, die erste ganze, vollständig erhaltene Dauerleiche. Es war diejenige eines Krokodiles, welches eine Länge von gegen acht Ellen hatte.

Wir stiegen über dasselbe weg und krochen in ein weiteres Loch, die Mündung eines Ganges, welcher uns in eine hallenartige Erweiterung führte. Da lag denn, was ich suchte, aber doch nicht vollkommen fand. Es waren keine erhaltenen Mumien, sondern lauter Bruchstücke derselben, viele Wagenladungen voll. Es gab da ganze Leiber, doch ohne Arm und Bein, halbe Rümpfe, ganze und zerbrochene Glieder, nicht nur von Krokodilen, sondern auch von anderen Tieren und sogar von Menschen. Hier war, wie es schien, ein förmlicher Jahrmarkt gehalten worden.

Ich suchte in den Resten, fand aber nichts Wertvolles, hatte auch gar nicht die Absicht, einen Ankauf zu machen. Was sollte ich mit einer Mumie! Da ich weiter nach Süden wollte, wäre sie mir höchstens unbequem geworden. Das Wühlen in dem wirren Chaos war übrigens nichts Angenehmes, und zwar wegen dem dabei aufsteigenden Mumienstaube, der entsetzlichen Hitze und dem kaum mehr auszuhaltenden Geruche.

Die Halle war, wie alle Räume und Gänge, durch welche wir jetzt gekommen waren, mit einem schwarzen, klebrigen Überzug bedeckt, welcher sich durch Abkratzen entfernen ließ, worauf dann das glitzernde Quarzgestein zum Vorschein kam. Dieser Überzug besteht aus Mumienpech, welches infolge der großen Hitze nicht erstarren kann und so jenen penetranten Geruch verursacht.

Während ich in den Trümmern herumsuchte, beobachtete mich der Führer von der Seite her. Ich fragte ihn, ob dies alles sei, was die Höhle bietet. Er gab eine bejahende Antwort.

»Das ist unmöglich!« entgegnete ich. »Es muß noch viel, viel mehr da sein in Kammern und Höhlen, die du mir nicht zeigest. Obgleich diese Höhle noch heute nicht vollständig erforscht ist, hat man vor noch nicht sehr langer Zeit die Zahl der Mumien, die sich in den bekannt gewordenen Räumen befanden, auf mehrere Hunderttausende geschätzt.«

»Man hat dich falsch berichtet.«

»O nein. Es sind Männer hier gewesen, deren Berichten man Glauben schenken muß. Die menschlichen Mumien waren höchst regelmäßig nach Totenbetten geordnet, wobei wechselweise eine kreuzweise über der andern lag. Was die Krokodile betrifft, so hat es zehn Meter lange Mumien gegeben. Die kleinsten, welche nur einen halben Meter und weniger lang waren, lagen je zwanzig oder fünfzehn in Ballen, um welche Zweige und Wedel von Palmen gebunden waren. Solche Ballen gab es auch von Krokodileiern, von Schlangen aller Größen, von Fröschen, Eidechsen und Schwalben und andern Vögeln. Es muß hier große Säle geben, welche von oben bis unten mit Mumien vollgepfropft waren, so daß man kaum durch die engen Zwischenräume kriechen konnte. Wo befinden sich die Säle, und wo sind die ungeheueren Mengen der Leichen hin?«

Da trat er an mich heran, legte mir seine Hand an den Arm und antwortete: »Willst du Mumien kaufen?«

»Nein.«

»Warum kommst du dann in diese Höhle?«

»Aus menschlicher Teilnahme.«

»Und doch stellst du mir solche Fragen! Du hast mir dreißig Piaster geboten. Verlangst du dafür die Enthüllung solcher Geheimnisse? Was geht dich unsere Höhle an, und was kümmern dich die Mumien, welche sich deiner Ansicht nach in derselben noch befinden sollen! Du bist ein Franke und hast keinen Grund, mich zu verraten; darum will ich dir nicht zürnen wegen deiner Sparsamkeit, und dir etwas anvertrauen: Ich brauche deine dreißig Piaster nicht, denn ich bin reicher, als du denkst. Der heilige Fakir hat freundlich zu dir gesprochen und dich, was er niemals that, in die Zukunft blicken lassen. Du mußt also ein Mann sein, den Allah liebt, und darum sollst du ein Andenken an diese Höhle haben. Warte eine kurze Zeit! Ich kehre bald zurück.«

Er kroch mit seiner Fackel durch ein Loch und ließ mich allein. Die meinige war niedergebrannt, und ich zündete mir an dem Stummel derselben eine neue an. Dann setzte ich mich auf den Körper einer Mumie, dem der Kopf und die Beine fehlten. Welche Gedanken durchfuhren mich in diesem Augenblicke der Einsamkeit! Der einzig Lebende mitten unter Leichentrümmern, tief im Innern der Erde! Wer war der Mann gewesen, auf dessen Leib ich hier saß? Er hatte gelebt, geliebt, gehofft und – gelitten. Vielleicht stand er an der Seite eines Pharao, und nun, nach vier Jahrtausenden, diente er einem Deutschen zum Schemel!

Die Zeit verging; eine Minute nach der andern verstrich, und der Führer kehrte nicht zurück. Hatte er mich durch seine Freundlichkeit getäuscht? Wollte er sich etwa für meine Sparsamkeit dadurch rächen, daß er mich hier sitzen ließ, damit ich, der ich den Weg nicht kannte, elend umkommen solle? Ein anderer wäre in diesem Falle verloren gewesen; ich aber besaß noch eine ganze Fackel und traute mir zu, in den Exkrementen der Fledermäuse meine Spur und durch dieselbe den Weg ins Freie zu finden. Das beruhigte mich. Aber mein Mißtrauen war unbegründet gewesen. Das Loch, in welchem der Mann verschwunden war, wurde hell; er kehrte zurück, in der einen Hand die Fackel und in der andern ein kleines Paket, in feinstes Mumiengewebe gewickelt. Er legte mir dasselbe in die Hand, indem er sagte- »Dies ist das Andenken, welches ich dir geholt habe. Es ist nur ein kleiner Teil einer Mumie, aber er erinnert dich ebensogut an mich, als wenn ich dich mit einer ganzen Leiche belästigte.«

»Das soll ich nicht kaufen, nicht bezahlen, sondern du schenkst es mir?« fragte ich.

»Ja, ich schenke es dir.«

»Darf ich den Grund erfahren? Es kann doch nicht allein deswegen sein, daß der heilige Fakir freundlich mit mir gesprochen hat!«

»Nein. Der Grund ist der, daß du mir gefallen hast. Ich hörte unterwegs die beiden Reitknechte, welche hinter mir gingen, von dir sprechen. Was ich da vernahm, stimmte ganz dazu, daß du mir nicht wie ein Unwissender gabst, was ich verlangte. Nimm getrost diese kleine Erinnerung mit nach Hause; ich thue mir, indem ich sie dir schenke, keinen Schaden. Damit du wissest, was es ist, habe ich einen Zettel beigelegt, welcher die Wahrheit enthält, da die auf diese Mumie bezüglichen Hieroglyphen entziffert worden sind.«

»Ich nehme es an, ohne nachzusehen, was das Paket enthält, und danke dir. Ich gehe nach Chartum und hoffe, dich auf dem Rückwege aufsuchen zu können. Vielleicht ist es mir dann besser möglich als jetzt, dir einen Beweis meiner Dankbarkeit zu liefern.«

»Dessen bedarf es nicht; aber du wirst mir willkommen sein. Nun aber wollen wir zurückkehren. Du hast nun so ungefähr gesehen, wie diese Höhle beschaffen ist; weiter brauchst du nichts zu wissen. Nur in Beziehung auf die Frage, welche du vorhin an mich richtetest, will ich dir das eine sagen, daß es in dieser Gegend Mumienschätze giebt, von denen die Regierung, welche den Handel und das Ausgraben verbietet, keine Ahnung hat. Komm, folge mir! Der Rückweg wird kürzer als der Herweg sein.«

Jetzt erfuhr ich so recht, wie verschlungen die verschiedenen Gänge der Höhle waren, denn wir erreichten den Eingang im dritten Teile der Zeit, welche wir gebraucht hatten, in die letzte Halle zu gelangen. Der Mann hatte uns jedenfalls so geführt, daß wir diejenigen Gemächer, welche kein Uneingeweihter sehen darf, nicht berührten. Der Stallmeister saß mit Selim in dem Eingangsloche. Sie waren nicht in das Freie gestiegen, aus welchem Grunde, das erfuhr ich, als sie mich baten, darüber zu schweigen, daß sie die Höhle nicht mit in Augenschein genommen hatten. Die Reitknechte sollten nicht erfahren, daß den beiden der Mut gefehlt hatte, in das Innere derselben einzudringen.

Wir stiegen nach oben, und ich kann sagen, daß mir das Licht des Tages noch sie so hell und entzückend und die reine Luft noch nie so erquickend erschienen waren wie jetzt, da ich die nach Mumienpech stinkenden engen und finsteren Gänge hinter mir hatte. Wir schritten dem Dorfe zu. Der heilige Fakir befand sich nicht mehr an der Stelle, an welcher er mit mir gesprochen hatte; aber als wir unten am Wasser ankamen, kauerte er, tief in Betrachtung versunken, in der Nähe unseres Bootes. Er schien uns gar nicht zu bemerken. Der Führer hatte uns bis hierher begleitet, Als ich Miene machte, ihm die ausbedungene Summe zu zahlen, wehrte er mit beiden Händen ab und sagte:

»Willst du meine Seele beleidigen und mein Herz kränken? Jeder piaster, den du mir anbietest, muß die Freundschaft, welche ich für dich empfinde, mindern. Behalte dein Geld, und denke so gern an mich, wie ich mich deiner erinnern werde, und wenn du aus dem Süden zurückkehrst, so vergiß nicht, mich aufzusuchen; denn es wird mir eine große Freude sein, dein Angesicht wiederzusehen.«

Er reichte mir die Hand und entfernte sich. Dieses Zurückweisen der Bezahlung kam den andern so außerordentlich vor, daß der Stallmeister nicht umhin konnte, zu bemerken:

»Allah thut Wunder! Erst verlangte dieser Mann zehnmal mehr, als wir geben wollten, und nun will er gar nichts nehmen. Welchen Grund mag er haben, uns in der Weise zu verehren, daß er nicht wagt, den Inhalt unserer Beutel zu schmälern?«

»Welchen Grund er zu dieser Verehrung hat?« fragte Selim. »Das weißt du nicht?«

»Nein; er ist mir unbegreiflich.«

»So will ich ihn dir sagen. Wir sind mit einem Mute, wie niemand vor uns, in den Bauch der Erde eingedrungen; wir haben das Eingeweide des Gestankes durchforscht und uns mit dem Ruhme einer Kühnheit, die ihresgleichen sucht, bedeckt. Das hat uns die Bewunderung dieses Führers errungen; er hat gesehen, was für tapfere und verwegene Söhne des Propheten wir sind, und wagt es nun nicht, uns den sündigen Mammon abzufordern. Das ist der Grund und kein anderer.«

Er hatte sich mit dieser Rede an die Reitknechte gewendet, welche seinen Ruhm daheim in Siut verbreiten sollten. Der Kerl war wirklich unbezahlbar, ein Aufschneider sondergleichen! Der Stallmeister wußte nicht, was er zu dieser Unverfrorenheit sagen sollte; er that, was das klügste war -er schwieg, und auch ich hielt es nicht für der Mühe wert, eine Bemerkung zu machen.

Als wir in das Boot gestiegen waren und uns anschickten, vom Lande zu stoßen, erhob sich der Fakir von der Erde, kam zu uns herbei und fragte mich-,

»Effendi, es scheint, ihr richtet eure Fahrt gegen den Strom?«

»Ja, wir segeln aufwärts nach Siut.«

»Dann erlaube, daß ich einsteige und mit euch fahre! Ich habe dort zu beten.«

Er kam herein und setzte sich mir gegenüber, ohne meine Erlaubnis abzuwarten. Das konnte mich gar nicht befremden. Ein Fakir ist ein Mann, welcher allem Tande der Erde entsagt, um allein Gott zu loben; er wird zunächst als arm und sodann als heilig betrachtet, und kein guter Muhammedaner wird ihm die Erfüllung eines nicht ganz und gar unbilligen Wunsches versagen. Es war daher ganz selbstverständlich, daß er gar nicht wartete, bis ich seine Bitte beantwortet hatte. Ich erfüllte sie ihm übrigens von Herzen gern, weil der Eindruck, welchen er auf mich gemacht hatte, ein so günstiger gewesen war. Seine Gegenwart störte mich auch gar nicht, denn kaum hatte er sich niedergesetzt, so bog er den Oberkörper weit vornüber, blickte unausgesetzt zu Boden, ließ die Kugeln der Gebetskette durch die Finger gleiten und bewegte betend die Lippen. Er war wieder »in Allah versunken«.

Auf ein Gespräch verzichtete ich. Noch war mir die Brust von der eingeatmeten Höhlenluft schwer beklemmt, und die düstern Bilder, welche ich vor Augen gehabt hatte, hafteten in meinem Innern und stimmten mich zum Schweigen. Ich zog das Geschenk des Führers aus der Tasche und löste es aus seiner Umhüllung. Was kam zum Vorscheine? Eine Hand, eine rechte, weibliche Hand, kurz hinter dem Gelenk wie mit einem Messer von dem Arme getrennt. Sie war klein und fein gegliedert; es schien die Hand eines zwölfjährigen Mädchens zu sein; in anbetracht der hier gegebenen Verhältnisse aber mußte die einstige Besitzerin wohl siebzehn Jahre alt gewesen sein. Die Farbe war ein dunkles Citronengelb mit leisem Bronceglanz. Die Finger waren leicht gebogen, wie zum Anbieten oder Erlangen einer Gabe. Die innere und äußere Fläche enthielten je eine noch sehr gut erhaltene Vergoldung. Die erstere Vergoldung stellte einen Cheper vor, den Scarabäus, den heiligen Käfer der Ägypter, welcher ein Symbol der Sonne und der Weltschöpfung war. Die letztere Vergoldung zeigte die heilige Uräusschlange. Da nur die Könige und die Mitglieder königlicher Familien sich dieses Zeichens bedienen durften, so mußte ich vermuten, daß ich die Hand einer königlichen Prinzessin, einer Pharaonentochter in der meinen hielt.

Die Umhüllung enthielt einen kleinen Zettel, auf welchem in arabischer Schrift und Sprache die Worte standen: »Das ist die rechte Hand von Duat nefret, der Tochter von Amenemhe't III.« Wenn diese Worte die Wahrheit enthielten, so hatte ich ein kostbares Geschenk erhalten, denn dieser Amenemhe't III. ist der berühmteste Herrscher der zwölften Dynastie gewesen.

Also die Hand, welche ich jetzt besaß, sollte diejenige einer Tochter dieses großen und berühmten Herrschers sein! Er hat ungefähr zweitausend Jahre vor unserer Zeitrechnung gelebt, also war die Hand gegen viertausend Jahre alt. Und doch, wie wunderbar gut war sie erhalten! Sie besaß die ganze Fülle jugendlicher Form, und die Hennah-Färbung der Nägel war ganz deutlich zu erkennen. Hätte sie nicht Mumienhärte besessen, so wäre leicht zu denken gewesen, daß sie erst vor wenigen Augenblicken einem lebenden Fellahmädchen abgelöst worden sei.

Ich wollte die Hand wieder in den Umschlag hüllen; da streckte der alte Fakir, um sie wegzunehmen und zu betrachten, die seinige aus. Während sein Auge auf ihr ruhte, nickte er wie eine Pagode unaufhörlich mit dem Kopfe auf und nieder, reichte sie mir dann zurück und sagte:

»Eine Hand aus dem Harem eines vornehmen Mannes. Was mag sie gegeben haben, Liebe oder Haß? Und was mag sie empfangen haben, Glück oder Unheil. Nun giebt und empfängt sie nichts mehr. Du wirst sie mit in deine Heimat nehmen, um sie aufzubewahren; aber sie wird doch in Staub zerfallen, denn alles, alles muß vergehen, und nur Allah allein bleibt, wie er ist. Suchst du hier nach solchen Überresten?«

»Nein. Aber es ist hochinteressant, sie zu sehen.«

»Was hast du da gesehen? Die Leichen von Krokodilen und Schlangen, einige Überreste menschlicher Körper. Das ist nichts. Ich kenne Gräber, in welchen die Körper von Königen und Königinnen nebeneinander liegen, und kein Europäer wird sie entdecken.«

»Aber sie sind auch noch anderen bekannt?«

»Nein. Der Urahne meiner Vorfahren hat sie entdeckt, und die Kunde davon ist auf die Nachkommen übergegangen. Ich bin der letzte derselben, und wenn ich zu Allah gehe, wird es keinen Menschen mehr geben, welcher das Geheimnis kennt.«

»So willst du es niemanden mitteilen?«

»Nein. Wenn es einer erführe, würden die Europäer kommen und die Särge ihres kostbaren Inhaltes berauben, denn in denselben befinden sich außer den Leichen noch viele goldene Gegenstände, nach denen die Franken trachten. Es giebt da viele, viele Särge, weit mehr als zweihundert, und auf jeden ist eine Figur gemalt, welche ein Tuch auf dem Kopfe trägt und eine Sichel oder ein krummes Messer in der Hand hat.«

Das war eine höchst wichtige Bemerkung. Eine Sichel! Zu den Insignien der ägyptischen Könige gehörte der Chopesch (»Schenkel«), ein sichelförmiges Schwert, welches ebenso wie der Krummstab und die Geißel ein besonderes Attribut des Herrschers war. Sollten die Särge, von denen der Alte sprach, Königsleichen enthalten? Er hatte ein Kopftuch erwähnt. Die Könige trugen ein solches, und zwar in ganz eigenartiger Form und Weise.

»Es sind Könige und Königinnen, Prinzen und Prinzessinnen, welche da begraben liegen,« sagte er. »Und an den Wänden giebt es Figuren und Zeichen, welche von den Franken Hieroglyphen genannt werden. Man kann einen ganzen Tag lang sehen und betrachten, ohne fertig zu werden.«

Das sagte der Mann so gleichgültig! Und doch handelte es sich jedenfalls um Königsgräber, um Denkmäler und Hieroglyphen von allergrößter Wichtigkeit. Er allein kannte das Geheimnis und wollte es nicht verraten. Und doch welch' ein Gewinn wäre diese Entdeckung für die Wissenschaft gewesen! War es denn gar nicht möglich, ihn zur Mitteilung zu bewegen? Ich gab mir alle Mühe, das Gespräch fortzusetzen und diesen Gegenstand festzuhalten. Er wich mir aus; ich faßte ihn wieder. So ging es eine Weile fort. Er mußte bemerken, wie lebhaft mich die Sache interessierte; er wurde nachdenklicher, brach ganz ab, betrachtete mich eine Weile, als ob er mein Inneres ergründen wolle, näherte dann seinen Kopf dem meinigen und fragte leise:

»Sagst du die Wahrheit, wenn du behauptest, daß du keine Altertümer suchst?«

»Ja.«

»Und doch fragst du mich in dieser Weise aus?«

»Das geschieht aus reiner Wißbegierde. Ich würde viel, sehr viel dafür geben, wenn ich diese Särge einmal sehen könnte.«

»Welchen Nutzen würdest du davon haben?«

»Ich werde es dir erklären. Ich habe gern fremde Länder besucht, um die Sprachen der Völker, welche da wohnen, kennen und sprechen zu lernen. Ich spreche auch Sprachen solcher Völker, welche nicht mehr leben. Nun habe ich einige Bücher daheim, welche die Sprache und die Schrift derer behandeln, welche hier in den Mumiengräbern liegen. Ich habe mir viel Mühe gegeben, den Inhalt dieser Bücher zu verstehen, und weiß nicht, ob mir dies gelungen ist. Könnte ich deine Mumiensärge sehen, so wäre es mir möglich, die Probe zu machen, ob ich etwas oder ob ich nichts gelernt habe. Im ersteren Falle würde ich mich unendlich freuen.«

Ich hatte mich in dieser Weise ausdrücken müssen, weil er mich sonst nicht verstanden hätte. Er wiegte sein greises Haupt hin und her und schien mit sich zu kämpfen und sagte dann wieder so leise, daß nur ich ihn verstehen konnte.

»Effendi, ich habe in deine Vergangenheit und in deine Zukunft gesehen; ich kenne dich und weiß, daß ich dir vertrauen kann. Du sollst die Freude haben, nach welcher du dich sehnest. Doch mache ich die Bedingung, daß du bis zu meinem Tode zu keinem Menschen über dieses Geheimnis sprichst.«

»Dann aber darf ich es anderen mitteilen?«

»Dann, ja, aber eher nicht. Du bist ein Christ; aber ich weiß, daß Allah dich liebt. Darum sollst du der Erbe dessen sein, was ich verschwiegen in mir getragen habe. Beute es dann ganz nach deinem Wohlgefallen aus. Ich habe nichts dagegen.«

»Und wann wirst du mir meinen Wunsch erfüllen?«

»Morgen, denn heute habe ich nicht Zeit, da ich das Opfer des Gebetes bringen muß. Doch werde ich für einige Minuten zu dir kommen, um dir das Nötige mitzuteilen. Wo finde ich dich?«

»Im Palaste des Pascha. Ich bin der Gast des Stallmeisters, welcher hinter dir auf der Bank sitzt. Also ich kann mich darauf verlassen, daß du kommen wirst?«

»Ich komme. Sprechen wir jetzt nicht weiter davon!«

Er fiel wieder in sein früheres Nachdenken zurück, und mir ging es nicht viel anders. Ich sann über den Grund des Vertrauens nach, welches er mir bewies. Ich hatte doch ganz und gar nichts an mir, was ihn bewegen konnte, sein Geheimnis zu offenbaren. Auch konnte ich ihm nicht den geringsten Vorteil dafür bieten. Ich kam auf den Gedanken, daß er eine ganz besondere Absicht haben müsse, eine egoistische, vielleicht gar für mich schlimme Absicht. Aber warum? Ich hatte ihm ja nichts gethan! Welchen Grund konnte er haben, mir zu schaden? Ich ließ diesen Gedanken sehr bald wieder fallen; er hatte sich ja ganz freundlich zu mir verhalten, und sein ehrwürdiges Gesicht hatte nicht einen einzigen Zug, welcher auf Hinterlist und Heimtücke schließen ließ.

Als wir in dem Vororte von Siut landeten, verabschiedete er sich mit einem kurzen Gruße von uns und war bald hinter den Gärten verschwunden. Wir aber wanderten nach dem Palaste, wo das Mittagsmahl auf uns wartete. Ich wäre gern noch einmal durch die Stadt gegangen, mußte aber daheim bleiben, um den Fakir zu erwarten. Er kam kurze Zeit nach dem Asr, dem Nachmittagsgebete, welches nach unserer Zeit um drei Uhr vorgeschrieben ist. Ich empfing ihn in meiner Stube, wo ich mich mit ihm allein befand. Er erlaubte es nicht, daß ich nach Pfeife und Kaffee für ihn rief, und gab als Grund dafür an:

»Jeder Gläubige darf rauchen, denn Allah ist nachsichtig mit der Schwäche des Menschen; ein Strenggläubiger aber enthält sich des Tabakes. Und da das Wasser des Niles meinen Durst stillt, so sehe ich nicht ein, weshalb ich Kaffee trinken soll. Das Fasten ist meine Nahrung und das Gebet meine Speise. Giebt es unter den Christen auch solche Leute?«

»Ja«, wir hatten und haben viele fromme Männer, welche den Freuden und Genüssen der Welt entsagten, um sich nur allein mit Gott zu beschäftigen.«

»Wohl ihnen, denn je weiter die Seele sich von der Erde entfernt, desto näher ist ihr der Himmel. Doch ich kam nicht, um mit dir solche Betrachtungen anzustellen, sondern um von den Königsgräbern zu sprechen. Willst du sie noch sehen?«

»Das versteht sich. Ich habe keinen Grund, meinem Wunsche zu entsagen.«

»So mache dich für morgen, eine Stunde vor der Mittagszeit, fertig. Ich erwarte dich draußen vor dem Thore.«

»Wohin reisen wir?«

»Wir haben nur eine Stunde zu gehen.«

»So nahe? Und dennoch bist du der einzige, der die Gräber kennt?«

»Ja, der einzige, denn die Beschaffenheit dieses Ortes ist eine solche, daß niemand alte Gräber da vermutet.«

»Sage mir aber, welche Vorbereitungen ich zu treffen habe.‹,

»Sie sind gering, denn sie bestehen nur darin, daß du einen Strick und eine Fackel mitnimmst, wie du deren heute in der Höhle von Maabdah gebraucht hast.«

»Nur eine?«

»Ja, sie wird reichen. Doch habe ich auch nichts dagegen, wenn du dich mit mehreren versehen willst.«

»Wie lang soll der Strick sein?«

»So lang, daß sich drei Männer, welche nacheinander in die Tiefe steigen, an denselben binden können. Das muß geschehen, damit einer, wenn er fällt, von den beiden anderen gehalten wird.«

»Drei? Du nimmst noch jemand mit?«

»Nein. Nicht ich, sondern du wirst das thun. Du bedarfst eines Dieners.«

»Aber ich habe geglaubt, daß du nur mir dein Geheimnis anvertrauen willst!«

»Wir bedürfen der Hilfe einer dritten Person, und darum muß ich, wenn ich dir mein Versprechen halten will, mich leider außer dir noch einem andern offenbaren. Doch werde ich ihn schwören lassen, daß er niemals etwas verraten werde. Du hast doch einen Diener?«

»Nein.«

»Ich habe den langen Mann, welcher mit dir in Maabdah war, für deinen Diener gehalten.«

»Er ist derjenige eines Freundes von mir.«

»Das ist so gut, als ob er der deinige sei. Kann er jetzt einmal kommen? Ich will mit ihm sprechen.«

Ich schickte nach Selim; er kam. Der Fakir musterte ihn mit prüfendem Blicke und fragte ihn dann:

»Wie ist dein Name?«

»Kennst du ihn noch nicht?« lautete die stolze Antwort. »Er ist in allen Dörfern und Zelten bekannt und hat die Länge des ganzen Niles. Wer ihn nicht vollständig gebrauchen will, was allerdings zu raten ist, da die Aufzählung meines ganzen Namens viel Zeit in Anspruch nimmt, der nennt mich kurzweg Selim.«

»Gut! Also, Selim, hast du Mut?«

»Mut? Wie ein Löwe, oder vielmehr wie zehn Löwen, wie hundert, wie tausend Löwen. Ich bin der kühnste Krieger meines Stammes und nehme es mit allen Helden der Welt auf.«

»Nun, ich werde dich auf die Probe stellen!«

»Thue das! Es ist noch nie ein Mensch geboren worden, der sich in Beziehung auf Tapferkeit mit mir vergleichen könnte.«

»Du bist in der Höhle von Maabdah gewesen; du fürchtest dich also nicht vor einer solchen Höhle?«

»Ganz und gar nicht. Ich würde mich sogar vor der Hölle und allen ihren Teufeln nicht fürchten.«

»Das ist mir lieb, denn du sollst mit uns eine zweite Höhle besuchen.«

»So komme schnell, und zeige sie mir! Ich bin bereit, bis an ihr letztes Ende zu kriechen.«

»Nur Geduld! Wir werden sie erst morgen besuchen. Es darf niemand etwas erfahren, weder jetzt noch später. Willst du mir Verschwiegenheit zuschwören?«

»Natürlich!«

»So laß dir von diesem Effendi das übrige mitteilen. Ich bin fertig und muß wieder fort. Morgen zur festgesetzten Zeit werde ich am Thore stehen. Also seid verschwiegen! Wenn man euch fragt, wohin ihr gehen wollt, könnt ihr ja sagen, daß es euch beliebt, die Stadt anzusehen.«

»Ich werde gar nichts sagen,« meinte Selim. »Ich bin der vornehmste Mann meines Stammes und lasse mich nicht ausfragen. Ich gehe mit, um den Effendi zu beschützen, und kein Mensch braucht zu erfahren, daß er ohne mich nirgends, und also auch in dieser zweiten Höhle nicht, bestehen kann. Gehe also hin, und sei guten Mutes! Ich bin der Mann, auf den du dich verlassen kannst.«

Er machte bei diesen Worten eine so huldvoll majestätische Handbewegung wie ein König, welcher einen armen, tiefstehenden Unterthanen in Gnaden entläßt. Der Fakir ging, und Selim wendete sich an mich:

»Einen zuverlässigen Freund zu besitzen, ist der größte Trost des Elends und die süßeste Beruhigung des Schwachen. Ich bin der deinige und werde mich für dich aufopfern, um dich zu beschützen in allen Gefahren der Vergangenheit und allen Unannehmlichkeiten der zukünftigen Tage. In meinem Schutze kannst du sicher wohnen, und unter meinem Schirme wirst du Ruhe und Frieden finden vor allen Feinden des Leibes und der Seele, Wenn ich meine Hand über dich halte, können die Völker der Erde dir nichts anhaben, und so lange die Zärtlichkeit meines Auges auf dir weilt, leuchten dir tausend Sonnen des Wohlstandes und Millionen Sterne des Überflusses. Ich bin der Beschützer aller Beschützer und Beschützten. Meine Macht ist wie ---«

»Wie nichts, wie gar nichts!« unterbrach ich ihn. »Schweig' mit deinen Aufschneidereien! Fühlst du denn nicht, daß du dich nur lächerlich machst?«

»Lächerlich?« fragte er im Tone der Empörung. »Effendi, das hätte ich nicht von dir gedacht! Du mißachtest meine Gegenliebe und täuschest die Gefühle der Zusammenkunft unserer Herzen. Ich hänge an dir mit allen Thätigkeiten meiner irdischen Anwesenheit und tränke dich mit den Vorzügen der Großartigkeit, die Allah mir verliehen hat. Und anstatt dies mir Dank zu wissen, was thust du? Du redest von Aufschneidereien und von Lächerlichkeit. Das betrübt mich bis auf die Gebeine und zerrüttet das Gleichgewicht meines ganzen jammervollen Wesens.«

Wahrhaftig, es standen ihm die Thränen in den Augen! Hatte dieser sonderbare Mensch mich wirklich so lieb? War das Prahlen ihm so zur zweiten Natur geworden, daß er es nun nicht lassen konnte, daß es ihm nun ganz unmöglich war, einzusehen, daß er nur Unsinn redete? Ich erinnerte ihn in freundlicherer Weise:

»Aber, Selim, denke doch an gestern zurück! Welches Geständnis hast du mir denn gemacht, als ich dir die hundert Piaster zurückgab?«

»Ein Geständnis? Ich weiß von nichts,« antwortete er im Tone der Wahrheit, der vollsten Überzeugung.

»Du hast mir und den andern eingestanden, daß du ganz unvermögend bist, mein Beschützer zu sein.«

»Herr, kränke mich nicht abermals! Ich habe es gesagt, weil ich dir gehorchen wollte und weil ich ein armer Mann bin, dessen Beutel an der Krankheit des Mangels dahinstirbt wie die Schwalbe, wenn sie keine Fliegen findet. Nur deshalb gingen solche Worte über die Öffnung meines Mun-des. Im stillen aber mußt du dir gesagt haben, daß ich dir nur mit größter Überwindung diese Worte nachsprechen konnte, denn ich bin wirklich der Mann, welcher sich vorgenommen hat, dich vor allen Fährlichkeiten treulich zu bewahren. Frage meinen Freund! Er wird es mir bezeugen, daß ich dich mit der Liebe einer Mutter umfange und stets nur an dein Wohlergehen denke.«

»Welchen Freund?«

»Der, mit dem ich hier angekommen bin, mit welchem ich bei dem Gärtner wohnte, bis ich dir begegnete. Ich habe ihn dadurch, daß ich ihn verließ, um hierher zu dir zu ziehen, schwer betrübt, denn er ist nur mir zuliebe in Siut ausgestiegen. Wir mußten, da das Schiff hier gar nicht hielt, in einem Boote an das Ufer gehen. Auch er wollte dich gerne sehen, denn ich hatte ihm so viel von dir erzählt, daß er ganz begierig wurde, einen solchen Effendi kennen zu lernen.«

»Warum hat er sich da nicht bei mir sehen lassen?«

»Weil er es nicht wagte, dich zu belästigen. Du bist ein vornehmer und gelehrter Effendi, während er ein armer Händler ist. Aber trotzdem würde dich seine Gegenwart wohl erfreuen und unterhalten, denn er hat eine sehr geschickte Hand und weiß eine solche Menge von Kunststücken zu machen, daß er es sicher mit dem besten Muza'bir aufnehmen könnte.«

Diese Worte frappierten mich. Ich fragte nach dem Schiffe, mit welchem die beiden gekommen waren, und erfuhr zu meiner Überraschung, daß es dasienige war, auf dessen Deck ich den Taschenspieler gesehen hatte. Ich ließ mir die Person genau beschreiben und erhielt Antworten, welche mir die vollständige Überzeugung brachten, daß der Gaukler, welcher mir nach dem Leben trachtete, mit dem »Freunde« Selims identisch sei.

Also befand sich dieser Mensch hier in Siut! Da konnte ich mich nur in acht nehmen, denn daß er mich nicht aus den Augen lassen, sondern alles versuchen werde, den mißlungenen Angriff doch noch auszuführen, das hielt ich für zweifellos.

»Also du hast zu diesem Händler von mir gesprochen?« fragte ich. »Hat er sich nach meinen Verhältnissen und nach dem Ziele meiner Reise erkundigt?«

»Ja, sehr genau.«

»Du hast ihm gesagt, daß ich in Siut auf Murad Nassyr warte?«

»Natürlich! Warum hätte ich es ihm nicht sagen sollen?«

»Du hattest allerdings keine Veranlassung, es ihm zu verschweigen, denn er hat es schon vorher gewußt.«

»Nein, Effendi. Er hat von dir überhaupt gar nichts gewußt.«

»O doch! Er hat an Bord der Dahabijeh, mit welcher ich fahren wollte, gehört, daß ich die Absicht hatte, in Siut auszusteigen. Freilich hat er dir wohlweislich verschwiegen, daß er mich kennt, denn du hast das Auge sein sollen, durch welches er mich im Gesicht behält.«

»Du irrst. Wäre deine Vermutung wahr, so würde er es mir mitgeteilt haben, denn er ist ein sehr aufrichtiger und liebenswürdiger Mann. Ich bin der größte Menschenkenner meines Stammes und kann mich nie in einem Menschen täuschen.«

»Hier hast du dich nicht nur getäuscht, sondern du bist geradezu betrogen worden. Ich habe dir erzählt, in welcher Weise man mir auf der Dahabijeh nach dem Leben trachtete; nun wohl, dieser dein aufrichtiger und liebenswürdiger Freund ist jener Gaukler, welcher mir die Brieftasche nahm.«

»Allah 'l Allah!« rief er erschrocken. »Das ist ja unmöglich!

»Es ist die volle Wirklichkeit. Er ist nach Siut gefahren, um mich hier zu erwarten. Der Zufall hat dich mit ihm zusammengeführt, und er hat diesen Umstand benutzt, um mich zu beobachten, ohne daß ich ihn zu sehen bekomme. Du hast ihm natürlich erzählt, daß du mir begegnet bist, und daß ich hier bei dem Stallmeister wohne?«

»Allerdings. Doch bat er mich, dir nichts davon zu sagen.«

»Das glaube ich sehr gern. Bist du, seit du bei dem Haushofmeister wohnst, wieder mit diesem sauberen Freunde zusammengekommen?«

»Ja, gestern abend, eine Stunde nach dem Nachtgebete. Er hatte mir gesagt, daß er an der Brücke stehen werde, an welcher ich dich getroffen habe, und ich bin zu ihm gegangen.«

»Was wollte er da wissen?«

»Er fragte, was du heute machen würdest, und ich benachrichtigte ihn von deiner Absicht, die Gräber von Maabdah zu besuchen.«

»Hm! Was noch?«

»Weiter nichts. Es gingen viele Leute vorüber, unter denen du dich zufällig befinden konntest; darum hat er nur wenige Worte mit mir gesprochen.«

»Du siehst, daß ich ihn nicht sehen soll, daß er sich also vor mir fürchtet. Wie unvorsichtig bist du gewesen! Wäre er ein ehrlicher Mann, so brauchte er mich nicht zu fliehen. Das hätte dich mißtrauisch machen sollen. Wann wirst du ihn wieder treffen?«

»Ich soll erst dann zu ihm in seine Wohnung bei dem Gärtner kommen, wenn ich höre, daß du von hier abreisen willst. Das soll ich ihm melden.«

»Du hast nicht klug, gar nicht klug gehandelt; aber vielleicht ist es möglich, den Fehler gut zu machen.«

»Effendi, schilt mich nicht! Alle Welt ist überzeugt, daß ich der weiseste meines Stammes bin, aber Allwissenheit kannst du unmöglich von mir verlangen. Wie konnte ich ahnen, daß dieser Mann der Taschenspieler sei! Übrigens hast du ihn noch nicht gesehen; du kennst ihn nur aus meiner Beschreibung und kannst dich leicht irren. Ich habe dir ein ganz vorzügliches, meisterhaftes Bild von ihm geliefert, aber deine Auffassungsgabe vermag wohl kaum, die Schilderung ins richtige Innere aufzunehmen, und so will ich in Anbetracht dieser Überlegenheit jetzt noch denken, daß mein Freund wirklich mein Freund und nicht dein wirklicher, angeblicher und unvermuteter Muza'bir ist.«

»Was das betrifft, so sollst du dich sehr bald überzeugen, wer er ist. Der Mann wird nach einer Gelegenheit suchen, heimlich an mich zu kommen; findet er sie nicht, so will er mir folgen; darum sollst du ihn von der Zeit meiner Abreise benachrichtigen. Er wird früher oder später seinen Angriff gegen mich wiederholen, und da gebietet mir die Klugheit, ihm zuvorzukommen. Wir werden ihn also jetzt aufsuchen.«

»Das geht nicht, Effendi, weil er mir sehr zürnen würde.«

»Was geht dich sein Zorn an?«

»O, sehr viel! Er gleicht im Zorne einem Löwen. Das habe ich erfahren, als ich ihm erzählte, daß du mir geholfen hast, drei Gespenster zu fangen.«

»Ich dir?«

»Ja, gewiß.«

»Besinne dich! Als ich die zwei Gespenster fing, während mir das dritte entkam, lagst du unter der dicken Matte im Flur des Hauses.«

»Effendi, verdrehe doch nicht die richtige Falschheit der zweifelhaften Thatsachen! Mein Gedächtnis ist ungeheuer scharf; es ist das berühmteste in meinem ganzen Stamme, und so weiß ich sehr genau, was geschehen ist. Ich erzählte meinem Freunde davon. Ich sagte ihm, daß ich in dem obersten Gespenste, als ich es in deinem Schlafzimmer überwältigt und gefesselt hatte, den Mokkadern der heiligen Kadirine erkannte. Darüber ergrimmte mein Freund so, daß er zur Pistole griff und mich zu erschießen drohte. Ich mußte ihm versprechen, nie wieder ein Wort über diese meine Heldenthat zu erzählen. Ja, er ist entsetzlich in seinem Zorne. Wenn ich mit dir zu ihm komme, muß er doch erkennen, daß ich zu dir von ihm geredet habe, und da er mir dies streng verboten hat, so muß ich gewärtig sein, daß er mich auf der Stelle niederschießt.«

»Da sei ganz ohne Sorge, denn ich laß meinen Beschützer nicht niederschießen.«

»Das ist schön von dir, denn es beweist, daß du ein dankbarer Mann bist. Dennoch aber ist es besser, ich bringe dich nicht in die Gefahr, von der Kugel getroffen zu werden, welche nur auf mich gerichtet wäre.«

»Ich fürchte mich nicht. Du aber scheinst Angst zu haben?«

»Angst? Effendi, deine Seele steckt bis über die Ohren im Irrtume. Wie kann ich Angst empfinden, ich, der oberste der Helden!«

»Nun wohl, so haben wir nicht nötig, weitere Worte zu machen. Wer Angst hat, der bleibt hier; wer aber Mut besitzt, der geht mit. Ich fürchte mich nicht; darum gehe ich. Und du --- ?«

Da richtete er sich noch höher auf, als er war, schlug sich mit der Faust auf die Brust und rief:

»Und ich? Natürlich gehe ich mit. Ich werde mich vor dich hinstellen, um dich mit meinem Leibe zu schützen, und so werde ich vor dir stehen bleiben, selbst dann, wenn mein Freund mir so viel Kugeln durch den Leib schießt, daß derselbe einem Siebe gleicht. Laß uns aufbrechen! Ich bin begierig, dir zu zeigen, was die wahre Tapferkeit vermag.«

Jetzt hatte ich ihn da, wo ich ihn haben wollte. Wir gingen. Er schritt mit seinen langen Beinen zunächst so schnell vorwärts, daß ich seinem Eifer Einhalt thun mußte. Je weiter wir kamen, desto langsamer bewegte er sich, und als wir endlich in die enge Gasse einbogen, in welcher der Gärtner wohnte, wurden seine Schritte so klein, daß ein Kind ihn spielend überholen konnte.

»Effendi,« meinte er da schlauerweise, »es ist noch Tag; wollen wir nicht lieber warten, bis es dunkel geworden ist, weil er da nicht so gut zielen kann?«

»Er wird gar nicht zielen. Wir befinden uns nicht draußen in der Wüste, sondern in einer Stadt, in der Hauptstadt Oberägyptens sogar. Da wagt es niemand so leicht, auf einen Menschen zu schießen. Doch soll es mir auch ganz recht sein, wenn er es thut. Du willst dich ja für mich durchlöchern lassen.«

Da blieb er stehen und antwortete rasch:

»Jawohl, das werde ich, von Herzen gern, aber nur heute noch nicht, heute noch nicht! Man stirbt doch nicht so Hals über Kopf, sondern man muß mit Bedacht und Überlegung sterben.«

»Das heißt, man muß sich mit Genuß und möglichstem Behagen durchlöchern lassen. O Selim, Selim, wie habe ich mich in dir getäuscht! Du nennst dich einen Helden und willst doch nicht von einer schnellen Kugel fallen, sondern langsam hinwelken und absterben wie ein krankes Kraut, welches nach und nach verfault. Ist das Heldentum?«

»Scherze nicht; mir ist es sehr ernst bei dieser Sache! Ich fürchte mich vor keiner Kugel; ich will erschossen sein, unbedingt erschossen sein, aber nicht, wenn es einem Feinde gefällt, sondern wenn es mir paßt. Es wäre doch jammerschade um mein schönes Heldentum, wenn es so voreilig und vorzeitig vernichtet würde. Laufe nur; ich gehe mit; ich trete mit Verwegenheit in die Stapfen deiner Füße. Du kannst dich auf mich verlassen; ich werde dir den Rücken nicht zeigen. Nimm deine Sinne und Gedanken zusammen, denn das nächste Haus ist es, in welchem der Gärtner wohnt, bei dem sich mein Freund befindet!«

Das »Haus« war schon mehr eine nach vorn fensterlose Baracke, schmal und niedrig aus schwarzem Nilschlamm aufgeführt. Die Wand hatte verschiedene Risse, und die Thüre hing schief in den ledernen Angeln. Sie war nicht verriegelt; ich stieß sie auf und trat in einen engen, finstern Hausgang, in welchem ich von allen möglichen Düften, nur von keinem Wohlgeruche umgeben war. Er führte auf einen kleinen Hofplatz, welcher auf allen vier Seiten von anscheinenden Schlammhaufen umgeben wurde, die zwar menschliche Wohnungen enthalten sollten, eigentlich aber kaum Ziegen- oder Kaninchenställe genannt werden konnten.

In der Mitte dieses Hofes saßen auf einem Schutthaufen vier Männer, drei ältere und ein jüngerer. In dem letzteren erkannte ich sofort den Taschenspieler. Er mich erblicken, aufspringen und in einem mir gegenüberliegenden Loche, welches eine Thüre vorstellen sollte, verschwinden, das war eins. Ich wollte ihm augenblicklich nach; aber die drei Alten hatten sich auch schnell erhoben und stellten sich mir in den Weg.

»Wer bist du? Was willst du hier?« fragte mich der eine, welcher wohl der Hausherr war.

»Wer ich bin, wird dir mein Begleiter sagen, den du ja kennst, weil er bei dir gewohnt hat,« antwortete ich, indem ich mich umdrehte, um auf Selim zu deuten. Er war aber unsichtbar; er hatte es vorgezogen, mir nicht zu folgen, was ich in der Dunkelheit des Hausganges nicht bemerkt hatte. Dann fuhr ich fort: »Ich bin ein Bekannter von Selim, welcher bis vorgestern dein Gastfreund war. Er steht draußen vor der Thüre. Rufe ihn herein! Ich habe unterdessen mit dem Gaukler zu sprechen.«

»Hier giebt es keinen Gaukler!«

»O doch! Er hat soeben bei euch gesessen und sich, als er mich erblickte, schnell entfernt, um mir, seinem besten Freunde, da drin einen festlichen Empfang zu bereiten. Laß mich zu ihm, damit ich mich an der Wonne seines Angesichtes labe!«

Ich schob den Alten zur Seite und schritt rasch nach dem Loche. Ich hielt dieses Unternehmen gar nicht für gefährlich, und der Erfolg rechtfertigte diese Ansicht, denn als ich mich durch den Eingang geschoben hatte, war der Taschenspieler nicht zu sehen. Ich befand mich in einem so niedrigen Raume, daß mein Kopf beinahe an die Decke desselben stieß. Er hatte die Länge der Breite des Hofes und hing mit keinem anderen Raume zusammen. Es führte keine Treppe nach oben. Dem Loche, durch welches ich eingetreten war, lag ein zweites gegenüber, durch welches der Schelm sich entfernt haben mußte. Ich ging da hinaus und stand nun im »Garten« des Gärtners. In demselben war kein Baum, kein Strauch zu sehen. Acht kleine Beete, welche nur mit Zwiebeln und Knoblauch bepflanzt waren, nahmen die ganze Länge und Breite dieses »Gartens« ein, von dessen Ertrag der Besitzer sein trauriges Leben zu fristen hatte. Es gab da nicht den kleinsten Winkel, in welchem der Gaukler versteckt sein konnte, und doch war er nicht zu sehen. Als ich den Boden untersuchte, fand ich seine unvorsichtigen Fußstapfen in der weichen Erde der lockern Beete; er war gerade über dieselben hinweggeeilt, um über die sehr niedrige Mauer in den benachbarten Hof und von da weiter zu entkommen. Es fiel mir nicht ein, ihm zu folgen. Ich hatte gar nicht beabsichtigt, ihn zu ergreifen, sondern ich wollte ihn nur ins Bockshorn jagen, indem ich ihm zeigte, daß ich seine Anwesenheit kenne und mich nicht vor ihm fürchte; ich wollte ihm Angst einflößen und ihn so dazu bringen, Siut zu verlassen.

Nun kroch ich durch die beiden Löcher in den Hof zurück. Dort stand am Ende des Hausganges der Besitzer mit Selim. Er schien zornig auf denselben einzureden, während dieser noch innerhalb des Hausganges stand, sich nicht in den Hof getraute und ängstliche Blicke nach der Richtung warf, in welcher, wie er wohl jetzt hörte, ich hinter dem Gaukler verschwunden war. Da sah er mich zurückkehren, und zwar heiler Haut; das gab ihm auf der Stelle Mut. Er verließ seine gedeckte Stellung, trat aus derselben nun auch in den Hof heraus und rief triumphierend:

»Da ist er ja, mein Effendi! Ich wußte es, daß er meine Anweisungen befolgen würde. Nicht wahr, Effendi, du hast den Taschenspieler gesehen?«

»Ja,« antwortete ich. »Glaubst du denn jetzt, daß er es ist?«

»Natürlich! Soeben hat dieser Mann, mein früherer Wirt, mir mitgeteilt, daß er der Gaukler und kein Händler war. Er machte mir Vorwürfe, ihn gegen dich verraten zu haben. Aber dieser Mitteilung hätte es ja gar nicht bedurft, denn du selbst bist Zeuge, daß ich gleich anfangs der Ansicht war, dieser ungenaue Freund sei kein ausgesprochener Freund, sondern ein bewiesener Gaukler. ich bin der schlaueste Mann meines Stammes und habe Augen, welche durch Felsen und Berge dringen; ich lasse mich nicht betrügen und kann jedermann von sich selbst unterscheiden. Wo ist denn dieser Bösewicht, welcher dich ermorden will?«

»Verschwunden.«

»So ist er geflohen! Als er dich sah, ahnte er gleich, daß auch ich noch kommen werde; das brachte ihn so in Verzweiflung, daß er davonrannte. Warum hast du ihn entkommen lassen! O, Effendi, ich muß dir Vorwürfe machen. Hätte ich das geahnt, so wäre ich hereingegangen und hätte dich an meiner Stelle draußen gelassen. Mir wäre er nicht entkommen. Mein Anblick hätte ihn niedergeschmettert.«

Die beiden andern Alten hatten sich in eine Ecke zurückgezogen, um der Angelegenheit fernzubleiben. Der Wirt stand bei uns, hörte mit trotziger Miene die Auslassung meines Prahlhanses an und sagte dann:

»Was hältst du da für eine Rede! Habe ich dich zu fragen, ob ich jemand bei mir aufnehmen darf?«

»Das nicht,« antwortete ich an Selims Stelle; »aber es ist ein großer Unterschied, ob du einen ehrlichen Mann oder einen Mörder beherbergest. Der letztere Fall kann dir gefährlich werden.«

»Behalte deine Worte für dich; ich habe dich nicht um deinen Rat gebeten. Du bist ohne meine Erlaubnis in meinen Hof gedrungen, und wenn du dich nicht augenblicklich entfernst, werde ich dich hinauswerfen. Christenhunde dulde ich nicht bei mir.«

Ich hätte das in Anbetracht seines Alters ruhig hingenommen, aber sein Ton war so impertinent und sein Auftreten so frech, daß ich ihm doch nicht ganz eine Lehre vorenthalten wollte, schon auch um des

Gauklers willen, welcher jedenfalls nicht hören sollte, daß ich vor seinem Genossen das Hasenpanier ergriffen habe. Darum antwortete ich:

»Mit dir habe ich nichts zu schaffen. Wer einen Gast aufnimmt, muß auch diejenigen bei sich dulden, welche zu diesem Gaste kommen. Und wenn du glaubst, mir Schimpfworte in das Antlitz werfen zu können, so hast du dich in mir geirrt. Ich suche den Gaukler bei dir; er ist fort, und also wirst du an seiner Stelle mir Rede und Antwort geben. Vor allen Dingen will ich wissen, wie lange er noch bei dir zu wohnen gedenkt.«

»Das geht dich nichts an; er ist mein Gast, und du hast nichts drein zu reden. Mein Haus ist mein Zelt; vielleicht weißt du, was das zu bedeuten hat. Wenn du nicht sofort gehest, so werfe ich dich hinaus. Ich dulde den Schmutz und die Unreinheit eines Christen nicht bei mir. Ich gehöre zur heiligen Kadirine, und dein Anblick ist für mich derjenige eines verfaulenden Leichnams, wegen dessen man, um ihm nicht nahe zu kommen, einen Umweg macht. Packe dich sofort; hinaus mit dir!«

Er ergriff mich mit beiden Händen bei der Brust, um mich der Thüre zuzuschieben.

»Laß los!« gebot ich ihm. »Wenn dir ein Christ so widerwärtig ist, warum berührst du mich? Weg mit den Händen, sonst zeige ich dir, wie wenig ich deine heilige Kadirine fürchte!«

Selim war, sobald ich von dem Gegner angefaßt wurde, zurückgewichen; er stand unter dem Eingange, zur Flucht bereit, und hatte ganz vergessen, daß er mein Beschützer sein wollte. Der Wirt beachtete meine Drohung nicht; er schob und schob; er zerrte, ohne mich aber nur um einen Zoll von der Stelle zu bringen, und rief dabei:

»Hinaus mußt du, hinaus! Wenn du nicht sofort gehorchest, zermalme ich dich!«

Er fügte daran eine Reihe jener kräftigen, schwer beleidigenden Schimpfworte, an denen die arabische Sprache so überaus reich ist. Das durfte ich nicht so hingehen lassen; ich war es allen Christen und Ausländern schuldig, ihm eine Lehre zu erteilen. Ich nahm ihn also rechts und links bei den Hüften, gab ihm zunächst einen Ruck, daß er mich fahren lassen mußte, hob ihn dann hoch empor, schüttelte ihn, daß ihm alle Glieder schlotterten, und warf ihn dann auf den Schutthaufen, auf welchem er vorhin bei meinem Eintritte gesessen hatte und wo er ganz bewegungslos, als ob er tot sei, liegen blieb. Als Selim das sah, kam er rasch herbei und rief in triumphierendem Tone:

»So ist es recht, Effendi! Das war die That eines Starken, die Abwehr gegen einen Schwächling, welcher kein Mark in den Knochen hat. Er mag es nur wagen, sich nochmals gegen dich zu erheben! Frage ihn, ob er es mit mir aufnehmen will!«

Ich achtete nicht auf den Großsprecher und trat zu dem Alten, um zu sehen, ob er vielleicht verletzt sei. Als ich ihn mit dem Fuße anstieß, öffnete er die Augen, setzte sich langsam auf und wimmerte:

»O Allah, Allah! Warum lässest du nicht den Himmel einfallen, wenn ein Christ sich an dem besten deiner Gläubigen vergreift? Meine Seele ist gelockert, und mein Körper zittert vor Grimm ob der Gewaltthätigkeit, die mir widerfahren ist.«

»Deine Seele wird noch lockerer werden, so locker, daß sie aus dem Körper weicht, wenn du es wagst, noch ein Wort zu sprechen, welches mir nicht gefällt,« antwortete ich. »Ich wiederhole, daß ich wissen will, wie lange der Gaukler noch bei dir zu bleiben gedenkt. Heraus mit der Antwort, sonst hole ich sie mir!«

Der Mut hatte ihn vollständig verlassen. Er stöhnte:

»Gehe fort, gehe fort; ich bitte dich! Meine Glieder sind zerbrochen, und mein Blut steht in den Adern still. Ich mag nichts mehr von dir wissen.«

»Ich werde gehen, aber erst dann, wenn du geantwortet hast. Du beherbergst einen Mörder, einen Menschen, weicher mir nach dem Leben trachtet. Als ich komme, dich darauf aufmerksam zu machen, willst du, anstatt mir zu danken, mich hinauswerfen. Du hast mich beschimpft und dich an mir vergriffen. Dadurch hast du den Beweis geliefert, daß du mit ihm einverstanden und also sein Mitschuldiger bist. Wenn ich dich anzeige, wirst du eingesteckt und bekommst die Bastonnade zu kosten. Ich will aber gnädig gegen dich sein und dich schonen, wenn du mir Auskunft giebst.«

»Herr,« antwortete er, »wenn alle Christen so gewaltthätig sind wie du, so wird das Reich des Islam untergehen. Der Gaukler wollte bis zu deiner Abreise bei mir bleiben.«

»Du weißt, daß er mir nach dem Leben trachtet?«

Er schwieg, was ich natürlich als Bejahung nehmen mußte. Darum fragte ich weiter:

»Er will mich, sobald ich hier abreise, verfolgen?«

»Ja.«

»Auf welchem Schiffe?«

»Das ist noch unbestimmt. Er ist ein hervorragendes Mitglied der Kadirine, und ein jeder Reïs wird ihm zu Diensten sein.«

»Ich weiß genug. Wenn er zu dir zurückkehrt, so sage ihm, daß ich, falls er Siut nicht sofort verläßt, ihn anzeigen und gefangen nehmen lassen werde! Gehorcht er dieser Aufforderung nicht, so ist es auch dein Schaden, da du mit in die Untersuchung verwickelt wirst. Ich teile dir offen mit, daß ich dich und dein Haus beobachten lassen werde. Denke daran, daß unsere Konsuls uns besser als eure Behörden euch zu beschützen verstehen! Allah stärke deinen schwachen Verstand und gebe dir die richtige Erkenntnis dessen, was zu deinem Heile dient!«

Ich wendete mich ab und ging. Selim folgte mir. Als wir auf der Gasse angekommen waren und nebeneinander her schritten, sagte er:

»Effendi, ich muß dir zwei Zeugnisse ausstellen, und zwar ein schlechtes und ein gutes, das schlechte, weil du den Gaukler entkommen ließest, und das gute, weil du dich leidlich tapfer gegen den Wirt benommen hast. Der Ruhm meiner Gegenwart hat dich ermutigt, ihn in den Staub zu werfen, und der niederschmetternde Blick meines Auges hielt ihn ab, Gegenwehr zu leisten. Laß diesen Mannesmut nicht sinken, sondern bewahre dir ihn, dann wirst du dir meine Zufriedenheit und vielleicht gar mein Lob erringen!«

»Richtig! Aber der kühnste der Helden wagte sich selbst nicht in das Haus, und als ich ihn holen ließ, blieb er unter der Thüre stehen, um gegebenen Falles schnell ausreißen zu können.«

»Ausreißen? Nimm dieses Wort sofort zurück! Ich bin noch niemals ausgerissen und werde es auch niemals thun. Das Wort Flucht kenne ich nicht. Allah hat mir gleich bei meiner Geburt eine so rasende Wut verliehen, daß ich mich mit allen Kräften zwingen muß, nicht täglich fünf oder gar zehn Menschen umzubringen.«

»Warum aber bringst du diese Selbstbeherrschung stets dann in Anwendung, wenn der Mut am Platze wäre? Und warum bist du nur dann mutig, wenn für dich keine Gefahr vorhanden ist?«

»Frage doch nicht so, Effendi! Du bist noch zu jung, um die Lagen des Lebens und die Verhältnisse des Augenblickes richtig beurteilen zu können. Ich aber erkenne die Gegenwart urid blicke in die Zukunft, und wenn ich da in weiser Zurückhaltung meine Tapferkeit zügle, so muß man, anstatt mich zu tadeln, es mir Dank wissen. Es ist schade, jammerschade, daß deine Schwachheit den Gaukler entkommen ließ.«

Da wir schnell gegangen waren, hatten wir während dieses Wortwechsels den Palast erreicht, in dessen Hofe wir uns trennten. Er begab sich zu dem Haushofmeister, und ich ging in meine Wohnung, aus welcher ich bald zum Abendessen abgeholt wurde, an dem auch der Sohn des Stallmeisters teilnahm. Er hatte das Tuch abgenommen, denn die kleine Schmarre fing bereits an, zu verharschen, was mir nicht wenig Lob einbrachte.

Nach dem Essen kam der Haushofmeister, welcher Selim mitbrachte. Dazu waren einige Bekannte geladen, welche den fremden Effendi kennen lernen wollten. Ich mußte ihnen hundert und tausend Fragen beantworten, und da ich ihnen, wie ganz selbstverständlich, keine Antwort schuldig blieb, so wuchs ihre Hochachtung von Minute zu Minute, und ich wurde schließlich trotz meines Sträubens für den weisesten und gelehrtesten Mann aller Länder und Völker erklärt. Die meisten ihrer Fragen hätte ein aufgeweckter deutscher Schulknabe mit Leichtigkeit beantworten können; ich hatte also die mir widerfahrene Ehre nicht im mindesten verdient. Als sie aufbrachen und sich von mir verabschiedeten, reichte mir auch Selim die Hand. Er war sonst gar nicht zu Worte gekommen und schien auf das Lob, welches mir geworden war, nicht wenig neidisch zu sein. Er sagte, so daß alle es hörten:

»Effendi, du bist in vielen Ländern gewesen und hast dir da ganz schöne Erfahrungen gesammelt. Wenn ich einmal Zeit habe, werde ich dir sagen, welche Völker den Glanz meiner Gegenwart genossen haben. Ich kenne alle Städte und Dörfer der Erde und bin gerne bereit, deine Kenntnisse durch die meinigen zu vervollständigen, damit du, wenn du nach Hause zurückkehrst, bei den Deinen den Eindruck eines Mannes machst, in dessen Wissenschaften wenigstens keine allzugroßen Lücken vorhanden sind. Allah schenke dir eine ruhige Nacht!«

Nachdem er diese Worte gesprochen hatte, stieg er in der Haltung eines Mannes, welcher einem andern eine ganz unverdiente Gnade erwiesen hat, davon. Die andern folgten ihm lächelnd; sie wußten ebensogut wie ich, was sie von ihm zu denken hatten.

Ich schlief nach den Anstrengungen des Tages so gut, daß ich erst spät erwachte. Vielleicht hätte ich noch länger geschlafen, wenn ich nicht von lauten Stimmen geweckt worden wäre. Die Sprecher standen oder saßen draußen im Hofe vor oder vielmehr unter der vergitterten Öffnung, welche meinem Zimmer als Fenster diente. Sie waren von dem Gegenstande ihres Gespräches so angeregt, daß sie viel lauter redeten, als es an dem Orte, an welchem sie sich befanden, eigentlich geboten gewesen wäre, denn der Gegenstand war, wie ich sehr bald hörte, kein anderer, als ich selbst. Ich vernahm die Stimme des Stallmeisters:

»Ich sage dir, daß es auf der ganzen Erde und im ganzen Leben keine Frage giebt, die er nicht beantworten kann. In seinem Kopfe vereinigt sich die Gesamtheit aller Wissenschaften. Aber das ist noch nicht alles. Er scheint auch ein großer Krieger zu sein.«

»Wirklich?« fragte eine andere Stimme, welche ich auch schon gehört hatte, ohne aber jetzt sagen zu können, wer der Sprecher sei.

»Ja, wirklich! Er selbst hat es zwar nicht von sich behauptet, aber man muß es aus dem, was er gesagt hat, schließen.«

Darauf folgte die Erzählung des vorgestrigen Abenteuers, durch welche der Stallmeister beweisen wollte, daß ich ein furchtloser und geistesgegenwärtiger Mann sei. Daran schloß sich ein Bericht meiner letzten Erlebnisse in Kairo und Gizeh, dem der Erzähler die Bemerkung beifügte.

»Von dem Effendi selbst habe ich das nicht erfahren, sondern der lange Selim hat es erzählt. Der Mensch hat zwar so gethan, als ob er der Held dieser Vorkommnisse sei; aber man weiß, daß er zu prahlen liebt und eigentlich ein Feigling ist. Vielmehr ist der Effendi der Mann, welchem der Ruhm gehört, und nun wirst du zugeben, daß er ein Mann ist, der sich gewiß vor keinem andern fürchtet.«

»Ich glaube es; er hat auch mir den Beweis geliefert, als er die Höhle besichtigte, während die andern zurückblieben.«

Jetzt erkannte ich den Sprecher; er war der Führer der Höhle von Maabdah, welcher mich mit der Mumienhand beschenkt hatte. Was wollte er hier in Siut? Suchte er vielleicht mich? Ich sollte die Antwort auf diese Frage baldigst hören, denn der Stallmeister sagte:

»Er schläft jetzt noch. – Soll ich ihn vielleicht wecken?«

»Nein. Es steht mir nicht zu, die Ruhe eines solchen Mannes zu stören. Ich werde also warten, bis er erwacht, und ihm dann meine Bitte mitteilen. Mein Bruder ist droben in Chartum verschwunden, und er soll ihn mir suchen helfen.«

»Hast du schon nachgeforscht?«

»Ja. Ich sandte einen sehr erfahrenen Mann hinauf; aber es ist vergeblich gewesen.«

»Kannte dieser Mann die dortigen Verhältnisse?«

»Sehr genau.«

»Und dennoch hat er nichts erreicht? Wie soll da dieser fremde Effendi Erfolg haben!«

»Zweifelst du daran? Du hast ihn mir noch soeben als einen Mann geschildert, dem man mehr, viel mehr zutrauen kann als hundert anderen.«

»Ja, das habe ich, und das ist auch meine volle Überzeugung gewesen; aber er ist doch fremd hier.«

»Er ist, wie du mir sagtest, schon einigemale in Ägypten gewesen.«

»Dennoch ist er fremd. Oder meinst du, daß ein Franke, wenn er drei- oder viermal hier gewesen ist, die Verhältnisse so genau kennen kann wie einer, welcher hier geboren ist?«

»Ja, das meine ich. Jeder dieser gelehrten Christen hat eine Menge Bücher über fremde Länder und Völker, und außerdem giebt es bei ihnen große Bibliotheken, welche zwar dem Staate gehören, die aber ein jeder lesen darf. Ehe nun so ein Fremder ein fernes Land besucht, liest er alle Bücher, welche über dasselbe geschrieben sind, und dadurch lernt er es weit besser als selbst ein Eingeborener kennen.«

»Woher weißt du das?«

»Ich bin mit vielen solchen Franken in Kahira und dann auch als Führer zusammengekommen und habe es von ihnen gehört und gesehen. Sie reden die Sprache unseres Landes und haben so genaue Karten über dasselbe, daß sie oft die Wege besser wissen, als wir selbst. Dazu kommt, daß sie viel mehr gelernt haben und also auch viel klüger sind als wir. Darum finden sie sich in jeder Lage zurecht, ohne sich, wie wir, auf Allah verlassen zu wollen. Wenn du nun bedenkst, daß dieser Effendi einer der gelehrtesten und vorzüglichsten von ihnen ist, so wirst du mir recht geben, wenn ich behaupte, daß ich von ihm den richtigen Beistand erwarten darf.«

»Hm! Deine Rede ist überzeugend, und deinen Beweisen vermag ich nicht zu widerstehen. Sprich mit ihm. Ich werde jetzt einmal hineingehen, um nachzusehen, ob er wohl aufgestanden ist.«

Was ich da gehört hatte, war mir interessant; ja, ich konnte mir etwas darauf einbilden. Man hielt mich für einen der vorzüglichsten und gelehrtesten Franken, und ich sollte einen Verschollenen finden, nach welchem ein Kenner des Landes vergeblich gesucht hatte. Das hätte mir schmeicheln können, wenn, was leider ganz und gar nicht der Fall war, die erstere Voraussetzung wahr gewesen wäre. Übrigens war ich neugierig auf die Mitteilungen, welche der Führer mir zu machen beabsichtigte. Er hatte sich sehr freundlich gegen mich erwiesen, und so war es mein Wunsch, ihm nützlich sein zu können.

Nach kurzer Zeit wurde meine Thüre leise geöffnet und der Stallmeister sah herein. Als er bemerkte, daß ich nicht mehr schlief, grüßte er:

»Allah schenke dir einen glücklichen Morgen, Effendi! Wie ist deine Ruhe gewesen?«

»Meine Ruhe war gut und erquickend, und ich hoffe, daß dies mit der deinigen ebenso der Fall gewesen ist.«

»Ich werde dir zweimal Kaffee und zwei Pfeifen senden.«

»Warum zwei?«

»Weil du Besuch bekommst. Ben Wasak, der Führer von Maabdah, mit welchem du in der Höhle gewesen bist, steht draußen und begehrt, mit dir zu sprechen.«

»Bringe ihn herein!«

Er hatte schon den Kopf zurückgezogen, steckte ihn aber wieder herein und sagte in wichtigem Tone:

»Du wirst dich über den Grund wundern, welcher ihn zu dir führt.«

»Das glaube ich nicht.«

»O doch! Es ist eine Angelegenheit, in welcher du ihm deinen Beistand gewähren sollst.«

»Er soll mich nicht vergeblich bitten.«

»O wenn du wüßtest, was er von dir will, würdest du ihn wohl nicht empfangen, denn es ist nichts Leichtes, was er von dir fordert.«

»Der Mensch ist schwach; aber mit Gottes Hilfe gelingt ihm oft das Schwierigste. Wenn Allah will, werde ich den Bruder des Führers finden.«

»Allah'l Allah! Was weißt du denn von diesem?«

»Daß er in Chartum verschwunden ist und trotz alles Nachsuchens nicht gefunden wurde. Nun kommt der Führer zu mir, um mich zu bitten, seinen Bruder zu suchen.«

Da riß der Stallmeister die Thüre ganz auf, trat, um mich besser sehen zu können, vollends herein und rief, indem er die Hände verwundert zusammenschlug:

»Das weißt du schon? Effendi, du bist wirklich der weiseste der Weisen, und vor deinen Augen ist nichts verborgen. Ich beuge mich in Demut vor deinem Geiste und werde deinem Befehle, dir den Führer zu senden, sofort nachkommen.«

Er machte mir wirklich eine Verbeugung, so tief, wie Selim sie zu machen pflegte, und entfernte sich dann. Er dachte nicht daran, daß er mit Ben Wasak gerade draußen unter meinem Fenster, und zwar so laut, daß ich die Worte hören mußte, gesprochen hatte, und ließ mir auch keine Zeit, ihn darüber aufzuklären. Bald hörte ich durch das offene Fenster seine Stimme:

»O Ben Wasak, du bist ein Gesegneter Allahs, welcher deine Schritte nach der rechten Stelle geleitet hat. Du hast diesen Effendi richtig beurteilt; er ist nicht nur weise, sondern seine Augen erblicken sogar das, was für andere dunkel und unergründlich ist.«

»Weil er einen schärferen Verstand hat als wir.«

»O nein; das ist es nicht. Er weiß Dinge, die er eigentlich gar nicht wissen kann. Er weiß, daß du zu ihm kommst, um ihn zu bitten, in Chartum nach seinem Bruder zu forschen.«

»So müßte er allwissend sein, und das ist außer Allah niemand.«

»O, von diesem Effendi könnte man glauben, daß er es sei: Er weiß alles, alles, alles. Er hat sogar den Geist des Lebens in einer Flasche und kann Tote lebendig machen. Komm herein; ich werde dich zu seiner Thüre führen, hoffe aber, daß du ihn mit derjenigen Ehrfurcht behandelst, welche ein solcher Mann zu erwarten und zu verlangen hat!«

Ich hörte ihre Schritte verhallen, und dann meldete mir der Wirt den Ankömmling, um sich nach dem Eintritte desselben wieder zurückzuziehen. Ben Wasak kreuzte die Arme über der Brust, verbeugte sich tief, ließ seine Pantoffel an der Thüre stehen, näherte sich mir dann und grüßte:

»Dein Morgen sei gesegnet, wie der Aufgang der Sonne, Effendi!«

»Und der deinige, wie das Gras, wenn es den Tau der Nacht empfängt,« antwortete ich. »Setze dich an meine rechte Seite, denn du bist ein Gast, welchen ich gern willkommen heiße.«

»O, laß mich lieber dir gegenübersitzen! Ich bin zu gering, um zu deiner Rechten ruhen zu können, und möchte die ganze Freude deines Angesichtes vor mir haben.«

»Wie du willst. Du sollst ganz so thun, als ob das Zimmer dein Eigentum sei.«

Er setzte sich also mir gegenüber, und nun trat die Pause des Schweigens ein, welche bei jedem Bittbesuche geboten ist. Ein Diener brachte den Kaffee und die Pfeifen. Wir tranken den ersteren und rauchten die Tschibuks einmal leer. Dann, als sie wieder gestopft und in Brand gesteckt waren, war die Zeit des Sprechens gekommen. Ben Wasak begann:

»Effendi, dein Arm ist stark, und dein Verstand durchschaut das Verborgene. Darum vermagst du mehr als andere Menschen, und ich komme, um mein Herz zu erleichtern und dir den größten Wunsch meiner Seele vorzutragen.«

»Wenn ich dir dienen kann, soll es sehr gern geschehen, denn deine Freundlichkeit hat mir den gestrigen Tag erleuchtet.«

»Du kannst, wenn du nur willst, und ich werde es dir nach Kräften lohnen.«

»Sprich nicht von Lohn! Freunde müssen einander helfen, ohne nach Piastern zu fragen. Warum hast du mir deinen Wunsch nicht schon gestern vorgetragen?«

»Ich glaubte nicht, dich belästigen zu dürfen. Als du dann aber fort warst, glänzte die Erinnerung an dich in meiner Seele fort, und es kam mir der Gedanke, daß ich es vielleicht wagen dürfe, mit dir über den Kummer meines Herzens zu sprechen.«

»Meine Seele steht dir offen. Sprich so, als ob du dich bei einem Bruder oder bei dem besten und treuesten deiner Freunde befändest!«

»Du weißt schon, was ich dir sagen will.«

»Ich weiß es. Jenes Fenster hat es mir verraten. Ich bin ein Mensch wie jeder andere, und nur Gott ist allwissend, wie du ganz richtig sagtest. Als ich erwachte, hörte ich dich draußen mit meinem Gastfreunde sprechen. Du siehst, daß ich keineswegs die Vorzüge besitze, welche er mir andichtete.«

»Du besitzest vor allen Dingen den seltenen Vorzug der Bescheidenheit, Effendi. Ja, kein Mensch kann wissen, was Allah weiß; aber es giebt heilige Männer und Zauberer, denen Allah vieles mitteilt, was andere nicht erfahren. Wärest du nicht so aufrichtig gewesen, wegen dieses Fensters mit mir zu reden, so hätte ich dich für so einen Heiligen gehalten. Das konntest du dir zu nutze machen. Indem du darauf verzichtest, giebst du mir den Beweis, daß du ein ehrlicher Mann bist, dem ich mein Vertrauen schenken kann, und das ist noch mehr wert, als wenn ich dich für einen Zauberer gehalten hätte. Willst du nun hören, was ich dir zu sagen habe?«

»Ich bin bereit dazu.«

»Du weißt also schon, daß es meinen Bruder betrifft. Ich sandte ihn nach Chartum, und er kehrte zur bestimmten Zeit nicht zurück. Ich erkundigte mich und erfuhr, daß niemand ihn wieder gesehen habe. Darauf schickte ich einen sehr erfahrenen und frommen Mann hinauf, um Nachforschungen anzustellen. Dieser verwendete einige Monate auf das Suchen, doch vergeblich. Vorgestern kehrte er zurück und sagte mir, daß es ganz unmöglich sei, zu erfahren, wo mein Bruder sich befinde, und er sei der Überzeugung, daß derselbe unterwegs gestorben oder gar verunglückt sei.«

»Und nun meinst du, daß ich diese Nachforschungen fortsetzen solle?«

»Du kommst mit dieser Frage meiner Bitte zuvor, Effendi. Ich erfuhr von den Reitknechten, welche mit dir bei der Höhle waren, und auch dann von dir selbst, daß du nach Chartum willst. Ich weiß, daß ihr Europäer viel klüger, geschickter und scharfsinniger seid als wir, und da du der weiseste und tapferste Franke bist, den ich je gesehen habe, so kam mir der Gedanke, dir diese Bitte auszusprechen. Ich weiß, daß dies ein Wagnis und eine große Zudringlichkeit von mir ist; aber du bist mir als ein Mann erschienen, der ein gutes Herz besitzt, und so dachte ich, daß du mir meine Kühnheit verzeihen werdest. Du hast vielleicht in Chartum einige Zeit, welche du darauf verwenden könntest, mich von meiner Trübsal zu befreien. Bist du nicht bereit dazu, so kann ich es dir nicht übelnehmen; willst du dich aber meiner erbarmen, so werde ich dir nicht nur bis an das Ende meines Lebens dankbar sein, sondern dich auch mit allem Nötigen, was du brauchst, versehen.«

»Ich will dir kurz sagen, daß ich gern bereit dazu bin, natürlich so weit, als die Verhältnisse, welche ich in Chartum antreffe oder in denen ich mich dort befinden werde, es mir gestatten.«

»Effendi, ich danke dir!« rief er aus, indem er meine beiden Hände ergriff. »Ich habe es gewünscht, aber kaum erwartet, daß du mir diese Güte erweisest. Du nimmst mir eine schwere, schwere Last von meiner Seele.«

»Ich bitte, dich keiner Hoffnung hinzugeben, deren Erfüllung ich dir nicht garantieren kann. Die Enttäuschung würde dann um so bitterer sein. Kennst du den Weg, den dein Bruder von Chartum aus heimwärts eingeschlagen hat?«

»Nein.«

»So weißt du nicht, ob er den Nil abwärts gefahren oder den Karawanenweg geritten ist?«

»Ich weiß es nicht. Wir konnten das nicht vorher bestimmen, da er seine Entschließung nach den dortigen Verhältnissen nehmen mußte.«

»Der Nilweg ist verhältnismäßig sicher. Der Karawanenweg durch die Korosko- und die Bajuda-Wüste aber bietet der Gefahren viele. Was war dein Bruder?«

»Führer, wie ich.«

»Nichts anderes?«

Er zögerte einige Augenblicke mit der Antwort und meinte dann:

»Darf ich dir vertrauen, auch wenn es sich um etwas Verbotenes handelt?«

»Hm! Da kann ich erst dann antworten, wenn ich weiß, was es ist.«

»Ich meine den Mumienschmuggel.«

»Der geht mich nichts an, denn ich bin kein Polizeibeamter des Khedive.«

»So will ich dir sagen, daß mein Bruder nebenbei noch Mumienschmuggler war.«

»Dasselbe, was du jetzt noch bist?«

»Effendi,« lächelte er, »frage nicht. Ich bin ein ehrlicher Mann und habe noch keinen Menschen übervorteilt. Wenn ich einen größeren Fehler habe, so ist es der, daß ich in Beziehung auf die Mumien nicht mit dem Khedive einverstanden bin.«

Ich mußte lachen ob der Antwort des geriebenen Burschen und fragte:

»Ist der Mumienschmuggel mit Gefahren verbunden?«

»Mit nicht geringen, denn wer dabei ertappt wird, dem geht es schlimm.«

»So sind die Leute, welche sich mit demselben beschäftigen, jedenfalls sehr kühne und auch sehr vorsichtige Menschen?«

»Allerdings. Feig oder unvorsichtig darf kein Mumienschmuggler sein.«

»Und auch dein Bruder besaß diese Eigenschaften?«

»In hohem Grade.«

»Nun, so denke ich, daß er dieselben auch auf seiner Reise zu Rate gezogen hat. Er wird denjenigen Weg eingeschlagen haben, welchen er für den sichersten hielt, wenn -- er nicht bereits vorher in Chartum verunglückt ist.«

»In Charturn? Effendi, wie kommst du auf diesen Gedanken?«

»Ich komme darauf, weil es in einem solchen Falle geboten ist, alle Möglichkeiten in Betracht zu ziehen. Erst wenn ich die Verhältnisse überblicken kann, ist es mir möglich, den einen oder den andern Fall für wahrscheinlicher zu halten.«

»Dann bitte ich dich, mir zu sagen, was du wissen mußt. Ich werde dir sehr gern alles sagen.«

»Wie ist der Name deines Bruders?«

»Hafid Sichar.«

»Aus welchem Grunde hast du ihn nach Chartum gesandt?«

»Um Geld zu holen von dem Kaufmann Barjad el Amin, meinem Geschäftsfreunde.«

»Was für Geld war das? Vielleicht Anteil an dem Geschäft?«

»Nein. Ich hatte es ihm geborgt.«

»Ist er ein ehrlicher Mann? Seinem Namen nach kann kein Zweifel darüber sein, denn Barjad el Amin heißt doch Barjad der Ehrliche.«

»O, er ist die Ehrlichkeit selbst; daran kann kein Mensch zweifeln.«

»Wie hoch war die Summe, welche du ihm geliehen hattest?«

Wieder zögerte er mit der Antwort; dann fragte er:

»Mußt du das wissen?«

»Ja.«

»Warum?«

»Um mir ein klares Bild über die hier in Betracht zu ziehenden und also wichtigen Verhältnisse machen zu können. Übrigens hast du versprochen, mir alles zu sagen. Wenn du von meiner Bemühung Erfolg erwartest, so mußt du aufrichtig sein. War die Summe denn eine hohe?«

»Ja. Ich habe dir schon gestern gesagt, daß ich nicht so arm bin, wie es scheint. Die hiesigen Verhältnisse sind solche, daß der Besitzende gezwungen ist, seinen Besitz zu verheimlichen. Ich habe Barjad el Amin hundertfünfzigtausend Piaster geborgt.«

Das sind nach deutschem Gelde ungefähr dreißigtausend Mark, eine bedeutende Summe für die dortigen Verhältnisse, zumal für einen Höhlenführer. Darum fragte ich ziemlich verwundert:

»So viel Geld hast du so weit verborgt, nach Chartum hinauf? Da mußt du dem Kaufmanne freilich ein ganz ungewöhnliches Vertrauen schenken. Wie lange Zeit kennst du ihn?«

»Sechs Jahre.«

»Und wann gabst du ihm das Geld?«

»Vor fünf Jahren.«

»Also kanntest du ihn nur seit einem Jahre? Ist das nicht unvorsichtig gewesen?«

»Nein, denn er wurde mir von einem Manne empfohlen, bei dem jedes Wort die Heiligkeit eines Kuranspruches besitzt.«

»Wer ist dieser Mann?«

»Der heilige Fakir, welcher gestern mit euch nach Siut gefahren ist.«

»Hm! Dagegen läßt sich nichts sagen. Ich bin kein Moslem und weiß nicht, ob eure Fakirs ein solches Vertrauen verdienen. Ich habe Fakirs kennen gelernt, welche mir als sehr große Spitzbuben erschienen sind.«

»Es giebt solche; da hast du recht. Die Ehrlichkeit, Frömmigkeit und Zuverlässigkeit dieses einen ist aber über jeden Zweifel erhaben.«

»Also dieser Mann riet dir, dem Kaufherrn die hohe Summe zu borgen. Sie stand fünf Jahre lang im Geschäfte des letzteren. Aus welchem

Grunde verlangtest du sie zurück? War dein Vertrauen zu ihm geschwunden?«

»O nein. Ich habe das Geld nicht zurückverlangt, sondern er ließ mir durch einen Boten sagen, daß er es nicht mehr brauche. Da sandte ich eben den Bruder, um es zu holen.«

»Und der kehrte nicht zurück! Ist er denn überhaupt in Chartum eingetroffen?«

»Ja. Er hat von Barjad el Amin das Geld ausgezahlt erhalten und ist dann verschwunden.«

»Hm! Er hat das Geld erhalten und ist verschwunden. Hm, hm!«

Ich blickte nachdenklich vor mich nieder. Der Führer wartete eine Weile und erkundigte sich dann:

»Du brummst. Was hat das zu bedeuten? Dein Gesicht ist so viel ernster geworden. Worüber denkst du nach?«

»Über die Pflichten der Gastfreundschaft.«

»Stehen dieselben denn in Beziehung zu dem Verschwinden meines Bruders?«

»In einem sehr innigen. Du hast dem Kaufmanne eine so sehr hohe Summe geborgt. Ich denke, daß er dir sehr dankbar sein mußte und daß ihr sehr innige Geschäftsfreunde gewesen seid.«

»Natürlich!«

»Er hat also jedenfalls deinen Bruder bei sich aufgenommen, und dieser hat bei ihm gewohnt?«

»So ist es.«

»Ist er plötzlich verschwunden oder abgereist?«

»Abgereist, um in der Heimat nicht anzukommen.«

»Mit welchem Schiffe?«

»Das weiß man nicht.«

»Oder mit welcher Karawane, auf welchem Wüstenwege?«

»Das ist eben auch unbekannt.«

»Dieser Umstand kommt mir bedenklich vor. In den Städten des Abendlandes ist man nicht auf die Gastfreundschaft eines anderen angewiesen; man geht in ein Gasthaus und bezahlt alles, was man empfängt. Hier bei euch ist es anders. Man ist auf die Gastlichkeit seiner Nebenmenschen angewiesen, und je weiter man in wilde Länder dringt, desto größer wird die Bedeutung der Gastfreundschaft. Droben in Chartum hat der Wirt größere Verpflichtungen als unten in Kahira. Er wird seinen Gast, falls derselbe abreist, eine Strecke begleiten; diese Strecke wird desto länger sein, je inniger die Bekanntschaft zwischen beiden ist. Dieser Kaufmann Barjad el Amin hat dir so viel zu verdanken; du hast ihm so viel Geld geliehen, daß er mit Hilfe desselben in fünf Jahren so reich geworden ist, daß er es dir zurückgeben kann; dein Bruder kommt zu ihm, wohnt, ißt und trinkt bei ihm und soll nun plötzlich abgereist sein, ohne daß Barjad el Arnin weiß, in welcher Weise die Abreise vor sich gegangen ist? Was sagst du dazu, lieber Ben Wasak?«

Er sah mir betroffen, ja starr in das Gesicht und antwortete nicht. »Effendi, ich habe doch recht gehabt,« stieß er endlich hervor, »mit der Ansicht, daß ihr Franken viel klüger seid als wir.«

»Ich habe keinen Grund, diese Meinung zu bestreiten.«

»Nein, gar keinen Grund hast du dazu! Kaum hast du einige Fragen an mich gethan, so bringst du Gedanken, die mir niemals beigekommen wären.«

»Die aber jedenfalls nicht unbegründet sind!«

»Sie haben allen Grund. Der Kaufmann hat meinen Bruder auf das festlichste empfangen, und die Gastfreundschaft gebot ihm, denselben feierlich zu entlassen und ihn eine Strecke zu begleiten. Daran habe ich noch gar nicht gedacht.«

»Da Barjad von einer solchen Entlassung seines Gastes nichts zu sagen weiß, so darf er mir es nicht übel nehmen, daß in mir ein Verdacht gegen ihn aufsteigt. Entweder er ist ein Schurke und weiß, wohin dein Bruder geraten ist, oder er hat die Pflichten der Gastfreundschaft mißachtet und trägt dadurch indirekt die Schuld an dem Unglück, welches jedenfalls geschehen ist.«

»Allah, Allah! Wer hätte das gedacht! Effendi, deine Worte zermalmen mein Herz. Soll ich da mißtrauen, wo mein Vertrauen bisher ein so großes, unbedingtes war?«

»Verbrechen oder Unterlassung, nehmen wir dieses oder jenes an, so bleibt es sich gleich; der Kaufmann trägt die Schuld. Ist der Mann, den du nachher nach Chartum sandtest, um nachzuforschen, so zuverlässig, wie es in diesem Falle zu wünschen war?«

»Ja, er ist der zuverlässigste, den es nur geben kann, der heilige Fakir.«

»Ah! Also derselbe, welcher dich veranlaßte, dem Kaufmanne das Geld zu borgen?«

»Derselbe!«

»Hm! hm!«

»Du brummst wieder. Das hat nichts Gutes zu bedeuten. Traust du diesem Manne vielleicht nicht?«

»Was das betrifft, so höre ich, daß du ihm dein vollständiges Vertrauen geschenkt hast, und auch mir ist er als ein Mann vorgekommen, der eines Verbrechens nicht fähig ist. Aber wer so viel und tief in Allah lebt wie er, dem möchte ich eine so wichtige, irdische Angelegenheit nicht in die Hände legen. Wer so wie er im Gebete lebt, der besitzt schwerlich denjenigen Sinn, welcher unerläßlich ist, wenn es gilt, das Verbrechen auf seinen viel verschlungenen und verborgenen Wegen zu verfolgen und aufzusuchen.«

»Wen hätte ich an seiner Stelle senden sollen? Ich hatte keinen andern,« sagte er ziemlich kleinlaut.

»Konntest du nicht selbst gehen?«

»Das ist unmöglich, Herr. Meinen Kindern bin ich schuldig, diese Reise zu unterlassen.«

»Du hältst sie für gefährlich? Du fürchtest dich?«

»Nein; das ist es nicht. Das Geschäft hält mich zurück. Ich habe die hundertfünfzigtausend Piaster verloren und muß diesen Verlust wieder einbringen. Ich muß arbeiten und schaffen, muß für meine Kinder und nun auch für diejenigen meines Bruders sorgen. Und wenn ich gehe, muß ich fürchten, ebenso verloren zu sein, wie mein Bruder es war.«

Er sagte das in einem Tone, als ob er an meinem Scharfsinne zweifle; darum antwortete ich ihm:

»Das hat seine volle Berechtigung. Ist ein Verbrechen geschehen, und du kommst, es zu entdecken, so wird man auch dich verschwinden lassen; dann sind zwei Familien anstatt der einen verwaist.«

»So ist es richtig, Effendi; gerade so dachte ich auch!«

»Dachtest du nicht auch noch etwas anderes dabei?«

»Was soll ich noch gedacht haben?«

»Wenn du kommst, läßt man dich verschwinden; wenn aber ich komme, werde ich dieses Schicksal haben, und das ist jedenfalls vorteilhaft für dich.«

»Effendi, Allah ist mein Zeuge, daß mir ein solcher Gedanke nicht gekommen ist!«

»Wirklich? Ich will es glauben; es ist aber trotzdem genau so, wie ich es sage. Nehmen wir an, daß ein Verbrechen vorliegt, so werden die Thäter sich bemühen, die Entdeckung desselben zu verhindern, und es ist anzunehmen, daß es ihnen dabei auf einen Mord gar nicht ankommen wird.«

»Ich muß dir recht geben; aber es ist dennoch ein Unterschied, ob ich selbst mich erkundige oder ob du es an meiner Stelle thust. Denn ich bin dort bekannt und kann also nichts thun, ohne bemerkt und beobachtet zu werden. Du aber bist fremd, und kein Mensch weiß, daß du mich jemals gesehen hast. Dir ist es also möglich, heimlich zu forschen, und darum kannst du viel eher einen Erfolg haben, als daß ich ihn haben würde.«

»Sehr richtig. Ich erkläre dir abermals, daß ich mich dieser Angelegenheit annehmen werde. Freilich muß ich noch länger über dieselbe nachdenken. Wie ist denn der heilige Fakir bei dem Kaufmanne aufgenommen worden?«

»So, wie es bei seiner Heiligkeit geschehen mußte; er ist wie ein berühmter Scheik oder Emir behandelt worden.«

»Hat er sich offen oder heimlich nach dem Verschollenen erkundigt?«

»Ganz offen.«

»Das war nicht klug. Er mußte sich verstellen und so thun, als ob er gar nicht wisse, daß dein Bruder in Chartum gewesen ist.«

»Das, Effendi, ist einem so heiligen Manne nicht möglich. Jede Verstellung ist ihm ein Greuel.«

»Dann war er für eine solche Sendung nicht die geeignete Persönlichkeit. Ich vermute, daß man behauptet hat, deinem Bruder die betreffende Summe ausgezahlt zu haben?«

»Ja, man hat sie ihm gegeben. Barjad el Amin hat dem Fakir die Quittung gezeigt.«

»Wer hat sie ausgefertigt? Dein Bruder oder du?«

»Ich. Ich habe sie unterschrieben und mit meinem Siegel versehen; er erhielt die Weisung, sie nur nach dem Empfange des Geldes auszuhändigen. Er hat sie hingegeben, folglich hat er auch das Geld erhalten.«

»Diesem Schlusse möchte ich doch nicht so blind beistimmen. Wie nun, wenn man sie ihm abgenommen hätte? Warum hat man dir das Geld nicht gesandt, sondern die Benachrichtigung, daß du es abholen lassen sollst?«

»Dieser Umstand konnte meinen Verdacht nicht erwecken. Es ist ein Risiko, eine solche Summe von Chartum nach Siut zu senden, ein Wagnis, welches Barjad nicht auf sich nehmen wollte.«

»Dennoch kommt es mir nicht geheuer vor. Du sagtest vorhin, daß es gefährlich sei, offen nachzuforschen. Der Fakir hat nachgeforscht. Warum hat ihn dies nicht in Schaden gebracht?«

»Weil er eben ein heiliger Mann ist.«

»Pah! Ein Verbrecher fragt, wenn ein Mensch ihm gefährlich wird, nicht nach der Heiligkeit oder Frömmigkeit desselben. Ich mag keinen Verdacht gegen den Fakir hegen, und doch ist es mir, als ob er, wissentlich oder unwissentlich, mit in die That, welche geschehen ist, verwickelt sei. Ist er wirklich unschuldig, so hat er den Umstand, daß er heil davongekommen ist, nicht seiner Heiligkeit, sondern seiner Befangenheit zu verdanken. Er ist diesen Leuten als ein Mann erschienen, den man nicht zu fürchten braucht, weil er nicht die notwendige Klugheit besaß, das Verbrechen zu entdecken.«

»So glaubst du also, daß wirklich ein Verbrechen begangen worden ist?«

»Ich glaube es nicht nur, sondern ich bin überzeugt davon.«

»Und wer soll der Thäter sein? Barjad el Amin selbst?«

»Ich möchte es behaupten. Weiß der Fakir, daß du ein Mumienschmuggler bist?«

»Ja.«

»Hält er dieses Gewerbe nicht für verboten?«

»Ich fragte ihn, und er antwortete, daß im Kuran nichts davon geschrieben stehe.«

»Interessiert er sich für Mumien?«

»Ich weiß es nicht.«

»Vielleicht kennt dieser fromme Mann Mumiengräber, ohne daß er es andern mitteilt.«

»Möglich. Er wandert überall umher, und es giebt im ganzen Thale des Nils noch Grabgewölbe und Grabhöhlen, weiche noch kein Auge gesehen hat.«

»Ich hörte einmal die Vermutung aussprechen, daß es in der Nähe von Siut bedeutende Königsgräber gebe.«

»Derjenige, der sie entdeckt hat, müßte das Geheimnis für sich behalten haben, sonst würde ich der erste sein, dem man davon gesagt hätte. Denkst du, daß der alte Fakir ein solches Geheimnis kennt?«

Ach vermute es.«

»Möglich! Ich werde bei Gelegenheit einmal mit ihm sprechen.«

»Aber ohne zu verraten, daß ich dich aufmerksam gemacht habe!«

»Kein Wort verrate ich. Aber das darf ich ihm doch sagen, daß du nach meinem Bruder forschen wirst?«

»Nein. Hiervon darf er erst recht keine Silbe erfahren.«

»So mißtraust du ihm also doch!«

Er hatte recht; ich konnte mich eines eigenartigen Gefühles, einer dunkeln Ahnung nicht erwehren. Es war kein bestimmter Verdacht, sondern eine unbestimmte Empfindung. Dennoch antwortete ich: »Ich hege kein Mißtrauen; aber dieser Mann kann mir gefährlich werden.«

»Gefährlich? So ein frommer Mann, dem man einst einen Marabut, errichten wird!«

»Ja. Es mangelt ihm die irdische Klugheit. Du selbst sagst, daß er stets wandere, daß er bald hier und bald dort sei; da ist es leicht möglich, daß er eher als ich nach Chartum kommt, denn ich habe hier einen Gefährten zu erwarten. Wie nun, wenn er dort den Kaufmann aufsuchte und ihm sagte, daß ein Franke kommen werde, um nach dem Verbleib deines Bruders zu forschen? Besser ist es auf jeden Fall, daß er gar nichts weiß, und so verlange ich allen Ernstes von dir, daß du verschwiegen gegen ihn bist. Wenn du mir das nicht versprichst, so bitte ich dich, mir mein Wort zurückzugeben, da ich mit der Sache dann nichts zu thun haben will.«

»Effendi, was fällt dir ein!« rief er erschrocken. »Ich habe dich ja nicht beleidigen wollen. Ich will alles thun, was du mir gebietest, und alles unterlassen, was du mir verbietest. Ich habe auch bereits gesagt, daß ich dich mit allem Nötigen versehen will.«

»Das ist nicht viel, nämlich einen Brief an deinen Bruder, den ich ihm gebe, falls ich ihn finde. Du schreibst ihm, daß du mich beauftragt hast, ihn aufzusuchen, und kannst ihm auch sonst noch beliebige Mitteilungen machen. Unterschrift und Siegel ist natürlich nötig.«

»Das kann ich sofort thun, wenn du erlaubst. Ich habe meinen Siegelring anstecken, und das übrige wird hier leicht zu beschaffen sein.«

Ich klatschte in die Hände, und es kam ein Diener, welcher Papier, Tinte, Feder und Siegellack besorgte. Dann schrieb Ben Wasak den Brief und übergab ihn mir mit den Worten: »Hier hast du das Verlangte, Effendi. Aber es ist noch etwas nötig, das sollst du noch erfahren. Ich habe vorher einen Gang zu machen. Treffe ich dich in einer Stunde wieder hier?«

»Ja; ich werde bis dahin nicht ausgehen.«

Er verabschiedete sich. Als er nach der angegebenen Zeit zurückkehrte, brachte er mir einen zweiten Brief, dessen Adresse nach Chartum lautete.

»Gieb ihn ab, sobald du nach Chartum kommst,« sagte er; »vergiß es ja nicht! Der Mann, an den er gerichtet ist, kann dir sehr behilflich sein.«

»Wer und was ist er? Hier steht nur der Name.«

»Das genügt. Wenn du den Namen nennst, wird dich jedermann zu ihm weisen. Wann reisest du von hier ab?«

»Sobald mein Gefährte angekommen ist.«

»Dann sehen wir uns vielleicht noch vorher wieder. Wenn du mir etwas zu sagen hast, so weißt du mich in Maabdah zu finden, und wenn ich dich zu sprechen habe, wirst du mir erlauben, hierher zu kommen. Auf alle Fälle erwarte ich, dich später bei mir zu sehen. Ob du meinen Bruder oder auch nur eine Spur von ihm findest oder nicht, du bist mir immerdar willkommen. Allah segne dich und leite dich auf den Pfaden des Glückes! Denke zuweilen meiner, und sei versichert, daß ich stets an dich denken werde, auch in meinem Gebete, obgleich wir verschiedenen Glaubens sind!«

Ich antwortete ihm in der gebräuchlichen Weise, und dann entfernte er sich. Also schon wieder etwas Neues und Abenteuerliches! Einen Verschollenen aufsuchen, nach welchem selbst der heilige Fakir vergebens geforscht hatte. Der Gedanke an diesen letzteren machte mir wirklich zu schaffen. Es widerstrebte mir, einen Verdacht gegen diesen ehrwürdigen Mann aufkommen zu lassen, und doch konnte ich mich einer unbestimmten Ahnung nicht erwehren, daß er mit dieser Angelegenheit mehr und anders zu thun gehabt habe, als der Führer zugeben wollte.

Glücklicherweise hatte ich mit dem Alten einen Gang nach den verborgenen Königsgräbern verabredet. Bei dieser Gelegenheit konnte ich ihn aushorchen. Er hatte keine Ahnung, daß Ben Wasak bei mir gewesen war und von seinem Bruder mit mir gesprochen hatte; darum war es höchst wahrscheinlich, daß ich ihm eine Falle stellen konnte, in welche er gehen mußte, wenn meine Ahnung keine falsche war. Bald darauf wurde ich zum Frühstück gerufen. Ich aß tüchtig und erklärte meinem Wirte, daß ich zur Zeit des Mittagessens nicht da sein könne.

»Warum?« fragte er. »Wo willst du hin?«

»Gräber besuchen.«

»O Allah! Ist das möglich? Hast du gestern nicht an dem Gestank der Höhle genug gehabt?«

»Es handelt sich nicht abermals um Krokodilsmumien.«

»Urn welche denn? Willst du die einbalsamierten Leiber der Wölfe sehen, welche droben in den Bergen liegen?«

»Vielleicht!« antwortete ich, da ich Verschwiegenheit gelobt hatte und also nicht die Wahrheit sagen durfte. »Nur Selim wird mich begleiten.«

»Allah sei gelobt! Selim geht mit. Das ist ein sicheres Zeichen, daß die Sache weder gefährlich noch schaurig wird. Brauchst du Fackeln? Es sind noch welche von gestern da.«

»Fackeln, Zündhölzer und einen langen, festen Strick.«

Das Verlangte wurde gebracht. Ich nahm sechs Wachsfakkeln, obgleich der Fakir gesagt hatte, daß wir an einer genug hätten. Er hatte eine Stunde vor Mittag am Thore sein wollen; aber bereits eine halbe Stunde vorher wurde ein halbwüchsiger Knabe zu mir gebracht, welcher draußen nach mir gefragt hatte und mir sagte, daß der heilige Mann uns draußen vor der Stadt erwarte.

»Warum kommt er nicht selbst, um uns zu holen?« fragte ich.

»Er hat mit Allah gesprochen und darf den Ort des Gebetes noch nicht verlassen,« war die Antwort.

Ich ging hinüber zum Haushofmeister, um Selim abzuholen. Die beiden saßen rauchend und schwatzend auf dem Teppich. Noch im Eintreten hörte ich Selim sagen:

»Ich darf ihn nicht verlassen; er ist mir einmal anvertraut, und ich bin also sein Beschützer.«

Gewiß hatte der Schlingelschlangel von mir gesprochen! Diese Vermutung bestätigte sich sofort, denn der dicke Schwarze empfing mich mit den Worten:

»Was muß ich hören, Effendil Du willst schon wieder auf Abenteuer ausgehen? Thue das nicht! Bleibe daheim! Ich weiß, daß ganz gewiß ein Unglück geschehen wird.«

»Hat Selim dir gesagt, wohin wir wollen?« erkundigte ich mich, um zu erfahren, ob der Lange das Geheimnis ausgeplaudert habe.

»Nein. Er hat gesagt, er habe einen großen Schwur des Schweigens ablegen müssen. Das macht mich bange um euch.«

»Habe keine Sorge. Es wird uns nichts geschehen.«

»Das meinst du, weil du nicht an die Vorhersagungen des Mondes glaubst. Laß dich zurückhalten; ich bitte dich!«

»Und ich ersuche dich, nicht in mich zu dringen. Ich habe mein Wort gegeben, zu kommen, und muß es halten.«

»So laß wenigstens Selim da!«

»Was? Ich soll hier bleiben?« rief dieser, indem er aufsprang. »Ich, der Beschützer und Bewahrer dieses Effendi soll ihn allein gehen lassen? Nein, ich kann nicht an meiner Pflicht sündigen; ich gehe mit ihm durch alle Gefahren des Himmels und der Erde. Ich werde für ihn mit allen Drachen, Schlangen und Skorpionen kämpfen. Ich bin bereit, Löwen und Panther zu zerreißen, damit sie ihm ---«

»Zunächst hast du nur den Mund zu halten!« unterbrach ich ihn. »Von Drachen, Löwen und Panthern ist keine Rede. Darum wirst du dein Gewehr hier lassen und nur das Messer zu dir stecken.«

»Aber wir wissen doch nicht, wohin wir gehen, Effendi!

Wie leicht ist es möglich, daß wir in die Wüste kommen, an deren Rand die Löwen und ---«

»Unsinn! Dir thut kein Löwe etwas. Es ist ihm gar nicht möglich, denn sobald du ihn erblickst, nimmst du so schnell Reißaus, daß er dir gar nicht zu folgen vermag.«

»Herr, welch' eine schlechte Meinung hast du vom treuesten aller deiner Freunde! Ich bin Selim, dein Behüter, und würde stehen bleiben und für dich kämpfen, selbst wenn alle Menschen und alle wilden Tiere der Erde auf dich einstürmten. Du verkennst mich; darum bitte ich Allah, uns eine Gefahr, eine recht große Gefahr zu senden, damit ich dir beweisen kann, welche Heldenthaten ich bereit bin, für dich zu thun.«

Er steckte das Messer und drei Fackeln zu Sich, nahm den Strick, und dann gingen wir. Der Knabe hatte draußen gewartet und führte uns nun durch die Stadt, genau den Weg, welchen wir vorgestern geritten waren. Als wir die belebten Gassen hinter uns hatten und nun bergauf stiegen, sah ich einen ärmlich gekleideten Kerl im Sande hocken, um da die spärlichen Grashalme mit einer Sichel abzuhauen. Als wir uns ihm näherten, richtete er sich auf. Ich erkannte den Gärtner, bei welchem wir den Gaukler gesucht hatten. Er that nicht im geringsten überrascht über diese Begegnung; fast schien es, als ob er uns hier erwartet habe. Eben als wir vorübergingen, rief er, indem sein Gesicht sich zu einem höhnischen Grinsen verzog, mir zu:

»Wohlan, so wandle den Weg der Ungläubigen, und verschmachte auf dem Pfade der Verfluchten. Allah verdamme dich, du Hund!«

Dann wandte er sich um und rannte im Galopp davon, sich einigemale umsehend, ob ich ihn vielleicht verfolgen werde. Das fiel mir gar nicht ein. Sein Schimpfen war eine freche, unverschämte Rache für gestern; so dachte ich jetzt; später aber sah ich wohl ein, daß es noch etwas ganz anderes gewesen war.

Als wir fast oben auf der Höhe angekommen waren, deutete der Knabe auf ein fernes Felsenloch und sagte:

»Dort an dem alten Grabgewölbe seht ihr den Heiligen stehen; er wartet im Gebet auf euch.«

Er wollte sich entfernen; ich machte Miene, ihm ein kleines Bakschisch zu geben; er aber spuckte vor mir aus und sagte mit einer Gebärde des Abscheues:

»Behalte deinen Piaster. Wie könnte ich mich mit dem Gelde eines Ungläubigen verunreinigen? Gehe zur Hölle!«

Er rannte davon. So etwas war mir noch nicht vorgekommen. Während im Oriente Alte und junge nach dem Bakschisch förmlich Jagd machen und besonders die Knaben sich bis aufs Blut um denselben balgen, wies dieser Bube das Geschenk von sich und wagte es sogar, mich zu verhöhnen. Ich ließ ihn natürlich laufen und schritt mit Selim dem Loche zu, an welchem der Fakir lehnte, das Gesicht genau nach der Gegend von Mekka gerichtet und mit den beiden Händen im Gebete gestikulierend.

Als wir uns ihm genug genähert hatten, sah ich, daß er seine Lippen im Gespräch mit Allah bewegte; auf seinem Gesichte lag der Ausdruck reinster, religiöser Verzückung. Nein, dieses Gesicht konnte nicht lügen. Der Mann, welcher dem Grabe so nahe stand, daß jeder Augenblick ihn hineinstoßen konnte, sollte ein Freund von Verbrechern sein? Unmöglich, ganz unmöglich! Ich empfand in diesem Augenblicke das festeste, das innigste Vertrauen zu ihm.

Er hörte uns kommen und drehte sich uns zu. Sein Gesicht nahm den Ausdruck milder Würde an; er verbeugte sich, reichte mir die Hand und sagte.

»Willkommen, Effendi! Allah leite deine Schritte zum Ziele der Freude und des Glückes! Du hast Wort gehalten, und auch ich werde mein Versprechen erfüllen. Du sollst die Könige der Alten mit allen ihren Söhnen, Frauen, Töchtern und sonstigen Verwandten sehen.«

»Warum hast du uns nicht selbst abgeholt, wie du mir versprochen hattest?« fragte ich.

»Allah rief mich, und ich mußte antworten. Ich stand auf der Erde und sah in die Himmel hinein; ich sah die Augen der Seligen strahlen und die Flügel der Heerscharen leuchten. Da durfte ich nicht gehen; ich mußte bleiben und die Stimme des Propheten vernehmen und die Sprüche seines Mundes, um sie zu verbreiten unter den Völkern der Gläubigen und der Ungläubigen.«

»Der Ungläubigen? So bist du ein Prediger, welcher den Islam unter den Heiden verbreitet?« fragte ich.

»Ja; ich richte die Füße aller Menschen gen Mekka, der heiligen Stadt, ihre Augen auf den Kuran, das Buch des Lebens, und ihre Seelen auf den Weg nach der Brücke es Sireth, welche vom Tode in das Leben führt. Darum mußte ich jetzt der Weisung des Propheten gehorchen; ich durfte nicht fort; ich war gezwungen, zu bleiben, und sandte euch einen Boten, der euch zu mir bringen sollte.«

»Du hattest einen schlechten gewählt. Er beleidigte mich, weil ich andern Glaubens bin.«

»Du mußt ihm verzeihen, weil er ein Knabe ist, welcher die Bezähmung des Zornes noch nicht geübt hat. Ich bin bereit. Laßt uns gehen!«

Er wollte voranschreiten, vielleicht um ein Gespräch zu vermeiden; da ich aber gerade beabsichtigte, ihn in ein solches zu verflechten, hielt ich mich an seiner Seite, so daß Selim hinter uns ging. Seltsamerweise schlug er ganz genau den Weg ein, welchen wir vorgestern geritten waren. Ich sah das, obgleich unsere Spuren nicht mehr im Sande zu erkennen waren, da der Wind sie schon verweht hatte. So schritten wir eine ganze Weile neben einander her. Er beharrte in seinem Schweigen; darum begann ich endlich:

»Ich freue mich sehr darüber, daß du ein Prediger bist –«

Ich wollte fortfahren; er aber fiel schnell ein:

»So bist du ein schlechter Christ.«

»Inwiefern?«

»Habt ihr nicht auch Prediger der Heiden?«

»Allerdings.«

»Wie nennt ihr diese?«

»Missionäre.«

»Ja, so ist das Wort. Diese Missionäre sind unsere größten Feinde; darum wird ein guter Christ sich nicht über einen Prediger des Islams freuen. Kennst du die Lehren des Kuran und auch diejenigen eures heiligen Buches?«

»Ja.«

»Welches hat Recht, euer Buch oder das unserige?«

»Die Bibel.«

»So muß es dich ärgern, einen Wa'iz zu sehen.«

»Wenn ich sagte, daß ich mich freue, in dir einen Prediger zu sehen, so hatte diese Freude nur darin ihren Grund, daß ich hoffte, etwas von den Gegenden der Heiden, in denen du gepredigt hast, zu erfahren.«

»Was hättest du davon?«

»Ich würde erfahren, ob die Ansichten, welche ich über jene Gegenden und Völker habe, falsch oder richtig sind. Darf ich dich fragen, bei welchen Nationen du gewesen bist?«

»Ich war bei allen Völkern des weißen und des blauen Nils, auch in Kordofan und bis Dar-Fur hinüber.«

»So beneide ich dich um das, was du gesehen hast. Nicht wahr, eine Niederlassung am Nil wird Seribah genannt?«

Ich fragte wie ein Schulknabe, aber in ganz bestimmter Absicht. Er sollte mich für weniger erfahren und unterrichtet halten, als ich war, und auf den Gegenstand, welcher mir am Herzen lag, zu sprechen kommen.

»Nein. Wer dich so berichtet hat, der hat nichts verstanden. Die Christen sind nicht stets so klug, wie sie denken.«

»Aber das Wort Seribah giebt es?«

»Ja. Aber eine Seribah ist keine Stadt und kein Dorf, sondern so werden die befestigten Orte genannt, an welchen die Sklavenjäger wohnen.«

»Sklavenjäger! Welch ein böses, schlimmes Wort!«

»Im Ohre eines Christen, ja; aber ein Moslem denkt anders darüber. Weißt du, welches Wort wir für Sklave gebrauchen?«

»Ja; der Türke sagt Jessir, Köle oder Kul, der Araber Abd.«

»Ganz richtig! Und Abd heißt zugleich auch Diener, Beauftragter und Jünger. Das sagt dir wohl, daß unsere Sklaven unsere Jünger und Diener, nicht aber unsere Gequälten sind.«

»Ich verstehe wohl. Aber ist es nicht trotzdem grausam, sie ihrer Heimat und ihren Familien zu entreißen?«

»Nein, denn sie haben es bei uns besser, als sie es in der Heimat hatten.«

»Es werden, um einen Sklaven zu machen, im Durchschnitte wenigstens drei andere getötet!«

»Ist es schade, wenn ein Heide stirbt? Er wird, wenn es Allah gefällt, als Sohn eines Moslem zum zweitenmale geboren werden; dann kann er, wenn er nach den Geboten des Kuran lebt, nach seinem Tode in Muhammeds Himmel kommen. Du mußt dir die Sklaverei und die Sklavenjagden ganz anders denken, als sie euch beschrieben werden. Ich bin Geistlicher mehrerer Seriben gewesen, und muß die Sache also verstehen und viel besser kennen, als ihr sie kennt. Ich war sogar auf der Seribah von Abu el Mot, und habe da erkannt, daß die Schwarzen keine Menschen, sondern nur zweibeinige Tiere sind.«

»Bei Abu el Mot warst du? Der ist der berühmteste Sklavenjäger gewesen, wie auch schon sein Name erraten läßt.«

»Hast du von ihm gehört?«

»Viel, sehr viel. Er bewohnte die Seribah et Timsahl, wenn ich nicht irre.«

»Das ist sehr richtig. Auf dieser Seribah bin ich bei ihm gewesen. Ja, er war der berühmteste Sklavenjäger; aber jetzt giebt es einen noch viel berühmteren.«

Der Alte hatte jetzt ein ganz anderes Aussehen bekommen. Die milde Würde war aus seinem Gesichte gewichen und hatte einer Art von irdischer, sehr irdischer Begeisterung Platz gemacht. Ich sah das nur mit einem schnellen, kurzen Seitenblick, denn ich hütete mich, ihn offen anzusehen, weil ich befürchtete, daß er sich dann mehr beherrschen werde.

Vater des Todes. Seribah des Krokodiles.

»Wie heißt er?« fragte ich.

»Ibn Asl.«,

»Das ist eigentlich ein sehr frommer Name.«

»Nein.«

»Dann müßte ich die Sprache dieses Landes schlecht verstehen. Asl, der Ursprung, ist eine Bezeichnung Gottes, Ibn Asl heißt also ungefähr Sohn des Ursprunges, Sohn Gottes.«

»In diesem Falle nicht. Der Mann heißt Ibn Asl als Sohn seines Vaters, welcher Abd Asl heißt.«

Er sagte das im Tone eines Stolzes, welcher mir einstweilen unverständlich war. Ich antwortete so gleichgültig wie möglich:

»Das ist etwas anderes; ich wußte es nicht. Also sein Vater heißt Abd Asl? Ist dir dieser Mann bekannt?«

»Wohl kenne ich ihn!« nickte er mit einer mir auffallenden Bedeutung.

»So kennst du vielleicht auch den Sohn, den Sklavenjäger?«

»Auch ihn kenne ich!«

»Ich bleibe doch dabei, daß sein Name nicht für einen Sklavenjäger paßt. Abu el Mot, Vater des Todes, klingt da doch ganz anders.«

»Ich sage dir, daß dieser Ibn Asl noch einen anderen Namen trägt, einen Beinamen, den er sich durch seine Thaten erworben hat. Man nennt ihn ed Dschasuhr. Ist das kein Name, der für einen Sklavenjäger paßt?«

»O doch! Dieser Beiname klingt besser als der eigentliche Name. Woher stammt dieser Mann?«

»Das wird wohl ungesagt bleiben sollen.«

»Er kann nicht stets Sklavenjäger gewesen sein. Was war er früher?«

»Kaufmann in Chartum.«

»Ah, in Chartum!«

»Ja. Er war Gehilfe bei einem Händler, Namens Barjad el A ---«

Er hielt mitten in der Rede inne, und daran war meine Unvorsichtigkeit schuld, Barjad el Amin hatte er jedenfalls sagen wollen. Das war ja der Kaufmann, bei welchem der Bruder meines Führers aus Maabdah verschwunden war! Als ich diesen Namen hörte, hatte ich unwillkürlich den bisher gesenkten Kopf erhoben und den Sprecher so überrascht angeblickt, daß es diesem auffallen mußte. Er sprach also den Namen nicht vollständig aus, sondern unterbrach sich und fragte:

»Kennst du diesen Mann etwa?«

»Nein,« antwortete ich. Ich glaubte auf dem Punkte zu stehen, etwas Bestimmtes zu erfahren. Er sah mir scharf in das Gesicht und fragte:

»Sagst du die Wahrheit?«

»Ich war noch nie in Chartum.«

»Aber du willst hin?«

»Ja.«

»Zu Barjad el Amin?«

»Wie kann ich zu einem Manne wollen, den ich nicht kenne?«

»Als ich diesen Namen aussprach, erschrakst du beinahe. Das kommt mir verdächtig vor. Du bist nicht so ehrlich gegen mich, wie ich es gegen dich bin!«

»Ich verstehe dich nicht. Ich bin vollständig fremd hier, und du behauptest, daß ich Namen kenne, welche selbst ein Eingeborener noch nicht gehört hat!«

»Das mag sein. Weißt du, wer Ben Wasak ist?«

»Der Führer von Maabdah. Diesen Namen kenne ich freilich, weil ich mit dem Träger desselben zusammen gewesen bin.«

»Ihr habt auch miteinander gesprochen?«

»Natürlich! Von der Höhle, von den Krokodilmumien, welche sich in derselben befinden.«

»Habt ihr nicht auch von Chartum gesprochen?«

»Doch nicht.«

»Und von dem Bruder, den er dorthin gesandt hat?,‹

»Hat denn Ben Wasak einen Bruder? Wo befindet sich derselbe?«

»Du weißt also wirklich nichts? Nun, ich will dir sagen, daß dieser Sklavenhändler Ibn Asl ed Dschasuhr seinen besten Streich diesem Bruder Ben Wasaks gespielt hat.«

»Du machst mich sehr neugierig. Welcher Streich ist das gewesen?« fragte ich, indem ich mir alle Mühe geben mußte, ruhig zu erscheinen. Ich stand vor dem Augenblicke, an welchem, wie zu erwarten war, der Schleier des Geheimnisses entfernt wurde. Aber meine Erwartung wurde enttäuscht, denn der Fakir antwortete nach einer kurzen Weile:

»Das ficht dich nichts an, denn ihr Franken seid nicht die Leute, denen man so etwas erzählen soll.«

»Aber ich höre sehr gerne von solchen Streichen erzählen!«

»Das glaube ich; wer hörte so etwas nicht gern! Aber ich spreche trotzdem nicht davon.«

»Warum nicht? Meinst du, daß ich es weiter erzähle, daß ich es verrate?«

Er blieb stehen, schlug eine ganz eigenartige Lache auf, legte mir die Hand auf den Arm und sagte:

»Verraten? Du? Nein, du würdest es nicht verraten. Das weiß ich gewiß, ganz, ganz gewiß!«

Der Fakir stand jetzt als ein ganz anderer Mann vor mir, aber als was für einer? Es war mir in diesem Augenblicke ein Rätsel. Was war das für ein Gelächter! War das aus Hohn oder aus Übermut? Wie sollte ich mir den Ausdruck seines Gesichtes erklären? War das Verachtung oder Drohung? Er kam mir jetzt gerade wie ein Raubtier vor, welches mit seiner Beute spielt. Aber im Augenblicke hatten seine Mienen sich wieder verändert; er sah mir wohlwollend in die Augen und fuhr fort:

»Du verwirfst als Christ den Sklavenhandel und hältst diejenigen, welche denselben betreiben, für Unmenschen; darum ist es besser, wir brechen diese Unterhaltung so ab, wie wir jetzt von unserer bisherigen Richtung abweichen. Komme nach links!«

Wir waren bisher gerade in die Wüste hinausgeschritten; jetzt bog er nach Süden ein. In dieser Richtung weitergehend, sah ich in der Entfernung von einer Viertelstunde den Hügel vor uns liegen, an welchem der dicke Haushofmeister eingebrochen war. Wir schritten gerade auf denselben zu. Ich fing noch einigemale an zu sprechen, erhielt aber entweder eine kurze oder gar keine Antwort. Der Fakir schritt jetzt so schnell voran, daß ich lange Schritte machen mußte, um an seiner Seite zu bleiben. Das war mir lieb, denn diese Eile, mir zu entkommen, gab mir den Vorwand, zurück zu bleiben und Selim zuzuraunen:

»Sprich nicht davon, daß wir bereits hier gewesen sind!«

»Warum, Effendi?«

»Davon später. Schweig' also!«

Aus welchem Grunde ich dem Diener diesen Befehl gab? Ich hatte jetzt gegen den Fakir einen, wenn auch nicht bestimmten Verdacht gefaßt. Seit seiner letzten Rede war ich überzeugt, daß sein frommes Gesicht eine Lüge sei. Es konnte mir ja wohl sehr gleichgültig sein, ob es unter den muhammedanischen Fakirs einen Heuchler mehr oder weniger gebe, aber wer sich auf diese Weise zu verstellen vermochte, der war nicht nur ein Heuchler, sondern wohl gar ein gefährlicher Mensch. Daß er gerade mir gefährlich werden wolle, das war kaum anzunehmen. Welchen Grund hätte er haben können? Und sollte mir ja eine Gefahr drohen, nun, so bedurfte es nur der nötigen Vorsicht, und ich war Manns genug, es mit diesem alten Manne aufzunehmen. Es befand sich außer uns kein einziger Mensch in der Nähe, und zudem hatte ich das Messer und die beiden Revolver im Gürtel stecken.

Wir näherten uns dem Hügel von der Seite, an welcher ich hinaufgestiegen war; auf der anderen war das Loch, aus welchem wir den Schwarzen hatten befreien müssen. Wir konnten, da der Hügel dazwischen lag, es nicht sehen. Am Fuße desselben angelangt, blieb der Fakir stehen und sagte:

»Wir sind an Ort und Stelle, denn hier befinden sich die Gänge, in denen die Königsleichen aufgespeichert liegen.«

»Hier?« fragte ich. »Hier kann es doch unmöglich Felsengräber geben!«

»Wer hat von Felsengräbern gesprochen? Es sind hohe, weite, gemauerte und unterirdische Gänge, in welche wir hinabsteigen.«

Ich war, als ich den Hügel erstiegen hatte, in einer Schneckenlinie auf die Spitze desselben gelangt, hatte ihn also von allen Seiten genau gesehen, aber nichts bemerkt, was auf einen Eingang in das Innere schließen lassen konnte. Darum fragte ich jetzt:

»Wo ist der Eingang? Ich sehe nichts Ähnliches.«

»Droben in der Nähe der Spitze.«

»Sieht man ihn?«

»Nein. Meinst du, daß ich mein Geheimnis so schlecht zu bewahren wisse, daß ich nicht auf den Gedanken käme, die Öffnung zu verbergen? Folgt mir gerade hinauf!«

Er schickte sich an, den Hügel zu ersteigen; ich aber hielt ihn zurück. Es war mir schon seit einiger Zeit aufgefallen, daß sich auf unserm Wege ein vielleicht drei Fuß breiter Strich hingezogen hatte, gerade so, als ob man einen Mantel, einen Haïk über den Sand geschleift hätte, um Fußspuren zu verbergen. Dieser Strich stieg auch von dem Punkte, an welchem wir standen, gerade zur Höhe empor. »Siehst du nicht, daß schon jemand hier gewesen sein muß?« fragte ich.

»Woraus willst du das schließen?«

»Es hat jemand sein Gewand hinter sich hergeschleift, um seine Fußstapfen auszulöschen. Das kommt mir verdächtig vor.«

»Mir nicht,« lächelte er. »Kannst du dir nicht denken, wer das gewesen ist?«

»Etwa du?«

»Ja, ich war es.«

»Aus welchem Grunde kamst du schon einmal vor uns her?«

»Um, ehe ich euch hergeleitete, mich zu überzeugen, daß alles in Ordnung sei. Ich bin viele Monate nicht hier gewesen, und das Geheimnis konnte ja inzwischen entdeckt worden sein.«

»Dieser Grund ist gut; aber es scheint mir, als ob die Stapfen mehrerer Männer ausgelöscht worden seien.«

»Allah! Welches Auge könnte unterscheiden, ob ein Mann oder mehrere sich hier befunden haben!«

»Das meinige. Ich bin bei wilden Völkern gewesen, bei denen das Leben daran hing, zu wissen, wie viele Feinde man vor sich hat.«

»Von Feinden ist hier keine Rede. Ich bin hierher gekommen und wieder fortgegangen; das giebt doppelte Stapfen, und so mag es scheinen, als ob nicht nur einer hier gewesen sei. Meinst du, daß ich Lust habe, noch andere in mein Geheimnis einzuweihen?«

Diese Erklärung hätte unter den gegebenen Verhältnissen den vorsichtigsten und mißtrauischesten Menschen befriedigt. Auch ich fühlte mich beruhigt, und so stiegen wir nach der Spitze empor. Als wir fast oben angekommen waren, blieb der Alte stehen, blickte sich rund um und sagte:

»So weit das Auge reicht, ist kein Mensch zu sehen. Wir werden also nicht beobachtet und können getrost öffnen.«

Ja, es war kein Mensch zu sehen; wir waren allein, und das ließ den Rest meines Mißtrauens verschwinden. Was konnte uns dieser Mann thun, wenn er ja eine Heimtücke plante? Höchstens uns irgendwo einsperren. Und daß ihm das unmöglich wurde, dafür war sehr leicht zu sorgen. Man mußte ihn beim Eintreten stets vorangehen und beim Fortgehen hinterher folgen lassen. Es war mir also nicht im mindesten bange. Auch Selim schien bei guter Zuversicht zu sein, wenigstens hatte er bisher noch nichts gethan oder gesagt, was auf Mutlosigkeit schließen ließ. Der Alte kauerte sich nieder und wühlte mit den Händen den Sand auf, den er rechts und links zur Seite warf. Dies geschah, da der Sand sehr klar und leicht war, ohne große Anstrengung. Es entstand auf diese Weise in der Seite der Hügelspitze ein wagrechtes Loch. Als dieses vielleicht drei Fuß tief war, kam eine Steinplatte zum Vorscheine. Nun halfen wir beiden andern mit, und bald war die Platte bloßgelegt. Sie hatte eine Höhe von über vier und eine Breite von über drei Fuß. Wir nahmen sie weg und sahen nun einen Gang vor uns, welcher aus dunkeln Nilziegeln gemauert und so hoch und breit war, daß auch ein beleibter Mann bequem hineinkriechen konnte. Der Fakir musterte den Horizont noch einmal, und als weit und breit kein lebendes Wesen zu sehen war, sagte er:

»Wir sind wirklich völlig unbeachtet und können nun hinein. Wer kriecht zuerst?«

»Du natürlich, denn du bist der Führer,« antwortete ich.

Er gehorchte dieser Aufforderung; ich folgte, und Selim kam langsam hinter mir her. Als ich vielleicht vier Ellen weit gekrochen war, fühlte ich, daß der Gang sich erweiterte. Der Fakir gebot, eine Fackel anzubrennen. Ich that dies und sah dann bei dem Scheine derselben, daß wir uns in einem kleinen Gemache befanden, welches Raum für wohl sechs bis sieben Personen hatte. Wir konnten aufrecht stehen. Die Wände bestanden aus denselben schwarzen Schlammsteinen, wie der Eingangsstollen. Die Luft war gut, und von Mumiengeruch gab es keine Spur. Dies schien Selim zu freuen, denn er meinte gut gelaunt:

»Hier könnte man wohnen, Effendi. Hier ist die Luft ganz anders als in jener traurigen Höhle von Maabdah, welche sich an der Würde meiner Nase so versündigte, daß es der ganzen, vollen Kraft meines Charakters bedurfte, um alle Gänge zu durchforschen und bis zum letzten Augenblicke auszuhalten.«

»Es gefällt dir also hier?«

»Außerordentlich! Es ist zwar nicht jedermanns Sache, in den dunkeln Schlund der Erde zu dringen, aber was sonst keinem möglich ist, das leiste ich. Ich würde sogar, wenn man es verlangte, in die Tiefe der Hölle niedersteigen.«

»Das wird niemand von dir fordern. Was ich verlange, ist nur die Kleinigkeit, daß du den Mut, den du jetzt besitzest, nicht etwa fallen lässest.«

»Den Mut fallen lassen! Effendi, willst du denn immer und immer wieder den Glanz meines Ruhmes verdunkeln! Was ist denn das für ein Loch hier in dem Boden?«

Es gab in der Ecke des Gemachs eine Öffnung, welche, wie es schien, senkrecht in die Tiefe führte. Sie war so weit, daß ein ausgewachsener Mann hineinsteigen konnte.

»Das ist der Schacht, in welchen wir steigen müssen,« erklärte der Fakir.

»Ein Schacht!« brummte Selim, nun schon bedeutend kleinlauter. »Giebt es denn keine Treppe hier?«

»Nein.«

»Wo haben diese Mumien, als sie noch lebten, ihre Gedanken gehabt! Konnten sie uns nicht die Wohlthat einer bequemen Treppe erweisen? Eine Leiter wenigstens wird es doch geben?«

»Auch nicht.«

»So soll ich wohl die Vorzüge meiner Glieder riskieren und mir die Arme und Beine verrenken oder gar zerbrechen?«

»Das jedenfalls nicht,« antwortete ich. »Es wird wohl irgend eine Vorrichtung geben, mit deren Hilfe man hinabzusteigen vermag.«

»Es giebt eine,« erklärte der Fakir. »Es sind zu beiden Seiten des Schachtes kleine, viereckige Löcher angebracht, in welche man die Füße setzt. Dies ergiebt auch einen festen Anhalt für die Hände, und auf diese Weise kann man wie auf einer festen, sichern Leiter oder Treppe hinunter gelangen.«

»Wie tief ist der Schacht?«

»Nach zwanzig Löchern kommt man an zwei Seitenstollen, welche aber leer und auch sehr klein sind, dann noch dreißig Löcher, so gelangt man in den großen Hauptgang, in welchen wir eindringen werden.«

»Wie weit sind die Löcher von einander entfernt?«

»Nicht ganz zwei Fuß. Das Steigen ist ganz bequem.«

»Welche Luft giebt es unten?«

»Sie ist fast so gut wie hier oben. Es muß da Luftlöcher geben, welche ich noch nicht gefunden habe. Vielleicht gelingt es deinem Scharfsinne, sie zu entdecken.«

Er sagte das in seinem gewöhnlichen Tone, aber mit einem leisen Anklange, den ich jetzt nicht beachtete. Später erkannte ich, daß es Ironie gewesen war.

»Sind die Steigelöcher zuverlässig?« erkundigte ich mich weiter. »Der Schacht besteht jedenfalls auch aus Schlammziegeln, welche leicht bröckeln. Da könnte man den Halt verlieren und in die Tiefe stürzen.«

»Das ist gar nicht möglich. Die Ziegeln sind fest, und übrigens haben wir ja das Seil mit, an welches wir uns binden werden. Wer steigt voran?«

»Ich nicht!« antwortete Selim schnell.

Wollte ich mich von dem Fakir, wenn er ja einen Verrat im Schilde führte, nicht übertölpeln lassen, so mußte er voransteigen. Ich sagte ihm daher, daß er als Führer den ersten machen müsse, und er ging auch ganz willig darauf ein. Auch das war, wie so manches andere vorher, geeignet, mich über ihn zu beruhigen.

Also der Fakir voran; dann sollte Selim folgen, und ich wollte, als der stärkste von uns, den letzten machen. Wenn einer von den beiden ja abrutschte, so war ich derjenige, der ihn am Seil zu halten hatte. Das eine Ende desselben wurde also dem Alten unter den Armen hindurch auf die Brust gebunden; in der Mitte wurde Selim befestigt, und das andere Ende schlang ich mir um die Hüften, wo es durch einen Knoten sichern Halt bekam.

Es war schwierig, Hände und Füße zum Steigen zu gebrauchen und dabei die brennende Fackel zu halten. Der Fakir kannte den Schacht; er brauchte also kein Licht. Selim durfte keins bekommen, weil er nicht zuverlässig war. Er brauchte seine Hände notwendig, um sich festzuhalten. So war ich es denn, welcher als der einzige eine Fackel zu tragen hatte.

Nun kniete ich zunächst vor der Öffnung nieder, um mit der Hand hinabzulangen, und die Steiglöcher zu untersuchen. Sie waren groß genug, um die Füße und Hände aufzunehmen, und ihre Kanten besaßen diejenige Härte, welche keine Besorgnis aufkommen ließ. Nun stieg der Fakir hinein und war bald verschwunden. Selim folgte langsamer; er konnte die Löcher nicht sehen und mußte mit den Händen und Fußspitzen nach ihnen tasten. Als ich seinen Kopf verschwinden sah, hörte ich ihn das Stoßgebet murmeln:

»Ich bezeuge, daß es keinen Gott giebt außer Gott; ich bezeuge, daß Muhammed der Gesandte Gottes ist!«

Dann stieg auch ich hinein. Ich mußte mich auf die Füße und die rechte Hand verlassen, da ich in der linken die Fackel trug. Die ersten Schritte gingen sehr langsam abwärts; dann aber gewöhnte man sich bald in die Lage und Entfernung der Löcher, und es ging rascher. Gesprochen wurde nicht.

Ich zählte die Schritte. Richtig nach zwanzig Löchern gab es vor und hinter mir je eine Stollenöffnung, an denen ich vorüber kam. Ich leuchtete im Passieren in das eine hinein, doch war das Licht zu matt, um die tiefe Finsternis durchdringen zu können. Nun noch dreißig Löcher abwärts bis zum Hauptgange. So dachte ich, weil der Fakir es gesagt hatte; aber es kam ganz anders. Ich war an den beiden Stollen vorüber und hielt mich eben mit der Rechten im vierten oder fünften Loche unterhalb derselben fest, als von oben herab ein Lachen erscholl, welches die engen Wände des Schachtes in grausiger Weise wiederhallten. Es klang, als ob eine Schar von Teufeln lache. Dann hörte ich die Worte rufen: »So bringt man den Christenhund zum ewigen Schweigen. Verschmachte hier in der Tiefe, und erwache dann auf dem Grunde der Hölle!«

Ich blickte empor und sah zwei Gesichter, welche von dem Scheine eines Lämpchens so beleuchtet wurden, daß ich sie erkannte. Der alte Fakir und der Muza'bir waren es. Nicht einen Augenblick die Geistesgegenwart verlierend, wußte ich sofort, um was es sich handelte: Wir sollten hier eingesperrt werden, um elend umzukommen. Da galt es ein schnelles Handeln; wir mußten augenblicklich wieder einpor.

»Selim, schnell hinaufsteigen,« rief ich diesem zu; »schnell, schnell!«

Natürlich begann ich selbst, sofort nach oben zu steigen; aber ich war ja mit Selim zusammengebunden, und dieser folgte meinem Rufe nicht; der Strick hielt mich zurück.

»Kennst du mich?« rief der Gaukler von oben herab. »Du hast mich einstecken lassen wollen; nun steckst du selber fest, und kein Mensch wird dich und diesen Selim erlösen.«

»Kein Mensch!« stimmte der Ehrwürdige bei. »Du begannst bereits, mir zu mißtrauen; ich sah es dir an; aber du warst doch so dumm, mir zu folgen. Ich gehöre zur heiligen Kadirine und habe, um diese an dir zu rächen, in Maabdah auf dich gewartet. Nun stirb wie ein Hund, Giaur. Deine Seele sei verflucht in alle Ewigkeit!«

Ich antwortete ihnen nicht, denn jedes Wort wäre vergeblich gewesen. Nicht Worte, sondern Thaten konnten retten. Während ich mit den Füßen in den Mauerlächern stand und die Fackel in der Linken hielt, zog ich mit der Rechten das Messer und schnitt den Strick entzwei. So kam ich von Selim los. Ich sah genau, wo die beiden Feinde sich befanden; sie lagen in den zwei Stollen, an denen wir vorüber gekommen waren, der eine hüben und der andere drüben, und hielten die Köpfe über den Schacht, in welchem wir uns befanden. Ich mußte hinauf zu ihnen, um sie zu vertreiben. Das gab einen Kampf, welcher für mich äußerst gefährlich war. Sie brauchten ja nur, wenn ich bei ihnen auftauchte, mich auf den Kopf zu schlagen. Um dies zu verhüten, mußte ich sie vertreiben; ich steckte also das Messer in den Gürtel und zog den Revolver.

Leider konnten sie, da ich mit der Fackel versehen war, genau beobachten, was ich that. Sie sahen die Waffe, und als ich dieselbe nach oben richtete, verschwanden die beiden Gesichter über mir, und ich hörte die Stimme des Muza'bir:

»Schieß, du Hund, und versuche, ob du uns treffen kannst!«

Es wurde dunkel über mir, und ich hörte ein Geräusch, wie wenn schwere Steine gegen einander prallen. Den Griff des Revolvers in den Mund nehmend, so daß ich die rechte Hand wieder zum Klettern frei bekam, stieg ich jetzt aufwärts. Als ich die Stelle erreichte, an welcher sich die beiden befunden hatten, konnte ich nicht weiter; sie hatten eine Steinplatte, welche den Schacht vollständig verschloß, vorgeschoben, und ich hörte, daß sie dieselbe mit Steinen noch mehr beschwerten. Wir waren gefangen.

Ich stemmte mich mit dem Kopfe gegen die Platte, um ihre Schwere zu prüfen; ich konnte sie nicht heben. Ich gab zwei Schüsse gegen dieselbe ab – vergeblich!

Da meine Gestalt die ganze Weite des Schachtes ausfüllte, hatte Selim nicht sehen können, was geschehen war; er hatte zwar die Stimmen gehört, aber die Worte nicht verstanden. Jetzt fragte er:

»Aber, Effendi, mit wem sprichst du denn da oben? Warum schießest du? Ist denn etwas geschehen?«

»Ja, leider ist etwas geschehen. Wir sind eingesperrt worden.«

Von wem?«

»Von diesem alten heiligen Fakir.«

»Wie kann er uns einsperren; er befindet sich ja unter mir!«

»Nein; er befindet sich jetzt über mir.«

»Unsinn, Effendi! Das hätte ich doch bemerken müssen, denn er hätte zurückbleiben müssen, und ich wäre an ihm vorüber gekommen.«

»Das ist auch wirklich geschehen, aber du hast es eben nicht bemerkt. Er hat sich von dem Stricke losgemacht und ist heimlich in den Stollen gekrochen, um uns vorüber zu lassen. Nun hat er den Schacht mit Steinen verschlossen, und wir können nicht hinaus.«

»Allah'l Allah! Ist das wahr?« fragte er im Schreckenstone.

»Es ist wahr. Ich habe soeben versucht, die Steine zu heben, aber sie sind zu schwer.«

»So werde ich helfen. Ich komme!«

»Bleib' nur! Du kannst nicht helfen, denn es ist ja unmöglich, daß zwei Personen hier neben einander stehen.«

»So versuche es noch einmal, Effendi! Du bist ja stark, viel stärker als ich. Vielleicht gelingt es dir, die Steine zu heben und das Hindernis zu beseitigen.«

»Gut, ich will es noch einmal probieren. Aber wenn es gelingt, so werden die Steine in den Schacht fallen und uns treffen. Komme also herauf zu mir. Je näher du bist, desto schwächer treffen sie dich. Und stehe ja fest; halte dich gut an, damit sie dich nicht mit hinabreißen.«

Ich stieg noch ein Loch höher, um, anstatt vorher mit dem Kopfe, jetzt mit dem Rücken zu heben. Ich hörte über mir dumpfe Töne, ein Gepolter, aus welchem ich entnahm, daß die Kerls noch immer fortfuhren, die Platte mit Steinen zu beschweren. Sie mußten zu diesem Zwecke einen bedeutenden Vorrat derselben in die beiden Seitenstollen geschafft haben.

Nun legte ich mich mit dem gekrümmten Rücken gegen die. Platte und versuchte, dieselbe zu heben; aber alle Anstrengungen waren vergebens. Und als ich schließlich alle meine Kraft zusammennahm, fühlte ich, daß die Schlammziegel, auf denen ich in den Seitenlöchern stand, unter dem größeren Drucke zu bröckeln und nachzugeben begannen. Ich war also gezwungen, auf diesen Rettungsweg zu verzichten.

»Geht es, geht es, Effendi?« fragte Selim ängstlich.

»Nein. Der Halt giebt unter mir nach; ich stehe in Gefahr, in die Tiefe zu stürzen.«

»O Allah, o Gnädiger, o Erbarmerl Wir sind verloren. Wir werden hier in dieser Höhle umkommen, und kein Mensch wird wissen, wo unser Fleisch verfault und unsere Gebeine verwesen. Wäre ich doch daheim geblieben, daheim, bei den guten Speisen meines dicken Haushofmeisters!«

»Klage nicht! Noch haben wir nicht Veranlassung, den Mut zu verlieren.«

»Meinst du?« fragte er schnell. »Giebt es einen Weg aus diesem Elende?«

»Ich hoffe es.«

»Wo befindet er sich?«

»Unten. Hier oben kommen wir nicht durch. Wir müssen vollends hinabsteigen.«

»Dann kommen wir ja immer tiefer in das Unglück hinein! Wir müssen auf alle Fälle hier oben hinaus.«

»Nein. Ich kann die Hindernisse nicht beseitigen. Und selbst wenn mir dies gelänge, so ständen die beiden Halunken oben am Schachtloche und könnten uns bei unserm Erscheinen mit Leichtigkeit umbringen.«

»Welch eine Gefahr, welch eine schlimme Lage! Meine Glieder zittern, und meine Seele bebt vor Schrecken!«

»Heule nicht, sondern nimm dich zusammen! Wir bedürfen all unserer Körper- und Geisteskräfte. Wenn du zitterst, kannst du leicht den Halt verlieren und in die Tiefe stürzen. Gieb mir den durchschnittenen Strick herauf, damit ich dich wieder an mich festbinde!«

Er suchte das Ende und reichte es mir. Indem ich den Knoten schlang, sagte er:

»Aber wie war es mit dem Alten möglich, so plötzlich über, anstatt unter uns zu sein? Er war ja an mich festgebunden.«

»Kannst du dir denn nicht denken, daß er sich unterwegs losgebunden hat? Als er dann die Seitenstollen erreichte, kroch er unbemerkt in einen derselben, wo der Muza'bir ihn schon erwartete. Wir sind nach ihm ganz ahnungslos an den Löchern vorübergestiegen.«

»Der Muza'bir soll ihn hier erwartet haben?«

»Natürlich! Er ist ja mit hier.«

»Dann hätten wir seine Spur draußen sehen müssen.«

»Die hat der Alte ausgewischt. Du hast ja gehört, daß ich der Ansicht war, die Spuren seien nicht von einem einzelnen Manne hervorgebracht worden. So, jetzt habe ich dich wieder fest an mir. Nun steige langsam niederwärts. Ich folge dir.«

»Wie weit?«

»Der Fakir sprach von dreißig Löchern; ob dies wahr ist, weiß ich freilich nicht. Wir müssen es eben versuchen. Einmal muß der Schacht doch ein Ende nehmen.«

Der Abstieg begann. Selim zählte mit lauter Stimme die Löcher, welche die Stufen bildeten. Als er bis zu dreißig gekommen war, meldete er mir:

»Effendi, ich fühle festen Boden unter mir.«

»Sei vorsichtig, und untersuche genau, ob er dich trägt!«

»Er hält; er giebt nicht nach; er ist fest.«

»So warte; ich komme gleich.«

Er hatte recht. Als ich ihn erreicht hatte und dann neben ihm stand, leuchtete ich mit der Fackel umher, Wir befanden uns in einer kleinen Kammer, welche derjenigen glich, in die der Schacht oben mündete. Der Boden bestand aus Schlammziegeln, doch unter unsern Füßen sah ich eine glatte Steinplatte, welche wenig über drei Fuß ins Geviert hatte. Wir traten zur Seite und hoben sie auf. Es kam ein Schachtloch zum Vorscheine, welches weiter abwärts führte.

»Schau,« sagte ich, »gerade so eine Steinplatte hat es auch da oben bei den beiden Stollen gegeben. Sie ist in einem derselben versteckt gewesen, und als wir vorüber waren, hat man sie über den Schacht gelegt und mit anderen Steinen beschwert.«

»Das begreife ich auch, Effendi,« klagte der Lange. »Aber was hilft es uns, dies zu wissen, da wir dadurch nicht gerettet werden! Wir sind verloren und werden das Licht des Tages nie mehr schauen. Das Leben ist so schön. Wer hätte geglaubt, daß es so schnell und auf eine so schmachvolle Weise enden werde!«

Er setzte sich nieder und weinte laut und bitterlich. Ich hielt es für das beste, ihn in diesem Ausbruche der Mutlosigkeit nicht zu stören, und machte mich daran, das kleine Gemach zu untersuchen. Zunächst bemerkte ich zu meiner Freude, daß die Luft eine verhältnismäßig erträgliche war. Die Fackel brannte zwar nicht ganz hell, aber doch so, daß ich sehen konnte. Von Stickluft war keine Rede; nur moderig, feucht roch es hier. Die Wände bestanden aus schwarzen Nilziegeln. Wie lange Zeit mochten sie überdauert haben! Sie hielten noch fest, und nur an einer Stelle schienen sie eingefallen zu sein; der darüber lagernde Sand war nachgestürzt. Oder sollte ich mich täuschen? Sollten sich an dieser Stelle überhaupt keine Steine befunden haben? Ich kniete mich nieder und untersuchte sie. Ich räumte mit der Hand den Sand weg; er war leicht und mehlig. Ich kam rechts an Mauerziegeln, links an Mauerziegeln, oben auch an Mauerziegeln; dazwischen aber gab es keine Mauer, sondern nur diesen leichten Sand. Hinter mir weinte Selim noch immer, aber nicht mehr laut; er seufzte und --- was hatte er denn? Das klang ja so dumpf, so hohl, so ganz und gar eigentümlich! Ich drehte mich nach ihm um. Er saß mit vornüber gebeugtem Oberkörper da, hatte das Gesicht mit den beiden Händen bedeckt und schien ganz still zu sein.

»War dieser Seufzer von dir, Selim?« fragte ich ihn.

»Von mir? Ein Seufzer? Wann denn?«

»Soeben, in diesem Augenblicke.«

»Das war ich nicht. Du hast dich getäuscht.«

»Nein; ich habe es ganz deutlich gehört.«

»Und ich war es nicht und habe auch nichts gehört.«

»Und dennoch ist kein Irrtum möglich. Ich bin überzeugt, daß – – –«

Ich hielt inne, denn der dumpfe Ton erklang jetzt abermals.

»Hörst du es, hörst du es?« fragte ich, nun freilich betroffen.

»Ja, Effendi, ich habe es jetzt auch gehört, ganz deutlich gehört.«

»Wo erklang es? Der dort in dem Loche, welches ich gegraberi habe, nachrollende Sand kann es nicht sein.«

»Nein; der Sand hat keine Stimme.«

»Er hat eine, aber keine solche. Ich hörte ihn in stillen Nächten in der Wüste sehr oft klingen und singen, wenn er vom leisen Windhauche auf der einen Seite der Sandhügel hinauf und auf der andern wieder hinabgetrieben wurde. Das giebt ein metallisches Tönen, als ob Elfen und Gnomen mit winzigen goldenen Pokalen zusammenstießen. Dieser Ton hier aber ist ganz anders.«

Eben als ich ausgesprochen hatte, ließ sich derselbe abermals hören, und nun wußte ich, woher er kam.

»Er klingt da aus dem Schachte heraus!« rief ich überrascht.

»Richtig, sehr richtig!« stimmte Selim bei, indem er entsetzt aufsprang und in die Ecke flüchtete.

»Warum erschrickst du?« fragte ich ihn. »Es sind Menschen in der Nähe.«

»Menschen? Wie kann es hier Menschen geben! Das sind die Geister der Hölle, welche nach unsern Seelen lechzen.«

»Schweig'! Du bist ein Feigling!«

»Ich, ein Feigling? Effendi, ich bin der Stärkste der Starken und der größte Held meines Stammes; aber gegen die Hölle kann selbst der Kühnste der Kühnen nicht kämpfen. Du hast mich an den Rand der Verdammnis geführt, und wenn derselbe einstürzt, so brechen wir durch die Oberfläche der Erde hinab in den Schlund, aus welchem in alle Ewigkeit kein Entkommen ist. O Allah, Allah, Allah!«

»So bleib' meinetwegen hier und jammere; ich aber werde mich retten.«

»Retten?« fragte er rasch. »So helfe ich dir; ich helfe dir, Effendi!«

»Nun gut, so laß das Klagen, und steige mit mir weiter hinab!«

»Noch weiter? Bist du bei Sinnen!«

»Ja, ich bin sehr wohl bei Sinnen. Da unten giebt es jemand, dem wir Hilfe bringen müssen.«

»Das ist nicht ein Mensch, sondern es war das Stöhnen der Verdammten in der Hölle.«

»Dummkopf! Der Mann befindet sich vielleicht schon dem Tode nahe, und wenn wir zögern, so stirbt er. Ich steige hinab. Thue, was du willst.«

Ich hatte mich von ihm losgebunden, wand mir den Strick um den Leib und stieg in das Loch.

»Effendi, du willst wirklich weiter?« rief er aus. »Was soll mit mir geschehen?«

»Bleib' meinetwegen hier.«

»Nein, das thue ich nicht; ich bleibe nicht hier, so allein inmitten der Schrecken dieses schauerlichen Ortes. Ich komme, ich komme.«

Jetzt beeilte er sich, mir zu folgen. Zwanzig Löcher stiegen wir hinab; dann hielt ich an, um zu lauschen. Ich vernahm nun deutlich eine menschliche Stimme nicht weit unter mir; sie rief.

»Hilf mir, komme herab!«

»Ich komme,« antwortete ich. »Ich werde gleich bei dir sein.«

Ich hatte noch zehn Löcher zu steigen, dann gewann ich wieder festen Boden. Ich leuchtete um mich und sah mich in einem ausgemauerten Raume, welcher allem Anscheine nach früher Wasser enthalten hatte. Der Schacht war – vielleicht vor Jahrtausenden – ein Brunnen gewesen. Daß es hier Königsgräber gebe, das hätte mir der Fakir nur vorgeschwindelt, um mich hereinzulocken. An der Mauer hockte eine Gestalt, welche jetzt die Arme erhob und dabei rief-.

»Habt Erbarmen! Laßt mich wieder hinauf! Ich werde ja nichts verraten. Ich habe es euch doch schon versprochen.«

»Fürchte dich nicht,« antwortete ich. »Wir sind nicht gekommen, dich zu quälen.«

»Nicht? So gehört ihr nicht zu Abd el Barak, der mich zu töten befahl?«

»Nein. Abd el Barak ist vielmehr mein grimmigster Feind, dessen Verbündete uns in diesen Brunnen gelockt haben.«

»Allah! So seid also auch ihr dem Tode geweiht und könnt mir keine Rettung bringen!«

»Verzage nicht. Allerdings will man uns hier verschmachten lassen, aber ich hoffe, diese Absicht zu Schanden zu machen, und dann wirst du mit uns das Licht des Tages wieder schauen. Wie lange befindest du dich schon an diesem Orte?«

»Vier Tage.«

»So mußt du fast verdurstet sein!«

»Nein, Herr. Durst habe ich wenig gelitten, denn es ist hier feucht, und die Mauer hängt voller Tropfen. Aber Hunger habe ich. Ich hatte schon über einen Tag lang nichts gegessen, als ich hierher gelockt wurde. Nun bin ich so schwach, daß ich mich nicht mehr erheben kann.«

Ich muß erwähnen, daß ich mich in freien Augenblicken in den Hof zu begeben pflegte, um den Bakarahengst vollends zu zähmen. Ich hatte ihm stets eine Tasche voll Datteln mitgenommen. Auch heute hatte ich die Tasche gefüllt, war aber nicht dazu gekommen, in den Hof zu gehen. Ich zog also die Datteln hervor und gab sie dem armen Menschen. Als das Selim sah, sagte er:

»Auch ich habe etwas. Der Haushofmeister hat mir Kebab mitgegeben, da er meinte, daß ich Hunger bekommen könne. Da nimm und iß!«

Die Datteln und das Fleisch reichten hin, einen Hungrigen zu sättigen. Während er aß, betrachtete ich ihn. Er war ein junger Mann von kaum über zwanzig Jahren, hatte nicht arabische Gesichtszüge und machte einen gar nicht üblen Eindruck auf mich. Gekleidet war er nur in eine blauleinene Hose und Jacke, welche durch einen Ledergürtel festgehalten wurden. Auf dem Kopfe trug er den unvermeidlichen

Fez. Er aß, ohne zu sprechen, und ich wollte ihn nicht mit Fragen belästigen. Als er fertig war, versuchte er, aufzustehen; es ging so leidlich.

»Allah sei Dank!« sagte er. »Die Speise hat mich gekräftigt, obgleich sie noch nicht in mein Blut übergegangen ist. Wer seid ihr? Sagt mir eure Namen, damit ich euch danken kann!«

Da antwortete Selim schnell:

»Mein Name ist so berühmt und so lang, daß du ihn gar nicht auszusprechen vermöchtest, wenn ich ihn dir ganz sagte. Nenne mich daher Selim, den größten Helden seines Stammes! Ich bin der Leiter und Beschützer dieses Effendi, dessen ---«

»Das ist überflüssig,« unterbrach ich ihn. »Wer wir sind, das wird dieser Jüngling schon noch erfahren. Nötiger ist es, daß wir wissen, wer er ist und wie er hierher kam.«

»Ich heiße Ben Nil,« antwortete er.

Diese beiden Worte heißen Sohn des Niles; darum fragte ich:

»So bist du am Ufer des Stromes geboren?«

»Nicht am Ufer, sondern auf dem Nile selbst. Meine Mutter befand sich mit Abu en Nil auf dem Wasser unterwegs, als ich geboren wurde.«

»Vater des Niles heißt dein Großvater. So ist er wohl ein Schiffer?«

Fleischstückchen, an kleinen Hölzern über dem Feuer gebraten.

»Er ist der beste Steuermann vom Anfang bis zum Ende dieses Stromes.«

»Und wie kamst du hierher?«

»Ich sollte einen Mann töten helfen, und das wollte ich nicht. Zur Strafe dafür hat man mich hierher gebracht, wo ich elend untergehen soll.«

»Daß du ein solches Verbrechen von dir gewiesen hast, ist sehr brav von dir. Wer waren denn diejenigen, welche es von dir forderten?«

»Es waren ihrer drei; aber ich getraue mich nicht, sie zu verraten, da zwei von ihnen sehr mächtige Leute sind.«

»Ich vermute, daß Abd el Barak sich unter ihnen befindet.«

»Herr, du hast ein ehrliches Gesicht, und ich will dir vertrauen. Ja, Abd el Barak ist dabei. Der zweite war ein berühmter Fakir und der dritte ein Gaukler.«

»Ah! Diese beiden letzteren sind es, die uns hierher gelockt haben.«

»So sind wir Leidensgefährten, und ich will kein Geheimnis vor euch haben, obgleich es euch gleichgültig sein kann, wer derjenige ist, den ich töten sollte.«

»Das kann mir nicht gleichgültig sein, denn ich nehme erstens teil an dir, und zweitens muß es mir lieb sein, über die Absichten meiner Feinde etwas Näheres zu erfahren. Also sage, wer er ist!«

»Er ist ein Fremder, ein Christ aus Almanja. Ein gelehrter Effendi, der sich gegen die heilige Kadirine vergangen hat.«

»Gehörst du zur Kadirine?«

»Ich bin einer der geringsten unter ihren Dienern.«

»Und hast doch nicht gehorcht!«

»Ich bin ein ehrlicher Mann und morde nicht. Nur im Falle eines Krieges, einer Blutrache oder einer schweren Beleidigung würde ich meinen Gegner töten. Und außerdem hatte dieser Fremdling meinem Großvater einen großen Dienst erwiesen.«

»Darf ich erfahren, was für ein Dienst das gewesen ist?«

»Ja. Er war Steuermann eines Sklavenschiffes und sollte deshalb bestraft werden; der Christ ließ ihn heimlich entweichen. Wie kann ich da so undankbar sein, ihn wegen der Kadirine umzubringen!«

»Du hast recht gehandelt, und ich hoffe, es dir vergelten zu können.«

»Du, Herr?«

»Ja, ich. Du sprichst nämlich mit demjenigen, den du ermorden solltest, denn ich bin jener Effendi aus Deutschland.«

»Ist das wahr? Ist das auch nur möglich?«

»Es ist wahr. Frage meinen Begleiter hier, und außerdem kann ich es dir auch noch anderweit beweisen.«

»Das wäre ein Kismet, über welches ich mich freuen würde, wie ich mich in meinem Leben noch nicht gefreut habe.«

»Den Namen deines Großvaters hörte ich nicht nennen; ich habe denselben erst von dir erfahren. Er war Steuermann eines Schiffes, welches nach Siut bestimmt war und, als es den Hafen von Bulak kaum verlassen hatte, in Giseh anlegte?«

»Das ist wahr; das stimmt!«

»Ich sollte mit diesem Schiffe fahren. Des Abends kam der Gaukler an Bord, um mich zu bestehlen. Später sollte ich ermordet werden.«

»Auch das ist richtig. Ich habe es von meinem Großvater erfahren. Weißt du, wie das Sklavenschiff hieß?«

»Natürlich weiß ich es. Es war die Dahabijeh ›es Semek‹, der Fisch.«

»Du sagst die Wahrheit, Effendi. Du bist der Mann, von dem ich spreche und der so gütig gegen meinen Großvater gehandelt hat. Herr, ich danke dir, ich danke dir!«

Er ergriff meine Hand und zog sie an sein Herz.

»Wie aber kannst du von mir wissen?« erkundigte ich mich, »du kannst es nur von deinem Großvater erfahren haben. Dieser wollte nach Gubator zu seinem Sohne; du aber bist hier oben in Siut.«

»Er ist nicht nach Gubator. Er verschwieg dir seine Absicht. Du handeltest zwar gütig gegen ihn, aber du bist ein Christ. Soll ich dir noch mehr sagen?«

»Nein; ich verstehe dich.«

»Du mußt wissen, daß ich eigentlich mit zur Besatzung der Dahabijeh gehörte. Ich war bei der vorigen Thalfahrt krank geworden und hier zurückgeblieben. Bei der Bergfahrt sollte ich wieder aufgenommen werden. Mein Großvater sprach zwar zu dir davon, daß er nach Gubator gehen werde. Aber die Behörde konnte nachforschen und erfahren, daß er dort zu Hause ist und dann auf ihn fahnden. Darum ging er nicht dorthin, sondern nilaufwärts nach Siut, wo er wußte, daß ich auf ihn wartete. Er traf mich und erzählte mir, was geschehen war. Glücklicherweise fand er sofort Stellung auf einem Schiffe, welches nach Chartum ging. Er blieb infolgedessen nur einen halben Tag hier und beauftragte mich, nach Gubator zu gehen, um der Familie mitzuteilen, welches Unglück ihm widerfahren sei.«

»Warum gingst du nicht? Warum bliebst du hier?«

»Ich wollte gehen; da aber begegnete ich Abd el Barak, dem Mokkadem der heiligen Kadirine ---«

»Wo begegnetest du ihm?« unterbrach ich ihn.

»Hier auf der Straße.«

»Kennst du seine Wohnung?«

»Nein. Er bestellte mich hinaus vor die Stadt. Als ich zu ihm kam, waren der Fakir und der Gaukler bei ihm, und da forderten sie mich auf, dich zu töten.«

»Du kanntest mich doch nicht!«

»O, man wußte genau, daß du mit dem Schahin, dem Schiffe des Reïs Effendina kommen würdest, und da solltest du mir gezeigt werden.«

»Du gingst also nicht auf die Mordthat ein. Wie wurde das aufgenommen?«

»Man täuschte mich; man that, als ob man meine Weigerung gleichgültig aufnehme. Dann wurde ich von dem Fakir aufgefordert, mit ihm nach dem unterirdischen Grabe eines Marabut zu gehen. Er führte mich hierher. Auch der Gaukler war mit.«

»Abd el Barak nicht?«

»Nein. Dieser mußte wieder fort.«

»Wohin?«

»Das konnte ich nicht erfahren. Ich hörte nur einige heimliche Worte, aus denen ich schließe, daß er die Absicht hat, irgend einen Sklavenhändler vor dem Reïs Effendina zu warnen.«

»So meinst du, daß er sich nicht mehr in Siut befindet?«

»Es ist möglich, daß er noch da ist, aber wahrscheinlich nicht.«

»Hm! Dir wurde also weisgemacht, daß sich hier das Grab eines Marabut befinde?«

»Ja. Warum sollte ich es bezweifeln? Der Fakir, welcher es sagte, ist ja selbst ein Heiliger!«

»Aber ein Heiliger, welcher lügt und mordet. Du hättest ihm nicht glauben sollen.«

»Verzeihe, Effendi! Hat er nicht auch einen Vorwand gehabt, unter welchem er dich hierher lockte?«

»Richtig! Ich bin nicht vorsichtiger gewesen als du und habe dieselben Vorwürfe verdient. Du hattest also den Ort, an welchem wir uns befinden, nie gesehen?«

»Nie.«

»Und kannst uns also keine Auskunft erteilen?«

»Nicht die geringste, Effendi.«

»Das ist schlimm! Wie ist es möglich, uns einen Weg zu bahnen?«

»Es giebt keinen. Ich habe gesucht und keinen gefunden.«

»Wie hast du suchen können? Du befandest dich doch wohl im Finstern?«

»O nein. Wenn man von oben aus zwanzig Schritte herabgestiegen ist, giebt es zwei Seitengänge – –«

»Ich kenne diese beiden Stollen,« fiel ich ein. »Sie können aber nicht weit führen.«

»Vielleicht führen sie ins Freie und die Ausgänge sind mit Sand verschüttet; ich weiß es nicht. Aber man geleitete mich in den einen. Da lagen eine dicke Steinplatte und viele Steine, und da standen auch Thonlampen, mit Öl gefüllt. Es wurden einige angebrannt; ich nahm mir eine und stieg voran. Kaum war ich einige Stufen abwärts gekommen, so rief man mir nach, daß ich hier sterben müsse, weil ich sonst vielleicht verraten könne, daß der fremde Effendi getötet werden soll.«

»Armer Teufel! So hast du also meinetwegen leiden müssen!«

»Gelitten habe ich freilich, Effendi. Ich glaubte zunächst, man mache Scherz mit mir. Als man aber den Brunnen mit der Platte und den Steinen bedeckte, sah ich ein, daß es Ernst sei. Ich rief; ich bat und flehte – vergebens. Ich erkannte, daß nach oben keine Rettung möglich sei, und stieg also weiter hinab. Ich untersuchte den ganzen Schacht, auch hier diese Brunnenkammer, und habe nicht eine einzige Stelle gefunden, welche hoffen läßt, daß sich ein Ausgang da befindet. Dann verlöschte die Lampe, Dort liegen die Scherben in der Ecke. Auch ich begann zu verlöschen. Ich bin in diesen Tagen im Finstern hundertmal herauf- und wieder herabgeklettert; endlich konnte ich nicht mehr. Der Ausgang war und blieb verschlossen. Ich glaube, daß ich dem Wahnsinne nahe gewesen bin. Ich habe gebrüllt und getobt, wie ein Verrückter, bis ich nicht mehr konnte und hier liegen blieb.«

»Wie kannst du denn wissen, daß du dich vier Tage hier befunden hast?«

»Ich habe eine Uhr, diese hier. Ein alter Matrose schenkte sie mir in Alexandrien.«

Er zog eine alte, sonnenblumengroße, dreigehäusige Spindeluhr aus der Hosentasche, zeigte sie mir und fuhr fort:

»Ich habe tausendmal nach den Zeigern gefühlt. Schon klang mir der Tod in die Ohren, da hörte ich euch über mir. Ich wollte hinauf, war aber zu schwach dazu. Habt ihr mich gehört?«

»Ja, wir hörten dich. Sprich jetzt nicht weiter; du bist zu schwach. Setze dich nieder und ruhe. Ich werde einmal suchen.«

»Du wirst nichts finden,« erklärte er, indem er sich wieder niedersetzte.

»Auch ich bin überzeugt, daß wenigstens hier die Nachforschung vergeblich ist. Wir befinden uns weit unter der Grundfläche des Hügels, und so glaube ich nicht, daß es von hier einen Gang giebt. Aber einen Ausweg müssen wir finden, und wenn wir ihn uns selbst graben sollten.«

»Das würde wochenlang dauern, und inzwischen sind wir gestorben!«

»Mir ist es ganz und gar nicht wie sterben; ich habe ganz im Gegenteile das Gefühl, als ob wir sehr bald wieder an das Tageslicht kommen würden.«

»O, Effendi, hättest du doch recht!« klagte Selim. »Meine Nerven sind zerrissen, und all meine Hoffnung ist tot. Wir müssen hier sterben und verderben. Warum hat Allah gerade mir dieses Kismet vorgezeichnet!«

»Was jammerst du?« fragte Ben Nil. »Du hast dich vorhin den größten Helden deines Stammes genannt. Wenn du das bist, so scheint derselbe aus lauter Weibern zu bestehen.«

»Beleidige mich nicht! Du hast doch auch gestanden, daß du gebrüllt und geschrieen hast.«

»Ich war allein; jetzt aber sind wir zu dreien.«

Selim wollte zornig antworten; ich gebot ihm Schweigen, denn ich untersuchte die Mauer, indem ich an dieselbe klopfte, um vielleicht eine hohle Stelle zu entdecken. Es gab keine. Und nun wurde hier unten die Luft von Augenblick zu Augenblick schlechter. Es war schon deshalb geraten, nach oben zu steigen, und außerdem war dort mehr Hoffnung, einen verborgenen Weg zu entdecken.

»Wie aber soll ich von hier fort?« fragte Ben Nil. »Ich bin so schwach, daß ich nicht steigen kann.«

»Wir ziehen und tragen dich.«

Ich band ihm den Strick um den Leib. Das andere Ende bekam Selim um den seinigen geschlungen; er mußte voransteigen. Ich nahm Ben Nil so, daß er auf meinen Schultern ritt, so wie ich es mit dem dicken Haushofmeister gemacht hatte; so hob und schob ich ihn, indem ich emporstieg; Selim zog an dem Stricke; auf diese Weise gelangten wir ohne Anstrengung in das vorherige Gemach. Welch ein Glück, daß wir mit Fackeln versehen waren und dem Fakir keine davon gegeben hatten! Die zweite war allerdings beinahe abgebrannt; aber wir hatten ja noch vier. In dem erwähnten Raume angekommen, machte ich mich sofort wieder über die Stelle her, von welcher ich vorher den Sand entfernt hatte. Selim mußte jetzt helfen, während Ben Nil die Fackel hielt. Wir hatten noch nicht fünf Minuten gearbeitet, so begann das wagerechte Loch, welches wir gruben, sich mit Mauerwerk zu umgrenzen.

»Allah ist groß!« rief Selim. »Das ist doch ein Gang!«

»Es scheint so,« antwortete ich.

»Effendi, woher hast du das gewußt?«

»Gewußt nicht, aber erraten habe ich es. Die Luft ist hier so erträglich, daß ich sofort überzeugt war, diese Kammer müsse mit der Außenwelt in Verbindung stehen, und dies hier ist die einzige Stelle, an der es kein Mauerwerk gab; folglich grub ich hier nach.«

»Ja, es ist ein Gang!« wiederholte Selim, indem er aus Leibeskräften weiter wühlte. »Ein gemauerter Gang, dessen Decke an dieser Stelle eingestürzt ist. Der Sand ist nachgebrochen. O Allah, wenn dieser Gang nicht ganz eingestürzt wäre!«

»Wäre er ganz verschüttet, so hätten wir eine viel schlechtere Luft.«

»So glaubst du, daß wir uns retten werden?«

»Ich habe noch keinen Augenblick daran gezweifelt. Hinaus müssen wir auf alle Fälle, wenn nicht hier dann anderswo. Dieser Fakir ist nicht der Mann, uns hier festzuhalten. Er ahnt nicht, welche Mittel einem denkenden und energischen Manne zu Gebote stehen. Grabe weiter!«

»Ja, grabt, grabt; ich will beten!« bat Ben Nil. »Und sollten wir erlöst werden, dann wehe denen, durch deren Hinterlist wir hier eingeschlossen wurden.«

»Ich zermalme diesen Fakir!« knirschte Selim, indem er den Sand handvoll hinter sich warf. »Sind wir nur erst hinaus!«

»Wir kommen hinaus,« antwortete ich. »Ich glaube sogar die Stelle zu wissen, an welcher wir das Freie erreichen.«

»Das ist zu kühn gesprochen, Effendi.«

»Nicht zu kühn. Weißt du, wie hoch der Hügel ungefähr ist?«

»Nein.«

»Und wie tief wir uns im Innern befinden?«

»Auch nicht.«

»Nun, wir sind bis hierher fünfzig Löcher herabgestiegen, und ich schätze, daß wir uns auf der Grundfläche des Bergkegels befinden. Wir sind wenig tiefer, als die Wüste draußen liegt. Jetzt graben wir nach der Südseite des Hügels. Was befindet sich dort, Selim?«

»Ich weiß nicht, was du meinst.«

»Denke doch an das Loch, in welches der Haushofmeister stürzte!«

»Allah, wallah, tallah! Meinst du etwa, daß – –?«

Er hielt inne und sprach den Satz vor Überraschung nicht aus.

»Freilich meine ich es!«

»Nämlich, daß wir von hier aus in jenes Loch gelangen?«

»Ich bin beinahe überzeugt davon. Es ist zwar hier vom Innern aus nicht genau zu bestimmen, aber ich glaube mich nicht zu irren, wenn ich annehme, daß dieser Gang, falls er nicht von der geraden Richtung abweicht, derjenige ist, in welchen der Haushofmeister einbrach. Arbeiten wir weiter!«

Zunächst war der Gang vollständig mit Sand gefüllt; als wir ihn aber auf ungefähr zwei Ellen frei gemacht hatten, lag er leer vor uns. Ich kroch mit der Fackel hinein, um ihm zu folgen. Er hatte genau die Höhe und Breite der Ausmauerung des Loches, aus welchem wir den dicken Schwarzen emporgeholt hatten, ein Umstand, welcher mich in meiner vorhin ausgesprochenen Meinung bestärken mußte. Ich konnte mich ziemlich leicht bewegen. Während ich die Fackel in der einen Hand hielt, kroch ich auf der andern und den Knieen weiter, zehn, zwanzig, vierzig Fuß und noch mehr. Der Gang hielt genau dieselbe Richtung ein, aber fast schien es mir, als ob er eine für meine Voraussetzung zu bedeutende Länge habe. Endlich war er zu Ende, oder vielmehr er war verschüttet, und zwar mit demselben lockern Sande, den wir bisher angetroffen hatten. Eben überlegte ich, ob ich denselben wegräumen oder erst Selim und Ben Nil Nachricht geben solle, da hörte ich hinter mir des ersteren Stimme:

»Allah sei Dank, daß ich dich wieder habe!«

»Warum kommst du mir nach?«

»Weil es nicht länger in dieser Finsternis auszuhalten war.«

»Du fürchtetest dich?«

»Nein, ich war ein Held, aber dieser kleine Ben Nil fürchtete sich.«

»Und weil er sich fürchtete, ließest du ihn allein! Du hast eine ganz eigene Art, deinen Mut zu beweisen. Hier, halte die Fackel; ich will graben.«

Der Sand wich sehr leicht; ich warf ihn unter und hinter mich. Noch war keine Minute vergangen, so fühlte ich frische Luft, welche mir entgegenströmte. Noch eine halbe Minute, und es wurde tageslicht vor mir; der Sand fiel von selbst zusammen, und es gab ein Loch, durch welches ich kroch. Die Sonne stand gerade über meinem Haupte, und ich befand mich – – in dem Loche, aus welchem wir den Haushofmeister geholt hatten. Meine Berechnung oder vielmehr Vermutung war also nicht falsch gewesen.

Nun sog ich die Luft mit vollen Zügen ein, da drängte Selim sich aus dem Gange zu mir heran, richtete sich auch auf und rief in jubelndem Tone:

»Allah il Allah! Die Himmel seien gelobt, und alle heiligen Khalifen sollen ---«

»Schweig' mit deinen Khalifen, du Esel!« fuhr ich ihn mit unterdrückter Stimme an. »Willst du uns verraten?«

»Verraten?« fragte er mit dem dümmsten Gesicht, welches ich jemals gesehen habe.

»Allerdings verraten!«

»An wen?«

»Art diejenigen, welche uns eingesperrt haben.«

»Aber gerade sie sollen erfahren, daß wir frei sind.«

»Das sollen sie, doch nicht vor der Zeit. Wenn sie noch da sind, fangen wir sie. Machst du sie aber vor der Zeit aufmerksam, so reißen sie aus, und wir können dann sehen, wo wir sie finden.«

»Du hast recht, Effendi. Fangen wollen wir sie. Ich werde sie ergreifen und festhalten. Ich werde sie bestrafen und zermalmen. Ich, der würdigste der Helden, will ihnen – –«

»Rede nicht! Ich werde rekognoszieren. Du aber kriechst zurück und holst Ben Nil.«

»Ich?« fragte er entsetzt. »Das geht nicht.«

»Du bist ein Feigling ohnegleichen! Laß ich dich hier, so machst du Dummheiten und kannst alles verderben. Zu dem armen Ben Nil aber zurückzukehren, dazu fürchtest du dich zu sehr.«

»Ich fürchte mich nicht.,«

»Nun, so gehe!«

»Ich bleibe doch lieber hier!«

Der Kerl war wirklich nicht wieder in den Gang zu bringen; ich mußte selbst zurückkehren, schärfte ihm aber vorher ein, daß er sich ruhig zu verhalten und beim Nahen menschlicher Schritte schnell in den Gang zurückzuziehen habe. Ich fand Ben Nil noch da sitzen, wo ich ihn verlassen hatte.

»Was bringst du für Botschaft, Effendi?« fragte er.

»Die beste. Wir sind frei. Der Gang führt in das Freie.«

Da stand er auf, sank aber sofort wieder auf die Kniee nieder und sprach ein lautes Dankgebet. Dann streckte er mir beide Hände entgegen und sagte:

»Herr, diesen Augenblick werde ich dir nicht vergessen. Sollte ich dir danken können und es nicht thun, so mag Allah mich nicht kennen, wenn ich Einlaß in seinen Himmel begehre. Wo ist Selim, dein Begleiter?«

»Er steht schon draußen.«

»Er fürchtete sich wie ein altes Weib und hielt es nicht länger aus. Darf ich mit dir fort?«

»Natürlich! Ich kam ja, dich zu holen. Nur fragt es sich, ob du kräftig genug bist. Der Gang ist sehr lang, aber'so schmal und niedrig, daß ich dich nicht unterstützen kann.«

»Ich bedarf keiner Hilfe mehr. Die Datteln und Kebab haben mich gestärkt, und die Gewißheit, errettet zu sein, verdoppelt meine Kräfte. Krieche voran, ich folge dir!«

Er hatte nicht unrichtig gesprochen; die verlorenen Kräfte schienen ihm zurückgekehrt zu sein, und wir erreichten das Freie, ja, aber unsern Selim nicht; er war nicht zu sehen, dafür aber desto lauter zu hören. Ich vernahm seine Stimme:

»Ihr Hunde, ihr Hundeenkel und Hundenachkommen! Lauft, lauft, sonst zerdrücken wir euch zwischen den Fingern unserer Hände! Ich bin der erste der Krieger und der oberste der Helden. Lauft, sonst seid ihr verloren!«

Er hätte noch nicht aufgehört zu brüllen; ich rief ihn aber, und er kam an den Rand des Loches. Wie er ohne Hilfe aus der Tiefe der Grube da hinaufgekommen war, das konnte ich nicht begreifen.

»Du solltest doch still sein und dich nötigenfalls verbergen!« zürnte ich ihm. »Was hast du denn zu schreien?«

»Soll ich diesen Hundesöhnen nicht sagen, was ich von ihnen denke?« antwortete er.

»Welchen Hundesöhnen?«

»Dem Fakir und dem Gaukler. Sie laufen nach der Stadt, so schnell sie ihre Füße bewegen können.«

»Wie bist du denn aus dem Loche gekommen?«

»Mit meinen Armen und Beinen. Sind dieselben eben nicht lang genug?«

»Das sind sie freilich; aber ich wünschte, daß du unten geblieben wärest.«

»Effendi, was sollte ich dort unten! Ich gedachte dieser Halunken, und da kam ein Ingrimm und eine Wut über mich, welche nicht zu zähmen waren. Meine Tapferkeit übermannte mich, und ich kletterte aus dem Loche, welches meines Mutes nicht würdig war. Eben stand ich oben, da sah ich die beiden kommen.«

»Woher?«

»Vorn Berge herab. Ich brüllte sie wütend an, und sie erschracken so, daß ihre Füße die Schnelligkeit der Gazellen erhielten. Du kannst sie noch laufen sehen.«

»Halte schnell den Strick! Ich muß sie allerdings sehen.«

Ich warf ihm das eine Ende des Strickes zu und turnte mich an dem andern empor. Ja, dort liefen die beiden, was sie nur laufen konnten. Sie waren so weit fort, daß man sie nun nicht mehr einholen konnte. Dieser Selim hatte wieder einmal alles verdorben. Darum fuhr ich ihn zornig an:

»Daran bist du schuld, du alter, unverbesserlicher Schwatzstorch! Hättest du den Schnabel gehalten, so wären diese beiden Menschen in unsere Hände gefallen, und wir hätten sie bestrafen lassen können.«

»Das kann ja auch noch geschehen! Wir werden sie fangen, sobald wir nach Siut kommen.‹,

»Sie werden sich nicht dorthin setzen. Und du bist am allerwenigsten der Mann dazu, solche Leute zu fangen.«

»Ich? Effendi, du verkennst mich schon wieder. Ich bin der Mann, der jeden gefangen nimmt, wenn er nur will.«

»Nun, warum hast du da diese beiden nicht festgehalten?«

»Weil - weil - - weil ich nicht wollte,« stotterte er verlegen.

»Ah, du hast nicht gewollt!«

»Ja. Ich durfte euch doch nicht im Stiche lassen. Was wäret ihr ohne mich gewesen! Diese Kerle aber liefen so schnell davon, daß ich, wenn ich sie hätte gefangen nehmen wollen, unter Jahr und Tag nicht zu euch zurück hätte kehren können.«

»Wo waren sie denn, als du sie erblicktest?«

»Ich stieg eben aus dem Loche, da kamen sie vom Hügel herab. Als sie mich sahen, blieben sie stehen und staunten mich an; da brüllte ich ihnen zornig entgegen, und sie liefen voller Angst eiligst davon.«

»Da hat ein Hase Angst vor dem andern gehabt.«

»Vor dem andern? Zweifelst du etwa, daß ich Mut besitze?«

»Allerdings. Du hast dich vor dem Loche gefürchtet, darum bist du aus demselben gestiegen. Und dann hast du, als du die beiden Männer erblicktest, sie vor lauter Angst angebrüllt. Daß sie da das Weite gesucht haben, ist das Köstlichste an der ganzen Geschichte. Wären sie besonnener gewesen, so hätte es dir und uns schlecht gehen können. Mit dir wären sie schnell fertig gewesen, und wäre dann ich gekommen, so hätte ich, der ich unten im Loche stand, gegen sie, welche oben standen, so gut wie nichts machen können.«

»Was? Sie wären schnell mit mir fertig gewesen? Effendi, ich wollte, sie wären gekommen. Ich hätte sie zwischen meinen Händen zu Mehl zerrieben. Übrigens sind sie uns auch jetzt noch sicher. Wennwir sie bei der Polizei anzeigen, so - -«

»So hört uns die Polizei an und legt dann die Hände in den Schoß,« unterbrach ich ihn.

»So gehe, zu deinem Konsul! Es ist ja einer da!«

»Fällt mir auch nicht ein. Mit einer Angelegenheit, welche ich selbst erledigen kann, belästige ich keinen andern. Gieb jetzt den Strick hinab; wir wollen unsern Ben Nil heraufziehen!«

Ben Nil schlang sich den Strick unter den Armen hindurch und stand dann bald neben uns. Nun, da an seiner Rettung nicht mehr gezweifelt werden konnte, sank er abermals in die Kniee, um zu beten. Die Sonne brannte heiß hernieder, aber dennoch kam uns die Luft so erquickend, so balsamisch vor. Jetzt wollte ich sehen, wie es oben am

Schachte aussah. Ich ließ also Ben Nil, welcher sich mehr als wir zu schonen hatte, unten sitzen und stieg mit Selim den Hügel hinan. Der Eingang stand offen, und es waren die Spuren nicht verwischt worden.

»Daraus kannst du ersehen, daß du sie vertrieben hast. Sie haben hier Wache gehalten, und wir hätten sie gewiß ergriffen, wenn du nicht, als du in das Freie tratest, so laut gewesen wärest. Hättest du doch deine Khalifen in Ruhe gelassen!«

»Effendi, ich bin ein gläubiger Moslem und habe die Pflicht, Allah, Muhammed und den Khalifen für alles Gute zu danken.«

»Dabei brauchst du aber nicht zu brüllen wie ein Löwe! Allah sieht und hört selbst die Gedanken des Herzens; Muhammed kannst du aus dem Spiele lassen, und deinen Khalifen wird es auch lieber sein, wenn sie nichts von dir hören. Laß uns einmal hinabsteigen!«

»Du willst wieder hinab? Spiele nicht mit der Hölle! Einmal bist du entkommen; das zweiternal würde sie dich aber nicht wieder aus ihren Armen lassen.«

»Sei nicht albern! Hast du unten im Brunnen eine Spur von Hölle bemerkt?«

»Mehr als nur eine Spur. Ich habe alle Teufel gehört und die Flammen der Verdammnis gesehen.«

»So bleibe hier; du hinderst mich so wie so mehr, als du mich förderst.«

Er wollte mich zurückhalten; ich kroch aber durch den Eingang, brannte drinnen eine Fackel an und stieg dann in den Schacht hinab. Nach den ersten zwanzig Löchern kam ich an die Seitenstollen. Sie standen offen; der Schacht aber war zu. Es lag da ein großer Haufe von Schlammziegeln, so groß, daß er die über das Loch gelegte Platte ganz bedeckte. Diesen Haufen konnte ein Mensch von innen und unten unmöglich heben. Ich kroch auch in die beiden Seitenstollen; sie waren nicht lang und hatten wohl zur Luftzufuhr gedient. In dem einen standen die Lämpchen, von denen Ben Nil gesprochen hatte. Ich zertrat sie und kehrte dann an die Oberwelt zurück.

Der Fakir und der Muza'bir waren jedenfalls der Ansicht gewesen, daß der Brunnen unten keinen Ausgang habe. Hätten sie eine Ahnung gehabt, daß es anders sei, so wäre uns die Rettung wohl nicht gelungen.

Als wir nun unten bei Ben Nil wieder ankamen, stand er von der Erde auf und sagte:

»Effendi, ich habe soeben zu Allah ein Gelübde gethan, nicht eher zu ruhen, als bis ich mich an Abd el Barak, dem Gaukler und dem Fakir gerächt habe. Erlaubt dir deine Religion auch die Rache?«

»Nein. Die Rache ist Gottes. Aber bestraft soll jede Übelthat werden, und es ist Pflicht eines jeden Menschen, den Verbrecher unschädlich zu machen, damit er nicht noch mehr Böses thun kann.«

»So willst du diese drei bestrafen?«

»Ich nicht selbst, denn ich bin ihr Richter nicht. Auch werde ich jetzt keine Anzeige machen, denn ich weiß, daß dies der Angelegenheit mehr Schaden als Nutzen bringen würde. Man müßte sogar gewärtig sein, daß die Kerls gewarnt würden.«

»Was willst du denn thun?«

»Die Augen offen halten. Gerät mir einer von ihnen in die Hände, dann klage ich ihn an und ruhe nicht eher, als bis er bestraft wird.«

»Du wirst ihn nicht anklagen, denn bevor das möglich wäre, hätte mein Messer ihn getroffen. Der schlimmste von ihnen ist dieser Heuchler Abd Asl, den jeder, der ihn nicht kennt, für den frömmsten Menschen hält; aber er ist ein Teufel in irdischer Gestalt.«

»Abd Asl?« fragte ich erstaunt. »Wen meinst du denn da?«

»Den Fakir natürlich, hast du denn seinen Namen noch nicht gekannt?«

»Wie ich jetzt vermute, habe ich ihn gehört, aber nicht gewußt, daß es der seinige ist.«

»Nun, er heißt Abd Asl.«

»Kennst du den Namen Ibn Asl?«

Der Gefragte sah mich forschend an und erkundigte sich dann:

»Das fragst du mich wohl, weil du an die Dahabijeh denkst, zu deren Bemannung ich gehörte?«

»Nein. Ob du Matrose eines Sklaven- oder eines andern Schiffes gewesen bist, das ist mir sehr gleichgültig.«

»So verachtest du mich nicht deshalb?«

»Nein.«

»So will ich dir sagen, daß ich den Namen Ibn Asl sehr gut kenne.«

»Ist der Mann mit Abd Asl verwandt?«

»Ibn Asl ist sein Sohn und wird gewöhnlich ed Dschasuhr, der Kühne, genannt.«

»Ich danke dir. Du bringst mich da an die Thüre eines Geheimnisses, dessen Lösung mir sonst wohl sehr schwer oder gar unmöglich geworden wäre. Bist du schon einmal in Chartum gewesen?«

»Schon oft.«

»Kennst du einen Kaufmann Namens Barjad el Amin?«

»Sehr gut sogar.«

»Was ist er für ein Mann?«

»Er wird für einen ehrlichen Mann gehalten, und ich glaube, daß er dies verdient.«

»Ich freue mich sehr, dies zu hören.«

»Willst du nach Chartum?«

»Ja.«

»Effendi, brauchst du keinen Diener? Nimm mich mit! Ich bin arm; aber du sollst mir gar nichts bezahlen. Nur Essen sollst du mir geben.«

»Gut, du gefällst mir, und ich nehme dich mit. Da du Schiffer bist, ist es mir vielleicht möglich, dich dort in eine gute Stellung zu bringen.«

»Das werde ich mit Freuden annehmen, und du sollst mich nicht als einen Unwürdigen empfehlen. Wann reisest du?«

»Das ist noch unbestimmt. Ich erwarte einen Gefährten.«

»Wenn der nun heute schon kommt? Ich könnte da nicht mit, weil ich noch etwas sehr Nötiges hier zu besorgen habe.«

»Auch ich könnte nicht mit fort, denn ich muß heute unbedingt noch nach Maabdah, wo ich hoffe, den Fakir Abd Asl zu treffen.«

»Und ich auch, das ist ja das Notwendige, was ich noch besorgen möchte. Ich will mich an ihm rächen.«

»Überlaß das mir!«

»Nein, Effendi! Du willst ihn haben, und auch ich trachte nach ihm. Wir haben gleiche Ursachen und gleiche Rechte, und wer von uns beiden zuerst kommt, dem hat der andere zu weichen.«

»Wie kannst du dich rächen wollen! Du hast ja nicht einmal ein Messer bei dir!«

»Der Fakir hat es mir unter einem Vorwande abgenommen, damit ich unten im Brunnen kein Werkzeug haben möchte. Ich hoffe aber, daß du, wenn ich dein Diener geworden bin, mir eins leihen wirst.«

Der junge Mann machte einen außerordentlich guten Eindruck auf mich. Er sprach bescheiden und doch so bestimmt. Sein Gesicht hatte die ehrlichsten Züge, welche man sich bei einem Araber denken kann. Und da er die ganze Nilgegend kannte, konnte er mir wohl von Nutzen sein.

Übrigens wurde mir jetzt manches klar, was mir vorher aufgefallen war. Der Knabe, welcher mich geholt hatte, der alte Gärtner, den ich getroffen hatte, von beiden war ich verhöhnt worden. Sie schienen gewußt zu haben, was mit mir vorgenommen werden sollte. Vielleicht waren beide Mitglieder der »heiligen« Kadirine. Der Fakir hatte mir seinen eigenen Namen und auch den seines Sohnes gesagt; er hatte mir mitgeteilt, daß dieser Ihn Asl jetzt der berühmteste Sklavenjäger sei und dem Führer Ben Wasak in Maabdah einen schlimmen Streich gespielt habe. Diese Mitteilungen konnte er mir nur in einem Anfalle von Übermut gemacht haben und wohl vor allen Dingen auch darum, weil er überzeugt war, daß ich kein Wort ausplaudern könne, da ich ja dem Tode geweiht war.

Nun brachen wir auf, um zur Stadt zurückzukehren. Wegen Ben Nil mußten wir langsam gehen, und so dauerte es weit über eine Stunde, bevor wir die ersten Häuser erreichten. Dort fragte ich ihn, ob er mit Waffen umzugehen verstehe.

»Ja,« antwortete er.

»Und wie steht es mit deinem Mute?«

»Stelle mich auf die Probe, Effendi!«

»Ob du sie bestehen würdest!« meinte da Selim. »Mancher denkt, er besitze Mut, und es ist nicht wahr. Schau mich dagegen an! ich bin der Held der Helden, der Kühnste der Verwegenen.«

»Das habe ich heute erfahren!« antwortete Ben Nil ironisch.

»Nicht wahr! Ich bin in die Tiefen der Hölle gestiegen, um dich heraus zu holen, und ohne mich würde der Effendi den Ausweg nicht gefunden haben, denn als er den letzten Sand zu entfernen hatte, habe ich ihm geleuchtet.«

»Gehörte zum Leuchten Mut?«

»Dazu nicht. Ich muß es nur erwähnen, um zu beweisen, daß ich neben meiner Kühnheit und Verwegenheit auch diejenigen Eigenschaften besitze, welche notwendig sind, einen Gefangenen aus einem unterirdischen Brunnen zu befreien. Du bist Diener des Effendi geworden, und da ich sein Beschützer bin, so bin ich auch der deinige, und ich erwarte, daß du mir ebenso wie ihm gehorchen werdest.«

Da legte ich mich ins Mittel und teilte Ben Nil mit:

»Dieser lange Selim ist weder mein Beschützer noch habe ich sonst ein Verhältnis mit ihm. Er ist der Diener des Gefährten, den ich erwarte; das ist alles.«

»Herr, willst du meine Würde kränken!« rief Selim aus. »Du nennst mich einen Diener! Ich bin der Haushofmeister, der Freund und Vertraute von Murad Nassyr, den ich zu beschützen habe.«

»So ist hier Ben Nil in derselben Weise und demselben Grade der Freund und Vertraute von mir. Er steht dir also vollständig gleich und hat dir nicht zu gehorchen.«

»Aber er ist doch nicht der berühmteste Held seines Stammes.«

»Das darfst du nicht behaupten, da du ihn nicht kennst. Es ist leicht möglich, daß seine Berühmtheit eine größere und begründetere als die deinige ist. Du sprichst so viel von deinem Stamme, aber du hast mir noch nicht gesagt, welcher es ist.«

»Noch nicht? So höre und staune! Ich bin ein Sohn desjenigen Stammes, welcher der erlauchteste aller Stämme der Erde ist. Ich meine den Stamm der Beni Fessara.«

»Droben in Kordofan?«

»Ja, von dorther stamme ich.«

»Warum hast du deinen Stamm verlassen?«

»Weil er keine Kriege mehr führte. Ein Held, wie ich bin, will kämpfen und Blut sehen. Da es das nicht gab, bin ich fortgegangen.«

»Wo hast du denn gekämpft?«

»Allüberall. Ich bin in allen Ländern des Erdballes umhergezogen und habe mit allen wilden Tieren und Menschen gekämpft. Nun mag dieser Ben Nil sagen, zu welchem Stamme er gehört.«

»Ich bin ein Uled-Ali-Beduine,« antwortete der Genannte.

»Und mit wem hast du gekämpft?«

»Mit niemand noch.«

»So bist du ein Windhauch gegen mich und kannst vor mir im Staube knieen. Ich will aber großmütig sein und einen Helden aus dir machen!«

»Und ich,« flocht ich lachend ein, »will ihm die Waffen dazu geben. Kommt mit herein.«

Wir kamen gerade durch den Waffenbazar, und ich trat mit ihnen in einen Laden, wo ich für Ben Nil ein Messer, zwei Pistolen und eine Flinte kaufte, die ich ihm schenkte. Er floß über von Dankbarkeit, hing die Flinte um, steckte die Pistolen und das Messer in den Ledergürtel und schritt dann stolz wie ein König neben Selim her. Ich wollte ihm auch noch einen Anzug – freilich einen billigen – kaufen, doch das hatte Zeit bis morgen, wo ich mir auch einen aussuchen mußte, da der meinige gelitten hatte. Besonders das Klettern im Brunnen war ihm schlecht bekommen.

Im Palaste angekommen, ging Selim zu dem Haushofmeister; ich führte Ben Nil zu meinem Stallmeister und bat um Gastfreundschaft für ihn. Als ich mit kurzen Worten das Geschehene berichtet hatte, wurde auf das schnellste eine solche Menge von Speisen gebracht, daß mehr als zwanzig Personen sich hätten satt essen können. Ben Nil leistete nach fünftägigem Hungern das Menschenmögliche, und auch ich war bei tüchtigem Appetite. Während wir aßen, ließ der Stallmeister einen Boten an das Wasser gehen, um das Boot in stand zu setzen. Bald kam Selim und brachte den dicken Haushofmeister mit. Das erste Wort dieses letzteren an mich war:

»Effendi, siehst du nun endlich ein, was eine Mondfinsternis zu bedeuten hat? Ich befand mich schon am nächsten Tage in Gefahr, und auch euch ist es nun an das Leben gegangen.«

»Du vergissest, daß deine Gefahr uns großen Nutzen gebracht hat,« entgegnete ich, »denn wärest du nicht eingebrochen, so steckten wir noch im Brunnen.«

»Das ist möglich; aber die Übelthäter müssen bestraft werden!«

»Allerdings.«

»Ich hörte von Selim, daß du nach Maabdah willst, um den Fakir zu fangen. Darum habe ich sogleich den Befehl gegeben, ein Boot mit Soldaten zu bemannen. Ich selbst werde mitfahren, um diesen Mörder zu fangen.«

Mir schwante nichts Gutes; darum bat ich ihn:

»Nimm diesen Befehl wieder zurück! Warum willst du dich mit einer Angelegenheit befassen, welcher du doch eigentlich so fern stehst?«

»Warum? Weil ich ihr nicht fern stehe. Du bist doch unser Gast, und wir haben dich lieb und sind verpflichtet, für deine Sicherheit zu sorgen. Außerdem geht diese Sache den Pascha an. Er ist nicht da, und ich als sein Haushofmeister will seine Stelle vertreten.«

»Ich möchte dir nicht Mühe bereiten.«

»Das ist keine Mühe, sondern ein Vergnügen. Als du die Höhle besuchtest, bin ich nicht mitgegangen; jetzt aber, wo es gilt, einen Verbrecher zu fangen, kann ich euch unmöglich allein fahren lassen.«

»Erlaube mir, dir zu sagen, daß ich viel lieber allein fahren würde!«

»Rede mir nicht darein! Es ist meine Pflicht, dir zu helfen, und ich werde also diese Pflicht erfüllen.«

Damit war die Sache abgemacht, und wir brachen auf. Der Stallmeister ging auch mit, ebenso Selim, welcher wieder von seiner Verwegenheit sprach und sich vermaß, den Fakir ganz allein zu fangen.

Am Wasser lagen zwei Boote bereit, eins, welches der Stallmeister und eins, welches der Haushofmeister beordert hatte. Das erstere bestieg ich mit meinem Gastfreunde und Ben Nil; es wurde von Stallknechten gerudert. In das andere stieg der Haushofmeister mit Selim. Es sollte von den Soldaten gerudert werden. Aber was waren das für Soldaten! Als ich bei meiner Ankunft in Siut von dem Reïs Effendina nach dem Palaste geführt worden war, hatte ich im ersten Hofe desselben viele alte Männer sitzen sehen. Sie waren nur notdürftig bekleidet und beschäftigten sich mit Strikken, Nähen und anderen sehr friedlichen Arbeiten. Jetzt sah ich, daß dies Soldaten des Pascha gewesen waren. Ihrer zwölf stiegen ein. Sie waren jetzt bis an die Zähne bewaffnet, aber ihre Waffen hatten ein Aussehen, welches mir nicht imponieren konnte, und die Leute selbst sahen eher wie herabgekommene Insassen eines Armenhauses aus als wie tapfere Söhne des Mars, denen das Wohl eines Pascha anvertraut ist. Bald sah ich, daß ich mich wenigstens in Bezug auf ihre Kräfte geirrt hatte. Als die Boote die Mitte des Stromes erreicht hatten und nun die Segel aufgezogen worden waren, legten sich die alten Burschen so in die Ruder, daß ihr Boot wie ein Fisch abwärts schoß und wir in dem unserigen zurück blieben.

»Halt!« rief ich. »Wir müssen zusammen bleiben.«

»Wir kommen ja in Maabdah zusammen,« antwortete der Dicke, indem er seinen Leuten mit der Hand winkte, sich womöglich noch mehr anzustrengen. Hatte er eine bestimmte Absicht dabei? Ich hielt es für sehr möglich. Ich war ein Christ und wollte einen Fakir fangen, welcher allgemein für heilig gehalten wurde. Durfte man das zugeben? War es nicht besser, zu thun, als ob man mir helfe, und dabei den Mann zu warnen?

Ich gebot den Stallknechten, sich Mühe zu geben, damit wir nicht so sehr zurück blieben; ich nahm selbst ein Ruder in die Hand, doch es war vergeblich, Ich legte es also wieder fort und griff, als wir Mankabat hinter uns hatten, zum Fernrohre, um die rechts vom Nile liegenden Höhen zu betrachten. Auch auf das Boot des Haushofmeisters gab ich acht.

Als mir die Felsen von Maabdah zu Gesicht kamen, sah ich auf einem über dem Dorfe liegenden Vorsprunge einen Mann sitzen, welcher den Nil und unsere beiden Boote zu beobachten schien. Ich hätte darauf schwören können, daß es der Gaukler sei. Eben lenkte das vordere Boot nach dem Ufer. Der Mann stand auf und lief fast im Galopp in das Dorf herab, zwischen dessen Hütten er verschwand.

Die Soldaten stiegen aus und marschierten nach dem Dorfe. Noch ehe sie es ganz erreicht hatten, sah ich den erwähnten Mann mit noch einem andern jenseits des Dorfes erscheinen und der Höhe zustreben. Sie verschwanden in einer engen Schlucht. Drei Minuten später legten auch wir an. Es war mir, als ob der zweite Mann der Fakir gewesen sei. Darum ging ich, als ich an das Ufer gesprungen war, nicht nach dem Dorfe, sondern ich eilte in gerader Richtung dieser Schlucht zu.

Ben Nil folgte mir, ohne daß ich ihn dazu aufgefordert hatte, auf dem Fuße. Der Stallmeister rief mir nach, doch keinen falschen Weg einzuschlagen, und ging, als ich mir gar nicht die Zeit nahm, ihm zu antworten, mit seinen Stallknechten auch dem Dorfe zu.

»Effendi, dein Weg ist der richtige,« meinte Ben Nil. »Vielleicht erreichen wir den Fakir und den Muza'bir.«

»Hast du sie erkannt?« fragte ich.

»Ja. Meine Augen sind wohl fast ebenso scharf, wie dein Glas.«

»Kennst du diese Gegend?«

»Ja, aber doch nicht so genau, wie ich jetzt wünsche. Wir haben einigemale hier vor Anker gelegen, aber da auf die Berge bin ich leider nicht gekommen.«

Wir waren über eine Viertelstunde gegangen, ehe wir die Schlucht erreichten. Das Terrain war ein schwieriges, und einen Weg gab es nicht. Sie war sehr schmal und wand sich in kurzen Krümmungen zwischen die steilen Höhen hinein. Nach einiger Zeit teilte sie sich. Da war guter Rat teuer. Sollten wir nach rechts oder nach links gehen?

Hätte ich gewußt, daß aus der einen Schlucht zwei wurden, so hätte ich gleich anfangs auf etwaige Spuren geachtet. Als ich jetzt suchte, fand ich keine. Der Boden bestand aus wüstem Geröll, in welchem ein Fußeindruck unmöglich war. Wir verließen uns auf unser gutes Glück und wendeten uns nach rechts. Nach fünf Minuten hörte diese Schlucht auf. Wir kehrten also zurück und gingen dann links. Dieser Weg schlug einen Bogen und teilte sich dann auch. Wir gingen links und standen bald vor einer Felsenwand, welche nicht zu ersteigen war; folglich wendeten wir uns rechts. Dieser Weg stieg steil an und führte uns auf eine Felsenplatte, welche auf den andern drei Seiten fast senkrecht in die Tiefe fiel. Wir mußten erkennen, daß wir geäfft worden waren, und kehrten um.

»Allah. ist allein allwissend!« zürnte Ben Nil. »Ich kann nicht begreifen, wohin diese Schurken entkommen sind. Sie sind wie verschwunden.«

»Die Art und Weise ihres Verschwindens kann ich mir denken. Diese Höhen sind durch Höhlen zerklüftet. Jedenfalls haben sich die beiden in eine solche versteckt. War der Eingang zu derselben klein, so konnte er leicht durch Steine maskiert werden. Wir können nichts anderes thun, als in das Dorf zu gehen. Vielleicht haben wir uns geirrt, und es waren andere Männer als diejenigen, welche wir vermuteten.«

»Sie waren es, Effendi. Mein Auge täuscht mich nicht; aber ich sehe ein, daß das Suchen vergeblich sein würde. Es wird in kurzer Zeit Abend sein.«

Das war leider richtig. Eine Stunde vor Mittag hatte der Fakir uns abholen lassen; eine Stunde wenigstens hatten wir gebraucht, um an den Brunnen zu kommen; gegen drei Stunden waren wir in und bei demselben gewesen; dann die Rückkehr, das Essen, die Bootsfahrt nach Maabdah, das Suchen in der Schlucht - die Sonne ging drüben hinter den libyschen Höhen unter, und es mußte bald Nacht werden. Wir sahen uns gezwungen, unser Suchen aufzugeben und nach dem Dorfe zu gehen.

Dort fanden wir jedmänniglich - - auf der Erde sitzend und die Pfeife rauchend. Die Einwohner standen dabei und plauderten mit den Soldaten.

»Habt ihr gesucht?« fragte ich den Haushofmeister.

»Nein« antwortete er.

»Warum nicht?«

»Wir wollten deine Ankunft erwarten. Warum gingst du nicht mit uns?«

»Wissen die Leute von Maabdah, welche hier stehen, warum wir gekommen sind?« fragte ich, ohne seine Frage zu beantworten.

»Ja. Ich habe es ihnen natürlich gesagt.«

»So wollen wir getrost wieder nach Siut fahren, denn unser Suchen würde nun, da du geplaudert hast, überflüssig sein.«

»Inschallah - wie es Gott gefällt. Du bist unser Gast, und wir thun, was dir gefällig ist.«

Ich fragte nach Ben Wasak, dem Höhlenführer, und erfuhr, daß er nicht hier, sondern hinunter nach el Arisch sei. In ihn allein hätte ich Vertrauen setzen können, und er hätte mir gewiß geholfen, die Flüchtigen zu entdecken. Da er aber nicht anwesend war, mußte ich auf einen Erfolg unserer Bootsfahrt verzichten. Ich erkundigte mich bei den Leuten, ob der Fakir oder der Gaukler gesehen worden sei, und erhielt nur verneinende Antworten. Schließlich ließ ich es doch geschehen, daß die Hütten durchsucht wurden; es war natürlich vergebens. Ob es in der Schlucht eine Höhle gebe, danach fragte ich lieber gar nicht; ich hätte doch keine Auskunft erhalten, und es war ganz so, wie ich gedacht hatte: Mir, dem Christen, war man ganz gewiß nicht behilflich, einen »wahren Gläubigen«, welcher noch dazu ein heiliger Fakir war, auszuliefern. Ich mußte mich auf mein gutes Glück und auf die Zukunft verlassen; denn, daß ich diesem Menschen noch einmal begegnen würde, davon war ich überzeugt. --

FÜNFTES KAPITEL

In der Wüste

Korosko! Ein berühmter, weit bekannter Name, und doch welch eine elende Ortschaft! Dieses nubische Dorf wird von Felsenbergen umgeben, deren nackte Abhänge wie Blechblenden die heißen Sonnenstrahlen sammeln und niederwerfen. Kein Mensch würde hier wohnen; aber bei diesem Orte verläßt der Nil - aufwärts gerechnet - seine bisherige Richtung und windet sich in einem mächtigen Bogen durch die felsige Gegend, welche Batn el Adschar, Bauch der Steine, genannt wird. In diesem Bogen giebt es mehrere Stromschnellen und Katarakte, welche die Schiffbarkeit des Stromes, wenn nicht unterbrechen, so doch sehr hemmen. Die Fahrzeuge müssen ausgeladen, an Seilen durch die Stromengen gezogen und dann wieder beladen werden, was nicht nur große Mühe, sondern auch bedeutenden Zeitverlust verursacht. Darum pflegt man von Korosko aus den großen Bogen, anstatt ihn zu Wasser mitzumachen, zu Lande abzuschneiden und so die Reise um ein Beträchtliches zu kürzen. Dieser Landweg ist ungefähr 400 Kilometer lang und führt durch die Atmur, wie die zwischen Korosko und Berber gelegene nubische Wüste genannt wird. Da der erstgenannte Ort der Ausgangspunkt dieser Wüstenreise ist, so hat man dort sein Gepäck zu ordnen, Kamele zu mieten, die letzten Einkäufe zu machen und vieles andere mehr. Dies giebt dem Orte einige Bedeutung, und dennoch besteht er nur aus höchstens fünfzehn elenden Hütten und einem Khan, in in welchem man übernachten kann. Auch eine Moschee giebt es da, deren Minaret wie ein Taubenhaus gebaut ist. Das sogenannte Postgebäude ist das einzige, welches sich einer verschließbaren Thüre zu rühmen vermag. Am Wasser stehen einige Schuppen, die mit Matten und alter Sackleinwand gedeckt sind. Das sind die Comptoire und Niederlagen der arabischen Händler, welche die Erzeugnisse des Sudans gegen diejenigen Europas umsetzen.

Der erwähnte Wüstenweg mündet bei Abu Hammed wieder auf den Nil. Er war ganz in Vergessenheit geraten. Da erteilte Mehemmed Ali einem kleinen Ababdeh-Häuptlinge den Auftrag, ihn wieder aufzufinden. Der Ababdeh löste diese schwierige Aufgabe ohne Kompaß und andere Instrumente, und dafür wurden er und seine Nachkommen zu Schechs des Wüstenstreifens ernannt. Sein Sohn hieß Hammed Khalifa und zeigte sich als absoluten Beherrscher der Wüste und Karawanen. Er erhob für jedes Kamel einen kleinen Zoll und bürgte dafür für die Sicherheit des Lebens und des Eigentumes der Reisenden.

Aus diesem Grunde reiste man durch den Atmur bedenkenloser als durch andere Wüstenstrecken. Und doch reichte auch die Macht dieses Schechs nicht ganz hin, die garantierte Sicherheit zu einer vollständigen zu machen. – – –

Murad Nassyr, mein dicker Türke, war endlich mit seinem Sandal in Siut angekommen und hatte mich, Ben Nil und Selim an Bord genommen. Er erfuhr natürlich sofort, was wir erlebt hatten, und konnte gar nicht begreifen, daß der Haß Abd el Baraks so große Dimensionen angenommen hatte. Natürlich zeigte er sich sehr erfreut darüber, daß ich keinen Schaden davongetragen hatte. Als ich ihm mitteilte, daß ich die Bekanntschaft des Reïs Effendina gemacht hatte, schien er einigermaßen verstimmt darüber zu sein, und ich nahm mir vor, dieses Thema nicht wieder zu erwähnen.

Die Fahrt von Siut nach Korosko kam mir nicht langweilig vor. Es gab so viel zu sehen, zu hören, zu beobachten. Ich saß mit Murad Nassyr unter dem Zeltdache und mußte ihm, wenn er bei guter Laune war, von meinen Erlebnissen erzählen. Er schien es darauf abgesehen zu haben, meine Vergangenheit genau kennen zu lernen, und oft ruhte sein Blick mit einem Ausdrucke auf mir, welcher mich erraten ließ, daß er etwas Wichtiges mit mir vorhabe, aber noch nicht mit sich im reinen sei, ob er es mir mitteilen solle oder nicht.

Seine Schwester sah ich täglich öfters, allerdings nur tief verschleiert. Ihre zwei schwarzen Dienerinnen verhüllten die Gesichter nicht; die beiden weißen aber thaten es, wenn auch nicht mit der Strenge wie ihre Gebieterin. Einst, als der Wind den Schleier Fatmas, der Köchin und Lieblingsdienerin, zur Seite wehte, erblickte ich das Gesicht derjenigen, deren Haare ich im Pillaw gefunden hatte, und ich kann sagen, daß dasselbe ein sehr gewöhnliches war. Das Gesicht der Herrin aber hätte ich sehr gern einmal gesehen.

Wenn sie sich auf dem Deck erging und ich, dasselbe thuend, ihr begegnete, so durfte ich sie grüßen und erhielt einige Worte der Erwiderungvon ihr. Sie erlaubte und that dies, weil sie mir zur Dankbarkeit verpflichtet war. Ihr Bruder sagte mir, daß die Zierde ihres Hauptes wieder zu wachsen beginne. Mein Haarmittel hatte gewirkt. Ihre Stimme war ein sanfter, reiner, tiefer Alt, welcher sehr sympathisch klang.

Wenn ich geglaubt hatte, etwas Näheres über Murad Nassyrs Verhältnisse zu erfahren, so hatte ich mir dies leichter vorgestellt, als es war. Er hielt in dieser Beziehung sehr zurück und schien mich erst genauer kennen lernen zu wollen.

Als wir in Korosko ankamen, verließen wir das Schiff. Der Reïs sollte es über die Katarakte wegbringen, während wir die schnellere Landreise machen wollten. Wir waren zusammen neun Personen, nämlich Murad Nassyr, seine Schwester, ich, vier Dienerinnen, Ben Nil und Selim. Da der Sandal sofort weiter segelte, mußten wir im Orte Quartier nehmen. Wir zogen also in den Khan, wo die Damen vollständig abgesondert logierten.

Das waren langweilige Tage. Wir brauchten Kamele, und es wurden keine gebracht. Die Beduinen ließen uns warten, um recht hohe Löhne von uns zu erpressen. Um mir die Zeit zu vertreiben, schoß ich in den wenigen und sehr lichten Palmengärten nach Tauben oder setzte mich in den lieben Nilschlamm, um zu fischen, was in der Hitze jener Gegend keine Erholung ist. Abends saßen wir rauchend zusammen, um die Kühle zu genießen, und es ist wahr, die Nächte sind dort von einer solchen Temperatur, daß man einen wollenen Überrock recht wohl vertragen könnte.

Es war am dritten Tage des Abends. Wir saßen wieder beieinander, nämlich Murad Nassyr und ich, und ich hatte ihm einige Kapitel aus der biblischen Geschichte erzählt, wofür er sich zuweilen interessierte, da fragte er mich:

»Warum dürft ihr nicht mehrere Frauen nehmen?«

»Das ist sehr einfach. Weil Gott dem Adam nur eine gab.«

»Dürftest du eine Heidin oder eine Muhammedanerin beiraten?«

»Nein.«

»O Allah! Was ist den Christen nicht alles verboten! Wir fragen unsere Frauen nicht, was sie glauben, denn das Weib hat keine Seele. Wenn du nun eine Muhammedanerin liebtest? Würdest du auch diese nicht nehmen?«

»Vielleicht, ja; aber sie müßte Christin werden.«

»Das würde ihr nicht einfallen, sondern sie würde von dir verlangen, Moslem zu werden.«

»Das würde nun wieder mir nicht einfallen.«

»Wenn sie nun sehr schön wäre?«

»Auch dann nicht.«

»Und dazu sehr reich?«

»Nein.«

»Aber du bist doch arm!«

»Du irrst. In meinem Glauben bin ich reich. Ich tausche mit keinem Menschen.«

Er sah einige Zeit vor sich nieder, betrachtete dann mich eine Weile und fuhr nachher fort:

»Ich habe dir schon früher gesagt, daß ich dich gesehen habe und von dir sprechen hörte. Du bist ein Mann für mich, und ich wünsche, dich an mich zu fesseln. Erlaube, daß ich dir etwas zeige!«

Er zog ein Portefeuille aus der Tasche, öffnete es und hielt mir es dann hin. Ich sah ein ganzes Paket hoher Noten der englischen Bank.

»Weißt du, welchen Wert diese Scheine haben?«

»Es ist ein Vermögen.«

»Und trotzdem ist das nur ein kleiner Teil dessen, was ich besitze. Und nun will ich dir noch etwas zeigen. Aber von dem, was du jetzt zu sehen bekommst, sollst du ja nicht sprechen. Komm!«

Ich sah, daß die Entscheidung gekommen sei. Er wollte mich für sich gewinnen, wozu und zu welchem Zweck, das mußte ich abwarten. Wir verließen sein Gemach, in welchem wir uns befanden, traten in den Hof hinaus und gingen zu der Thüre, welche in die Räume führte, die von seiner Schwester und deren Dienerinnen bewohnt wurden. Er klopfte an; eine Schwarze öffnete. Er sagte ihr einige leise Worte, und wir wurden eingelassen. Er führte mich zu einer innern Thüre, zeigte auf dieselbe und sagte:

»Tritt ein! Ich werde dich hier erwarten.«

Unter Thüre darf man hier nicht das verstehen, was wir uns unter diesem Worte denken, sondern dicke Palmenmatten, welche beliebig fortgeschoben oder auch ganz weggenommen werden können. Ich schob die Matte zur Seite und trat ein. Was ich sah, das mußte mich in ein nicht geringes Staunen versetzen. Auf einigen übereinander gelegten Teppichen lag ein junges Mädchen von vielleicht siebzehn Jahren. Den linken Arm, in dessen Hand der Kopf ruhte, hatte sie auf ein Kissen gestemmt. Sie trug weite und bis an die Knöchel reichende Frauenhosen; die nackten Füße steckten in Samtpantoffeln; den Oberleib verhüllte eine Art Jäckchen, welches von roter Farbe und reich mit Gold gestickt war, und darüber fiel vom Halse bis auf die Füße ein schleierartiges Oberkleid. Das Haar, in welchem Perlen und goldene Münzen funkelten, war in lange Zöpfe geflochten. An allen Fingern glänzten Ringe. Die Wimpern und Brauen waren mit Khol gefärbt und die Fingernägel mit Hennah gerötet.

Das Gesicht – – ah, dieses Gesicht! Wenn von einer orientalischen Schönheit gesprochen wird, so stellt man sich, um mit dem Dichter zu sprechen, ein »nächtig-, mächtig-prächtiges« Wesen vor, mit den Zügen einer Kleopatra, Emineh oder Schefaka. Und hier – –? Auf den

Jahrmärkten meiner Vaterstadt hielt gewöhnlich ein Mädchen aus dem erzgebirgischen Beierfeld Reibeisen und blecherne Löffel feil, welches ein ganz eigenartiges Gesichtchen hatte, so klein und zusammengedrückt, eine zwei Finger schmale Stirn, ein Näschen wie eine trockene Zwetschge, nur nicht schwarz, kleine, schmale Lippen, Öhrchen wie ein Mäuschen und Äuglein so klein und so lustig und listig wie – na wie eben auch ein Mäuschen. Ich hatte dieses Gesichtchen nie vergessen können. Und nun lag es da vor mir, dieses Beierfelder Mäuschen, aber in orientalischem Gewande. Es blickte mich aus dem unverschleierten Gesicht halb verschämt, halb erwartungsvoll an und sagte kein Wort.

Aufrichtig gestanden, ich war ein wenig das, was man perplex zu nennen pflegt. So eine Überraschung hatte ich nicht erwartet, und daher kam es, daß ich mich zu der nicht eben geistreichen Frage gedrängt fühlte:

»Wer bist du?«

»Kumra,« antwortete sie.

Dieser türkische Name bedeutet Turteltaube. Sie hatte ihn mit einer tiefen Altstimme ausgesprochen, was mich zu der zweiten Frage veranlaßte:

»Die Schwester Murad Nassyrs?«

»Ja, Effendi.«

»Wußtest du, daß ich kommen würde?«

»Mein Bruder sagte es mir.«

»Bist du wieder krank? Wünschest du, eine Arznei zu haben?«

»Nein. Du hast den Glanz meines Hauptes wieder hergestellt, und weiter fehlt mir nichts.«

»So sage mir, weshalb du mich sehen wolltest!«

»Wolltest? Ich sollte dich sehen. Mein Bruder wünschte es.«

»Nun, so sieh mich einmal an, aber so genau wie möglich!«

Ich stellte mich nahe vor sie hin und drehte mich schnell dreimal um meine eigene Achse. Es flog ein fröhliches Lächeln über ihr Gesichtchen, als sie sagte:

»O Effendi, ich habe dich ja schon so oft gesehen; ich wollte sagen, daß du mich sehen solltest, nicht ich dich.«

»Ah! Warum?«

»Mein Bruder wird es dir sagen.«

»So darf ich wohl fragen, ob die gegenwärtige Audienz zu Ende ist?«

»Ja, sie ist beendet. Er wird dich erwarten.«

Ich verbeugte mich auf orientalische Weise und trat wieder hinaus. Da stand Murad Nassyr, nahm mich beim Arme und führte mich wieder in seine Stube hinüber. Wir setzten uns wie vorhin neben einander, brannten unsere Pfeifen an, und dann entfuhr seinen Lippen das fragende Wörtchen:

»Nun – –?«

»Was – –?« fragte ich zurück, da mir nichts Besseres einfiel.

»Sahst du sie in all ihrer Schönheit und Lieblichkeit?«

Ich dachte an das Beierfelder Mäuschen und antwortete, leider vollständig gegen meine Überzeugung:

»Wunderbar!«

»Nicht wahr, sie ist herrlich?«

»Wie die Morgenröte!«

»Ein wahrer Sonnenstrahl! Noch kein unberufenes Auge hat ihr Angesicht geschaut. Du bist außer ihrem Bräutigam, welchem ich sie zuführe, der einzige, welchem eine solche Gnade zu teil wird.«

»Warum gerade mir diese Gnade?«

»Weil sie eine Schwester hat.«

»Ah – sie – hat eine – –?«

»Ja, eine Schwester, welche um ein Jahr jünger ist und ganz dieselben Züge besitzt, das schöne Näschen, die funkelnden Augen, alles, alles ist genau dasselbe. Hörst du, was ich sage?«

Er bemerkte jedenfalls, daß ich etwas nachdenklicher oder vielmehr, daß mein Gesicht bedeutend länger geworden war.

»Ich höre es,« antwortete ich.

»Und verstehst du es auch?«

»Deine Güte ist heute so unendlich groß, daß ich sie weder verstehen noch begreifen kann.«

»Das höre ich nicht gern. Es fällt mir nicht leicht, dir das zu sagen, was du nicht begreifst.«

»So sage es nicht. Du brauchst dir keine Schmerzen zu verursachen.«

»Aber du sollst und mußt es wissen, und wenn du es nicht errätst, so muß ich es dir doch sagen. Ich teilte dir bereits mit, daß ich dich an mich zu fesseln beabsichtige. Weißt du, daß meine Schwestern reich sind?«

»So ist Allah gegen dich freundlicher gewesen als gegen mich. Ich habe keine reichen Schwestern.«

»Die brauchst du auch nicht, da du eine sehr reiche Frau haben wirst.«

»Freund, das ist mir bisher unbekannt gewesen; habe ich doch noch nicht daran gedacht, mir ein Weib zu nehmen.«

»Auch das ist nicht notwendig. Du brauchst es dir nicht zu nehmen, denn du bekommst es von mir.«

»Behalte es, behalte es! Meine aufrichtige Freundschaft für dich verbietet mir, dich zu berauben.«

»Du beraubst mich nicht, denn ich gebe dir nicht eine von meinen Frauen, sondern meine jüngere Schwester.«

O weh! In was für eine Beißzange war ich da geraten! Ich fühlte es förmlich, wie er sie fester und fester zusammendrückte. Wie konnte ich mich befreien? Er handelte gegen alle orientalische Gewohnheit und Tradition, ob aus Freundschaft oder aus Eigennutz, das blieb sich gleich. Eine Abweisung war eine großartige Beleidigung und mußte ihn mir zum Todfeinde machen. Wäre dieser Unglückselige doch nicht auf diesen Gedanken gekommen! Er konnte die jüngere Schwester, meinetwegen auch die ältere und alle eventuellen übrigen dazu dem Großsultan zum Geburtstage schenken! Und dabei ließ er mich nicht aus den Augen, sondern er hielt den Blick unausgesetzt auf mein Gesicht gerichtet, um aus demselben meine Gedanken zu erraten. Als ich aber gar nichts that und sagte, fragte er:

»Darf ich deine Meinung hören?«

»Meine Meinung ist, daß man mit so ernsten und wichtigen Dingen nicht scherzen soll.«

»Wer sagt dir, daß ich scherze? Es ist mein Ernst.«

»Unmöglich! Weil ich ein Christ bin.«

»Eben daraus magst du erkennen, daß ich dich sehr hoch schätze. Du sollst meine Schwester zum Weibe haben, ohne deinen Glauben ändern zu müssen.«

»Dann müßte sie dem ihrigen entsagen!«

»Auch das ist nicht notwendig. Man läßt den Kadi kommen; du sagst ›Bu benum‹ zu ihr; er unterschreibt, und dann ist sie dein Weib.«

»Das ist mir als Christ verboten. Nur diejenige kann als das Weib eines Mannes gelten, welche ihm vom Priester angetraut wurde.«

Schon glaubte ich, ihm entwischt zu sein, da aber meinte er:

»So laß sie dir antrauen!«

»Das geht nicht, da sie keine Christin ist.«

Er senkte den Kopf, machte ein finsteres Gesicht und schüttelte unmutig den Kopf. Ich war überzeugt, daß er sein abenteuerliches Anerbieten jetzt zurücknehmen werde, ja, zurücknehmen müsse, hatte mich aber auch jetzt vollständig verrechnet, denn er hob plötzlich den

Kopf, schlug wie unter einem raschen Entschlusse die Hände zusammen und rief:

»Nun wohlan, so mag sie Christin werden! Die Frauen haben keine Seelen; sie kommen weder in den Himmel noch in die Hölle; da ist es ganz gleichgiltig, ob sie Allah oder Gott, ob sie Muhammed oder Christus sagen.«

Der gute Mann that ja über alle seine, aber noch mehr über meine Kräfte! Ich hatte nicht das geringste verlangt, und er erklärte sich zu den schwersten Zugeständnissen bereit. Was war zu machen? Am liebsten wäre ich davongelaufen; aber ich mußte bleiben und ihm pfiffig kommen. Schon wollte ich den Mund zu einer Ausrede öffnen, da forderte er mich auf:

»Also sage mir aufrichtig, ob Kumra dir wirklith gefallen hat!«

»Hältst du es für möglich, daß jemand das Gegenteil behaupten könne?«

»Nein, denn sie ist die Krone der Lieblichkeit und das Vorbild der Schönheit. Ich habe sie dir gezeigt, um dir einen Begriff von ihrer jüngeren Schwester zu geben. Diese wird dir wenigstens ebenso gefallen, und da du siehst, daß ich dir in allem entgegen komme, so wirst du jetzt mit Freuden deine Einwilligung geben. Hier ist meine Hand. Schlag' ein!«

Er streckte mir wirklich die Hand entgegen; ich zögerte natürlich, ihm die meinige zu geben, und antwortete:

»Nicht so schnell! Es giebt noch Verschiedenes zu bedenken.«

»Was noch? Ich habe ja in alles gewilligt.«

»In alles Bekannte; aber es giebt noch Unbekanntes. Haben deine Schwestern noch Vater und Mutter?«

»Nein. Ich bin ihr einziger Herr und Gebieter, und sie müssen thun, was ich ihnen befehle.«

»So laß derjenigen, von welcher du sprichst, Unterricht im Christentum erteilen. Sie muß unsere Lehre genau kennen lernen, denn sie wird darin exarniniert. Wenn sie das Examen nicht besteht, so muß sie Moslema bleiben und kann also nicht meine Frau werden. Ich kann dir also nicht eher eine bestimmte Antwort erteilen, als bis sie ihr Examen gemacht hat.«

Da sprang er zornig auf, fuchtelte mit dem Tschibuk hin und her und rief:

»Da mag der Teufel ein Christ sein, ich aber nicht! Wenn es für euch so schwer ist, in die Ehe zu kommen, um wie viel schwieriger muß es da sein, in den Himmel zu kommen. Aber du sollst sehen, daß ich meinen Plan doch durchsetze. Meine Schwester ist ein kluges Mädchen; sie ist fast klüger als ich selber; sie wird sich schnell in eure Lehre finden und ein sehr gutes Examen bestehen. Da das für mich über allen Zweifel erhaben ist, so werde ich dich bereits jetzt als ihren Gatten behandeln und dich in mein Geschäft einweihen, in welches du eintreten sollst.«

Da, da brach es also doch noch herein, was ich gefürchtet hatte! Das ferne Donnergrollen war vorüber, und nun zuckte der Blitz hernieder, den ich hatte abwenden wollen. Ich ahnte, was er mir vorschlagen werde; ich kannte meine Antwort voraus und wußte, daß dieselbe mich mit ihm entzweien müsse. Es war mir nicht mehr möglich, unter falscher Flagge zu segeln; ich mußte Farbe bekennen, und das schadete eigentlich auch gar nichts, da der Bruch doch früher oder später kommen mußte.

Er setzte sich wieder nieder, schien nach einem passenden Anfange zu suchen und fragte dann:

»Weißt du, welches Geschäft unter allen Geschäften die meisten Zinsen bringt?«

»Ja. Das Geschäft eines Attar.«

»O, ich kenne eins, welches noch viel mehr und viel schneller lohnt. Auch der Apotheker muß seine Waren kaufen und bezahlen; bei dem Geschäft aber, welches ich meine, erhält man sie umsonst.«

»So meinst du den Diebstahl, den Raub?«

»Du wendest zu harte Worte an.«

»Nein. Übrigens ist dieses Geschäft das allerschlechteste, welches ich mir denken kann, denn man bekommt die Waren nicht, wie du irrig meinst, umsonst, sondern man muß sie viel, viel teurer als jeden andern Gegenstand bezahlen.«

»Womit denn?«

»Mit der Ruhe des Gewissens und mit der ewigen Seligkeit. Das ist doch weit, weit mehr als Geld.«

»Du sprichst als Christ; ich aber denke und fühle als Moslem. Auch rede ich nicht vom gemeinen Raube oder Diebstahle.«

»Ich weiß es. Du meinst die Sklaverei.«

»So ist es.«

»Weißt du noch, was du mir über diesen Gegenstand in Kahira gesagt hast?«

»Ja, ich weiß es noch sehr genau.«

»Du sagtest: ›Jch kann gar nicht die Absicht haben, Neger zu fangen.‹ jetzt aber scheinst du anderer Ansicht zu sein.«

»Ich denke jetzt gerade so wie damals. Laß mich zu dem, was ich sagte, einige Worte hinzufügen! Ich meinte: Ich habe gar nicht die Absicht, Neger zu fangen, aber ich bin entschlossen, welche zu kaufen.«

»Das ist sogar noch schlimmer. Warum wird der Hehler strenger bestraft als der Dieb? Weil er den letzteren zum Diebstahle verführt. So auch in dem angegebenen Falle. Wenn es keine Sklavenhändler gäbe, würde es auch keine Sklavenjäger geben.«

»Du vergissest ganz, daß die Sklaverei eine geheiligte Einrichtung ist. Schon die Erzväter haben Sklaven gehabt, und wir Moslemin, welche den Glauben und die Gebräuche derselben noch heute besitzen, können ohne die Sklaverei gar nicht existieren.«

»Darüber ließe sich streiten; ich will es aber nicht thun. Ich verurteile die Sklavenjagden; das ist alles, was ich sage.«

»Verurteile sie, so viel du willst; ich habe nichts dagegen. Du sollst ja gar nicht jagen. Wenn du den Vorschlag hörst, den ich dir zu machen habe, wirst du ganz anders über diese Sache denken.«

»Gewiß nicht!«

»So höre mich nur! Ich kenne dich von früher und habe dich für einen kühnen, unternehmenden Mann gehalten. Was du nun in den letzten Wochen erlebt und gethan hast, das ist mir ein Beweis, daß du jede Gefahr beherrschest und selbst aus den schlimmsten Lagen einen Ausweg findest. Darum mache ich dir meine Mitteilungen, die du erst später hören solltest, schon jetzt. Ich werde so kurz wie möglich sein.«

»Das ist mir lieb.«

»Also: ich kenne einen berühmten Sklavenjäger, welcher – –«

»Meinst du etwa Ibn Asl ed Dschasuhr?« unterbrach ich ihn.

»Wen ich meine, das kann ich dir nur in dem Falle sagen, daß du auf meinen Vorschlag eingehest. Mit diesem Manne bin ich in Verbindung getreten. Ich werde mich seiner und seiner Ehrlichkeit gegen mich dadurch versichern, daß ich ihm meine älteste Schwester zur Frau gebe.«

»Hat er sie verlangt?«

»Ja. Wir sind miteinander darüber einig geworden. Ich werde in der Nähe von Chartum einige Stationen gründen, heimlich natürlich, da der Sklavenhandel verboten ist. Unterdessen geht der Mann meiner Schwester auf die Jagd und bewahrt seine Beute an gewissen Stellen des Stromes auf. Es giebt da Inseln und Buchten, welche unzugänglich sind. Diese besuchst du, um die Sklaven dort abzuholen und mir zu bringen. Das ist deine Arbeit. Dafür bekommst du meine jüngere

Schwester zur Frau und den dritten Teil des Gewinnes als Lohn. Außerdem habe ich dir schon gesagt, daß meine Schwestern reich sind.«

Ich hatte einen ähnlichen Antrag erwartet, aber doch nicht in dieser Weise. Ich war ganz starr und blickte Murad Nassyr an, als ob ich nicht sprechen könne.

»Nicht wahr, so ein reiches Anerbieten hättest du nicht erwartet!« lächelte er. »Ich weiß, daß du es annehmen wirst, denn du bist kein Thor, würdest aber einer sein, wenn du diese Gelegenheit, dein Glück zu machen, vorüber gehen ließest. Dennoch will ich dir bis morgen mittag Bedenkzeit geben,denn ---«

»Bedenkzeit brauche ich nicht,« unterbrach ich ihn. »Ich kann dir meine Antwort schon in diesem Augenblicke sagen.«

»So sprich! Ich bin überzeugt, daß du mit Freuden zustimmst.«

»Warte noch! Also drei sollen zu einem Compagniegeschäft zusammentreten, der Sklavenjäger, du, der Sklavenhändler, und ich?«

»So ist es; so meine ich es.«

»Du errichtest heimliche Niederlagen zum gelegentlichen Verkaufe oder Weitertransporte. Das ist nicht gefährlich, da du die Schuld stets auf andere wälzen kannst. Der Sklavenjäger hat auch nichts zu riskieren, da er sich bei dem Überfalle der Negerdörfer so fern vom Kampfe hält, daß er weder verwundet noch gar getötet werden kann. Zwischen euch beide habe ich zu treten. ich soll die Sklaven von den Seriben abholen und dir zuführen. Das geht durch wilde oder gar feindliche Gebiete, und außerdem habe ich mich der Soldaten der Regierung zu erwehren, welche förmlich Jagd auf mich machen werden.«

»Das ist alles wahr; aber gerade darum ist meine Wahl auf dich gefallen. Du bist der Mann, welcher für solche Gefahren wie geschaffen ist.«

»Es freut mich, daß du mich für einen mutigen Mann hältst; aber es freut mich ganz und gar nicht, daß du mich zugleich für fähig hältst, meinen Mut auf einem solchen Felde in Anwendung zu bringen. Die Sklaverei ist eine Schande für die gegenwärtige Menschheit, und die Sklavenjagd ist ein Verbrechen, welches zum Himmel schreit. Ich würde selbst eine kleine Sünde wissentlich nicht um vieles Geld begehen, um wie viel weniger werde ich diese Schande und solche Bluttha-ten auf mein Gewissen.laden. Wie du einem Christen, und zudem mir, einen solchen Antrag stellen konntest, das ist mir unbegreiflich.«

Er war vollständig enttäuscht; das sah man seinem Gesichte an, als er jetzt fragte:

»Ist das wirklich die Antwort, welche du mir geben willst?«

»So ist es.«

»Bedenke den Gewinn!«

»Ein ruhiges Gewissen ist mir lieber.«

»Und meine Schwester!«

»Gieb sie, wem du willst.«

»Verachtest du sie etwa?«

»Nein. Du hast sie mir angeboten und dabei gegen eure Gebote und heiligsten Gebräuche gehandelt; das könnte mich stolz machen; aber ich kann mir dieses Vorbild der Schönheit und Muster der Lieblichkeit leider nicht verdienen. Ich will dich nicht beleidigen. Du wirst mir verzeihen, daß ich nach den Geboten meiner Religion handle. Gehen wir in Frieden auseinander!«

Ich stand bei diesen letzten Worten auf. Auch Murad Nassyr erhob sich, warf den Tschibuk zornig fort und fragte:

»In Frieden? Wie wäre das möglich! Wenn wir jetzt scheiden, so sind wir Feinde, grimmige Feinde für das ganze Leben.«

»Ich kann die Notwendigkeit dazu nicht ersehen.«

»Sie liegt klar zu Tage. Du hast mir erzählt, was in den letzten Tagen geschehen ist. Du bist ein Freund des Reïs Effendina und willst ihn in Chartum aufsuchen. Du willst ferner den Sklavenhändler Ibn Asl finden und – –«

»Ah, so giebst du also zu, daß er derjenige ist, mit welchem du in Verbindung stehst!«

»Nichts gebe ich zu; gar nichts erfährst du von mir! Ich wollte nur beweisen, daß du nicht der Freund meiner Feinde sein kannst, ohne auch mein Feind zu sein. Du weißt nun zu viel von mir; scheiden wir, so bist du mir gefährlicher als alle andern. Darum überlege es dir noch einmal, ob du bei deinem Entschlusse bleiben willst!«

»Es bedarf keiner Überlegung.«

»Du wirst diesen Entschluß nicht ändern?«

»Nein.«

»Wohlan, so sind wir geschieden, und ich bedaure, daß ich dich mit Wohlthaten überschüttet habe.«

Sein Gesicht hatte einen ganz andern Ausdruck bekommen. Die biedere, ehrliche Aufrichtigkeit war verschwunden; sie hatte der Miene drohenden Hasses Platz gemacht. In seinen blitzenden Augen stand deutlich zu lesen, daß er von jetzt an mein unerbittlicher Feind sein werde.

»Mit Wohlthaten überschüttet?« fragte ich ruhig. »Ich aß und schlief bei dir, weil du mich so dringend einludest, daß es eine Unhöflichkeit gewesen wäre, es abzuschlagen. Nennst du das Wohlthat?«

»Ich bezahlte die Passage und gab dir außerdem noch Geld!«

Jetzt zeigte er sich als der gemeine Charakter, wie er zum Sklavenhändler geeignet ist. Ein anderer hätte ihm geantwortet, ihm die Wahrheit gesagt; ich that dies nicht; ich zog meinen Beutel, zählte den Betrag ab, welchen er ausgegeben hatte, warf denselben auf den Teppich und ging. Als ich mich unter der Thüröffnung befand, rief er:

»Halt noch einmal! Willst du wirklich nicht nach –«

Ich ging weiter, ohne auf seine Worte zu achten. Da brüllte er mir nach:

»So packe dich, du Hund, und nimm dich nun vor mir in acht!«

Von Schlaf war jetzt bei mir keine Rede; ich mußte zunächst meine innere Erregung zur Ruhe bringen. Darum verließ ich den Chan, ging an dem Wächter desselben vorüber und wendete mich durch den Ort der Wüste zu. Wie unverzeihlich unvorsichtig war ich gewesen, als ich mich in Kairo von diesem Murad Nassyr überreden ließ, bei ihm zu bleiben! jetzt hatte ich ihm sein Geld zurückgegeben und stand nun hier im fernen Nubien, ohne die ausreichenden Mittel zur Heimkehr zu besitzen! Doch das machte mich nicht bange; mich erregte nur die Enttäuschung, welche ich erfahren hatte. Für einen solchen Menschen hatte ich Murad Nassyr denn doch nicht gehalten.

Wohl über eine Stunde war ich gegangen, als ich von fern her ganz eigentümliche, seltsame Töne vernahm. Es war, als ob der Wind durch eine Äolsharfe strich. Das Gekling kam näher und wurde deutlicher. Ich unterschied weibliche Stimmen und den Klang von Saiten. Nun erschien ein Kamelreiter, dessen Lanzenspitze im Strahle des Vollmondes funkelte. Als er mich erblickte, bog er weit aus. Ihm folgten zwölf Kamele, welche Tachtirwans, trugen, aus denen die singenden, plaudernden und lachenden Stimmen erschallten. Hinterher kamen mehrere bewaffnete Männer. Wie Schatten flogen die hochbeinigen Kamele an mir vorüber. Man hätte an Freiligraths »Geisterkarawane« denken können.

Das war ein Transport junger Sklavinnen, welche heimlich nach Ägypten gebracht wurden. Man zwingt die Armen, unterwegs zu lachen, zu singen, zu scherzen, damit sie sich nicht vergrämen und infolgedessen ihren Wert verlieren. Der Zug kam wohl von Abu Hammed her, hütete sich aber, in Korosko zu halten und sich dort sehen zu lassen.

Ich kehrte um und legte mich, im Chan angekommen, zur Ruhe. Zu einem richtigen Schlafe aber brachte ich es nicht. Nicht daß der Verlust von Nassyrs Freundschaft oder gar die Angst vor ihm mich beunruhigt hätte, o nein; ich hatte an anderes zu denken.

Vor allen Dingen beschäftigte mich sein wahrscheinliches Verhältnis zu Ibn Asl, dem Sklavenjäger. Ich wollte den Aufenthalt dieses Mannes kennen lernen; um denselben zu erfahren, brauchte ich nur Murad Nassyr im Auge zu behalten. Hatte ich mich mit diesem Türken entzweit, so wollte ich nun um so nachdrücklicher für den Führer in Maabdah thätig sein, um womöglich dessen verschollenen Bruder aufzufinden.

Ich stand zeitig auf, setzte mich vor die Thüre des Chans und ließ mir von dem Chandschi Kaffee bringen. Indem ich über das erwachte Tierleben meine Betrachtungen anstellte, sah ich einen Reiter kommen. Er war noch so fern, daß man ihn kaum erkennen konnte, mußte aber ein ausgezeichnetes Tier reiten, denn er kam so rasch näher, daß er scheinbar aus der Erde wuchs. Als er nahe genug gekommen war, erkannte ich ihn. Es war zu meinem Erstaunen der Schiffslieutenant des Reïs Effendina. Ich stand natürlich auf, um ihn zu bewillkommnen. Er sah mich, lenkte sein Tier auf mich zu, ließ es knieen und sprang aus dem Sattel.

»Wie kommst du nach Korosko?« fragte ich ihn. »Ich mußte den Emir doch in Chartum glauben.«

»Er war auch dort. Wo er sich jetzt befindet, werde ich dir sagen, wenn ich mit dem Schech el Beled, gesprochen habe, den ich jetzt gleich aufsuchen muß.«

»Er ist auch schon wach. Ich sah ihn vorhin vor seiner Hütte knieen, um das Morgengebet zu beten.«

Ich zeigte ihm die Hütte, und er schritt derselben zu, um dem Schech seinen Auftrag auszurichten. Sein Kamel kniete in meiner Nähe. Es war ein herrliches, sehr teures Tier von mausgrauer Farbe, an welcher man die echten Reitkamele erkennt. Wie kam der Lieutenant zu einem solchen Eilkamele? Es giebt Tiere dieser Rasse, welche an einem Tage und ohne einmal anzuhalten über hundert Kilometer zurücklegen. Es war auch sehr wohl erzogen, denn als ich es streichelte, sah es mich mit den großen Augen zutraulich an und verfiel nicht in die gewöhnliche Unart der Kamele, welche Fremde beißen, treten oder auch wohl gar anspeien. Noch war ich mit dem Tiere beschäftigt, da trat Selim aus dem Thore. Er schien mich gesucht zu haben, denn er kam, als er mich erblickte, auf mich zu und sagte:

»Effendi, ich habe sehr, sehr Schlimmes vernommen und möchte infolgedessen eine große Bitte an dich richten, welche du mir vielleicht genehmigen wirst.«

»Was ist's?«

»Du hast dich mit Murad Nassyr verfeindet?«

»Wer sagte es dir?«

»Er selbst und verbot mir streng, mit dir zu reden.«

»Und da kommst du als sein treuer Haushofmeister sofort zu mir, um sein Gebot zu übertreten?«

»Ja, das thue ich, denn du weißt, daß ich dich viel lieber habe als ihn.«

»Natürlich,« antwortete ich, obgleich mich seine Dummheiten sehr oft geärgert hatten. »Welche Bitte willst du mir denn zu hören geben?«

»Ich mag nicht länger bei Murad Nassyr bleiben.«

»Ah! Warum? Hast du es nicht gut bei ihm? Bist du unzufrieden mit ihm?«

»Ich habe es gut und bin auch zufrieden; aber seit wir von Siut unterwegs sind, redet er von Dingen, welche mir ganz und gar nicht gefallen.«

»Von welchen Dingen?«

»Ich stehe noch in seinem Dienste und weiß also nicht, ob ich es dir verraten darf.«

»Meinst du etwa den Sklavenhandel?«

»Richtig, sehr richtig! Wie ich höre, weißt du auch schon, daß er ein Sklavenhändler ist.«

»Das weiß ich allerdings.«

»So bin ich also kein Verräter, wenn ich mit dir davon rede. Er verlangt von mir, daß ich in seinem Dienste bleiben soll. Wenn ich dies thue, und wir werden erwischt, so kann es mir schlecht ergehen.«

»Fürchtest du dich schon wieder einmal!«

»Fürchten? Nein. Du weißt, daß ich der größte Held aller Beduinen bin und es mit tausend Kriegern aufnehme. Ich will auch gerne bei passender Gelegenheit den Heldentod sterben, aber als Sklavenhändler möchte ich mich doch nicht gerne aufknüpfen lassen.«

»Das ist sehr ehrenwert von dir gedacht.«

»Du giebst mir also recht?«

»Ja.«

»So werde ich meinen Dienst auf der Stelle verlassen. Aber was soll ich dann anfangen? Wenn ich dich nicht so lieb hätte, würde ich gar nicht fragen; so aber geht es mir zu Herzen, von hier zu scheiden, und da möchte ich dir eine Vorstellung machen.«

»Rede nur!«

»Schau, Effendi, du bist ein kluger Mann; du kennst alle Wissenschaften und dringst in die Tiefen aller Geheimnisse; aber einen Fehler hast du doch.«

»Welchen?«

»Dir fehlt ein Diener, wie ich einer bin. Man würde dich zehnmal mehr als bisher respektieren, wenn man sähe, daß ich dir zur Seite stehe.«

»Du möchtest also bei mir bleiben?«

»Ja, Effendi.«

»Das geht nicht, denn deine immerwährende Tapferkeit gefällt mir nicht; sie kann leicht Mord und Totschlag über mich bringen.«

»O, was das betrifft, so darfst du keine Sorge haben. Wenn ich in meinem überschäumenden Mute mit jemand einen Kampf beginne, so fechte ich ihn auch selber aus; da kennst du mich ja zur Genüge. Du hättest also gar nicht nötig, dich meinetwegen in eine Gefahr zu begeben; im Gegenteile würde ich jeden Augenblick bereit sein, mich und meine Heldenenergie für dich aufzuopfern.«

»Es würde für mich und dich nützlicher sein, wenn du sie behieltest, anstatt sie aufzuopfern.«

»Ganz wie du befiehlst; ich werde dir gerne gehorchen. Was wirst du nun zu meinem Vorschlage sagen?«

»Ich werde ihn mir überlegen.«

»Effendi, da giebt es ja gar nichts zu überlegen. Es kann gar keinen Menschen geben, der so wertvoll für seinen Herrn ist, wie ich.«

»Möglich; aber ich habe schon einen Diener.«

»Ben Nil? Was nützt dir dieser junge Mensch? Welche Schlachten hat er geschlagen und welche Siege errungen?«

»Er ist noch jung und kann leicht ein noch viel größerer Held werden, als du jetzt bist.«

»Das glaube ich nicht. Er nimmt keine Lehre an; er hört mir nicht zu; er widerspricht mir stets. Wer nichts lernen will, aus dem kann nie etwas werden.«

»Du als der Erfahrene und Verständige mußt Nachsicht haben. Es wäre mir lieb, wenn du dich seiner annehmen wolltest.«

»Wenn du es wünschest, werde ich es sehr gerne thun. Ich will seine Schwächen ertragen und seine Dummheiten mit Gleichmut und Geduld schonen.«

»So suche ich ihn jetzt auf, und sage ihm, daß du bei mir bleiben willst. Was er mir dann rät, das werde ich thun.«

»Wie? Du, ein so berühmter Effendi, willst dich von dem Willen eines Dieners abhängig machen?«

»Abhängig nicht, aber berücksichtigen will ich ihn, da Ben Nil es ist, der mit dir zu verkehren hat.«

»Was das betrifft, so muß er es als eine große Ehre schätzen, den Glanz meiner Gegenwart genießen zu dürfen. Aber da du es wünschest, werde ich mit ihm sprechen und dir dann melden, daß er hochbeglückt von meiner Nachricht ist.«

Er ging. Ich hätte dieser Unterredung gerne als Lauscher beigewohnt. Es hatte sich nämlich zwischen den beiden Dienern ein ganz eigentümliches Verhältnis entwickelt. Sie hatten einander lieb gewonnen, und doch lagen sie einander vom Morgen bis zum Abend in den Haaren. Selim besaß trotz seiner Fehler ein sehr gutes Gemüt und war in allen seinen Besorgungen, wobei kein Mut von ihm gefordert wurde, höchst zuverlässig und aufmerksam. Man mußte ihm seine krankhafte Idee, als Helden gelten zu wollen, verzeihen. Ben Nil hatte mein ganzes Interesse erweckt. Er war ernst und still und entwickelte trotz seiner Jugend Ansichten, welche mancher Alte nicht besaß. Sein Scharfsinn war bewundernswert, und die Energie, welche er bisher freilich nur in gewöhnlichen Dingen hatte zeigen können, ließ mit Recht darauf schließen, daß er dann, wo es gelte, auch den gehörigen Mut zeigen werde.

Wenn die beiden Leute aneinander gerieten, so gab es stets eine heitere Scene. Das brachte Abwechslung in die oft unangenehme Eintönigkeit, und darum war ich gerne bereit, Selim bei mir zu behalten. Was er mich kostete, nun, das mußte eben aufgebracht werden.

Jetzt sah ich den Lieutenant aus der Hütte des Schechs treten. Dieser kam auch heraus und rannte, ganz seiner dorfoberhäuptlichen Würde entgegen, dem Flusse zu. Der erstere kam herbei, zog seinen Tschibuk aus der Kameltasche, stopfte ihn und setzte sich dann zu mir nieder. Ich gab ihm Feuer.

»Du reitest ein sehr vortreffliches Kamel,« sagte ich ihm. »Es muß eine Wonne sein, auf seinem Rücken durch die Wüste zu fliegen.«

»Du wirst diese Wonne kennen lernen,« antwortete er, »denn du sollst es reiten. Der Emir hat es für dich geliehen.«

»Wirklich? Wie kommt er auf den Gedanken, mir ein Kamel zu senden?«

»Er sendet dir nicht nur das Kamel, sondern nebenbei eine Bitte, welche ich dir vortragen soll. Bist du bereit, sie zu hören?«

»Ja.«

»Du bist schon oft in der Wüste gewesen und verstehst es, alle Spuren der Menschen und der Tiere zu lesen. Darum läßt er dich fragen, ob du – –«

Er hielt mitten in der Rede inne, und zwar warum?

In der Nähe der schon beschriebenen Lagerschuppen war eine Anzahl von Beduinen erschienen, welche Kamele bei sich hatten. Sie stammten jedenfalls aus der Umgegend und wollten versuchen, sich und ihre Tiere für die Tour durch die Wüste zu vermieten. Murad Nassyr hatte sie vom Hofe aus erblickt und kam heraus, um mit ihnen zu reden. Da wir neben dem Thore hart an der Mauer saßen, sah er uns nicht, ging an uns vorüber und winkte den Leuten, herbeizukommen. Sobald der Blick des Lieutenants auf ihn fiel, schwieg dieser und betrachtete ihn mit einem finster forschenden Blicke.

Jetzt drehte sich der dicke Türke um und sah uns. Kein Anzeichen verriet, daß er den Lieutenant kenne. Dieser stand auf, stellte sich in die Mitte des Einganges, um Nassyr zum Stehen zu zwingen, und sagte:

»Mir scheint, es steht mir eine große Überraschung bevor. Haben wir uns nicht schon einmal gesehen?«

»Ich dich? Niemals,« antwortete der Türke stolz, indem er einen wegwerfenden Blick auf den Lieutenant warf. Man sah es ihm an, daß er nicht log, sondern die Wahrheit sagte.

»Möglich, daß du mich nicht bemerkt hast, aber ich habe dich gesehen.«

»Das ist mir gleichgültig. Mich haben viele Leute gesehen. Was habe ich mit dir zu schaffen? Laß mich vorüber!«

»Warte noch ein Weilchen! Ich habe mit dir zu reden, denn ich möchte gerne deinen Namen erfahren.«

»Frage andere! Ich habe dir nicht zu antworten.«

»Irre dich nicht! Weißt du vielleicht, was ein Reïs Effendina ist?«

Über das Gesicht des Türken ging ein plötzliches Zucken; der Blick, welchen er jetzt auf den Sprecher, der die gewöhnliche Kleidung eines Nubiers trug, warf, war ein ganz anderer als vorher.

»Das weiß ich gar wohl; das weiß ja ein jeder,« antwortete er bedeutend höflicher als vorher.

»So wirst du wohl auch wissen, daß der Reïs Effendina mit gewissen Vollmachten ausgerüstet ist, welche ihm oft mehr Macht erteilen, als mancher Mudir besitzt.«

»Auch dies weiß ich.«

»Ich bin der Lieutenant des Emirs und interessiere mich sehr lebhaft für dein Gesicht. Nun wirst du mir wohl Rede stehen?«

»Beweise mir vorher, daß du wirklich derjenige bist, für den du dich ausgiebst!«

»Verlangst du das wirklich? Da magst du mit zum Schech el Beled kommen; aber dann wird unsere Unterredung eine amtliche sein, während ich hier höflich mit dir gesprochen hätte.«

»Nun, ich bin ebenso wie du ein Freund der Höflichkeit. Frage also!«

Der Türke schien also doch Grund zu haben, eine amtliche Vernehmung zu scheuen. Der Lieutenant meinte lächelnd: »Ich wiederhole meine Frage nach deinem Namen.«

»Ich heiße Murad Nassyr.«

»Woher?«

»Aus Nif bei Ismir.«

»Was bist du?«

»Bazirgijan.«

»Kauf- und Handelsherr! Womit handelst du?«

»Mit allem möglichen. Jetzt will ich nach Chartum, um Senna, Gummi und Elfenbein einzukaufen.«

»Hast du nicht auch schon andere Ware ge- und verkauft?«

»Oft.«

»Ich meine lebendige Ware – Sklaven?«

»Das ist mir niemals eingefallen. Ich bin ein gehorsamer Unterthan des Großherrn und werde nichts gegen seine Gesetze und gegen die Befehle des Khedive thun.«

»Wohl dir, wenn dem so ist. Kennst du vielleicht den Ort Kauleh, welcher am Bahr el Abiad liegt?«

»Nein.«

»Sonderbar! Ein solcher Handelsmann sollte diesen Ort nicht kennen? Das kommt mir verdächtig vor! Vor wenig über einem Jahre wurden Sklaven von Karanak nach Kauleh über den Nil geschifft; sie sollten nach Messalamieh gebracht werden. Wir befreiten sie, indem wir die Treiber überfielen. Der Führer, welcher uns entkam, sah dir so ähnlich, wie du dir selbst. Ich fragte einen der Treiber, der in unsere

Hände geriet, nach dem Namen dieses Führers, und er nannte ihn mir; er klang ganz anders als dein jetziger.«

»Das beweist doch, daß ich nicht derjenige bin, für den du mich hältst.«

»Das kann auch beweisen, daß du verschiedene Namen führst. Ich habe damals dein Gesicht gesehen und es nicht vergessen.«

»Herr, ich bin ein ehrlicher Händler! Das kann mir der Effendi bezeugen, neben dem du sitzest. Er kennt mich genau und will mit mir nach Chartum gehen.«

Das war mehr als kühn; das war frech!

»Ist das wahr? Kennst du ihn?« fragte mich der Lieutenant.

»Ich kenne ihn so, wie er sich genannt und gegeben hat.«

»Wie nannte er sich dir?«

»Genau so, wie er dir vorhin antwortete.«

»Hat er nicht von Sklavenjagden zu dir gesprochen?«

»Allerdings, gestern abend wieder.«

»Was sagte er?«

»Er bot mir seine Schwester zum Weibe an, wenn ich gewillt sei, ihm beim Sklavenhandel die Hand zu reichen.«

»Erzähle es ausführlich, Effendi!«

Ich kam dieser Aufforderung nach, denn es gab keinen Grund, im Interesse des Türken zu schweigen oder gar Lügen zu machen. Er preßte die Zähne zusammen und sah mich mit einem Blicke an, welcher mir sagte, daß er sich bei gegebener Gelegenheit blutig an mir rächen werde.

»Nun, was sagst du dazu?« fragte ihn der Lieutenant, als ich geendet hatte.

»Herr, ich hatte einen sehr triftigen Grund, so zu sagen. Dieser Effendi, welcher nichts kann, nichts besitzt und nichts taugt, wollte mich zwingen, ihn umsonst als Begleiter mitzunehmen. Er hat mich von Siut bis hierher viel Geld gekostet, und um ihn los zu werden, machte ich ihm weis, daß ich ein Sklavenhändler sei. Es half auch sofort, denn er bekam Angst und trennte sich von mir.«

»Und vorhin behauptetest du, daß er mit dir nach Chartum reisen wolle.«

»Ich hatte mich nur versprochen.«

»Du bist mir sehr verdächtig. Kannst du es beweisen, daß du dieser Murad Nassyr aus Nif bist?«

»Ja. Ich habe zwei Pässe bei mir, einen vom Großherrn und den andern vom Khedive unterzeichnet.«

»Zeige sie mir!«

»Da muß ich dich ersuchen, mit in mein Gemach zu kommen.«

Der Lieutenant ging mit hinein, und ich war neugierig, was erfolgen werde. Er kam nach einiger Zeit allein zurück und teilte mir mißmutig mit:

»Die beiden Pässe sind in schönster Ordnung-, er reist mit seiner Schwester nach Chartum. Ich habe seine Sachen untersucht; es ist ihm nichts anzuhaben, und doch bin ich überzeugt, daß er jener Sklavenhändler ist.«

»Und ich könnte beschwören, daß er mir den Antrag, welchen er mir stellte, im vollsten Ernste gemacht hat.«

»Das glaube ich ganz gern, denn ich weiß, daß du klüger bist, als er, und dich von ihm nicht übertölpeln lassen würdest. Aber ich muß ihn laufen lassen, doch nur für heute. Wir werden, ohne daß er es bemerkt, ein wachsames Auge auf ihn haben. Jetzt können wir in dem Gespräche, welches er unterbrach, fortfahren.«

»Nicht hier; wir sind zu gestört. Laß dein Hedschihn in den Khan bringen, und dann spazieren wir zum Flusse, wo wir allein sind und von niemand gehört werden können.«

Er folgte dieser Aufforderung, übergab dem Khandschi das Kamel, und dann gingen wir nach dem Wasser. Dort sah ich ein Boot, in welchem ein einzelner Ruderer Saß, der mit Anstrengung aller Kräfte schnell stromaufwärts strebte.

»Das ist mein Bote, welchen der Schech el Beled auf meinen Befehl nach Derr gesendet hat,« sagte der Lieutenant.

»In welcher Angelegenheit? – Darf ich das erfahren?«

»Du mußt es sogar wissen. Von Derr aus geht ein zweiter Bote nach Abu Simbel, von da aus ein dritter nach Wadi Halfa, von dort aus ein vierter nach Semneh, und so weiter, bis das ganze Nilthal alarmiert ist.«

»So muß etwas ganz Außergewöhnliches geschehen sein!«

»Etwas Ungeheuerliches, ein Sklavenraub, wie er seit Menschengedenken nicht vorgekommen ist. Wenn Schwarze überfallen werden, so ist das etwas Gewöhnliches; beim Raube von Nubiern und Nubierinnen drückt man noch ein Auge zu; wenn aber Araber, welche noch dazu rechtgläubige Moslemin sind, in die Sklaverei geschleppt werden, so ist das eine Sünde gegen den Kuran, welcher über alle Grenzen geht.«

»Wo hat man so etwas gewagt?«

»Hast du von dem Bir es Serir gehört, welcher im Westen von Es Safih liegt?«

»Ja. Dieser Brunnen befindet sich südöstlich vom Dschebel Modjaf, einen vollen Hedschihn-Ritt vom Wadi Melk entfernt. Er gehört, wenn ich mich nicht irre, den Fessara-Arabern.«

»Du bist gut unterrichtet. Die Abteilung der Fessara, welche ihre Herden an diesem Brunnen tränkt, feierte ein Fest. Alle Männer zogen nach dem Dschebel Modjaf, um dort eine großartige Fantasia auszuführen; die Frauen blieben daheim. Als die Männer am andern Tage zurückkehrten, lagen die Kinder und alten Weiber erschlagen da; die jungen Frauen und die Mädchen aber hatte man entführt. Die Herden waren zerstreut; es gab über vierzig Leichen am Platze.«

»Das ist ja schrecklich! Die Mädchen und Frauen der Fessara sind wegen ihrer Schönheit berühmt. Hat man denn keine Spuren gefunden?«

»Nein. Am Morgen war ein Sturm erwacht, der alle Fährten der Wüste und der Steppe verweht hat.«

»Wann ist die That geschehen?«

»Heute vor zwanzig Tagen. Du weißt, wie groß die Entfernung ist, und wirst dich nicht wundern, zu erfahren, daß wir erst vor drei Tagen die Nachricht erhielten.«

»O, es wundert mich, daß es so schnell gegangen ist.«

»Wohin glaubst du, daß die Thäter sich gewendet haben?«

»Weder nach Westen noch nach Süden, denn dort würden sie die Geraubten nicht verkaufen können. Ich meine, es ist nur eine einzige Richtung denkbar, nämlich diejenige nach dem roten Meere, um die Sklavinnen nach Ägypten und der Türkei zu bringen.«

»Ganz genau so dachte auch der Reïs Effendina. Aber da sind nun wieder mehrere Wege denkbar.«

»Nur zwei.«

»Welche?«

An der Nähe des Wadi Melk nach der Bajuda-Wüste und in die Gegend von Berber, und von da aus auf möglichst gerader Route nach Suakin. Der zweite Weg würde sein durch das Wadi Melk und das Wadi el Gab nach Dongola und quer durch die nubische Wüste bis in die Gegend von Ras Rauai am roten Meere.«

Es war ein Blick des Erstaunens, den der Lieutenant auf mich warf, als er sagte:

»Effendi, der Reïs Effendina kennt dich genau; er hatte auch gerade diese beiden Gedanken und sagte, daß du gewiß seiner Ansicht sein werdest.«

»Das freut mich. Was aber hat meine Ansicht mit dieser Angelegenheit zu thun?«

»Sehr viel, mehr als du denkst. Die beiden Wege müssen verlegt werden, aber ganz im stillen, so daß kein Mensch etwas davon erfährt und es den Frauenräubern verraten kann. Der Reïs Effendina hat sich also in Chartum Soldaten geben lassen und bringt dieselben auf seinem Schiffe nach der Gegend von Berber, um mit ihnen die Straße nach Suakin zu verlegen. Mich aber sendet er mit der ursprünglichen Besatzung des Schiffes hierher, um den andern Weg zu bewachen.«

»Das wären also vierzig Mann. Wo befinden sie sich?«

»Draußen in der Wüste, weil niemand sie sehen soll. Wir haben Kamele requiriert, für dich und mich zwei echte Hedschihn, um große Strecken abreiten zu können, für die andern und für das Wasser und den Proviant gewöhnliche Tiere.«

»Warum auch für mich ein Hedschihn?«

»Das errätst du nicht? Kennst du denn die hohe Meinung, welche der Reïs Effendina von dir hat, nicht? Er glaubt, dein Rat könnte mir nützlich sein, und da er mit ziemlicher Sicherheit annehmen konnte, daß du jetzt in Korosko seist, befahl er mir, hierher zu reiten und dich zu bitten, dich uns anzuschließen. Wirst du mir diese Bitte erfüllen?«

Meine Lage war eine eigentümliche. Ich befand mich in Beziehung auf die Reisekosten in Verlegenheit und konnte nicht nach Kairo umkehren. Von dem Emir konnte ich Hilfe erwarten; ich hatte ihm überhaupt versprochen, ihn in Chartum aufzusuchen, und durfte ihm die Erfüllung des Wunsches, welchen er jetzt durch den Lieutenant aussprechen ließ, nicht versagen. Übrigens mußte ich auch wegen meines dem Führer in Maabdah gegebenen Versprechens nach Chartum gehen, und endlich sagte ich mir, daß in dem Vertrauen, welches der Reïs Effendina mir zeigte, eine große Ehre für mich liege. Darum antwortete ich:

»Wie könnte ich eine solche Bitte abschlagen! Dein Herr hat mir so zahlreiche Gefälligkeiten erwiesen, daß ich mit Freuden die Gelegenheit ergreife, ihm nützlich zu sein.«

»Effendi, ich danke dir! Ich muß dir sagen, daß der Reïs Effendina allerdings bestimmt erwartete, daß du einwilligen werdest; aber da die Aufgabe, welche wir zu lösen haben, eine so gefährliche ist, so glaubte ich das Gegenteil. Er meinte freilich, du seist nicht der Mann, dich vor einigen Sklavenjägern zu fürchten, und so erfreut es meine Seele, daß du seine Voraussetzung nicht zu Schanden werden lässest. Was wir auszuführen haben, ist mit großen Schwierigkeiten verknüpft; aber nun ich weiß, daß mir dein Rat zur Seite steht, bin ich überzeugt, daß ich wenigstens keine großen Fehler begehen werde.«

»Du hast nicht nur auf meinen Rat, sondern auch auf meine That zu rechnen. Sind dir besondere Instruktionen geworden, von denen du jetzt noch nicht gesprochen hast?«

»Nein. Mir wurde im allgemeinen befohlen, jeden Sklavenjäger oder Sklavenhändler aufzuheben und ihn mit seinem Raube dem Emir zuzuführen. Natürlich habe ich meine Aufmerksamkeit zunächst den entführten Frauen und den Töchtern der Beni Fessara zuzuwenden und soll mich, wie ich dir aufrichtig mitteile, mehr auf dich als auf mich verlassen.«

»Dieses letztere ist mir keineswegs lieb, weil es niemals von Vorteil ist, wenn zwei Stimmen maßgebend sein sollen. Es treten da leicht Meinungsverschiedenheiten ein, welche das Gelingen in Frage stellen.«

»O, was das betrifft, so kannst du sicher darauf rechnen, daß ich mich stets deinem Willen fügen werde. Das ist mir anbefohlen worden, wie ich dir gleich beweisen werde. Der Emir hat mich beauftragt, dir, sobald ich dir die Verhältnisse erklärt habe, diesen Zettel zu übergeben.«

Er zog ein kleines, zusammengefaltetes Papier hervor, öffnete es und gab es mir. Ich las die wenigen, aber inhaltsreichen Worte:

»Du bist der erste, er ist der zweite.«

Das war genug und ein weiterer, noch größerer Beweis des Vertrauens, welches ich seitens des Emirs genoß. Wenn ich bedachte, welche Macht er infolge seiner Ausnahmestellung besaß, so hätte ich leicht stolz darauf sein können, daß er einen so bedeutenden Teil derselben in meine Hände legte.

»Bist du nun beruhigt?« fragte der Lieutenant.

»Ja,« antwortete ich. »Ich bin nicht nur beruhigt, sondern ich habe nun die Überzeugung, daß wir die Frauenräuber, falls sie den nördlichen der beiden vorhin erwähnten Wege eingeschlagen haben, treffen werden.«

»Überzeugt? Wirklich? Ist das nicht zuviel behauptet, Effendi?«

»Nein, denn ich weiß sehr wohl, was ich sage.«

»Aber bedenke, wie groß die Wüste ist! Wir brauchen von hier aus vier Tage, um den Brunnen Murat zu erreichen, welcher nicht ganz in der Mitte derselben liegt. Der ganze Weg ist neun Tagereisen lang. Selbst wenn wir diese große Strecke besetzen könnten, würde es für die Räuber viele, viele Lücken geben, durch welche sie, zumal des Nachts, uns entkommen könnten.«

»Du mußt mit der Beschaffenheit der Wüste rechnen, welche sie zu durchqueren haben. Vom Nile bis zum roten Meere, an welchem doch wohl ihr Ziel liegt, sind zwanzig Kameltagemärsche. Sie können sich unmöglich für eine so lange Zeit mit Wasser versehen und sind also gezwungen, Brunnen aufzusuchen, an denen wir sie treffen werden.«

»Verlaß dich nicht zu sehr darauf! Hast du einmal davon gehört, daß es geheime Brunnen giebt?«

»Ja. Ich habe in der großen Sahara oft solche geheime Brunnen entdeckt und aus ihnen getrunken.«

Er sah mich an, schüttelte den Kopf und meinte:

»Ich habe freilich gehört, daß die Franken in vielen Dingen viel, viel klüger sind als wir, aber der Bewohner der Wüste muß dieselbe doch besser kennen als ein Abendländer, der sich zum erstenmale darin befindet!«

»Warte bis später! Ich will dir jetzt keine Erklärung geben; die That soll dir beweisen, daß ich recht habe.«

»Du spannst meine Erwartungen, und ich bin begierig darauf, zu erfahren, in welcher Weise du mich überzeugen willst, daß du dich nicht verrechnest. Für jetzt kann ich dich nur fragen, ob es also wirklich sicher ist, daß du mit mir reitest?«

»Es ist sicher.«

»So habe ich dir noch etwas vom Emir zu übergeben. Allah hat gefügt, daß der Mensch ohne Geld nicht bestehen kann. Selbst in der Wüste ist es dem Wanderer nötig, weil er nicht in die Zukunft zu blicken vermag und also seine Bedürfnisse und Ausgaben nicht vorher kennen kann. Der Emir hat mich also beauftragt, dir diese Kasse zu übergeben, über welche du nach deinem Ermessen verfügen sollst. Besonders sollst du hier alles kaufen, was für dich selbst nötig ist.«

Er brachte einen Lederbeutel zum Vorscheine, welcher, als er ihn schüttelte, einen sehr erfreulichen, hellen Klang hören ließ. Ich öffnete und sah ihn mit ägyptischen Thalern (Rijal masri) und ägyptischen Viertelpfund-Goldstücken gefüllt. Die Summe betrug nach unserm deutschen Geld beinahe achthundert Mark. Das war für einige Wochen mehr als genug, zumal ich erfuhr, daß die Soldaten mit allem, was sie voraussichtlich brauchen würden, versehen seien. Ich zögerte keineswegs, den Beutel einzustecken, bemerkte aber dabei:

»Für jetzt habe ich keine Bedürfnisse und werde das Geld, falls es nötig ist, für euch verwenden und dann dem Emir Rechnung ablegen. Wann brechen wir auf?«

»Sobald es dir gefällt. Nur möchte ich vorher das Kamel tränken. Es hat seit zwei Tagen kein Wasser bekommen.«

»Es wird auch noch zwei Tage, und vielleicht noch länger, keins erhalten.«

»Warum, Effendi?«

»Weil ich etwaige verborgene Brunnen entdecken will.«

Er warf mir einen Blick zu, aus welchem ich ersah, daß er meine Antwort nicht begriff, und sagte, indem er abermals mit dem Kopfe schüttelte:

»Ich verstehe dich nicht, Effendi. Wir müssen, um verborgen zu bleiben, die Brunnen meiden, und unsere Kamele sind also zum Dürsten gezwungen. Hier befinden wir uns am Ufer des Niles, und darum solltest du die Gelegenheit ergreifen, dein Tier recht tüchtig trinken zu lassen.«

»Ich werde es im Gegenteile recht tüchtig dürsten lassen.«

»Ist das nicht Grausamkeit? Gebietet dir die Lehre des Christentumes nicht, für deine Tiere zu sorgen?«

»Meine Lehre ist den Tieren noch viel freundlicher als die deinige; aber es ist besser, ein Kamel dürstet, als daß viele Menschen leiden. Sobald ich erfahren habe, was dieser Türke Murad Nassyr zu thun gedenkt, werden wir aufbrechen. Da muß ich dich aber vorher fragen, wie wir zu deinen Leuten kommen wollen, da du nur ein Kamel bei dir hast?«

»Ich habe deren zwei, dieses hier und noch eins, welches ich mit gefesselten Füßen zurückgelassen habe. Ich wollte nicht sehen lassen, daß ich gekommen bin, dich abzuholen.«

»Das war klug gehandelt. Wo befindet es sich?«

»Gar nicht weit von hier am Ufer des Niles. Man kann, wenn man geht, in einer halben Stunde hinkommen.«

»So steige auf und reite hin. Tränke dein Tier, aber das meinige nicht. Ich komme nach.«

»Du wirst mich nicht finden!«

»Habe keine Sorge, ich finde dich.«

»Aber du kennst ja die Stelle nicht!«

»Ich brauche sie nicht zu kennen; es giebt eine Führerin, welche mich ganz sicher zu dir bringt.«

»Wer könnte das sein?«

»Deine Spur.«

»Verstehest du es denn wirklich so gut, die Spur zu lesen?«

»Sie ist für mich so deutlich wie die Schrift des Kurans für deine Augen.«

»So will ich dir gehorchen und werde sehen, ob du mich wirklich findest.«

Er kehrte zu der Stelle zurück, an welcher das für mich bestimmte Hedschihn lag, stieg auf und ritt davon. Ich wartete noch eine Weile. Da kamen die Araber, welche Murad Nassyr gerufen hatte, und gingen zum Flusse, um ihre Kamele zu tränken. Daraus ersah ich, daß er sie gemietet hatte und sofort aufbrechen wollte, was ihnen jedenfalls nicht lieb war, da sie gewohnt waren, jede Reise am Nachmittag anzutreten. Nun ging ich langsam nach dem Khan. Am Thore stand der Türke; ich mußte hart an ihm vorüber. Dabei fuhr er mich an:

»Du Hund, du Verräter! Nun bleibst du hier sitzen, und der Teufel des Hungers wird dich stückweise auffressen. Sollte das nicht geschehen, sollte ich dich wiedersehen, so zerschmettere ich dich!«

Ich achtete dieser Worte nicht und ging in den Hof. Als ich an der Thüre vorüber wollte, durch welche er mich zu seiner Schwester geleitet hatte, hörte ich deren tiefe Stimme, welche mir zuraunte:

»Effendi, bleib' stehen, aber blicke dich nicht nach mir um!«

Was wünschest du?« fragte ich, ihr den Rücken zukehrend und mir den Anschein gebend, als ob ich in der Betrachtung des Khans versunken sei.

»Ich sah dich jetzt kommen und eilte an die Thüre, um nochmals mit dir zu sprechen. Mein Bruder hat mir erzählt, daß du meine Schwester verachtest.«

»Ich verachte sie nicht; aber ich bin ein Christ und als solcher ein Feind aller Sklavenhändler. Ich muß mich also von Murad Nassyr trennen.«

»Das betrübt mich sehr! Du hast mir die Zierde meines Hauptes wiedergegeben, und ich wollte dir gerne dafür dankbar sein; nun aber ist dies unmöglich. Aber ich werde immer an dich denken.«

»Auch ich werde mich deiner gern erinnern. Lebe wohl, o Blume des Glückes, o Abglanz der Lieblichkeit!«

»Lebe wohl, Effendi! Ich zürne dir nicht.«

Ich ging weiter, in meine Stube, welche eigentlich nur ein Loch zu nennen war. Da saßen Selim und Ben Nil und stritten sich, wie ich hörte, wieder einmal über die Tapferkeit des ersteren. Bei ihrem Anblicke fiel mir ein, daß ich vergessen hatte, den Lieutenant auf diese beiden aufmerksam zu machen. Ich teilte ihnen mit, was ich ihnen zu sagen für nötig hielt, und sah sie darüber erfreut, daß sie nun mit dem Türken nichts mehr zu thun hatten. Ich aber befand mich um ihretwillen in einer kleinen Verlegenheit. Wie sollten sie mit mir fortkommen?

In dieser Bedrängnis fiel mir der Schech el Beled ein. Der Lieutenant war bei ihm gewesen, und daraus schloß ich, daß er diesen und den Reïs Effendina kenne. Als ich bei ihm eintrat, begrüßte er mich als den fremden Effendi, von dem der Lieutenant mit ihm gesprochen habe. Ich trug ihm mein Anliegen vor, und er antwortete:

»Herr, du bist ein Freund des Emirs, und ich stehe dir sehr gerne zu Diensten. Willst du Reit- oder Lastkamele?«

»Tiere zum Reiten, aber sie müssen gut und schnellfüßig sein.«

»Die sind teuer. Kannst du sie denn bezahlen?«

»Den Preis für zwei Reitkamele habe ich freilich nicht bei mir.«

»So kannst du sie nur leihen?«

»Auch das geht leider nicht. Ich müßte den Besitzer mitnehmen und kann zu dem, was ich vorhabe, keinen solchen Mann gebrauchen.«

»Das thut nichts. Du leihst sie ja für den Emir, und ich sage gut für dich und ihn. Du hast sogar nicht nötig, die Miete voraus zu bezahlen. Ihr übergebt die Tiere dem Ababdeh-Schech in Abu Hammed; dieser sendet sie mir zu, und wenn dann später der Emir einmal nach Korosko kommt, werde ich die Rechnung mit ihm machen.«

»Das ist mir sehr lieb. Aber sind denn gute Reitkamele schnell zu haben? Es giebt, wie ich sehe, hier nur einige Lastkamele, welche der Türke, mit dem ich gekommen bin, gemietet hat.«

Er zog ein schlaues Gesicht und antwortete:

»Du bist zwar ein Franke, aber vielleicht weißt du dennoch, wer mächtiger ist als selbst der mächtigste Fürst.«

»Das weiß ich. Du meinst eine Hand, welche offen ist?«

»Ja; eine offene Hand vermag alles.«

Ich zog einige ägyptische Thaler heraus; als ich sie ihm hinreichte, griff er schnell zu, steckte sie ein und sagte:

»Effendi, du bist der klügste unter den Weisen, und deine Güte fließt über von Erbarmen. Du stehst hier an Stelle des Emir, welcher schnell und gut bedient wird. Die Verleiher lassen ihre Tiere nicht sehen, um hohe Mieten zu erzielen; du aber sollst, wenn du jedem der Besitzer noch ein Bakschisch von einem Thaler giebst, in der kürzesten Zeit zwei Reitkamele haben, welche ebenso schnell laufen, wie dasjenige, auf welchem der Lieutenant gekommen ist.«

»Dieses Bakschisch will ich gern zahlen.«

»So gehe ich sofort, um mit den Männern zu sprechen, und dann werden wir die Tiere bringen.«

Er eilte fort, und ich kehrte in den Khan zurück. Dort war der Türke beschäftigt, die von ihm gemieteten Kamele beladen zu lassen. Eins von denselben bekam einen Tachtirwan zu tragen, eine Frauensänfte, welche für die Schwester Murad Nassyrs bestimmt war. Zwei andere trugen den Proviant und die vollen Wasserschläuche; zwei weitere wurden mit je zwei Körben behangen, in welche die vier Dienerinnen zu sitzen kamen; ein sechstes bestieg der Türke und ein siebentes der Führer, dem die Kamele gehörten. Der letztere gab das Zeichen zum Aufbruche, indem er rief:

»Ia Schech Abd el Ka-a-der!«

Der Heilige der Kadirine ist nämlich nicht nur der Patron der Schiffer, sondern auch der Kameltreiber und Karawanenführer, und wird infolgedessen auch von diesen bei jedem Aufbruche angerufen. Der kleine Zug setzte sich in Bewegung. Bevor der Türke durch das Thor ritt, drehte er sich nach mir um und rief:

»Du hast mir Selim abspenstig gemacht, du schmutzigster unter allen Unreinen. Merke dir, was ich dir schon sagte: Sollte ich dich wiedersehen, so zerschmettere ich dich!«

Ich zog es auch jetzt vor, nicht zu antworten. Ich wußte ja, daß sehr bald eine viel bessere Gelegenheit dazu kommen werde. Diese ließ nicht lange auf sich warten, denn kaum war eine Viertelstunde vergangen, so kam der Schech el Beled mit zwei Männern, von denen jeder ein Reitkamel am Halfter führte. Ich erschrak beinahe, als ich diese beiden gesattelten Tiere erblickte. Das waren keine gewöhnlichen Reitkamele, und es stand zu erwarten, daß der Emir für dieselben eine so hohe Miete zahlen müsse, daß ich dieselbe nicht verantworten könne. Als ich dieses Bedenken gegen den Schech aussprach, antwortete er:

»Laß dir das Herz nicht schwer werden, Effendi! Nicht wir bestimmen die Höhe der Miete, sondern der Reïs Effendina sagt, wieviel er geben will. Er ist der Abgesandte des Vizekönigs und braucht eigentlich nichts zu bezahlen. Du hast jetzt nichts zu thun, als mir zu bescheinigen, daß du diese Kamele von uns empfangen hast.«

Ich gab die schriftliche Bescheinigung und zahlte zwei Thaler Trinkgeld; dann verabschiedete ich mich von dem Schech und den beiden Männern. Selim und Ben Nil stiegen auf; ich reichte ihnen meine Effekten hinauf, bezahlte den Khandschi, denn der Türke hatte, obgleich ich sein Gast und Begleiter gewesen war, nichts für mich entrichtet, und verließ dann stolz zu Fuß Korosko, während meine Diener auf ihren prächtigen Tieren thronten. Würde in Deutschland jemand einem Fremden zwei solche Kamele geliehen haben?

Da ich beobachtet hatte, welche Richtung von dem Lieutenant eingeschlagen worden war, so fiel es mir nicht schwer, seine Fährte draußen vor dem Orte aufzufinden. Wir folgten derselben. Sie führte erst vom Nile ab und dann in einem Winkel auf denselben zu. Da ich gut ausschritt, erreichten wir nach wenig über einer Viertelstunde das Ufer. Er saß da unter Sträuchern, von deren saftigen Spitzen sein Reitkamel knusperte. Das meinige lag mit gefesselten Füßen entfernt vom Wasser, gegen welches es sehnsüchtig die weit offenen Nüstern richtete. Es that mir leid, dieses Tier fasten lassen zu müssen, aber ich wußte, daß dies für uns von großem Nutzen werden könne.

Der Lieutenant war überrascht, mich in Begleitung kommen zu sehen. Da er aus meinem Berichte meine jüngsten Erlebnisse kannte, vermutete er, wer die beiden seien.

»Ich habe lange auf dich warten müssen,« sagte er, »und glaubte schon, daß du meine Spur nicht gefunden hättest. Ist dieser Jüngling vielleicht Ben Nil, von dem du mir erzählt hast?«

»Ja.«

»Und der andere ist Selim, der Held der Helden?«

»Ja, der bin ich,« nahm der Genannte mir die Antwort aus dem Munde. »Wenn du mich kennen gelernt hast, wirst du staunen.«

»Ich staune schon jetzt, aber nur darüber, daß du mir antwortest, während ich doch nicht dich, sondern den Effendi gefragt habe. Wollen diese beiden etwa mit uns reiten?«

Er richtete diese letzten Worte wieder an mich, und ich beeilte mich, ihm die nötige Aufklärung zu geben. Als ich fertig war, meinte er:

»Wollen hoffen, daß diese Leute es verdienen, von solchen Kamelen getragen zu werden! Du bist der erste, und ich bin der zweite. Du kannst thun, was dir beliebt, und ich wünsche nur, daß du keinen Fehler begangen hast. Füllen wir jetzt unsere Schläuche, um dann aufzubrechen.«

An jedem Sattel hing ein Wasserschlauch, welcher gefüllt wurde; dann stiegen wir auf, um den Ritt zu beginnen. Mein Tier war schwer vom Ufer wegzubringen; es wollte trinken; als wir aber den Nil einmal im Rücken hatten, gehorchte es willig der Führung, und bald zeigte es sich, daß es besser und edler als die andern drei war.

Wir bogen zunächst nach der Karawanenstraße ein, welche erst südwestlich führte und sich dann genau nach Süden bog. Sie folgte einem Chor. So werden die Flußbette genannt, welche nur während der Regenzeit Wasser führen und außer derselben trocken liegen. Die Gegend war wild und öd; es gab zur Seite nur kahle, nackte Felsen, und die Kamele schritten über scharfes, unfruchtbares Steingeröll.

Der erste Teil des Wüstenpfades führt durch bergiges Terrain; die eigentliche Sandwüste beginnt erst nach der zweiten Tagereise und wird Bahr bela mah, Meer ohne Wasser genannt. Diese Bezeichnung ist nicht selten; sie kommt öfters in der großen Sahara und auch drüben jenseits des roten Meeres vor. Der Araber, der Beduine, der Berber, der Tuareg, sie alle pflegen jene Sandwüsten, welche einem Meere gleichen, Bahr bela mah zu nennen.

Unsere Tiere schritten trotz des schlechten Weges wacker aus. Der Kamelstrott ist sehr ausgiebig, und mit einem Reitkamel kommt selbst ein echt arabischer Renner auf die Dauer nicht fort. So kam es, daß wir schon nach Verlauf von zwei Stunden die langsam dahinziehende Karawane Murad Nassyrs vor uns sahen. Als er uns kommen hörte, drehte er sich um und war nicht wenig erstaunt, mich zu sehen. Im Vorüberreiten rief ich ihm zu:

»Jetzt siehst du mich wieder; nun zerschmettere mich!«

Er antwortete mit einem Fluche. Selim hielt bei ihm an und sagte:

»Du wirst nicht dein Ziel erreichen, sondern in der Wüste umkommen, da ich nicht mehr dein Beschützer bin.«

»Geh' zum Teufel!« fuhr ihn sein früherer Herr zornig an.

»Vielleicht treffe ich dich dort, wenn ich zu ihm komme.«

Als wir dem Türken aus den Augen waren, bogen wir von der Straße rechts ab, weil der Lieutenant seine Soldaten in dieser Richtung gelassen hatte. Er war kein Wüstenreisender, und so wäre es wohl möglich gewesen, daß er sich in der Richtung irrte; aber die so verschieden gestalteten Felsen und Berge gaben genug Anhaltspunkte, in denen man sich kaum irren konnte. Als ich in dieser Beziehung eine Frage aussprach, antwortete er:

»Hier ist es ganz unmöglich, sich zu verirren; es giebt zwar keinen eigentlichen Weg oder Steg, aber ich habe mir die Gestalt der Höhen, an denen ich vorübergekommen bin, so eingeprägt, daß ich mich nicht irren kann. Anders ist es in der Sandebene, in welcher ich mich nicht zurechtfinden kann.«

»Wie hast du da Korosko gefunden? Ihr habt ja durch die Sandwüste gemußt.«

»Habe ich dir nicht gesagt, daß der Emir uns einen vortrefflichen Führer mitgegeben hat? Dieser Mann ist ein alter Korporal, welcher öfters im Sudan gekämpft hat und ganz besonders diese Wüste kennt. Er hat uns geleitet und ist bei den Soldaten zurückgeblieben, nachdem er mir die genaue Richtung nach Korosko angegeben hat. Du wirst ihn als einen sehr brauchbaren Menschen kennen lernen.«

Nach einiger Zeit erreichten wir abermals ein trockenes Chor; dies war der Ort, an welchem die Soldaten die Rückkehr des Lieutenants erwarteten. Wir fanden sie nicht alle; es waren nur zehn da, und zwar ohne Kamele. Der Lieutenant erschrak und erkundigte sich nach dem Verbleib der andern und der sämtlichen Tiere. Wir erfuhren, daß der alte Korporal auf den Gedanken gekommen war, die Abwesenheit des Anführers zu einem Schnellritte nach dem Nile zu benutzen, um die Kamele, welche wohl für längere Zeit des Wassers zu entbehren hatten, zu tränken und dabei die Schläuche mit frischem Wasser zu füllen. Dieses eigenmächtige Handeln erfüllte den Lieutenant mit Besorgnis; ich versuchte, ihn zu beruhigen; er aber meinte zornig:

»Nimm ihn nicht in Schutz, Effendi! Wir sind keine gewöhnlichen Reisenden, sondern Soldaten, und da muß auf strenge Disziplin gehalten werden. Dieser Onbaschi durfte ohne meine Erlaubnis diese Stelle nicht verlassen.«

»Er hat es gut gemeint.«

»Das mag sein; aber mancher hat eine Dummheit begangen, indem er es gut meinte. Es soll uns niemand sehen, und doch reitet dieser Mensch mit dreißig Männern und über vierzig Kamelen nach einer Gegend, in welcher er unbedingt gesehen werden muß!«

»So hast du ihn mir also ganz falsch geschildert.«

»Wieso?«

»Du nanntest ihn einen brauchbaren Mann, scheinst ihn aber, wie ich jetzt höre, für unzuverlässig zu halten.«

»Das ist er eigentlich nicht; nur hätte er mich fragen sollen. Wie leicht kann er Leuten begegnen, welche ihn und uns an diejenigen verraten, die wir fangen wollen!«

»Du sagst, daß er die Wüste kennt; er wird also wohl einen Weg einschlagen, auf welchem er niemand begegnet.«

»Dennoch kann eine solche Begegnung stattfinden, weil der Nil noch zu nahe liegt.«

»Wenn er von hier aus gerade reitet, so trifft er zwischen Toschkeh und Tabil auf den Fluß und wird voraussichtlich von niemandem gesehen. Und sieht er unterwegs jemand kommen, so wird es ihm, wenn er wirklich so erfahren ist, wie du sagtest, leicht sein, auszuweichen. Warten wir ruhig seine Rückkehr ab.«

»So meinst du nicht, daß wir ihm nachreiten sollen?«

»Nein, denn wir würden dadurch eine etwaige Unvorsichtigkeit nicht ungeschehen machen können.«

Wir lagerten uns bei den Gepäckstücken, welche am Boden lagen. Die zehn Soldaten hielten sich in ehrerbietiger Entfernung. Aus den Blicken, welche sie auf mich warfen, ersah ich, daß sie sich über mein Eintreffen freuten. Sie kannten mich ja vom Schiffe her und mochten mich für einen Mann halten, dessen Anwesenheit ihnen nützlich sein könne. Ben Nil, welcher bescheiden war, setzte sich zu ihnen. Selim hätte, wie ich ihm ansah, gerne den Herrn gespielt und sich bei mir und dem Lieutenant niedergelassen; dieser letztere aber blickte ihn in einer Weise an, daß er sich abwendete und zu den Soldaten trat. Er musterte sie von oben herab und sagte: »Also ihr seid Asaker, des Reïs Effendina, den wir mit unserer Hilfe zu beglücken beabsichtigen? Ich hoffe, daß ich mit euch zufrieden sein kann. Kennt ihr mich?«

»Nein,« antwortete einer, welcher ebenso wie die andern den Sprecher neugierig erstaunt betrachtete. Sie wußten nicht, ob er im Verhältnisse zu ihnen ein Gleich- oder Höherstehender war.

»So seid ihr also vollständig fremd in diesem Lande, in welchem jedes Kind über meine Heldenthaten berichtet. Mein berühmter Name ist so lang, daß er von hier bis Kahira reichen würde, doch will ich euch gestatten, mich einfach Selim zu nennen. Ich bin der größte Krieger aller Völker und Stämme des Orientes, und meine Abenteuer werden allüberall erzählt und in tausend Büchern beschrieben. Meine mächtige Hand ist der Schirm, in dessen Schatten ihr sicher und ruhig wohnen könnt all euer Lebelang.«

Er breitete dabei seine beiden Arme über sie aus und nahm dabei eine fast unnachahmlich hoheitsvolle Haltung an. Die Soldaten wußten sichtlich nicht, was sie von ihm denken und zu seinen Worten sagen sollten. Sie sahen zu mir herüber und bemerkten mein Lächeln. Ben Nil zuckte die Achsel und meinte »Timm el kebir«, was so viel wie Großmaul, Prahler bedeutet. Infolge dieser Worte und meines Lächelns fühlten sie sich orientiert, und einer von ihnen, ein noch junger Mensch, welcher, wie ich später erfuhr, der Lustigmacher war, antwortete, indem er sich erhob, und eine tiefe Verbeugung machte, in salbungsvoll-ehrerbietigem Tone:

»Wir sind, o Selim aller Selime, beglückt und entzückt von den Strahlen deiner Gegenwart. Du bist, wie wir hören, der Inbegriff aller erhabenen Vorzüge und Eigenschaften und wir setzen das feste Vertrauen in dich, daß du uns das Licht derselben leuchten lassen werdest.«

»Das werde ich,« meinte Selim ohne Ahnung, daß er im Begriff stehe, in eine Falle zu gehen. »Ich bin zu jeder Zeit bereit, euch in alle meine Erhabenheiten einzuschließen.«

Sein Gegner wollte antworten, mußte aber seine Aufmerksamkeit auf den Horizont richten, an welchem jetzt eine lange Reihe von Kamelreitern erschien. Es war der alte Onbaschi, welcher mit seinen Asakern von der Tränke zurückkehrte. Die Kamele hatten sich förmlich dick getrunken und sahen wohl und kräftig aus. Das war ein Vorteil für unser Unternehmen, zumal der Alte auch alle Schläuche mitgenommen und gefüllt hatte. Dadurch war die Sorge um Wasser für mehrere Tage hinausgeschoben, und ich bat den Lieutenant, dem Korporal die für uns ganz und gar nicht nachteilige Eigenmächtigkeit zu verzeihen. Der Alte hörte diese meine Worte, reichte mir dankend die Hand und sagte:

»Effendi, deine Güte thut meinem Herzen wohl. Wir sind von keinem Menschen gesehen worden, und mit durstigen Tieren würden wir das nicht vollbringen, was wir nun erreichen werden. Du bist der erste Gebieter und wirst einen gehorsamen und treuen Diener an mir haben.«

Jetzt war es Zeit, das Gepäck zu untersuchen. Munition gab es mehr als genug, auch an Proviant war kein Mangel. Jeder Mann hatte einen Becher, und außerdem sah ich einige Schüsseln und einen eisernen Kessel, in welchem das Essen gekocht werden sollte. Der Emir war in seiner Fürsorge so weit gegangen, für den Lieutenant und mich ein Zelt mitzugeben. Ein schweres Paket enthielt Ketten und Handfesseln für unsere eventuellen Gefangenen.

Da die Leute hungrig waren, ich aber keine Zeit verlieren wollte, wurden sie mit getrockneten Datteln gespeist. Dann galt es, uns über den festzustellenden Plan zu beraten. Das geschah zwischen dem Lieutenant, dem Onbaschi und mir. Die gewöhnlichen Soldaten hatten natürlich keine Stimme. Dabei erkannte ich, daß leider noch niemand darüber nachgedacht hatte, in welcher Weise unsere Aufgabe am besten auszuführen sei.

Sie war nicht leicht. Wir hatten eine Strecke von wenigstens dreihundert Kilometern zu überwachen, und diese Strecke war eine Wüste, in welcher es nur einen einzigen Brunnen gab, welcher außerhalb der Regenzeit ein leidlich genießbares Wasser liefert, nämlich der schon erwähnte Bir Murat. Andere Brunnen, welche auf der Karawanenstraße liegen, wie z. B. Bir Absa, geben in der trockenen Jahreszeit kaum einen Tropfen. Aber gerade dieser Umstand war mir willkommen.

Wenn diejenigen, welche wir suchten, wirklich durch die nubische Wüste wollten, hatten sie vom Nile aus bis zur Karawanenstraße, welche sie kreuzen mußten, vielleicht acht Tagereisen weit; sie waren also unbedingt auf den Bir Murat angewiesen. Da aber ein Kamel nicht acht volle Tage dürsten kann, mußte angenommen werden, daß diese Leute heimliche Brunnen kannten, über welche sie ihre Richtung nehmen mußten. Infolge dessen zerfiel unser Auftrag eigentlich in zwei Aufgaben. Wir mußten nämlich den Bir Murat bewachen, aber so, daß wir nicht bemerkt wurden, und zweitens galt es, die verborgenen Brunnen zu entdecken und bei denselben die Erwarteten zu beobachten. Das erstere war verhältnismäßig leicht, das letztere aber sehr schwer, und das Schwierigere wollte ich selbst übernehmen.

Als ich dies den beiden vorstellte, gaben sie mir recht. Auch der Onbaschi war überzeugt, daß es heimliche Brunnen geben müsse, nur meinte er, daß es unmöglich sei, einen solchen zu entdecken.

»Das überlaß mir,« sagte ich. »Falls ich auf einen solchen treffe, werde ich gewiß nicht vorüberreiten.«

»Wie aber willst du bemerken, daß es dort Wasser giebt? Weißt du, wie ein solcher Brunnen beschaffen ist?«

»Ja. Man gräbt den Sand so weit auf, bis man auf das Wasser kommt, legt einige Speerschäfte oder sonstige Hölzer darüber und breitet auf diese ein Fell, eine Matte oder irgend eine Decke. Dann wird der Sand wieder aufgeschüttet und mit der Umgebung ausgeglichen. Die Stelle ist auf diese Weise für das Auge unbemerkbar gemacht.«

»So kannst also auch du sie nicht entdecken.«

»Ich nicht, aber mein Kamel.«

»Dein – – Kamel? Hat das schärfere Augen als du?«

»Nein, aber empfindlichere Geruchsnerven. Du vergissest, daß solche Stellen, bevor man sie zu Brunnen macht, auch schon nur durch die Kamele entdeckt werden. Ein durstiges Reitkamel ist außerordentlich empfindlich für die Feuchtigkeit des verborgenen Wassers; es rennt streckenweit dem betreffenden Orte zu, um mit den Vorderfüßen den Boden aufzuscharren. Aus diesem Grunde habe ich das meinige nicht trinken lassen.«

»Allah ist groß; er verleiht jedem Wesen eine besondere Gabe! Was du sagst, leuchtet mir ein. Also du willst nach den Bijar es Sirr forschen. Du reitest doch nicht allein?«

»Nein.«

»Wer soll dich begleiten?«

»Das ist jetzt noch unbestimmt. Vorher möchte ich wissen, ob man sich auf dich und deine Ortskenntnis verlassen kann.«

»Frage den Lieutenant, ob ich ihn nicht trefflich geführt habe! Ich kenne diese Wüste ebenso gut wie ein hiesiger Karawanenführer.«

»Auch die Bajudawüste jenseits des Nils?« »Auch.« »Kennst du die Widian derselben?«

»Alle. Ich nenne dir das Wadi Mokattem, Uscher, Ammer, Abu Runi Laban und Argu.«

»Und das große Wadi im Westen dieser Wüste?« »Du meinst das Wadi Melk?«

»Ja. ich vermute, daß die Räuber, wenn sie den nördlichen Weg einschlagen, sich in der Nähe dieses Wadi halten. Dasselbe stößt in der Nähe von Abu Gusi auf den Nil. Glaubst du, daß die Leute dort über den Nil gehen werden?«

»Auf keinen Fall, denn Abu Gusi liegt Alt Dongola gegenüber, und da ist die Gegend zu belebt, also zu gefährlich für sie.«

»Wo sollten sie sich denn hinwenden?«

»Weiter nördlich, das Wadi el Gab entlang, vielleicht bis nach Tura und Moscho, wo es einsam ist und die Insel Argo den Übergang erleichtert. Stimmst du mir nicht bei?«

»Ganz dasselbe, was du jetzt sagtest, habe ich schon dem Lieutenant als meine Ansicht erklärt. Ich halte an derselben fest und legte dir diese Frage nur vor, um dich zu prüfen.«

Es war ein sehr wohlgefälliges und selbstbewußtes Lächeln, mit welchem er mich fragte:

»Habe ich die Prüfung bestanden?«

»Ja. Ich sehe, daß du die Gegend kennst. Die Hauptsache aber ist, daß du hier in Atmur ebenso orientiert bist.«

»Das bin ich. Von Korosko aus kommt man über Ugab, Abu Rakib, Merischa, Bir Murat, Bir Absa, Tabun und Abu Schurwut nach Abu Hammed an den Nil.«

»Das ist vollständig richtig. Nun wünsche ich nur noch, daß du die Lage des Bir Murat genau kennst.«

»Das ist sehr der Fall, Effendi. Ich war öfters dort und bin weit in der Gegend umhergestreift. Von der Seite von Korosko her kommt man durch ein Dumpalmenthal in das Thal des Brunnens, welches von hohen, steilen Felswänden umschlossen ist. Jenseits desselben giebt es eine sehr beschwerliche Schlucht, welche nach und nach wieder in ebene Gegend führt.«

»Es stimmt. Welche Zeit würdest du brauchen, um von hier aus dorthin zu kommen?«

»Drei Tage, mehr nicht, da unsere Kamele frisch getränkt sind.«

»Und würdest du dich getrauen, die Asaker allein, ohne den Lieutenant und mich, in die Nähe des Brunnens zu führen?«

»Warum nicht? Es würde das doch nicht schwerer sein, als wenn ihr dabei wäret.«

»Gut, so schlage ich folgendes vor: Der Lieutenant reitet mit mir, um die Brunnen aufzusuchen und anderweit zu rekognoszieren, und du bringst die Asaker nach dem Bir Murat, aber ja nicht bis ganz zum Brunnen, da du nicht gesehen werden darfst.«

»Soll ich dort auf euch warten?«

»Ja. Aber wie lange, das ist unbestimmt.«

»Was sollen wir indessen dort thun?«

»Nichts, gar nichts. Ihr geht nicht zum Brunnen und weicht auch jeder andern Begegnung aus.«

»Aber ich setze den Fall, wir sähen die Räuber kommen. Da müssen wir sie natürlich angreifen!«

»Nein.«

»Nicht? Effendi, mache ja keinen Fehler! Wenn wir diese Gelegenheit nicht benützten, würden sie uns entgehen.«

»Gewiß nicht. Ihr müßtet sie vorüberlassen, ohne daß sie euch bemerkten. Du kannst sicher sein, daß ich hinter ihnen kommen würde.«

»Ich verstehe dich nicht, aber ich muß dir gehorchen. Wie aber willst du mit Genauigkeit den Ort bestimmen, an welchem wir auf euch warten sollen? Das ist in der Wüste unmöglich.«

»Es ist möglich. Du selbst sagst, daß die Räuber voraussichtlich zwischen Tura und Moscho über den Nil gehen werden. In welcher Richtung von Bir Murat liegen diese beiden Orte?«

»Gerade südwestlich.«

»Also mußt du dich genau südwestlich von Bir Murat postieren, und zwar eine halbe Tagreise von diesem Brunnen entfernt; das wird also ungefähr an der Westseite des alleinstehenden Dschebel Mundar sein.«

»Das stimmt genau. Ich sehe, daß du diese Gegend ebenso kennst, wie ich sie kenne, Effendi. Jetzt weiß ich genau, wo ich zu halten habe, und bin überzeugt, daß du uns gewiß finden wirst. Nur fragt es sich, ob der Lieutenant, als mein nächster Vorgesetzter, mir die Asaker anvertrauen wird.«

Der Genannte hatte bisher geschwiegen. Er sah ein, daß der Onbaschi hier erfahrener war, als er selbst. Vielleicht freute er sich im stillen darüber, daß seine Verantwortlichkeit auf mich übergegangen war, und hütete sich nun, etwas zu sagen, was dies ändern könne. Jetzt, da er direkt zum Sprechen aufgefordert war, antwortete er:

»Natürlich thue ich das. Ich habe nichts gegen das, was der Effendi bestimmt. Er ist der erste, und ich bin der zweite; was er thut, das ist wohlgethan. Aber wohin werden wir reiten? Es ist doch ganz unmöglich, zu wissen, wo die heimlichen Brunnen liegen.«

»Es ist nicht unmöglich. Mit einigem Nachdenken kann man wenigstens die Richtung erraten. Wir vermuten, daß die Räuber bei der Insel Argo über den Nil gehen und dann ihre Richtung nach dem Bir Murat nehmen; da sie dieses Ziel nicht ohne Wasser erreichen, haben wir die heimlichen Brunnen nur auf dieser Linie zu suchen.«

»Und du kennst den Weg?«

»Es giebt keinen Weg, aber ich werde mich nicht verirren. Da die Sklavenjäger von Westen kommen, werden wir westlich von der Karawanenstraße und parallel mit derselben gerade südwärts reiten. Auf diese Weise müssen wir, wenn sie ja schon vorüber sein sollten, auf ihre Fährte stoßen. Treffen wir auf keine Spur, so sind sie noch nicht da, aber wir können sie für jeden Augenblick erwarten. Vor allen Dingen muß ich streng bestimmen, daß der Onbaschi mit seinen Asakern nichts unternimmt, bevor wir zu ihm stoßen.«

Das waren die Grundzüge meines Planes; es brauchte nur noch Nebensächliches besprochen zu werden; dann konnten wir aufbrechen. Wir wurden auch in diesen Dingen einig. Der Onbaschi bekam sehr genaue Instruktionen, und dann fragte es sich nur noch, was mit Ben Nil und Selim geschehen solle. Der erstere erklärte, daß er mein Diener sei und mich nicht verlassen werde; der andere sagte dasselbe. Es schien diesem unheimlich bei den Asakern zu werden, da sie nicht an seine Vorzüge glauben wollten. Mir konnte seine Gegenwart nichts nützen, dem Onbaschi aber noch viel weniger. Ritt er mit diesem nach dem Brunnen, so mußte ich gewärtig sein, daß er Dummheiten machen und meinen Plan vereiteln werde. Mir wagte er nicht zu widerstreben, und so sagte ich ihm, daß er auch mit mir reiten könne.

So waren wir also vier Personen. Jeder nahm einen Wasserschlauch und den nötigen Proviant zu sich auf das Reitkamel, und dann ging es gerade nach Süden vorwärts. Die Asaker hatten zunächst dieselbe Richtung einzuhalten, mußten sich aber später mehr nach links, also ostwärts halten, um parallel mit der Karawanenstraße zu bleiben.

Man rechnet von Korosko bis zum Bir Murat vier Tagereisen. Ich wollte diese Strecke, das heißt bis auf die gleiche Breite mit demselben, in zwei Tagen zurücklegen. Das gab eine starke Leistung für unsere Kamele, der sie aber, zumal das meinige, gewachsen waren.

Unangenehm war dabei, daß wir nur am Tage reiten konnten. Gewöhnliche Karawanen pflegen mit Sonnenaufgang aufzubrechen und bis ungefähr elf Uhr zu marschieren. Dann ruht man während der größten Tageshitze bis zwei Uhr, um nachher bis zum Abend wieder unterwegs zu sein. Nach Sonnenuntergang wird eine Stunde zum Abendessen Rast gemacht, und dann geht es im Mond- oder Sternenscheine bis Mitternacht weiter. Wir aber wollten Spuren finden, Spuren der Sklavenjäger, welche sich von West nach Ost quer über unsere Richtung ziehen mußten; die konnten wir des Nachts nicht sehen, und darum mußten wir auch in den heißen Mittagsstunden im Sattel bleiben.

Die Gegend war zunächst noch bergig. Die Lastkarawane erreicht das Sandmeer gewöhnlich erst am dritten Tage. Was sich unsern Blicken bot, war lauter Öde und Trostlosigkeit; kein Baum, kein Strauch, nicht einmal ein einzelner Grashalm war zu sehen. In diese Einsamkeit brachten außer uns nur hier und da ein Geier oder ein Rabe Leben, welche über unsern Häuptern dahinzogen. Beide sind die einzigen Vögel der nubischen Wüste. Dieser Geier ist der weißköpfige (*Vultur fulvus*); er und der Rabe wagen sich nicht an lebende Tiere, infolgedessen man unterwegs oft Scenen vor sich hat, welche einem im Herzen weh thun.

Wenn nämlich ein Lastkamel ermattet und nicht mehr fort kann, so sinkt es nieder und ist weder durch gute Worte noch durch Anwendung von Gewaltmitteln zum Aufstehen zu bewegen. Man läßt es dann einfach liegen und bürdet seine Last den andern Tieren auf. Es ist nicht tot, aber es hat keine Kraft mehr, sich zu erheben. So liegt es noch Tage lang, bewegt ein Bein oder das andere, hebt den Kopf, und rundum sitzen die Geier und Raben, um zu warten, bis es nach und nach verschmachtet, und es dann zu zerreißen. Der Wüstenbewohner geht gefühllos an solchen armen Tieren vorüber; seine Kamele sehen das Bild ihres einstigen Schicksales und schreiten kläglich brüllend vorbei; ich aber habe stets, wenn ich ein noch lebendes Kamel liegen sah, die Leiden desselben durch eine Kugel geendet. Die Raben und

Geier nagen das Fleisch bis auf die Knochen ab, und die Gerippe bleiben liegen, bleichen in der Sonne und bezeichnen den Weg, den die Karawane ziehen muß. Zuweilen sieht man seitwärts vom Pfade einige aufeinander gelegte Steine. Das sind die Stellen, an denen ein Mensch verschmachtete oder auf irgend eine andere Weise vom Leben zum Tode kam.

Wir bekamen während unsers Rittes kein einziges dieser Todeszeichen zu sehen, da wir uns in der wilden Wüste und nicht auf dem Karawanenwege befanden. Die Ordnung, welche wir innehielten, war sehr einfach. Ich ritt mit dem Lieutenant voran, und Ben Nil und Selim folgten. Über die Richtung konnte ich nicht im Irrtume sein, selbst der Kompaß war nicht nötig. Ein Blick auf die Uhr und auf den Stand der Sonne genügte zur genauen Orientierung. Des Nachts dienen die Sterne, besonders das südliche Kreuz, den Dewalil als Merkzeichen; da aber dieses Sternbild in jenen Breiten zeitig untergeht, kommt es vor, daß der beste Führer sich einmal verirrt.

Die felsige Wüste zu beschreiben, ist eine undankbare Aufgabe; darum will ich nur sagen, daß wir, als die Sonne untergegangen war, ungefähr in gleicher Breite mit dem Nildorfe Serah Halt machten und uns lagerten. Wir waren so schnell geritten, daß wir zwei Kameltagereisen hinter uns gebracht hatten.

Unser Abendessen bestand aus Datteln und Wasser. Wir konnten uns nicht einmal einen Mehlbrei bereiten, da es uns an Feuermaterial fehlte. Die Karawanen sammeln den auf dem Wege liegenden Kamelmist, um denselben als Feuerungsmaterial zu benützen; auf unserm einsamen Wege aber war davon nichts zu finden gewesen. Wir hätten uns übrigens auch nicht die Mühe des Sammelns geben können, da unsere Zeit zu kostbar war.

Meine drei Begleiter waren nicht nur solcher Parforcetouren, sondern überhaupt des Kamelreitens nicht gewöhnt; darum fühlten sie sich angegriffen. Der Lieutenant besaß zu viel Stolz, als daß er geklagt hätte; auch Ben Nil war still; aber Selim jammerte sehr.

Mit dem Morgengrauen erwachten wir und setzten den Ritt fort. Die Berge wurden bald seltener, und die Felsen machten dem Sande Platz, dessen Fläche sich wie ein endloses, unbewegtes, gelbes Meer vor uns ausdehnte. Ich trieb mein Kamel an, und die andern mußten folgen, obgleich die gestrige Anstrengung ihnen noch in den Gliedern lag.

Die Sonne stieg an dem wolkenlosen Himmel höher und höher und sandte ihre Strahlen herab, welche die Attnosphäre mit steigender Glut erfüllten. Um die Mittagszeit war es, als ob wir Feuer atmeten.

Der Lieutenant wurde stiller und stiller, Ben Nil ebenso; desto lauter klagte Selim. Er wollte in jeder Viertelstunde anhalten, um abzusteigen und sich niederzulegen. Ich redete ihm zu, vergebens. Ich nahm ihn bei der Ehre, indem ich sagte:

»Ich habe bisher geglaubt, du seist vom Stamme der Fessara; das scheint aber nicht wahr zu sein.«

»Es ist wahr.«

»Aber die Fessara sind doch wohl die berühmtesten Kamelreiter zwischen Darfur und dem Nile?«

»Auch das ist richtig,« antwortete er in stolzem Tone. »Ich bin der größte Held ihres Stammes.«

»Dann würdest du dich nicht in dieser Weise über einen leichten Ritt beklagen. Du jammerst ja wie ein Kind. Ist das eines Helden würdig?«

»Nein; aber in diesem Augenblicke bin ich kein Held, sondern ein zerschlagener und ausgedorrter Mann, den die Strahlen der Sonne fressen. Ich muß unbedingt absteigen und mich ausruhen.«

»Jetzt, wo die Versäumnis eines Augenblickes genügt, unsern Plan unausführbar zu machen? Bedenke, daß wir die geraubten Weiber und Töchter der Fessara, also deines Stammes, retten wollen!«

»Was gehen mich alle Weiber und Töchter der Erde an, wenn ich ihretwegen zu Grunde gehen soll!«

»Du bist kein guter Mensch, Selim. Um anderen Gutes zu erweisen, muß man ein Opfer bringen, und hier handelt es sich um die Freiheit und das Glück sehr vieler Personen!«

»Ich mag von ihnen nichts wissen.«

»So bist du geradezu ein schlechter Kerl!«

»Richtig, sehr richtig! Aber mein Leben muß mir lieber sein als dasjenige hundert anderer. Ich bin ein Held, ein tapferer, verwegener Kämpfer und Krieger; ich fürchte mich selbst vor dem Teufel und vor Gespenstern nicht, wie ich dir glanzvoll bewiesen habe, aber von der Sonne gebraten zu werden, das ist zuviel, das braucht sich kein Held gefallen zu lassen. Ich halte an und steige ab.«

»Thue es; ich habe nichts dagegen,« antwortete ich zornig.

»Ich danke dir, Effendi! Ich wußte, daß du doch noch verständig handeln werdest. Wir werden also hier ausruhen!«

»Wir? Nein, sondern nur du. Wir reiten natürlich weiter.«

»Weiter reiten?« fragte er besorgt. »So soll ich hier allein bleiben?«

»Jawohl, da es dir so beliebt. Ich steige nicht eher ab, als bis ich unser heutiges Ziel erreicht habe. Wer nicht mit will, der mag zurückbleiben und sich von den Geiern fressen lassen. Gehen dich die Frauen der Fessara, welche deine Verwandten sind, nichts an, so habe auch ich mit dir nichts mehr zu schaffen.«

Ich trieb mein Kamel weiter, zornig über den Mann, der sich so gefühllos gegen seine Stammesangehörigen zeigte. Er sah ein, daß er verloren war, falls er zurückblieb, und folgte. Überdies wäre ihm das Absteigen wohl nicht sehr leicht geworden, da sein Kamel, wenn wir andern weiter geritten wären, sich geweigert hätte, anzuhalten.

Auf diese Eigentümlichkeit der Kamele bauend, hielt ich mich stets voran. Noch am Vormittage hatten wir die Höhe von Abu Rakib erreicht, und nach Mittag kamen wir in diejenige von Wadi Merischa. Während dieser ganzen Zeit hatte ich den Boden unausgesetzt im Auge gehabt, um eine Spur zu entdecken, aber nichts dem ähnliches gefunden.

Und weiter ging es, immer weiter. Die vier Kamele warfen die langen Beine ohne Ermüden vorwärts; es waren wirklich ausgezeichnete Tiere. Wenn nur die drei Reiter ebenso ausdauernd gewesen wären. Von Selim war gar nicht zu reden; er war ein Schwächling in jeder Beziehung; die beiden andern hatten Charakter, aber sie waren die Wüste nicht gewöhnt und mußten sich zu sehr anstrengen. Sie sprachen kein Wort und folgten mir, weil sie mir folgen mußten.

Ich will nicht sagen, daß dieser Ritt mir leicht geworden sei, o nein. Auch ich empfand die entsetzliche Hitze, welche mein Gesicht verbrannte, so daß an mehreren Stellen, auch an den Händen, die Haut sich löste; aber wir hatten eben ein Ziel vor uns und mußten es unbedingt erreichen. Hat der Mensch einmal ein Muß erkannt, so soll er alle Kräfte einsetzen, demselben gerecht zu werden.

Gegen Abend tauchte eine Hügelkette vor uns auf; die Höhen zogen sich quer über unsere Richtung und waren nicht bedeutend. Ich irrte mich nicht, als ich annahm, daß dies die Hügelkette sei, welche sich vom Dar Sukkot quer durch die nubische Wüste zieht. Zu ihr gehören auch die Felsen, zwischen denen der Bir Murat liegt. Wir befanden uns also mit demselben parallel, und nun galt es, doppelt scharf aufzupassen. Ich mußte den Sand nach Spuren untersuchen, was bei der Schnelligkeit unseres Rittes nichts Leichtes war, und zugleich die Hügel betrachten, um aus der Form und Lage derselben auf etwa vorhandenes Wasser zu schließen.

Da plötzlich hielt mein Kamel im Schreiten inne; es blieb stehen und sog die Luft durch die Nüstern. Dann wendete es sich nach rechts und rannte, fast möchte ich mich des Ausdruckes bedienen, zu gleichen

Beinen davon. Ich ließ das Halfter so locker wie möglich; es fiel mir gar nicht ein, das Tier zu verhindern, seinem Instinkte oder vielmehr seinem Geruche zu folgen – es hatte Wasser gespürt.

Die andern Tiere folgten mit derselben Schnelligkeit. Der Sand flog rechts und links und hinter uns in Wolken empor; wir schossen zwischen zwei Hügeln hindurch, welche im Hintergrunde durch einen dritten verbunden wurden, so daß ein kleiner, vorn offener Thalkessel vor uns lag. In der Mitte desselben angekommen, blieb mein Kamel stehen und wollte mit den Vorderhufen den Sand aufscharren. Ich sprang, ohne es erst niederknieen zu lassen, aus dem hohen Sattel herab, nahm es beim Kopfe und riß es zurück. Es sträubte sich; es zerrte, schrie, schlug und biß nach mir – vergeblich; es mußte zurück, und dann legte ich ihm die Fesseln so eng um die Beine, daß es nicht von der Stelle konnte. Über meinen Widerstand wütend, warf es sich zu Boden und blieb da bewegungslos, wie tot, liegen. Dieselbe Not hatte ich auch mit den drei andern Tieren, obgleich dieselben gestern sich toll und voll getrunken hatten; auch sie wurden gefesselt.

In meine drei Begleiter war Leben gekommen. Sie sahen, daß der Ritt für heute zu Ende sei, und das gab ihnen die Kräfte und die Lebenslust zurück.

»Effendi, du hast wirklich recht gehabt,« sagte der Lieutenant voller Freude. »Nach dem Verhalten unserer Kamele muß es hier Wasser geben.«

»Es giebt welches; darauf könnte ich schwören.«

»Ist es nicht möglich, daß du dich irrst?«

»Seht ihr nicht die feinen Spuren von Kamelmist? Es sind Kamele, folglich auch Menschen hier gewesen. Und wo Menschen so fern von den Karawanenwegen in der Wüste verkehren, da muß es Wasser geben. Laßt uns nachgraben! Übrigens hätte ich, selbst wenn ich allein, ohne Kamel, hierher gekommen wäre, aus der Lage und Gestalt dieses Hügelkessels auf Wasser geschlossen.«

Wir knieten nieder, um den Sand wegzuräumen; er war nicht fest, und acht kräftige Arme förderten die Arbeit. Bei drei Fuß Tiefe wurde er feucht, bei vier Fuß naß; dann stießen wir auf ein Leder, welches aus einigen zusammengenähten Gazellenhäuten bestand, und als wir dasselbe entfernt hatten, sahen wir noch eine Elle tiefer das klare Wasser; einige Holzstäbe steckten quer darüber, um das Leder zu tragen.

»Allah sei Preis und Dank!« rief Selim. »Hier giebt es frisches Wasser. Laßt uns auf die Hitze des Tages trinken, damit wir neue Kraft bekommen!«

Er machte die Gürtelschnur los, um seinen Becher an dieselbe zu binden und von dem Wasser zu schöpfen.

»Halt!« sagte ich. »Recht, dem Recht gebührt. Erst soll der Finder trinken.«

»Der Finder? Der bist du!«

»Nein, mein Kamel; es hat vier Tage lang gedürstet und soll nun seinen Lohn erhalten.«

»Aber der Mensch kommt vor dem Tiere!«

»Nicht in allen Fällen. Hier haben wir einen Fall, wo es umgekehrt ist. Mein Kamel kommt vor mir; ich habe getrunken, dasselbe aber nicht, obgleich es mich tragen mußte und ich sicher auf seinem Rücken saß.«

»Ihr Christen seid sonderbare Leute, und wir, die wahren Gläubigen, müssen darunter leiden. Soll dein Kamel etwa dieses frische Wasser saufen, während dann wir uns mit dernjenigen in unsern Schläuchen, welches bereits stinkt, begnügen müssen?«

»Nein. Es bekommt das Wasser zweier Schläuche, welche wir dann hier von neuem füllen. So ein geheimer Brunnen ist nicht etwa so ausgiebig wie der Bir Murat. Wir können jetzt, wie ich sehe, nur zwei Schläuche füllen, und es kann wohl einen Tag währen, bis sich wieder ebenso viel gesammelt hat.«

»Und wie soll dein Kamel saufen, da dieser Brunnen zu eng ist und wir auch kein Gefäß haben?«

»Aus diesem Leder, dessen Ecken ihr emporhaltet, so daß in der Mitte eine Vertiefung entsteht.«

Die drei faßten das Leder in der bezeichneten Weise an, und ich goß das Wasser aus zwei Schläuchen hinein. Dann nahm ich dem Tiere die Fesseln ab; es sprang auf und trank mit großer Begier, bis der letzte Tropfen verschwunden war. Nun füllten wir die entleerten Schläuche aus dem Brunnen, welcher eigentlich ein sehr seichtes Wasserloch war, und schöpften ihn damit vollständig aus. Dann wurde er wieder zugedeckt, damit die heiße Luft nicht eindringen könne.

Wir hatten jeder von dem frischen Wasser getrunken und fühlten uns außerordentlich erquickt. Mittlerweile hatte die Sonne den Horizont erreicht, und die drei Muhammedaner knieten nieder, um das Aschia zu beten. Es muß erwähnt werden, daß sie auch unterwegs die vorgeschriebenen Gebete nicht vergessen hatten und auch später nicht versäumten. Es wurde zur betreffenden Zeit abgestiegen, niedergekniet und gebetet.

Nach dem Aschia nahmen wir das Abendbrot ein, welches aus Datteln und getrocknetem Fleische bestand. Die Kamele bekamen eine kleine Portion Negerhirsen zu fressen. Hierauf gingen wir schlafen. Die drei lagerten sich an der Quelle; ich aber stieg die westliche Höhe hinan, auf deren Gipfel ich mich niederlegte - als Wächter gegen etwaige Überraschungen. Die Sklavenjäger konnten ja möglicherweise auch des Nachts kommen. Sehr bald drang das Schnarchen der Gefährten zu mir herauf, und auch ich schlief ein, doch ohne Sorgen, denn ich wußte, daß mein Schlaf ein so leiser war, daß ein lauter Kamelschritt mich gewiß geweckt hätte.

Als ich erwachte, graute der Tag; der Osten begann sich zu färben, und ich weckte die drei, damit sie das Fagr beten sollten. Fagr heißt Morgenröte; darum wird das für die Zeit des Sonnenaufganges vorgeschriebene Gebet so genannt. Sie standen auf, sprachen ihr Gebet, und dann sahen wir nach dem Wasser. Es hatte sich während der Nacht so viel gesammelt, daß wir wieder zwei Schläuche füllen konnten; das alte Wasser bekamen die Kamele. Dann aßen wir einen Brei, welcher aus Durrhamehl, in kaltem Wasser eingerührt, bestand. Der ärmste deutsche Bettler würde diese Speise für ungenießbar erklären; die Wüste aber nimmt keine Rücksicht auf den verwöhnten Gaumen eines Menschen.

Ich hatte über meine ferneren Absichten geschwiegen, und meine Gefährten schienen überzeugt zu sein, daß ich hier an dem Brunnen die Sklavenjäger abfangen wolle, denn der Lieutenant meinte, während wir aßen.

»Effendi, deine Berechnung ist wirklich richtig gewesen. Ich bin überzeugt, daß dieser Brunnen genau in Richtung zwischen Bir Murat und der Insel Argo liegt. Wenn die Räuber wirklich dort über den Nil gehen, müssen sie uns hier in die Hände laufen. Wir erwarten sie in aller Ruhe und Bequemlichkeit, und wenn sie kommen, so - so - so - - «

»Nun, was dann?« fragte ich.

»Dann - dann - - ja, was wirst du denn dann thun?«

»Meinst du wirklich, daß wir sie hier in solcher Bequemlichkeit erwarten?«

»Ja.«

»Wenn sie dann kommen, sind sie höchst wahrscheinlich viele Köpfe stark, während wir nur vier Männer sind. Ich fürchte mich zwar nicht, aber es ist besser, für irgend einen guten Zweck zu leben als für denselben zu sterben. Wir würden also einen Kampf nicht aufnehmen, sondern uns schnell, ehe sie uns bemerkt hätten, zurückziehen.«

»Wohin?«

»Auf unsere Asaker, welche heute abend am Dschebel Mundar eintreffen. Bis dahin ist eine halbe Tagereise. Uebrigens werden wir gar nicht in die Lage kommen, uns schon heute mit den Asakern zu vereinigen. Wir sind noch nicht am Ziele.«

»Noch nicht? Wohin willst du denn?«

»Südwärts. Wir haben bis hierher keine Spur gefunden; es ist aber möglich, daß die Erwarteten weiter oben, also südlich, in die Wüste eingedrungen sind. Man muß so sicher wie möglich gehen. Welch ein Ärger, wenn wir hier ruhig sitzen blieben und dann hörten, daß sie inzwischen zum Beispiele nach Dschebel Daraweb und dem Bir Absa vorüber seien! Wir müssen also sofort weiter.«

»Allah! Ich will dir gestehen, daß ich einen solchen Ritt nicht mehr aushalte.«

»Ich auch nicht!« stimmte Selim bei. »Ich mag weder weiter reiten noch wieder riechen.«

Ben Nil schwieg. Es war ihm nicht besser zu Mute als den beiden andern, aber er war trotzdem bereit, meinem Willen zu folgen. Der brave Junge dauerte mich. Ich hatte einen Ritt vor, welcher an Anstrengung den gestrigen noch übertreffen mußte; wenn ich es mir recht überlegte, so konnten mich die andern nur hindern, und da ich einmal wenigstens einen von ihnen hier als Posten zurücklassen mußte, so war es jedenfalls am klügsten, keinen von ihnen mitzunehmen und lieber allein zu reiten.

Als ich ihnen dies mitteilte, waren sie einverstanden. Nur der treue und besorgte Ben Nil meinte.

»Effendi, ist es nicht besser, ich reite mit? Du könntest leicht in irgend eine Gefahr geraten, in welcher ich dir, wenn es Allahs Wille ist, vielleicht beizustehen vermöchte.«

»Wenn es Allahs Wille ist, würde ich eine solche Gefahr auch allein bestehen. Ihr bedürft einen Tag der vollen Ruhe, und es ist besser, daß alle drei sich hier befinden, denn ich bin beinahe überzeugt, daß die Sklavenjäger doch durch diese Gegend kommen. Ich würde selbst hier warten, aber Pflicht und Vorsicht gebieten, daß ich andere Möglichkeiten auch mit in Berechnung ziehe.«

»Aber wenn dir ein Unglück begegnet, sind wir hier, ohne dir helfen zu können und ohne zu wissen, was wir thun sollen.«

»Wenn ich bis morgen mittag noch nicht hier bin, so – –«

»So weit und so lange willst du fort?« unterbrach er mich.

»Wie weit ich reite, weiß ich noch nicht. Also, wenn ich bis dahin nicht zurückgekehrt bin, eilt ihr zu den Asakern und reitet nach Süden, wo ihr auf die Fährte der Räuber treffen werdet. Ich kehre nämlich nur dann nicht zurück, wenn ich auf diese Leute treffe und dabei verunglücken sollte.«

»Allah möge es verhüten! Mir wird angst und bange, Effendi. Ich werde dich doch lieber begleiten!«

»Nein. Ich bin überzeugt, daß mir nichts geschieht, und dein Arm ist hier vielleicht nötiger als bei mir. Es gilt, gut und aufmerksam Wache zu halten. Hier unten am Brunnen habt ihr Schatten, und ich bin gar nicht dagegen, daß ihr hier lagern bleibt, einer von euch aber muß sich stets auf dem Hügel, wo ich geschlafen habe, befinden, um Ausschau nach Südwest zu halten. Wenn ihr während meiner Abwesenheit die Räuber kommen seht, so werft euch schleunigst auf die Kamele und eilt zu den Asakern, um ihnen zu sagen, daß sie sich zurückziehen und die Sklavenjäger vorüber lassen sollen.«

»Da entkommen diese ja!«

»Nein. Ich will nicht haben, daß ihr in meiner Abwesenheit einen Angriff auf sie unternehmt. Darum sollt ihr sie lieber vorüber lassen. Sie reiten auf alle Fälle nach dem Bir Murat, und dort fassen wir sie nach meiner Rückkehr.«

»Aber wenn sie dort nicht lange bleiben?«

»So reiten wir ihnen nach. Wir kommen doch jedenfalls schneller vorwärts als ein Sklavinnentransport und werden sie also auf alle Fälle einholen. Also, komme ich zurück und finde euch nicht mehr vor, so weiß ich euch bei den Asakern und suche euch bei diesen auf. Geschieht aber nichts, so bleibt ihr bis morgen mittag hier!«

Es wurden zwar noch allerlei Einsprüche erhoben, doch ich blieb bei meinen Bestimmungen, welche ich für die den Umständen am angemessensten hielt. Mein Tier hatte sich heute sehr anzustrengen, darum gab ich ihm ein doppeltes Quantum Negerhirsen und einige Hände voll Datteln. Nachdem ich meinen Wasserschlauch hinter dem Sattel befestigt hatte, schärfte ich den dreien noch einmal Vorsicht ein und stieg dann auf. Es war acht Uhr morgens, als ich den Brunnen verließ.

Es ging wieder, wie während der zwei letzten Tage, gerade südwärts. Bald war die Hügelkette im Norden verschwunden, und es gab nun rund um mich das gelbe, öde, abwechslungslose Bahr bela mah, das Meer ohne Wasser. Ist die Einöde schon erdrückend, wenn man Begleiter bei sich hat, so ist sie es noch weit mehr, wenn man sich ganz allein befindet. Es kommt eine Art Grauen über einen. Man fühlt sich der Unendlichkeit gegenüber klein und machtlos – ein hilfloser Wurm der gerade in ihrer Einförmigkeit und Unfruchtbarkeit gewaltigen Natur gegenüber. Auch mich überkam ein Gefühl, als ob die Wüste sich hebe und der Himmel sich senke und ich zwischen beiden zerquetscht, zermalmt werden sollte. Da ich kein Leben sah, mußte ich es hören – ich begann zu pfeifen, wie furchtsame Schulknaben zu pfeifen pflegen, wenn sie sich im Dunkeln grauen. Und doch war es so hell, so licht um mich.

Mein Kamel spitzte die Ohren und verdoppelte seine Schnelligkeit. Die Wirkung, welche das Pfeifen auf die Kamele ausübt, ist wirklich erstaunlich. Mag das schwerbeladene Schiff der Wüste noch so ermüdet sein, sobald sein Führer die eigens dazu konstruierte Pfeife an die Lippen setzt, kommt es wie neue Kraft über das abgetriebene Tier. Auch ein frisches, also nicht ermüdetes, Kamel nimmt das Pfeifen für eine Aufforderung zu größerer Schnelligkeit.

Während der beiden letzten Tage hatte ich meine Begleiter schonen müssen; heute brauchte ich diese Rücksicht nicht zu nehmen. Ich wollte sehen, welche Schnelligkeit mein grauer Schnellläufer entwickeln könne; darum trieb ich ihn durch Liebkosungen, Zurufe und Pfeifen an – ich flog nur so dahin. Der beste arabische Renner hätte nicht Schritt halten können. So ging es über eine Stunde lang, ohne daß das Tier Schweiß oder Ermüdung zeigte oder durch Schnauben kund gab, daß es ihm an Atem mangele. Das Tier hatte seine Freude an diesem Dauerlauf, denn als ich es zügelte, mußte ich Gewalt anwenden, um ihm Einhalt zu thun.

Stunde um Stunde verging. Zuweilen kam ich quer durch ein Chor, wo ein einsamer, blattloser Sidr-Strauch, eine Mimosenart, stand, ein trauriger Rest der spärlichen Vegetation, welche sich während der Regenzeit in so einem Chor entwickelt. Es wurde Mittag und Nachmittag, ohne daß ich eine Kamelspur zu finden vermochte. Die Sonne senkte sich tiefer und tiefer; ich befand mich sicher in gleicher Breite mit dem Nildorfe Tinareh und hielt nun an. Weiter südlich hatte ich die Sklavenjäger, wenn sie überhaupt den nördlichen Weg einschlugen, nicht zu suchen. Ich stieg also ab, um meinem braven Tiere eine Stunde der Ruhe zu gönnen; es erhielt auch einige Becher Wasser aus dem Schlauche und eine Handvoll Datteln.

Als die Sonne verschwunden war, stieg ich wieder auf, um zurückzukehren. Das war ein Ritt! So ganz allein, wirklich mutterseelenallein! Und doch nicht allein. Unten ist die Öde, der Tod; droben aber glänzt das Leben; da leuchten die Sterne und erzählen mit flammenden Worten von dem, der ewig war, ewig ist, ewig bleibt und den Menschen mit liebender Vaterhand selbst durch das Grauen der Wüste leitet. Die Gedanken des Menschen in einer solchen sternenhellen Wüstennacht, wer wollte sie nachdenken oder gar beschreiben!

Natürlich ging die Rückkehr nicht so schnell wie der Ritt am Tage. Ich hatte sorgfältig darauf zu achten, daß ich nicht aus der Richtung kam. Die Sterne leuchteten hell genug, um mich, wenigstens von Zeit zu Zeit, meine Fährte erkennen zu lassen. Dieselbe war sehr deutlich, weil mein Kamel während des Eillaufes den Sand tief aufgegriffen hatte. Das vortreffliche Tier schien selbst jetzt nicht ermüdet zu sein, und um mich dafür dankbar zu erweisen, pfiff ich ihm alle mir geläufigen Melodien vor, nur dann eine kurze Pause machend, wenn mir die Lippen weh thaten. Als der erste Tagesschein im Osten erwachte, fühlte ich mich zwar körperlich ermüdet, aber geistig so frisch wie gestern, da ich vom Brunnen aufgebrochen war. Ich hatte den Mittag als die späteste Zeit meiner Rückkehr bezeichnet und brauchte mich nicht zu beeilen. Darum ließ ich mein Tier in gemächlichem Schritte gehen und freute mich der Genauigkeit, mit welcher ich während der Nacht auf meiner eigenen Spur geritten war; sie zog sich auch jetzt noch sichtbar gerade gen Norden.

Es mochte gegen neun Uhr sein, als ich die Hügelkette vor mir erblickte. Bald erkannte ich auch die drei Höhen, hinter denen der verborgene Brunnen lag. Wie mochte es dort stehen? War etwas geschehen oder nicht? Ich trieb mein Tier unwillkürlich zu größerer Eile an. Bald darauf aber hielt ich es so kräftig an, daß es stehen blieb. Es war etwas geschehen, ganz gewiß! Ich sah nämlich von links her eine breite Fährte kommen, welche hinter den drei Hügeln verschwand und dann rechts von denselben wieder erschien, um da gegen Nordost weiter zu gehen. Es war also jemand da gewesen und wieder fortgeritten. Dieser jemand aber mußte aus mehreren Reitern bestehen, wie ich aus der Breite der Fährte bemerkte.

Nun trieb ich mein Kamel wieder vorwärts, legte das Gewehr über den Sattel und nahm den einen Revolver in die Hand. So ritt ich um den linken Hügel herum, stieg da ab und schlich mich vorsichtig weiter bis dahin, wo ich zwischen den beiden Hügeln hindurch nach dem Brunnen sehen konnte. Ich bemerkte mit dem ersten Blicke, daß derselbe zugeschüttet und seine Oberfläche mit der Umgebung ausgeglichen war. Ein Mensch befand sich nicht da.

Die Fährte deutete auf fünf Reiter. Waren meine drei Gefährten, als sie dieselben kommen sahen, sofort davon geritten, um den Onbaschi aufzusuchen? Ich sah die fünffache Fährte nach dem Brunnen führen und untersuchte nun die andere, welche wieder heraus- und nach Nordosten weiter ging. Sie zeigte die Hufeindrücke von acht Kamelen. Das stimmte. Erst waren meine drei Leute fort und dann später die fünf Fremden. Später? O nein! Die Spuren waren gleich alt, keine auch nur eine halbe Stunde jünger als die andere. Die acht Kamele hatten zu gleicher Zeit den Brunnen verlassen. Mir wurde angst, und doch beruhigte es mich, aus den noch scharfen, nicht eingefallenen Sandrändern der Hufeindrücke zu ersehen, daß nach dem, was hier geschehen war, höchstens eine Stunde vergangen sein konnte. Also war es mir, falls meine Leute sich in Gefahr befinden sollten, wohl möglich, ihnen noch Hilfe zu bringen.

Ich ging nun zum Brunnen. Da sah ich an dem Fuße der linken Anhöhe einen Sandhaufen, welcher vorher nicht dagewesen war, wohl vier Ellen lag, zwei breit und eine hoch, fast wie ein Grab. Der Sand war locker; ich begann, ihn aufzuwühlen. Dabei bemerkte ich unweit von mir eine rotgefärbte Stelle. Hier war also Blut geflossen! Wer lag unter dem Haufen? Ich arbeitete fast krampfhaft weiter. Ein nackter Fuß kam zum Vorscheine und dann noch einer.

Sollte ich den Körper nach und nach von seiner Sanddecke befreien? Das ließ meine Ungeduld nicht zu. Ich faßte also beide Füße, zog und zog und riß endlich den ganzen Körper mit einem gewaltsamen Rucke aus dem Sande.

Gott sei Dank, es war weder der Lieutenant, noch Ben Nil, noch Selim! Es war ein mir fremder, bärtiger, sonnverbrannter Mann mit halb arabischem und halb negerartigem Gesichte. Man hatte ihm die Kleider genommen; er war ganz nackt, und in seiner Brust klaffte eine breite Stichwunde. Der Messerstoß hatte unbedingt das Herz getroffen.

Wer war der Mann? Wer hatte ihn erstochen? Es trieb mich fort, die Fährte schleunigst aufzunehmen, aber die Überlegung sagte mir, daß ich ruhig und bedachtsam sein müsse und hier nichts versäumen dürfe. Ich hatte hier unten genug gesehen und konnte mir den Vorgang erklären. Fünf Reiter waren gekommen; meine Gefährten hatten sich gewehrt und einen von ihnen getötet; man hatte sie aber überwältigt und gefangen genommen. Dann war der Tote begraben, der Brunnen verdeckt und jede Spur des Geschehenen verwischt worden. Nur die blutige Stelle hatte man gelassen; sie sollte um Rache zum Himmel schreien.

Es war klar, daß meine Kameraden sich in Lebensgefahr befanden; dennoch folgte ich ihnen nicht sofort, sondern stieg zunächst auf den Hügel, auf welchem ich geschlafen hatte, und hielt Umschau. Es war ja möglich, daß ich von diesem Standpunkte aus noch irgend etwas bemerkte, was mir von unten entgangen war. Und richtig, ich hatte mich nicht geirrt! Ich entdeckte etwas, sogar etwas sehr Wichtiges.

Nämlich ungefähr tausend Schritte von den drei Hügeln, zwischen denen sich der Brunnen befand, lag eine einzelne Anhöhe; in halber Entfernung sah ich einen Mann, welcher langsam und zögernd, ja ängstlich näher kam. Er war sehr lang, sehr dürr, trug einen weißen Haik und einen riesigen Turban von derselben Farbe. Das war ja mein Aufschneider, mein Großprahler, der alte Schlingelschlangel!

»Selim, Selim, ich bin es!« rief ich ihm zu. »Komme schnell; du hast nichts zu befürchten!«

»Tamahm, tamahm ketir – richtig, sehr richtig!« brüllte er als Antwort. Dann setzte er seine langen, »tapfern« Beine in so eilige Bewegung, daß er in Zeit einer halben Minute vor mir stand, der ich inzwischen rasch wieder zu der Leiche hinabgestiegen war.

»Allah sei Lob, Preis und Dank gesagt, daß du gekommen bist, Effendi!« begrüßte er mich. »Jetzt ist alles, alles gut, denn ich hoffe, daß du mir helfen wirst, den Lieutenant und Ben Nil zu retten. Solltest du dich aber fürchten, so werde ich es ganz allein unternehmen.«

»Prahle nicht! jedenfalls bist du wieder einmal feig gewesen, sonst ständest du nicht hier.«

»Feig? O, Effendi, warum verkennst du mich doch stets und immer! Ich habe mit einer Klugheit gehandelt, welche du loben solltest. Ich habe mich bewahrt, um unsere Freunde retten zu können.«

»Hättest du sie sofort gerettet! Wohin sind sie denn?«

»Dorthin.«

Er deutete in die Richtung, welche die Fährte zeigte.

»Auch das brauchst du mir nicht zu sagen. Mit wem denn?«

»Das weiß ich nicht.«

»Du mußt doch wissen, wer die fünf Männer waren, welche euch überfielen? Ihr müßt doch mit ihnen gesprochen haben!«

»Ich war nicht da.«

»Wo warst du denn?«

»Dort hinter der Anhöhe.«

Er zeigte dahin, woher er eben jetzt gekommen war.

»Ah, du bist geflohen?«

»Nein. Ich nahm nur eine andere Stellung ein, welche sich besser zur Verteidigung eignete. Leider waren die beiden andern nicht klug genug, meinem leuchtenden Beispiele zu folgen.«

»Ich verstehe schon. Ausreden und Beschönigungen sind bei mir nicht angebracht. Saht ihr denn die Fünf nicht kommen?«

»Nein.«

»So habt ihr keine Wache ausgestellt?«

»O doch. Ich hatte die Wache.«

»Und du sahst die Menschen nicht, als sie kamen!«

»Effendi, ich konnte sie doch nicht sehen. Es war die Zeit des Morgengebetes, und ich kniete da oben, mit dem Gesichte, wie es vorgeschrieben ist, nach Osten, gegen Mekka gewendet; da nun diese Fünf aus Westen kamen, konnte ich sie nicht sehen.«

»Lüge nicht! Die Spuren sagen mir, daß der Überfall nach der Zeit des Morgengebetes geschehen ist. Hättest du da oben gekniet, so wärest du schon von weitem gesehen worden und den Feinden nicht entkommen!«

»Was ich sage, ist wahr, Effendi. Ich war allzu tief in das Gebet versenkt.«

»In den Schlaf! Geschlafen hast du! Gestehe es!«

Mein Ton war nicht eben ein freundlicher, wie sich leicht denken läßt; das schüchterte ihn ein. Er blickte verlegen vor sich nieder und antwortete:

»Ist es dir nicht auch schon geschehen, daß du betend eingeschlafen bist? je tiefer die Andacht, desto näher der Schlummer.«

»Um keine Zeit zu verlieren, will ich dieses halbe Geständnis für ein ganzes nehmen. Also du bist auf dem Posten eingeschlafen. Als du erwachtest, was gab es da, was sahest du?«

»Ich sah nichts, sondern ich hörte unten am Brunnen laute, drohende Stimmen. Ich kroch herzhaft und verwegen bis an den Rand der Höhe vor, um hinabzublicken. Was aber sah ich da!«

»Nun was?«

»Es war grauenhaft! Der Lieutenant lag am Boden und wehrte sich gegen zwei Männer, und drei andere hatten Ben Nil gepackt. Hier lagen unsere Kamele und draußen fünf fremde.«

»Laß die Kamele! Ich will wissen, was die Menschen thaten.«

»Ben Nil stieß einem der Angreifer das Messer in das Herz, so daß derselbe niedersank, wurde dann aber von den beiden übrigen niedergerissen.«

»Und du, was thatest du?«

»Was ich zu thun schuldig war, Effendi. Meine Leidenschaft für alles Kühne und Verwegene trieb mich zwar, mich hinab und auf die Gegner zu stürzen, aber ich sah ein, daß es schon zu spät war, sie zu vernichten. Ich nahm meine Zuflucht zu der Kühlheit meines Verstandes und zu der Überlegenheit des Nachdenkens und sagte mir, daß meine Einmischung den Gefährten nicht Nutzen, sondern nur Schaden bringen könne. Ich mußte mich erhalten, um ihnen später desto sicherere Hilfe bringen zu können. Auch mußte doch jemand hier bleiben, um dich zu benachrichtigen, und das konnte doch nur ich sein. Hatte ich recht oder nicht, Effendi?«

»Es ist wahr, dein Verstand war außerordentlich kühl und bedächtig. Erzähle jetzt nur weiter!«

»Ich war nicht gesehen worden und rannte jenseits die Höhe hinab. Du weißt ja, wie ich laufen kann, wenn es gilt, Freunde zu bewahren oder zu beschützen.«

»Ja, du hast es schon gezeigt!«

»Ich begab mich nach dem Hügel, von welchem du mich kommen sahst.«

»Du begabst dich hin? Ich denke, du wirst gerannt sein wie ein gehetzter Schakal!«

»Natürlich war ich so schnell und behend wie möglich, da es die Rettung meiner Gefährten galt. ich versteckte mich dort auf der andern Seite, wo ich nicht bemerkt werden konnte. Später sah ich die Halunken mit den beiden Gefangenen abziehen.«

»Waren sie gebunden?«

»Wahrscheinlich. Sehen konnte ich es nicht, da die Entfernung wohl über tausend Schritte beträgt. Ich sah nur, daß der Trupp aus sechs Reitern und zwei ledigen Kamelen bestand. Nun wartete ich natürlich auf dich. Ich sah einen einzelnen Reiter kommen. Er ließ sein Tier niederknieen, stieg ab und schlich sich vorsichtig nach dem Brunnen. Ich konnte die Züge seines Gesichtes nicht erkennen, aber seine Kleidung und seine Gestalt ließen erraten, daß du es seist. Ich kam herbei und sah dich auf dem Hügel stehen, von wo aus du mich riefst. Jetzt weißt du alles und wirst mir das Zeugnis geben, daß ich als Held und Mann gehandelt habe!«

Er sagte das in so zuversichtlichem Tone, daß es mit meiner Selbstbeherrschung nun endlich zur Neige ging. Ich war ergrimmt über diesen Menschen und fuhr ihn an:

»Als Held und Mann? Weißt du, was du bist? Du bist der allergrößte Feigling und Schafskopf, der mir jemals vorgekommen ist!«

Man nehme mir diesen Ausdruck nicht übel. Gegen die geradezu haarsträubenden Schimpfreden, deren sich der Araber bedient, ist das Wort Schafskopf die reine Schmeichelei. Dennoch rief Selim betroffen aus:

»Wie nennst du mich? Habe ich das verdient? Ich hatte Lob und Anerkennung erwartet, und – –

»Anerkennung?« unterbrach ich ihn. »Ich erkenne nur an, daß du ein Nichtsnutz bist, ein Taugenichts, der stets das große Wort führt, aber vor der Nase einer Maus erschrickt. Hättest du gehandelt wie ein Mann, o, nicht wie ein Mann, sondern nur wie ein leidlich mutiger Knabe, so säßen der Lieutenant und Ben Nil jetzt als Sieger hier am Brunnen. Dann wollte ich es gelten lassen, wenn du von Mut und Tapferkeit redetest!«

»Effendi, ich verstehe dich nicht!«

»So will ich mich verständlicher machen. Du hast nicht gewacht, sondern geschlafen; um so mehr war es deine Pflicht, die Folgen deiner Unachtsamkeit möglichst auf dich zu nehmen. Da unten rangen deine beiden Gefährten, welche jedenfalls auch im Schlafe überfallen wurden, denn sonst hätten sie sich ihrer Schußwaffen bedient, mit den fünf Gegnern. Ben Nil, der noch fast ein Knabe ist, stieß den einen nieder. Und was thatest du? Du befandest dich hier oben auf einem Punkte, welcher das Thal beherrschte. Du hattest deine Waffen bei dir, denn du trägst sie ja noch jetzt. Hättest du auf die Kerls geschossen, dort von deinem sichern Standpunkte aus, an welchem dir die Feinde gar nichts anhaben konnten, so wäre der Verlauf des Kampfes ein ganz anderer geworden, denn die Gefährten hätten Luft bekommen. Aber anstatt dies zu thun, bist du feig davongerannt, hast sie ihrem Schicksale überlassen und brüstest dich nun mit der Kühlheit deines Verstandes. Wenn mich nicht deine unendliche Dummheit erbarmte, so würde ich jetzt dafür sorgen, daß es deinem Verstande etwas wärmer würde. Und da wagst du, mir zu sagen, daß du die Gefangenen allein retten wolltest, wenn ich nicht den Mut dazu besitze! Was hast du denn verdient? Was soll ich denn eigentlich mit dir thun? Sag' mir das einmal!«

Er stand in zusammengeknickter Haltung und mit niedergeschlagenen Augen wie ein ausgescholtener Schulbube vor mir und hatte nicht den Mut zu antworten.

»Nun, rede doch! Sage, wie habe ich gesprochen, falsch oder richtig?«

»Tamahm, tamahm ketir – richtig, sehr richtig, Effendi!« entfuhr ihm, jedenfalls ganz wider Willen, seine gebräuchliche Redensart.

Das klang so sonderbar, daß mein Zorn schnell verschwand. Was konnte er auch dafür, daß er das Herz eines Hasen bekommen hatte! Und seine Aufschneidereien? Nun, die allgemeine Erfahrung lehrt, daß die größten Feiglinge mit dem Munde gern die größten Helden sind. Darum fuhr ich in milderem Tone fort:

»Das war endlich einmal ein richtiges, ein wahres Wort von dir, und ich hoffe, daß es der Anfang einer nachhaltigen Besserung ist!«

»O, Effendi, ich bin doch nicht so schlimm, wie du denkst!«

»Davon wollen wir jetzt nicht sprechen. Schlimm ist zunächst die Lage, in welcher sich Ben Nil und der Lieutenant befinden. Wir müssen ihnen Hilfe bringen.«

»Natürlich, natürlich; das versteht sich ja ganz von selbst! Aber wie?«

»Wie lange sind sie schon fort?«

»Wenig über eine Stunde.«

»Was für Kamele hatten die Feinde? Lastkamele?«

»Nein, leichte Reitkamele.«

»So ist keine Zeit zu versäumen. Ich muß fort.«

»Du? Nicht auch ich?«

»Ja, du meinetwegen auch. Eigentlich sollte ich dich fortjagen, aber ich will ein Nachsehen haben und dir erlauben, mir zu folgen.«

»Ich habe doch kein Kamel! Diese Halunken haben das meinige mitgenommen.«

»Daraus schließe ich, daß ihre Klugheit keine große ist. Sie haben zwei Gefangene. Aus dem Umstande, daß es drei Hedschihn mit Sätteln gab, hätten sie ersehen können, daß ein dritter Reiter anwesend sei, und nach dir suchen sollen. Du bist freilich sehr erfreut darüber, daß sie das unterlassen haben.«

»O nein. Ich hätte mit ihnen gekämpft bis aufs Blut und – –«

»Schweig'! Was ich von deinem Kampfesmute halte, das weißt du längst. Darum ist es mir lieb, daß ich dich jetzt nicht mitnehmen kann. Du würdest mir ja doch alles verderben. Ich reite den Leuten nach, und du kommst zu Fuße hinterdrein.«

»Das ist unmöglich, Effendi! Wie soll ich dich einholen!«

»Nichts ist einfacher als das. Die Kerle sind seit einer Stunde fort; in zwei Stunden hole ich sie ein und warte dann auf dich.«

»Damit ich mitkämpfen soll?«

»Sei nicht so dumm! Wenn du kommst, bin ich längst mit ihnen fertig. Du wirst, um an die Stelle zu gelangen, an welcher ich sie in zwei Stunden einhole, wenigstens fünf Stunden rasch gehen müssen. Meinst du, daß ich sie, deiner berühmten Tapferkeit zuliebe, drei volle Stunden festhalten soll? Übrigens hoffe ich, daß du dich sputest. Ich habe weder Zeit noch Lust, allzu lange auf dich zu warten. Du hast die Schnelligkeit und Ausdauer deiner langen Beine gerühmt; nun setze sie, da es einmal wirklich notwendig wird, in den Stand, zu beweisen, daß sie diese Lobrede verdienen!«

Ich war während dieser letzten Worte zu meinem Kamel gegangen. Als ich Miene machte, aufzusteigen, meinte Selim in kläglichem Tone:

»Du reitest also wirklich ohne mich fort? Wie kannst du mich so allein in der Wüste lassen!«

»Hättest du dein Kamel verteidigt, so besäßest du es noch. Ich weiß es, du fürchtest dich, so allein in der Wüste zu sein. Nimm es als Aufmunterung zur Besserung hin.«

»Ich fürchte mich nicht, gewiß nicht; aber, darf ich nicht hinter dir aufsteigen und mitreiten?«

»Meinetwegen,« antwortete ich schadenfroh. »Aber ich sage dir, daß ich mitten unter die Feinde reiten werde und weder Tod noch Wunden scheue, um die Gefährten zu befreien. Die Feinde werden sich wehren.«

»Das wäre mir gleich, aber,« lenkte er um, »aber ich sage mir, daß dein Kamel, wenn es auch mich noch tragen soll, nicht rasch genug laufen kann, und da ist es sehr leicht möglich, daß die Feinde dir entwischen. Darum reite lieber allein, und ich werde so schnell wie möglich nachkommen.«

»Gut!« lachte ich. »Du bist wirklich unverbesserlich. Verlaufen kannst du dich nicht. Die Fährte ist so deutlich, daß ein Blinder sie mit den Füßen fühlen würde. Halte deine Waffen bereit! Es giebt Löwen und Panther hier!«

Ich war aufgestiegen und hörte ihn im Fortreiten hinter mir schreien.

»Löwen und Panther! Allah kerihm – Gott sei mir gnädig! Ich fürchte mich gewißlich nicht, aber mit Tieren, welche nur des Nachts auf Raub ausgehen, wird ein wahrer Held aus Mitleid nicht am Tage kämpfen. Effendi, nimm mich mit, nimm mich mit!«

Ich schaute mich um und sah ihn in solcher Eile hinter mir dreinspringen, daß sein Haïk wie eine Fahne ihm im Rücken wehte. Natürlich hörte ich nicht auf sein Rufen, sondern trieb mein Tier zur größten Eile an, um die Entfernung zwischen mir und den Gesuchten so rasch wie möglich zurückzulegen.

Wenn man bedenkt, daß das Kamel seit gestern früh unterwegs gewesen war, so muß man eine solche Leistung als fast unglaublich bezeichnen; aber einem echten Reitkamel wird, wenn es not thut, zuweilen noch mehr zugemutet. Dafür wird es dann sorgfältig geschont und mit einer Aufmerksamkeit gepflegt, als ob es ein Kind des Besitzers sei.

Es entwickelte dieselbe Schnelligkeit wie gestern, und dabei war sein Tritt so leicht und sicher, daß ich sanft, wie in einem Schaukelstuhle, hin und her gewiegt wurde und von den Unebenheiten des Bodens nichts empfand. Und solcher Unebenheiten gab es genug, mehr als mir lieb war. Ich befand mich zwischen den Dar Sukkot-Höhen. Die Gegend war ein immerwährender Wechsel zwischen Sandstrecken und Hügeln, welche, je weiter ich kam, immer steinigter wurden. Glücklicherweise war die Spur so deutlich, daß ich selbst da, wo der Sand aufhörte, mich nicht irren konnte. Anderthalb Stunden waren vergangen; ich legte eben den Weg zwischen zwei niedrigen Höhen hin, da erblickte ich die Gesuchten vor mir auf einer größeren offenen Sandstrecke. Ich zog das Fernrohr aus der Satteltasche und richtete es im Jagen auf die Gruppe. Es ist ein gewisses Geschick erforderlich, von einem laufenden Kamele aus durch das Rohr zu sehen. Das Glas brachte mir die Personen näher. Zwei Personen ritten voran, und zwei, welche die beiden ledigen Kamele neben sich führten, hinterdrein; in der Mitte befanden sich die Gefangenen.

Jetzt galt es. Ich lockerte die beiden Revolver und das Messer und nahm das Gewehr zur Hand. Jetzt tausend, dann neunhundert, nun achthundert Schritte war ich von ihnen entfernt. Einer der Voranreitenden sah sich zufällig um und erblickte mich. Er mochte den andern sagen, daß ein Reiter hinter ihnen her komme, denn sie drehten sich auch um. Ich war ein einzelner Mann, den sie, wie sie glaubten, nicht zu fürchten hatten; sie hielten an, um mich herankommen zu lassen, griffen aber als vorsichtige Leute zu den Waffen.

Sie besaßen lange Beduinenflinten, welche nur in der Nähe gefährlich sind. Die Gefangenen waren gefesselt; von ihnen hatte ich keine Unterstützung zu erwarten. Ich mußte mich auf mich allein verlassen. Die Entfernung zwischen ihnen und mir, der ich mein Kamel auch angehalten hatte, betrug wohl gegen dreihundert Schritte. So weit reichten die Flinten nicht; ich aber war sicher, daß meine Kugeln die

Stelle, auf welche sie gerichtet waren, genau treffen würden. Dadurch war ich ihnen überlegen. Nun kam es auf das Verhalten der beiden Gefangenen an. Verrieten sie durch Worte oder Zeichen, daß sie mich kannten, daß ich komme, um sie zu befreien, so wurde mir die Ausführung meines Vorhabens ganz beträchtlich erschwert.

Der eine von den vieren winkte mir, heranzukommen; ich gab ihm denselben Wink nach mir her. Er sprach mit seinen Gefährten einige Worte, kam dann auf mich zugeritten und blieb in einer Entfernung von vielleicht hundert Schritten von mir halten.

»Wer bist du?« rief er mir zu.

»Ein Sajih aus Kahira,« antwortete ich.

»Willst du etwas von uns?«

»Ja. Ich habe eine Bitte und werde, wenn du sie mir erfüllst, auch dir einen Wunsch erfüllen.«

»Ich habe keinen!«

»Du wirst einen haben, sobald du mein Verlangen erfüllst. Komme näher!«

»Nein, komme du!«

Wenn ich meinen Zweck erreichen wollte, so mußte ich dieser Aufforderung Folge leisten, doch that ich das in einer besonderen Weise, welche ihn zwang, mich im Vorteile zu belassen. Ich ritt nämlich nicht zu ihm hin, sondern ich ließ mein Kamel niederknieen, stieg ab und ging langsam auf ihn zu. Die Wüstenregel gebot ihm nun, dasselbe zu thun. Er stieg also auch von seinem Tiere und kam mir würdevoll entgegen. Als er mich erreichte, blieb er stehen, sah mir scharf und forschend in das Gesicht, reichte mir die Hand und sagte:

»Sallam aaleikum! Sei mein Freund!«

»Aaleik sallam! Ich werde dein Freund sein, sobald du der meinige bist. Du weißt nun, was ich bin und woher ich komme. Darf ich auch erfahren, zu welchem Stamme du gehörst und wo der Ausgang deiner Reise liegt?«

Ein Messer und zwei Pistolen sahen mit ihren Griffen aus seinem Gürtel. Er stützte sich auf seine Flinte wie einer, der seiner Sache sicher ist und nichts zu fürchten hat, und antwortete:

»Auch wir sind Reisende und kommen aus dem Dar Sukkot.«

»Dein Herz ist der Brunnen der Herablassung, und deine Gnade erleichtert meine Seele.«

Dabei setzte ich mich nieder, doch so, daß ich seine Leute im Auge hatte. Er mußte sich nun auch niederlassen und that dies so, daß er mir gegenüber, also mit dem Rücken nach den Gefangenen, saß. Meine

Worte frappierten ihn; er wußte nicht, was ich meinte, und sagte darum:

»Der Wille deiner Zunge ist mir verschlossen. Warum redest du von Herablassung?«

»Weil du dich vor mir verbirgst und erniedrigst wie Harun al Raschid, welcher einst als Armer die Straßen von Bagdad, seiner Stadt, durchwandelte.«

»Du irrst. Ich bin kein Sultan und auch kein Emir.«

»Aber ein hoher Beamter des Vicekönigs, dessen Tagen Allah noch tausend zuzählen möge.«

»Wie kommst du auf diesen Gedanken?«

»Ich sehe Gefangene bei dir, also mußt du ein Memur el insaf, sein. Sind es wichtige Verbrecher, welche du ergriffen hast?«

»Ich bin kein Mernur, und die Hunde, welche ich gebunden habe, werden Kahira nicht zu sehen bekommen, sondern eines baldigen Todes sterben, weil sie einen meiner Gefährten ermordet und beraubt haben. Sie sind Räuber und Kameldiebe. Doch das wird dich nicht interessieren. Du sprachst von einer Bitte und von einem Wunsche, welchen du mir dann erfüllen willst. Darf ich deinen Wunsch vernehmen?«

»Ja, denn ich bin nur deshalb, ihn dir vorzutragen, hierher gekommen.«

»Zu mir? Wußtest du denn, wo ich zu suchen sei?«

»Deine Spur sagte es mir.«

»Wo trafst du auf dieselbe?«

»Auf meinem Lagerplatze, über den ihr geritten seid.«

»Du irrst dich schon wieder. Wir sind durch kein Lager geritten.«

»O doch!«

»Wo denn?«

»Es befand sich bei dem geheimen Brunnen, welchen wir geöffnet hatten. Du hast ihn wieder geschlossen.«

Jetzt schien ihm unheimlich zu Mute zu werden. Er schob sein Messer und seine Pistole hin und her, zog die Brauen zusammen und meinte.

»Dort bist du gewesen? Ich habe dich nicht gesehen.«

»Ich war in die Wüste geritten, um die Schnelligkeit meines Kamels zu üben. Als ich heimkehrte, waren meine Diener fort, und an deren Stelle sah ich das Grab einer fremden Leiche.«

»Hast du es geöffnet?«

»Ich mußte es doch öffnen, um zu sehen, ob der Tote vielleicht einer meiner Diener sei. Nachdem ich ein fremdes Gesicht gesehen hatte, setzte ich mich auf mein Eilkamel, um deinen Spuren zu folgen, dir meinen Wunsch zu sagen und dann auch den deinigen zu erfüllen.«

»Welcher Wunsch ist das?«

»Gieb mir meine Diener zurück!«

Er zuckte mit keiner Miene; sein Gesicht blieb ganz dasselbe; es wurde weder heller noch finsterer, als er sich erkundigte:

»Und welchen Wunsch soll dann ich wohl haben?«

»Den, daß ich dich ungehindert weiterziehen lasse.«

Jetzt freilich nahm sein Gesicht einen äußerst hohnvollen Ausdruck an. Er sah mit einer unendlichen Geringschätzung zu mir herüber und fragte:

»Wenn ich den deinigen nicht erfülle, was wirst du dann thun?«

»Ich werde dir die Erfüllung des deinigen verweigern.«

»Du willst uns anhalten?«

»Nein; das ist gar nicht nötig, da ich es schon gethan habe. Du bist ja von mir angehalten worden.«

»Aber ohne allen Erfolg. Ich werde gehen, wenn es mir beliebt.«

»Du wirst es versuchen, aber nicht weit kommen.«

»Du bist allein, und wir sind vier. Du aber sprichst, als ob du hundert gegen uns hättest!«

»Die habe ich auch.«

»Wo denn?«

»Hier. Ich allein bin so viel wie hundert euch gegenüber.«

»Du bist ein verrückter Mensch!« fuhr er mich an. »Wenn du wüßtest, wer wir sind, würdest du vor uns im Staube kriechen!«

»Du hast dich einen Reisenden genannt, und ich bin auch ein solcher. Sei sonst, was dir beliebt; jetzt aber sind wir Reisende und stehen einander gleich. Erhebt sich aber ein Streit zwischen uns, so ist derjenige der höhere und bessere, der ihn zu seinem Vorteile zu entwickeln weiß. Ob ich verrückt oder bei gesunden Sinnen bin, wirst du bald erkennen.«

»Trotze nicht etwa auf deine Waffen; es sind diejenigen der Europäer, welche in deinen Händen wertlos sind.«

»Jetzt irrst du dich auch einmal, denn ich weiß sehr gut mit ihnen umzugehen; ich bin ein Europäer.«

»Ein Europäer? Aus welchem Lande?«

»Aus Almanja.«

»Also ein Christ! Allah verdamme dich! Wie kannst du, ein Giaur, es wagen, mich hier anzuhalten und mir Vorschriften zu machen!«

»Du wünschest, daß Allah mich verdammen möge, und ich wünsche, höflich gegen dich, daß er dich behüten möge. Ich habe guten Grund zu diesem Wunsche für dich, denn wenn du noch ein einziges Schimpfwort sagst, so tritt das Ende deiner Tage augenblicklich ein!«

»Du willst mir sogar drohen, du – –«

Er hielt inne und griff nach einer Pistole, denn ich hatte einen Revolver gezogen.

»Weg mit der Hand!« donnerte ich ihn an. »Sobald deine Waffe sich im Gürtel auch nur leise bewegt, bist du eine Leiche! Du überschätzest dich; ich aber bin wirklich wie hundert gegen euch!«

Er sah meinen Revolver drohend auf sich gerichtet und zog die Hand zurück; um einen Trumpf auszuspielen, sagte er:

»Bilde dir das nicht ein! Ich brauche nur meine Leute zu rufen, so bist du verloren!«

»Versuche es! Rufe sie! Beim ersten lauten Worte, welches man zwanzig Schritte von hier vernehmen kann, bekommst du die Kugel in das Herz!«

»Das ist Verrat, schändlicher Verrat!« meinte er ergrimmt, aber mit nun vorsichtig gedämpfter Stimme.

»Wieso?«

»Ich bin zu dir gekommen, weil du mir winktest, und habe mich niedergesetzt, weil ich deinem Beispiele folgen mußte. Das ist der Brauch der Wüste. Nach diesem sind wir beide frei und können auseinander gehen, ohne daß der eine den andern halten darf. Du aber willst die Heiligkeit dieses Gesetzes entweihen.«

»Wer hat dir das gesagt? Ich habe in Freundlichkeit und Güte mit dir sprechen wollen, und jede Hinterlist war und ist mir fern. Wenn du mich aber beschimpfest und deine Leute rufen willst, so brichst du die Ordnung der Wüste und ich kann zu meinem Schutze thun, was mir beliebt.«

»So laß mich gehen.«

»Erst dann, wenn ich mit dir gesprochen habe.«

»Ich mag nichts hören!«

»Gut, so geh'!«

»Wirst du etwa auf mich schießen, wenn ich dir im Gehen den Rücken zukehre?«

»Nein, denn ich bin ein Christ und kein Meuchelmörder. Aber ich sage dir, daß ich meine Diener haben will; eher kommt ihr nicht von der Stelle!«

»Wie willst du uns zwingen, sie auszuliefern? Bei der geringsten Feindseligkeit von deiner Seite töten wir sie.«

»Thue, was dir beliebt!«

»Du auch! Deine Worte klingen wie die eines Herrschers, uns aber halten sie nicht einen Augenblick lang.«

»So werden meine Kugeln euch länger halten, als du jetzt denkst. Wer den Platz, auf welchem ihr euch befindet, eher verläßt, als bis ich meine Diener wieder habe, der wird auf demselben begraben!«

»Du selbst wirst in wenig Augenblicken eine Leiche sein.«

Er ging langsam fort, stieg auf sein Kamel und ritt den Seinen zu. Auf die Ehrlichkeit meines Wortes schien er doch zu bauen, denn er drehte sich nicht ein einziges Mal um. Ich hätte ihm leicht eine Kugel durch den Rücken in das Herz geben können.

Ich konnte auf das, was ich erreicht hatte, gar nicht stolz sein. Lag es an dem Feinde, an den örtlichen Verhältnissen oder an mir, kurz und gut, die Lage der Gefangenen war jetzt schlimmer als vorher, da ich gekommen war. Infolgedessen konnte ich es nicht ändern, daß die Entscheidung meinem Gewehre übergeben war. Menschen töten ist grauenhaft, aber wenn sie einen dazu zwingen, so ist man wenigstens entschuldigt. – Uebrigens hegte ich die Überzeugung, es mit einem Vortrabe der Sklavenjäger zu thun zu haben. Solche Leute zu meinem eigenen Schaden zu schonen, wäre beinahe lächerlich gewesen. In diesem Augenblicke kam mir die Tötung eines Sklavenjägers fast wie ein Verdienst vor, weil durch dieselbe mehreren oder auch vielen Negern die Freiheit und das Leben erhalten würde.

Jetzt hatte der Mann die Gruppe erreicht und blickte sich nach mir um. Er sah mich nicht, denn ich war während seines langsamen Entfernens nicht unthätig gewesen. Ich hatte mir eine mehr als ellenhohe und ebenso breite Sandwelle zusammengescharrt" hinter welcher ich nun verborgen lag; sie gewährte mir eine leidliche Deckung. In einer engen Vertiefung lag der Lauf meines Gewehres, so daß selbst beim Zielen mein Kopf nicht zu sehen war, und um schnell laden zu können, hatte ich mir mehrere Patronen handgerecht zur Seite gelegt.

Der Mann sprach mit seinen Leuten. Darauf folgte ein vierstimmiges, überlautes Hohngelächter. Man hielt meine Drohungen für leeren Schall und glaubte, mein Gewehr nach ihren Flinten beurteilend, nicht, daß dasselbe bis hin zu ihnen tragen werde. Sollte ich wirklich einen oder zwei von ihnen, vielleicht alle erschießen? Schade wäre es nicht um sie gewesen; aber jetzt im letzten Augenblicke, dachte ich daran, daß sie ihre Gefangenen, die sie doch leicht töten konnten, geschont hatten. Zwar war davon die Rede gewesen, daß sie sterben müßten, dennoch fühlte ich mich zur Milde gestimmt. Einige Kamele aber mußten fallen. Dabei konnte ich ganz leicht die unseren schonen, denn zwei von ihnen trugen den Lieutenant und Ben Nil, und das dritte wurde am Halfter ledig nebenher geführt. Die Fremden saßen auf ihren eigenen Tieren.

Sie setzten sich jetzt in Bewegung, schüttelten die Fäuste gegen mich und sandten mir ein abermaliges Gelächter zu. Sie hielten die bereits beschriebene Ordnung ein. Voran ritt derjenige, mit dem ich gesprochen hatte, jedenfalls der Anführer, mit noch einem, und hinter den Gefangenen folgten der dritte und der vierte. Ich zielte und drückte auf das Kamel des Anführers ab; es brach mit ihm zusammen; der zweite Schuß traf mit ganz demselben Erfolge das Tier seines Nebenmannes. Laute Rufe und Flüche schollen zu mir herüber. Die augenblickliche Verwirrung gab mir mehr als genügend Zeit zum Wiederladen. Die beiden nächsten Schüsse streckten die Kamele der hintern Reiter nieder. Nun gab es nur noch ein fremdes Kamel und unsere drei Hedjihn. Ich lud natürlich abermals. Die Kerle hatten Respekt bekommen; ihr Gebaren war kein herausforderndes mehr, sondern ein erschrockenes. Hätten sie hinter ihren Gefangenen Deckung suchen können, so wären sie vor meinen Schüssen sicher gewesen und konnten versuchen, mich mit ihren Kugeln zu treffen; aber diese Deckung war glücklicherweise nicht mehr vorhanden, nicht mehr möglich.

Durch die vier Schüsse, das Stürzen der getroffenen Tiere und das Geschrei der unter die letzteren geratenen Reiter scheu gemacht, waren die vier noch unverletzten Kamele mit den beiden gefesselten Gefangenen durchgegangen; ich sah sie linksab hinaus in die Wüste rennen. Die Fremden hatten sich unter ihren Kamelen hervorgearbeitet, blickten ratlos zu mir herüber und dann den fliehenden Kamelen nach, sprachen einige Worte mit einander und ließen mich dabei durch ihre Gesten erraten, daß sie fliehen wollten. Da sprang ich auf, legte das Gewehr auf sie an und rief ihnen zu:

»Stehen bleiben, sonst schieße ich!«

Sie hatten zu ihrem Schaden erfahren, daß mit meinen Kugeln nicht zu spaßen sei, und folgten meiner Aufforderung.

»Werft die Flinten weg! Wer die seinige in der Hand behält, wird erschossen!« fuhr ich fort.

Auch diesem Befehle wurde Gehorsam geleistet, und nun ging ich mit angeschlagenem Gewehre auf sie zu. Ich hätte sie laufen lassen können, aber ich war beschimpft worden, ohne sofort Vergeltung zu üben, und wollte nun Abbitte haben. Bei ihnen angekommen, legte ich das mir lästige Gewehr ab und nahm den Revolver in die Hand, um sie bezüglich ihrer Messer und Pistolen in Schach zu halten. Die Kerle machten Gesichter, als ob sie träumten; das finsterste war dasjenige des Anführers.

»Zweimal habt ihr mich verlacht,« sagte ich zu ihm, »wollt ihr es nun zum drittenmale thun?«

Keine Antwort.

»Siehst du nun ein, daß ich so gut wie hundert gegen euch war? Hundert Männer hätten es auch nicht besser machen können. Ich habe euch sogar gefangen, ohne euch zu verletzen, und ihr habt ganz und gar vergessen, euch zur Wehr zu stellen. Was meint ihr wohl, daß ich nun mit euch thue, ihr tapfern Reiter ohne Kamele?«

Keiner antwortete; sie blickten ingrimmig vor sich nieder. Darum fuhr ich fort:

»Seht diese kleine Waffe an! Es sind sechs Kugeln darin, also mehr als genug für euch. Ich werde euch die Freiheit geben, da ich solche armselige Menschen nicht zu fürchten brauche; vorher aber verlange ich unbedingten und augenblicklichen Gehorsam. Eure Waffen bleiben hier, damit ihr nicht andern schaden könnt. Ich werde sie euch abnehmen. Hebt die Hände über die Köpfe empor! Wo nicht, so schieße ich. Rasch!«

Drei folgten dieser Weisung sofort, der Anführer aber nicht; er fuhr mit der Hand nach dem Gürtel und rief:

»Beim Propheten, das ist zu viel! Du sollst nicht sagen, daß – –«

Er kam nicht weiter; er hatte nach der Pistole gegriffen, dafür aber eine Kugel in die Hand bekommen.

»Hände auf!« fuhr ich ihn drohend an.

Ich hörte das Knirschen seiner Zähne, aber er gehorchte doch. Mit der Rechten die Waffe schußbereit, leerte ich mit der Linken ihre Gürtel und warf die Pistolen und Messer hinter mich.

»So, das ist geschehen. Nun nur noch eins. Du hast mir die Verdammung gewünscht und mich einen Giaur genannt; ich verlange, daß du mich um Verzeihung bittest und »Samih'ni« (vergieb mir) sagst. Zögerst du, so ist meine Kugel schneller als dein Wort. Also –!«

Ich richtete den Lauf gegen seine Brust. Er schluckte und schluckte, das Wort wollte nicht heraus; aber endlich kam es doch, heiser und durch die geschlossenen Zähne gestoßen. Der Schweiß des unterdrückten, maßlosen Grimmes stand ihm im ganzen Gesicht.

»Wir sind fertig, außer dem guten Rate, den ihr noch anhören mögt. Hütet euch in Zukunft, einen Europäer, zumal einen Christen, gering zu achten, denn er ist euch auf alle Fälle überlegen. Kommt ihr je mit ihm in Zwist, so rechnet weit mehr auf seine Güte als auf eure Macht und Tapferkeit. Ich habe mich in Freundlichkeit mit euch vergleichen wollen; ihr antwortet mit Hohn und habt nun die Folgen. Ich will nicht genauer nachforschen, wer und was ihr seid, doch tretet ihr mir zum zweitenmale feindlich entgegen, so kommt ihr nicht so leichten Kaufs davon wie jetzt. Nun könnt ihr gehen, wohin euch beliebt, aber schnell. Ich schieße eure Gewehre ab, und ihr könntet leicht durch eure eigenen Kugeln verwundet werden.«

Sie wendeten sich schweigend um und entfernten sich eiligen Schrittes. Ich schoß hinter ihnen ihre Pistolen ab, um ein etwaiges Unglück beim Transporte derselben zu vermeiden, und dann auch die Gewehre. Den Lauf der ersten Flinte richtete ich gegen die Erde. Der Schuß streute. Das fiel mir auf. Ich grub mit dem Messer nach und fand, daß die Ladung aus Nägeln und gehacktem Blei bestanden hatte. Dasselbe war auch mit den andern Flinten der Fall. Ich hatte es mit sehr gefährlichen, gefühl- und rücksichtslosen Menschen zu thun gehabt und war mehr als froh, in dieser Weise davongekommen zu sein. – Mein Kamel kniete noch ruhig an der Stelle, wo ich abgestiegen war. Ich trug die erbeuteten Waffen hin, band sie mit einer Kamelleine zusammen und befestigte das Bündel am Sattel. Dann stieg ich auf und ritt nach links ab, um Ben Nil und den Lieutenant zu suchen. Ein anderer hätte das wohl schon eher gethan, aber mir war aus verschiedenen und leicht ersichtlichen Gründen daran gelegen gewesen, den Sklavenjägern, als welche sie sich später wirklich herausstellten, den Unterschied zwischen ihnen und einem Europäer auf das allernachdrücklichste zu zeigen. Das konnte unter Umständen dann andern Christen von großem Nutzen sein. Das Aufsuchen der Gefangenen konnte für diese kurze Zeit aufgeschoben werden. Ich war überzeugt, sie sehr bald zu finden.

Die Spur ging in schnurgerader Richtung in die Wüste hinein, und zwar gar nicht weit. Schon nach fünf Minuten sah ich die Reiter in der Ferne still nebeneinander halten; ganz in der Nähe hatten sich die beiden ledigen Kamele hingelegt.

Die Freude des Lieutenants und Ben Nils war, als sie mich kommen sahen, natürlich sehr groß. Der erstere rief mir schon aus der Ferne zu:

»Allah sei gepriesen, daß du endlich kommst! Seit unserer Gefangennahme bis zu dem Augenblicke, an welchem du erschienst, haben wir nicht so viel Angst ausgestanden, wie während der kurzen Zeit hier in der Wüste. Wir wußten nicht, ob du gesiegt habest oder unterlegen seiest, und ob man uns hier suchen und auch finden werde. Wäre dies nicht der Fall gewesen, so hätten wir, mit den Kamelen zusammengebunden, elendiglich untergehen müssen.«

»Ihr seht, daß ich Sieger bin,« antwortete ich. »Aber da fällt mir eben, und am Ende zu spät ein, daß ich vielleicht etwas Wichtiges unterlassen habe. Ehe ich euch losbinde, muß ich erfahren, wo euer Eigentum ist, welches man euch jedenfalls abgenommen hat.«

»Es befindet sich alles am Sattel und in der Satteltasche von Selims Kamel, welches dort am Boden kniet. Die Gewehre hängen am Sattelknopfe; alles andere steckt in der Tasche. Sie wollten gleich teilen, wurden aber nicht einig und beschlossen darum, die Teilung später vorzunehmen.«

»Das ist gut; es freut mich, daß ihr nichts eingebüßt habt. Wir haben im Gegenteile Beute gemacht, diese Waffen, ein gutes Kamel, und bei den toten Kamelen wird auch wohl noch manches zu finden sein. Nun sollt ihr vor allen Dingen frei werden; dann schnell zum Kampfplatze zurück. Ich traue diesen Halunken zu, daß sie, wenn sie sehen, daß ich mich entfernt habe, wiederkommen, um ihre Sachen zu holen. Was zu reden ist, können wir für nachher aufheben.«

Man hatte die beiden Kamele mit den Köpfen zusammen – und die Gefangenen dann an den Sätteln festgebunden. Ich löste die Leinen, holte den beiden ihre Waffen, und dann kehrten wir, die zwei ledigen Kamele mit uns führend, nach dem »Schlachtfelde« zurück.

Noch hatten wir nicht die Hälfte des Weges hinter uns, da sah ich draußen, weit vor uns vier sich bewegende Punkte. Das waren die Sklavenjäger, welche, wie ich vermutet hatte, zurückkehren wollten. Als sie uns bemerkten, lenkten sie um und liefen eiligst von dannen, in nordöstlicher Richtung, was für mich wichtig war, da ich daraus erkannte, daß sie nach dem Bir Murat wollten.

Bei den von mir niedergestreckten Kamelen angekommen, sah ich, daß eins derselben noch lebte; ich tötete es mit einem Revolverschusse in das Auge. Dann untersuchten wir den Inhalt der Satteltaschen. Es gab da vielerlei, was für mich nutzlos, für einen Askeri aber brauchbar war. Auch der Anzug dessen, den Ben Nil erstochen hatte, war vorhanden. Die wertvollste Beute fand ich bei dem Kamele des Anführers, nämlich einige große Papierbogen, auf welche die Gebiete der sudanesischen Stämme, der Lauf der Flüsse, die Lage hunderter von Ortschaften, die Karawanen- und Sklavenjägerwege und vieles sonst noch Wichtige sehr sorgfältig und mit großem Fleiße gezeichnet waren. Diese Karten steckte ich als das einzige, was ich von der Beute in Anspruch nahm, zu mir. Alles andere sollte auf das ebenso erbeutete Kamel geladen und dann später verteilt werden.

Nun mußten wir auf Selim warten und hatten also Zeit, uns über das Geschehene auszusprechen. Ich erfuhr, daß der Schlingelschlangel allerdings an dem Unglücke schuld sei; er hatte wachen sollen, aber geschlafen. Die beiden andern hatten, da jeder von Sonnenunter- bis Sonnenaufgang vier Stunden auf Wache gewesen war, sich nach dem Morgengebete wieder niedergelegt und waren plötzlich mit Gewalt geweckt worden. Die Augen öffnend, hatten sie sich in den engen Umschlingungen der Feinde gesehen. Beide hatten sich gleich kräftig gewehrt, aber nur Ben Nil war es gelungen, sein Messer zu ziehen und einen Gegner niederzustechen. Das hatte den Grimm der Sklavenjäger im höchsten Grade erregt, und einer von ihnen war der Ansicht gewesen, daß der Mörder sofort zu töten sei; die andern aber, unter ihnen der Anführer, hatten gemeint, die Rache müsse aufgeschoben werden, um dann desto fürchterlicher zu sein. Darauf war die Leiche entkleidet und eingescharrt worden. Man hatte die Tiere aus dem Brunnen getränkt und diesen nachher zugeworfen. Gleich darauf war der Aufbruch erfolgt.

»Wie hat man euch dann unterwegs behandelt?« fragte ich.

»Gar nicht, weder gut noch schlecht,« antwortete der Lieutenant. »Man sprach nicht mit uns; es war, als ob wir für sie gar nicht vorhanden seien.«

»Aber unter sich sprachen sie doch?«

»Sehr wenig und nur von ganz gewöhnlichen Dingen.«

»Habt ihr nicht aus diesem Wenigen zu erraten vermocht, wer und was sie sind und woher sie kommen oder wohin sie wollen?«

»Nein. Sie nannten sich nicht einmal beim Namen.«

»Das ist sehr geheimnisvoll; sie sind außerordentlich vorsichtig gewesen, und gerade daraus läßt sich schließen, daß sie alle Ursache haben, heimlich und vorsichtig zu sein. Haben sie denn nicht gefragt, wie ihr an den Brunnen gekommen seid, wie ihr ihn entdeckt habt?«

»Das fragten sie freilich, aber wir sagten es ihnen nicht. Sie wollten noch mehr, ja alles wissen, aber wir schwiegen hartnäckig und haben keine ihrer Fragen beantwortet. So erfuhren sie nichts von deiner und

Selims Anwesenheit; wir hielten es eben für das allerbeste, von gar nichts zu reden, um uns nicht deinen Tadel zuzuziehen.«

»Das war sehr klug gehandelt, denn nun bleibt uns freies Spiel. Von großer Wichtigkeit wäre es mir, zu erfahren, ob sie den heimlichen Brunnen gekannt haben oder nur zufällig in jene Gegend gekommen sind.«

»Sie kannten ihn und waren sehr zornig darüber, daß er so wenig Wasser enthielt, weil wir es für uns verbraucht hatten.«

»So weiß ich nun, für was ich sie zu halten habe. Durch diese Kenntnis des Brunnens haben sie sich verraten. Sie sind die von uns erwarteten Sklavenjäger.«

»Unmöglich, Effendi! Sie hatten ja keine Sklavinnen bei sich, und wir sind gerade gekommen, um dieselben zu befreien.«

»Diese fünf Männer bilden nur die Vorhut. Sie sollen, sozusagen, Quartier machen, für Wasser sorgen und auf alles bedacht sein, was zur Sicherheit des Sklaventransportes nötig ist.«

»Wenn das so ist, so hast du einen großen Fehler begangen, indem du sie entkommen ließest. Du hättest sie festhalten und ausfragen sollen. Wie nützlich würde uns das gewesen sein!«

»Nützlich? Ich bin da ganz anderer Meinung. Ich pflege in so wichtigen Momenten mit Überlegung zu handeln und die Folgen dessen, was ich thue, zu berechnen. Wäre es mir eingefallen, diese Männer auszufragen, so hätte ich nichts erfahren. Ich bin überzeugt, daß sie mir alles mögliche, aber nur nicht die Wahrheit gesagt hätten. Und da es mir unmöglich gewesen wäre, ihnen die Lüge sofort zu beweisen, so war es jedenfalls klüger, sie laufen zu lassen. Nun können sie sich wenigstens nicht einbilden, mich falsch berichtet zu haben. Es fällt mir nicht ein, solche Uute auch nur für wenige Stunden denken zu lassen, daß ich von ihnen überlistet worden sei.«

»Aber nun sind sie fort, und wir sind nicht weiter und nicht klüger als vorher!«

»Gerade weil sie fort sind, werden wir sehr bald klüger sein, denn sie werden mir alles sagen, was ich wissen will und was sie mir jetzt jedenfalls verheimlicht hätten.«

»Wie? Sie werden dir dies alles mitteilen? Wann denn und wo denn? Wie willst du sie dazu veranlassen?«

»Sie werden es mir sagen, ohne zu wissen, daß ich es höre. Ich habe sie laufen lassen, um sie später am Bir Murat zu belauschen. Ichwerde nochvor ihnen dort ankommen.Von hier aus ist es eine halbe Tagereise nach dem Brunnen. Da sie keine Kamele haben und also gehen müssen, werden sie erst am Abend dort ankommen, und das giebt mir Gelegenheit, sie nicht nur zu beobachten, sondern sogar zu belauschen, ohne daß sie mich bemerken.«

»Effendi, sie müßten ja blind und taub sein, wenn sie dich nicht sähen und hörten!«

»Das laß meine Sorge sein. Ich verstehe es, mich so anzuschleichen, daß ich unsichtbar und unhörbar bleibe.«

»Aber wenn sie dich dennoch bemerken, so bist du verloren. Sie werden nicht allein am Brunnen sein, denn es vergeht kein Tag, an welchem nicht eine Karawane dort lagert; oft sind es auch mehrere. Diese Leute sind niemals Gegner des Sklavenhandels und werden also gegen dich sein.«

»Das weiß ich. Ich bin sogar überzeugt, daß ich einen unversöhnlichen Feind dort treffen werde, einen Feind, welcher gegebenen Falles sogar auf meinen Tod dringen wird, Murad Nassyr, den Türken, meinen früheren Reisegefährten.«

»Das ist wahr. Er wird nun bei dem Brunnen angekommen sein oder denselben spätestens heute abend erreichen. Du hast dich also doppelt in acht zu nehmen, und ich warne dich. Gehe ja nicht allein, sondern nimm mich und einige meiner Asaker mit!«

»Das werde ich bleiben lassen. Allein bin ich viel sicherer als in Begleitung deiner Soldaten. Ihre Gegenwart hätte nur zur Folge, daß man uns, das heißt also mich, bemerken würde.«

»So sollen sie am Dschebel Mundar bleiben?«

»Nein. Wir reiten zu ihnen, um sie abzuholen. Dann begeben wir uns in eine gesicherte Stellung in der Nähe des Brunnens, von wo aus ich später meinen abendlichen Gang unternehme.«

Der Lieutenant blickte kopfschüttelnd vor sich nieder. Das Unternehmen, welches ich plante, schien ihm zu gefährlich, wohl auch überflüssig zu sein, denn er meinte nach einer Weile:

»Sage, was du willst, ich bin doch überzeugt, daß du dich nicht in diese Gefahr zu begeben brauchtest, wenn du die Kerls, welche ganz in deine Hand gegeben waren, ausgefragt hättest.«

»Das kann man nur dann, wenn man genau weiß, was die Wahrheit ist. Was hätte ich machen wollen, wenn sie behaupteten, daß ihre Aussagen wahr seien?«

»Hm! Diese Entschuldigung hat etwas für sich; aber weißt du denn, ob sie, wenn du sie belauschest, gerade von dem, was du hören willst, reden werden?«

»Ich warte so lange, bis sie davon sprechen.«

»Und wenn inzwischen der Tag anbricht? Du darfst doch nicht so lange bleiben.«

»Was das betrifft, so bin ich überzeugt, daß ich nicht so lange zu warten habe. Nach Dingen, wie die sind, welche hier geschahen, kann man sicher darauf rechnen, daß von ihnen gesprochen wird.«

»Nun, ich habe dir nichts zu befehlen, sondern ich bin beauftragt, mich in allem dir zu fügen; aber eins muß ich doch noch erwähnen. Du hast nach heimlichen Brunnen gesucht, weil du glaubtest, die Sklavenjäger da zu treffen. Du hast auch einen solchen gefunden. Warum sollen wir ihn verlassen? Warum willst du die Asaker nach dem Bir Murat führen, da du doch wissen mußt, daß die Gesuchten denselben vermeiden werden? Auf diese Weise können sie uns sehr leicht entgehen.«

»Sie werden uns in die Hände laufen.«

»Aber du sagtest selbst, daß du überzeugt seiest, daß die fünf Männer, von denen du uns befreitest, die Vorhut der Sklavenjäger seien. Folglich kommen die letzteren nach; sie werden den heimlichen Brunnen aufsuchen, und wir können sie dort abfangen. Nun aber führst du uns fort, und zwar gerade dahin, wohin sie nicht kommen werden.«

Der Mann war so bedenklich, weil er mich nicht kannte. Doch überzeugten mich seine Einwendungen von seiner Vorsicht und von dem Ernste, welchen er der Sache widmete; darum zwang ich mich zur Geduld und erklärte ihm in ruhigem Tone:

»Deine Betrachtungen sind gerade nach vorn, nicht auch nach rechts und links gerichtet. Auf Selim können wir uns nicht verlassen; wir sind also nur drei Personen. Aus wie vielen Köpfen aber werden die Sklavenjäger bestehen? Wie nun, wenn sie so bald kämen, daß uns nicht Zeit bliebe, die Asaker kommen zu lassen? Könnten wir uns an sie wagen und sie gar, was wir doch thun sollen, gefangen nehmen? Ja, ich bin überzeugt, daß sie den heimlichen Brunnen aufsuchen; aber sie werden, weil es dort kein Wasser für sie giebt, ihn schnell wieder verlassen und vielleicht einige Reiter mit Schläuchen nach dem Bir Murat senden, um von dort Wasser zu holen. Am geheimen Brunnen dürfen wir sie nicht erwarten.«

»So brauchten wir denselben ja gar nicht aufzusuchen!«

»Du gehst zu weit! Ich wollte dort auf die Spur der Sklavenräuber kommen und habe diese Absicht vollständig erreicht. Du solltest mich also loben, anstatt mich zu tadeln. Nun ich die Fährte habe, werde ich sie nicht wieder verlieren. Es giebt zwei Wege, zwischen denen wir wählen können. Entweder lassen wir die Räuber an uns vorüber und folgen ihnen, um, falls es paßt, über sie herzufallen, oder wir reiten ihnen voraus, um uns ein zum Kampfe geeignetes Terrain zu suchen und sie dort zu erwarten. Dieses letztere halte ich für das bessere.«

»Dann müßten wir ihre Richtung wissen.«

»Die werde ich am Abend erfahren.«

»Und wenn nicht, was dann?«

»In diesem Falle können wir immer noch den erstbezeichneten Weg einschlagen.«

»Ich würde ihn überhaupt sofort wählen, denn er ist sicherer als der andere. Ich begreife nicht, daß du auf das Belauschen so versessen sein kannst.«

»Weil ich aus Erfahrung weiß, welche Vorteile es bringen kann. Es ist leicht möglich, ja sogar wahrscheinlich, daß ich viel mehr höre, als was ich erfahren will. Das, was ich erhorche, kann von großer Wichtigkeit sein. Ich bitte dich, nicht mehr zu widersprechen, denn deine Einwendungen haben keinen Erfolg. Übrigens müssen wir unser Gespräch abbrechen, denn ich sehe da draußen einen kommen, der kein anderer als Selim sein kann.«

Es tauchte nämlich jetzt am westlichen Horizonte ein weißer Punkt auf, welcher sich uns näherte. Bald erkannten wir einen Fußgänger, welcher so eilig lief, daß sein weißer Burnus wie eine Fahne hinter ihm her wehte. Es war Selim, welcher froh war, uns eingeholt zu haben, und sich darüber freute, daß mir die Befreiung der Gefangenen gelungen war. Wir brachen auf.

Unsere Gegner hatten die nordöstliche Richtung, welche direkt nach dem Bir Murat führte, eingeschlagen. Da sie nicht erfahren sollten, daß wir dasselbe Ziel hatten, hielten wir uns mehr östlich und ritten dann, als wir gewiß waren, sie überholt zu haben, auf den Dschebel Mundar zu.

Es war zur Zeit des Asr, des Nachmittaggebetes, als wir am Fuße desselben anlangten, und es fiel mir nicht schwer, den alten Onbaschi mit seinen Asakern, trotzdem sie sich versteckt hielten, aufzufinden. Er hatte dies nicht für möglich gehalten und darum einige Posten ausgestellt; ich aber traf sein Versteck, ohne auf einen dieser Leute gestoßen zu sein.

Es wurde einige Zeit ausgeruht und bei dieser Gelegenheit die Beute verteilt. Ich behielt die Karten. Was mit dem übrigen geschah, war mir gleichgültig; nur bestimmte ich, daß Selim nichts bekommen solle. Das war die Strafe für seinen Mangel an Wachsamkeit und für die Feigheit, welche er dann gezeigt hatte. Der alte Schlingel that mir eigentlich leid, doch konnte ihm diese Lehre gar nichts schaden. Eine Stunde nach Asr stiegen wir wieder auf, um, diesmal natürlich in Begleitung der Asaker, bis in die Nähe des Bir Murat zu reiten.

Es wurden über die Lage desselben schon einige Andeutungen gegeben. Wer ihn von Norden her erreichen will, der kommt durch ein Thal, welches von einem Dumpalmen-Walde bestanden ist. Nach einem langen Ritte durch die öde, dürre Wüste ruft der Anblick desselben das Entzücken des Wanderers hervor. Durch diesen Wald mußte auch Murad Nassyr gekommen sein oder noch kommen.

Der Brunnen selbst liegt in einem kleinen Thale, welches von steilen Felswänden eingeschlossen wird. Er hat sechs Löcher, welche ungefähr drei Meter tief in den lehmigen Boden gegraben sind. Das Wasser ist keineswegs rein; es schmeckt wie eine Lösung von englischem Salze und hat auch ganz dieselbe Wirkung. An dieser Stelle haben einige Beduinen ihre Zelte aufgeschlagen, um im Auftrage des Schechs den Brunnen zu bewachen und eine Abgabe zu erheben. Sie sehen elend und leidend aus und sind dürr, fast wie Skelette – eine Folge des Wassers, welches sie genießen müssen.

Der Weg von Bir Murat nach Süden führt stundenlang über Felsen und Steingeröll eine beschwerliche Schlucht aufwärts. In der Nähe dieser Schlucht hielten wir, als wir kurz vor Sonnenuntergang dort ankamen. Es gab da Plätze genug, welche uns zum Verstecke dienen konnten. Ich ging, ehe es dunkel wurde, rekognoszieren. Ich mußte später, wenn es Nacht geworden war, in die Schlucht hinabklettern und über eine halbe Stunde lang derselben folgen; das war, da ich nicht gehört werden durfte, keine leichte Aufgabe.

Der Lieutenant riet mir noch einmal von meinem Vorhaben ab, natürlich vergeblich. Als ich von meinem Orientierungsgange zurückkam, aß ich einige Datteln und ein Stück getrocknetes Fleisch, welches ich durch zwei oder drei Schluck Wassers aus dem Schlauche verdaulicher machte; dann war es dunkel geworden, und ich brach auf. –

SECHSTES KAPITEL
Die Sklavinnen

Der treue Ben Nil bat, mich begleiten zu dürfen, doch durfte ich ihm das nicht erlauben. Ich hätte ihn gern mitgenommen, denn er war nicht nur mutig, sondern auch klug und vorsichtig, und vier Augen und Ohren konnten jedenfalls mehr sehen und hören als nur zwei; aber das Terrain war zu schwierig, und er hatte im Schleichen nicht die notwendige Übung. Ein falscher Schritt konnte uns verraten.

Ich brauchte aus dem angegebenen Grunde wohl eine halbe Stunde, ehe ich von der Kante der Schlucht hinab auf die Sohle derselben kam. Die Sterne leuchteten noch nicht, und infolgedessen war das Klettern beinahe halsbrecherisch zu nennen. Dann schlich ich mich in der Schlucht abwärts, sehr oft zweifelhafte Stellen des Weges erst mit den Händen untersuchend, ehe ich den Fuß vorwärts setzte. Endlich sagte mir ein Lichtschein, daß ich dem Ziele nahe sei.

Wie bereits erwähnt, war der graue Anzug, den ich in Kairo getragen hatte, durch den Besuch der Höhle von Maabdah und der vermeintlichen Königsgräber so defekt geworden, daß ich mir in Siut einen andern gekauft hatte. Dieser war von derselben Farbe. Den hellen Haïk hatte ich im Lager gelassen. Zur Bedeckung des Gesichtes hatte ich das Kaffije bei mir, ein Kopftuch, welches zum Gebrauche für Männer ungefähr die Größe eines Quadratmeters besitzt. Es wird einmal zusammengeschlagen, so daß es zwei aufeinander liegende Dreiecke bildet, und dann mit dem Ukal, einer Schnur, so auf den Tarbusch (Fez) befestigt, daß die lange Seite nach vorn kommt und der hinten herabfallende Zipfel den Nacken schützt. Wenn es sehr heiß ist, wird unter dem Fez noch ein Schweißkäppchen getragen. Arme Leute tragen wollene oder halbwollene Kaffijen; reiche bedienen sich seidener Tücher, welche in Kairo zwölf Mark und höher pro Stück zu stehen kommen. Diese seidenen Kaffijen werden meist in Zuk und Beirut gefertigt und zeigen gewöhnlich ein blaues oder rotes Muster auf goldfarbigem oder weißem Grunde. Mein Kaffije war dunkel. Von Waffen hatte ich das Messer und die Revolver bei mir; ein Gewehr wäre mir nur hinderlich gewesen. Im Falle einer Gefahr mußte ich zunächst nach dem Messer greifen; des Revolvers durfte ich, da ich Lärm so viel wie möglich zu vermeiden hatte, mich nur notgedrungen bedienen.

Also, ich sah einen Lichtschein vor mir. Er ging von einem Feuer aus, welches durch getrockneten Kameldünger unterhalten wurde –

das einzige und ausschließliche Feuermaterial in dieser Wüste. Man geht sehr sparsam mit demselben um und läßt es nie zu einer wirklich hellen Flamme kommen. Das war natürlich ein Vorteil für mich, denn ein helles Feuer hätte mich, da das Thal des Brunnens nicht breit ist, leicht verraten können.

Das Feuer glimmte nur; daß ich es trotzdem sah, war mir ein Beweis, daß ich mich nicht weit von demselben befand. Ich band mir das Kaffije so um den Kopf, daß außer den Augen das ganze Gesicht bedeckt war, legte mich auf den Boden und kroch nun weiter.

Die bisher engen Felsenwände traten jetzt mehr auseinander, und nun sah ich vor mir und zur rechten Seite noch zwei Feuer glimmen, während das zuerst erblickte sich jetzt links von mir befand. Wohin sollte ich mich wenden? Aus den drei Feuern war zu schließen, daß drei Trupps hier kampierten. Ich wollte die Sklavenjäger belauschen; sie konnten jetzt noch nicht wohl da sein, doch war ihre Ankunft sehr bald zu erwarten. Wohin würden sie sich lagern? Jedenfalls in die Nähe des Wassers, denn es war anzunehmen, daß sie von der Fußwanderung durch die heiße Wüste sehr durstig geworden seien. Vor allen Dingen und zunächst mußte ich wissen, wer jetzt schon da war. Auf die Anwesenheit Murad Nassyrs konnte ich fast mit Gewißheit rechnen.

Ich kroch zunächst nach links hinüber, wo sich in diesem Augenblicke der leise Ton einer Rababa, einer einsaitigen Geige hören ließ. Nach wenigen Augenblicken fielen die Klänge einer Kamandscha ein. Das ist eine zweisaitige Geige, deren Schallkörper aus einer Kokosnußschale besteht. Diesen beiden Instrumenten gesellten sich eine Zammara und eine Schabbabi bei, eine Pfeife und eine Flöte von einfachster Konstruktion.

Was man vortrug, war nach unserm Begriffe keine Musik zu nennen. Es gab weder Takt noch Melodie und Harmonie. Jeder der vier Künstler strich oder blies ganz nach Belieben; aber die vier Instrumente erklangen zu gleicher Zeit, und das war für diese Leute genug, um als Konzert zu gelten. Die Dissonanzen beleidigten mein Ohr, waren mir aber dennoch sehr willkommen, da sie ein etwa von mir verursachtes Geräusch verdeckten.

Als ich näher kam, sah ich formlose Massen an der Erde liegen. Das waren Kamele und die Lasten, welche sie getragen hatten. Am Feuer saßen wohl ein Dutzend Männer; vier von ihnen gaben sich dem musikalischen Verbrechertume hin; zwei waren beschäftigt, einen Mehlbrei als Abendessen zu bereiten, und die andern sahen und hörten zu, mit großem Vergnügen, wie es schien.

Diese Leute konnten mich nicht interessieren; ich kroch also nach rechts, wo ich bald einige Zelte erblickte. Die nähere Untersuchung belehrte mich, daß es diejenigen der Ababdeh-Beduinen seien, denen die Beaufsichtigung des Brunnens anvertraut war. Auch hier hatte ich nichts zu suchen, und so schob ich mich auf den Knieen und Fingerspitzen nach dem dritten Feuer. Dieses glimmte vor einem Zelte, in dessen Nähe ein zweites stand. Zwei weibliche Gestalten hockten daran: auch sie waren mit der Bereitung des Abendessens beschäftigt. Eben bückte sich die eine nieder, um das fast verlöschende Feuer anzublasen; dadurch wurde ihr Gesicht beleuchtet. Das war Fatma, die Lieblingsdienerin und Köchin, deren Haare ich im Pillaw gefunden hatte! Die beiden Zelte gehörten also meinem feindlichen Freunde Murad Nassyr. Das eine war für seine Schwester und deren Dienerinnen bestimmt, und in dem andern wohnte jedenfalls er selbst. Als ich mich demselben näherte, sah ich ihn mit seinen Kameltreibern, welche er in Korosko gemietet hatte, vor dem Eingange sitzen.

Auch hier hatte ich nichts zu schaffen, denn was er mit seinen Führern sprach, konnte mir sehr gleichgültig sein. Wohin also nun? Ja, wenn ich gewußt hätte, ob die Erwarteten am Brunnen bleiben würden! Dieser lag in der Nähe des zweiten Feuers. Am besten schien es mir, mich dorthin zu wenden. Schon drehte ich mich um, diesen Vorsatz auszuführen, als ich den Schritt eines nahenden Kameles vernahm.

Der Reiter desselben schien die Örtlichkeit genau zu kennen, sonst wäre er in der Finsternis wohl langsamer geritten. Jedenfalls wollte auch er zum Brunnen. Aus dem Schalle der Huftritte hörte ich, daß er schneller war, als ich es sein konnte. Es war mir unmöglich, den Brunnen vor ihm zu erreichen und mich dort zu verstecken; ich befand mich gerade auf seinem Wege und sah mich also gezwungen, zur Seite auszuweichen. Aber wohin? Hinter Murad Nassyrs Zelt, welches ganz nahe an dem Felsen stand. Ich schnellte mich also zur Seite, und da ertönte auch schon die Stimme des Ankömmlings: »Heda, Wächter! Wo ist eure Leuchte?«

Diese Stimme kam mir bekannt vor. Wo hatte ich sie gehört? Es fiel mir nicht sofort ein. Ich wußte, daß man den Mann mit Licht empfangen werde, und mußte mich auf das schnellste unsichtbar machen. Ich schlich mich also hinter das erwähnte Zelt, fühlte mich da aber, wenigstens zunächst, gar nicht gut aufgehoben. Zwischen dem Zelte und der nahen Felsenwand gab es nämlich ein dichtes Strauchwerk, und als ich unter dasselbe kroch, bemerkte ich, daß es stachelige Mimosen waren. Aber ich war nun einmal da und mußte, wenn ich sicher sein wollte, immer tiefer hinein. Das war zunächst unangenehm, denn die spitzen Stacheln drangen durch mein Gewand, durch das Gesichtstuch und stachen mich auch in die nackten Hände, aber außerdem auch gefährlich, denn es waren hier Skorpionen zu vermuten. Vielleicht gab es da sogar Assalehs, welche die giftigsten Schlangen der Wüste sind. Der Biß einer solchen wäre unter den gegenwärtigen Verhältnissen für mich absolut tödlich gewesen. So geht es, wenn man zum Besten fremder Menschen in der Wüste und in den Oasen herumkriecht, zumal des Nachts!

Jetzt war ich gut versteckt und konnte um das Zelt bis zu Murad Nassyr blicken. Auf den Ruf des Neuangekommenen hatten die Brunnenwächter eine aus Palmenfaser und Harz gefertigte Fackel geholt; sie wurde an dem angeblasenen Feuer angezündet und dann, als sie brannte, emporgehalten. Die Flamme beleuchtete einen weiten Kreis, glücklicherweise aber das Mimosengestrüpp nicht mit. Der Reiter stieg ab. Er wendete mir den Rücken zu. Die Wächter kreuzten die Arme und verbeugten sich tief. Er mußte ein sehr vornehmer oder sehr frommer Mann sein. Jedenfalls war es auffällig, daß er keinen Führer, keinen Begleiter hatte, und des Nachts allein durch die Wüste ritt. Jetzt drehte er sich zur Seite. Murad Nassyr erblickte sein Gesicht, sprang sofort auf und rief: »Abd Asl! Bei Allah ist alles möglich; aber wie konnte ich ahnen, dich hier zu sehen?«

Der andere drehte sich bei diesem Rufe vollends um, und nun sah auch ich seine Züge. Wahrhaftig, es war Abd Asl, der »heilige Fakir«, welcher mich und Selim in den Brunnen bei Siut gelockt hatte, um uns in demselben umkommen zu lassen! Es zuckte in meinen Armen und Beinen, zu ihm hinzueilen, um Abrechnung mit ihm zu halten; aber das durfte ich nicht. Also darum war mir vorhin seine Stimme bekannt vorgekommen!

»El Ukkazi!« antwortete er im Tone des Erstaunens. »Sehen meine Augen recht? Du bist hier beim Bir Murat? Allah hat dich hergeführt, denn ich habe mit dir zu sprechen.«

Er schritt auf Murad Nassyr zu und reichte ihm die Hand. Dieser schüttelte sie und entgegnete:

»Ja, Allah fügt dieses Zusammentreffen. Meine Seele freut sich deines Angesichtes. Du bist allein, und ich habe Dienerinnen bei mir. Sei mein Gast, und setze dich zu mir!«

Der Fakir nahm diese Einladung an. Er befahl den Wächtern, seinem Kamele den Sattel abzunehmen und es zu tränken, und ließ sich an der Seite des Türken nieder. Ich hatte jetzt doppelt Ursache, mich zu wundern. Erstens war sein Kamel, wie ich beim Scheine der Fackel sah, ein noch wertvolleres Reitkamel als das meinige. Wie kam dieser Fakir, der als solcher doch ein Armer war, zu einem so kostbaren Tiere? Und zweitens hatte er den Türken nicht Murad Nassyr, sondern El Ukkazi genannt. Ukkazi heißt Krücke und wird auch in der Bedeutung von Krüppel gebraucht. Woher hatte der Türke diesen Beinamen? Er besaß doch ganz gesunde Glieder!

Er ging selbst in das Zelt, um dem Fakir einen Tschibuk zu holen. Dieser hatte mir in Siut gesagt, daß er niemals rauche; jetzt aber nahm er die Pfeife an und qualmte bald wie einer, der auf Kontrakt zu rauchen hat. Jetzt war ich dem stacheligen Gebüsch nicht mehr gram. Ich lag höchstens fünf Schritte von den beiden entfernt und durfte hoffen, Interessantes zu hören.

Sie wechselten zunächst die allgebräuchlichen Redensarten; dann wurde gegessen, und die Kameltreiber zogen sich zurück. Als das Mahl eingenommen worden war, sah der Fakir sich forschend um und sagte:

»Was ich mit dir zu sprechen habe, ist nicht für jedermanns Ohr. Du hast ein Harem bei dir; können unsere Worte in demselben gehört werden?«

»Die Tochter meines Vaters bewohnt das Zelt; sie kann alles hören; aber ihre Sklavinnen sind bei ihr, und so ist es besser, wenn wir in das meinige gehen.«

Sie begaben sich in das Zelt, hinter welchem ich lag. Drin war es vollständig dunkel. Die Brunnenwächter hatten die Fackel wieder verlöscht; nun war es auch im Freien wieder finster, doch begannen die Sterne nach und nach heller zu glänzen. Ich schob mich bis an das Zelt und horchte. Sie sprachen drin, aber nur halblaut, und die Leinwand ließ ihre Worte nicht deutlich zu mir dringen. Ich wollte und mußte aber hören; darum versuchte ich, die Zeltwand zwischen zwei Pfählen emporzuheben. Es ging, und zwar so gut, daß ich den Kopf hindurchstrecken konnte. Zu sehen vermochte ich die beiden nicht, ihren Stimmen aber entnahm ich, daß ich sie mit dem ausgestreckten Arme hätte erreichen können. Schade, daß ich den Anfang ihres Gespräches nicht gehört hatte, denn kein anderer als ich selbst war der Gegenstand desselben! Das hörte ich sofort aus den Worten des Fakirs:

»Da muß ich dich vor einem Menschen warnen, welcher mit dem Reïs Effendina im Bunde steht und zu ihm hinauf nach Chartum will, um Sklavenhändler abzufangen.«

»Solltest du denselben meinen, den auch ich kenne?« fragte Murad Nassyr. »Ich weiß einen, vor dem ich auch dich zu warnen habe.«

»Wer ist er?«

»Ein Giaur aus Almanja.«

»Allah! Es ist derselbe, von dem ich sprechen wollte. Wo hast du ihn kennen gelernt?«

»In Kahira sah ich ihn wieder; aber ich habe ihn schon vorher in Dschezair, gesehen. Daß und wie du mit ihm zusammengetroffen bist, das weiß ich ganz genau, denn er selbst hat es mir in Siut erzählt.«

»So trafst du ihn nicht bloß in Kahira, sondern auch dann in Siut?«

»Er wartete in Siut auf mich, denn er sollte mich nach Chartum und von da aus weiter den Bahr el Abiad hinauf begleiten. Er ist ein kluger und verwegener Kerl und wäre für uns so unbezahlbar gewesen, daß ich ihm die jüngere Tochter meines Vaters angeboten habe.«

»Allah kerihm! Wie konntest du das thun! Nun ist er dein Freund und Schwager, und ich darf mich nicht an ihm rächen.«

»Nichts ist er, gar nichts weiter, als mein ärgster Feind, Er hat mein Anerbieten abgeschlagen.«

»Ist das möglich! Das wäre ja eine Beleidigung, welche nur mit Blut abgewaschen werden kann!«

»Ja, das ist sie, und dreimal wehe ihm, wenn er in meine Hand gerät! Doch vor allen Dingen muß ich dir genau und ausführlich erzählen, wie und warum ich ihn an meine Seite gezogen habe.«

Sein Bericht umfaßte alles Geschehene bis zu unserer Entzweiung in Korosko. Als er bei den Versprechungen ankam, welche er mir gemacht hatte, meinte der Fakir zornig:

»Dein Kopf ist krank gewesen! Wie konntest du ihm beides versprechen, deine Schwester und Reichtum! Keins von beiden gehört ganz dir! Mein Sohn hat teil an allem, was dir gehört. Du bringst ihm jetzt die ältere Tochter deines Vaters. Wie konntest du da die jüngere diesem räudigen Giaur versprechen, den Allah verbrennen und verdürsten lassen möge! Wie darf ein solcher Hund die Schwester eines Weibes haben, welches meinem Sohne gehört!«

»Bedenke seine Eigenschaften!«

»Was gehen sie mich an, wenn er ein Giaur ist!«

»Ich stellte ihm ja die Bedingung, zum Islam überzutreten!«

»Das zu thun, fällt diesem Schakale niemals ein. Ich bin ihm von Gizeh aus gefolgt, ohne daß er es ahnte. Die Kadirine hatte ihn in meine Hand und in die Hand des Gauklers gegeben. Dein Selim, welcher kein Hirn besitzt, war, ohne es zu wissen, unser Verbündeter. Dieser Mensch sollte schon in Maabdah zu Grunde gehen; aber da der Stallmeister des Pascha sich bei ihm befand, mußte ich eine andere Gelegenheit herbeiführen. Selim hatte zu viel erfahren und mußte also auch zum Schweigen gebracht werden. Darum lockte ich beide in den alten Brunnen und war, ebenso wie der Gaukler, überzeugt, daß sie denselben nie wieder verlassen würden. Aber der Scheitan scheint mit ihnen im Bunde zu stehen und ihnen einen uns unbekannten Ausweg gezeigt zu haben. Sie entkamen, und ich mußte schleunigst fliehen, um ihrer Rache zu entgehen. Die Konsuls dieser fremden Hunde sind mächtiger als der Khedive selbst. Erst nach einiger Zeit wagte ich es, nachzuforschen, und erfuhr, daß der Giaur mit Selim auf einem Sandal, welcher Et Tahr heißt, nilaufwärts gefahren sei.«

»Das war mein Schiff; ich hatte es gemietet.«

»Das wußte ich nicht. Ich hatte überhaupt keine Ahnung davon, daß du dich schon wieder in Ägypten befindest. Du wolltest die Tochter deiner Mutter viel später bringen.«

»Und ich ahnte bisher nicht, daß du zur Kadirine gehörst. Darum freute ich mich, daß es diesem Giaur gelang, mich von den Gespenstern zu befreien.«

»Das war ein Eingriff in unsere Geheimnisse. Dann wurde auf seine Veranlassung unsere Sklavendahabije konfisziert. Beides mußte er mit dem Leben büßen. Er entkam uns. Wenn er erzählt, was geschehen ist, können wir uns auf Schlimmes gefaßt machen; er muß also verschwinden. Dazu kommt, daß er auch dich tödlich beleidigt hat. Ich werde ihn zerschmettern!«

»Ganz dasselbe habe auch ich ihm angedroht; er aber hat mich verlacht.«

»Laß ihn lachen! Wir werden ihn erreichen. In kurzer Zeit wird er sich zwischen mir und dem Gaukler befinden und sicher einem von uns in die Hände laufen. Jener folgt ihm auf dem Nile, und ich ließ mir von einem Freunde das schnellste Reitkamel geben, um nach Abu Hammed zu gehen. Dort erwarte ich ihn; der Gaukler treibt ihn mir zu.«

»Da täuschest du dich. Wie kannst du denken, daß er sich auf meinem Sandal befinde! Er hat mich beleidigt; wir sind Todfeinde; meinst du, daß ich ihm da erlauben werde, mein Schiff zu benutzen?«

Das Gesicht des Fakirs zeigte jetzt sicher den Ausdruck größter Enttäuschung; ich konnte es nicht sehen; dafür hörte ich ihn im Tone tiefer Betroffenheit sagen:

»Wie! Er ist nicht auf dem Sandal! So befinden wir uns also auf falscher Fährte?«

»Ja. Er ist euch abermals entgangen. Du hast recht; dieser Giaur steht mit dem Scheitan im Bunde.«

»Aber wohin ist er? Weißt du es vielleicht?«

»Ich weiß es nicht, kann es auch nicht erraten; aber ich glaube, daß er eher als du in Abu Hammed sein wird – wenn er überhaupt dorthin zu gehen beabsichtigt. Es hatte den Anschein, als ob er von Korosko nach Korti wolle, um von dort aus durch die Bajuda-Wüste direkt nach Chartum zu gehen.«

»Woraus schließest du das? Hat er vielleicht ein unbedachtes Wort darüber fallen lassen? Warst du bei seiner Abreise zugegen?«

»Nein. Ich ritt eher fort als er; aber er kam mir sehr bald nach. Es war mir das unerklärlich. Er saß mit dem Lieutenant des Reïs Effendinavor dem Thore des Chans und – –«

»Mit wem?« unterbrach ihn der Fakir. »Der Reïs Effendina hat seinen Lieutenant nach Korosko geschickt?«

»Ja. Der Lieutenant nahm mich vor und behauptete, mich zu kennen. Er hatte recht, doch leugnete ich. Meines Bleibens konnte keinen Augenblick länger sein, und so mietete ich die ersten besten Kamele und machte mich aus dem Staube. Bald darauf kam der Giaur mit dem Lieutenant nach. Sie ritten Prachtkamele und hatten Selim und Ben Nil bei sich.«

»Ben Nil? Allah, Allah! Ich kannte einen dieses Namens, der ist aber tot.«

»Ein Matrose aus Gubator?«

»Ja. Wie kommst du dazu, diesen Ort zu nennen?«

»Weil ich von demjenigen spreche, den du für tot hältst. Du hast ihn, wie er mir selbst erzählte, in den Brunnen gelockt; aber dieser deutsche Ungläubige hat ihn befreit und mit sich genommen.«

»Das – ist – – nicht möglich!« hörte ich den Fakir beinahe lallend sagen.

»Es ist ganz genau so, wie ich es dir erzähle. Ben Nil ist der Diener des Giaur geworden.«

»Allah kerihm! Das ist zu viel! Da sind ja alle drei, welche sterben sollten, beisammen! Und wir hatten doch alle Vorsichtsmaßregeln getroffen? Das ist schon wieder einer mehr gegen uns. Aber noch fürchte ich mich nicht. Ich habe die Macht in den Händen, sie alle zu verderben, und ich schwöre bei dem Propheten und seinem Barte, daß ich es thun werde. Ich werde ihnen folgen; ich werde sie jagen, und sollte ich bis an den Bahr el Ghazal gehen. Ich suche meinen Sohn auf, und finde ich selbst sie nicht, so gebe ich sie in seine Hände. Hast du denn gar keine Ahnung, wo sie zu treffen sind?«

»Nein. Sie folgten der Karawanenstraße nur eine kurze Strecke weit; dann sind sie, wie die Spuren zeigten, nach rechts abgeritten.«

»So muß ich mich beeilen, nach Abu Hammed zu kommen. Sind sie nicht dort, so sende ich Boten nach Berber, nach Korti und auch nach Debbeh. An einem von diesen Orten muß ich wenigstens eine Spur von ihnen finden.«

»Das ist mir leid. Ich freute mich, als ich dich sah, denn ich glaubte, daß wir nun miteinander reisen würden.«

»Das ist nicht möglich. Du hast das Harem bei dir und kannst nur langsam reisen; mir aber thut nun die höchste Eile not. Wann sind sie von Korosko fort?«

»Arn Montag früh.«

»Und heute ist Donnerstag. Du sagtest, daß sie gute Reitkamele ritten; da haben sie einen großen Vorsprung, den ich unbedingt einholen muß. Ich – –«

Seine folgenden Worte konnte ich nicht hören, denn es ließ sich wieder Hufschlag hören, und eine laute Stimme rief-

»Auf, ihr Wächter, ihr Bewahrer des Brunnens! Zündet die Leuchte an, denn wir brauchen Wasser!«

Ich zog den Kopf unter dem Zelte hervor und versteckte mich wieder in das Gesträuch. Die Sterne leuchteten heller als vorhin, und ihr Schein war hinreichend, mich sehen zu lassen, daß nicht nur ein Kamelreiter, sondern ein ganzer Trupp angekommen war. Sie ließen ihre Tiere niederknien und stiegen im Finstern ab. Es wurde eine Fackel angebrannt, und nun konnte ich sieben Männer Zählen, welche auf fünf Tieren gekommen waren. Dieses Verhältnis der Zahl der Reiter zu derjenigen der Kamele befremdete mich anfangs, doch konnte ich es bald erklären, denn ich erkannte – – die vier Sklavenjäger, welchen ich die Freiheit gelassen hatte.

Die andern drei waren von der Haupttruppe der Sklavenjäger abgeschickt worden, um auf fünf Kamelen beim Bir Murat Wasser zu holen, und hatten unterwegs ihre verunglückten Kameraden getroffen. Nun war es gewiß, daß ich mich nicht geirrt hatte; die vier gehörten zu den Frauenräubern, welche wir suchten. Die letzteren hatten wirklich den nördlichen Weg eingeschlagen und mußten uns nun in die Hände fallen.

Das freute mich natürlich; um so weniger befriedigte mich meine gegenwärtige Situation. Ich war gekommen, um die Sklavenjäger zu belauschen, und steckte nun hier hinter dem Zelte fest. Sie hielten sich jedenfalls nicht lange auf, und ich fand höchst wahrscheinlich keine Gelegenheit, mich ihnen zu nähern. So dachte ich; aber glücklicherweise gestalteten sich die Umstände günstiger, weit günstiger, als ich hoffen durfte.

Murad Nassyr war nämlich mit dem Fakir aus dem Zelte getreten, um einen Blick auf die Ankömmlinge zu werfen. Da rief der erstere überrascht:

»Allah, Allah! Abermals ein Wunder! Das ist ja wieder ein Freund, den meine Augen erblicken!«

Und der andere stimmte bei:

»Ja, es ist ein Freund, den wir hier unmöglich erwarten konnten. Malaf, nahe dich uns, um aus unserm Becher zu trinken und eine Pfeife des Willkommens mit uns zu rauchen!«

Malaf drehte sich zu ihnen um. Es war der Anführer der Leute, denen ich ihre Gefangenen abgenommen hatte.

»El Ukkazi und Abd Asl, der Vater unsers Gebieters!« rief er erstaunt. »Allah gebe euch Gnade und Glück zu jedem eurer Schritte! Erlaubt eurem Diener, euch zu begrüßen!«

Er trat zu ihnen und machte eine sehr respektvolle Verneigung.

»Bist du zufällig hier?« erkundigte sich der Fakir.

»Nein. Wir holen Wasser für eine Karwan er Reqiq.«

»So befiehl deinen Leuten, die Schläuche zu füllen, und komme, während sie dies thun, zu uns in das Zelt! Ich möchte dich nach meinem Sohne fragen.«

Diese Worte waren mir lieber, als wenn mir jemand tausend Mark geschenkt hätte, denn ich war nun überzeugt, nicht nur das, was ich ursprünglich wissen wollte, sondern auch noch andere Dinge von höchster Wichtigkeit zu erfahren.

Die Fackel brannte noch und wurde während des Füllens der Schläuche wohl auch nicht ausgelöscht. Das hätte leicht störend wirken können, allein ich bemerkte zu meiner Freude, daß das Gestrüpp dicht und auch breit genug war, mich vollständig zu decken. Ich konnte den Kopf wieder unter die Zeltwand stecken, ohne daß man meinen Körper von außen dabei zu sehen vermochte.

Malaf gehorchte der an ihn ergangenen Aufforderung; er gab seinen Männern die betreffende Anweisung und kam dann in das Zelt. Als ich mit dem Kopfe in das Innere desselben gelangte, stand er im Begriff, sich niederzusetzen. Ich konnte alle drei ziemlich deutlich erkennen, da die Eingangsmatte offen stand und von der Fackel ein Lichtschein hereindrang. Als Malaf Platz genommen hatte, sagte der alte Fakir:

»Ich glaubte euch jetzt am obern weißen Nil. Ist der Fang so schnell gegangen und war der Transport so leicht, daß ihr jetzt schon hier sein könnt?«

»Wir waren gar nicht am Bahr el Ghazal, sondern haben die Richtung nach Westen eingeschlagen.«

»Also nach Kordofan? Dort giebt es doch nichts zu holen!«

»Wir waren weiter.«

»Nach Dar-fur also? Wie kommt das? Wer kauft Sklaven, welche dort geboren sind? Früher, ja, aber jetzt nicht mehr.«

»Wir waren weder in Kordofan noch in Dar-fur, sondern wir haben arabische Frauen und Mädchen geholt.«

»Allah! Arabische Beduininnen?«

»Ja.«

»Aber das sind doch Anhängerinnen des wahren Glaubens, welche nicht verkauft werden dürfen?«

»Frage sie,« lachte Malaf, »und sie werden dir sagen, daß sie den Islam gar nicht kennen.«

»So ist es recht! Ihr seid kluge Geschäftsleute. Die Furcht vor der Strafe wird sie, wenn es gilt, zu Heidinnen machen. Aber von welchem Stamme habt ihr sie geholt?«

»Von demjenigen, welcher seiner schönen Frauen wegen berühmt ist, nämlich von dem der Fessarah.«

»Beim Barte des Propheten, das war sehr viel gewagt. Die Krieger der Fessarah sind als sehr tapfere Männer bekannt, und der Raub ihrer Frauen und Mädchen wird euch das Leben vieler Leute gekostet haben.«

»Es ist kein einziger verwundet oder gar getötet worden. Ihre Krieger waren alle nach dem Dschebel Modjaf geritten, um eine große Fantasia dort abzuhalten, und die Frauen befanden sich also mit den Kindern und Greisen ganz unbeschützt im Duar. Wir umzingelten denselben, suchten gegen sechszig der Schönsten aus und töteten alle übrigen, damit niemand über uns berichten könne.«

»Und unterwegs? Habt ihr da auch Glück gehabt?»

»Ganz ebenso. Wir hatten schon auf dem Hinzuge stets gute Kundschafter vor uns, um alle Begegnungen zu vermeiden, und thaten das auf dem Rückwege ebenso. Ein Wüstensturrn verwehte unsere Spuren, so daß jetzt kein Mensch weiß, wer die Jäger gewesen sind.«

»Wer hat diesen Plan ausgesonnen?«

»Wer anders als Ibn Asl ed Dschasuhr, dein Sohn, unser Gebieter.«

»Ja, das konnte ich mir denken. Er ist der berühmteste Sklavenjäger, und ich bin stolz auf ihn. Aber wie kam er auf den Gedanken, Beduininnen zu holen? Es ist dies das größte Wagnis, welches er bisher unternommen hat. Wenn entdeckt wird, daß er es war, treten nicht nur die weltlichen Richter, sondern auch die Religionslehrer gegen ihn auf, und dann kann es ihm schlimm ergehen.«

»Es wird nichts verraten werden. Unsere Leute erhalten einen so guten Anteil, daß keiner von ihnen den Mund öffnet, um den Anführer zu bezeichnen. Einer unserer Abnehmer in Stambul bat um Araberinnen. Er schrieb, Negerinnen seien zu häßlich und die Cirkassierinnen ständen jetzt nicht in der Mode. Araberinnen hat man noch nicht in den Handel gebracht, und da die Töchter der Wüste etwas so seltenes sind, stand ein sehr lohnendes Geschäft zu erwarten.«

»Nach Stambul also! Welchen Weg werdet ihr nehmen?«

»Wir sind durch das Wadi Melk und Wadi el Gab gekommen, bei der Insel Argo über den Nil gegangen und wollen nun nach dem Vorgebirge Rauai, Dschidda gegenüber. Dort wird das Schiff unsers Abnehmers anlegen und die Ware in Empfang nehmen.«

Diese Worte bestätigten auf das Genaueste meine Vermutungen. Gegen sechzig Sklavinnen! Und darüber ging der alte Fakir mit der größten Ruhe hinweg. Wie hatte mir in Maabdah und Siut sein ehrwürdiges Gesicht gefallen. Er wurde als Heiliger verehrt und war doch ein Scheusal. Ein Fakir, ein Marabut, und doch billigte er ohne den geringsten Vorbehalt den Raub von sechzig Muhammedanerinnen! Da steckte ein Teufel in der Maske eines Heiligen.

»Jetzt aber die Hauptsache,« fuhr er fort. »Mein Sohn ist doch bei euch?«

»Ja. Er reitet mit bis Ras Rauai, um dort das Geld in Empfang zu nehmen.«

»Nach dem Bir Murat kommt er nicht?«

»Nein, denn er soll am allerwenigsten gesehen werden. Du weißt, daß wir einige geheime Brunnen in der Wüste haben; das erleichtert es uns, unbemerkt zu bleiben. Aber sechzig Sklavinnen, fünfzig Begleiter und die dazu gehörigen Tiere bedürfen viel Wasser. Dennoch hätten wir uns nicht hierher zu wenden gebraucht, wenn unser letzter geheimer Brunnen nicht von andern entdeckt und geleert worden wäre.«

»Wie kann man einen solchen Brunnen entdecken!«

»Auch ich habe es für sehr schwierig gehalten. Der Zufall muß diesem Christenhunde günstig gewesen sein.«

»Einem Christen? Du hast einen Giaur in der Wüste am Brunnen getroffen?«

»Einen verfluchten Schakal mit seinen Begleitern. Aber dieser Schakal war nicht feig, sondern verwegen wie ein hungriger Panther. Er hat uns nicht nur die beiden Gefangenen, sondern auch alles, was wir nicht auf dem Leibe trugen, abgenommen.«

»Ich verstehe dich nicht; ich entnehme aus deiner Rede nur, daß euch ein seltsamer Unfall widerfahren ist. Erzähle also, was geschehen ist!«

Malaf gehorchte. Er hielt sich ganz genau an die Wahrheit und sagte kein Wort zu wenig oder zu viel. Er stellte meine Unerschrockenheit ins Licht, freilich nicht aus Gerechtigkeit, sondern aus Klugheit. je höher er mich ernporhob, desto geringer wurde die Veranlassung, ihm Vorwürfe zu machen. Ibn Asl ed Dschasuhr war an dem heimlichen Brunnen angekommen und hatte dort kein Wasser gefunden. Darum hatte er Leute mit Kamelen und Schläuchen nach dem Bir Murat gesandt, und diese waren auf Malaf und dessen Begleiter getroffen. Nun wollten sie hier schöpfen und mit Anbruch des Morgens fortziehen.

Die beiden Zuhörer hatten den Erzähler nicht unterbrochen; jetzt fragte Murad Nassyr:

»Wie viele Männer hatte der Giaur bei sich?«

»Zwei.«

»Wer waren sie? Woher kamen sie, und wo wollten sie hin?«

»Auch das kann ich nicht sagen, denn die Schurken haben keine meiner Fragen beantwortet.«

»Sollte es der deutsche Giaur gewesen sein? Beschreibe ihn und die beiden andern einmal genau!«

Malaf kam dieser Aufforderung nach; er beschrieb erst den Lieutenant, dann Ben Nil und endlich mich.

»Er ist's, er ist's!« rief der Fakir aus, und der Türke stimmte ihm bei. »Es kann kein anderer sein; ein Irrtum ist unmöglich. Und die beiden andern waren Ben Nil und der Lieutenant des Reïs Effendina. Da fehlt aber Selim. Wo mag er geblieben sein?«

»Die Frage ist sehr leicht zu beantworten,« meinte Murad Nassyr. »Selim ist ausgerissen; er hat sich versteckt. Der Halunke nennt sich den obersten der Helden und ist doch der größte Feigling, den man sich denken kann.«

»Sollte er sich wirklich in der Nähe befunden haben?«

»Ganz gewiß, denn sein Kamel war ja da und ist mit erbeutet worden. Nur der Deutsche war abwesend, ist später an den Brunnen zurückgekehrt und dann den Spuren gefolgt. Vielleicht hat Selim ihn erwartet und ihm das Geschehene mitgeteilt. Das alles ist mir sehr klar; was aber hat der Ungläubige mitten in der Wüste am geheimen Brunnen zu suchen? Das möchte ich wissen.«

»Ich will es dir sagen,« antwortete der Fakir. »Er weiß, daß wir ihm nach dem Leben trachten, und reitet nicht den gewöhnlichen Karawanenweg, um sich unsern Nachforschungen zu entziehen.«

»Was aber will der Lieutenant bei ihm?«

»Dieses Zusammentreffen ist ein reiner Zufall und ebenso ihr Halten am Brunnen.«

»Woher hat er so schnell die guten Kamele für sich, Selim und Ben Nil bekommen?«

»Das ist mir freilich ein Rätsel. Zu bekommen sind sie nicht schwer, wenn man gut bezahlen kann; aber das kann er nicht, denn er hat kein Geld. Er hat dir das, was du ihm schenktest, zurückgeben müssen.«

»Das ist richtig, und ich weiß, daß er nicht mehr besaß, als zur Rückkehr in seine Heimat nötig ist. Dazu kommt noch ein anderes. Wer Kamele borgt, muß den Besitzer oder einen Beauftragten desselben mitnehmen; es war aber niemand dabei, folglich sind die drei Kamele nicht geliehen. Aber gekauft kann er sie noch viel weniger haben.«

»Vielleicht hat er sie von der Weide geholt, also gestohlen!«

»Nein. Der Kerl ist ein Hund, ein Christ, aber er würde lieber sterben als stehlen. Ich halte ihn sogar für einen Mann, welcher lieber hundert Piaster giebt, als daß er sich einen ohne Gegenleistung schenken läßt. Daß er sich in dem Besitze dreier Reitkamele befindet, und zwar so kurze Zeit, nachdem ich nur Lasttiere bekommen konnte, das ist mir unbegreiflich . Doch mag dem sein, wie ihm wolle, ich kann nur zur Vorsicht raten. Wir müssen deinen Sohn warnen.«

»Das halte ich für unnötig. Meinst du, daß der Deutsche es wagen würde, mit dem berühmten Ibn Asl ed Dschasuhr anzubinden?«

»Warum nicht? Er hat noch ganz anderes gewagt.«

»Aber er ahnt von der Gegenwart meines Sohnes nicht das mindeste!«

»Täusche dich nicht! Ich hörte in Dschezair von ihm erzählen, und er selbst hat mir manches Erlebnis mitgeteilt, freilich kurz und schlicht, aber ich konnte zwischen den Worten lesen. Dieser Mensch hat einen Geruch wie ein Geier und ein Auge wie ein Adler.«

»So besitzt er also auch Glück im Erraten.«

»Nein; er errät nichts, sondern er berechnet alles. Ihm kommen Gedanken, die ein anderer niemals haben würde. Wenn ich mir diesen Halunken, sein Wesen, seine ganze Art und Weise vergegenwärtige, so möchte ich schwören, daß er jetzt irgendwo sitzt und über uns lacht. Er hat es sich ausgerechnet, daß eine Sklavenkarawane im Anzuge ist, und weiß vielleicht sogar, wo dieselbe jetzt hält.«

»Das ist unmöglich. Und selbst wenn er es wüßte, was könnte es schaden! Oder meinst du, daß es ihm einfallen könne, der Karawane zu folgen?«

»Warurn. nicht? Dieser Hund fängt eben alles anders an als wir.«

»Vier Personen gegen fünfzig. Es wäre lächerlich!«

»Nein. Nehmen wir den Fall an, daß er der Karawane heimlich folgen will. Er würde sehr bald bemerken, daß Ras Rauai ihr Ziel ist. Wenn er dann schnell voranreitet, nach Dschidda überfährt und die dortigen Christen-Konsule benachrichtigt, so werden deinem Sohne die Sklavinnen weggenommen, und ihm bleibt, um der Strafe zu entgehen, kein anderer Weg als nur die Flucht.«

»Bei allen Teufeln des Abgrundes, da hast du recht! Ich muß meinen Sohn warnen, denn so etwas ist diesem Giaur zuzutrauen, und wenn er es auch nur thäte, um sich an mir zu rächen.«

»An dir? Wie konnte er dabei an dich denken!«

»Er weiß ja, daß ich der Vater des berühmten Sklavenhändlers bin. Es entfuhr mir, daß Ibn Asl jetzt der größte Sklavenhändler sei. Das war auf dem Wege nach dem Brunnen, in welchem er verschmachten sollte. Ich war also der Überzeugung, daß meine Mitteilung keine Folgen haben könne. Nun hat er gewiß erfahren, daß ich Abd Asl heiße. Abd Asl und Ibn Asl, diese beiden müssen unbedingt Vater und Sohn sein; das ist ganz selbstverständlich.«

»Dann hast du freilich allen Grund, deinen Sohn zu warnen, und zwar so schnell wie möglich. Auch ich muß mit ihm reden. Er ahnt nicht, daß wir uns in seiner Nähe befinden und daß ich seine zukünftige Sitti bei mir habe. Er will schon früh aufbrechen und muß sich nun erst recht beeilen. Darum müssen wir noch in dieser Nacht mit ihm reden. Ich muß wissen, wohin ich meine Schwester führen soll, und habe außerdem eine Bestellung auf Sklaven mit ihm zu besprechen. Wo lagert er?«

»Nicht allzuweit von hier, gegen Norden, am Rande des Palmwaldes,« antwortete Malaf, an den diese Frage gerichtet war.

»Und ihr sollt bis früh hier bleiben?«

»Bis zum Morgengrauen. Dann verlassen wir den Brunnen südwärts, wenden uns aber bald nach Nordost, wo wir in der Richtung auf Wadi el Berd mit Ibn Asl zusammentreffen.«

»Soll in diesem Wadi gelagert werden?«

»Ja. Wir wollen es morgen abend erreichen. Es giebt dort Wasser.«

»Und ich habe dieses Wadi stets für wasserlos gehalten,« meinte der Fakir.

»Das ist es nicht, freilich nur für den Kenner. Es giebt ungefähr in der Hälfte seiner Länge an einer Felsenwand ein Loch, welches noch lange nach der Regenzeit Wasser hält. Wir haben es mit einer Steinplatte zugedeckt und Geröll darauf geworfen, so daß ein Fremder es nicht entdecken kann. Einer von unsern Leuten fand es vor mehreren Jahren. Er. sah drei Gaziah-Bäume stehen und schloß aus deren Vorhandensein auf Wasser. Sie stehen noch, aber da wir oft dort verkehren, so haben unsere Kamele die Zweige und die Rinde abgefressen, und die Bäume sind verdorrt.«

Diese Mitteilung wurde nur so nebenbei gemacht, war aber für mich von außerordentlicher Wichtigkeit. Sie konnte die Grundlage meines Kampfplanes bilden. Hätten die drei geahnt, daß ich hinter ihnen lag und alles hörte!

»Ich bin unruhig und auch besorgt geworden,« wendete der Fakir sich an Malaf. »Willst du uns jetzt sofort zu meinem Sohne führen?«

»Das geht nicht an. Wollten wir drei den Brunnen auf eine längere Zeit verlassen, so würde dies auffallen, und das muß ich vermeiden. Wir haben zwar von Seite derer, die hier lagern, gar nichts zu befürchten, aber es ist auf alle Fälle viel besser, wenn von unserer Karawane gar nicht gesprochen, ja gar nichts vermutet wird.«

»Wie lange soll ich warten?«

»Bis man schläft. Dann hole ich euch ab, und wir schleichen uns heimlich fort. Es kann schon Aufmerksamkeit erregen, daß ich jetzt so lange bei euch bin; darum werde ich mich entfernen und zu meinen Leuten gehen.«

»Thue es; aber sage uns vorher, ob du vielleicht bemerkt hast, daß der Deutsche euch folgte!«

»Wir sahen von weitem, daß er sich mit den zwei befreiten Gefangenen niedersetzte. Dann gingen wir, um möglichst schnell Bir Murat zu erreichen, wo, wie wir wußten, unsere Wasserholer uns treffen würden. Ich bin überzeugt, daß er sich gar nicht weiter um uns bekümmert hat.«

»Aus welchem Grunde?«

»Weil er uns nicht festhielt. Hätte er irgend eine Absicht mit uns oder auf uns, so wären wir nicht von ihm entlassen worden. Und wäre er uns später gefolgt, so hätte er uns, die wir zu Fuße waren, mit seinen guten Kamelen sehr bald eingeholt. Der Mann ist, wie ich ja selbst erfahren habe, ein sehr verwegener Kerl, für uns aber nun gänzlich ungefährlich.«

Er ging. Jetzt hörte man draußen eine laute Stimme, welche einen Vortrag zu halten schien.

»Das ist der Besitzer meiner Kamele,« sagte Murad Nassyr. »Er erzählt ein Märchen; ich hörte noch nie einen so guten Erzähler wie diesen Mann. Wir haben jetzt nichts Notwendiges mehr zu verhandeln; laß uns hinausgehen und ihm zuhören!«

Der Orientale ist unermüdlich im Anhören von Märchen; Abd, Asl war sofort einverstanden und folgte dem Türken hinaus und hinüber an den Brunnen, wo sich schnell ein Kreis Neugieriger um den Erzähler bildete. Ich zog den Kopf aus dem Zelte zurück und überlegte, was zu thun sei. Ich konnte von dem, was ich gehört hatte, höchst befriedigt sein, und doch wäre ich sehr gerne noch länger geblieben. Es war jedenfalls höchst wichtig, zu erfahren, wie der Sklavenjäger sich zu der beabsichtigten Warnung verhalten werde. Aber konnte ich auf die Rückkehr Murad Nassyrs und des Fakirs warten? Wohl kaum. Jetzt wurden jedenfalls noch stundenlang Märchen erzählt; dann dauerte es lange, ehe alle schliefen, und nachher war vorauszusehen, daß die beiden Genannten von Ibn Asl vielleicht gar bis gegen Morgen zurückgehalten würden. Eine so lange Zeit hier im Gebüsch zu bleiben, konnte ich nicht wagen und war auch zu unbequem. Bis jetzt war alles prächtig abgelaufen; ein kleiner Zufall konnte alles wieder verderben; ich mußte den Rückzug antreten, welcher mir durch den Märchenerzähler erleichtert wurde. Was Ohren hatte, stand oder saß bei ihm; sogar die Frauen hatten sich dem Kreise genähert, um an dem Genusse teilzunehmen. Dadurch war mir der Weg frei geworden, und ich konnte binnen fünf Minuten so weit kriechen, daß ich mich dann erheben und aufrecht gehen durfte.

Bald lag das Thal des Brunnens hinter mir, und ich trat in die Schlucht ein. Da war kein Lauscher zu erwarten, aber dennoch beobachtete ich dieselbe Vorsicht wie bisher. Die Sterne funkelten am Himmel; hier in der Tiefe aber war es fast stockdunkel. Indem ich lautlos vorwärts ging, drang ein schwaches Geräusch an mein Ohr; es kam von vorn und war über mir. Ich blieb stehen und lauschte. Tiefe Stille rings umher, wohl fünf Minuten lang. Ich schlich also weiter, Da rollte ein Steinchen von oben herunter; mehrere folgten; dann schien eine Geröllawine loszubrechen.

»Allah kerihm!« kreischte eine Stimme.

Das Gepolter wurde ärger; ich mußte zur Seite springen, um von dem Gestein nicht getroffen zu werden, gelangte aber aus dem Regen in die Traufe, denn etwas Großes, Schweres aber nicht so Hartes wie Stein krachte auf mich nieder und riß mich zu Boden. Ich wollte schnell wieder auf, mußte mir aber Zeit nehmen. Ich war an Kopf und Schulter schwer getroffen worden und fühlte in der letzteren einen lähmenden Schmerz. Vor mir lag das lange, dunkle Ding, welches auf mich herabgesaust war. Ich streckte die Hand aus, um es zu betasten, und fühlte eine Nase. Also ein Mensch! Wer war der Mann? Er bewegte sich nicht. War er tot oder nur ohnmächtig? Ich nahm ihn beim Kopfe, um nach der Schläfenschlagader zu fühlen; diese Berührung war von unerwartetem Erfolge; der Mann schrie laut, sprang auf und rannte fort, glücklicherweise nicht nach dem Brunnen zu, sondern nach der entgegengesetzten Richtung. Ich eilte ihm natürlich nach. Die Sprünge, welche er mit seinen langen Beinen machte, schienen echt »Selim'sche« zu sein. Da strauchelte er über einen Stein und stürzte nieder; sofort warf ich mich auf ihn und hielt ihm die Kehle zu, damit er nicht schreien könne. Er regte sich nicht und wehrte sich nicht; ich betastete sein Gesicht, da es hier zu dunkel war, als daß ich seine Züge mit dem Auge hätte erkennen können. Richtig, ich hatte mich nicht geirrt. Ich nahm die Hand von seinem Halse und gebot ihm:

»Sprich leise, Selim! Bist du verletzt?«

Beim Klange meiner Stimme sprang er schnell wieder auf und antwortete:

»Du selbst bist es, Effendi? Da brauche ich mich nicht tot zu stellen!,«

»Wo kommst du her?«

Von da oben herunter.« Er deutete an der Felsenwand empor.

»Sage Allah Dank, daß du mich trafst! Ich fühle mich zwar wie zerschlagen, aber wenn du direkt auf das Gestein stürztest, so lägst du jetzt tot oder mit gebrochenen Gliedern da. Was hattest du denn da an der Schlucht zu suchen?«

»Ich wollte herabklettern, um dich zu retten.«

»Unsinniger! Ich befand mich ja gar nicht in Gefahr.«

»Du bliebst so lange weg, und da wurde man besorgt um dich. Als tapferster der Helden schlich ich mich natürlich fort, dich zu befreien. Im Herabsteigen rutschte plötzlich der Boden unter meinen Füßen weg, und infolgedessen kam ich viel rascher herab, als es in meiner Absicht liegen konnte.«

»Das ist nun wieder einer deiner Streiche. Befände ich mich wirklich in Gefahr, so wärest du der allerletzte, der mich retten könnte.«

»Aber, Effendi, ich bin ja zu solchen Thaten geboren!«

»Das brauchst du mir gar nicht erst zu versichern; ich weiß auch ohnedas und schon längst, daß du nur für unsinnige Streiche im Buche des Kismet verzeichnet stehst. Du könntest mir und uns allen den größten Schaden bereiten! Aber ich habe Eile und also keine Zeit zum Zanken; kannst du steigen?«

»Ja, das Steigen ist mir angenehmer als das Fallen.«

»So folge eng hinter mir. Ich bin hier herab; diese Stelle ist am leichtesten zu passieren.«

Ich wäre schnell hinauf gekommen; aber dieser Schleuderer der Knochen war zwar ein schneller Läufer, jedoch ein desto schlechterer Kletterer; ich zog ihn mehr, als daß er stieg, und als wir endlich oben anlangten, mußte ich stehen bleiben, um Atem zu schöpfen.

Er hatte eigentlich eine tüchtige Strafrede verdient, aber ich wußte vorher, daß dieselbe erfolglos sein werde; er war unverbesserlich. Seine Anwesenheit wurde zu einer fortgesetzten Gefahr für mich; aber ich hatte ihm versprochen, ihn bei mir zu behalten, und mußte mein Wort halten. Dazu kam, daß er sich aus Sorge um mich wirklich in die Schlucht gewagt hatte. Das machte mich irre an ihm. Ich hatte ihn für absolut und unheilbar feig gehalten; sollte er doch zuweilen Mut fühlen? Oder war es nur Leichtsinn, das Unvermögen, die Folgen seines Thuns sich vorherzusagen?

Als wir das Lager erreichten, fand ich die Gefährten nicht allein um mich, sondern noch viel mehr um Selim, den man vermißt hatte, in Besorgnis; unser Erscheinen beruhigte sie indessen schnell. Selim hatte nichts eiligeres zu thun, als sein Abenteuer zu erzählen. Er war natürlich nicht gefallen, sondern, mich in Gefahr sehend, mit unvergleichlicher Kühnheit in die tiefe Schlucht hinabgesprungen, so daß sämtliche Feinde entsetzt die Flucht ergriffen hatten.

Der Lieutenant empfing mich in der Überzeugung, daß mein Gang vollständig vergebens gewesen sei; ich belehrte ihn eines bessern, indem ich ihm und dem Onbaschi erzählte, was ich erlauscht und erfahren hatte. Die beiden schlugen eine Beratung vor; ich lehnte aber ab und riet, sofort nach dem Wadi el Berd aufzubrechen, damit wir unsere Vorbereitungen dort zeitig treffen könnten. Sie sahen ein, daß ich recht hatte, und stimmten mir bei.

Der Onbaschi war glücklicherweise schon einmal im Wadi el Berd gewesen und versicherte, daß er sich trotz der Nacht nicht in der Richtung irren werde. Die Kamele wurden also gesattelt; wir stiegen auf und begannen den nächtlichen Ritt.

Gleich beim Beginne desselben fand sich ein böses Hindernis. Wir mußten nämlich über die Schlucht hinüber, und da dies selbst am Tage auf dem Rücken der Kamele fast unmöglich gewesen wäre, so sahen wir uns zu einem weiten Umwege gezwungen. Wir ritten so lange südwärts, bis die Schlucht sich verflachte und wir sie zu überschreiten vermochten. Drüben angekommen, schlugen wir die nordöstliche Richtung ein, welche uns nach dem Wadi bringen mußte.

Ich hatte mein Kamel sehr anstrengen müssen; vielleicht standen ihm und mir noch weitere außergewöhnliche Leistungen bevor; ich wollte es also schonen und hatte mich auf ein anderes gesetzt. Der Weg war während der Nacht sehr beschwerlich. Wir befanden uns zwischen den Dünen oder vielmehr Hügeln, welche nach Dschebel Schigr hinüberlaufen, und kamen erst beim Anbruche des Tages aus denselben heraus. Nun freilich ging es besser. Wir konnten sehen und hatten die ebene, offene Wüste vor uns. Zu Mittag hatten wir den Bir en Nabeh im Süden zu unserer Rechten, so daß drei Vierteile des Weges hinter uns lagen, und eine Stunde nach dem Asr, also ungefähr vier Uhr nachmittags, sahen wir einen niedrigen Höhenzug, welcher sich von Nordost nach Südost hinzog, vor uns liegen. Der alte Onbaschi behauptete, daß wir hinter demselben das Wadi el Berd finden würden. Es stellte sich heraus, daß er recht hatte und ein guter Führer gewesen war.

Nun galt es, doppelt vorsichtig zu sein. Wir waren es schon bisher gewesen, indem wir uns weiter rechts, also mehr östlich gehalten hatten, als der Weg der Sklavenkarawane zu vermuten war. Es stand also zu erwarten, daß dieselbe nicht auf unsere Fährte stoßen werde. Da die ihrige aber in der Nähe des Wadi sich leicht mit der unserigen vereinigen konnte, so ritten wir jetzt im Gänsemarsche, und das letzte Kamel mußte meine an zwei Stricke gebundene Zeltleinwand hinter sich herziehen. Dieselbe war mit den Zeltstangen beschwert, und indem sie auf dem Sande hinschleifte, löschte sie unsere Spuren aus.

Der erwähnte Höhenzug bestand aus einzelnen niedrigen Felsenhügeln, welche direkt aus dem Sande aufstiegen und das Wadi vor dem Eindringen desselben schützten. Unter Wadi hat man hier eigentlich ein Flußbett zu verstehen, welches in der Regenzeit mehr oder weniger Wasser führt und sonst ein trockenes Thal bildet. Dieses Regenbett war von unregelmäßiger Breite, senkte sich hinter dem Höhenzuge ziemlich schroff in die Tiefe und wurde jenseits von einer ähnlichen Hügelreihe eingefaßt. Es war nicht überall möglich, hinabzukommen, sondern wir mußten uns eine geeignete Stelle suchen, um auf die Sohle des Thales zu gelangen.

Dort fand sich, wie schon erwähnt, kein Sand, sondern nur lockeres Steingeröll. Der Sand, welchen das Wasser der Regenzeit mit sich geführt hatte, lag tiefer als das Geröll, und so hinterließen wir, wenigstens für die ungeübten Augen derer, mit denen wir es zu thun hatten, keine Spuren.

Nun fragte es sich, wo der heimliche Brunnen zu suchen sei, ob nach rechts oder links, ob ab- oder aufwärts. Der Lieutenant und der Onbaschi stimmten für rechts, ich aber war der entgegengesetzten Meinung und erklärte ihnen den Grund derselben:

»Die Sklavenkarawane macht gewiß keinen Umweg und hält sicher gerade auf den Brunnen zu. Da wir uns nun rechts von ihrer Richtung befinden, müssen wir uns nach links wenden. Das ist doch klar.«

»Aber wenn du dich irrst, Effendi?« meinte der Lieutenant.

»So ist es noch immer Zeit, rechts zu gehen. Ich denke aber, daß ich richtig vermute.«

Wir folgten also dem Thale nach Nordwest, und schon nach einer halben Stunde ergab es sich, daß ich recht gehabt hatte. Wir sahen an einem Felsen, welcher stufenähnlich zur Höhe stieg, die erwähnten dürren, zweiglosen GaziahBäume stehen. Wir hielten bei denselben an. Die unterste Stufe des Felsens hatte die doppelte Höhe eines Mannes, und da die andern, welche sich übrigens sehr unregelmäßig übereinander bauten, viel weniger hoch waren, so konnte man, wenn man einmal auf ihr stand, unschwer zur Höhe gelangen, das heißt, zum andern Ufer als demjenigen, von welchem wir gekommen waren. Ich muß das erwähnen, damit das später folgende leichter erklärlich wird. Die unterste, höchste Stufe stand so weit vor, daß jemand, der auf derselben nicht stand, sondern lag, von den Gaziahstumpfen aus nicht gesehen werden konnte.

Also diese Gaziah-Bäume hatten wir gefunden; wo aber war das Wasser? Es sollte im Felsen ein Loch geben, welches jetzt natürlich verschüttet war. Wir untersuchten mit unseren Blicken die ganze Umgebung, doch vergebens. Der Boden ließ nicht die mindeste Feuchtigkeit erkennen, und es war auch keine Spur einer künstlichen Aufschüttung oder Ausfüllung zu sehen. Da mußte ich mich wieder an mein Kamel wenden. Es lag bei den andern. Ich holte es herbei; es senkte den Kopf, blies die Nüstern auf und begann, mit dem Vorderhufe neben den Bäumen im Boden zu wühlen. Die Stelle lag hart am Felsen. Es wurde wieder weggeführt, und wir gruben nach. Schon in einer Tiefe von drei Fuß stießen wir auf eine Steinplatte. Ihr Durchmesser war so groß, daß wir wohl eine Viertelstunde brauchten, um sie frei zu machen. Als sie entfernt worden war, standen wir vor einem Loche, welches bis herauf an den Rand mit hellem, kühlem Wasser gefüllt war. Ich kostete es und fand, daß es bedeutend besser als dasjenige des Bir Murat schmeckte. Es hatte keinen Natrongehalt. Aus diesem Grunde wurde es für uns bestimmt, während die Kamele das in den Schläuchen befindliche bekommen sollten. Wir hatten einige geleerte Daruf, und konnten sechs derselben füllen, bevor das Loch so weit ausgeschöpft war, daß der Bodensatz trübe wurde.

Nun hatten wir gutes Wasser, eine Hauptsache in der Wüste, und uns mußte dies doppelt willkommen sein, da wir dadurch der Sklavenkarawane gegenüber eine größere Überlegenheit erlangten.

»Was thun wir nun?« fragte der Lieutenant. »Du meinst, daß die Sklavenjäger noch heute kommen?«

»Sie kommen gewiß,« antwortete ich.

»Und willst du sie hier erwarten?«

»Das kann mir nicht einfallen. Kommt die Karawane droben am Ufer an und wir befinden uns hier unten, so können uns diese Kerle mit größter Leichtigkeit wegschießen, ohne daß uns eine fruchtbare Gegenwehr möglich ist. Nein, wir müssen das Verhältnis umkehren. Wir steigen hinauf, und unsere Gegner müssen herab. Wir verstecken uns hinter eine Höhe des nördlichen Ufers. Vorher decken wir den Brunnen wieder zu. Haben sie sich dann hier unten gelagert, so greifen wir sie von zwei Seiten an. Sie haben dann vor sich und hinter sich die Felsen, rechts und links uns und müssen uns in die Hände fallen.«

»Das ist sehr richtig. Wann steigen wir hinauf?«

»Je eher desto besser. Wir haben hier nichts mehr zu suchen, und so ist es geraten, uns so bald wie möglich zu entfernen. Man weiß nicht, was geschehen kann. Es ist möglich, daß sie wieder einige Reiter voranschicken, und wir dürfen von denselben auf keinen Fall gesehen werden. Deckt also den Brunnen wieder zu, aber so, daß man nicht sehen kann, daß jemand hier gewesen ist; ich werde inzwischen auf- und abwärts je eine Stelle suchen, an welcher wir vom hohen Ufer zum Angriffe leicht herabgelangen können!«

Erfreulicherweise gab es zwei solche Stellen in der Nähe. Die eine lag ungefähr tausend Schritte auf- und die andere fast ebensoweit abwärts vom Brunnen. Wenn wir uns heute abend teilten und an diesen beiden Punkten herniederstiegen, mußten wir die lagernde Karawane zwischen uns bekommen.

Zum Wasserloche zurückgekehrt, fand ich dasselbe verschüttet und ebnete den Boden selbst, um ganz sicher zu sein, daß keine Spur von unserer Anwesenheit vorhanden sei. Dann entfernten wir uns, indem wir an der einen der angegebenen Stellen unsere Kamele hinauf zum Ufer führten. Ich ging hinterher, um etwaige Huf- oder Fußeindrücke auszulöschen. Oben angekommen, mußten wir uns nach einem Verstecke umsehen, welches uns hinreichend verbarg und nicht allzuweit entfernt sein durfte. Ich ging rekognoszieren und fand ganz in der Nähe einen vortrefflich geeigneten Platz. Eine Anhöhe, welche hart an den Rand des Wadi trat, hatte auf ihrer andern, dem Regenbette abgewendeten Seite eine Einbuchtung, welche hinreichend Raum für uns und unsere Tiere bot. Dort lagerten wir uns.

Das erste war natürlich, daß ich einen Posten auf diese Höhe sandte. Er hatte dort einen so freien und weiten Ausblick, daß sich niemand dem Wadi nähern konnte, ohne von ihm bemerkt zu werden. Ich that dies aus angewohnter Vorsicht, nicht aber, weil ich es für unbedingt nötig hielt. Am Tage war in dieser einsamen Gegend kein Wanderer zu erwarten, und die Karawane kam jedenfalls erst am Abend, wo sie von dem Posten nicht gesehen werden konnte. Und doch war es gut, daß ich diese Maßregel getroffen hatte, denn wir waren noch nicht ganz zur Ruhe und in Ordnung gekommen, so meldete der Posten von oben herab:

»Effendi, ich sehe im Süden drei Reiter.«

»Welche Richtung haben sie?«

»Das kann ich noch nicht erkennen. Es sind drei kleine, weiße Punkte, und ich weiß nicht, wohin sie sich bewegen.«

»Ich komme selbst hinauf.«

Ich stieg zu ihm empor und nahm das Fernrohr mit. Ja, es waren drei Kamelreiter; durch das Glas sah ich ganz deutlich, daß sie aus

Süden kamen und schnurgerade auf den Brunnen zuhielten. Da kam mir natürlich bedenklich vor.

»Sie scheinen den verborgenen Brunnen zu kennen,« sagte ich. »Das ist doch höchst sonderbar!«

»So gehören sie wohl zu der Sklavenkarawane!« meinte der Posten.

»Das glaube ich nicht, da diese ja aus Südwesten kommt. Ich vermute aber, daß sie Bekannte oder Freunde der Sklavenjäger sind, da die letzteren das Geheimnis des Brunnens gewiß keinem Fremden verraten. Lege dich nieder, damit sie dich nicht sehen!«

Er hatte aufrecht gestanden und legte sich nun neben mich auf die Erde. Der Lieutenant war neugierig; er kam auch herauf und kauerte sich zu mir nieder. Ich gab ihm das Rohr; er sah hindurch und sagte dann kopfschüttelnd:

»Da weiß man nicht, was man denken soll. Hier können doch, wie zu erwarten steht, nur die Leute des Ibn Asl verkehren, da ein Fremder den Brunnen ganz gewiß nicht kennt. Sollte er doch einen andern Weg eingeschlagen haben, als wir vermuteten?«

»Das Rätsel wird gelöst werden, sobald die Reiter hier angekommen sind. Sie nähern sich, und zwar in einer Weise, welche vermuten läßt, daß sie sich nicht zum erstenmale in dieser Gegend befinden. Warten wir das weitere ab.«

Ich hatte das Fernglas wieder an mich genommen und hielt es auf die drei Reiter gerichtet. Sie saßen auf sehr guten Tieren und kamen rasch näher. Schon konnte ich die Haltung, die Bewegungen ihrer Arme unterscheiden; nun sah ich auch ihre Gesichter.

»Alle tausend Wetter!« entfuhr es mir in der Überraschung, obgleich ich mich sonst vor solchen Ausrufen zu hüten pflege.

»Was giebt's?« fragte der Lieutenant.

»Es sind alte Bekannte von mir. Der Voranreitende ist Abd el Barak, der Mokkadem der Kadirine, von dem ich dir erzählt habe, mein guter Freund von Kahira her. Der zweite ist der Muza'bir, der Gaukler, der mich wiederholt verfolgt hat.«

»Allah! Irrst du dich nicht?«

»Nein, denn ich sehe ihre Gesichtszüge so deutlich, als ob sie hier vor mir ständen.«

»Und der dritte?«

»Den kenne ich nicht. Er scheint ein Scheik zu sein, denn er hat die Kapuze seines Chram nach hinten geworfen, und so sehe ich, daß er an seinem Fez die el Arabs-Troddel trägt.«

»Es wird der Führer sein.«

»Das glaube ich nicht. Der Mokkadern kennt jedenfalls den Brunnen; er macht den Führer; er reitet ja auch voran. Der Scheik ist wohl der Kamelverleiher.«

»Das ist möglich, ja wahrscheinlich. Wie aber kommen deine beiden Feinde nach diesem Wadi, und was wollen sie hier?«

»Das weiß ich freilich nicht, werde es aber erfahren. Ich werde sie belauschen, wozu das Terrain sehr geeignet ist, vorausgesetzt, daß sie den Brunnen aufsuchen.«

»Wo sollten sie anders halten!«

»Man muß alle Umstände in Betracht ziehen. Es ist auch möglich, daß sie das Wadi und den Brunnen gar nicht kennen und nur ganz zufällig hier vorüber kommen. Wir müssen warten, ob sie bleiben oder weiter reiten.«

Jetzt hatten die drei den jenseitigen Rand des Wadi erreicht und ritten an einer dazu geeigneten Stelle in dasselbe hinab. Ich konnte von meinem Standpunkte aus nicht in die Tiefe sehen und wartete ungefähr fünf Minuten. Als sie da noch nicht diesseits erschienen waren, konnte ich annehmen, daß sie unten abgestiegen waren, um zu lagern. Ich gab also dem Posten den Befehl, ferner scharf aufzupassen, ohne sich aber sehen zu lassen, und stieg mit dem Lieutenant von der Höhe hinab; er war oben überflüssig und konnte lieber aufmerken, daß seine Leute keine Dummheiten begingen. Von da aus verließ ich unsern Schlupfwinkel und begab mich nach dem Ufer des Wadi und zwar an diejenige Steile, welche oberhalb des Brunnenfelsens lag. Ich hatte dem zuverlässigen Ben Nil gewinkt, mir zu folgen, und gebot ihm jetzt:

»Setze dich hier nieder, und warte! Sobald du einen scharfen Pfiff von mir hörst, springst du schnell in unser Lager und holst einige bewaffnete Männer, mit denen du eiligst hinab zum Brunnen kommst. Ich bedarf dann eurer.«

»Du begiebst dich schon wieder in Gefahr, Effendi,« meinte er. »Nimm mich doch lieber rnit!«

»Nein; ich bin allein viel sicherer als in Begleitung anderer; aber wenn ich pfeife, mußt du dich beeilen.«

»Wäre es da nicht besser, die Leute gleich jetzt zu holen und hier mit ihnen zu warten? Wir sind dann schneller bei dir, als wenn ich sie erst holen muß.«

»Sehr wahr. Aber sorge dafür, daß sie sich ruhig verhalten!«

Er ging zurück, und ich stieg an dem Felsen nieder. Ich hatte kein Gewehr mit, da die Revolver mir genug Sicherheit gaben. Ich mußte sehr vorsichtig sein, denn es war heller Tag, und ich konnte sehr leicht gesehen werden. Auch durfte ich kein Steinchen ins Rollen bringen.

Die obern Felsenabsätze waren so niedrig, daß ich leicht von einem auf den nächst untern gelangen konnte. Als ich den halben Weg zurückgelegt hatte, hörte ich unter mir Stimmen. Die Sprechenden befanden sich bei dem Brunnen, ganz nahe am Felsen, und konnten mich also nicht sehen.

Ich hätte nur dann bemerkt werden können, wenn sie weiter hinüber nach der Mitte des Wadi gegangen wären.

So gelangte ich unbemerkt auf der untersten Felsenstufe an, welche, wie bereits bemerkt, ungefähr doppelte Manneshöhe hatte. Dort legte ich mich nieder und schob mich so weit vor, daß mein Gesicht gleich mit der Kante lag. Ich sah vorsichtig hinab. Die Kamele lagen mit gefesselten Beinen in der Nähe, und die drei Männer knieten an der Erde, um den Brunnen auszugraben. Ich hörte, was sie sprachen.

»Weißt du auch wirklich gewiß, daß es hier Wasser giebt?« fragte der fremde Beduine, den ich für einen Scheik gehalten hatte.

»Ganz gewiß,« antwortete Abd el Barak. »Ich bin heute nicht zum erstenmale hier. Aus diesem verborgenen Wasserloche kann man in der jetzigen Jahreszeit wohl sieben oder acht Schläuche füllen.«

»Allah gebe es, denn wir haben keinen einzigen Schluck mehr!«

»Habe keine Sorge! Du wirst trinken, so viel du willst, und deine Kamele werden auch bekommen. Und selbst wenn es hier kein Wasser gebe, bedürfte es nur eines Tagrittes, um den Bir Murat zu erreichen. Verdursten kannst du also nicht!«

»Verdursten oder getötet werden, eins von beiden; ich hätte die Wahl. Ihr wißt ja, daß der Bir Murat den Ababdehs, den Feinden meines Stammes, gehört. Es ist eine Rache zwischen uns, und ich als Scheik des Monassirstammes müßte sterben; sie würden mir nicht erlauben, mich durch Zahlung des Blutpreises loszukaufen.«

Also dieser Scheik war der Anführer der Monassir, welche später im Mahdikriege den Adjutanten Gordons, den Obersten Stewart, ermordeten und aus Strafe dafür dann von General Earle überfallen werden sollten. Die Monassir sind ritterlich gesinnte, kriegerische Leute, welche auch heute noch ihre Unabhängigkeit mit größter Eifersucht bewachen. Sie zeigen ihren Haß offen und ehrlich, und sind mir infolgedessen sympathischer als jene Stämme, welche sich kriechend unterwerfen und später hinter dem Rücken des Siegers Heimtücke üben.

Die drei gruben sehr fleißig weiter. Sie hatten leichte Arbeit, da wir vor ihnen den Boden gelockert hatten; das fiel ihnen aber nicht auf.

Endlich erreichten sie die Platte und schoben sie zur Seite. Ein dreifacher Ausruf der Enttäuschung war zu hören.

»Allah sei uns gnädig und barmherzig!« klagte der Scheik. »Das ist ja kein Wasser, sondern eine Brühe, welche selbst ein Kamel nicht genießen kann!«

»Wohl wahr!« antwortete der Muza'bir betroffen. »Welch ein Unglück!«

»Schweig'!« fuhr der Mokkadem ihn an. »Von einem Unglück ist keine Rede. Wir brauchen nicht einmal den Bir Murat aufzusuchen. Wenn wir bis morgen früh warten, ist das Loch wieder voll.«

»Aber wir treffen Ibn Asl nicht, weil er schon hier war.«

»Nein! Nach dem, was wir erfahren haben, kann er dieses Wadi noch gar nicht erreicht haben.«

»Das ist doch der Fall, wie ich dir gleich beweisen werde. Kennt außer Ibn Asls Leuten und Freunden noch jemand diesen Brunnen?«

»Nein.«

»Hält das Loch Wasser?«

»Stets. Selbst im dürrsten Monate kann man vier, auch fünf Schläuche füllen.«

»Es ist aber leer, folglich ist es geleert worden, und zwar von Ibn Asl selbst, den wir hier erwarten wollten. Er ist also vorüber.«

»Der Teufel giebt dir diese Rede ein, magst du nun recht haben oder nicht. Wenn Ibn Asl schon hier gewesen ist, so sind auch seine Verfolger hinter ihm her, und er ist verloren.«

Der Scheik hatte diesen Wortwechsel mit einem Gesichte, in weichem sich das größte Erstaunen aussprach, angehört; jetzt, da der Mokkadem schwieg, sagte er:

»Der Sinn eurer Worte ist mir dunkel. Ihr sprecht von Ibn Asl. Meinst du etwa Ibn Asl ed Dschasuhr, den Sklavenjäger?«

»Ja.«

»Allah! Warum habt ihr mir das verschwiegen! Warum habt ihr mir nicht die Wahrheit gesagt!«

»Wir haben sie gesagt! Wir mieteten deine Kamele, um einen Freund hier zu treffen; dieser Freund ist Ibn Asl. Ist das etwa die Unwahrheit gesprochen?«

»Nein, aber die Wahrheit verschwiegen!«

»Bist du denn ein Feind von ihm?«

»Ja. Er hat auf einem seiner Züge die besten Kamele meines Stammes gestohlen.«

»Das ist doch kein Grund, über uns zornig zu werden! Wir wissen von jenem Diebstahle nichts; vielleicht irrst du dich!«

»Nein. Er ist mit unsern Kamelen gesehen worden.«

»So hast du jetzt die beste Gelegenheit, mit ihm quitt zu werden. Wenn er hier ankommt, kannst du mit ihm sprechen; er wird dir die Kamele bezahlen.«

»Mit einem Messer oder einer Kugel!«

»Nein, denn du stehst unter unserm Schutze.«

»Wohl mir, wenn ich das glauben darf! Warum habt ihr unterwegs so oft leise miteinander gesprochen? Ich habe dennoch verschiedenes verstanden.«

»Was hörtest du?«

»Ich hörte von einem fremden Effendi, welcher getötet werden Soll, und von Soldaten, die bei ihm sind.«

»So hast du falsch verstanden,« fiel der Muza'bir ein.

»Nein, er hat richtig gehört!« widersprach der Mokkadem.

Der Muza'bir blickte ihn erstaunt fragend an; der andere aber fuhr, sich an den Scheik wendend, gleichmütig fort-

»Da du so viel gehört hast, ist es besser, du erfährst das andere auch. Bist du ein Gegner der Sklaverei?«

»Was geht mich die Sklaverei an! Ich bin ein freier Monassir und bekümmere mich nicht um die Schwarzen.«

»So ist es recht! Du bist also auch nicht prinzipiell Gegner von Ibn Asl?«

»Nein. Er ist ein kühner Mann, und ich achte und lobe den Mut; aber unsere Kamele soll er nicht stehlen!«

»Er wird sie dir ersetzen. Sprechen wir jetzt nun von der Hauptsache! Der Khedive hat den Sklavenfang verboten. Er hat einen Reïs Effendina gesandt, welcher die Sklavenschiffe und Sklavenhändler abfangen soll. Zu diesem Reïs Effendina gehört ein Franke, ein Christenhund, den der Teufel verschlingen möge. Dieser Mensch glaubt nicht an Allah und lästert den Propheten; er befindet sich, wie wir erfahren haben, in Korosko. Nun ist Ibn Asl mit einer Sklavenkarawane unterwegs; der Reïs Effendina hat das erfahren und befindet sich mit vielen Asakern in der Gegend von Berber, um den Transport dort abzufangen. Die Karawane kann sich auch nördlicher wenden; darum hat der Reïs Effendina einen Lieutenant und einen Trupp Asaker nach Korosko zu dem Giaur gesandt, welcher diesen Weg verlegen soll. Ich weiß nun ganz genau, daß Ibn Asl diesen Pfad einschlägt und bin daher mit diesem Begleiter schleunigst aufgebrochen, um ihn vor dem ungläubigen Hunde zu warnen. Ist das etwas Unrechtes?«

»Nein. Was hat ein Franke, ein Christenhund sich um die Angelegenheiten dieses Landes zu bekümmern? Mag er in die Hölle fahren! Ich habe nichts gegen das, was ihr thut oder was ihr beabsichtigt; ich fürchte auch Ibn Asl nicht, denn ich habe ihn nicht beleidigt, sondern er hat vielmehr mich zu fürchten, weil er der Räuber unserer Kamele ist. Wenn er kommt, so bin ich bereit, mich mit ihm zu versöhnen, falls er sich bereit erklärt, die gestohlenen Tiere zu bezahlen.«

»Er wird es thun, denn ich werde für dich sprechen.«

»Thue es, und ich will dir danken! Aber meinte der Muza'bir nicht, daß Ibn Asl schon vorüber sei?«

»Er meinte es, hat aber jedenfalls unrecht. Das Wasser ist ausgeschöpft worden. Hätte das die Sklavenkarawane gethan, so würde man die Spuren des Lagers hier sehen. Ich weiß, daß Ibn Asl stets Kundschafter voraus sendet; diese sind hier gewesen und haben das Loch geleert; die Karawane wird nachkommen, und bis dahin wird das Loch sich wieder gefüllt haben.«

»So laßt uns den Stein wieder darauf legen, damit die Wärme der Sonne nicht hineindringen kann. Dann hauen wir einen dieser Bäume um, um ein Feuer brennen zu können.«

»Das dürfen wir nicht,« widersprach der Mokkadem. »Die drei Bäume sind die Merkmale des Brunnens und sollen nicht verletzt werden. Wenn du ein Feuer haben willst, so brauchst du nur im Wadi nach Kameldünger zu suchen.«

Der Scheik nahm sein am Boden liegendes Gewehr auf und entfernte sich. Ich war überzeugt, daß im ganzen Wadi keine Spur von Kamelmist zu finden sei. Der Mokkadem mußte einen Grund haben, den Scheik jetzt zu entfernen; ich ahnte denselben und bekam ihn auch sehr bald zu hören, denn als der Beduine den Augen der beiden entschwunden war, meinte der Muza'bir in zornigem Tone:

»Welche Unvorsichtigkeit, diesem Scheik alles so aufrichtig zu sagen! Brauchte er zu wissen, was wir vorhaben?«

Sie saßen neben dem Wasserloche, und ihre langen Flinten lehnten am Felsen. Der Mokkadem antwortete:

»Wie kannst du es wagen, mich eines Fehlers zu zeihen! Wer hat dir erlaubt, in diesem Tone mit mir zu reden! Darf ich dem Führer etwa nicht sagen und erzählen, was mir beliebt?«

»Ich habe nichts dagegen; aber wie wird Ibn Asl es aufnehmen?«

»Mit der größten Zufriedenheit. Der Führer kann alles wissen; er wird nichts verraten, da sein Mund bald für ewig schweigen wird.«

»Du meinst, daß er sterben wird?«

»Er wird sterben, weil er sterben muß, denn er kennt nun das Geheimnis dieses Brunnens. Sobald nun die heimlichen Brunnen verraten sind, kann jeder,welcher kommt, sich Wasser nehmen, und dann ist es für Ibn Asl nicht mehr möglich, seine Sklavenkarawane zu tränken; er muß das Geschäft aufgeben. Darum hat er jedem Fremden, welcher einen der geheimen Brunnen entdeckt, den Tod geschworen. Sein Gruß an diesen Scheik der Monassir wird eine Kugel sein.«

»Dann wird freilich alles, was du demselben anvertraut hast, verschwiegen bleiben. Aber war es recht, ihn hierher zu führen? Du wußtest doch vorher, daß es ihn das Leben kosten werde!«

»Konnte ich anders? Wir brauchten schnell Kamele, und zwar Eilkamele. Er war der einzige, welcher solche hatte und wollte sie uns nur unter der Bedingung leihen, den Ritt mitmachen zu dürfen. Er mißtraute uns. Nun hat er die Folgen zu tragen. Ich habe ihn nach Kamelmist gesandt, um dir dies sagen zu können, ohne daß er es hört. Indem ich aufrichtig mit ihm gewesen bin, habe ich sein Vertrauen zu uns gestärkt, und er wird desto sicherer in den Tod gehen, der ihm beschieden ist. Glaubst du noch immer, daß ich unvorsichtig gehandelt habe?«

»Jetzt nicht mehr. Aber du wirst zugeben, daß du nicht immer vorsichtig gewesen bist!«

»So! Wann hätte ich es denn an der nötigen Klugheit fehlen lassen?«

»Schon oft. Denke an die Nacht in Kahira, als dich der Giaur als Gespenst erwischte!«

»Erinnere mich nicht daran!« rief der Mokkadern zornig aus. »Die Stunde, während welcher ich mich in der Hand dieses Hundes befunden habe, ist die unglücklichste meines Lebens, und ich ruhe nicht eher, als bis ich es ihm vergolten habe. Aber du hast kein Recht, mich zu tadeln. Bist du etwa klüger als ich gewesen? Hast du nicht in Gizeh vor ihm vom Schiffe fliehen müssen? Und ist er euch nicht dann entgangen, als ihr ihn ganz sicher in dem alten Brunnen von Siut wähntet?«

»Schweig' davon! Wenn ich daran denke, so will der Ingrimm mich übermannen. Dieser Giaur hat ein Glück, wie noch kein wahrer Gläubiger es besessen hat. Er macht alle unsere Pläne zu Schanden, und wenn wir ihn fest zu haben meinen, entschlüpft er uns durch die Finger.«

»Dieses Mal entkommt er uns nicht!«
»Vielleicht doch! Bedenke, welche Zahl von Asakern er bei sich hat!«
»Die Asaker fürchte ich nicht. Er allein wird uns mehr zu schaffen machen, als sie alle. Ibn Asl hat jedenfalls genug Krieger bei sich, um die Asaker in Schach zu halten. Wenn es uns gelingt, ihn zu warnen, richtet sich die Waffe des Giaur gegen ihn selber. Er will die Sklavenkarawane überfallen und wird dann selbst von ihr überrumpelt. Ein wahres Glück, daß ich in Berber unter den Asakern dieses Reïs Effendina unsern Ben Meled erblickte, welcher mich sofort erkannte und mir dann alles verriet. Ich wollte eigentlich direkt und schnell nach Chartum, aber ich bereue diesen Zeitverlust und Umweg nicht, da mir dadurch der Giaur in die Hand geraten muß.«
Eben jetzt kehrte der Scheik zurück. Er hatte die letzten Worte gehört und meinte, indem er ein verdrießliches Gesicht zeigte:
»Wir müssen auf das Feuer verzichten, denn es war kein Brennmaterial zu finden. Ich will dir wünschen, daß deine Hoffnung, diesen Ungläubigen zu fangen, nicht ebenso vergeblich ist. Ist's nur, weil er sich gegen Ibn Asl auflehnt oder hast du eine persönliche Rache gegen ihn?«
»Das letztere ist der Fall.«
»So erzähle es mir! Ich bin euer Dalul und kann euch für die Erreichung eures Zweckes wohl nützlich sein.«
Er lehnte sein Gewehr zu den ihrigen und setzte sich zu ihnen nieder. Der Mokkadem erfüllte ihm seinen Wunsch, aber in einer Weise, daß mir die Haare hätten zu Berge stehen mögen. Er erzählte schreckliche Geschichten, deren Held ich gewesen sein sollte, und schilderte mich als einen Inbegriff aller Laster und Schlechtigkeiten.
»Allah!« rief der Scheik am Schlusse aus. »So ein Mensch ist eigentlich gar kein Mensch. Aber daran ist der Teufel schuld. Als Allah den Adam geschaffen hatte, wollte der Teufel es ihm nachmachen und schuf ein Wesen, weiches zwar menschliche Gestalt hatte, aber die Seele eines Teufels besaß. Von diesem Wesen stammen die Christen ab, während Adam der Urahne der gläubigen Moslemin geworden ist. Man möchte sich fürchten, von diesem Giaur zu sprechen und zu hören. Behüte mich Allah vor diesem dreimal gesteinigten Satan! Wenn ihr ihn fangt, werde ich ihn nur von weitem betrachten; aber so ein Teufel ist schwer zu fangen. Ich glaube nicht, daß ihr ihn in eure Hände bekommt.«
»Dieses Mal ganz gewiß!« meinte der Muza'bir. »Welch eine Wonne wird das für uns sein! Und wehe, tausendfach wehe dann ihm! Ich

wollte, ich hätte ihn schon jetzt in meiner Hand; ich wollte – – –« Er kam in seiner Rede nicht weiter, denn ich richtete mich oben auf der Stufe empor, sprang herab und fiel ihm in das Wort:

»Ich will dir deinen Wunsch erfüllen. Hier hast du mich!«

Ich hatte den Sprung in der Weise gethan, daß ich jetzt zwischen ihnen und ihren Gewehren stand. Sie saßen neben dem Loche, ohne sich zunächst zu bewegen, und starrten mich an, als ob ich ein Gespenst sei. Ich zog die beiden Revolver hervor, richtete die Läufe auf sie und fuhr fort:

»Wenn man den Teufel an die Wand malt, so kommt er; ihr habt mich als Teufel beschrieben, und so bin ich da.«

Der Mokkadem faßte sich zuerst. Er griff nach seiner Pistole, zog sie aus dem Gürtel und schrie:

»Ja, du bist kein Mensch, sondern ein Teufel. Fahre zur Hölle, wohin du gehörst!«

Er wollte die Waffe auf mich richten; ich stieß sie ihm mit dem Fuße aus der Hand, daß sie weit fortflog und trat ihm, als er aufspringen wollte, mit demselben Fuße so gegen den Leib, daß er niederstürzte und sich überschlug. In diesem Augenblicke schnellte der Muza'bir empor; er war zehnmal gewandter und geschmeidiger als der Mokkadem; aufspringen und auf mich schießen war bei ihm das Werk einer Sekunde. Ich fand kaum Zeit, mich auf die Seite zu werfen. Die Kugel flog an mir vorüber, und fast in demselben Moment traf ihn meine Faust so gegen die Schläfe, daß er besinnungslos zusammenbrach.

Inzwischen hatte sich der Mokkadern wieder aufgerafft und das Messer gezogen. Er drang mit demselben auf mich ein. Was hinderte mich, diesen Menschen niederzuschießen?

Ich that es nicht, sondern parierte seinen Stoß durch einen von unten herauf gegen seinen Ellenbogen geführten Hieb, wodurch ihm das Messer aus der Hand geschleudert wurde; dann warf ich ihn nieder und drückte ihm mit beiden Händen die Kehle zusammen. Er schlug einige Augenblicke mit den Armen und Beinen um sich und lag dann auch bewegungslos. Ich nahm zwei Finger in den Mund und stieß einen schrillen Pfiff aus; dann hob ich die beiden Revolver auf, welche ich weggeworfen hatte, um den Gegner zu fassen.

Das war alles weit schneller geschehen, als man es erzählen kann, und doch hatte ich dabei mein Auge auch mit auf den Scheik haben müssen. Dieser aber war noch zu keiner Bewegung gekommen. Er saß wie eine Statue da und starrte mich an. Das unendlich verblüffte Gesicht, welches er zeigte, hätte mich, wenn die Situation nicht so ernst gewesen wäre, zum Lachen bringen können.

»Allah akbar, Gott ist groß!« brachte er jetzt hervor, indem er langsam aufstand und mit dem Zeigefinger auf die beiden andern zeigte. »Wer bist du, und was haben dir diese Männer gethan, daß du sie mit der Faust erschlägst, wie Kaled seine Hunde?«

»Wer ich bin?« antwortete ich. »Ich habe es doch schon gesagt. Ich bin derjenige, von dem sie dir erzählten.«

»Der Gi – – der – Christ?«

»Ja.«

»Udschubi Allah – Wunder Gottes! Wie kannst du es wagen, diese Männer in meiner Gegenwart zu – –«

Er wollte nach seiner Flinte greifen; darum trat ich ihm schleunigst in den Weg und fiel ihm dann in die Rede:

»Ereifere dich nicht! Du kannst an dem, was geschehen ist und noch geschehen wird, nichts ändern.«

»O doch! Gieb mir mein Gewehr!«

»Das bleibt einstweilen in meiner Verwahrung.«

»So habe ich hier – – –«

Er griff mit beiden Händen nach dem Gürtel unter seinem Übergewande. Da legte ich die meinigen um seinen Leib, hielt ihm die Arme fest und rief Ben Nil, welcher jetzt mit acht Asakern gelaufen kam, zu:

»Bindet zunächst diesen Scheik der Monassir; aber thut ihm nicht wehe, denn er wird sehr bald aus einem Feinde ein Freund für uns werden!« .

Er wollte sich sträuben, doch ohne Erfolg; er wurde entwaffnet und so gebunden, daß er die Arme gar nicht und die Füße nur in kleinen Schritten bewegen konnte. Desto thätiger war seine Zunge. Er rief alle möglichen Rachearten vom Himmel und Allah auf uns herab. Wir ließen ihn aber ganz getrost schimpfen.

Während der Mokkadem und der Muza'bir auch, und zwar viel fester und sorgfältiger gefesselt wurden, rief vom Rande des Wadi eine Stimme herab:

»Haut sie nieder; schlagt sie tot! jagt ihnen alle Kugeln durch die Köpfe, und stoßt ihnen die Messer in die Leiber! Seid ihr fertig? Ist es gelungen?«

Selim war natürlich dieser Schreier.

»Schweig'« antwortete ihm Ben Nil. »Warum stehst du da oben? Es läßt dich doch nur die Angst nicht herab!«

Aus diesen Worten entnahm der Schleuderer der Knochen, daß keine Gefahr mehr vorhanden war. Er kam mit beiden Beinen zugleich herabgesprungen und schrie, als er die drei Gefangenen erblickte:

»Sieg, Triumph, Ruhm und Ehre! Die Schlacht ist geschlagen und der Feind überwunden.«

»Schweig, Prahler!« antwortete Ben Nil. »Dich wird kein Mensch preisen, denn du bist nur beim Essen der erste, wo es Mut gilt, aber stets der letzte, und beim Kampfe habe ich dich noch nie gesehen. Hier, nimm diesen Scheik, und führe ihn hinauf in das Lager!«

»Den Scheik? Das fällt mir nicht ein. Ich nehme den Muza'bir, der mich in dem Brunnen verschmachten lassen wollte. Meine Rache wird entsetzlich sein.«

»Du wagst dich an ihn, weil er gebunden ist. Ich habe nichts dagegen.«

Der Muza'bir war wieder zu sich gekommen, ebenso der Mokkadem. Sie sollten nach dem Lager geschafft werden, und damit wir sie nicht tragen müßten, wurden ihnen die Fußfesseln so locker gelassen, daß sie gehen konnten. Selim richtete beide auf, nahm dann den ersteren beim Arm und sagte:

»Vorwärts, Halunke! Du bist in meine gewaltige Macht gegeben, und ich werde dich so stolz vernichten, wie der Elefant einen Wurm zertritt.«

Der Muza'bir konnte nicht die Arme, sondern nur die Füße bewegen, dennoch sprang er auf ihn ein, riß ihn zu Boden und setzte ihm, da sein Grimm kein andres Werkzeug besaß, die Zähne an die Gurgel. Er biß wie ein wütender Hund, konnte aber glücklicherweise nur die Haut verletzen. Selim streckte, ohne sich zu wehren, Arme und Beine aus, so erschrocken und feig war er, und schrie und blökte geradezu wie ein Kalb, weiches geschlachtet werden soll. Ich nahm den Muza'bir beim Genick, riß ihn auf und gab ihm einige Ohrfeigen, von denen ihm die Nase blutete. Das war vielleicht unanständig, für diesen frechen und brutalen Patron aber ganz geeignet. Selim stand auf, griff an seinen Hals und jammerte:

»Er hat mich erbissen; er lag auf mir wie ein Tiger. Effendi, du bist der berühmteste aller Ärzte des Weltalls und des Firmamentes; untersuche mich einmal, ob ich sterben muß!«

Es war ihm nur die Haut geschürft worden, dennoch machte ich ein bedenkliches Gesicht und erklärte:

»Die Luftröhre, die Leber und die Milz sind zwar unverletzt, aber die Zähne eines wütenden Menschen sind giftig; darum ist höchst wahrscheinlich eine Simm ed Damm zu befürchten.«

»Eine Simm ed Damm? Von dieser Krankheit habe ich noch nie gehört. Allah sei mir gnädig! Wie verläuft sie, Effendi?«

»Die Wunde schwillt an, und die Anschwellung läuft bis zum Herzen; der Magen wird weiß, die Lunge grün, das Gesicht schwarz mit gelben Strichen; die Beine und Arme fallen ab, und der Körper löst sich los, so daß endlich nur der Kopf übrig bleibt, der aber schon nach einigen Wochen auch zu Grunde geht.«

»O Muhammed, o ihr heiligen Kalifen! Das ist die Simm ed Damm! Ich bin verloren; dieser Muza'bir hat mich ermordet! Giebt es kein Mittel gegen dieses entsetzliche Übel?«

»Es giebt eins; es ist sehr einfach, aber ich glaube nicht, daß ich es bei dir anwenden kann.«

»Sage mir nur, was ich thun soll, mein lieber, lieber, mein guter und verehrungswürdigster Effendi! Ich werde alles thun, alles, und wenn es noch so schwer sein sollte.«

»Gut, ich will versuchen, dich zu retten; aber du mußt gehorchen.«

»Ich gehorche wie der niedrigste der Sklaven. Gieb mir nur schnell deine Befehle!«

»Zunächst muß ich dich mit meinem Ruh el Umo einreiben, und von diesem Augenblicke an darfst du nur durch die Nase atmen; du darfst also den Mund nicht öffnen, also vor allen Dingen nicht sprechen.«

»Allah! Das ist sehr schlimm! Wie lange dauert das?«

»Bis die Gefahr vorüber ist; ich werde es dir sagen.«

»Aber ich muß doch essen und trinken, und Allah weiß es, daß man das nicht durch die Nase thun kann!«

»Beim Essen und Trinken ist es gestattet, den Bissen oder den Schluck in den Mund zu nehmen, aber ja nicht dabei atmen oder gar sprechen!«

»Ich werde es thun, Effendi, ja, ich werde es thun. Ich will lieber einige Zeit lang schweigen als an dieser fürchterlichen Simm ed Damm zu Grunde gehen. Welch ein schauderhaftes Ende, die Arme, die Beine und den Körper zu verlieren und dann noch wochenlang nur mit dem Kopfe zu leben. Nein, das könnte ich nicht aushalten! Ich schwöre dir bei allen Bärten aller Kalifen, daß ich kein Wort sprechen werde.«

»Gut, ich will es einmal mit dir versuchen. Du bist ein willensstarker Mann und wirst meiner Kunst und Wissenschaft wohl keine Schande machen.«

»Richtig, sehr richtig! Du wirst deine Freude an mir haben, nur wünsche ich, daß ich auch meine Freude an deinen Vorschriften erlebe. Allah ist groß; er giebt Leben und Tod; aber wenn er dem wahren Gläubigen gestattet, den Tod durch die Kunst des Schweigens zu überwinden, so sehe ich nicht ein, warum ich dieser schauderhaften Simm ed Damm zuliebe sprechen und sterben soll!«

Die drei Gefangenen und deren Kamele wurden hinauf in unser Versteck gebracht. Wir mußten das Wasserloch wieder schließen, und ich sorgte dafür, daß von dem Geschehenen keine Spuren zurückblieben. Dann mußte ich den Lieutenant und den alten Onbaschi für den heutigen Abend instruieren.

Es war vorauszusehen, daß ich die Karawane belauschen werde; darum mußten die beiden Abteilungen, welche wir bei dem Überfalle zu bilden hatten, von den beiden Genannten angeführt werden. Ich zeigte ihnen also, nachdem ich Selims Hals mit Salmiakgeist eingerieben hatte, die Stellen, an denen sie ihre Abteilungen hinab in das Wadi zu führen hatten; das darauf Folgende mußte sich aus den Umständen ergeben. Ich selbst stieg noch einige Male die Felsenstufen auf und ab, um mit der Örtlichkeit so vertraut zu werden, daß in der Dunkelheit kein Fehltritt zu erwarten war, und kehrte nachher befriedigt nach dem Lager zurück, befriedigt ganz besonders deshalb, weil zwei meiner ärgsten Feinde, von denen der eine, Abd el Barak, der eigentliche Anstifter aller gegen mich unternommenen Angriffe war, in unsere Hände gefallen waren.

Was aber mit ihnen thun? Das fragte ich mich selbst, und das fragte mich auch der Lieutenant, als ich bei ihm und dem Onbaschi Platz genommen hatte. Die Gefangenen lagen, um unser Gespräch nicht hören zu können, unter der Obhut zweier Wächter, genügend von uns entfernt. Selim kauerte in derjenigen Haltung, welche der Araber Rahat el A'da nennt, also mit untergeschlagenen Beinen neben Ben Nil, welcher sehr fleißig auf ihn einsprach. Der junge Mann machte dabei ein so unternehmendes Gesicht, daß ich seine Absicht erriet. Er wollte Selim zum Sprechen bringen; dieser aber ließ sich nicht verleiten, gegen meine hinterlistige Verordnung zu handeln, und hielt mit großer »Tapferkeit« sein Schweigen fest.

»Es ist ganz eigentümlich, Effendi, daß deine Entschlüsse stets den besten Erfolg haben,« meinte der Lieutenant. »Du weißt ja, daß ich oft anders dachte als du und auch gegen deine Ansichten gesprochen habe; aber ich sehe jetzt wieder ein, daß es immer geraten ist, dir zu folgen. Wir haben dadurch jetzt einen sehr guten Fang gemacht, und ich bin überzeugt, daß es uns auch gelingen wird, diesem Ibn Asl die gefangenen Frauen abzujagen.«

»Damit wäre ich nicht zufrieden,« antwortete ich. »Ich will ihm nicht nur die Sklavinnen abnehmen, sondern auch ihn und seine Leute festnehmen, um sie dem Reïs Effendina zu überliefern.«

»Das wäre ein Streich, ein großer Ersatz, durch welchen vielen Hunderten von Schwarzen die Freiheit oder das Leben erhalten bliebe. Aber es wird Blut kosten!«

»Wahrscheinlich; aber eine Wahrscheinlichkeit ist noch keine Gewißheit, keine Notwendigkeit. Man darf sich nicht immer nach den gegebenen Verhältnissen richten, sondern man muß suchen, dieselben zu beherrschen, sie zum eigenen Vorteile umzuändern.«

»Ich möchte einmal sehen, wie das anzufangen ist. Die heutigen Verhältnisse sind doch so, daß Ibn Asl kommen und an dem Brunnen lagern wird; wir überfallen seine Krieger, kämpfen mit ihnen, töten so viel wie möglich von ihnen und nehmen die übrigen gefangen. Wie ist es möglich, dies anders zu machen und es gar so anzufangen, daß seine fünfzig Männer ohne Kampf und Blutverlust überwältigt werden?«

»Das weiß ich jetzt noch nicht. Ich halte das Leben eines Menschen für das höchste irdische Gut desselben, und darum soll man es schonen. Kann ich ohne Blut zum Zwecke kommen, so thue ich es. Es ist möglich, daß wir mit List unser Ziel erreichen. Es ist ein stolzes Gefühl, einen Feind mit der Waffe in der Hand besiegt zu haben, und jede Wunde, jede Narbe bringt dem Manne Ehre; aber einen schlauen, übermächtigen, heimtückischen Feind überlistet zu haben, das ist auch nicht gering zu schätzen; ich weiß das aus eigener Erfahrung. Für jetzt freilich müssen wir an dem einfachsten Plane festhalten: Ich steige zum Felsen hinab, um zu lauschen, und ihr begebt euch rechts und links vom Brunnen auch hinunter, um im Dunkeln zu warten, bis ihr von mir das Zeichen des Angriffes erhaltet.«

»Welches Zeichen?«

»Hast du einmal einen Aasgeier im Schlafe oder Traume krächzen gehört?«

»Ja.«

»Ich werde diesen Laut nachahmen; er ist selbst in der Wüste so gewöhnlich, daß er Ibn Asl oder seinen Wächtern gar nicht auffallen kann.«

»Aber wir können nicht alle hinab; wir müssen bei den Kameln und Gefangenen einige Wachen zurücklassen.«

»Natürlich! Zwei oder drei Leute werden genügen. Die Gefangenen behalten ihre Fesseln, bis auf den Scheik. Er ist unschuldig, hat uns nichts gethan und hegt wohl auch keine bösen Absichten gegen uns. Wir wissen nicht, ob er und sein Stamm uns nicht noch dienlich sein kann, und so ist es geraten, milder als mit den beiden andern mit ihm zu verfahren.«

»Da stimme ich dir bei. Was aber hast du in Beziehung auf den Mokkadem und den Muza'bir beschlossen?«

»Die überbringen wir dem Reïs Effendina. Es hat sich herausgestellt, daß sie in Verbindung mit dem Sklavenjäger stehen.«

»Du willst dich nicht an ihnen rächen? Sie haben dir doch nach dem Leben getrachtet!«

»Darüber richte nicht ich; meine Religion verbietet mir die Rache.«

Ben Nil hatte dies gehört und sagte: »Aber ich bin kein Christ, Effendi. Der Muza'bir war der Verbündete des heiligen Fakir und auch der Mokkadem gehört zu ihnen. Man hat mich in den Brunnen gelockt, um mich zu verderben. Wärest du nicht gekommen, so hätte ich den elenden Tod des Verschmachtens sterben müssen; diese beiden Gefangenen gehören also nicht dem Reïs Effendina, sondern mir.«

»Willst du sie töten, – ermorden?« fragte ich.

»Nein,« antwortete der Jüngling in stolzem Tone. »Seit ich bei dir bin, ist dein Sinn der meinige geworden. Ich töte keinen wehrlosen Menschen, selbst wenn er mein ärgster Feind wäre; aber dennoch muß und will ich mich rächen. Ich werde mit ihnen ehrlich kämpfen. Du giebst ihnen ihre Waffen zurück, und dann mag Allah über uns entscheiden.«

»Ich werde es mir überlegen.«

Dies sagte ich natürlich, um ihn zu beruhigen, hatte aber keineswegs die Absicht, seinen Wunsch zu erfüllen. Das wackere Kerlchen war mir zu wert, als daß ich ihm hätte erlauben mögen, sich einer Gefahr auszusetzen, welcher er, wie ich glaubte, nicht gewachsen war.

Nun ließ ich den Scheik der Monassir zu mir holen. Er mußte sich zu uns setzen und that dies, indem er sogleich und in strengem Tone fragte:

»Was habe ich euch gethan, daß ihr mich wie einen Feind behandelt?«

»Du bist der Gefährte unserer Feinde; das ist meine selbstverständliche Antwort auf deine Frage. Übrigens wirst du wohl gehört haben, daß ich befahl, gegen dich nicht streng zu sein.«

»Ich hörte es; aber dennoch bin ich noch gebunden wie ein Gefangener. Deine Worte klingen gut, aber dein Verhalten ist dasjenige eines wortbrüchigen Christen.«

»Laß dir raten, auf deinen Vorteil bedacht zu sein! Durch beleidigende Reden wirst du mich nicht bestimmen, dich besser zu behandeln als diejenigen, welche meine Feinde sind. Du bist ihr Genosse; sie haben mir nach dem Leben getrachtet, und nach dem Gesetze der Wüste könnte ich sie, und dich mit ihnen, sofort töten. Aber während du mit ihnen sprachst, befand ich mich in eurer Nähe und hörte eure Worte; ich weiß also, daß du ihnen die Kamele vermietet und sonst keinen Teil an ihnen hast. Die Gerechtigkeit, welche mein Glaube mir gebietet, befiehlt mir, dich ihre Thaten nicht entgelten zu lassen. Darum sollst du frei sein, wenn du bereit bist, die Bedingungen zu erfüllen, welche ich dir stellen werde.«

»Nenne sie!«

Der finstere Ausdruck seines Gesichtes wollte sich nicht ändern. Er war ein starrer Moslem und als solcher ein Gegner aller Andersgläubigen. Zudem glaubte er das, was Abd el Barak ihm von mir vorgelogen hatte. Ich erzählte ihm also kurz das Geschehene und fügte dann hinzu:

»Du wirst nun wohl einsehen, daß ich der Teufel nicht bin, als welcher ich dir beschrieben wurde. Ich bin dir nicht feindlich gesinnt und weiß, daß die Monassir tapfere Krieger sind, welche niemals ein gegebenes Wort brechen. Darum mache ich dir folgenden Vorschlag: du versprichst mir beim Barte des Propheten, diesen Ort ohne meine Erlaubnis nicht zu verlassen und auch nicht mit dem Mokkadern und dem Muza'bir zu sprechen; thust du das, so lasse ich dir die Fesseln abnehmen, gebe dir sogar deine Waffen zurück und du wirst, so lange wir hier bleiben, unser Gast anstatt unser Gefangener sein.«

»Und dann, wenn ihr von hier fortreitet?«

»Dann bist du ganz frei und kannst thun, was dir beliebt.«

»Ist das eine Hinterlist oder die volle Wahrheit?«

»Ich lüge nicht.«

»So gebe ich dir mein Wort.«

»Sprich es richtig und vollständig aus!«

»Ich schwöre beim Barte des Propheten, daß ich deine Forderungen streng erfüllen werde!«

Es war ihm anzusehen, daß er sein Wort halten werde; ich nahm ihm also die Fesseln ab, gab ihm seine Waffen und sagte:

»So magst du von jetzt an als Freund und Gast bei un sitzen. Danke übrigens Allah, daß ich ein Christ bin, und daß er dich zu mir geleitet hat! Ohne mich würdest du morgen nicht mehr leben.«

Er sah mich mit einem mißtrauischen Blicke von der Seite an und fragte:

»Wieso? Wer könnte mir nach dem Leben trachten? Doch nur du!«

»Ich am allerwenigsten. Meine Gefährten werden dir sagen, daß ich das Leben selbst meines ärgsten Feindes zu schonen trachte. Weißt du, warum du vorhin fortgeschickt wurdest, um nach Kameldünger zu suchen?«

»Natürlich weiß ich das. Es sollte ein Feuer angezündet werden.«

»Wenn du das denkst, so besitzest du ein sehr vertrauensseliges Herz. Wo soll hier am Wadi el Berd der Dünger herkommen!«

»Von den Kamelen der Sklavenkarawanen, welche heimlich hier verkehren.«

»Wie viele solcher Karawanen kommen jährlich hierher? Der Brunnen ist nur den Leuten Ibn Asl's bekannt, und wenn diese im Jahre zwei- oder dreimal an demselben halten, so ist das viel. Wie viel Dünger giebt das? Und ich denke, daß kein Karawanen-Ältester den Dünger seiner Kamele liegen läßt; dieser Stoff wird so nötig gebraucht, daß man ihn auf das sorgfältigste sammelt. Du wirst also einsehen, daß Abd el Barak sehr genau wußte, daß dein Suchen vergeblich sein werde.«

»Weshalb sollte er mich denn sonst fortgeschickt haben?«

»Um, ohne daß du es hörtest, mit dem Muza'bir von dir reden zu können. Ich habe, als du fort warst, jedes Wort vernommen. Es handelte sich um deinen Tod.«

»Allah! Beweise mir die Wahrheit deiner Worte!«

»Ibn Asl ed Dschasuhr, der Sklavenjäger, kann seine Karawanen nur so lange, als seine Brunnen unentdeckt bleiben, durch diese Wüste senden. Sobald die geheimen Wasserlöcher entdeckt werden, ist es aus mit dem Geschäft und dem Gewinne, den er macht. Kommt zufällig ein anderer hinter das Geheimnis, so frage ich dich, was Ibn Asl höher stehen wird, das Leben dieses Mannes oder die hohen Summen, welche ein Sklavenjäger verdient?«

»Das Geld natürlich. Aber ich bin ja mit nach dem Wadi genommen worden; ich habe mich nicht in das Geheimnis gedrängt!«

»Das bleibt sich gleich; es ist verraten, und um es zu wahren, muß Ibn Asl dich töten.«

»Das sagte Abd el Barak?«

»Ja. Oder meinst du, daß ich dich belüge?«

»Nein. Ich glaube, daß du die Wahrheit sprichst. Welche Schlechtigkeit aber ist es da von diesen beiden Männern, mich mit nach dem Wadi zu nehmen!«

»Du selbst trägst die Schuld. Du hast ihnen deine Kamele nicht anvertrauen wollen; du hast verlangt, mitgenommen zu werden.«

»Das ist wahr. Und ich sehe ein, daß sich mich auf die Gefahr, welcher ich mich dadurch aussetzte, nicht aufmerksam machen konnten; sie sind also weniger schuldig, als ich glaubte, und da ich nun unter deinem Schutze nichts mehr zu befürchten habe, will ich ihnen verzeihen.«

»Ich höre, daß Allah dir ein versöhnliches Herz gegeben hat. Deine Milde ist diejenige eines Christen, was mich um so mehr erfreut, als ich dich für einen strengen Gegner meines Glaubens halten mußte.«

»Das bin ich auch und werde es immer bleiben. Das wird dich aber wohl nicht veranlassen, mir das Gebet zu verbieten?«

»Ich habe weder das Recht, es zu erlauben, noch dasjenige, es zu untersagen.«

»So wisse, daß die Zeit des Gebetes des Sonnenunterganges gekommen ist, und mein Gebetsteppich befindet sich bei meinem Kamele. Darf ich ihn mir holen?«

»Du darfst. Das Kamel, der Teppich und all dein Eigentum gehört dir; wir sind keine Diebe oder Räuber.«

Er holte sich seinen Sidschschadi, wie der Araber seinen Teppich des Gebetes nennt, und schloß sich der Andacht der andern an. Die Sonne tauchte eben hinter den westlichen Horizont hinab, und die Stimmen der Betenden erschallten laut über das Wadi hinüber und in die Wüste hinaus. Dann wurde es schnell Nacht, da es in jenen Gegenden keine Dämmerung giebt.

Nach dem Gebete wurde gegessen. Dabei kam mir ein scharfer Geruch in die Nase. Ich sah mich um und gewahrte einen Askari, welcher mit dem Bauche an der Erde lag und aus Leibeskräften in ein kleines, glimmendes Feuer blies. Ich sprang hin und drückte es aus.

»Was fällt dir ein!« schalt ich ihn aus. »Wer hat dir das erlaubt?«

»Ich wollte ja nur ein Feuerchen machen, Effendi!« entschuldigte er sich in sehr kindlicher Weise.

»Das sehe ich eben! Wie es scheint, hältst du das für erlaubt?«

»Ja, Effendi.«

»Ich habe es nicht verboten, weil ich nicht glaubte, daß einer von euch Dünger bei sich hat. Woher hast du ihn?«

»Ich sammelte ihn, indem ich heute stets hinter den andern herritt und dann allemal abstieg.«

»So hast du dir sehr viel Mühe ganz umsonst gemacht. Siehst du denn nicht ein, daß es für uns gefährlich ist, ein Feuer anzuzünden? Ein solches Feuer riecht man weit, selbst wenn man es nicht sieht. Wenn jetzt Ibn Asl käme und da unten Lager machte, könnte es uns ihm leicht verraten.«

»Daran habe ich nicht gedacht. Verzeihe mir!«

Dieses kleine, an und für sich ganz unwichtige Intermezzo sollte mir später großen Vorteil bringen.

Wir Männer lagerten in der Einbuchtung des Hügels; auch die beiden Gefangenen befanden sich da. Draußen vor der Bucht lagen die Kamele, welche von zwei Asakern bewacht wurden. Auf dem Hügel stand der Posten, welcher seine Aufmerksamkeit scharf nach Südwest zu richten hatte. Da ich gewohnt war, mich mehr auf mich selbst als auf andere zu verlassen, so stieg ich zu ihm hinauf, und später kam der alte Onbaschi nach; er kannte die Wüste und glaubte, mich unterstützen zu können. Nach einiger Zeit ging der Mond auf und warf seinen Schein auf die gegenüberliegenden Felsenhöhen. Wir konnten die tiefen, dunkeln Stellen derselben von den hellen, höheren leicht unterscheiden. Es mochte gegen zehn Uhr sein, als ich drüben eine Bewegung wahrnahm. Ich sah helle Gestalten an dem dunkeln Hintergrunde erscheinen und vorübergleiten. Das waren die weißen Haïks der Sklavenjäger. Ich stieg also in das Versteck hinab, meldete dem Lieutenant die Ankunft der Erwarteten, empfahl ihm große Stille und Vorsicht, ließ den beiden Gefangenen den Mund verbinden, damit sie die Sklavenkarawane nicht durch laute Rufe warnen konnten und stieg dann die Felsenstufen hinab, um noch vor Ibn Asl auf meinem Lauscherposten zu sein.

Der Mond konnte nicht in die Tiefe des Wadi gelangen, und der Schein der Sterne war zu schwach, das hier herrschende Dunkel zu durchdringen. Meinen hellen Haïk hatte ich natürlich zurückgelassen; ich konnte nicht gesehen werden.

Da klang es vom jenseitigen Ufer wie Schwalbengezwitscher herüber, welches zuweilen von einem tiefern Tone unterbrochen wurde. Das Gezwitscher waren die hellen, fernen Stimmen der Sklavinnen, und der zuweilen dreinklingende Baß war die kommandierende Stimme des Führers, welcher die Richtung des abschüssigen Pfades angab.

Die Stimmen kamen näher; die Karawane erreichte die Tiefe des Wadi und wendete sich dann ganz genau dem Punkte zu, an welchem das Wasserloch lag. Ich sah die Haïks der Reiter und die hellen Zeltdächer der Frauensänften sich bewegen; alles andere blieb in dem tiefen Dunkel unsichtbar. Nun erklang die tiefe Stimme des Führers:

»Halt! Danket Allah und dem Propheten, denn wir sind glücklich bei dem Wasser der Erquickung angekommen!«

Nun war es, als ob mehrere hundert Stimmen antworteten. Männer riefen, schrieen oder fluchten; Frauenstimmen schwirrten wirr durcheinander; Kamele blökten und brummten. Da wurde es hell; zwei Fackeln brannten, und nun konnte ich sehen, was sechs Ellen unter mir vorging. Das war wirklich eine ansehnliche Karawane. Es wurden mehrere Palmfaserfackeln angebrannt, und beim Scheine derselben zählte ich fünfzehn Lastkamele, welche Tachtirwahns trugen. Die Formen dieser Frauensänften sind sehr verschieden, aber stets phantastisch, ja grotesk; am seltensten nehmen sie sich natürlich im Lichte des Feuers oder wie hier, der Fackeln aus. Außer diesen Sänftenkamelen gab es noch andere Lasttiere, welche die Wasserschläuche, Vorräte und Zelte trugen. Reitkamele gab es wohl fünfzig; ich konnte sie nicht sofort und genau zählen.

Das war wohl eine Viertelstunde lang ein Wirrwarr, der kaum zu lösen schien; dann kam Ordnung in die Menge. Es wurden die Frauenzelte aufgeschlagen, welche Arbeit die Sklavinnen selbst verrichteten; die Männer nahmen den Kamelen ihre Lasten ab, und einige kamen mit einer Fackel nach der Stelle des Brunnens, um die Bedeckung desselben zu entfernen.

Mir war ganz eigentümlich zu Mute. Ich hatte den Orient kennen gelernt, aber doch noch kein so ganz und gar fremdartiges Bild vor Augen gehabt wie dasienige, welches sich da unter mir entrollte. Dabei wirkte natürlich am meisten das Bewußtsein, daß die gegenwärtige Scene sich sehr bald in eine blutige verwandeln werde.

Die Anordnung des Lagers war leicht zu erkennen. Ich befand mich gerade über dem Brunnen. Rechts von demselben breiteten die Männer ihre Decken und Tücher aus; links erhoben sich die Frauenzelte;

hinter diesen lagen die Pack- und Reitsättel mit den Lasten, und weiterhin wurden sämtliche Kamele gezwungen, sich in das scharfe Steingeröll zu legen. Dieser Plan war ganz und gar nicht geeignet, die Ansicht zu bekräftigen, welche ich bisher über den berühmten oder vielmehr berüchtigten Ibn Asl ed Dschasuhr gehegt hatte. Ein solcher Mann muß vor allen Dingen um- und vorsichtig sein; dieses Lager aber war noch leichtsinniger als das Nest einer Amsel angelegt. Jedenfalls war man allzu fest der Überzeugung, daß die weite Wüste außer der Karawane keinen Menschen berge. Unter mir wurde das Loch aufgegraben. Die dabei be schäftigten Leute arbeiteten mit den Händen. Bei ihnen stand ein langer, sonnverbrannter und schwarzbärtiger Kerl, welcher ihnen zuschaute und zuweilen nach rechts oder links einen lauten, kurzen Befehl hinüber rief. Dieser Mann war also der Anführer, Ibn Asl, der Sklavenjäger. Er hatte nicht die mindeste Ähnlichkeit mit seinem Vater, dem scheinbar ehrwürdigen und sehr heiligen Fakir Abd Asl.

Jetzt waren die Brunnengräber bis an die Steinplatte gelangt; sie hoben sie weg, und der Anführer ergriff die Fackel und kniete nieder, um hinabzuleuchten. Er stieß einen mehr als kräftigen Fluch aus und fügte im Tone der Enttäuschung hinzu:

»Da giebt es ja kaum zwei Fuß Wasser. Da hat der Teufel den Regen nach einer andern Richtung gelenkt, und wir können nicht einen einzigen Schlauch füllen, denn dieses Wasser hier müssen wir den Sklavinnen geben, um sie frisch und gesund zu erhalten. Allah schnüre diesen Frauen, derentwegen wir dürsten müssen, die Kehlen zu!«

»Es wird sich vielleicht welches nachsammeln,« bemerkte einer der Männer.

»Das weiß ich auch, du Sohn und Neffe der Überklugheit. Aber wie lange wird das währen? Können wir tagelang hier warten?«

»Verzeihe! Wir müssen doch ohnedies hier warten, bis die andern nachgekommen sind.«

»Die kommen natürlich schon morgen, und dann muß sofort aufgebrochen werden.«

»Aber sie bringen Wasser vom Bir Murat mit.«

»Sauf du es, wenn es dir schmeckt! Ich habe keinen Tropfen von dem getrunken, welches Malaf heute früh brachte. Holt die Weiber herbei, daß sie schöpfen! Ich werde sie selbst beaufsichtigen, damit kein Tropfen verloren gehe.«

Diesem Beispiele wurde Folge geleistet. Es kamen mehrere Frauen, welche wortlos schöpften und dann mit ihren Gefäßen unter den Zelten verschwanden. Sie befanden sich in gedrückter Stimmung oder fürchteten den Anführer so, daß sie in seiner Nähe nicht zu sprechen wagten.

Er setzte sich, als das Loch leer geworden war, neben dasselbe auf die Erde, stemmte den Ellbogen auf das Gestein und legte den Kopf in die Hand. In dieser Stellung sah er dem Treiben der andern zu.

Ich that dasselbe wie er und beobachtete alles so genau wie möglich. Mir fiel vor allen Dingen auf, daß keiner der Männer eine Flinte oder Pistole bei sich hatte; sie trugen alle nur das Messer im Gürtel. Sie hatten, wie ich später bemerkte, die ihnen jetzt unbequemen Schußwaffen hinter den Frauenzelten bei dem Gepäck abgelegt.

Der Indianer ist weit vorsichtiger. Er giebt, wenn er sich nicht in seinem Wigwam befindet, die Waffe nie aus der Hand und hat sie sogar während des Schlafens im Arme liegen. Dies war auch mir zur Gewohnheit geworden. Bei den Beduinen aber kann man oft sehen, daß sie die Langgewehre auf einen Haufen legen und ruhig schlafen, ohne daran gedacht zu haben, eine Waffenwache auszustellen.

Jetzt drang der Rauch von angebranntem Kamelmist unter den Zelten hervor. Die Frauen bereiteten ihr Abendessen. Die Männer brachten einige Wasserschläuche und Dattelsäcke und lagerten sich in der Nähe des Anführers, um ihren frugalen Imbiß zu verzehren. Es war eine zusammengewürfelte Gesellschaft, und ich sah alle Farben vom tiefsten Schwarz bis zum sonngedunkelten Hellbraun vertreten.

Sie sprachen leise miteinander; auch sie schienen nicht den Mut zu besitzen, in Anwesenheit des Anführers laut zu werden. In den Zelten sprachen die Frauen; aber ich konnte nichts verstehen. Diejenigen, welche ich, als sie Wasser geholt hatten, gesehen hatte, bestätigten den Ruhm, welchen die Frauen der Fessarah wegen ihrer Schönheit besitzen. Ich hatte, da sie nicht verschleiert waren, die Regelmäßigkeit ihrer Gesichtszüge deutlich bemerkt.

Da kam von den Kamelen her einer gegangen, welcher sich neben den Anführer setzte und, ohne diesem ein Wort zu sagen, ein Stück Trockenfleisch hervorzog und zu essenbegann. Er war noch jung, aber jedenfalls im Kampfe viel erfahren, denn sein Gesicht war so voller Narben, als ob es durch ein Hackebrett zerfleischt worden sei. Als er den letzten Bissen in den Mund gesteckt und verschlungen hatte, sagte er zu dem Anführer:

»Nun, wie ist's heute? Soll sie endlich gehorchen oder nicht?«

Seine Stimme klang rauh und krächzend; sie war fast ebenso häßlich wie sein Gesicht.

»Marba!« rief anstatt der Antwort der Anführer in lautem Tone. Aller Augen richteten sich nach einem der Zelte; aber die Gerufene kam nicht.

»Marba!« wiederholte er, doch mit demselben Mißerfolge.

Er winkte zweien seiner Leute; diese standen auf, verschwanden unter dem Zelte und brachten ein junges Mädchen aus demselben; sie führten es vor den Anführer und setzten sich dann wieder nieder. Marba war vielleicht sechzehn Jahre alt und ein sehr schönes Mädchen. Ihr Gesicht zeigte nicht die mindeste Spur jener Schärfe, welche älteren Beduinenfrauen eigentümlich ist. Sie ging barfuß; ihr Körper war ganz in ein dunkles, kaftanartiges Gewand gehüllt, und ihr dunkles Haar hing in zwei dicken, langen Zöpfen über dem Rücken hinab. Ihr Gesicht war starr und unbewegt, und ebenso starr blickte ihr dunkles Auge, welches auf den Anführer gerichtet war und den andern gar nicht zu sehen schien. Der erstere deutete auf den letzteren und gebot dem Mädchen:

»Du hast ihn beleidigt und mußt es sühnen. Küsse ihn!«

Sie hörte diesen Befehl, aber gehorchte nicht; sie bewegte nicht den Fuß, nicht die Hand, nicht die Lippen und nicht einmal die Wimpern.

»Küsse ihn!« rief der Anführer lauter als vorher. »Sonst –!«

Er richtete sich empor und zog die Nilpeitsche aus dem Gürtel. Sie stand wie ein steinernes, lebloses Bild, sah ihm starr in das Auge und rührte sich nicht. Da trat er auf sie zu, holte aus, schlug sie und wiederholte seinen Befehl abermals. Sie nahm die schmerzhaften Streiche hin, ohne zu zucken.

»Haue sie, bis sie gehorcht!« rief der Narbige zornig, indem er aufsprang.

»Das darf nur In Asl. Warte, bis er morgen kommt! Aber fühlen soll sie es doch, daß ich heute zu befehlen habe.«

Er gab ihr noch mehrere Streiche und setzte sich dann nieder; der Häßliche folgte seinem Beispiele; das Mädchen drehte sich um und schritt langsam auf das Zelt zu, hinter dessen Vorhang sie verschwand.

Wie gerne wäre ich herabgesprungen, um diesem Menschen seine eigene Peitsche zu kosten zu geben! Leider mußte ich für jetzt darauf verzichten, nahm mir aber vor, ihm die verdiente Züchtigung nicht zu schenken. Seine letzten Worte waren von großer Wichtigkeit für mich. Er hatte gesagt, daß Ibn Asl erst morgen kommen werde; also war er nicht Ibn Asl selbst, sondern wohl nur dessen Unteranführer. Wo aber befand sich der Sklavenhändler? Vorhin war davon die Rede gewesen, daß »andere« noch zurück seien und morgen vom Bir Murat Wasser nachbringen würden. Sollte sich Ibn Asl bei diesen Männern befinden? Aus welchem Grunde war er zurückgeblieben, war er nicht bei seiner Karawane?

Ich brauchte gar nicht lange auf die Beantwortung dieser Frage zu warten, denn die beiden unter mir setzten das unterbrochene Gespräch fort, indem der Häßliche sagte:

»Hätte Ibn Asl diese Tochter des Scheiks der Fessarah nicht so in seinen Schutz genommen, weil er denkt, gerade für sie einen sehr hohen Preis zu erzielen, so würde ich, indem ich auf alles andere verzichtete, sie als meinen Anteil verlangen und dann die Unverschämte zur Strafe totpeitschen. Mich den verfluchtesten Teufel zu nennen und mir in das Gesicht zu spucken! Wäre sie eine Negerin oder auch eine braune Nubierin, so hätte ich ihr, ohne Ibn Asl zu fragen, die Kehle durchschnitten. Schade, daß er dieses Mal selbst bei der Karawane ist und nicht uns, wie es stets geschah, den Transport anvertraut hat! Er konnte heimziehen und wäre dann auch nicht in die Gefahr geraten, von diesem fremden, ungläubigen Effendi aufgehoben werden zu sollen.«

»Sorge dich nicht um ihn! Die Gefahr wird ihren Rachen jetzt diesem Giaur zugewendet und ihn verschlungen haben.«

»Dieser Überzeugung bin ich nicht. Übrigens ist es gar nicht gewiß, ob er sich an uns wagen wird!«

»Abd Asl sagte es, und der Türke Murad Nassyr war derselben Meinung. Beide kennen den Fremden und wissen wohl recht gut, was derselbe machen wird. Ich habe der ganzen Unterredung beigewohnt. Was die beiden noch nicht wußten, das hat der Scharfsinn unseres Herrn erraten und ergänzt. In Chartum weiß man gewiß von unserem Überfalle der Fessarahweiber, und der Reïs Effendina lauert also am Nile auf uns. Den Lieutenant hat er in gleicher Absicht abgesandt, und dieser ist sicher nicht allein gekommen, sondern hat eine Schar Asaker mitgebracht. Er ist mit dem fremden Effendi in Korosko gesehen worden; daraus folgt, daß die beiden auf uns lauern. Aber wehe diesem Christenhunde, wenn er sich an Ibn Asl wagt! Der Herr hat mir mitgeteilt, was er mit ihm machen wird.«

»Zu Tode peitschen?«

»Nein, sondern noch viel schlimmer. Er fängt ihn, schneidet ihm die Zunge heraus, um von ihm nicht verraten werden zu können, und verkauft ihn als Sklaven an einen schwarzen Stamm des Bahr-el-Ghasal-Landes.«

»Das wäre eine wohlverdiente Rache. Die fränkischen Christen mögen in ihrem Lande bleiben und sich nicht in unsere Angelegenheiten mischen. Was für ein Recht haben sie, uns den Sklavenhandel zu verbieten? Nicht das mindeste! Hoffentlich gelingt es Ibn Asi, diesen Ungläubigen zu ergreifen.«

»Ich zweifle nicht daran, denn er hat Malaf bei sich behalten und auch die andern, welche den Giaur gesehen haben, als er ihnen ihre Gefangenen abnahm. Sie kennen ihn also sehr genau und werden den Herrn auf ihn aufmerksam machen. Ibn Asl war ergrimmt über sie, daß sie sich von diesem einzelnen Manne besiegen ließen; darum werden sie nun alles aufbieten, den Fehler, welchen sie begangen haben, quitt zu machen.«

»Bringt der Herr, wenn er morgen kommt, seine Braut mit?«

»Nein. Er müßte sie ja mit nach Ras Rauai schleppen, was weder für sie, noch für ihn oder für uns bequem wäre. Ihr Bruder, der Türke, ist mit ihr heute früh von Bir Murat fort, und Abd Asl begleitet ihn, um sie nach Faschodah zu bringen.«

Ich hatte genug gehört und brauchte nichts weiter zu erlauschen. Der Sklavenhändler war beim Brunnen Murat zurückgeblieben, um mich zu fassen; Murad Nassyr und der heilige Fakir waren von dort fort; morgen wollte der Sklavenhändler nachkommen. Weiterer Nachrichten bedurfte ich nicht, um einen Plan, welcher mir soeben beigekommen war, ausführen zu können. Dieser Plan war, ganz offen in das Lager der Karawane zu gehen und den Überfall in der Weise vorzubereiten, daß ein blutiger Kampf möglichst verhindert wurde. Ich kehrte jetzt also nach unserm Verstecke zurück und teilte dort meine Absicht dem Lieutenant und dem Onbaschi mit. Sie waren beide ganz und gar dagegen.

»Das wage ja nicht, Effendi!« sagte der erstere. »Du riskierst das Leben. Der kleinste Zufall kann zur Entdeckung führen.«

»Wenn ich es nicht dumm anfange, kann von einem solchen Zufalle keine Rede sein.«

»Und wenn man trotzdem merkte, wer du bist?«

»So hätte ich meine Arme, meinen Kopf, der mich noch nie verlassen hat, und meine Waffen.«

»Fünfzig gegen dich, das ist zu viel!«

»Es ist besser, ein einzelner wagt etwas, als daß beim Überfalle viele getötet werden.«

»Aber wenn dieser einzelne derjenige ist, dessen Kopf und Arme die andern brauchen, so ist es besser, es unterbleibt.«

»Das mag wahr sein; aber ich habe stets Glück gehabt und hoffe, daß ich es auch heute haben werde.«

»Nun, so muß ich es dir mitteilen, obgleich ich noch nicht davon gesprochen habe: Der Reïs Effendina hat mir zwar geboten, dir zu gehorchen, aber er hat mir auch befohlen, mich zu widersetzen, wenn du dein Leben wagen solltest. Und heute, jetzt, widersetze ich mich.«

»Wie willst du das anfangen? Wenn ich gehen will, kannst du mich doch nicht mit Gewalt zurückhalten!«

»Doch! Ich halte dich zurück.«

»So mache ich Lärm und alles ist verdorben. Die Karawane wird uns entgehen.«

»Das wirst du doch nicht thun!«

»Ich führe es aus; ich gebe dir mein Wort darauf, und du weißt, daß ich mein Wort nie breche.«

»Allah, Allah,« meinte er ratlos, »was ist zu thun?«

Wir standen neben Ben Nil und Selim, welche noch immer bei einander saßen. Der letztere interessierte sich, ob beistimmend oder abgeneigt, das wußte ich nicht, in der Weise für meinen Plan, daß er aufsprang und ausrief:

»Effendi, du mußt heute – –«

Schweig', Unglückseliger!« herrschte ich ihn an. »Willst du an der schauderhaften Simm ed Damm sterben? Habe ich dir nicht das Reden verboten!«

Er sank sofort, tief erschrocken, wieder zur Erde nieder, zog das bejammernswerteste aller Gesichter und hielt sich beide Hände an den Mund, um anzudeuten, daß er denselben nicht wieder öffnen werde.

»Du siehst ein,« fuhr ich, zu dem Lieutenant gewendet, fort, »daß ich mich von meinem Vorsatze nicht abbringen lasse, und ich rate dir, mir kein Hindernis in den Weg zu legen.«

»Aber, Effendi, wenn dir ein Unglück passiert, wie soll ich es da vor dem Reïs Effendina verantworten?«

»Indem du ihm sagst, daß es mein Fatum, mein Kismet gewesen sei. Das ist doch sehr einfach.«

»Das ist wahr; du beruhigst mich, Effendi. Thue, was dir beliebt; ich habe nun nichts mehr dagegen, denn ich weiß, daß du doch auf meine Warnungen nicht hörst.«

»Ich bin für jede begründete Warnung dankbar; aber die deinige ist so allgemein und unbestimmt, daß ich sie unmöglich gelten lassen kann. Übrigens stürze ich mich nicht etwa kopfüber in die Gefahr, sondern ich gehe ihr mit vollem Bedachte entgegen; das vermindert ihre Größe und vermehrt meine Sicherheit.«

»Aber wer willst du denn sagen, daß du bist?«

»Ein Abgesandter des Mokkadem, welcher mich schickt, um Ibn Asl vor dem fremden Effendi zu warnen.«

»So willst du diese Leute also vor dir selbst warnen!«

»Damit sie doppelt leicht in unsere Hände fallen. Ich habe gar nicht zu fürchten, für einen Franken gehalten zu werden. Mein Kismet ist heute, dir die Sklavenkarawane in das Netz zu liefern.«

»So sage mir, was ich thun soll!«

»Du mußt scharf aufpassen. Wenn du den schlaftrunkenen Schrei des Geiers hörst, brecht ihr von hier nach beiden Seiten auf und kommt hinunter in das Wadi. Wenn ihr unten anlangt, bleibt ihr lautlos halten, bis ich euch hole.«

»Wenn sie dich aber festhalten, so daß du uns nicht holen kannst?«

»In diesem Falle würde ich das Zeichen nicht geben. Sollte ich, wenn das Kreuz des Südens vom Himmel verschwunden ist, das Zeichen noch nicht gegeben haben, so bin ich gefangen, und ihr kommt hinab, um die Männer zu überfallen und mich zu befreien. Und außerdem die allgemeine Regel: Wenn ihr drei dünne Revolverschüsse hinter einander fallen hört, so befinde ich mich in Gefahr, und ihr müßt euch beeilen, mir beizustehen. Für alle Fälle aber mußt du hier bei den Kamelen und den beiden Gefangenen eine sichere Wache lassen. Versäume das ja nicht, da sonst leicht alles verdorben werden kann.«

»Auf mich kannst du dich verlassen, Effendi. Ich werde nichts versäumen, was zu deiner Sicherheit und zum Gelingen deines Planes notwendig ist.«

»Das erwarte ich freilich ganz bestimmt, denn die Gefahr, welcher ich vielleicht entgegen gehe, kann mir nur dann schädlich werden, wenn du fehlerhaft handelst. Meine Gewehre lasse ich bei dir zurück; es sind abendländische und sie würden mich verraten; ich nehme dafür deine lange arabische Flinte mit.«

Diese letzteren Worte waren an Ben Nil gerichtet; er stand auf und antwortete:

»Effendi, willst du nicht lieber die Flinte Selims nehmen? Ich brauche die meinige zu deiner und meiner Verteidigung; ich gehe natürlich mit dir, denn es ist sehr leicht möglich, daß du der Hilfe eines zweiten bedarfst.«

»Ich bin mir selbst genug und will niemand in Gefahr bringen.«

»Ja, so bist du stets und immer; aber das dulde ich nicht mehr, wenigstens heute nicht. Ich habe dich lieb und bin als dein Diener mit dir gegangen. Soll der Diener sich pflegen, wenn sein Herr das Leben wagt?«

»So schlimm ist es nicht.«

»Es ist so, genau so, wie ich sage. Du hast mir das Leben gerettet, und mein Herz gebietet mir, dir dankbar zu sein. Es ist grausam von dir, mich jeder Gelegenheit dazu zu berauben.«

»Ich kenne deine Gesinnung, Ben Nil, und das genügt mir vollständig.«

»Mir aber nicht. Du bist mein Vorbild geworden und so werde ich deinem jetzigen Beispiele folgen und genau so gegen dich handeln, wie du dich zu dem Lieutenant verhalten hast. Er wollte dich nicht fortlassen, und da drohtest du, Lärm zu machen; nun wohl, wenn du mich nicht mitnimmst, so zwinge ich dich. Ich laufe hinter dir her, und wenn die Sklavenjäger dann Verdacht schöpfen, so hast du es dir, nicht aber mir zuzuschreiben.«

Es war mir, als ob ich diesen Widerstand eigentlich nicht dulden dürfe; aber der liebe, kleine Kerl handelte aus reiner Zuneigung und Dankbarkeit; ich durfte ihn nicht kränken und entschied darum, indem ich ihm die Hand drückte:

»Nun wohl, so geh' mit. Zwar wird mein Plan dadurch eine Änderung erleiden, aber ich denke, daß es keine unglückliche sein wird.«

Ich ging mit ihm zum Scheik der Monassir und fragte diesen:

»Hast du daheim einen Sohn?«

»Mehrere,« antwortete er.

»Vielleicht einen im ungefähren Alter dieses meines Dieners?«

»Ja.«

»Wie heißt er?«

»Ben Menelik, wie ich.«

»Kennt dich Ibn Asl, oder kennst du einen seiner Leute?«

»Auch nicht. Warum legst du mir diese Fragen vor, Effendi?«

»Das werde ich, da ich jetzt keine Zeit dazu habe, dir vielleicht später erklären.«

Jetzt ging ich zu dem Askeri, welcher vorhin ein Feuer hatte anzünden wollen, und ließ mir seinen Kamelmist geben, welcher mir jetzt sehr zu statten kam. Dann sattelte ich mein Kamel und Ben Nil das seinige. Als imitirter Muselmann mußte ich einen Gebetsteppich mitnehmen, und außerdem versah ich mich mit den Vorräten, welche ein Wüstenreisender bei sich führen muß. Ich that dies für den Fall, daß man mir keinen Glauben schenken und uns und unsere Kamele untersuchen werde. Alles, was mich verraten konnte, Papier, Bleistift und dergleichen, gab ich dem Lieutenant zur Aufbewahrung; die Revolver aber nahm ich mit, weil sie mich wehrhaft machten und ich ihren Besitz leicht auf irgend eine Weise zu erklären vermochte.

Nun brachen wir auf. Indem wir, die Kamele am Zügel führend, neben einander herschritten, erklärte ich Ben Nil meinen Plan und sagte ihm, wie er sich dabei zu verhalten habe. Er sollte mich Saduk el Baija, Saduk den Händler, aus Dimiat (Damiette) nennen und ja nicht Effendi, sondern Sihdi zu mir sagen. Ich traute ihm gern diejenige Vorsicht und Aufmerksamkeit zu, welche notwendig war, um Fehler zu vermeiden. Dem Lieutenant hatte ich gesagt, daß er sich an einen oder einige Flintenschüsse, welche bald fallen würden, ja nicht kehren solle. Ungefähr tausend Schritte von unserm Lager entfernt, lag die von mir untersuchte Stelle, an welcher man leicht in das Wadi hinabgelangen konnte. Wir schritten langsam hinunter, verbanden aber vorher unsern Kamelen die Mäuler, damit sie, falls ihre Nasen ihnen die Anwesenheit anderer Kamele verrieten, nicht laut werden konnten.

Unten angekommen, wendeten wir uns nach links und gingen vielleicht noch tausend Schritte weiter. Dann machte das Wadi eine leichte Krümmung, hinter welcher wir anhielten. Wir nahmen unsern Kamelen ihre Sättel ab und hießen sie, sich legen. Ich schoß die Flinte ab und lud sie wieder; dann setzten wir uns nieder. Zwei auf einander gelbe Steine bildeten einen kleinen Herd. Ich wartete ungefähr zehn Minuten und schoß noch einmal.

Die Sklavenjäger mußten die Schüsse gehört haben; sie sandten sicher einige Leute aus, um die Ursache derselben zu erforschen. Jetzt legte ich den mitgenommenen Kameldünger auf die Steine und brannte ihn an. Ein Napf wurde mit Wasser gefüllt, in welches ich Mehl rührte, und über das Feuer gesetzt. Dann brannte ich mir den Tschibuk an, legte mich mit dem Rücken an den Felsen und wartete der Dinge, die da kommen sollten.

Es dauerte gar nicht lange, so sagte mir mein Ohr noch mehr als das Auge, daß die Kundschafter kamen. Das waren freilich nicht die völlig unhörbaren Schritte eines Indianers. Man hörte den Steingrus knacken. Nach dem Geräusch zu urteilen, rührte es von wahrscheinlich drei Personen her. Wenige Augenblicke später sah ich, daß mein Ohr mich nicht getäuscht hatte. Wir saßen an einer vom Monde beschienenen Stelle des hier breiten Wadi; ich hatte dieselbe mit Absicht gewählt; man sollte uns leicht finden und deutlich erkennen. Drüben im Schatten der Felsen schlichen drei Gestalten und hockten sich gerade gegenüber nieder, um uns zu beobachten. Die dummen, ungeschickten Kerle trugen ihre Haïks, deren helle Farbe grau aus dem Schatten hervortrat.

Jetzt begann ich, mit Ben Nil zu sprechen, und zwar so laut, daß sie uns drüben hören konnten. Sie sollten uns für Leute ansehen, welche sich für vollständig allein hielten und von der Anwesenheit der Karawane keine Ahnung hatten. Wir nannten uns dabei mit den erdichteten Namen, und zwar deutlich genug, um verstanden zu werden. Nach einigen Minuten bewegten sich die Lauscher wieder zurück und verschwanden hinter der Biegung des Wadi.

»Sie sind fort!« meinte Ben Nil in enttäuschtem Tone. »Sie kamen nicht herüber. Nun ist unsere Absicht vereitelt!«

»O nein. Diese drei waren nur die Kundschafter; sie machen jetzt ihre Meldung, und dann wird man kommen, um mit uns zu reden.«

Wir warteten zehn Minuten, und dann aßen wir unsern Mehlbrei, natürlich in echt orientalischer Weise, indem wir mit den Fingern in den Napf fuhren und uns das kleisterartige Zeug liebreich auf die herausgestreckte Zunge, welche dann die Weiterbeförderung zu besorgen hatte, strichen. Wir thaten das, um für ganz und gar unbefangene Leute gehalten zu werden. Ein gut gebratenes Haselhuhn mit nachfolgendem »Fürst Pückler« wäre mir freilich lieber gewesen, aber ländlich, sittlich, und da der Negerhirsenbrei hier ländlich war, so durfte ich ihn nicht für unsittlich halten. Da kamen sie, dieses Mal noch viel weniger leise als vorher. Es waren volle zehn Mann; sie trugen alle ihre Waffen, bogen um die Krümmung des Wadi, kamen auf uns zu, blieben bei uns stehen, und der Voranschreitende grüßte mit seiner tiefen Baßstimme, die mir schon bekannt war.

»Mesalcher – guten Abend.«

Es war der Anführer, welcher Marba, die gefangene Scheikstochter, gepeitscht hatte. Ich sprang scheinbar erschrocken auf und antwortete:

»Allah jumessik bilcher! Wie bin ich erschrocken! Wer seid ihr, und was thut ihr hier?«

Auch Ben Nil war empor gefahren; er hatte den Napf ergriffen, so thuend, als ob er den kostbaren Inhalt für sich retten wolle, strich sich den Mund voll Brei und erwiderte dann auch den Gruß, doch war kein Wort zu verstehen. Er spielte seine Rolle ausgezeichnet. Der Anführer bedeutete ihm lachend:

»Ängstige dich nicht; wir nehmen dir dein Essen nicht!« Und sich an mich wendend, fragte er:

»Du heißt Saduk el Baija?«

»Ja,« antwortete ich erstaunt. »Woher weißt du das?«

»Und dein Begleiter heißt Ben Menelik?«

»Ja; aber woher weißt du das? Ich kenne dich nicht.«

»Ich weiß alles, und nichts, was in der weiten Wüste geschieht, kann mir verborgen bleiben,« antwortete er stolz. »Was thut ihr hier?«

»Wir - wir - wir essen, oder vielmehr wir aßen,« antwortete ich befangen.

»Das sehe ich! Aber ich will wissen, welche Absicht euch in das Wadi geführt hat.«

»Allah weiß es, frage ihn.«

Ich hatte so thun müssen, als ob das plötzliche Erscheinen dieser Leute mich überrascht habe, aber es lag ganz und gar nicht in meinem Plane, für einen furchtsamen Mann gehalten zu werden; darum gab ich jetzt diese kurzen Antworten.

»Allah zu fragen, ist schwer,« antwortete er rauh. »Dich zu fragen, ist leicht, und du hast mir zu antworten.«

»Wer will mich zwingen, zu sprechen, wenn ich schweigen will?«

»Ich!«

»Wer bist du?«

»Das geht dich nichts an!«

»So geht dich auch meine Person nichts an. Geh' also dorthin, wo du hergekommen bist!«

Ich riß Ben Nil den noch nicht ganz geleerten Napf aus der Hand, setzte mich nieder und zog mir so ruhig, als ob gar nichts geschehen sei, mittels der krumm gebogenen Finger, mit denen ich den Napf auswischte, den Rest des Kleisters zu Gemüte. Das imponierte. Als ich dann nach edler Beduinenart das Gefäß gar auszulecken begann, rief der Mann aus:

»Beim Propheten, so ein Mensch ist mir noch gar nicht vorgekommen! Höre, du Saduk el Baija, dein Leben hängt an einem einzigen dünnen Haare!«

»Das ist Kismet. Ich kann nichts hinzuthun und nichts wegnehmen. Allah weiß es!«

»Wenn du mir nicht Rede stehst, wirst du erschossen!«

»Wenn es im Buche vorgezeichnet ist, erschieße ich dich, anstatt du mich.«

»Wie willst du das fertig bringen?« lachte er. »Wir sind zehn Männer gegen einen Mann und einen Knaben.«

Er hatte den Kolben seines Gewehres auf die Erde gesetzt und stützte sich mit den Armen auf den Lauf desselben. Seine Gefährten standen in genau derselben malerischen Haltung hinter ihm. Ben Nil handelte nach der ihm vorher erteilten Weisung. Er war weniger als ich beobachtet worden und hatte sich ganz in das tiefe Dunkel des Felsens zurückgezogen, an einer Spalte, bis wohin der Schein des Mondes nicht dringen konnte. Dort stand er mit angelegter und genau auf die Brust des Sprechers gerichteter Flinte.

»Lache nicht,« antwortete ich; »es ist mein Ernst. Macht nur ein einziger von euch Miene, sein Gewehr zu heben, so bist du eine Leiche, denn in diesem Falle wirst du augenblicklich die Kugel meines tapfern Ben Menelik, den du einen Knaben nennst, in das Herz erhalten.«

Jetzt sahen sie nach Ben Nil hin.

»Allah!« rief der Anführer. »Ich schieße dieses Kind über ---«

»Halt!« unterbrach ich ihn, da er sein Gewehr aufnehmen wollte, in befehlendem Tone, indem ich rasch aufsprang und mein bereit liegendes Gewehr auch auf seine Brust richtete. »Zucke ja nicht mit dem kleinsten Gliede! Zwei Kugeln sind dir gewiß! Ich glaube, es ist nicht mein, sondern dein Kismet, heute zu sterben. Ihr seid an den Unrechten gekommen. Ich bin nicht gewöhnt, zu gehorchen, wo ich befehlen kann. Laß deine Flinte fallen, und befiehl deinen Leuten, dasselbe zu thun! Ist das, bis ich drei sage, nicht geschehen, so kann im nächsten Augenblicke der Teufel deine Seele in der Dschehennah suchen. So wahr ich ein gläubiger Sohn des Propheten bin, ich halte Wort! Eins – zwei --- !«

Man meint, daß solche oder ähnliche Scenen nur in Romanen vorkommen können; das ist sehr richtig, denn – – das Leben ist der fruchtbarste und phantasiereichste Romanschreiber, welcher nicht, um eine unmögliche Situation zu ersinnen, ein dutzend Gänsefedern zerkauen muß. Mein Ton und meine Haltung waren wohl der Art, daß kein Zweifel über die Schnelligkeit unsers Handelns aufkommen konnte; die beiden Flintenläufe wirkten überzeugend; wir brauchten nur den Zeigefinger am Drücker zu krümmen – kurz und gut, das Gewehr des Anführers entglitt seiner Hand und fiel nieder, und die langen Flinten seiner Leute folgten diesem Beispiele.

»So!« nickte ich. »Nun tretet zehn Schritte zurück!«

Sie gehorchten so exakt, als ob sie darauf eingeschult worden seien. Ich folgte ihnen und fuhr, als ich dann zwischen ihnen und ihren Gewehren stand, fort, doch ohne meine noch immer auf die Brust des Anführers gerichtete Flinte sinken zu lassen:

»Jetzt wirst du es sein, der mir einige Fragen beantwortet. Wenn einer von euch es wagt, nach der Pistole zu greifen, oder wenn du mit deinen Antworten nur zwei Sekunden zögerst, schieße ich, und die Kugel meines Ben Menelik wird den nächsten treffen. Also antworte schnell: Seid ihr allein in diesem Wadi?«

»Nein,« antwortete er ohne Pause. Vielleicht meinte er, daß mir bei der Nachricht, daß er noch mehr Leute zur Verfügung habe, der Mut sinken werde.

»Wo befinden sie sich?« fragte ich weiter.

»Nicht fern von hier.«

»Waret ihr schon öfters im Wadi el Berd?«

»Ja.«

»Giebt es eine Stelle, an welcher drei verdorrte Gaziahbäume stehen?«

Er zögerte in Hinsicht auf den heimlichen Brunnen mit der Antwort.

»Schnell, schnell, sonst schieße ich!« drängte ich ihn.

»Es giebt drei solcher Bäume da, wo wir lagern.«

»Im nasib, im adschibi – o Schickung, o Wunder!« rief ich im Tone des Erstaunens aus. »Kommt ihr über den Nil herüber vom Bir Murat?«

»Ja.«

Sofort ließ ich die Flinte sinken, gebot Ben Nil, dasselbe zu thun, trat auf den Anführer zu, streckte ihm die Hand entgegen und sagte in freudigem Tone:

»Fast hätte ich dich erschossen. Dank sei dem Propheten, daß ich es nicht gethan habe, denn dein Tod hätte mich bis an das Ende meiner Tage betrübt. Aber du trugst die Schuld, weil du mir drohtest, und ich bin das nicht gewöhnt. Da ihr bei den Gaziahbäumen lagert, seid ihr diejenigen, welche ich suche.«

Er nahm meine Hand nicht, behielt sein finsteres Gesicht bei und sagte:

»Du uns suchen? Das ist eine Lüge! Niemand weiß, daß wir uns hier befinden.«

»Daß du mich einen Lügner nennst und ich dir trotzdem nicht sofort eine Kugel gebe, mag dir beweisen, daß ich die Wahrheit gesprochen habe und mich als euern Freund betrachte. Ich bin überzeugt, daß ihr zu Ibn Asl ed Dschasuhr gehört. Habe ich recht?«

»Darauf darfst du keine Antwort erwarten. Wir kennen dich nicht.«

»Du wirst mir dennoch Auskunft erteilen, wenn ich dir sage, daß ich zu euch gesandt bin, um euch zu warnen vor dem Lieutenant des Reïs Effendina und vor einem ungläubigen Effendi, den ihr in die Dschehennah wünschen werdet.«

»Allah! Woher weißt du von diesen Leuten?«

»Von denen, die mich geschickt haben, Abd el Barak, der Mokkadem der Kadirine, und sein Begleiter, welcher el Muza'bir genannt wird.«

»Sie sind Freunde von uns, aber sie können unmöglich wissen, daß wir uns hier befinden. Wo hast du sie getroffen, und wie können sie dich nach dem Wadi el Berd senden, um uns zu warnen? Ich begreife das nicht.«

»Du wirst es sofort begreifen, nachdem ich es dir erklärt habe. Nehmt eure Gewehre, und setzt euch für kurze Zeit her zu uns! Wir haben nichts voneinander zu befürchten und werden vielmehr die besten Freunde sein.«

Ich setzte mich an meinen kleinen, improvisierten Herd, auf welchem das Feuer ausgegangen war, und Ben Nil ließ sich neben mir nieder. Es war wirklich spaßhaft, die Art zu sehen, in welcher diese zehn Sklavenjäger meiner Aufforderung Folge leisteten. Sie schämten sich jedenfalls, daß ich ihnen trotz ihrer größeren Zahl überlegen geworden war; es schien ihnen unmöglich, in mir, dem Unbekannten, einen Freund oder gar Verbündeten sehen zu müssen, und doch trat ich mit einer Sicherheit auf, welche sie überzeugen mußte. Das erteilte ihrem Thun, ihren Bewegungen das gerade Gegenteil davon, nämlich eine Unsicherheit, welche ihnen, den bis an die Zähne bewaffneten Menschenräubern, ganz eigentümlich zu Gesichte stand. Sie nahmen langsam und wie zögernd ihre Gewehre auf und hockten sich dann zu uns nieder. Da ich nicht sofort sprach, begann der Anführer:

»Deine Worte sind Rätsel für uns. Wir kennen deinen Namen und wissen, daß du ein Händler bist; aber wo wohnst du, wo bist du her?«

»Ich bin aus Dimiat. Doch, bevor ich weiter spreche, erkläre mir erst den Zwiespalt, welcher darin liegt, daß ihr unsere Namen wißt, und doch behauptet, mich nicht zu kennen!«

»Wir hörten Schüsse, und ich sandte Kundschafter aus. Sie kamen hierher, sahen euch und hörten eure Unterredung. Ihr nanntet euch bei den Namen und spracht von den Preisen schwarzer, brauner und cirkassischer Sklavinnen.«

»Das stimmt, und diese Erklärung befriedigt mich. Dort am Felsen stand ein Tier; ich schoß auf dasselbe; es zog sich zurück, kam aber wieder und verschwand erst dann, als ich ihm eine zweite Kugel sandte. Kennt ihr einen Mann, welcher auch Händler ist und Murad Nassyr heißt?«

»Ja, den kennen wir.«

»Er ist aus Nif bei Ismir und ein sehr guter Geschäftsfreund von mir. Euch kann ich es mitteilen, daß auch ich heimlich mit Requiq handle. Ihr werdet mich nicht verraten; ich hoffe vielmehr, noch manches gute Geschäft mit euch zu machen. Murad Nassyr war nach Ägypten gekommen, um große Einkäufe zu machen, und suchte mich in Dimiat auf, fand mich aber nicht, da ich verreist war. Ich ging ihm nach Kahira nach; er war schon fort; ich folgte ihm nach Siut, ohne ihn zu finden, und hörte, daß sein Schiff, der Sandal Et Tehr, nach Korosko gefahren sei.«

»Das stimmt, das stimmt,« nickte der Befehlshaber. »Er hat einen Sandal, welcher Et Tehr heißt, gemietet.«

»Das weißt du?«

»Ja. Ich habe es in letzter Nacht von ihm selbst erfahren. Er war am Bir Murat bei uns und hat uns sehr seltsame Erlebnisse erzählt.«

»So habt ihr ihn getroffen? Ich hatte nicht dasselbe Glück. Ich brauchte Sklaven und mußte ihn unbedingt einholen, hörte aber in Korosko, daß der Sandal schon wieder fort sei. Ihm folgend, holte ich ihn in Handak ein und hörte zu meinem Leidwesen von dem Reïs, daß Murad Nassyr in Korosko ausgestiegen sei, um zu Karnele nach Abu Hammed zu gehen. Ich fuhr also noch bis Dugmitt und ritt von da aus auf einem gemieteten HedschIbn nach Berber hinüber, um dort auf Murad Nassyr zu warten.«

Das Gesicht des Anführers hatte sich während des Vortrages meiner Fabel bedeutend aufgeheitert; er begann, Vertrauen zu mir zu fassen, und seine Leute warfen gar beinahe freundliche Blicke auf mich. Leider hatte diese Fabel eine sehr wunde Stelle, was ich aber unmöglich vermeiden oder ändern konnte. Nämlich wenn Murad Nassyr von Korosko aus den kurzen Landweg nach Abu Hammed eingeschlagen hatte und ich erst nach ihm in Korosko angekommen und die viel, viel längere Strecke auf dem Nile heraufgefahren war, konnte ich ganz unmöglich vor ihm in Berber angekommen sein und mich nun gar infolge eines sehr langen Retourrittes durch die Wüste heute hier im Wadi el Berd befinden. Es lag da eine Zeitdifferenz von über einer Woche, also eine sehr grobe Finte vor. Meine Zuhörer ahnten das glücklicherweise nicht; sie rechneten nicht nach, und ich ging, um sie nicht zum Nachdenken kommen zu lassen, mit größter Eile über diesen heiklen Punkt hinweg, indem ich fortfuhr:

»In Berber stieß ich zu meiner Freude auf zwei Freunde von mir. Ich bin Mitglied der heiligen Kadirine und besuchte ein Kaffeehaus, welches unserer Verbrüderung sehr warm empfohlen ist. Da traf ich den Mokkadern und den Muza'bir. Sie freuten sich natürlich, mich zu sehen, doch war diese Freude eine so große, daß ich einsah, sie müsse noch einen ganz besonderen, anderen Grund haben. Diesen Grund erfuhr ich denn auch sehr bald. Sie erzählten mir von euerm Sklavenzuge nach dem Duar der Fessarah; ihr hattet große Beute gemacht und – – –«

»Aber woher wußten sie von diesem Zuge?« wurde ich unterbrochen.

»Laßt mich nur erzählen! Ihr werdet es sogleich hören. Euer Raubritt hatte ein ungeheueres Aufsehen erregt, und der Reïs Effendina trachtete darnach, euch abzufangen. Er wollte euch den Weg durch den Ahmur verlegen und sandte zu diesem Zwecke einen Lieutenant mit einer Schar Asaker nach Korosko zu einem fremden, christlichen Effendi, der sein Verbündeter ist; er selbst legte sich in Berber auf die Lauer und ließ sich Asaker aus Chartum kommen. Glücklicherweise befand sich unter diesen ein Mitglied der Kadirine; der Mann heißt Ben Meled und – –«

»Das stimmt, das stimmt wieder!« rief der Anführer. »Dieser Ben Meled wird von uns bezahlt und hat uns schon oft sehr gute Dienste geleistet. Ich erkenne, daß wir dir alles Vertrauen schenken dürfen. Du bist wirklich ein Freund von uns, und jetzt will ich dich gerne willkommen heißen.«

Er reichte mir seine Hand, und dann mußte ich auch die Hände der anderen drücken. Wie gut war es gewesen, daß ich, als ich am Nachmittage den Mokkadem und den Muza'bir belauschte, diesen Namen Ben Meled gehört hatte! Es war wirklich nicht gar so leicht, die Namen, welche ich erfahren hatte, und die wenigen Umstände, welche ich kannte, zu einer Erzählung zu vereinigen, mit welcher ich mir das Vertrauen dieser außerordentlich vorsichtigen und mißtrauischen Leute erwerben wollte. Sie rückten enger zusammen und näher zu mir heran, als ich nun weiter berichtete:

»Der Mokkadem kennt euern geheimen Wüstenweg; er wollte und mußte euch warnen, hatte aber keine Zeit dazu, da er in Chartum erwartet wurde. Dieser fremde Effendi muß ein höchst gefährlicher Mensch sein, wie mir der Mokkadem erzählte. Der letztere weiß, daß ich Sklaven suche, und gab mir den sehr guten Rat, dieselben nicht mehr durch Murad Nassyr, sondern direkt von euch, von Ibn Asl, zu beziehen. Er riet mir, Ibn Asl sofort aufzusuchen, um ihm zu sagen, daß sich der Giaur, der Effendi, hier in der Wüste befindet, um ihm aufzulauern. Ich war natürlich gern bereit dazu. Er beschrieb mir dieses Wadi und sagte, daß ich euch ganz sicher bei drei Gaziahbäumen, welche hier stehen, treffen würde. Da ich aber die Wüste nicht kenne, mietete ich mir von Menelik, dem Scheik der Monassir ---«

»Von dem habe ich gehört,« fiel der Anführer ein. »Er ist ein sehr strenger Moslem, ein Feind der Christenhunde und billigt den Sklavenraub.«

»Das zu hören, ist mir lieb, denn dieser mein Führer ist sein Sohn, Ben Menelik. Er gab ihn mir mit, weil er mich nicht selbst begleiten konnte und der Sohn schon einigemal mit ihm durch dieses Wadi geritten ist.«

»So fällt auch dies zu unserer Zufriedenheit aus. Wenn dieser Jüngling der Sohn des Obersten der tapferen Monassir ist, so brauchen wir nicht zu sorgen, daß er uns verraten wird. Es liegt in unserm Vorteile und in unserer Absicht, mit seinem Stamme ein Freundschaftsbündnis zu schließen, und so heißen wir ihn ebenso aufrichtig willkommen wie vorhin dich, o Saduk el Baija.«

Jetzt war Ben Nil es, welcher zehn Hände zu drücken hatte. Er that es mit dem Ernste und dem Anstande eines jungen Beduinen, dessen Vater der Kriegsherr eines großen und berühmten Beduinenstammes ist. Er löste seine schwierige Aufgabe zu meiner vollsten Zufriedenheit, ja weit über mein Erwarten. Wenn er mir in den nächsten Stunden ebenso wacker und umsichtig zur Seite stand, so konnte ich die vollste Überzeugung hegen, daß mein Plan gelingen werde. Um meine Erzählung endlich zum Schlusse zu bringen, bemerkte ich noch kurz:

»Wir versahen uns mit allem nötigen und schlugen die Richtung über den Brunnen Nedschm und den Dschebel Schizr ein. Als wir am Nachmittag das östliche Wadi erreichten, verfolgten wir es nach Westen, um die drei Gaziahbäume zu suchen. Es wurde dunkel, bevor wir sie fanden, und so hielten wir hier an, um zu lagern und morgen weiter zu forschen. Das weitere wißt ihr, und ich habe also nichts hinzuzufügen, als daß ich ganz glücklich bin, euch gegen alles Erwarten hier getroffen zu haben. Fast wäre dabei Blut geflossen, aber der Prophet hat dieses Unglück verhütet; ihm und den heiligen Kalifen sei Dank gesagt!«

Ich war natürlich über den Verlauf dieser Unterredung äußerst befriedigt. Allem Anscheine nach war meinen Angaben voller Glaube geschenkt worden, und so durfte ich annehmen, daß meine Absicht wenigstens auf keine unüberwindlichen Schwierigkeiten stoßen werde. Diese Absicht war, wie bereits erwähnt, anstatt durch Gewalt, durch List an das Ziel zu gelangen. Wie dies anzustellen sei, das konnte ich jetzt freilich noch nicht wissen; mein Verhalten mußte sich nach demjenigen der Sklavenhändler richten, nach deren Lager wir uns nun begaben. Während ich meinem Kamele den Sattel auflegte und Ben Nil mit seinem Tiere dasselbe that, wobei wir uns in einiger Entfernung von den andern befanden, flüsterte er mir zu:

»Welch eine List, Effendi! jetzt glaube ich, daß du dich vor keinem Feinde zu fürchten brauchst. Deine Verschlagenheit ist noch viel größer als deine Tapferkeit. Ich bin überzeugt, daß wir allen Gefahren gewachsen sind.«

Nun folgten wir, unsere beiden Kamele am Halfter führend, den Sklavenjägern nach dem Brunnen. Dort war alles dunkel, doch wurden nach unserer Ankunft einige Fackeln angebrannt. Jetzt galt es vor allen Dingen, das Verhalten des Anführers zu beachten. Hieß er uns in der üblichen Weise und in ausführlichen Worten willkommen, so hatten wir keine Hinterlist zu befürchten. Nach der in der Wüste herrschenden Sitte mußte er uns dabei einen Imbiß reichen und auch selbst von demselben nehmen. Sei es auch nur eine einzige Dattel, welche der Beduine mit seinem Gaste teilt, sobald jeder die Hälfte der Frucht gegessen hat, ist an einen Verrat nicht mehr zu denken. Der Kommandant befahl, unsere Kamele zu den übrigen zu schaffen, und lud mich dann ein, mich am Brunnen bei ihm niederzusetzen. Da er dabei Ben Nil nicht erwähnte und mir dadurch Veranlassung gab, für die Sicherheit desselben zu befürchten, fragte ich ihn:

»Und Ben Menelik, mein Begleiter? Wo soll dieser lagern?«

»Er mag sich zu meinen Leuten setzen,« antwortete er in beinahe wegwerfendem Tone.

»Das möchte ich ihm nicht zumuten,« erwiderte ich. »Er ist mir während unseres Rittes mehr Freund als Diener gewesen, und darum möchte ich, daß er auch jetzt bei mir bleiben darf.«

»Das geht nicht. Ich bin der Kolarasi dieser Karawane, also ein Offizier, und darf bei keinem sitzen, der unter mir steht.«

»Dann bitte ich dich, zu bedenken, daß Ben Menelik der Sohn des Scheikes eines großen und berühmten Stammes ist!«

»Was ist das weiter? Mir steht er trotzdem nicht gleich, und ich will dir aufrichtig sagen, daß ich mich schon herablasse, indem ich dir, der du nur ein Händler bist, erlaube, bei mir zu sein. Also setz' dich nieder und sprich mir nicht dagegen!«

Es zuckte mir in der Hand, ihm eine Ohrfeige zu geben; aber ich mußte gute Miene zum bösen Spiel machen. Verfeindete ich mich mit ihm, so brachte ich nicht nur meinen Plan, sondern sogar mein Leben in Gefahr. Es kam zunächst darauf an, von ihm die Zeichen der Gastfreundschaft, also der Sicherheit zu erhalten, und das wäre jetzt durch fernern Widerspruch verhindert worden. Wartete ich aber bis dahin, so gelang es mir höchst wahrscheinlich, die Gefahr, in welcher sich Ben Nil ohne allen Zweifel befand, von ihm abzuwenden. Darum schwieg ich und setzte mich nieder, und zwar neben den schon erwähnten häßlichen Menschen, welchen ich mit dem Anführer an dem Brunnen belauscht hatte. Letzterer nahm einige Datteln, teilte sie mit mir, füllte einen kleinen Flaschenkürbis mit Wasser, reichte mir das Gefäß, nachdem er einige Schlücke getrunken hatte, gab mir die Hand und sagte:

»Willkommen; iß, trink; du bist mein Gast!«

Ich trank schnell einen Schluck, steckte eine Dattel in den Mund und gab Ben Nil, welcher uns scharf beobachtend in der Nähe stand, einen Wink. Er verstand die Situation vollkommen, trat rasch herbei, nahm den Kürbis und eine Dattel von mir, trank, schob die Dattel in den Mund und sagte, sich zu dem Anführer wendend:

»Ich esse und trinke deine Gaben; nun sind deine Flügel über mich gebreitet, und jeder deiner Freunde oder Feinde ist auch der meinige.«

Das war so schnell geschehen, daß der Anführer gar nicht Zeit gefunden hatte, es zu verhindern. Er fuhr mich zornig an:

»Warum hast du es weiter gegeben? Habe ich es dir befohlen?«

Da ich nun sein Gast geworden war und nichts mehr für mich zu fürchten hatte, brauchte ich nicht mehr so zurückhaltend wie vorher zu sein und antwortete infolgedessen:

»Ich habe Ben Menelik gegeben, weil er zu mir gehört und also ganz selbstverständlich ebenso dein Gast ist, wie ich es bin. Befohlen hast du es mir allerdings nicht, weil deine Klugheit und Einsicht es dir verbot.«

»Meine Einsicht? Wieso?«

»Wieso?« wiederholte ich im Tone des Erstaunens seine Frage. »Weil du mir nichts zu befehlen hast.«

»Du irrst dich. Ich bin hier der Anführer und Gebieter!«

»Aber nicht der unserige. Der Sohn eines Scheikes erkennt keinen Gebieter über sich, und was mich betrifft, so bin ich zwar jetzt in diesem Augenblicke und während dieser Reise ein Händler, sonst und im übrigen aber der Reïs el Beledije von Dimiat. Was das heißt, wirst du wohl wissen, und nun bist du es, der stolz darauf sein kann, daß er bei mir sitzen darf. Ben Menelik, laß dich an meiner Seite nieder! Du bist ein treuer und geschickter Führer und ein freier Krieger vom Stamme der Monassir. Es beleidigt meine Würde nicht, wenn der Zipfel deines Gewandes den Zipfel des meinigen berührt.«

Der junge Mann kam dieser Aufforderung natürlich nach, freilich sehr gegen den Willen des Anführers. Auf diesen schien der »Bürgermeister von Dimiat« zwar einigen Eindruck gemacht zu haben, doch beabsichtigte er trotzdem, mir zu imponieren, denn er sagte:

»Du verfährst sehr selbständig, o Saduk el Baija. Wenn du wüßtest, wer ich bin, würdest du wohl weniger zuversichtlich sein.«

»Ich bin während meines ganzen Lebens noch niemals ohne Zuversicht gewesen; da du mir aber deinen Namen noch nicht gesagt hast, so hoffe ich, ihn jetzt zu erfahren.«

»Ich bin Ben Kasawi, der Unterhauptmann unsers Herrn.«

Ben Kasawi heißt Sohn der Grausamkeit, gewiß ein ominöser Name. Als der Mann ihn aussprach, sah er mich an, als ob er erwarte, mich erschrecken zu sehen; ich aber antwortete ihm in ruhigem Tone:

»Und mich benennt man in Dimiat mit dem Beinamen Abu Machuf, woraus du wohl ersehen wirst, daß ich ein Mann bin, der wohl Furcht und Angst verbreitet, sie aber niemals selbst empfindet. Den Beweis hast du an dir selbst erfahren, als ihr uns gefangen nehmen wolltet und es dabei doch so anders wurde, daß euer aller Leben in unsere Hände gegeben war. Dürfen deine Freunde, auch euer Herr, davon wissen, oder soll ich schweigen?«

Jetzt hatte ich ihn in die Enge getrieben. Ich hörte es dem Tone seiner Stimme an, als er antwortete:

»Was vorüber ist, soll man ruhen lassen, und so denke ich, daß dein Mund verschlossen bleiben wird. Wenn Ibn Asl morgen kommt, werde ich ihm berichten, daß ich euch getroffen habe; von den nähern Umständen braucht er nichts zu wissen. Die Leute, welche hier sind, werden schweigen, denn sie fürchten mich. Nun ist alles in Ordnung, und wir wollen uns zur Ruhe legen. Deine Nacht sei glücklich!«

»Deine Nacht sei gesegnet!« antwortete ich.

»Wir sind sehr schläfrig. Deine Nacht sei ohne Sandflöhe!« sagte Ben Nil.

Dieser kleine Kerl grüßte trotz der sehr bedenklichen Lage, in welcher er sich befand, mit einer Ironie, welche mich überzeugte, daß er sich der Gefahr, in welcher er schwebte, sehr wohl bewußt war, sie aber nicht fürchtete. In der Wüste hat man gar wohl Veranlassung, den Sandfloh zu scheuen. Dieses Insekt wird dadurch nicht nur unangenehm, sondern oft sogar gefährlich, daß sich das Weibchen unter den Nägeln der Zehen eingräbt, um dort Eier zu legen. Diese schwellen zur Größe eines Schrotkornes an und verursachen eine böse Entzündung, welche durch die auskriechenden Maden noch verschlimmert wird. Es giebt da keine andre Hilfe, als die Eier mit dem Messer auszugraben. Der Wunsch, des Nachts von diesem Ungeziefer verschont zu bleiben, ist also ein sehr berechtigter, doch hörte ich ihn als Nachtgruß hier zum erstenmal. Die Nacht war still. Die müden Kamele schliefen und die Menschen ebenso, doch bei den letztern gab es wohl einige Ausnahmen. Vier von ihnen waren, selbst als über eine halbe Stunde vergangen war, gewiß noch munter, nämlich ich, mein braver Ben Nil, der Anführer und der Häßliche.

Daß die beiden letzteren meinen Gefährten nicht als ihren Gast und Schützling betrachteten, glaubte ich annehmen zu dürfen. Infolgedessen hatten sie jedenfalls etwas gegen ihn vor. Ich als ihr erklärter Hamiji durfte nicht erfahren, was sie beabsichtigten. Was sie thun wollten, das mußte heimlich geschehen, also während der Nacht, und voraussichtlich schon während dieser Nacht. Darum nahm ich an, daß sie nicht schliefen. Es galt aufzupassen.

Sie gaben sich den Anschein, fest zu schlafen, und bewegten sich nicht. Ich holte tief und regelmäßig Atem wie ein Schlafender, und zwar so, daß sie es hörten. Ben Nil schnarchte sogar ein wenig, doch war ich überzeugt, daß auch er sich verstellte. Wir vier lagen so nahe nebeneinander, daß zwei nicht miteinander flüstern konnten, ohne daß es von den andern, wenn sie wachten, bemerkt worden wäre; aber sehen konnten wir uns nicht. Zwar schienen die Sterne, aber ihr Licht war hier unten am tiefen Fuße des Felsens nicht einmal hinreichend genug, die Haïks von dem hellen Sande und Steingrus unterscheiden zu lassen. Die beiden Sklavenjäger mußten sich miteinander verständigen; da dies nicht hier so nahe bei uns geschehen konnte, so war zu vermuten, daß sie sich entfernen würden, und das konnte vorsichtigerweise nur nach der von mir und Ben Nil abgelegenen Seite geschehen. Ich beschloß also, mich nach dieser Seite zu machen, um ihre Entfernung beobachten zu können.

Ich schob mich zu Ben Nil hin, legte ihm den Mund an das Ohr und flüsterte ihm die beiden Worte »bleib' liegen!« zu. Er antwortete nicht, berührte aber meine Hand mit der seinigen, um mir anzudeuten, daß er wach sei und mich verstanden habe. Dann kroch ich in einem Bogen weiter, bis ich an der andern Seite der beiden Sklavenjäger zu liegen kam. Dort sprang eine Kante des Felsens vor, hinter welcher ich es mir bequem machte. Ich hatte eine Weile zu warten; dann hörte ich, bevor ich etwas sah, ein leise knirschendes Geräusch.

Es bewegte sich jemand. Dann kamen sie an mir vorüber, nicht gegangen, sondern sie wälzten sich, um auf diese Weise zunächst so weit fort zu kommen, bis ihre Schritte nicht mehr zu hören waren. Ich schob mich hinter ihnen her. Bald standen sie auf und gingen. Ich folgte ihnen in der Weise eines vierfüßigen Tieres, indem ich mich auf Händen und Füßen fortbewegte. Glücklicherweise blieben sie nicht innerhalb des Kreises der Schläfer stehen, was das Belauschen natürlich sehr erschwert hätte, sondern sie gingen über denselben hinaus; dort setzten sie sich nebeneinander nieder.

Ich fragte mich, warum sie sich setzten und nicht stehen blieben. Einen aufrecht stehenden Menschen sieht man leichter als einen sitzenden. Wollten sie selbst auch von den Ihrigen nicht gesehen werden? Dann hatten sie die Absicht, ihr Vorhaben allein und ohne Zeugen auszuführen. Das war, wie ich bald erfuhr, ganz richtig vermutet. Den für mich günstigen Umstand, daß sie sich gesetzt hatten, benutzend, kroch ich so nahe zu ihnen heran, daß mein Kopf sich nur zwei Ellen vor ihnen befand. Da sie nicht laut sprachen, sondern flüsterten, durfte ich, um sie zu verstehen, nicht hinter, sondern vor ihnen liegen, was allerdings doppelt gefährlich war. Ich vertraute aber meinem guten Glücke, der herrschenden Finsternis und vor allen Dingen der Ähnlichkeit der Farbe meines Anzuges mit derjenigen der Umgebung. Sollte ich dennoch von ihnen bemerkt werden, so mußte ich entweder den Umständen nach schnell handeln oder eine Ausrede hervorsuchen.

Bei dem leisen Tone, in welchem sie sprachen, gingen mir viele ihrer Worte verloren, doch hörte ich so viel, daß ich mir den Zusammenhang zu konstruieren vermochte. Sie sprachen zunächst von mir; ich hörte den »Sohn der Grausamkeit« sagen:

»Ich stieß dich an, mir zu folgen, weil wir äußerst vorsichtig sein müssen. Was sagst du zu diesem Saduk el Baija?«

»Daß er kein gewöhnlicher Mann sein kann,« antwortete der Häßliche. »Zum Bürgermeister einer Stadt, wie Dimiat ist, macht man nur einen Menschen, welcher sich viel ausgezeichnet hat. Und daß man ihn dort Vater des Entsetzens nennt, ist ein Beweis, daß er mit seinen Untergebenen sehr streng verfährt.«

»So sind diese Beamten alle, gegen ihre Untergebenen streng und hart; sie selbst aber kümmern sich wenig um die Gesetze. Der Bürgermeister handelt mit Sklaven, was doch verboten ist. Aber darum fragte ich dich nicht; ich meinte es anders. Dieser Mann bekleidet zwar jetzt eine Civilstellung, ist aber jedenfalls Offizier gewesen. Das ist aus der Art und Weise zu ersehen, wie er sich gegen uns verhielt, als wir Ibn überrumpelten.«

»Nun, überrumpeln hat er sich ja gar nicht lassen; wir liefen, anstatt ihn zu überraschen, ihm in die Arme. Allah weiß es, das wir uns vor ihm schämen müssen. Es war ein Glück, daß er uns suchte; im andern Falle hätte er uns niedergeschossen, denn gegen so einen fränkischen Revolver kann man mit Messern und einläufigen Flinten nicht aufkommen. Er ist ein geistesgegenwärtiger und verwegener Kerl, was uns aber nur lieb sein kann, da er unser Freund und Verbündeter ist. Aus diesem Grunde müssen wir auch darüber hinsehen, daß er den hiesigen Brunnen kennen gelernt hat; aber der Knabe, welcher ihn begleitet, sollte von diesem Geheimnisse nichts wissen.«

»Das ist es, worüber ich mit dir reden will. Dieser Sohn der Monassir wird seinen Leuten natürlich mitteilen, daß es hier Wasser giebt, und sie werden infolgedessen hier so oft lagern, daß der Ort, ohne welchen wir nicht bestehen können, für uns verloren geht. Das muß verhütet werden.«

»Ganz richtig! Aber wie?«

»Sage du es!«

»Meinst du, daß wir ihn schwören lassen, das Geheimnis zu bewahren?«

»Das genügt nicht. Selbst wenn er den Schwur halten sollte, würde er für seine Person den Brunnen zuweilen benutzen, und das darf nicht geschehen, gar nicht davon zu sprechen, daß er dabei zufällig beobachtet werden kann, wodurch unser Geheimnis in noch viel größere Gefahr kommen würde. Der Schwur ist ein Schloß vor dem Munde; aber jedes Schloß ist zu öffnen. Man hat nur dann die volle Sicherheit, wenn der Mund für immer stumm gemacht worden ist.«

»Aber dieser Ben Menelik ist doch unser Gast! Er hat mit uns Wasser getrunken und deine Dattel gegessen!«

»Aber nicht von meiner Hand. Die Gabe des Willkommens bindet mich nur an denjenigen, dem ich selbst sie gereicht habe. Was andere thun, kann mich nicht verpflichten. Wenn der Bürgermeister dem Knaben das Wasser und die Datteln gereicht hat, so bin nicht ich es, sondern er ist es, welcher Freundschaft mit ihm geschlossen hat. Dieser Ben Menelik ist uns also gerade noch so fremd wie vorher, und wir haben nicht die mindeste Ursache, ihn zu schonen. Habe ich recht oder nicht?«

»Ich bin jetzt ganz derselben Meinung. Der Knabe muß schweigen; mit Sicherheit aber schweigt nur ein Toter, und darum soll er sterben.«

»Das habe ich von dir erwartet, und darum führte ich dich hierher, um mit dir zu reden. Wir beide müssen es allein thun. Es giebt unter unsern Männern doch welche, die den Knaben in Schutz nehmen würden, weil er den Willkommen, wenn auch nicht direkt von mir, erhalten hat.«

»Das war klug, und ich bin bereit zu handeln. Du willst also wohl nicht warten, bis unser Herr ankommt?«

»Nein, denn er würde über eine solche Zögerung zornig werden. Wer schnell handelt, handelt richtig.«

»So sage, wie wir es anzufangen haben! Es wird uns nicht leicht werden, den Burschen ohne alles Geräusch stumm zu machen. Und was wird der Bürgermeister sagen, wenn er sieht, daß sein Begleiter ermordet worden ist!«

»Ermordet? Um diesen Gedanken in ihm zu erwecken, müßten wir es sehr verkehrt anfangen. Mit dem Messer dürfen wir den Knaben nicht töten. Es wird ihn eine Assaleh, die giftigste Schlange der Wüste, beißen.«

»Wo soll die herkommen?«

»Denke doch an den Sahm es Samm, welchen mir der Takali-Häuptling schenkte! Der Mensch, welchem mit der Spitze dieses Pfeiles die Haut nur ganz leise geritzt wird, ist unbedingt verloren. Da du jünger und gewandter bist als ich, so gebe ich dir nachher den Pfeil, und du schleichst dich an den Knaben. Da er nur Sandalen trägt, so – – «

»Trägt er nicht Schuhe?« unterbrach ihn der Häßliche.

»Auch möglich. Aber einem Schlafenden ist der Schuh leicht auszuziehen, ohne daß er es bemerkt. Du stichst ihn mit der Pfeilspitze in die Zehe.«

»Er wird erwachen und schreien!«

»Nein, denn du brauchst ihn ja nur leicht zu ritzen. Er wird meinen, es habe ihn ein Sandfloh gestochen. Nach kurzer Zeit schwillt sein Körper an; das Bewußtsein schwindet ihm, und wenn am Morgen der

Bürgermeister erwacht, sieht er ihn tot neben sich liegen und muß nach allen Anzeichen glauben, daß ihn eine giftige Schlange gestochen habe. Auf diese Weise ist es gar nicht möglich, daß ein Verdacht auf uns fällt, und der ›Vater des Entsetzens‹ wird nur froh sein, daß die Schlange nicht zu ihm gekommen ist.«

»Ja, so muß es gehen; so wird es gemacht. Der Gedanke ist ausgezeichnet. An den Giftpfeil habe ich gar nicht gedacht. Hole ihn! Ich werde deinen Auftrag sofort ausführen.«

»So schleiche dich jetzt zurück, und lege dich nieder! Ich komme nach und bin bald wieder bei dir.«

Sie erhoben sich, um den Platz zu verlassen. Das durfte ich nicht zugeben. Wenn ich es so weit kommen ließ, daß Ben Kasawi zu seinem Sattel kam, so setzte er sich in den Besitz des Giftpfeiles, einer Waffe, welche uns im Falle des Handgemenges äußerst gefährlich werden konnte.

Ich war in England und Amerika Zeuge von Kämpfen zwischen Preisboxern gewesen und hatte mich, um auch dies kennen zu lernen, bei einem namhaften Trainer im »Milling« geübt. Darum kannte ich den sogenannten Knock-down-blow jenen erfolgreichsten aller Boxerschläge, welcher mitten auf den Kopf geht und, gut geführt, den Gegner sofort zu Boden streckt. Dabei kommt es freilich vor, daß der Gegner bei Besinnung bleibt. Besser ist der Hieb gegen die Schläfe, welchen ich von dem Indianerhäuptling Winnetou gelernt hatte; nur ist aber die Schläfe eine so empfindliche Stelle, daß man einen Menschen, den man nur betäuben will, leicht erschlagen kann. Die beiden Sklavenjäger mußten betäubt werden; aber wenigstens Ben Kasawi war nicht mehr jung, und ich glaubte, bemerkt zu haben, daß sein Schädel keineswegs der starkknochige eines Indianers sei; darum gedachte ich, um ihn nicht etwa zu erschlagen, den Knock-down-blow anzuwenden. Ich lag so, daß sie an mir vorüber mußten. Ben Kasawi ging voran, ich wollte ihn vorüber lassen, um von hinten an ihn zu kommen und dann den ihm folgenden Häßlichen gleich griffrecht zu haben; aber sein Auge war zufälligerweise zu Boden gerichtet; er blieb schon beim zweiten Schritte stehen und sagte, ebenso leise wie immer bisher-.

»Was ist das? Hier liegt etwas. Das scheint ein Mensch zu sein, der uns behorcht hat. Ergreife den Kerl, und – –«

Weiter kam er nicht. Er hatte sich im Sprechen niedergebückt, um mich besser sehen zu können, und diese seine Stellung war für meine Absicht so bequem, daß ich sie augenblicklich benutzte. Er erhielt den Hieb und krachte förmlich zusammen. Im nächsten Augenblicke war ich vollends auf und hatte seinen Kumpan bei der Kehle. Auch er gab keinen Laut von sich – ein kurzes, krampfhaftes Schlingern der Arme und Beine, dann ließ ich den Besinnungslosen neben dem Anführer niedergleiten. Nun legte ich die beiden Hände mit den innern Flächen zusammen, hielt sie an den Mund und trillerte ein halblautes, aber trotzdem weithin hörbares »Krrraaaaärrr« hinein. Das klang ganz genau so wie die verschlafene Stimme eines halb aus dem Traume erwachten Geiers, das erwähnte Zeichen für den Lieutenant und den alten Onbaschi, mit ihren Leuten herab zu kommen. Dann kniete ich nieder, um mich der beiden Männer ganz zu versichern. Zu diesem Zwecke nahm ich ihnen die Tücher von den Köpfen, schob ihnen den einen Zipfel derselben als Knebel in den Mund und band die andern Ecken hinten zusammen; dann knüpfte ich ihnen die Hände hinten fest. Eben war ich damit fertig, als ich den Sand klingen hörte. Ich drehte mich um und gewahrte eine Gestalt, welche sehr vorsichtig herbeigekrochen kam. Wahrscheinlich war es Ben Nil; aber ich mußte als vorsichtiger Mann auch mit der Möglichkeit, es könne ein anderer sein, rechnen. Darum schnellte ich mich hin zu ihm, warf mich auf ihn, hielt ihm mit der Linken den Hals fest zu und befühlte mit der Rechten sein Gewand, um zu erfahren, wer er sei. Ja, es war Ben Nil. Er bäumte sich unter mir. Damit er nicht etwa in der Angst einen lauten Ruf ausstoße, drückte ich ihn noch kräftiger zu Boden, hielt ihn da fest, ließ ihm etwas mehr Luft und raunte ihm zu:

»Ich bin es. Schweig'; sei ganz still!«

Seine Gegenwehr hörte sofort auf. Ich nahm das als ein Zeichen, daß er mich verstanden hatte, und gab seinen Hals frei. Um ganz sicher zu sein, fuhr ich ihm mit der Hand über den Kopf und das Gesicht, und als ich nun vollständig überzeugt war, daß es wirklich Ben Nil sei, ließ ich ihn vollends los und fragte:

»Warum kommst du mir nach, anstatt dort auf mich zu warten?«

»Ich hörte das Zeichen,« antwortete er.

»Ein anderes Mal aber hast du dich genau nach meinen Weisungen zu richten. Der Ungehorsam bleibt nicht immer so ohne Folgen wie jetzt. Bist du stark genug, einen Menschen zu tragen?«

»Ja, wenn er nicht gerade ein Riese ist.«

»So nimm diesen Kerl und folge mir.«

»Wer ist es? Was ist mit ihm geschehen, Effendi?«

»Davon später. Jetzt haben wir keine Zeit zum Plaudern.« Ich nahm Ben Kasawi auf und ging voran; Ben Nil folgte mir mit dem Häßlichen. Zunächst mußten wir leise gehen; je weiter wir uns aber entfernten, desto bequemer konnten wir es uns machen. So kamen wir an die Stelle, an welcher der Lieutenant rechts von der Höhe herab erscheinen mußte. Wir legten da unsere Lasten ab, um zu warten. Ich erzählte Ben Nil nun, was ich erlauscht hatte. Er nahm es, ohne zu erschrecken, auf und sagte nur:

»So hast du mir also das Leben abermals gerettet, und meine Schuld wird immer größer. Was gedenkst du nun zu thun? Bist du noch immer entschlossen, die Mörder mit List zu behandeln? Wäre es nicht besser, sie zu überfallen und einfach niederzuschießen oder zu erstechen? Wir werden mit ihnen fertig sein, ehe sie Zeit zur Gegenwehr gefunden haben.«

»Das mag sein; aber ich morde nicht. Es ist bis jetzt so gut gegangen, daß ich gar keinen Grund habe, mich plötzlich anders zu entschließen. Nun der Anführer sich in unserer Gewalt befindet, werden wir auch die andern bekommen.«

Jetzt ließ sich das Geräusch nahender Schritte von oben herab vernehmen, und als ich an dem Felsen hinauf gegen den Sternenhimmel blickte, sah ich die Asaker, welche einer hinter dem andern herabgestiegen kamen. Ich wartete, bis sie in guter Hörweite waren, und rief sie dann an, um ihnen mitzuteilen, daß ich hier sei, sonst hätten sie vielleicht, uns gewahrend, Lärm gemacht. Bald standen sie neben uns. Sie hatten sich sehr in acht genommen, und ich war überzeugt, daß das Geräusch, welches sie trotz aller Vorsicht hatten verursachen müssen, in dem Lager der Sklavenjäger nicht gehört worden sei.

»Wir haben dein Zeichen vernommen und sind sofort gekommen, Effendi,« meinte der Lieutenant. »Ich nehme an, daß du durch List nichts zu erreichen vermochtest und uns nun den Überfall erlauben wirst.«

»Du irrst. Die List hat Erfolg gehabt und wird uns, wie ich hoffe, ohne Kampf zum Ziele führen. Mein Plan wird nur dann mißlingen, wenn ihr unvorsichtig seid. Hier liegen zwei Gefangene. Es ist Ben Kasawi, der Unteranführer von Ibn Asi, welcher morgen nachkommen wird, und einer seiner Leute.«

»Wie? Du hast Ben Kasawi gefangen? Wie konntest du das fertig bringen, ohne daß seine Leute ihm beistanden?«

»Durch die List, zu welcher du kein Vertrauen hast. Später wirst du alles erfahren; jetzt müssen wir handeln. Ist der Onbaschi auch unten?«

»Ja; er brach zu gleicher Zeit mit mir auf und wird sich nun jenseits des Lagers befinden, um deine Befehle zu erwarten.«

»Wer ist oben geblieben?«

»Dein Selim und zwei Kamelwächter.«

»O weh, was hast du da gethan? Das durftest du nicht wagen.«

»Ich habe nichts gewagt. Oder sind zwei Männer zur Beaufsichtigung der Kamele nicht genug?«

»Gewiß. Aber ich denke jetzt nicht an diese Tiere, welche übrigens nicht davonlaufen würden, auch wenn kein Wächter bei ihnen wäre; ich sorge mich vielmehr um die Gefangenen.«

»Die sind uns sicher, denn Selim sitzt bei ihnen. Ich weiß, daß er zuweilen Dummheiten macht und habe ihn daher nicht mitgenommen; er hätte leicht alles verderben können.«

»So! Seines Leichtsinnes wegen schlossest du ihn aus, aber die wichtigen Gefangenen vertrautest du ihm an? War das klug gehandelt? Es ist aber nicht zu ändern, da wir keine Zeit verlieren dürfen. Ich werde euch erklären, was zu geschehen hat; tretet also herbei, damit ich nicht zu laut zu sprechen brauche!«

Nachdem sie einen Kreis um mich geschlossen hatten, fuhr ich fort:

»Die beiden Gefangenen, welche ihr hier liegen seht, sind gefesselt und geknebelt; sie hatten das Bewußtsein verloren, werden nun aber wieder zu sich gekommen sein. Einer von euch bleibt bei ihnen zurück, um sie zu bewachen. Ich gebe ihm die Erlaubnis, beide sofort zu erstechen, falls sich nur einer von ihnen bewegen sollte. Die übrigen von euch folgen mir nach dem Lager der Feinde. Diese sind so unvorsichtig gewesen, keine Posten auszustellen. Das Lager befindet sich nicht ganz fünfhundert Schritte von hier, und ich muß es euch beschreiben. Wenn man sich demselben von hier aus nähert, kommt man zunächst an den Brunnen, an welchem ich und Ben Nil mit diesen zwei Gefangenen lagen; jetzt befindet sich niemand dort. Am Felsen weiterhin haben die Sklavenjäger alle ihre Flinten abgelegt, was von ihnen sehr albern war, für uns aber ganz vortrefflich ist. Rechts davon, mehr nach der Mitte des Wadi hin, lagern sie ungefähr in einem Kreise, innerhalb dessen sich die Sklavinnen befinden. Jenseits dieses Kreises liegen die Kamele. Die Hauptsache ist, daß wir uns der Gewehre bemächtigen, und das ist gar nicht schwer. Haben sie keine Flinten, so sind sie ganz in unsere Hand gegeben, denn mit ihren Messern oder Pistolen können sie uns, die wir sie einschließen, nicht erreichen. Um zum Zwecke zu gelangen, legt ihr hier euere Gewehre ab, die euch hinderlich sein würden; ich gehe voran; Ben Nil folgt mir; dann kommt der Lieutenant, und hinter diesem gehen die andern, jeder zwei Schritte nach seinem Vordermanne. Wenn ich mich niederlege, um zu kriechen, habt ihr diesem Beispiele zu folgen und alles Geräusch zu vermeiden. Lange ich als der vorderste bei den Flinten an, so nehme ich dieselben einzeln weg, um sie euch zuzureichen; ihr gebt sie weiter nach hinten, bis jeder zwei Stück hat oder drei; dann werden sie alle sein. Dann erhaltet ihr von mir das Zeichen zur Rückkehr; ihr dreht euch um und schleicht euch, einer hinter dem andern, in umgekehrter Reihe als vorher von dannen. Was dann zu geschehen hat, werdet ihr noch erfahren.«

Das war so deutlich, daß mich keiner mißverstanden hatte. Ich suchte einen Mann aus, welcher die hier zu lassenden Gewehre und die Gefangenen zu bewachen hatte. Bevor wir aufbrachen, fragte der Lieutenant:

»Du hast etwas Wichtiges vergessen, Effendi. Was soll geschehen, wenn wir entdeckt werden?«

»Sehen kann uns niemand; nur ein Geräusch könnte uns verraten. In diesem Falle würde der Betreffende näher kommen, um nachzusehen, wodurch dasselbe verursacht worden ist, und ich als der vorderste von euch würde ihn auf mich nehmen, und zwar so, daß es ihm unmöglich wäre, Lärm zu schlagen. Auf alle Fälle aber habt ihr euch vor Kampf zu hüten. Sollte etwas Unberechenbares geschehen, so eilt ihr schnell nach hier zurück. Jetzt vorwärts hinter mir!«

Ich glaube, dieser heimliche Gänsemarsch nach dem feindlichen Lager erschien den Leuten viel interessanter als ein Überfall desselben. Sie gaben sich die möglichste Mühe, meinen Weisungen nachzukommen, und ich muß sagen, daß ich aufpassen mußte, wenn ich den Sand unter ihren Füßen knirschen hören wollte. In der Entfernung von fünfzig Schritten vom Lager legte ich mich nieder und begann, zu kriechen; als ich mich umsah, lag Ben Nil auch am Boden und die folgenden jedenfalls ebenso. Ich hielt mich hart links an die Felsenwand. Es war eine wahre Freude, wie still und geräuschlos die Asaker sich hinter mir durch das Dunkel bewegten. Wir kamen am Brunnen vorüber, und nun galt es, doppelt und zehnfach vorsichtig zu sein, denn zu unserer Rechten lagen die nächsten Schläfer. Und nun, endlich, endlich! kam ich zur Stelle, an welcher die Flinten lagen. Ich ergriff eine nach der andern und gab sie Ben Nil, welcher sie weiter reichte. Als ich ihm die letzte gegeben hatte, flüsterte ich ihm zu:

»Jetzt zurück; sage es weiter! Ich komme später nach.«

»Du gehst nicht mit, Effendi? Wohin willst du?«

»Zu dem Onbaschi, um ihm zu sagen, wie er sich zu verhalten hat.«

»Mitten durch die Feinde! Effendi, das ist höchst gefährlich. Darf ich mit?«

»Nein; ich kann dich nicht brauchen. Deine Begleitung würde die Gefahr für mich erhöhen. Sorge lieber dafür, daß die andern nichts Dummes begehen!«

»Ich gehorche, Effendi; aber nimm dich ja sehr in acht, und laß uns nicht allzu lange auf dich warten!«

Der gute Junge sorgte sich um mich! Er gab meinen Befehl weiter; die Reihe machte Kehrt und bewegte sich mit den erbeuteten Waffen zurück. Mir fiel es natürlich nicht ein, meinen Weg mitten durch das Lager zu nehmen, vielmehr bewegte ich mich eine kleine Strecke zurück und wendete mich dann hinüber nach der andern Seite des Wadi. Das Ufer des Thales bestand auch dort aus steilen Felsen, und ich fand es so, wie ich vermutet hatte: die Sklavenjäger lagerten nicht bis ganz hinüber, so daß es zwischen inen und dem Felsen einen freien Raum gab, welchen ich ohne Gefahr zu passieren vermochte. Als ich nun das Lager im Rücken hatte, ging ich weiter, um auf den Onbaschi zu treffen; es gab auch da ungefähr fünfhundert Schritte zurückzulegen. Als ich etwas über vier Fünfteile dieses Weges hinter mir hatte, ließ ich das erwähnte Zeichen hören, damit der alte Korporal meine Annäherung erfahren und mich ja nicht für einen Feind halten und Lärm machen solle. Er hatte auch sofort, als er es hörte, gewußt, woran er war, denn er kam mir eine kleine Strecke entgegen und sagte, als er auf mich traf:

»Bist du es, Effendi? Es ist gut, daß du das Zeichen gabst, sonst hätten wir dich feindlich empfangen. Wie stehen die Dinge? Können wir zum Angriffe schreiten?«

Ich machte ihn mit der Lage der Sache bekannt und gab ihm dann meine Anweisungen. Ich führte ihn und seine Leute soweit vor, daß zwischen ihnen und dem Lager ein Raum von höchstens hundert Schritten blieb. Dort mußten sie dasselbe in einer Reihe halb umfassen, und zwar so, daß der rechte Flügelmann dicht am Felsen stand und die andern, einen Viertelkreis bildend, nach links hinüber reichten. In derselben Weise wollte ich die Leute des Lieutenants jenseits aufstellen, so daß der äußerste Mann desselben mit dem äußersten des Onbaschi Fühlung bekam. Dann bildeten die Asaker einen Halbkreis, welcher das Lager vollständig umschloß und dessen Durchmesser der unersteigliche Felsen war, an dessen Fuße der Brunnen lag. So konnte uns keiner der Sklavenjäger entwischen, und ich gab Befehl, auf jeden, welcher den Versuch machen werde, durchzubrechen, zu schießen.

Jetzt hätte ich eigentlich direkt zu dem Lieutenant zurückkehren sollen, aber ich dachte an die Sklavinnen und an ihre Angst, falls geschossen werden sollte. Es war nicht nur möglich, sondern sogar wahrscheinlich, daß sie fliehen und dadurch meinen Leuten arg zu schaffen machen würden. Darum hielt ich es für geraten, sie zu benachrichtigen; ein wenig gefährlich war das wohl, aber nicht gar sehr. Ich kroch also dem Lager zu und nahm als Ziel die Stelle, wo das Zelt stand, von dem ich gesehen hatte, daß sich in demselben Marba, die Tochter des Scheiks der Fessarah, befand.

Es galt, den Kreis der Sklavenjäger zu durchbrechen, und ich fand bald eine Lücke, welche mir hinlänglich Raum gewährte. Diese Leute mußten sich hier für sehr sicher halten, denn sie schliefen wirklich wie die Ratten. Ich kam glücklich durch und gelangte bis an das betreffende Zelt. Eigentlich hätte doch wenigstens vor jedem Zelte ein Wächter sein müssen, aber auch das war nicht der Fall.

Die Matte, welche die Thüre bildete, war herabgelassen; ich hob sie ein wenig empor und horchte hinein. Ich hörte atmen, und zwar schien es, als ob sich eine beträchtliche Anzahl Schläferinnen hier befänden. Ein Geräusch sagte mir, daß sich eine derselben umwendete; bald hörte ich es wieder, und dieses Mal war es von einem Seufzer begleitet. Ich erriet, daß die Scheikstochter infolge der erhaltenen Schläge nicht schlafen konnte und sich vor Schmerzen von einer Seite auf die andere warf.

»Marba!« sagte ich zwar leise, doch so, daß sie es hören mußte. Da niemand antwortete, so wiederholte ich das Wort mehreremale, bis ich eine unterdrückte Stimme fragen hörte:

»Wer ruft? Wer ist da?«

»Jemand, der euch die Freiheit bringt. Komme näher; ich muß mit dir reden.«

»Die Freiheit? O Allah, Allah! Wer bist du?«

»Sei ohne Sorge! Ich gehöre nicht zu den Sklavenjägern; ich bin ein Fremder und habe mich in das Lager geschlichen, um dir zu sagen, daß ihr wenig später als mit Tagesanbruch frei sein werdet.«

»Das ist Lüge! Hier in diesem Wadi verkehren nur unsere Peiniger, und kein Mensch wird es wagen, sich mitten unter diese Leute zu schleichen.«

»Ich spreche die Wahrheit; du wirst es erfahren.«

»Wenn ich dir glauben Soll, so schwöre bei dem Barte des Propheten!«

»Das thue ich nicht, denn ich bin ein Christ und schwöre nicht.«

»Ein Christ? O Allah! Bist du etwa der fremde Effendi, der jenseits des Bir Murat ganz allein Malaf und seine Begleiter besiegt und ihnen ihre Gefangenen abgenommen hat?«

»Ja, der bin ich allerdings.«

»So glaube ich dir. Warte, ich komme, ich komme!«

Es entstand im Innern des Zeltes eine anhaltende Bewegung; es rauschte und knisterte da und dort; leise, ganz leise Worte wurden gewechselt: Marba weckte ihre Gefährtinnen.

»Es könnte zufällig jemand kommen und mich hier sehen. Im Zelte ist es für mich sicherer. Erlaubt, daß ich hinein komme!«

Indem ich diese Worte sagte, kroch ich auch schon unter der Matte hinein und blieb hinter derselben sitzen.

»Um Allahs willen, thue das nicht!« antwortete Marba. »Kein Mann darf das Zelt der Frauen betreten!«

»Dieses Gesetz erleidet im jetzigen Falle eine Ausnahme. Wenn ich entdeckt und ergriffen werde, kann ich euch nicht befreien.«

»Du hast recht, und da du ein Christ bist, so dürfen wir dir vertrauen. Sage uns nur vor allen Dingen, ob es wahr ist, daß du uns befreien willst!«

»Es ist wahr. Wir haben die Spur Ibn Asl's gefunden und das Lager mit unsern Asakern eingeschlossen. Nun warten wir, bis der Tag anbricht und die Schläfer erwachen.«

»Hat mein Vater euch gesandt?«

»Nein. Wir kommen im Auftrage des Khedive, welcher den Sklavenhandel verboten hat. Aber du nanntest mich den fremden Effendi. Hat man in deiner Gegenwart von mir gesprochen?«

Sie war herbei gekommen; sie saß neben mir; ich hörte das, als ihre Antwort ganz nahe bei mir erklang:

»Man wußte nicht, daß ich es hörte. Es war gestern, als mehrere Männer in unser Lager kamen; der eine war ein Türke und der andere ein Fakir. Wir lagerten am Palmenwalde des Bir Murat, und ich lehnte an dem Stamme einer Palme; da kamen sie, stellten sich in meiner Nähe auf und sprachen von dir.«

»Was sagten sie?«

»Daß ein Mann, welcher Reïs Effendina heißt, seinen Lieutenant zu dir gesandt hat, wozu, das konnte ich nicht verstehen, aber ich merkte, daß sich alle vor dir fürchteten. Die beiden Ankömmlinge erzählten einiges von dir und sprachen lauter Böses.«

»So wirst du mich wohl auch für einen bösen Menschen halten?«

»O nein, Effendi, denn wenn böse Menschen über einen andern bös reden, so ist er gewiß gut, und wenn sie sich gar vor ihm fürchten, so muß er doppelt gut sein.«

»Aber ich bin ein Christ. Darfst du einen Andersgläubigen gut nennen?«

»Warum nicht? Die Fessarah sind nicht so starre Muhammedaner, wie du denkst. Es sind schon einigemal Franken bei uns gewesen, welche Christen waren, und sie alle waren sehr kluge und sehr gute Menschen. Diejenigen aber, welche uns geraubt haben, sind Muhammedaner. Welche Religion ist da die bessere?«

»Die christliche; das kannst du mir glauben. Der Christ kennt keine Sklaverei; er ist ein Sohn der ewigen Liebe und befleißigt sich der Geduld, Sanftmut, Freundlichkeit und Barmherzigkeit; euch aber hat man nicht nur geraubt, sondern sogar geschlagen.«

Sie schwieg, aber ein leises Knirschen ihrer Zähne sagte mir, welche Seite in ihr ich berührt hatte.

»Ich werde Ben Kasawi und seinen Genossen dafür züchtigen,« fuhr ich fort; »sie können uns nicht entgehen, und auch Ibn Asl selbst wird in unsere Hände fallen.«

»So mußt du ihn hier erwarten, denn er blieb mit einigen Männern zurück, um am Bir Murat auf dich zu lauern und dich aus dem Hinterhalte zu erschießen.«

»Er kommt, wie ich gehört habe, heute hier an; ich werde Ihn empfangen.«

»So bitte ich, dich vor Libban sehr zu hüten!«

»Wer ist Libban?«

»Ein früherer Askari, welcher lange Zeit im Sudan gelebt und da gelernt hat, mit Pfeil und Bogen umzugehen. Er trifft sehr genau. Vor einiger Zeit haben mehrere Sklavenjäger von einem Takali-Häuptlinge Giftpfeile geschenkt bekommen; außer demjenigen von Ben Kasawi, welcher den seinigen behalten hat, sind diese Pfeile alle an Libban abgegeben worden, weil dieser der beste Schütze ist, und jetzt ist er mit Ibn Asl, um einen solchen Pfeil auf dich zu schießen. Ibn Asl sagte, eine Kugel werde unter Umständen nur verwunden, ein Giftpfeil aber sei auf alle Fälle tödlich.«

»Das ist sehr gut gemeint von diesem lieben Mann, und ich werde mich dafür bei ihm bedanken.«

»Thue es, thue es, Effendi! Nach dem, was ich von dir gehört habe, bist du der richtige Mann, uns zu rächen. Du weißt nicht, was wir erduldet haben. Jetzt will ich nicht davon sprechen, aber später werde ich es dir erzählen. Schade, daß es dunkel ist! Ich würde mich sehr darüber freuen, dein Angesicht sehen zu können. Könntest du uns unsern Vätern und Brüdern wiederbringen, wir würden mit Jubel empfangen, und niemals, niemals würden die Beni Fessarah den Namen des Mannes vergessen, welcher ihre Frauen und Töchter vor der Schande der Sklaverei bewahrt hat.«

»Ich hoffe mit Zuversicht, daß ihr die eurigen wiedersehen werdet!«

»Und die Gräber der Ermordeten! Effendi, wirst du die Mörder unsern Kriegern überliefern?«

»Diese Frage kann ich jetzt noch nicht beantworten, da das Schicksal der Räuber nicht von mir allein abhängt. Auch muß ich mich jetzt entfernen. Ich kam nur für einen Augenblick, um euch mitzuteilen, daß Helfer in der Nähe sind. Ihr würdet, falls es zum Kampfe kommen sollte, jedenfalls sehr erschrecken; nun aber wißt ihr, was es giebt, und ich bitte euch, ganz ruhig in euern Zelten zu bleiben, was meinen Leuten ihre Aufgabe sehr erleichtern wird.«

»Allah sei Dank! Die Räuber werden mich nicht mehr schlagen, und auch keinen andern Menschen mehr wird ihre Peitsche treffen.«

Sie sagte das in einem hastigen und entschlossenen Tone, als ob sie es sei, die über das Schicksal dieser beiden Männer zu bestimmen habe. Ich fragte sie noch, an welchem Orte die Fackeln aufbewahrt würden, und erfuhr, daß sich zwei oder drei hier in dem Zelte befanden; diese ließ ich mir geben und nahm dann Abschied. Marba reichte mir die Hand, und auch die andern kamen herbeigehuscht, um dasselbe zu thun; dann kroch ich hinaus. Ich kam unbemerkt durch die Schläfer und suchte nun den Lieutenant auf. Bei demselben angekommen, gab ich ihm meine Weisungen, und er ging mit seinen Leuten ab, um in die bereits beschriebene Stellung einzurücken. Ich blieb mit Ben Nil und dem Askeri, welcher die beiden Gefangenen bewacht hatte, bei denselben zurück.

Wir befanden uns hinter einer so plötzlichen Windung des Wadi, daß man uns von dem Lager aus, selbst wenn ein Feuer brannte, nicht sehen konnte. Darum steckte ich eine Fackel an, um die Gefesselten zu sehen. Sie hatten, wie mir der Wächter sagte, sich zuweilen nur ganz leise zu bewegen gewagt. Ich ließ ihnen die Knebel abnehmen, zog das Messer, drohte ihnen mit demselben und sagte: »Kein lautes Wort! Wer einen Ruf ausstößt, bekommt sofort das Messer! Ihr könnt zu mir sprechen, aber nur ganz leise.«

Sie sahen mich starr an. Mich hier zu sehen, das hatten sie nicht erwartet. Sie wußten noch gar nicht, wer derjenige, der sie niedergeschlagen hatte, gewesen war.

»Du bist es, du?« stieß Ben Kasawi hervor. »Was fällt dir ein. Wie kannst du uns, deine Gastfreunde, in dieser Weise behandeln!«

»Wer mein aufrichtiger Freund ist, wir auch derjenige meines Begleiters sein.«

»Das sind wir ja.«

»Nein. ihr wolltet ihn töten. Ich habe jedes eurer Worte gehört. Sein Mund sollte zum Schweigen gebracht werden, und ihr glaubtet, ich würde die Spitze eines Takali-Pfeiles für den Zahn einer Giftschlange halten. Solche Leute, solche Meuchelmörder können nicht meine Freunde sein. Allah vergilt jede That des Menschen, und auch ihr werdet nach eurem Thun gerichtet werden.«

»So ist Allah der Richter, aber du bist es nicht. Gieb uns frei! Wenn Ibn Asl kommt, wird er sehr zornig über unsere Behandlung sein.«

»Allerdings! Aber sein Zorn wird sich mehr gegen euch als gegen mich richten. Er wird es wohl nicht für möglich halten, daß solche Männer, wie ihr sein wollt, sich auf eine so leichte Weise fangen lassen.«

»Ich verstehe dich nicht. Du hast doch nur einen allerdings zu weit gehenden Scherz mit uns getrieben?«

»Scherz? O nein! Mit Leuten eures Gelichters scherze ich nicht.«

»Aber du willst doch Geschäfte mit uns machen; du willst Sklaven von Ibn Asl nehmen!«

»Das ist sehr wahr. Nehmen will ich sie, aber nicht etwa bezahlen. Ich nehme Sklaven und gebe Flintenkugeln dafür.«

»Du scherzest immerfort. Rede doch vernünftig, damit wir wissen, woran wir sind! Und binde uns los, sonst wird es dir von Ibn Asl schlimm ergehen!«

»Pah! Auch ihr hattet es schlimm mit mir vor, und was war die Folge! Ihr seid jetzt zum zweitenmal in meine Hand geraten. Und euern Ibn Asl fürchte ich nicht mehr als euch. Ich kenne Ihn und auch seine Absichten. Er hält sich am Bir Mutat verborgen, um mir durch Libban einen Giftpfeil geben zu lassen.«

»Libban! Was weißt du von ihm? Ich habe ja gar nicht von ihm gesprochen. Und der Pfeil ist doch nicht für dich bestimmt.«

»Natürlich für mich!«

»Nein, sondern für den fremden Effendi, den Christenhund.«

»Also doch für mich!«

»Für – –!«

Er brachte nur dieses erste Wort hervor und starrte mich, ebenso wie der Häßliche, voller Entsetzen an. Dann nach einer Weile stotterte er:

»Wie? Du – du wärst dieser – dieser Effendi?«

»Natürlich!«

»Und hättest dich so verwegen mitten unter deine Feinde gewagt?«

»Allerdings! Du bist ein Dummkopf sondergleichen. Du hattest von mir gehört; als ich euch, zehn Mann stark, ganz allein im Schach hielt, hättest du sofort vermuten sollen, daß ich dieser Effendi sei. Der Reïs Effendina hat mich aufgefordert, euch zu fangen und euch die Sklavinnen abzunehmen. Jetzt lauert der berühmte Ibn Asl am Brunnen Murat auf mich, und während Allah ihm die Augen blendet, befinde ich mich hier und nehme den ganzen Trupp, die ganze Karawane gefangen.«

»Das soll dir schwer werden! Meine Leute werden sich wehren.«

»Wehren? Sie schlafen alle. Ich habe meine Asaker an den Brunnen geführt, um die Gewehre zu holen, die ihr so einfältigerweise zusammengelegt hattet. Da, schau her!«

Die Flinten lagen in der Nähe; ich ließ den Schein der Fakkel auf sie fallen.

»O Allah, O Prophet, o ihr Kalifen!« rief Ben Kasawi aus. »Das sind unsere Gewehre, wirklich unsere Gewehre!«

»Ja, sie sind es. Und nun haben meine Asaker euer Lager umstellt und warten nur auf mein Zeichen, um über dasselbe herzufallen. Es sind ihrer mehr als genug, um mit euch fertig zu werden. Übrigens habe ich es Marba gesagt, daß wir gekommen sind, sie und ihre Gefährtinnen zu befreien. Die Sklavinnen wissen sich also unter unserm Schutze, und ihr habt sie nun als Feindinnen, welche jeden Widerstand gegen uns erschweren werden, in eurer Mitte.«

»O Allah, behüte uns vor dem Teufel und allen seinen Gehilfen! Wer hätte das gedacht; wer konnte das auch nur leise ahnen! Du hast uns belogen, schändlich belogen, Effendi. Deine Heimtücke – –«

»Schweig! Schimpfe nicht, sonst bekommst du die Peitsche! Wenn Menschenjäger, Räuber und Mörder von Heimtücke sprechen, so schlägt man sie auf das Maul. Mit räudigen Hunden verfährt man anders als mit den edlen Wächtern des Zeltes. Mit Leuten, welche Tausende ihrer Nebenmenschen ins Elend jagen und, um dies zu erreichen, ebenso Tausende morden, welche Dörfer verwüsten, Palmenhaine umhauen, sogar rechtgläubige Dijaüberfallen und hundert andere Schändlichkeiten begehen, ich sage, mit solchen Leuten verfährt man nicht nach den Gesetzen und Vorschriften, nach denen man ehrliche Leute behandelt. Ich habe euch überlistet; das ist alles; von Heimtücke kann keine Rede sein. Wenn ein Panther eure Herden lichtet, und ihr beschleicht Ihn, um ihn zu töten, ist das Heimtücke von euch? Nein, es ist nur Notwehr. Sklavenjäger aber stehen noch tief, tief unter dem wildesten Tiere. Es liegt in der Natur des letzteren, sich durch Raub zu ernähren; der Mensch aber soll ein Abbild Gottes sein, welcher die ewige Liebe ist. Ein reißendes Tier tötet seine Beute mit einem einzigen Schlage seiner Tatze; ihr aber bringt diejenigen, welche in eure ruchlosen Hände fallen, in ein Elend, welches erst nach vielen Jahren endet. Ihr seid keine Menschen mehr, sondern die verächtlichsten und verworfensten Kreaturen, welche die Erde trägt. Darum ist es die Pflicht eines jeden braven Mannes, euch auszurotten, und wenn man dies durch List versucht und auch erreicht, so ist das keineswegs verdammlich, sondern im Gegenteile sehr löblich gehandelt.«

»Nun,« knirschte Ben Kasawi, »wenn du uns mit wilden Tieren vergleichst, so fürchte unsere Tatzen! Du hast zwar die Flinten meiner Leute gestohlen, aber sie haben noch ihre Messer und Pistolen.«

»Was können sie damit gegen unsere Gewehre ausrichten? Und sie schlafen ja. Ein einziges Wort von mir, und ihr Schlaf verwandelt sich in den Tod.«

»Wage das nicht! Ibn Asl würde sich entsetzlich rächen.«

»Wie denn? Sobald er kommt, läuft er mir in die Hände.«

»Selbst wenn du ihn ergreifst, hast du noch viele andere, mächtigere zu fürchten. Denke nur an den Mokkadem der heiligen Kadirine und an den Muza'bir, welche schon längst deine Feinde sind! Sie halten zu uns, und was du uns thust, das ist, als ob es ihnen geschehen sei.«

»Das gebe ich zu, und darum sollen sie mit ganz demselben Maße gemessen werden, nach welchem ihr von uns zu messen seid. Ihr seid gefangen und seht eurer Bestrafung entgegen; ganz dasselbe ist auch mit ihnen der Fall.«

»Mache mir das nicht weis. Du würdest niemals wagen, deine Hand an den Mokkadem zu legen.«

»Ich habe dieses ›Wagnis‹ nun nicht mehr nötig, weil es bereits geschehen ist. Gerade die beiden, welche du nanntest, liegen da oben auf dem Felsen, genau ebenso gefesselt wie ihr.«

»Das ist – – das ist – –«

»Wahr, vollständig wahr!« fiel ich ein und erzählte ihm den Sachverhalt ausführlich. Die Kerle fühlten sich tief beleidigt, aber auch ebenso tief beschämt. Sie wußten, daß ich ihnen jetzt die volle Wahrheit mitgeteilt hatte; sie waren überzeugt, daß wir uns wirklich in dem Besitze des Mokkadem und des Muza'bir befanden. Wenn ich es gewagt hatte, mich an dem erstern zu vergreifen, nun, so war keine Hoffnung vorhanden, daß ich mich vor ihnen selbst fürchten und sie schonen würde. Diesen Eindruck vertiefte ich durch die Hinzufügung:

»Was soll ich nun mit all dem Ungeziefer thun, welches ich gefangen habe und noch fangen werde? Es von der Erde vertilgen, wie es die Menschenpflicht mir vorschreibt! Als Sklavenjäger steht ihr unter einem andern Richter; aber ihr habt meinen Gefährten vergiften wollen; darauf setzt das Gesetz der Wüste und die Sorge für unsere Sicherheit den Tod. Ihr habt sehr wenig Zeit, euch auf denselben vorzubereiten. Ich werde kurzen Prozeß mit euch machen.«

»Das könntest du nicht verantworten!« fuhr Ben Kasawi auf. »Wir sind Unterthanen des Khedive, du aber bist ein Fremder!«

»Ihr handelt gegen die Gesetze des Khedive und erkennt ihn also nicht als euern Herrn und Regenten an; folglich ist nur nach Wüstenrecht mit euch zu verfahren. Ihr werdet zertreten wie die Mistkäfer, auf welche die Füße der Kamele treffen.«

»So willst du, ein Christ, Menschenblut vergießen? Du sagtest vorhin, daß der Christ ein Diener der ewigen Liebe sei!«

»Aber er ist auch zugleich ein Diener der ewigen Gerechtigkeit.Jetzt, wo es dir an das Leben geht, nimmst du deine letzte Zuflucht zu meinem Glauben, zu meiner Lehre; vorhin aber nanntest du mich einen Christenhund. Nun wird der ›Hund‹ dein Richter sein.«

»Wir wissen, daß du im Auftrage des Reïs Effendina handelst; du hast uns also an ihn auszuliefern!«

Ah, er hatte also Angst; er glaubte, daß ich seinen Tod wolle. Die sonst gewiß gefürchtete Auslieferung an den Reïs Effendina schien ihm jetzt die einzig mögliche Rettung zu bieten. Das war mir sehr lieb, denn nun brauchte ich ihm keine großen Versprechungen zu machen, um ihn zu bewegen, seine Leute vom Widerstande abzuhalten. Ich durfte nun hoffen, daß kein Blut fließen werde, mußte aber leider sofort erfahren, daß diese Hoffnung eine trügerische war, denn eben jetzt ertönte eine überlaute, schnarrende Stimme von der Felsenhöhe herab:

»Halt an, halt an; bleib hier, bleib hier!« Das war die Stimme Selims, des »Schleuderers der Knochen«. Ich erriet sogleich, was seine Worte zu bedeuten hatten. Einer der Gefangenen war entflohen; vielleicht waren beide fort. Der Lärm mußte die Sklavenjäger wecken. Jetzt brüllte der Kerl mit einer wahren Löwenstimme von oben herab:

»Effendi, Effendi, paß auf! Der Mokkadem und der Muza'bir sind fort!«

So ein Unglücksmensch! Ich war wütend auf ihn. Also ich sollte aufpassen; er aber hatte nicht aufgepaßt. Wer sollte die Entflohenen in dieser Finsternis sehen, verfolgen und ergreifen? Das war ganz unmöglich. Man mußte sie laufen lassen. Aber in anderer Beziehung galt es, rasch zu handeln. Ich gebot dem Wächter:

»Du bleibst mit Ben Kasawi hier und haftest mit deinem Kopf für ihn. Sollte einer der Entflohenen hier herabkommen, So schießest du ihn nieder!«

Und zu dem Häßlichen mich wendend, fuhr ich fort:

»Dich werde ich jetzt durch die Linie meiner Asaker, welche euer Lager umschließt, bringen. Du sagst deinen Leuten, daß sie umzingelt sind. Ich habe Befehl gegeben, jeden von euch, welcher sich aus dem Lager wagt, zu erschießen. Teile das deinen Genossen mit, und warne sie! Wenn sie dieser Warnung gehorchen, werde ich vielleicht Milde walten lassen.«

Ich löste seine Fesseln, nahm ihn beim Kragen und schob ihn vor mir her. Ben Nil ging mit. Bei unserer Linie angekommen, ließ ich den Menschen los, und er machte sich schleunigst aus dem Staube. Nun war abzuwarten, für welches Verhalten die Sklavenjäger sich entschließen würden. Die Asaker mußten sich zu Boden legen, weil sie, gegen den Himmel blickend, da jeden Annähernden leichter erkennen konnten. Ich aber gab Ben Nil mein Gewehr zum halten und kroch auf das Lager zu.

Der Häßliche hatte vorhin von mir erfahren, wie oft ich Lauscher gewesen war. Besaß er nur einigermaßen Klugheit, so mußte ihm der Gedanke kommen, daß ich vielleicht auch jetzt wieder horchen werde, und konnte seine Maßregeln danach treffen. Dennoch wagte ich mich weit und weiter vor, bis ich das erste Zelt erreichte. in der Nähe desselben standen die Jäger in einem dunklen Haufen. Ich hörte, daß der Häßliche auf sie einsprach, und konnte nur einzelne Worte oder Silben verstehen; das reichte aber hin, mir über ihre Absicht klar zu werden. Während einige Männer bei den Zelten zurückbleiben sollten, wollten die andern nach der Seite ausbrechen, in welcher sich Ben Kasawi befand, und diesen holen. Gelang es, ihn zu befreien, so hatte ich einen Trumpf weniger in den Händen.

Es gab einen Gegencoup. Wir konnten die Kerle passieren lassen und uns dann ganz leicht des Lagers bemächtigen; aber das wäre sehr fehlerhaft gewesen, da ich nicht nur das Lager, sondern auch die Sklavenjäger haben wollte. Ich beschloß also, die letzteren gar nicht durchzulassen. Sie waren gewarnt; griffen sie uns dennoch an, nun, so hatten sie die Verantwortung der Folgen zu tragen.

Ich kehrte also schnell zurück und zog die Hälfte meiner Leute an einem Punkte zusammen, welcher die Ausfallsrichtung beherrschte; sie knieten, die Gewehre schußfertig haltend, eng nebeneinander nieder. Kaum war das geschehen, so hörte ich die Feinde kommen; bald sahen wir sie; sie kamen gekrochen. Unsere Läufe senkten sich; ein Ruf von mir – sie krachten; das Echo erscholl von dem Felsen zurück, und in dasselbe mischte sich das Geschrei der Getroffenen und der – Fliehenden.

Ja, sie flohen; sie wichen zurück; sie hatten den Mut verloren. Daraus schloß ich, daß ihr Verlust kein ganz unbedeutender sei. Ich hatte nicht geschossen, sondern dies nur im Falle der Not thun wollen. Die so eng zusammengetretenen Asaker kehrten wieder jeder in seine vorherige Stellung zurück, damit der Halbkreis ein geschlossener bleibe.

Jetzt kam von rückwärts einer gelaufen; ich ging ihm entgegen. Noch hatten wir einander nicht erreicht, so blieb er stehen und rief.

»Effendi, Effendi, wo bist du? Ich suche dich!«

Selim war es, der unglückliche Selim. Dieser alte Schlingel konnte doch nichts, gar nichts anders als geradezu verkehrt machen!

»Halte den Mund!« antwortete ich ihm. »Was fällt dir ein, so zu schreien!«

»Damit du es hörst, Effendi.«

»Unsinn! Denkst du denn nicht daran, daß es auch die Feinde hören!«

»Das schadet nichts, denn meine Stimme bringt selbst den mutigsten Feind zum Zittern.«

»Schneide nicht auch noch auf! Fast hättest du uns durch dein Geschrei alles verdorben; jedenfalls trägst du die Schuld an dem Blute, welches geflossen ist.«

»Allah kehrim – Gott sei uns gnädig! Ich hörte die Felsen widerhallen. Sind unsere Asaker erschossen?«

»Ja, alle, bis auf den letzten Mann; nur ich allein bin übrig.«

»So laß uns fliehen. Schnell, schnell, komm, Effendi!«

Er nahm meinen Arm, um mich fortzuziehen.

»Bleib nur, alte Memme! Wir haben geschossen, und die Feinde sind vor uns zurückgewichen.«

»Hamdulillah! Ich wußte es, meine Stimme hat sie erschreckt. Sobald ich sie erhebe, reißen alle Helden und Völker aus, denn es ist die Stimme des kühnsten und verwegensten Kriegers vom mächtigen Stamme der Fessarah.«

»Nein, sondern es ist die Stimme des größten Esels, den ich jemals gesehen habe, und vor einem Esel nimmt kein Frosch, keine Maus Reißaus. Kerl, bitte doch Allah, daß er dir, wenn auch nur ein allereinziges Mal in deinem ganzen Leben, einen Gedanken schenke, welcher wenigstens nicht ganz und gar verkehrt ist. Die Gefangenen sind fort?«

»Der Scheik der Menassir hat sie fortgelassen.«

»Der Scheik? Waren sie denn ihm anvertraut?«

»Nein, mir, aber ich werde erzählen, damit du erkennst, daß ich unschuldig bin und vielmehr alles gethan habe, um diese Sklavenjäger, unsere Feinde, in Angst und Schrecken zu versetzen. Ich saß oben bei den Gefangenen, und der Scheik war dabei. Ich überlegte, was ein tapferer Krieger in meiner verantwortungsreichen Lage zu thun habe. Es konnte hier unten zum Kampfe kommen; meine zwei Gefangenen konnten einen Fluchtversuch unternehmen; in beiden Fällen war es höchst nötig, gerüstet zu sein. Ich lud also, um die Feinde hier im Wadi und die Gefangenen da oben in Schach zu halten, zwei Kugeln in die Pistole und drei in das Gewehr.«

»Auch doppeltes Pulver?«

»Dreifaches sogar, denn je mehr Kugeln, desto mehr Pulver; das ist eine alte wohlbekannte Heldenregel.«

»Mensch, bist du toll? Dein Jammerrohr wäre beim Schießen zerplatzt, und du hättest nur dich selbst verwundet!«

»Keineswegs! Man trifft bekanntlich nur den, auf den man zielt, und du wirst einem so bewährten Helden wie ich bin, doch nicht zumuten, daß er auf sich selbst zielt!«

»Drei Kugeln in den Lauf! Das hast du nur aus Angst gethan. Die Gefangenen sollten Furcht vor dem Gewehre bekommen, weil sie höchst wahrscheinlich vor dir selbst keine Angst hatten. Du hast aber gerade das Gegenteil erreicht, denn als du vor ihren Augen ludest, sahen sie zu ihrer Genugthuung, daß das Gewehr nur dir, aber nicht ihnen gefährlich sein werde.«

»Das ist grundfalsch, obgleich auch der Scheik es behauptete.«

»So, hat er es gesagt? Bei welcher Gelegenheit?«

»Als ich auf die Flüchtlinge schießen wollte.«

»Ah, ich begreife! Sie waren aber doch gebunden!«

»Allerdings, und ich war so vorsichtig, ihre Fesseln von Zeit zu Zeit zu untersuchen. Die Halunken lachten darüber; da aber bekanntlich nur alberne Menschen lachen, so hüllte ich mich in die Würde einer tief ergreifenden Schweigsamkeit. Sie sprachen sehr viel mit dem Scheik.«

»Leise oder laut?«

»Leise natürlich! Anfänglich forderte ich sie zwar auf, verständlich zu sprechen, da ich als ihr Wächter wissen möchte, was sie sich mitzuteilen hatten; aber sie machten mich glücklicherweise darauf aufmerksam, daß ein lautes Sprechen hier unten von den Feinden gehört werden könne. Das aber hätte deinen Plan verdorben, und so gab ich sehr gern zu, daß sie heimlich sprachen. Ich hoffe, deinen Plan dadurch sehr wesentlich gefördert zu haben!«

»Da nichts mehr zu ändern ist, will ich dir mein Urteil darüber lieber vorenthalten. Nun will ich aber wissen, wie die Flucht vor sich gegangen ist!«

»Vor sich gegangen? Sehr schnell. Der Scheik zog nämlich sein Messer, zerschnitt den Gefangenen, ehe ich es verhindern konnte, die Fesseln, und sie sprangen auf und davon.«

»Der Scheik! Ah, wie konnte er das thun! Er ist mit fort?«

»Fällt ihm gar nicht ein! Er sitzt noch oben, da, wo er vorher gesessen hat.«

»Hat er dir gesagt, was ihn zu der That bewogen hat?«

»Nein; aber dir will er es sagen. Als die Halunken fortliefen, legte ich das Gewehr an, um ihre Körper mit den drei Kugeln zu durchbohren; er aber nahm es mir weg und sagte, daß der Lauf platzen werde. Da der Lauf nun doch vielleicht eine schadhafte Stelle haben konnte und du meines Lebens und meines Schutzes noch so sehr bedarfst, so gab ich ihm recht und begnügte mich damit, dir das Geschehene vom Felsen hinab zu melden.«

»Nach welcher Richtung haben sie sich gewendet?«

»Wer kann bei der jetzigen Dunkelheit eine Richtung erkennen? Sie sind fort; wohin, das weiß nur Allah und der Prophet. Hätte der Scheik nicht die Fesseln zerschnitten, so säßen sie noch oben unter dem Schutze meiner scharfen Augen, denen nichts entgehen kann. Nun sage mir, was ich thun soll! Soll ich die Sklavenjäger angreifen, um sie zu überwinden?«

»Nein, nein! Am besten ist's, du thust gar nichts; dann sind wir am sichersten vor dir. Da du aber so kühn vom Kampfe sprichst, wo hast du denn deine Flinte?«

»Die liegt oben.«

»Warum hast du sie nicht mitgebracht?«

»Wegen der schadhaften Stelle. Ich könnte, wenn der Lauf platzt, leicht einen guten Freund verletzen, und werde mich daher beim Kampfe lieber auf den niederschmetternden Eindruck meiner Stimme verlassen.«

»Und ich ersuche dich allen Ernstes, zu schweigen! Ich mag weder deine Stimme hören noch dich hier länger sehen. Steig also wieder hinauf, und setz dich zu den Wächtern der Kamele! Ich möchte nur wissen, welch unglückliches Zeichen am Tage deiner Geburt am Himmel gestanden hat!«

»Ich bin im Zeichen ›es Saba‹ geboren, Effendi.«

»Nein, nein, sondern wahrscheinlich im Zeichen ›es Saratan‹. Darum wiederhole ich: Lauf' rückwärts, und mach', daß du zu den Kamelen kommst. Hoffentlich wirst du ihnen nicht auch Unglück bringen.«

Er wollte mir widersprechen, doch ging ich fort und ließ ihn stehen. Zunächst mußte ich unsere Truppe um drei Mann vermindern, welche ich Selim nachsandte. Es stand zu erwarten, daß die Entflohenen sich noch in der Nähe befanden, um sich der für die Flucht so nötigen Kamele zu versichern; darum mußten die Wachen verstärkt werden. Dann erst fand ich Zeit, mit dem Lieutenant zu sprechen. Er war natürlich über das Entkommen des Mokkadem und des Muza'bir ebenso erzürnt wie ich, doch konnten wir weder es ungeschehen machen noch an eine Verfolgung denken. Es war Nacht, und wir brauchten unsere Leute so notwendig, daß wir auch nicht eine einzige Person entbehren konnten.

Die Nacht verging, ohne daß die Belagerten den Versuch, auszubrechen, wiederholten. Als das Dunkel des Wadi dem anbrechenden Tage zu weichen begann, sahen wir sie bei den Zelten lagern. Man merkte ihnen an, daß sie während der ganzen Nacht eines Angriffes gewärtig gewesen waren.

Wer jetzt die Situation überblickte, der mußte finden, daß wir uns sehr im Vorteile befanden; sie hatten zwar mehr Deckung als wir, aber keine Flinten. Ich ließ Ben Kasawi holen, um mit ihm zu reden. Sein Gesicht zeigte einen gehässig finstern Ausdruck, und als er den Plan überblickte, verdüsterte es sich noch mehr.

»Was sagst du dazu?« fragte ich ihn. »Wer wird wohl unterliegen, wir oder ihr?«

Er musterte unsere Leute und ihre Bewaffnung und warf dann einen spähenden Blick das Wadi hinauf und hinab.

»Wen suchen deine Augen? Etwa Ibn Asl? Der kann noch nicht hier sein. Oder den Mokkadern mit dem Gaukler? Die können euch keine Hilfe bringen; sie haben keine Waffen und auch keine Kamele und werden von den Leuten, welche ich ihnen nachsende, schnell eingeholt werden.«

»Allah'l Allah! Wer kann gegen das Kismet!« murmelte er.

»Niemand,« antwortete ich. »Und dein Kismet ist der Tod.«

»Wann soll ich sterben?«

»In einer Viertelstunde.«

»Erschießen?«

»O nein; eine Kugel ist viel zu ehrenvoll für deinesgleichen. Du bekommst einen Strick um den Hals und wirst von einem Kamele zu Tode geschleift.«

»O Muhammed, o Abu Bekr! Wie darf ein Gläubiger durch einen Strick umgebracht werden!«

»Klage nicht! Schuft ist Schuft, gleichviel ob er sich einen Moslem, einen Juden oder einen Heiden nennt. Du bekommst das, was dir gebührt.«

»Ein jeder wandelt den Weg, welcher ihm vorgezeichnet ist, und keiner kann anders, als ihm beschieden ist. Darum trifft keinen Menschen eine Schuld.«

»Das ist eine sehr billige Beruhigung, und ich glaube nicht, daß sie dir die Schlinge des Strickes erweitern wird. War es aber dein Kismet, die Freuden und Einkünfte eines Sklavenjägers zu genießen, so gebietet dir dasselbe Kismet, das traurige Ende eines solchen durchzukosten. Du hast nur noch zehn Minuten zu leben.«

»Nicht so schnell, nicht so schnell! Schenke mir das Leben, so gebe ich dir die Sklavinnen!«

»Du hast keine Menschen zu verschenken; sie sind nur Gottes Eigentum.«

»So nimm unsere Kamele!«

»Die gehören mir schon; ich brauche nur die Hand auszustrecken.«

»Nimm alle meine Leute, und töte sie, aber gieb mich frei!«

»Mensch, du bist nicht nur ein Bösewicht, sondern auch ein Feigling ohnegleichen. Du hast vielleicht Tausende von armen Negern töten helfen, aber deinen eigenen Tod fürchtest du mit Entsetzen. Fühlst du denn nicht, wie gottlos und teuflisch selbstsüchtig der Vorschlag ist, welchen du mir machst! Um einen einzelnen nicht der gerechten Strafe zu überliefern, soll ich fünfzig Menschen töten? Mir graut vor dir!«

»Laß dir grauen! Mir graut nicht vor mir, sondern nur vor dem Tode. Ich will leben, leben, leben! Schenke mir das Leben, und ich thue alles, was du von mir forderst.«

Der Kerl wimmerte fast vor Todesangst. Es war zum Ekel. Um mir diese mehr als unangenehme Empfindung abzukürzen, antwortete ich:

»Wirst du es halten, wenn ich dich beim Worte nehme?«

»Ich schwöre es dir bei allem, was du willst!« antwortete er, von neuem aufatmend.

»Gut! Ich will milder sein, als du es verdienst. Ich erinnere mich deiner Forderung, dich dem Reïs Effendina zu übergeben, und bin bereit, sie zu erfüllen, wenn du thust, was ich befehle.«

»Befiehl nur, Effendi, und ich gehorche!«

»Ich will nicht haben, daß noch weiteres Menschenblut vergossen werde. Wir sind alle unverletzt; ihr aber habt Tote und Verwundete; das ist die Folge davon, daß dein Mitgefangener die ihm gewährte Freiheit schändlicherweise dazu benutzte, deine Leute zum Kampfe aufzureizen. Damit aber mag es genug sein. Dein Auge wird dir sagen, daß es euch unmöglich ist, uns zurückzuweisen. Entweder schießen wir euch mit unseren weittreffenden Flinten einzeln weg, oder ihr wagt einen Gesamtangriff und fallt unter unsern Kugeln, ehe ihr mit euern Messern uns erreichen könnt. Ergebt euch freiwillig, so verspreche ich, euer Leben zu schonen und euch dem Reïs Effendina auszuliefern.«

Sein Gesicht erheiterte sich schnell. Er kannte die Mängel der ägyptischen Strafrechtspflege, zumal hier oben in dieser Gegend. Einem hiesigen Gericht überliefert zu werden, heißt so viel, wie sich loskaufen können. Vielleicht hielt er auch die Gerechtigkeit des Reïs Effendina für käuflich, denn er antwortete sofort:

»Ich gehe darauf ein.«

»Hast du aber so viel Macht über deine Leute, daß sie dir gehorchen?«

»Ich habe sie, denn dem geringsten Ungehorsam folgt bei uns der Tod. Ohne diese Strenge würde es keine Sklavenjäger geben.«

»Wie aber willst du ihnen den Befehl zugehen lassen?«

»Darf ich hinüber?«

»Nein.«

»So erlaube mir, einen zu rufen, mit dem ich mich verständigen werde!«

»Ich erlaube es, aber diese Verständigung muß in meiner Gegenwart geschehen.«

Es wurde bereits erwähnt, daß unsere Asaker eine ganze Ladung von Sklavenketten bei sich führten; ich schickte einen der Leute nach oben, um sie auf einem Kamele herabzubringen. Auf den Ruf Ben Kasawis, welcher drüben verstanden wurde, kam ein Mann herüber, welcher sich zu ihm setzte. Der Anführer gab ihm seinen Entschluß zu erkennen und erklärte ihm die Gründe desselben. Der Mann sah mich, als er aufgestanden war, mit finsterem Blicke an und sagte:

»Effendi, du hast uns die Flinten weggenommen und kannst uns nun niederschießen, wie es dir beliebt; das wissen wir, und darum willigen wir in die Ergebung. Halte dein Wort, uns auszuliefern! Aber glaube ja nicht, daß man uns töten wird. Diese Freude macht kein ägyptischer Richter einem Christen. Vielleicht sehen wir uns später wieder, und dann wirst du es sein, der sich ergeben muß!«

Er ging, und da brachte der nach den Ketten fortgeschickte Asaker sein Kamel geführt. Er war mit dem Tiere an derselben Stelle ins Thal gekommen, welche ich gestern mit Ben Nil benutzt hatte, als wir mit unsern zwei Kamelen in das Wadi niederstiegen, um die Sklavenjäger zu täuschen. Jede dieser Ketten war mit einer Fuß- und zwei Handschellen versehen; wer mit einer solchen gefesselt war, den hatte man sicher, zumal hier in der Wüste, wo ein Gefangener nicht an Flucht denken konnte, ohne sich der Gefahr des Verschmachtens auszusetzen. Die Ketten wurden abgeladen und für die Sklavenjäger bereit gelegt.

Diese standen, wie wir sahen, um den Bevollmächtigten versammelt; er sprach sehr dringlich auf sie ein, und dann entwickelte sich eine lebhafte Debatte zwischen ihm und ihnen. Sie schienen nicht auf seinen Auftrag eingehen zu wollen. Es schien ihm aber doch zu gelingen, sie zu überzeugen, denn sie wurden nach und nach ruhiger, und als er dann zurückkehrte, konnte er mir melden, daß sie bereit seien, sich uns zu ergeben. Als er die Ketten erblickte, fühlte er sich unangenehm überrascht und fragte:

»Da liegen Fesseln von Eisen. Sind sie etwa für uns bestimmt?«

»Ja,« antwortete ich.

»Das können wir uns unmöglich gefallen lassen!«

»Ihr werdet euch doch darein finden müssen!«

»Keinesfalls! Wir sind freie Männer und lassen uns nicht binden.«

»Freie Männer? Ihr befindet euch in unserer Gewalt, und ich habe euch als meine Gefangenen dem Reïs Effendina zu übergeben. Nennst du das frei sein?«

»Aber wozu die Fesseln? Du sagtest selbst, daß wir uns in eurer Gewalt befinden; da sind die eisernen Ketten gar nicht nötig.«

»Wenn auch nicht nötig, so wird es doch zur Beruhigung meines Herzens dienen, euch mit ihnen geschmückt zu sehen. Ihr transportiert eure Sklaven, wenigstens die männlichen, stets auch in gefesseltem Zustande, obgleich ihr wißt, daß sie euch in der Wüste nicht entrinnen können. Es wird zur Bereicherung euers Wissens dienen, einmal zu erfahren, wie es ist, wenn man Ketten zu schleppen hat. Wenn ich euch das Leben schenke, so ist das eine ganz unverdiente Gnade, und ihr habt nicht den mindesten Grund, euch dieser Ketten wegen zu beschweren.«

»Die Leute werden sich weigern, sie sich anlegen zu lassen!« »Das ist mir gleichgültig. Wer widerstrebt, bekommt die Kugel.«

»Effendi, bedenke, daß wir noch nicht gefangen sind und uns wehren können!«

»Versucht es doch einmal! Wenn ihr Widerstand leistet, kommt keiner mit dem Leben davon.«

»So muß ich noch einmal hinüber, um es ihnen vorzustellen. Bin ich in einer Viertelstunde noch nicht zurück, so ist das das Zeichen, daß wir uns wehren werden.«

»Es wird das Zeichen euers Unterganges sein. Ich werde dich zu euerm eigenen Wohle mit einigen Kugeln unterstützen. Ist die Viertelstunde vorüber, so werde ich diejenigen, welche am meisten widerstreben, lahm machen, indem ich sie in das rechte Knie schieße. Seht ihr dann, wie sicher wir treffen, so werdet ihr euch doch noch entschließen, euch mit den Ketten zu befreunden.«

Er entfernte sich zögernd. Das Lahmschießen kam ihm unheimlich vor. Als er bei seinen Leuten angekommen war und sie hörten, um was es sich handelte, erhoben sie ein zorniges Geschrei. Ich trat einige Schritte vor, um mir diejenigen zu merken, welche durch die Heftigkeit ihrer Gestikulationen bewiesen, daß sie am meisten widerstrebten. Es entspann sich eine Debatte, deren Resultat der Entschluß war, uns anzugreifen. Ich sah das, ohne ihre Worte und Reden verstehen zu können, denn sie lockerten die Messer und sahen nach ihren Pistolen, um sich zu überzeugen, daß dieselben in Ordnung seien.

Die Viertelstunde war vorüber. Ich legte das Gewehr an und nahm einen der ärgsten Schreier auf das Korn. Er that, als ich abgedrückt hatte, einen Luftsprung und fiel dann zu Boden; ich hatte ihm die Kniescheibe zerschmettert. Ein wütendes Geheul antwortete mir, und einer trat vor und schwang sein Messer gegen mich. Ich stand noch im

Anschlage und gab ihm die zweite Kugel; auch er stürzte nieder, genau an derselben Stelle wie der vorige getroffen. Abermaliges und verdoppeltes Geheul! Ich lud schnell wieder. Derjenige, welcher den Unterhändler gemacht hatte, wich eine kleine Strecke von den andern zurück. Die Angst vor meinen Kugeln trieb ihn, mir damit anzudeuten, daß er nicht mit ihnen einverstanden sei. Er machte ihnen Vorstellungen, welche sie aber übel aufnehmen wollten, denn es trat einer zu ihm hin und fuchtelte ihm mit dem Messer vor dem Gesichte hin und her. Er fuchtelte nicht lange, denn meine dritte Kugel warf ihn nieder.

Dieses Mal schrie man nicht. Vielleicht hatte man vorher angenommen, es sei Zufall, daß ich so genau traf; die dritte Kugel aber gab den Beweis, daß man sich geirrt hatte. Das wirkte. Die Verwundeten krümmten sich an der Erde. Wem galt meine nächste Kugel? So fragten sie sich wohl. Der Bevollmächtigte sprach hastig und dringend auf sie ein, und als ich das Gewehr wieder hob, um zu zielen, machte er eine abwehrende Handbewegung und rief mir zu:

»Schieß nicht, Effendi, sondern warte noch!«

»Nur eine einzige Minute!« antwortete ich, indem ich das Gewehr absetzte.

Sonderbarerweise fiel es den Kerlen nicht ein, hinter den Zelten Deckung zu suchen, was ihnen freilich nur einen kurzen Aufschub gewährt hätte. Als die kurze Frist verstrichen war und ich den Lauf wieder hob, wollte keiner derjenige sein, welcher getroffen wurde. Sie warfen ihre Waffen weg, und der Unterhändler rief unter einer bittenden Bewegung seiner Arme:

»Halt! Sie ergeben sich. Schieß nicht; schieß nicht!«

»So kommt herüber, aber einzeln und unbewaffnet! Bei wem wir eine Waffe finden, der wird aufgehängt.«

Er machte den ersten. Bei mir angekommen, sagte er-

»Effendi, du bist ein schrecklicher Mann, und deine Kugeln muß der Teufel gegossen haben. Ich glaube, du würdest uns, einen nach dem andern, alle lahm machen. Da wollen wir uns doch lieber fügen. Hier sind meine Hände; laß mir die Kette anlegen!«

Dieser Wunsch wurde ihm sofort erfüllt. Dann rief er seine Leute einzeln bei den Namen, und sie kamen, wie sie gerufen wurden, herüber und erhielten die Schellen angelegt. Keiner sprach ein Wort; aber die Blicke, welche sie mir zuwarfen, waren beredt genug. Wehe mir, wenn ich später einmal einem von ihnen in die Hände fallen sollte! Der Häßliche machte den letzten, und er war der einzige, welcher es nicht fertig brachte, sich schweigend in sein Schicksal zu fügen. An mir vorübergehend, zeigte er mir die Faust und drohte:

»Heute mir, später aber dir. Wir rechnen ab!«

»So wirst du nachher das Draufgeld erhalten,« antwortete ich ihm.

Die Verwundeten hatten natürlich nicht kommen können; wir mußten zu ihnen hin. Als wir dies thaten, wurden die Zelte geöffnet, und die befreiten Sklavinnen strömten uns entgegen. Es folgte eine Scene, welche man sich gar nicht lebhafter vorzustellen vermag.

Man behauptet, daß das schöne Geschlecht dem starken in Beziehung auf Zungenfertigkeit weit überlegen sei; ob ich mich zu dieser Theorie bekenne, das ist Nebensache, hier aber würde dem ausgesprochensten Gegner derselben die Überzeugung gekommen sein, daß sie wenigstens in Beziehung auf die Fessarah ihre volle Berechtigung habe. Diese Thätigkeit der Sprachwerkzeuge war wirklich beinahe beängstigend! Wir wurden mit Lobpreisungen so überschüttet, daß wir den Schwall derselben stumm und widerstandslos über uns ergehen lassen mußten. Ich wurde umringt; alle drängten und sprachen auf mich ein; hundert Hände streckten sich mir entgegen; eine jede rief, sprach, flötete, zirpte und klarinettierte auf mich ein. Ich spreizte die Beine aus, um wie ein Fels im Meere zu stehen, wurde aber hin und her geschoben, so daß es mir schwer wurde, mich aufrecht zu halten.

Eine einzige machte eine Ausnahme, Marba, die Tochter des Scheiks. Sie stand von fern, ohne sich an dieser gegen mich gerichteten Brandung zu beteiligen, und ließ ihre Gefährtinnen gewähren. Als sie dann bemerkte, daß es mir schließlich angst und bang wurde, stieß sie einen schrillenRuf aus, infolgedessen die Schönen sofort zurückwichen und sich hinter ihr aufstellten. Da kam sie auf mich zu, reichte mir die Hand, sah mich mit einem großen, ernsten Blicke an und sagte:

»Also das bist du; so siehst du aus, Effendi! Wir haben dich beobachtet und es gesehen, wie du den Widerstand unserer Peiniger überwunden hast. Wir danken dir und bitten dich, uns zu erlauben, zur Feier unserer Befreiung eine Fantasia aufzuführen.«

Der Beduine hat eine Leidenschaft für Fantasias und läßt gewiß keine Gelegenheit zu einer solchen vorübergehen. Es wäre hart von mir gewesen, meine Genehmigung zu versagen; aber ich hatte keine Zeit, jetzt eine solche Feierlichkeit über uns ergehen zu lassen. Eine Fantasia dauert wenigstens mehrere Stunden, oft sogar einige Tage lang, und nun gar eine Frauenfantasia! Diese guten Damen brauchten wenigstens den halben Tag, nur um sich zu derselben zu schmücken. Sodann die Reigen und Tänze, die unendlichen und stets wiederkehrenden »Lulululululu«-Gesänge! Nein, nur das heute nicht! Darum antwortete ich:

»Wir werden uns freuen, dieser Fantasia beiwohnen zu dürfen, wenn eure Befreiung vollendet ist. Wir haben Ibn Asl noch nicht ergriffen, und so lange dieser frei ist, dürfen wir nicht an eine solche Feier der Errettung denken.«

»Aber, Effendi, ich weiß, daß du ihn nicht zu fürchten brauchst. Hast du seine sämtlichen Leute überwunden, ohne daß einem von euch ein Haar gekrümmt worden ist, so wirst du auch mit ihm, dem einzelnen, leicht fertig werden.«

»Ich widerspreche dir nicht; aber ehe ich mit ihm fertig werde, sind wir eben noch nicht fertig. Er wird bald kommen, und zwar nicht allein, denn er hat Krieger bei sich. Außerdem sind uns zwei wichtige Gefangene entflohen, welche ich wieder ergreifen will. Ich muß aufbrechen, um sie zu verfolgen. Darum bitte ich dich, mir Zeit zu gönnen.«

»Du hast recht, Effendi. Aber dann, wenn das erledigt ist, wirst du uns erlauben, euch die Gesänge und Tänze des Ruhmes und Dankes zu bringen?«

»Dann sofort. Jetzt muß ich zunächst nach den Verwundeten sehen.«

Ich wollte fort. Sie hielt mich an der Hand zurück und antwortete:

»Warte noch einen Augenblick! Diese Leute verdienen nicht, daß du dich ihrer annimmst. Wenn sie an ihren Verletzungen zu Grunde gehen, so haben sie es nicht anders gewollt.«

»Sie sind aber doch Menschen!«

»Nein, sondern reißende Tiere, und ehe ich dich zu ihnen lasse, bitte ich dich, mir zu sagen, was mit uns und ihnen geschehen soll.«

»Wir führen euch von hier nach Berber. Dort befindet sich der Reïs Effendina, welcher euch in eure Heimat bringen lassen wird.«

»Du mußt mit, damit unsere Väter und Brüder dir danken können. Und was wird mit den Räubern geschehen?«

»Ich übergebe sie dem Reïs, damit sie bestraft werden.«

»Von wem?«

»Von den Richtern des Khedive.«

Sie machte eine geringschätzende, verächtliche Handbewegung und meinte:

»Die Gerechtigkeit dieser Männer ist bekannt! Ibn Asl hat nicht das Gericht, sondern unsern Stamm beraubt, also hat nicht das Gericht, sondern unser Stamm über die Räuber zu urteilen. Ich verlange, daß sie nach den Dörfern der Fessarah gebracht werden!«

»Ich meinesteils hätte nichts dagegen, doch ist es mir leider unmöglich, dir diesen Wunsch zu erfüllen.«

»Wird der Reïs Effendina ihn erfüllen?«

»Nein; die Gesetze verbieten es ihm.«

»So sind diese Gesetze ungerecht gegen uns; und wir brauchen sie nicht anzuerkennen. Denke, was diese Räuber gethan haben! Soll ich es dir aufzählen? Was wird ihre Strafe sein? Unsere Mütter, unsere Kinder liegen erschlagen im Sande der Wüste. Was mußten wir unterwegs erdulden! Haben wir nicht das größte Recht auf Rache? Effendi, ich bitte dich, aufrichtig und wahr gegen mich zu sein. Werden unsere Krieger sich rächen dürfen? Werden die Missethäter uns ausgeliefert werden?«

»Nein.«

»Ich danke dir; es ist gut!«

Ihr Auge flammte bei diesen Worten drohend auf; sie trat zurück, und ich wendete mich zu den drei Verwundeten. Sie verbissen ihre Schmerzen und würdigten mich, als ich sie mit Hilfe Ben Nils verband, keines Blickes. Da, wo wir in der Nacht den Ausfall zurückgeschlagen hatten, lagen fünf Leichen, und bei den Kamelen fand ich mehrere Schwerblessierte, welche von ihren Genossen verbunden worden waren.

Nun wollte ich einen Blick in die Zelte werfen, doch wurde meine Aufmerksamkeit in eine andere Richtung gezogen. Ich hörte nämlich eine Stimme erschallen, gegen welche diejenige Stentors, welcher bekanntlich fünfzig Männer überschrie, das reine Zephyrsäuseln war. Mich umdrehend, gewahrte ich Selim, welcher mit fliegendem Gewande und windmühlenflügelartig kreisenden Armen gelaufen kam und dabei in einem brüllte:

»Heil, Preis, Ruhm und Ehre! Wir haben sie besiegt. Sie sind niedergeworfen und zerschmettert. Speit die Hunde an, die feigen; speit sie an!«

Er rannte auf die Gefangenen zu, blieb, eben als ich auch dort ankam, bei ihnen stehen und schrie sie, obgleich er ganz außer Atem war, an:

»Haben wir euch endlich, ihr Unwürdigen, ihr Elenden! Die Geier werden euch fressen und die Schakale und Hyänen eure Gebeine verzehren. Die Macht meines Armes hat euch niedergeworfen und der Glanz meines Ruhmes euch in Ketten gelegt. Erhebt eure Augen zu mir, und fühlt, wie eure Herzen zittern beim Anblicke des Helden aller Helden, des größten und berühmtesten Kriegers vom Stamme der Fessarah!«

Diese Aufforderung hatte einen ganz andern Erfolg als den erwarteten. Die Frauen sahen und erkannten ihn, und eine von ihnen rief erstaunt-.

»Selim el Fallah, el Dschabani - Selim, der Ausreißer, der Feigling! Wie kommt er hierher? Was hat er bei diesen tapferen Männern zu suchen?«

Er wendete sich der Sprecherin zu und antwortete ihr, sie mit stolzem, verächtlichem Blicke messend:

»Schweig, du Tochter der Verleumdung; ich kenne dich! Dein Maul ist eine niemals schweigende Trompete, vor welcher selbst der kühnste Held von dannen läuft. Richte deine Augen auf mich, und erblicke in mir Selim, den Sieger vieler Schlachten, das unüberwindliche Schwert des Gefechts, das strahlende Vorbild aller Krieger, das Muster und Beispiel der tapfersten Männer aller Völker, Stämme und Dörfer!«

Das allgemeine Gelächter der Frauen wurde ihm als Antwort.

»Ihr lacht?« rief er empört. »Wißt ihr, daß ich euch dafür bestrafen kann? Soll ich diesen Menschenräubern die Ketten abnehmen und sie freilassen, damit sie euch in die Sklaverei fortschleppen, von welcher ich euch errettet habe? Hier sind meine Hände, denen ihr die Erlösung zu verdanken habt. Ihr solltet sie drücken und küssen; anstatt dessen beschimpft ihr mich und wollt den Glanz meines Ruhmes und die Fackel meiner Ehre verdunkeln. Stimmt lieber ein in den Lobgesang meiner Thaten und in den Preis meines Heldentumes! Und du, Effendi, sage diesen Töchtern des Geschwätzes, wen sie vor sich haben; belehre sie über die Vorzüge meiner Eigenschaften, und gebiete ihnen, die Gestalt meines Körpers mit Hochachtung und Ehrfurcht zu umringen!«

Als er sich mit dieser Aufforderung an mich wendete, fragte mich die vorige Sprecherin:

»Effendi, gehört dieser Mann zu dir? Trifft ihn vielleicht die unverdiente Gnade, in deinem Schatten zu wandeln?«

»Er ist mein Diener,« antwortete ich.

»Sein Diener, Freund und Beschützer,« verbesserte mich Selim.

»Welches Wunder!« rief sie aus. »Du und dieser Selim, welcher wegen Feigheit aus dem Stamme gestoßen wurde!«

»Schweig, du Posaune der Lästerung!« gebot er ihr. »Nicht ausgestoßen wurde ich, sondern ich ging im Drange meiner Kühnheit, um

Heldenthaten zu verrichten, zu denen ich bei euch keine Gelegenheit fand. Nun kehre ich zurück, umstrahlt von hundert Sonnen der Ehre, und in den Dörfern der Fessarah wird man Denkmäler errichten, um meinen Namen der Nachwelt zu überliefern.«

Er wendete sich um und trat mit einer so stolzen Haltung ab, als ob er wirklich ein zweiter Cid oder Bayard sei.

Also ausgestoßen war er worden! Es that mir leid, daß ihm dies so in das Gesicht gesagt worden war, aber er hatte sich die Schuld selbst zuzuschreiben. Warum konnte er sein Mundwerk nicht in Ruhe halten!

Es galt nun zunächst, den Mokkadem und Muza'bir zu verfolgen. Das konnte ich keinem andern überlassen. Zwar wäre meine Anwesenheit hier im Lager auch notwendig gewesen, aber ich glaubte, mich auf den Lieutenant verlassen zu können. Als ich ihm dies sagte, machte er dennoch ein ziemlich bedenkliches Gesicht und sagte:

»Effendi, ich gestehe dir offen, daß es mir weit lieber wäre, wenn du bliebst. Diese Menge der Gefangenen zu transportieren und dabei sechzig Frauenzimmer in Ordnung zu halten, das ist vielleicht mehr, als ich vermag.«

»Die Gefangenen sind ja gefesselt, und die Frauen folgen dir gern. Was könntest du also für Not haben?«

»Das weiß man nicht. Wer kann ein Weib beherrschen, und hier sind ihrer ein ganzes Schock! Effendi, thue mir nicht das Leid an, sie mir allein aufzubürden! Ich weiß ja noch nicht einmal, welchen Weg ich mit ihnen einzuschlagen hätte.«

»Nach dem Bir Murat natürlich, wohin sich jedenfalls auch die Flüchtlinge gewendet haben. Sie wissen, daß Ibn Asl von dorther kommt, und sind ihm entgegen, da sie nur durch ihn vor dem Verschmachten in der Wüste bewahrt werden können.«

»So reitest du voran, ihnen nach, und ich soll dir folgen?«

»Ja.«

»Wenn du ihn aber nicht triffst, und er stößt auf uns!«

»Was weiter! Hast du nicht genug Asaker bei dir? ihn werden höchstens vier oder fünf Männer begleiten.«

»O, das ist es nicht, was ich fürchte. Ich würde kurzen Prozeß machen und sie alle niederschießen lassen; aber die Frauen, die Frauen, die machen mir Sorge, große Sorge!«

»Das begreife ich nicht. Du ladest sie in die Tachterwahns und reitest fort. Was giebt es da zu sorgen! Und die Gefangenen werden auf die Kamele gebunden.«

»Sie sollen reiten?«

»Natürlich! Wenn sie gehen müßten, würdest du den Bir Murat erst nach zwei Tagen erreichen, und indessen ging dir das Wasser aus. Reiten sie aber, so kommst du schon in nächster Nacht am Brunnen an.«

»Du reitest doch nicht allein voran?«

»Nein, sondern ich nehme Ben Nil mit.«

»Ist das genug, falls Ibn Asl dir begegnet?«

»Mehr als genug. Ich getraue mich, ihn und seine Leute auf mich allein zu nehmen. Um ganz sicher zu gehen, will ich einmal nachforschen, ob die Spuren der Flüchtlinge zu finden sind.«

Unser Lager, aus welchem sie geflohen waren, lag am nördlichen Ufer des Wadi, dennoch stieg ich jetzt zum südlichen hinauf, weil in dieser Richtung der Bir Murat lag. Ich war überzeugt, daß sie das Wadi überschritten hatten. Auf der Höhe angekommen, schritt ich zunächst ein Stück gerade in die Wüste hinein und wendete mich dann rechts, um, parallel mit dem Wadi gehend, den Sand abzusuchen. Ich brauchte gar nicht lange zu forschen, so fand ich die Spuren, welche vom Wadi herkamen und in südlicher Richtung in die Wüste hineinführten. Dann kehrte ich zurück.

Als ich gestern Zeuge war, daß Marba geschlagen wurde, hatte ich in meiner Empörung über diese Mißhandlung beschlossen, Ben Kasawi und den Häßlichen dafür zu züchtigen; sie sollten die Peitsche bekommen, und das wollte ich jetzt, vor meiner Entfernung, geschehen lassen. Dieser Vorsatz konnte aber nicht ausgeführt werden. Als ich nämlich von der Höhe in das Thal hinabstieg, bemerkte ich im Lager eine Aufregung, deren Veranlassung ich nicht erkennen konnte. Die Frauen frohlockten in den üblichen Gutturaltönen, und dazwischen hinein wetterte die zornige Stimme des Lieutenants. Was war geschehen? Ich beeilte mich, hinab zu kommen. Als ich die Sohle des Wadi erreichte und der Lieutenant mich sah, kam er mir entgegen gelaufen und rief mir schon von weitem zu:

»O, Effendi, ich bin nicht schuld; ich kann nichts dafür!«

»Was ist denn vorgegangen?«

»Ich konnte es nicht verhindern; es geschah allzu schnell. Wärst du doch nicht fortgegangen, sondern da geblieben!«

»So rede doch! Was hat es gegeben?«

Aber anstatt meine Frage zu beantworten, klagte er:

»Und da soll ich ohne dich mit diesen Weibern durch die Wüste ziehen! Das ist nur eine gewesen; was soll ich aber beginnen, wenn die Wut sie alle faßt!«

»Mann, antworte doch nur! Ich will wissen, was sich zugetragen hat!«

»Ein Mord, ein Mord, ein Doppelmord! Komm, und siehe!«

Er nahm mich beim Arme und zog mich fort, hin, wo die Asaker und die Frauen um die gefangenen Sklavenjäger einen Kreis bildeten. Dieser öffnete sich, als ich kam, und hineintretend sah ich Ben Kasawi und den Häßlichen in ihrem Blute liegen. Sie waren tot, genau in das Herz gestochen. Niemand sprach, und aller Augen waren auf mich gerichtet, zu erfahren, was ich thun und sagen werde. Ich wußte sofort, woran ich war. Mein Blick suchte Marba. Sie stand mir gegenüber und hielt das blutige Messer noch in der Hand. Mich fast trotzig anblickend, rief sie mir zu:

»Bestrafe mich, Effendi! Sie haben mich geschlagen. Die Striemen können nur mit Blut abgewaschen werden. Ihr wollt sie meinem Stamm nicht ausliefern; da habe ich Gericht gehalten. Die andern schenke ich dir; diese beiden aber mußten unbedingt mir gehören. Ich wiederhole es: Bestrafe mich!«

Sie kam auf mich zu und reichte mir das Messer.

»Wem gehört es?« fragte ich.

»Mir,« antwortete Ben Nil.

»Sie hat es dir entrissen?«

»Nein, Effendi, sie bat mich darum, und ich habe es ihr gegeben.«

»Sagte sie, wozu sie es haben wolle?«

»Ja, und ich verweigerte es ihr nicht, da ich das Gesetz der Wüste achte. Die Missethäter haben hundertfach den Tod verdient; der Richter wird Geld nehmen und sie laufen lassen. Vielleicht bekommen einige die Bastonnade; wenn es hoch kommt, wird man diesen oder jenen für einige Zeit einsperren; das ist alles! Der Mokkadem und der Muza'bir waren mir verfallen, du aber sträubtest dich gegen meine Rache. Ich hätte sie getötet, und Allahs Auge würde, wenn es sich jetzt zur Erde richtet, durch den Anblick zweier Schufte weniger beleidigt werden. Nun aber sind sie entflohen, und es fragt sich, ob es uns gelingt, sie wieder zu ergreifen. Das sind die Folgen deiner Nachsicht gegen Leute, welche man ohne Gnade und Barmherzigkeit von der Erde ausrotten muß. Es ist gut für ein Volk, Gesetze zu haben; wenn aber derjenige, welcher die Ausübung derselben zu überwachen hat, die Mörder laufen läßt, so ist es Pflicht des Rächenden, die Bestrafung in seine eigene Hand zu nehmen. Wenn du Marba bestrafst, so bestrafe auch mich, der ich teil an dem Blute dieser beiden Missethäter habe!«

Er stellte sich neben das Mädchen. Was konnte ich thun? Wie die Sache lag, ging sie mich nichts an; ich sagte mir vielmehr im stillen, daß das Schicksal der Getöteten wohl von heilsamer Wirkung auf die andern Gefangenen sein werde. Ich ging also zu Ben Nil hinüber, gab ihm sein Messer zurück und sagte:

»Ich lege die Entscheidung, ob ihr schuldig seid, in Allahs Hand; er mag euch richten; ich habe kein Recht dazu.«

Da erhoben die Frauen ihre jubelnden Stimmen; der Gefangene aber, welcher vorhin den Unterhändler gemacht hatte, rief mir zornig zu:

»Das ist Untreue und Verrat, Effendi! Du hast uns versprochen, uns nicht zu töten, sondern dem Reïs Effendina auszuliefern. Dieses Mädchen hat einen Doppelmord begangen, und der Knabe ist ihr dazu behilflich gewesen. Ich verlange, daß sie beide bestraft werden. Leben um Leben; Blut um Blut; das ist das Gesetz der Wüste. Da ihr euch auf dasselbe beruft, müssen wir es auch für uns in Anspruch nehmen!«

»Du schweigst!« gebot ich ihm. »So weit es in meinen Kräften steht, werde ich mein Wort halten. Was hinter meinem Rücken und gegen meinen Willen geschieht, das habe ich nicht zu verantworten. Ben Kasawi und der andere haben Marba geschlagen; sie wollten Ben Nil töten, durch einen vergifteten Pfeil umbringen; das Gesetz der Wüste bestimmt für beides den Tod; dieser ist erfolgt, und also ist der Gerechtigkeit volle Genüge geschehen. Übrigens will ich mich herbeilassen, die Anforderungen eures Glaubens zu berücksichtigen. Man begrabe die Toten im Sande, in sitzender Stellung, und mit dem Gesicht nach Mekka gerichtet. Die vorgeschriebenen Suwar, mag der Onbaschi beten.«

Jetzt hatte der Lieutenant noch weniger Mut als früher, den Transport der Frauen auf sich allein zu nehmen. Er fürchtete, daß die Beduininnen auch den Tod der andern Gefangenen fordern würden, und fühlte sich einer Empörung dieser »Teufelinnen«, wie er sie nannte, gegenüber zu schwach. Es gelang mir aber, ihn zu beruhigen.

Darauf gebot ich Ben Nil, unsere Kamele, welche noch unten bei denen der Sklavenjäger lagen, zu satteln. Selim wollte mit uns reiten, doch schlug ich ihm diese Bitte ab. Ich hatte gestern mein Fernrohr oben im Lager zurückgelassen und stieg hinauf, um es mir zu holen. Ohne daß ich eigentlich eine wirkliche Veranlassung dazu hatte, zog ich das Rohr aus, um nach der Richtung zu sehen, in welcher der

Mokkadem und der Muza'bir fortgegangen waren. Drüben gegen Südwest glänzte etwas; es war ein weißer Punkt, auf welchen die Sonne schien, vielleicht eine ausgetrocknete, natronsumpfige Stelle. Ich schenkte derselben weiter keine Beachtung und stieg wieder hinab.

Während des Abstieges hatte ich das Wadi bis zu der Krümmung, hinter welcher ich gestern mit Ben Nil die Sklavenjäger angelockt hatte, vor mir liegen. Mein Blick fiel dort hinüber, und da sah ich zu meinem Erstaunen zwei Kamelreiter, welche um die Ecke bogen und, unser Lager erblickend, schnell wieder hinter den Felsen zurückwichen. Ich blieb stehen und richtete das Rohr nach der Stelle. Nach einigen Augenblicken erschien ein Mann zu Fuße, sich eng an den Felsen drückend, damit er nicht gesehen werde, und sehr aufmerksam zu uns herüberschauend. Ich hätte ihn schon an seinem reichen, goldgestickten Anzuge erkannt, auch ohne sein Gesicht so deutlich vor mir im Glase zu haben. Welch eine Überraschung; es war der Reïs Effendina!

Er war an die tausend Schritt entfernt und hätte meinen Ruf nicht hören können. Darum eilte ich vollends hinab und auf die Stelle zu, an welcher er sich befand. Er sah mich kommen, erkannte mich und trat vor.

»Effendi, das ist gut!« rief er mir zu. »Ich glaubte schon, die Sklavenjäger vor mir zu haben.«

»Das ist auch der Fall,« antwortete ich, indem ich ihm die Hand bot, denn ich hatte ihn erreicht. »Wir haben sie gefangen genommen.«

»Und die Sklavinnen?«

»Sind dabei, sie sind frei.«

»Allah 'l Allah! Effendi, ich erstaune; ich bin im höchsten Grade verwundert! Wie hast du das angefangen? Wo hat der Lieutenant dich getroffen?«

»In Korosko.«

»Ich dachte es; ich schickte ihn dahin. Also so weit dort unten. Wie konntest du da den Weg der Räuber entdecken?«

»Das werde ich dir erzählen. Aber du bist jedenfalls nicht allein gekommen. Wo sind denn deine Leute?«

»Hier hinter dem Felsen. Ich ritt voran und sah das Lager. Da ich glaubte, die Räuber vor mir zu haben, wich ich schnell zurück und stieg vom Kamele, um heimlich zu beobachten. Da kamst du gelaufen.«

»Ich sah zwei Reiter um die Ecke biegen und wieder verschwinden. Ich sah durch das Fernrohr und erkannte dich. Ich mußte dich natürlich in Berber vermuten und bin ganz erstaunt, dich hier zu sehen.«

»Du sollst nachher erfahren, warum ich Berber verlassen habe; laß uns nur vor allen Dingen jetzt nach dem Lager gehen!«

Auf seinen Ruf kamen seine Leute hinter der Felsenecke hervor. Es waren über vierzig wohlbewaffnete Reiter, alle auf schlanken Kamelen sitzend, Asaker, welche er von Chartum nach Berber beordert hatte. Wir schritten ihnen voran, dem Lager zu.

Dort hatte mein Gebaren Aufmerksamkeit erregt. Man hatte mich laufen sehen und sah mich nun mit so vielen Menschen kommen. Als unsere Soldaten ihren Gebieter erkannten, kamen sie uns entgegen,ihn mit lautem Jubel zu empfangen.

Nun gab es zu erzählen. Unsere Asaker machten sich an die seinigen, um ihnen ihre Erlebnisse zu berichten. Der Reïs bekümmerte sich zunächst gar nicht um die gefangenen Sklavenjäger und die befreiten Frauen. Ich mußte mich mit dem Lieutenant und dem alten Onbaschi zu ihm setzen, denn er wollte vor allen Dingen über den Stand der Dinge unterrichtet sein. Ich überließ die Erzählung den beiden andern, und ich kann sagen, daß sie von meinem Lobe so überflossen, daß ich ihnen oft Einhalt thun mußte.

Es verging fast eine Stunde, ehe sie alles erzählt hatten; denn sie thaten das mit der Gründlichkeit des Orientalen, für welchen die Zeit wenig oder gar keinen Wert besitzt. Endlich hatte er alles bis auf das Kleinste und Unbedeutendste erfahren. Er drückte mir die Hand und sagte:

»Ich glaubte, dich zu kennen, kannte dich aber noch lange nicht, Effendi. Ich war überzeugt, meinen Leuten in dir einen guten Berater zu geben; aber daß du ein gar so schlauer und verschmitzter Mann seist, das wußte ich doch nicht. Ich muß sagen, daß das, was ich höre, über alle meine Erwartungen geht. Ich glaubte, mit den Räubern kämpfen zu müssen und finde die Arbeit schon ohne Kampf gethan.«

»So wußtest du, daß du sie hier treffen würdest? Von wem?«

»Es gab unter meinen Leuten einen Verräter, einen Anhänger der Kadirine, welcher – –«

»Du meinst Ben Meled?«

»Wie, du kennst ihn?«

»Ja, denn er ist derjenige, welcher dem Mokkadem deinen Plan mitteilte.«

»Er hat seinen Lohn. Er plauderte gegen einen andern; dieser war treu und sagte es mir. Ich erfuhr also, daß der Mokkadem mit dem Muza'bir nach diesem Wadi sei, um da auf Ibn Asl zu treffen. Ich requirierte schnell Kamele und brach auf, nachdem der Verräter die

Bastonnade in der Weise bekommen hatte, daß er der Kadirine wohl nicht mehr viel Nutzen bringen wird. Wir sind über Nacht geritten und suchten vom Morgen an den Brunnen, bis wir nun hier ihn und dich gefunden haben.«

»Allah sei Dank dafür!« seufzte der Lieutenant. »Da du selbst gekommen bist, ist mir die große Sorge um die Weiber abgenommen. Ich will lieber gegen hundert Feinde kämpfen, als sechzig solche Teufelinnen geleiten. Diese Marba sticht wie ein wilder Sudanese um sich! Sie ist eine der jüngsten und Schönsten; wie verwegen mögen da erst die andern sein! Ich konnte den Mord unmöglich verhindern.«

»Ich selbst hätte ihn nicht verhindert. Wehe dem, der wehe thut!« meinte der Reïs Effendina in ernstem Tone, indem er sich seines bekannten Wahlspruches bediente. »Jetzt bin ich unterrichtet und will mir das Lager und die Menschen ansehen.«

Er ging mit uns zu den Zelten, vor denen die Frauen saßen. Sie hatten schon gehört, wer er war, und harrten neugierig, wie er sich gegen sie verhalten werde. Die Ermordung Ben Kasawis und des Häßlichen schien ihnen nun doch bedenklich zu sein. Sie erhoben sich vor ihm. Er musterte sie mit freundlich ernstem Blicke; ich mußte ihm Marba zeigen. Er trat zu ihr hin und fragte:

»Du hast zwei Männer erstochen?«

»Verzeihe es, Herr! Der Effendi hat es auch verziehen.«

»Ich habe nichts zu verzeihen, denn du hast recht gehandelt. Wehe dem, der wehe thut! Ihr werdet alles, was euch geraubt wurde, soweit es vorhanden ist, wiederbekommen. Ich gebe euch zwanzig Asaker mit, welche euch in eure Heimat bringen, und da der Effendi hier euch befreit hat, so mag er der Anführer eurer Karawane sein.«

Er wendete sich ab und ging zu den Gefangenen hinüber. Auch sie hatten gehört, daß er der Reïs Effendina sei; sie wußten also, daß sich ihr Schicksal schon jetzt entscheiden werde. Er blickte ihre Reihe streng und finster durch. Er befand sich im Besitze außerordentlicher Vollmachten und ich kann sagen, daß ich auf seine Entscheidung mehr als neugierig war. Ich mußte ihm den Unterhändler zeigen, an den er sich in scharfem Tone wendete:

»Du magst mir im Namen aller antworten! Ibn Asl ist euer Anführer?«

»Ja.«

»Ihr habt die Töchter der Fessarah geraubt und entführt?«

»Ja.«

Diese beiden »Ja« klangen nicht so zuversichtlich, wie er vorhin mir geantwortet hatte. Es lag in dem Tone und dem ganzen Wesen des Emirs etwas, was nicht sehr Hoffnung erweckend war und eine lange Antwort oder gar Verteidigungsrede vollständig ausschloß.

»Dabei habt ihr viele Menschen getötet?« lautete die dritte Frage.

»Ja – – leider – – ging es nicht anders,« würgte der Mann hervor.

»Dann als ihr euch diesem Effendi ergeben solltet, habt ihr ihm gedroht: heute ihr, das nächste Mal er?«

»Ja.«

»Nach welchem Gesetze wollt ihr gerichtet sein, nach demjenigen der Wüste oder nach dem meinigen?«

»Nach dem deinigen,« antwortete er, jetzt leicht aufatmend.

»Ihr sollt mein Urteil hören, und es wird auch sofort vollzogen. Wehe dem, der wehe thut!«

Er wendete sich ab, zog mich auf die Seite und fragte:

»Effendi, wie würdest du sie bestrafen?«

»Durch das Gericht.«

»Das bin jetzt ich. Ich habe das Recht sowohl des Urteiles, als auch des Vollzuges erhalten und möchte deine Meinung hören. Haben diese Menschen den Tod verdient?«

»Ja; aber bedenke, daß Gott gnädig ist!«

»Allah ist gnädig, das ist wahr; er mag ihnen also gnädig sein. Du bist ein Christ und richtest deine Augen gerne hinauf zur ewigen Gnade. Ich aber soll vor allen Dingen gerecht handeln und – –«

»Halt, was ist das?« unterbrach ich ihn. »Da oben liegt ein Mensch.«

Er hatte bei seinen Worten »hinauf zur ewigen Gnade« den Arm gen Himmel erhoben, und mein Auge war unwillkürlich dieser Richtung gefolgt. Da sah ich ein Gesicht, welches sich über den Rand des Felsens vorbeugte und, als ich aufwärts blickte, sofort verschwand.

»Ein Mensch?« fragte er. »Wer könnte das sein? Etwa der Muza'bir oder der Mokkadem?«

»Nein. Diese beiden werden sich hüten, hier in der Nähe zu bleiben. Aber kurz bevor du kamst, sah ich draußen am Horizonte einen weißen Punkt, den ich für eine leuchtende Salzlache hielt. Vielleicht ist es ein Mann mit weißem Burnus gewesen.«

»So eile hinauf, und sieh ihn dir an. Ben Nil mag mitgehen, denn er ist klug und mutig, und du kannst dich auf ihn verlassen!«

Ich rief Ben Nil, nahm mein Gewehr und stieg so schnell wie möglich nach oben. Unterwegs überlegte ich mir, daß dies nicht geschehen konnte, ohne daß der betreffende Lauscher es von oben sah. Es war vorauszusehen, daß er fliehen werde; darum schickte ich, um ihn verfolgen zu können, Ben Nil zurück, um unsere beiden HedschIbn zu holen. Ich kam gerade zur rechten Zeit oben an, um sehen zu können, daß ein Mann sein Kamel bestieg und davonritt. Er hatte einen reinen, weißen Burnus an, und sein Tier war auch von weißer Farbe. Gern hätte ich es niedergeschossen, um des Reiters habhaft zu werden, aber mein Kennerauge machte mir einen Strich durch die Rechnung. Als es auf das Kamel fiel und die Formen und Bewegungen des Tieres erblickte, fühlte ich mich so enthusiasmiert, daß ich das Schießen vergaß. Ja, das war ein HedschIbn! Zehn vom Werte des meinigen wogen es nicht auf! Ich stand mit angelegtem Gewehre da, und als ich meiner Bewunderung Meister geworden war, hatte es spielend schon eine solche Strecke zurückgelegt, daß meine Kugel es nicht mehr erreichen konnte. Der Reiter drehte sich um und schwang sein Gewehr höhnisch gegen mich.

Ich glaubte, es müsse fast eine Stunde verflossen sein, als Ben Nil mit den Kamelen bei mir ankam. Wir stiegen auf und jagten fort, dem Reiter nach.

Wir hatten, wie schon oft erwähnt, ganz vortreffliche, ja ausgezeichnete Tiere und schlugen sie mit dem Metrek, dem dünnen Stabe, mit welchem man die Kamele leitet, so um die Ohren, daß sie gleich im Anfange ihre größte Schnelligkeit entwickelten, doch vergebens. Ich mußte schon nach zehn Minuten einsehen, daß es unmöglich sei, den weißen Reiter einzuholen. Der Vorsprung, den er hatte, wuchs von Schritt zu Schritt; seine Gestalt wurde kleiner und immer kleiner, und als er am Horizonte nur noch wie ein scheinbar haselnußgroßer Punkt zu sehen war, hemmte ich den Lauf meines Kameles, um nach dem Wadi umzukehren. Ben Nil folgte mir mißmutig. Hätten wir gewußt, wer dieser Reiter war, so hätten wir uns schon jetzt über die Maßen geärgert.

In der Nähe des Wadi angekommen, hörte ich ein dumpfes Getön, welches aus demselben drang; es klang wie Donner, aber heller und nicht ganz so stark. Sollte das Gewehrfeuer sein? Wir hatten, um hinab zu können, mit den Tieren einen Umweg zu machen, welcher in einer Rinne hinunterführte; darum konnten wir nicht eher etwas sehen, als bis wir die Tiefe des Wadi erreicht hatten.

Was ich da erblickte, machte mir beinahe das Blut stocken. Sämtliche Sklavenjäger, nur einen einzigen ausgenommen, lagen am Felsen hin in einer langen Reihe tot am Boden, und diesen Leichen gegenüber stand noch jetzt die Reihe der Asaker, welche die Exekution vollzogen hatten. Der Emir selbst war mit dem Lieutenant beschäftigt, die Hingerichteten zu untersuchen, ob vielleicht in einem von ihnen noch Leben vorhanden sei. Die Salve der Asaker war es also gewesen, welche wir gehört hatten.

Als der Reïs Effendina mich kommen sah, trat er mir entgegen und sagte, indem er auf die Leichen deutete:

»Da liegen sie, welche nicht nach dem Gesetze der Wüste, sondern nach dem meinigen gerichtet sein wollten. Sie glaubten, sich dadurch retten zu können; aber ich bin gekommen, um zu strafen, um Gerechtigkeit walten zu lassen, nicht aber, um diesen zehn- und hundertfachen Mördern Gelegenheit zu geben, sich mit Gold und Silber loszukaufen.«

»Warum aber alle?« fragte ich, der ich ein Grauen nicht abzuwehren vermochte. »Du konntest die Verführer strafen und gegen die Verführten Milde walten lassen!«

»So? Konnte ich das?« fragte er unter einem grimmigen Lachen. »Meinst du wirklich, daß es hier Verführer und Verführte gab? So kennst du diese Verhältnisse nicht genau oder bist als Christ gewöhnt, auf alle Fälle einen Grund zur schwächlichen Barmherzigkeit ausfindig zu machen. Wehe dem, der wehe thut! Nach diesem Spruche habe ich zu handeln. Vergegenwärtige dir doch, was diese Scheusale begangen und auf ihren Gewissen hatten! Denke an die Härtigkeit ihrer Herzen, an die Verruchtheit ihrer Gesinnung! Sie würden die Schwäche des Richters verspottet haben. Ich werde die Sklavenjäger mit dem Schwerte, dem Messer, der Kugel ausrotten. Das geht viel schneller, und Allah wird mir nicht zürnen, wenn ich durch unbeugsame Gerechtigkeit das schnell zu erreichen suche, was durch Milde erst nach langen, langen Jahren, vielleicht auch niemals erreicht werden kann. Giebst du mir recht oder nicht?«

»Ja, ich gebe dir recht, denn das Christentum lehrt nicht nur die Liebe, sondern auch das Gericht. Auch bei uns wird der Verbrecher bestraft, doch nehmen wir an, daß er sich bessern kann.«

»Ein Ibn Asl bessert sich nie. Aus Rücksicht auf dich habe ich dir vorher nichts gesagt und die Exekution in deiner Abwesenheit vornehmen lassen. Nur den Jüngsten habe ich leben lassen, damit er Ibn Asl aufsuchen kann, um ihm zu erzählen, was geschehen ist. Dann wird die Kunde von meiner unbeugsamen Strenge überall, wo Sklavenjäger sind, erschallen, und die Furcht vor mir wird ebenso viel wirken, wie ich selbst vermag,«

»Warum diesen Mann Ibn Asl nachsenden, da wir denselben doch bald ergreifen werden!«

»Bist du denn wirklich so sicher, ihn zu erwischen?«

»Ich halte es für nicht allzu schwer, obgleich er von dem, was sich hier ereignet hat, bald benachrichtigt sein wird.«

Ich erzählte ihm von dem weißen Reiter. Seine Aufmerksamkeit war auffallend groß, warum, das erfuhr ich sofort, denn als ich geendet hatte, fragte er in gespanntem Tone:

»Weißt du genau, daß sein HedschIbn weiß war? Hatte es nicht vielleicht nur eine hellgraue Farbe?«

»Nein; es war so weiß wie eine Schimmelstute vom Dschebel Tumtum el Mukkeny.«

»Und er trug einen weißen Burnus?«

»Einen vollständig hellen Haïk, dessen Kapuze über den Kopf gezogen war.«

»So konntest du sein Gesicht nicht sehen?«

»Die Kapuze verhüllte nur die Stirne, dennoch konnte ich seine Züge nicht genau erkennen, da die Entfernung sehr bedeutend war.«

»Hatte er einen Bart?«

»Einen dichten, schwarzen Vollbart.«

»Und seine Statur?«

»Er war nicht hoch, aber breitschulterig.«

»Himmel! Er war es; er ist es gewesen!«

»Wer?«

»Ibn Asl selbst. Deine Beschreibung stimmt ganz genau. Und sein Kamel ist weit und breit berühmt. Es ist ein schneeweißes Dschebel-Gerfeh-HedschIbn, dem kein anderes gleicht. Es ist schnell wie ein Pfeil und ausdauernd wie die Nässe in der Regenzeit; kein anderes Tier kann es einholen.«

»O weh! So hätte ich also den Mann vor mir gehabt, ohne ihn fassen zu können!«

»Ja, so ist es! Er war da; er hat sich bis an das Wadi gewagt.«

»Welche Kühnheit!«

»Wie ich dich kenne, würdest du ganz dasselbe wagen. Übrigens führt er ja den Beinamen el Dschasuhr, der Kühne. Er ist unterwegs nach hier gewesen und hat den Mokkadem und den Muza'bir, welche euch entflohen sind, getroffen. Die haben ihm erzählt, daß ihr die Karawane überfallen habt, und er schickte sie mit seinen Begleitern weiter und kam zum Wadi, um zu sehen, wie die Sachen stehen. Er hat uns beobachtet und eingesehen, daß er uns die Sklavinnen nicht wieder abnehmen kann. Nun ist er zurück, um auf neue Streiche zu sinnen.«

»Die wir ihm wohl vereiteln können! Mag sein Kamel noch so schnell sein, er hat Leute bei sich, welche nicht so schnell reiten können wie er. Es müssen sogar mehrere von ihnen zwillings reiten, da unsere Flüchtlinge zu Fuße waren. Darum kommt er nur langsam fort, und ich mache mich anheischig, ihn einzuholen.«

»Ich traue es dir zu, aber es ist nicht notwendig. Du mußt die Sklavinnen in ihre Heimat bringen.«

»So eile du ihm nach!«

»Fällt mir nicht ein! Ich muß nach Chartum und werde ihn dort oder wenigstens in der dortigen Gegend fassen.«

»Wenn er sich fassen läßt! Heute hast du die beste Gelegenheit dazu, während er nun gewarnt ist und sich also hüten wird, dir dort in die Hände zu laufen.«

»Denke doch an deinen Türken Murad Nassyr! Dieser will seine Schwester dem Sklavenjäger zum Weibe geben; er geht nach Chartum und wird irgendwo mit Ibn Asl zusammen kommen. Wenn ich ihn nicht aus dem Auge lasse, kann er mir gar nicht entgehen.«

»Diese Rechnung stimmt allerdings. Vorausgesetzt ist dabei freilich, daß Mura Nassyr deine Absicht nicht bemerkt.«

»Glaube nur, daß auch ich pfiffig und vorsichtig sein kann! Reite also getrost nach den Dörfern der Beni Fessarah, wo du den Lohn deiner Thaten ernten wirst. Wenn du dann nach Chartum kommst, wirst du erfahren, daß ich keinen Fehler begangen habe.«

»Wo treffe ich dich da?«

»Auf meinem Schiffe, und wenn es nicht dort liegt, so wirst du von dem Reïs el Mina erfahren, wo ich mich befinde.«

»Soll ich mich bei keinem höheren Beamten erkundigen?«

»Nein, denn ich werde bei keinem vorsprechen. Da ich ungewöhnliche Vollmachten besitze, bin ich diesen Leuten unangenehm. Ich pflege mich auf mich selbst zu verlassen, ganz so wie du. Ich weiß von dir, daß du dich auch nur gezwungenermaßen an einen Vertreter deines Landes wendest.«

Da hatte er freilich sehr recht. Zu dem, was man selbst thun kann, soll man keine Unterstützung fordern. Es war also beschlossene Sache, daß ich die Töchter der Fessarah heimbringen sollte und ich bekam zwanzig Asaker als Begleiter.

Wie freuten sich die Frauen und Mädchen, als ich den Befehl zum Packen gab. Ben Nil blieb natürlich bei mir; ihn hätte ich nicht missen mögen. Selim aber konnte ich nicht brauchen; er sollte mit dem Reïs Effendina reiten. Als ich ihn, allerdings zum Scherze, aufforderte, sein Kamel zu satteln, antwortete er:

»Effendi, laß mich mit nach Chartum gehen, wo ich auf dich warten werde! Die Beni Fessarah, zu denen du gehst, sind nicht wert, den tapfersten der Helden bei sich zu sehen. Mein Schutz wird dir zwar sehr fehlen, aber ich werde zu dem Propheten beten, daß er über dich wacht und dich mir glücklich wiederbringt. Dann wird deine Freude, mich zu sehen, unbeschreiblich sein.« – –

Über tredition

Eigenes Buch veröffentlichen

tredition wurde 2006 in Hamburg gegründet und hat seither mehrere tausend Buchtitel veröffentlicht. Autoren veröffentlichen in wenigen leichten Schritten gedruckte Bücher, e-Books und audio-Books. tredition hat das Ziel, die beste und fairste Veröffentlichungsmöglichkeit für Autoren zu bieten.

tredition wurde mit der Erkenntnis gegründet, dass nur etwa jedes 200. bei Verlagen eingereichte Manuskript veröffentlicht wird. Dabei hat jedes Buch seinen Markt, also seine Leser. tredition sorgt dafür, dass für jedes Buch die Leserschaft auch erreicht wird.

Im einzigartigen Literatur-Netzwerk von tredition bieten zahlreiche Literatur-Partner (das sind Lektoren, Übersetzer, Hörbuchsprecher und Illustratoren) ihre Dienstleistung an, um Manuskripte zu verbessern oder die Vielfalt zu erhöhen. Autoren vereinbaren direkt mit den Literatur-Partnern die Konditionen ihrer Zusammenarbeit und partizipieren gemeinsam am Erfolg des Buches.

Das gesamte Verlagsprogramm von tredition ist bei allen stationären Buchhandlungen und Online-Buchhändlern wie z. B. Amazon erhältlich. e-Books stehen bei den führenden Online-Portalen (z. B. iBookstore von Apple oder Kindle von Amazon) zum Verkauf.

Einfach leicht ein Buch veröffentlichen: **www.tredition.de**

Eigene Buchreihe oder eigenen Verlag gründen

Seit 2009 bietet tredition sein Verlagskonzept auch als sogenanntes "White-Label" an. Das bedeutet, dass andere Unternehmen, Institutionen und Personen risikofrei und unkompliziert selbst zum Herausgeber von Büchern und Buchreihen unter eigener Marke werden können. tredition übernimmt dabei das komplette Herstellungs- und Distributionsrisiko.

Zahlreiche Zeitschriften-, Zeitungs- und Buchverlage, Universitäten, Forschungseinrichtungen u.v.m. nutzen diese Dienstleistung von tredition, um unter eigener Marke ohne Risiko Bücher zu verlegen.

Alle Informationen im Internet: **www.tredition.de/fuer-verlage**

tredition wurde mit mehreren Innovationspreisen ausgezeichnet, u. a. mit dem Webfuture Award und dem Innovationspreis der Buch Digitale.

tredition ist Mitglied im Börsenverein des Deutschen Buchhandels.

Dieses Werk elektronisch lesen

Dieses Werk ist Teil der Gutenberg-DE Edition DVD. Diese enthält das komplette Archiv des Projekt Gutenberg-DE. Die DVD ist im Internet erhältlich auf **http://gutenbergshop.abc.de**